G
DIC

Van Tasmina Perry zijn verschenen:

De glamourcode*
Golddiggers
De miljoenenjacht

* Ook in POEMA POCKET verschenen

TASMINA PERRY

GOLD DIGGERS

POEMA POCKET

Eerste druk mei 2008
Tweede druk november 2011

Oorspronkelijke titel: *Gold Diggers*
Vertaling: Marja Borg
Omslagontwerp: T.B.Bone / Twizter.nl
Omslagfotografie: Corbis / HillCreek

ISBN 978 90 210 1233 9
NUR 343

www.boekenwereld.com
www.poemapocket.com
www.watleesjij.nu

VOOR MIJN OUDERS

PROLOOG

Het vijftig meter lange superjacht *Zeus* lag stilletjes te dobberen in de Baai van Turkbuku, dat onlangs tot het Saint-Tropez van de Turkse Turquoise Kust was uitgeroepen. De nachtelijke hemel ging naadloos over in de inktzwarte wateren van de Egeïsche Zee en hulde het spectaculaire jacht in een mantel van duisternis. Op de dekken heerste een spookachtige stilte. Iedereen aan boord was na het diner van enige uren geleden naar de strandclubs vertrokken, zodat alleen de bemanningsleden waren achtergebleven, die benedendeks zaten te kaarten en genoten van een avondje vrijaf van hun veeleisende gasten. Van alle gasten op één na. Sebastian Edward Cavendish, oud-Etonleerling, telg uit de lagere adel en eigenaar van de Cavendish Gallery, de prestigieuste fotogalerie in Londen, zat in de mooiste hut van *Zeus*, met het gevoel alsof zijn hele wereld op instorten stond. Zelfs de luxe van zijn hut, met de walnotenhouten wanden en het enorme raam met uitzicht op de donkere zee, kon het gevoel dat hij in de val zat, niet wegnemen. Sebastian was een uur eerder, dronken en kwaad, teruggekeerd uit The Supper Club, de hipste nachttent op het schiereiland van Bodrum. Omdat het hem niet lukte zich te ontspannen door de toenemende problemen thuis, was hij in de club ontploft en had hij een felle ruzie gehad met zijn vrouw, die hij ervan had beschuldigd met hun gastheer te flirten. Loslippig geworden door de ouzo en opgestookt door zijn vrouw, had hij er uitgeflapt dat hij met zijn nieuwe assistente had geslapen, een oogverblindende blondine die hij rechtstreeks bij het Courtauld Institute had weggehaald. Zijn vrouw was uitgebarsten als een vulkaan; ze had het in haar stomme, verwende kop gehaald dat het om een echte relatie ging en had gedreigd zich van hem te laten scheiden. Hij had haar gesmeekt met hem mee terug te gaan naar het jacht, zodat ze het konden uitpraten zonder last te hebben van de dj en de cocktails en de gespitste oren van de jetset, maar ze had zich woest omgedraaid op haar naaldhakken en was weggelopen. Gefrustreerd, ziedend van woede, was hij teruggekeerd naar het schip.

Hij staarde uit het raam van de hut en voelde zich verschrikkelijk. De alcohol zinderde door zijn bloed. Hij keek op zijn horloge. Drie uur 's ochtends, en ze was nog steeds niet terug op het jacht.

Trut, dacht hij.

Sebastian trok zijn kleren uit, gooide ze op een leren fauteuil en sneed een lijntje coke op de kaptafel in de hoop dat hij zich dan beter zou voelen. Het witte poeder had zijn keel nog niet geraakt, of hij wist dat hij een fout had begaan. Hij voelde zich nu nog beroerder.

Nadat hij een witte badjas had aangetrokken, liep hij naar het dek om de nachtelijke koele, zilte zeelucht in te ademen. Hij leunde op het achterdek tegen de reling die tot aan zijn middel kwam en wreef in zijn ogen. De lichtjes van Turkbuku fonkelden in de verte als flakkerende kaarsjes. Hij moest zijn ogen samenknijpen om de dicht beboste Turkse bergen en de hoge naald van de minaret van een moskee daarachter te zien. Hij vroeg zich af of dit zijn laatste vakantie op het grote jacht met de glamoureuze vrienden zou zijn. Minachtend haalde hij zijn neus op. Ja, het waren nu zijn vrienden, maar zouden ze hem nog steeds willen kennen als hij failliet was gegaan? Zeker weten van niet – en hij leefde in geleende tijd. Ondanks de veelbesproken openingen en tentoonstellingen van sommigen van 's werelds beste modefotografen, ging het slecht met de Cavendish Gallery, liepen zijn gokschulden op, en werd hij op de hielen gezeten door een bijzonder ongure familie uit Noord-Londen van wie hij stom genoeg geld had geleend. Hij stond op het punt alles kwijt te raken. Hij had het huis aan Holland Park, dat witgepleisterde juweeltje, al op naam van zijn vrouw laten zetten, zodat het onaantastbaar zou zijn, hoewel hij zich na vanavond begon af te vragen of dat wel zo'n goed idee was geweest. Jezus, hij hoopte maar dat ze weer wat was bedaard. Sebastian had een hekel aan ruzies; dat was de oorzaak van al zijn problemen. In zaken, in zijn leven, in de liefde.

Hij ging rechtop staan, pakte een glas van de tafel naast hem en schonk wat ouzo in. Het was tijd om zijn leven op orde te brengen, dacht hij, terwijl hij de drank in één teug achteroversloeg. Hij wist dat het jacht morgenvroeg koers zou zetten naar Istanboel. Ze zouden in de haven van boord kunnen gaan en samen een paar dagen over de exotische bazaars kunnen drentelen, langs de Bosporus lopen en proberen dat heerlijke, verslavende gevoel van verliefdheid terug te krijgen.

Hij luisterde weer of hij het geronk van een motorbootje hoorde, maar het was doodstil op het jacht, alleen het geluid van de donkere golven die tegen de romp sloegen, was te horen; een hol, hypnotiserend geluid dat precies paste bij zijn wanhoopsgevoel.

Ineens draaide hij zich om, ervan overtuigd dat hij iets had gehoord – een zachte vlaag van voetstappen over het dek misschien? Nee, alleen hetzelfde kalme gekabbel van het water tegen de boot. Hij werd paranoïde. Zelfs in Londen had hij tegenwoordig het gevoel overal waar hij ging in de gaten te worden gehouden. Opstandig gooide hij het kristallen glas overboord en leunde over de reling om de bevredigende plons in de zee te horen. Hij merkte niet dat zijn zilveren sigarenknipper van Asprey uit zijn zak viel en met een zacht plofje op het dek belandde. Hij zou dat ook nooit meer merken.

De volgende ochtend, in alle vroegte, zag een Turkse visser die met zijn kleine houten *gulet* door de baai voer, een naakt, wit lichaam, dood, in het water drijven en nam meteen contact op met de politie. Op ongeveer hetzelfde moment vertelden de gasten op *Zeus*, ontwakend uit hun feestslaap, aan de kapitein dat er iemand uit het gezelschap miste. Sebastian Cavendish had het bij het rechte eind gehad toen hij had voorspeld dat dit zijn laatste vakantie aan boord van het schitterende jacht zou zijn. De Turkse autoriteiten stelden de verdrinkingsdood vast en bestempelden het als een noodlottig ongeval. Zijn vrouw, Karin, erfde het huis aan Holland Park en een prachtige fotocollectie, en streek bovendien vijf miljoen pond aan levensverzekering op.

I

Zes maanden later.

'Wat ziet ze er fantastisch uit, hè?'

'En dat na alles wat ze heeft meegemaakt. Maar ze ziet nog wel een beetje pips, vind je ook niet?'

'Geen wonder. Blijkbaar is ze met kerst in Kensington gebleven.'

'In Londen? Volgens mij heb ik haar bij Saint-Bart gezien.'

'Op een jacht? Onmogelijk. Niet na het ongeluk. Ik heb gehoord dat ze nooit meer een voet aan boord van een schip wil zetten.'

Terwijl Karin Cavendish van haar roze champagne nipte, probeerde ze het gefluister te negeren dat uit alle hoeken en gaten van de balzaal in Donna en Daniel Delemeres huis aan Eton Square kwam. Als vrouw die zeer veel prijs stelde op goede manieren, vond ze het behoorlijk gênant dat haar aanwezigheid bij de doopplechtigheid de grote dag van haar nieuwe peetdochtertje volledig had overschaduwd. Dat Karin zich na de dood van haar man had teruggetrokken uit het sociale leven, had haar toch al grote aantrekkingskracht alleen maar vergroot, en in het afgelopen halfjaar was ze het onderwerp geworden van veel roddels en onweerstaanbare speculaties.

Toch kon niets afbreuk doen aan een feest als dit, dacht Karin. Het was werkelijk indrukwekkend. De honderd gasten die een uur geleden Evies doopplechtigheid in St Peters Church hadden bijgewoond, hadden zich nu verspreid over een van de mooiste balzalen in Londen. Dit was geen groots doopfeest meer, dacht Karin, terwijl ze een kaviaarblini in haar mond stopte, dit leek wel een koninklijk huwelijk. Obers drentelden rond met bladen mousserende Krug en heerlijke hapjes. Filippijnse huishoudsters klopten discreet zijden kussens op en brachten jassen naar de garderobe. De nettowaarde van de gasten in deze zaal alleen al moet meer dan tien miljard pond zijn, rekende ze uit, met een blik op Ariel Levy, Martin Birtwell en Evies grootvader, Lord Alexander Delemere. Ze had niet meer zo'n prominente verzameling miljardairs bij elkaar gezien sinds haar huwelijk met Sebastian zes jaar geleden, op Hopton Castle, het landgoed van de familie Cavendish. Heel even schoot door haar heen dat Sebastian hiervan zou hebben genoten. Ze slaakte een zucht. Hij was zo aantrekkelijk geweest en had zo'n goede achtergrond gehad.

Van achteren verlicht door een hoog raam met een vergulde omlijsting, trok Karins elegante gestalte de discrete, bewonderende blikken van de aanwezige mannen, en ze probeerde niet te glimlachen. Het was een moeilijk halfjaar geweest, waarin ze zich op haar werk had gestort en alleen haar allerbeste vrienden had gezien, maar nu ze weer meedeed, leek het erop dat haar nieuwe status als weduwe ook zo zijn voordelen had. Het gaf haar een vleugje dramatiek, een glanslaagje van respect. Het nam de suggestie weg van de roofdierachtige verlangens waarmee een glamoureuze gescheiden of alleenstaande vrouw zo vaak te maken kreeg. Plotseling was ze beschikbaar, romantisch en stinkend rijk. Geen slechte positie, dacht ze, terwijl ze de superrijke levensstijl om zich heen in ogenschouw nam. Helemaal niet slecht.

'We voelen ons zo vereerd dat je Evies peettante wilde zijn,' zei Donna Delemere, die bij Karin kwam staan, met haar drie maanden oude dochtertje in haar armen.

Karin boog zich naar voren en trok met haar elegant gemanicuurde vinger voorzichtig de vele lagen kant weg van het jurkje waarin het kind gehuld ging.

'O, ik had het voor geen goud willen missen. Prachtige plechtigheid. En hoe gaat het met mijn petekind?'

'Ze is een schatje,' zei Donna, glimlachend van trots. 'Vind je haar geen dotje om te zien? Ik ga haar opgeven voor modellenwerk. Ik zat aan Baby Dior te denken; niet een van die ordinaire luierreclames die je altijd op tv ziet. Maar volgens mij vindt Daniel het niks. Hij zegt dat het vulgaar is.'

'Vulgair?' vroeg Karin met een klein lachje.

'Dat bedoel ik.' Donna bloosde charmant. 'Misschien heeft hij wel gelijk. Maar kom, laten we naar de andere gasten gaan.'

Karin volgde Donna door de menigte, terwijl ze naar bekenden knikte en complimentjes en vleiende blikken in ontvangst nam. Hoewel vele van de geruchten over Karin Cavendish pure fantasie of zelfs regelrechte laster waren, was iedereen het over één ding eens: de eenendertigjarige Karin zag er fantastisch uit. In haar kersenrode wollen jurk die soepel over haar slanke lichaam viel, zou je haar gemakkelijk kunnen aanzien voor een model. Haar lange, gebruinde benen, haar volle pruillippen en het glanzende donkere haar dat op haar schouders danste, gaven haar het aantrekkelijke uiterlijk van een zwoele, maar afstandelijke Franse actrice. En momenteel stond er een extra schittering in haar groene ogen. Ze had net haar vijf verdiepingen tellende huis aan Holland Park voor twaalf miljoen pond verkocht aan een vooraanstaande Iraanse zakenman, waarna ze in een kleiner, maar super-deluxe *Georgian* huis in Kensington was getrokken en haar winst had gestoken in haar bedrijf, Karenza, het meest sexy, chicste badmodebedrijf na Erès. Ja, er waren mooiere vrouwen, er waren rijkere vrouwen, maar als ze zo om zich heen keek op het feest waar de hele beau monde van Londen van de Krug nipte, dan wist ze dat niemand kon tippen aan het dynamische pakket dat zij vormde.

Donna nam haar mee naar een hoek waar de societyreuzinnen Christina Levy en Diana Birtwell zaten.

'En wie hebben we daar? Als dat onze oogverblindende peettante niet is,' zei Christina lachend. Ze was een aantrekkelijke roodharige vrouw die Lanvin droeg, smaragden ter waarde van vijfhonderdduizend pond en een wolk van parfum van eerdergenoemd merk. 'Kay is de volmaakte keus als peettante, schat.' Ze grijnsde naar Donna. 'Ze heeft een fantastische verzameling Chanel, waar Evie haar ooit heel dankbaar voor zal zijn. Hoewel ik hoop dat je niet echt van haar verwacht dat Evie levenslessen van haar moet leren.'

De vrouw van Ariel Levy, de grootste winkeltycoon in Groot-Brittannië na Philip Green, was er ternauwernood in geslaagd de doop in te proppen tussen een *après* kerst-opdracht voor Amansala's Bikini Boot in Tulum en de haute couturecollecties in Parijs. Naast Christina zat Diana Birtwell, een beschaafde Paltrow-blondine en vrouw van Martin Birtwell, de koning van het internetgokken. Samen vormden ze Karins beste vriendinnen. De drie vrouwen hadden ooit een huis gedeeld in Chelsea, bijna tien jaar geleden nu, toen Christina, een voormalige schoonheidskoningin uit Californië, naar Londen was gekomen om een platencontract in de wacht te slepen. Ze was Karin en Diana tegen het lijf gelopen in de nachtclub Hobo's, waar de twee schoolvriendinnen avond aan avond cocktails dronken en op jacht waren naar sluikharige erfgenamen uit de bankierswereld. Toen ze het goed met elkaar bleken te kunnen vinden, hadden ze samen College Mews 23b gehuurd, een klein roze rijtjeshuis in Chelsea, waarna ze de internationale scene onveilig hadden gemaakt en op kosten van rijke heerschappen de hele wereld waren over gevlogen. 'De drie Mustique-iers', zo hadden ze zichzelf genoemd, herinnerde Karin zich glimlachend. Ze hadden elkaar eeuwige trouw beloofd en gezworen dat ze nooit zonder De Beersdiamanten zouden zitten.

Donna overhandigde Evie aan haar Australische kinderjuf en ging tegenover Diana en Christina op een grote leren ottomane zitten.

'Wie is dat daar bij Rula?' Karin wees discreet naar een grote, slanke vrouw met een porseleinen huid en lange, botergele haren. De regerende Miss Adriatische Kust had bezitterig haar arm geslagen om een gezette man van in de zestig, met een kaal hoofd en een wit sikje. Door Rula's tien centimeter hoge schoenen van Louboutin was er bijna dertig centimeter lengteverschil tussen hen.

'Dat is Conrad Pushkin,' fluisterde Christina. 'De schrijver. Ze schijnen verloofd te zijn, maar dat hebben ze nog niet officieel aangekondigd. Dat doen ze pas zodra ze Miss af is.'

'Een schrijver?' vroeg Diana verbaasd. 'Hoe komt ze daar nou bij?' Rula was een van hun mooiste kennisjes, wat een behoorlijke prestatie was, want hun vriendinnenclubje bestond uit een paar van de best verzorgde en aantrekkelijkste vrouwen uit Londen. Rula droeg een cape van sabelbont boven een crèmekleurige leren broek waarin haar benen eindeloos lang leken. Volgens de vier vrouwen had Rula iedereen kunnen krijgen.

'Hij heeft de Nobelprijs, schat!' vertelde Christina met grote ogen. 'Ik moet het haar nageven – het is hartstikke geniaal!'

'Wat is geniaal?' vroeg Donna, terwijl ze een slokje champagne nam. Speciaal voor het feest was ze gestopt met borstvoeding geven.

'Uitgestelde bonus, schat,' zei Christina, op een toon alsof dat toch wel duidelijk moest zijn. Toen ze Donna's niet-begrijpende blik zag, legde ze het geduldig uit. 'Rula heeft besloten niet voor de echt grote vangst te gaan,' zei ze bedachtzaam. 'Niet meteen tenminste. Conrad is niet aantrekkelijk, maar hij is ook niet echt rijk, dus alle fatsoenlijke mannen, en dan heb ik het over de top vijftig van de lijst rijke mannen van *The Sunday Times*, zien dat deze prachtige vrouw met een intellectueel trouwt, en dan denken ze: Aha! Dus Rula is niet op geld uit! Ze trouwt uit liefde met hem, de bofkont. Geloof me, als ze dan genoeg van hem heeft, staan ze in rijen bij haar op de stoep. Iedereen denkt dat ze een mooie vrouw is die niet geïnteresseerd is in geld, en haar grote troef is dat haar man een intellectueel van wereldklasse was. En rijke mannen hebben een enorme behoefte zichzelf slim te voelen. Ze denken: als ik met Rula trouw, straalt iets van Conrads glorie op mij af.'

Donna floot zacht, vol ontzag voor Christina's wijsheid.

'Dit soort dingen, denk je daar vaak over na?' vroeg Karin, terwijl ze een in parmaham gerolde vijg van een schaal pakte.

'Schat, we denken daar allemaal vaak over na,' antwoordde Christina met een glimlach en een knipoog.

'Maar even serieus... Wie heeft de catering verzorgd, Donna?' vervolgde Christina. 'Ik zoek iemand voor Joshua's verjaardag. We zoeken iets smaakvols, maar eenvoudigs.'

'Zoals Narnia nabouwen?' vroeg Karin, denkend aan het laatste verjaardagsfeest dat Christina had georganiseerd voor haar negenjarige stiefzoontje, het kind uit Ariels eerste huwelijk. Hun hele herenhuis in Mayfair was toen omgetoverd in een verhaal van C.S. Lewis, compleet met echte sneeuw, acteurs verkleed als faunen, en manshoge stapels Turks fruit.

'We willen Joshua het beste van het beste geven,' merkte Christina wijs op.

'Nou, de koks van de boerderij hebben het samengesteld,' vertelde Donna. 'Alles wat hier vandaag wordt geserveerd, kun je in de boerderijwinkel kopen.'

Donna had onlangs een kuuroord annex biologische boerderijwinkel op het landgoed van de familie Delemere geopend, een stuk grond van achthonderd hectare op het platteland van Oxfordshire. Je struikelde tegenwoordig over de societydames die winkels voor kinderkleding openden of handtassen ontwierpen, dacht Karin droog. Natuurlijk schaarde ze zichzelf niet onder de verveelde lunchende klassen met hun dure hobby's. Karenzabadmode werd steeds groter en had inmiddels een omzet van twintig miljoen pond per jaar. In de herfst zouden nog twee winkels worden geopend en voor volgend jaar speelde ze met het idee ook een lingerielijn te beginnen. Sebs dood had van haar een rijke vrouw gemaakt, maar haar doel was binnen vijf jaar zo veel te verdienen, dat wat ze nu op de bank had staan slechts een zakcentje zou lijken.

'Je zou er echt eens over moeten nadenken jezelf te promoten als de eco-Britse uitvoering van Martha Stewart,' zei Karin, met een blik op haar slanke, geestdriftige vriendin. 'Ik weet dat de boerderijwinkel goed loopt, maar je moet zo snel mogelijk een keten opzetten. De mogelijkheden het merk Delemere als levensstijl uit te melken zijn eindeloos.'

'Moeten jullie het altijd over zaken hebben?' mopperde Diana. Ze dronk haar glas champagne leeg.

Karin glimlachte flauwtjes. Ze had medelijden met vrouwen als Diana die niets te doen hadden behalve winkelen. Na toevallig in de modewereld terecht te zijn gekomen als pr-meisje, had Diana gewerkt op de pr-afdeling van een kleermaker in Savile Row. Toen ze op een goede dag de zaak binnen was gelopen, was Martin Birtwell, een aankomende internetgoktycoon, net een pashokje uit komen zetten. Diana had zich laten verleiden door Martins elan en door zijn sportwagen met open dak; Martin op zijn beurt raakte betoverd door het stijlvolle societywereldje waarin Diana zich bewoog. Ze werden meteen een van Londens aantrekkelijkste paartjes. Maar Diana was nog geen seconde met hem getrouwd, in juni vorig jaar, of ze had haar baan opgezegd. Ze vulde haar dagen nu met kappersafspraken en babyfeestjes. Alleen bij de gedachte al tuitte Karin haar lippen. Zo stom, dacht ze. Karin wilde een man die haar meerwaarde gaf, ze wilde haar waarde niet aan een man ontlenen. Ze liet haar blik door de balzaal dwalen en nam alle fabelachtig rijke mannen in zich op. Het zal niet lang meer duren, dacht ze. Het zal niet lang meer duren.

Aan de andere kant van de zaal wist Molly Sinclair niet wat haar misselijker maakte, het calorierijke cakeje dat ze net had gegeten, of pure jaloezie. Ze was net vergast op een toer door het huis, waardoor ze pas goed had beseft hoeveel geluk Donna Delemere had gehad. Evies kinderkamer was groter dan Molly's hele appartement, en nam een hele verdieping van het herenhuis in beslag, compleet met een annex voor de kinderjuf en een ledikant van Mark Wilkinson in de vorm van Assepoesters koets. Witte Franse klerenkasten hingen vol kleertjes van Bonpoint, en boven de haard hing een enorme trouwfoto van pappie en mammie als een opschepperige herinnering aan alles wat Molly niet had.

Het leek nog maar een paar minuten geleden dat Donna Jones, zoals ze had geheten toen Molly haar had leren kennen, een geblondeerde slettenbak was, op zoek naar rijke jongetjes in de nachtclub Legends. En moet je haar nou eens zien, dacht Molly verbitterd, terwijl ze een grote slok wodka nam. Donna had haar hotpants van Dolce & Gabbana ingeruild voor kasjmieren twinsetjes van Brora, meteen nadat ze, drie jaar geleden bij het Cartierpolotoernooi, Daniel Delemere had ontmoet, een kunsthistoricus met een enorm familiefortuin. En dat was nog maar het begin geweest van haar ongelooflijke transformatie in een societyvrouwtje. Haar haren hadden nu de zachte kleur van nootmuskaat, haar garderobe was een mengeling van Marni en Jil Sander, en als draagster van de naam Delemere zat Donna nu in de belangrijkste liefdadigheidscomités en bracht ze de hele zomer door in de mooiste villa's rond de Middellandse Zee. Niemand leek het er nog over te hebben dat ze ooit een expressieve schoonheidsspecialiste uit Hull was geweest.

Natuurlijk had Donna alleen maar gedaan wat meisjes met een eenvoudige achtergrond en een overdonderend uiterlijk al tientallen jaren deden. Wat Molly dwarszat, was dat zíj het niet was. Het was een eeuwig raadsel voor Molly waarom het haar niet was gelukt zich tot deze sociale laag te verheffen. Sinds haar modellencarrière in de jaren tachtig als een komeet omhoog was geschoten, had ze gedacht een echtgenoot met een indrukwekkende achternaam en een ring ter grootte van een meeuwenei in de wacht te zullen slepen. Ze was verdorie vier keer verkozen tot een van de mooiste vrouwen ter wereld! Niet echt van het niveau van Christy Turlington misschien, maar in de pikorde van de modewereld had Molly beslist vlak onder de supermodellen gestaan. En de tijd was mild voor haar geweest. Zelfs op drieënveertigjarige leeftijd kon ze nog doorgaan voor iemand die tien jaar jonger was, en de smeulende sexappeal die haar beroemd had gemaakt, was nog niet gedoofd. Lichte highlights glansden in haar lange, dikke haar. Ze had hoge jukbeenderen, en haar gebruinde huid, regelmatig behandeld met celvernieuwende injecties, zag er van een afstandje fris en jong uit. Vandaag droeg ze een sneeuwwitte kasjmieren trui en beige broek, en ze zag eruit alsof ze die ochtend nog uit een vliegtuig uit Saint-Bart was gestapt en niet uit haar huis in het wat meer 'bohemienachtige' deel van Notting Hill.

Maar nee, het goede huwelijk was niet gesloten. Pech, verkeerde inschattingen, foute drugs – wie zou het zeggen? Waar het op neerkwam, was dat ze tegen de vijfenveertig liep en nog steeds single was. Wat nog erger was, ze werd langzamerhand buitengesloten van de exclusiefste societygebeurtenissen. De vriendinnen met wie ze in de jaren tachtig en negentig avond aan avond in L'Equipe Anglaise, Tramp en Annabel's had rondgehangen, waren allemaal verdwenen naar chique landgoederen in Schotland, naar Upper East Side in Manhattan of naar villa's in Palm Beach. Af en toe ontving ze een uitnodiging voor een evenement zoals de doopplechtigheid van vandaag, maar ze werd nooit uitgenodigd voor een weekje vakantie in die villa's of voor intieme dinertjes met de aan de haak geslagen echtgenoten. Het was duidelijk waarom. Ze was een alleenstaande, mooie vrouw en dus een bedreiging. Bovendien maakte ze deel uit van hun verleden, een verleden waarvan Molly wist dat ze er liever niet aan herinnerd werden.

Ze nam een hapje van een krabbenpootje en gooide het toen in een plantenpot achter zich. Ze haalde diep adem, zichzelf voorhoudend dat dit puur tijdelijk was. Ze was Molly Sinclair, het supermodel. Ze had langer haar eigen kostje bij elkaar weten te scharrelen dan al deze leeghoofden hier bij elkaar. Ze beende naar de badkamer om een lijntje cocaïne te snuiven. Ze zou ze laten zien wat ze waard was. Allemaal.

Karin deed haar poederdoos open en bekeek haar spiegelbeeld. Ze moest er op haar best uitzien voor haar charmeoffensief. Als peettante was haar aanwezigheid op Evies doopplechtigheid natuurlijk vereist geweest, maar het was ook een ideale gelegenheid mensen op te trommelen voor het liefdadigheidsdiner dat ze voor komende maand had gepland. Met zo veel societylui in de zaal die allemaal in zo'n vrolijke, welwillende stemming waren, zou het stom zijn niet te proberen kaartjes te verkopen voor haar 'Stop Global Warming'-galadiner. Zoals zo veel van de aanwezige vrouwen had Karin al eens eerder een voorzichtige stap op het liefdadigheidspad gezet, maar na Sebastians dood had ze een belangrijker project nodig gehad om haar tanden in te zetten, en een exclusief, spraakmakend diner voor achthonderd gasten was precies de oplossing.

'Hoe gaat het met de kavels voor de veiling?' vroeg Christina, die al een week op het jacht van de Levy's, de *Big Blue*, had gedoneerd als kavel.

'Goed,' antwoordde Karin. 'Alleen heb ik gisteren wel mijn assistente moeten ontslaan. Ken jij soms iemand die het zou kunnen doen? Ik zoek iemand die jong is, enthousiast, presentabel – iemand met hersens.'

Christina schudde nietszeggend haar hoofd.

'Ik kan het wel aan Martin vragen, als je wilt,' zei Diana. 'Volgens mij gebruikt zijn bedrijf een of ander uitzendbureau.'

'Graag,' zei Karin op haar gebruikelijke koele, efficiënte toon. 'Ze hoeven geen ervaring te hebben, alleen maar enthousiasme. Ik doe zelf de belangrijke dingen, zoals de gastenlijst en tafelschikking.'

'Aha, ik snap het al,' zei Diana glimlachend, terwijl ze speelde met haar solitair ter grootte van een kiezelsteen, die om haar nek hing. 'Nu je weer single bent...'

'Doe niet zo raar.' Karin maakte een wegwerpgebaar. 'Het gaat me er alleen maar om zo veel mogelijk geld bij elkaar te krijgen. Weet je wel wat er met de ijskappen gebeurt?'

'Natuurlijk weet ik dat,' antwoordde Diana. 'In Megève was het dit jaar ook verschrikkelijk gesteld met de sneeuw.'

'Hé, waarom vragen we het niet aan Molly Sinclair?' zei Donna, met een knikje naar de lange vrouw aan de andere kant van de zaal. 'Ze werkt als consultant bij Feldman Jones PR and Events. Ze weet vast wel iemand.'

'Als het moet,' zei Karin koeltjes. Ze kende Molly nauwelijks, maar wist wel wie ze was: een bijna-supermodel uit de jaren tachtig, een coke snuivende *has-been*, die in hun kringen nog steeds te koop liep met haar openlijke seksualiteit en probeerde iedere man met ook maar een beetje geld het bed in te krijgen.

Donna wenkte haar vriendin.

'Jullie kennen Molly allemaal toch?' vroeg ze.

De drie vrouwen glimlachten flauwtjes.

'Weet jij soms een goeie assistente, Molly?' vroeg Donna.

'Waar is het voor?' vroeg Molly met haar smeulende rokersstem.

'Voor Karins "Stop Global Warming"-liefdadigheidsdiner. Ze probeert het zonder comité te doen,' zei Christina streng.

Karin glimlachte flauwtjes. Een comité was wel het laatste waar ze zin in had. Ze vond het best als een handjevol zorgvuldig uitgekozen vriendinnen kaartjes verkocht voor het diner, maar de controlfreak in haar kon niet tegen bemoeienis met haar ideeën. De eer moest alleen haar toekomen.

'Ga je ook, Molly?' vroeg Diana, terwijl ze zich afwezig afvroeg hoe Molly erin slaagde er zo goed uit te zien. Als ze een facelift had gehad, was het fantastisch goed gedaan.

'De tafels zijn erg duur,' zei Karin snel. 'Duizend pond per bord, en de kaartjes gaan hard.'

Molly schudde haar hoofd, en haar haren zwiepten van de ene naar de andere kant over haar schouders. 'Helaas kan ik niet op het diner komen. Er komen die avond vrienden over uit Amerika,' zei ze, terwijl ze nog een glas champagne van een ober aannam.

Inwendig kromp ze ineen bij het horen van de prijs van de kaartjes. Duizend pond! Schandalig gewoon! Wat kon ze daar niet van doen? Voor een hele maand coke kopen. Haar lidmaatschap van een halfjaar bij de sportschool betalen. Een mooie jurk aanschaffen. Ze wist dat het benefietdiner een waardevolle investering zou zijn, maar ze had er gewoonweg het geld niet voor.

'Over vrienden gesproken, weet je wie je zou moeten uitnodigen?' zei Christina glimlachend, terwijl ze een slokje van haar cocktail nam. 'Adam Gold.'

'Wie is dat?' vroeg Karin.

'Karin, schat, je begint achter te lopen.' Om Christina's glanzende lippen verscheen een glimlachje. 'Een vastgoedman en investeerder uit New York. Hij zit achter een paar van die prachtige nieuwe appartementenprojecten in Manhattan, Miami en Dallas. En hij is ook erg sexy en erg rijk. Hij heeft dit jaar de *Forbes*-lijst gehaald.'

Molly spitste meteen haar oren. De *Forbes*-lijst! Dat betekende een nettowaarde van minimaal een miljard dollar!

Karin schonk Christina haar beste ongeïnteresseerde ijskoninginnenblik. 'Miljardair of niet, het lijkt me niet dat hij voor een feest uit New York helemaal hiernaartoe zal komen, zelfs niet voor dit feest.'

'O nee, heb je dat dan niet gehoord?' Diana keek haar met grote babyblauwe ogen aan. 'Hij is net naar Londen verhuisd. Martin zegt dat hij zijn projectontwikkelingsbedrijf wil uitbreiden naar Europa, Moskou, Dubai en het Verre Oosten.'

'Nou, we kunnen wel wat vers bloed gebruiken,' zei Christina glimlachend. 'Niet dat ik iets met hem wil natuurlijk,' voegde ze eraan toe, met een steelse blik op haar man die op het terras een Cohiba stond te roken, 'maar ik kijk wel graag naar een lekker stuk.

Schat, zorg ervoor dat hij komt,' zei Christina glimlachend, terwijl ze veelbetekenend een hand op Karins knie legde. 'De kaartjes zullen de deur uit vliegen zodra bekend wordt dat hij ook komt.'

'Nou, ik ben wel in Londen die avond,' zei Molly langzaam. 'Misschien kan ik na afloop even binnenwippen?'

Karin en Molly boorden hun blikken in elkaar en herkenden iets wat ze al vele malen eerder hadden gezien. Rivaliteit.

'Ik vind het rot je te moeten teleurstellen, schat,' zei Karin koeltjes, 'maar er zullen voor die avond geen kaartjes worden verkocht voor een afterparty na het liefdadigheidsdiner. Zo'n soort evenement is het nu eenmaal niet.'

Molly glimlachte. Het was haar lieftalligste, ernstigste glimlach, een glimlach die op tientallen covers had gestaan, en waarmee ze vele mensen, mensen die veel rijker en machtiger waren dan Karin, haar wil had weten op te leggen. Ja, dacht Molly, zo te horen was Adam Gold precies de man die haar terug kon brengen naar waar ze thuishoorde, en ze was niet van plan zich bij haar jacht op hem in de wielen te laten rijden door zo'n stijve, jaloerse trut van een controlfreak als Karin Cavendish. Haar glimlach werd nog iets breder.

2

Cornwall is prachtig in januari. Niet de heiige schoonheid van midden in de zomer, als de zee turquoise glinstert en de verre heuvels in de zon vervagen tot donkergroene vlekken, maar een sombere, mysterieuze schoonheid, zo krachtig, tintelend en direct dat je wangen rood kleuren en er een rilling door je botten trekt. Erin Devereux trok haar das iets hoger tegen haar kin, te opgewonden om de kille pracht om haar heen te waarderen. Mijn leven leidt helemaal nergens heen, dacht ze nors, terwijl ze haar handen dieper in haar zakken stopte en over de top van het klif voortstapte. Als ze geen inspiratie had, waren de granieten rotsen, de woeste branding en de geur van smokkelaars meestal voldoende om haar creatieve sappen weer te doen stromen, maar tegenwoordig vroeg ze zich vaker niet dan wel af waar ze eigenlijk mee bezig was, om de mooiste jaren van haar leven – nou ja, ze was vierentwintig – te slijten in een dorpje aan het einde van de wereld, terwijl ze een boek probeerde te schrijven over... nou ja, nergens over eigenlijk op dit moment. Ze voelde zich zo ingesloten door al die lege ruimte dat ze nog geen bladzijde had geschreven. Gefrustreerd schopte ze naar een kiezelsteentje, miste en stootte haar teen aan een boomwortel. Ze jammerde van pijn en ergernis. En precies op dat moment, alsof iemand een kraan had opengedraaid, begon het hard te regenen. Dat heb ik weer, dacht ze, en ze rende naar huis.

'Deze laarzen gaan zo de vuilnisbak in,' kondigde Erin aan, toen ze de achterdeur van Hawthorn Cottage openduwde en de warme, zoete lucht in haar gezicht voelde slaan. Ze liet zich op de dichtstbijzijnde stoel vallen, trok haar laarzen van schapenbont uit en gooide ze in een hoek.

'Speelt je writer's block weer op?' vroeg de oudere vrouw die voor een donkerrode Aga stond. Jilly Thomas, Erins grootmoeder, was klein als een muis, had een bos weerbarstig grijs haar en een mooi gezicht. Op haar gerimpelde wang zat een veeg bloem, en ze droeg een donkerblauwe schort, besmeurd met iets wits.

'Nou, deze keer is het geen writer's block meer, maar een hele verstopping,' zei Erin, die haar koude tenen tegen een lauwe radiator duwde.

'Ach, maak je maar geen zorgen, lieverd,' zei Jilly, 'ik heb een lekkere kippenpastei gemaakt en ook wat aardappelpuree – je zult het zo weer warm hebben.'

Erin glimlachte naar haar grootmoeder. Geen wonder dat ze ruim drie kilo was aangekomen sinds ze terug was in Cornwall. Maar haar lange gestalte, meestal verborgen in een spijkerbroek en dikke trui, kon wel wat extra gewicht hebben. Ze keek in de spiegel boven de haard en zag een blozend, aantrekkelijk boerenmeisje. Haar lippen waren vol en van nature roze, en lange, roodbruine krullen vielen op haar rug. Ze was altijd jaloers geweest op roodharige vrouwen met opvallende groene ogen – de klassieke Ierse trekken die hun een brutaal, katachtig uiterlijk gaven, maar Erins ogen waren cognacbruin en verzachtten haar gezicht. Haar wangen waren op dit moment knalrood van de bijtende zeelucht en er kleefden vochtige slierten haar aan haar gezicht. De glamoureuze schrijfster, dacht ze. Ze sloeg haar vingers om een dampende mok die Jilly voor haar had neergezet.

'Het probleem is dat er hier niks is om over te schrijven,' klaagde ze.

'Je doet net alsof het de schuld van Cornwall is,' zei Jilly met iets van een glimlach.

'Nou, dat is ook zo!' zei Erin. 'Ik doe helemaal niks. Ik maak niks mee. Waar zou ik over moeten schrijven? Over zeemeeuwen?'

Ze zag een droevige blik over Jilly's gezicht glijden en voelde zich meteen schuldig. Het was niet haar bedoeling zo kritisch te doen over het vriendelijke, gastvrije dorp dat ze de afgelopen twintig jaar haar thuis had genoemd, en ze wilde ook niet dat Jilly het gevoel had dat ze op een of andere manier had gefaald. Ze had alles aan haar grootmoeder te danken. Erins vader, Philip, had zelfmoord gepleegd toen ze vijf was, en haar moeder, Hillary, was een jaar later verdwenen. Erin was onmiddellijk bij Jilly Thomas komen wonen, haar grootmoeder van moederskant, en ze was door haar grootgebracht als een eigen dochter. Ze had een idyllische jeugd gehad in Port Merryn, waar ze over het strand had gerend en in de smalle, bochtige straatjes had gespeeld. Het was net één lange zomervakantie geweest; zelfs de winters waren knus en warm in Jilly's keuken. Maar zoals zo veel dorpen in Cornwall had ook Port Merryn met leegloop te kampen. De Atlantische Oceaan was zo goed als leeggevist, waarmee de traditionele inkomsten van het dorp waren opgedroogd, en dus werden de schilderachtige natuurstenen vissershuisjes opgekocht door rijke Londenaars die ze als vakantiehuis gebruikten. Door de hoge huizenprijzen en het gebrek aan werk waren de meeste gezinnen naar de steden getrokken, zodat alleen de ouderen waren overgebleven, plus het handjevol oorspronkelijke dorpsbewoners dat toeristencafés en rommelwinkeltjes bestierde. Een pak melk was al vijf jaar niet meer te krijgen in Port Merryn, en midden in de winter was het dorp net een spookstadje.

'Sorry, oma, ik wilde niet overkomen alsof ik hier weg wil...'

'Geeft niks, lieverd,' zei Jilly, terwijl ze haar handen afveegde aan haar schort en even Erins hand aanraakte. 'Het is gewoon de waarheid. Ik weet dat je van het dorp houdt, maar het is geen plek voor een jonge meid, niet als je eenmaal hebt gezien wat er aan de andere kant van de heuvel te beleven valt.'

Erin knikte melancholiek. Nadat ze een halfjaar geleden was afgestudeerd aan de universiteit, had het een goed idee geleken terug te gaan naar Port Merryn. Ze zou huur uitsparen en weer naar de stad kunnen verhuizen zodra haar schrijfcarrière van de grond was gekomen. Dat was tenminste het plan geweest, maar het had anders uitgepakt. Grootgebracht op een dieet van Daphne du Maurier en John Fowles – Jill had er steeds voor gezorgd dat het huis vol boeken was om de geest van haar kleindochter te inspireren en verrijken – was het Erins ambitie geweest de 'Grote Britse Roman' te schrijven, en al haar vrije tijd tijdens haar studiejaren was opgegaan aan haar debuutroman. Aan het eind van het laatste trimester was het klaar geweest: 120.000 woorden, dubbele regelafstand, en geprint op wit papier. Ze had het naar een stuk of tien literaire agenten gestuurd en afgewacht. Ze had de hoop al bijna opgegeven toen ze door Ed Davies, senior partner van Davies & Sisman Literary Agency, op zijn kantoor in Londen was ontboden. Bijna verlamd van opwinding had ze drie dagen nagedacht over wat ze zou aantrekken om het juiste evenwicht uit te stralen tussen 'literair genie' en 'commerciële winnaar', en tijdens de hele reis had ze geoefend wat ze zou zeggen als ze de Man Booker Prize zou winnen. Ze was dus diep teleurgesteld geweest toen Ed Davies haar had laten plaatsnemen in zijn kantoor in Holborn en er twintig minuten over had gedaan haar uit te leggen waarom hij haar roman niks waard vond. Hij had echter wel zo veel belofte gezien, zei hij, dat hij bereid was haar in zijn stal op te nemen.

'Ik neem een gok met je,' had de agent haar gezegd, 'en dit boek zal beslist niet je debuutroman worden. Maar als je met het juiste idee komt en dat ook net zo goed uitvoert als je volgens mij kunt, dan wil ik degene zijn die je eerste deal sluit.'

Erin wierp een blik op haar aftandse oude laptop op het bureau bij het raam, bijna begraven onder een stapel papier en notitieblokken. Het scherm knipperde naar haar, een open document, wit en leeg. De roman, haar grote ontsnappingsroute uit het dorp, wilde gewoon niet komen, hoe ze ook haar best deed.

'Er heeft iemand voor je gebeld toen je weg was,' zei Jilly, terwijl ze met een ovenwant naar de telefoon wapperde. Ze was bezig de dikke, korstige pastei uit de oven te halen en zette hem op het gestreepte katoenen tafelkleed.

'Wie dan?' vroeg Erin. Ze pakte een Post-itblaadje waarop iets onleesbaars was gekrabbeld. 'Richard?' Haar relatie met haar vriendje van de universiteit sukkelde nog steeds voort, al zat zij dan weer in Cornwall en woonde hij in Londen.

'Nee, lieverd.' Jilly glimlachte meelevend. 'Ene Katherine van een of ander bureau, kan dat?'

Erin voelde een scheut van opwinding. 'Het Desktop Agency?'

'Ja, die.' Jilly knikte. 'Wie zijn dat?'

'Het is een uitzendbureau voor secretarieel werk in Londen,' antwoordde Erin langzaam.

'Secretarieel werk?' vroeg Jilly, met één wenkbrauw opgetrokken. 'En je boek dan?'

'Oma...' reageerde ze, in de hoop dat ze niet al te geïrriteerd klonk, 'het Desktop Agency werkt voor allerlei mediabedrijven en uitgeverijen. Ik dacht dat ik zo misschien via de achterdeur binnen zou kunnen komen. Maar maak je maar niet druk, het zal toch wel niks worden.'

Haar grootmoeder glimlachte vriendelijk en legde haar ovenwanten neer. 'Erin, je hoeft je over mij echt geen zorgen te maken, hoor. Je hebt talent, en met dat talent zou je de wereld in moeten en je niet begraven in een koud, achterlijk gat, bij een oude vrouw en haar zware maaltijden.'

'Maar ik ben gek op het dorp en op jouw maaltijden!' protesteerde Erin.

'Dat weet ik wel, lieverd,' zei Jilly, terwijl ze over Erins arm wreef, 'maar je loopt hier tegen de muren op. Het is hoog tijd dat je maakt dat je hier wegkomt en van je leven geniet nu je nog jong bent.'

'Ik heb niet genoeg geld om naar Londen te verhuizen.'

‘Dat heb je wel, dat weet je best,’ zei Jilly.

‘Maar dat wil ik niet gebruiken...’

Erin dacht aan het appeltje voor de dorst dat ze op de bank had staan. Haar vader was bijna bankroet geweest toen hij was gestorven, maar door de jaren heen had hij steeds een beetje geld voor zijn dochter apart gezet, wat inmiddels tot een aardig bedrag was uitgegroeid. Erin had het nog nooit aangeraakt. Ze bewaarde het voor ‘iets belangrijks’.

‘Misschien is het tijd het te gebruiken, lieverd. Je moeder zou dat ook hebben gewild.’

Erin keek naar haar grootmoeders donkerblauwe ogen en wist dat ze meer dan ooit van haar hield. En ze wist ook dat ze gelijk had.

‘Goed, ik zal erover nadenken,’ zei ze, terwijl ze zich afvroeg hoeveel van Jilly’s rijstpudding ze zou moeten opeten voordat ze van tafel kon om te bellen.

‘Ah, Erin Devereux. Fijn dat je terugbelt. Ik heb je mobieltje geprobeerd, maar ik weet niet of dat het wel doet.’ Catherine Weiners stem klonk voortvarend en overdreven vriendelijk. Het was lang geleden dat Erin in Londen was geweest voor het gesprek met het uitzendbureau, maar ze herinnerde zich dat de vrouw eng efficiënt was.

‘En toen heb ik het nummer op je cv maar geprobeerd. Ik herkende het netnummer niet. Waar ben je? In Surrey?’

‘Eh, in Cornwall,’ zei Erin, terwijl ze haar mooiste telefoonstem opzette.

‘Cornwall,’ reageerde Catherine verbaasd. ‘Je woont daar nu toch niet?’

‘Nee, ik logeer bij vrienden tot mijn nieuwe flatje in Londen wordt opgeleverd,’ loog Erin snel. ‘Volgens de notaris is dat vrijdag. En dan neem ik de eerste de beste trein terug naar Londen.’

‘Nou, dat is fijn te horen,’ zei Catherine kordaat. ‘Want je kunt moeilijk op en neer reizen naar Cornwall, en ik denk dat ik een baan voor je heb.’

Erins nieuwsgierigheid was gewekt. ‘O ja?’

‘Ik zag in mijn aantekeningen van ons gesprek dat je op zoek was naar secretarieel werk bij een uitgeverij. Nou, dat is dit niet helemaal, maar het is vast een levendige baan voor een meisje van jouw leeftijd.'

'Wat is het dan?'

'Evenementen-management. Het is voor drie weken. Onze cliënte, een zeer glamoureuze, bekende dame heeft hulp nodig bij de organisatie van een liefdadigheidsdiner. Kaarten versturen, veel administratieve klussen, veel heen-en-weergeren. Ze wilde iemand die intelligent, georganiseerd en presentabel is. Echt goede typevaardigheid is niet vereist, en daarom dacht ik aan jou. Maar je moet wel zo snel mogelijk beginnen. Ze wil morgen al een gesprek. Veel van mijn meisjes zitten vast aan langdurige contracten, maar ik dacht dat jij misschien toch niks te doen had...'

Heel aardig weer, dacht Erin.

'Dus ik moet naar Londen komen voor een sollicitatiegesprek?' vroeg ze, terwijl ze dacht aan hoeveel een treinkaartje kostte.

'Erin,' zei Catherine. Haar stem klonk scherp en bestraffend. 'Dit is wat ze noemen een erg sexy klus. Dus, ja of nee?'

Erin keek uit het raam naar de grijze leegte. Ze kon niet ontkennen dat het hier prachtig was; het rook zelfs verrukkelijk, met de scherpe geur van de zee die zich vermengde met die van de wilde bloemen op de kliffen en met de oliegeur van de trawlers in de haven. Ze wist dat er, als ze van haar grootmoeders leeftijd was, geen betere plaats zou zijn om te wonen, maar op dit moment, op haar vierentwintigste, leek haar leven in de pauzestand gezet. Cornwall was zo afgesneden van, had zo weinig bemoeienis met de rest van de wereld, dat ze wel naar Londen moest om zichzelf uit haar slaap wakker te schudden. Om zich weer in de maatschappij te begeven. Om zich weer tussen mensen te begeven.

'Ja. Ik neem morgen meteen de eerste trein.'

3

'Laatste foto, en dan houden we ermee op voor vandaag,' riep Sally Stevenson, de artdirector van het tijdschrift *Your Wedding*, terwijl ze de tiara op Summer Sinclairs hoofd rechtzette en de golvende lagen stof van de Vera Wangjurk gladstreek. Summer slaakte een kreun van opluchting. Door de openslaande deuren van het huis waar de fotoshoot werd gehouden, zag ze dat het buiten al pikdonker was, en ze had vreselijk veel zin naar huis te gaan en haar voeten in een teiltje water te weken. De hele dag had ze zich in en uit witte schuimtaartjes en strakke ivoorkleurige kokers gewurmd; ze hadden haar haren opgestoken en weer steil geföhnd, en ze had zo'n beetje alle gezichtsuitdrukkingen aangenomen, van poëtisch verlangen tot zorgeloos lachen. Kortom, ze hadden de hele dag aan haar gefriemeld alsof ze een servetje was, en ze was kapot. Toch was niet alles even beroerd geweest, dacht ze, met een blik op Charlie McDonald, het mannelijke model dat de elegante bruidegom van het blozende bruidje had gespeeld. Charlie had haar de hele dag aan het giebelen gemaakt door Stefan, de norse Zweedse fotograaf, na te doen, en met veel kabaal de drie kleine bruidsmeisjes door de studio achterna te zitten. Hij was ook aantrekkelijk, op een kakkerige Ralph Laurenmanier, dacht ze. Maar hij is helemaal niet mijn type, verbeterde ze zichzelf snel. Summer viel meestal op oudere mannen – rijke, oudere mannen – iets wat haar moeder er bij haar van kindsbeen af had ingehamerd.

'Hij kan dan wel aantrekkelijk zijn,' kon ze haar moeder gewoon horen zeggen, 'maar kan een aantrekkelijke man je een privévliegtuig geven?' Nee, Charlie was niet ouder dan zij, en de laatste keer dat ze uit was geweest met iemand van vierentwintig, was op haar zestiende – en dat was met een rijke bankierszoon geweest.

'Nu wil ik iets sexy's, iets romantisch,' zei Stefan streng. 'Charlie, kun je naast de trap gaan staan?' vroeg hij. 'En leg je arm om Summers middel.'

Charlie kwam dicht bij haar staan. Godsamme, hij was echt

een stuk. Smalle groene ogen, omkranst door donkere wimpers, een gladde, lichtelijk gebruinde huid, een bos donkerblond haar. Zonder de vierkante kaken zou je hem zelfs mooi kunnen noemen, maar zijn hoekige gezicht gaf hem eerder het stoere uiterlijk van een filmster uit de jaren vijftig. 'En nu wil ik dat je haar zacht op de mond kust.'

Ongemakkelijk draaide Summer haar hoofd. Ze voelde haar hart sneller gaan slaan toen zijn lippen over de hare streken. Charlie was zo'n stuk dat het moeilijk was honderd procent professioneel te blijven, haar gevoelens uit te schakelen zoals je een kraan dichtdraaide. Het was meer dan een jaar geleden sinds ze op enige manier intiem was geweest met een man; ondanks haar uiterlijk maakte Summer nauwelijks afspraakjes.

'Vooruit, Summer. Je bent net met deze man getrouwd!' riep Sally. 'Kijk hem niet aan alsof je in je broek pist van angst!'

Summer dwong zichzelf te glimlachen en ging iets dichter bij Charlie staan, terwijl Sally en haar assistente zilverkleurige en witte ballonnen binnen het kader begonnen te gooien.

'Vooruit, doe alsof je van me houdt,' fluisterde Charlie met een lief lachje. 'Dan kunnen we allemaal naar huis.'

Het opgewonden standje van een fotograaf wierp gefrustreerd zijn handen in de lucht. 'Die Engelsen ook!' kreunde hij. 'Wat een stijve harken!'

Sally Stevenson haastte zich naar voren, terwijl ze in haar handen klapte. 'Oké, dank jullie wel allemaal, dat was fantastisch.' Ze stak haar handen boven haar hoofd voor het traditionele eind-van-de-shoot-applaus.

'Wie gaan er mee wat drinken?' vroeg ze, met een hoopvolle blik op Charlie, die ze expres had gecast omdat ze op hem viel.

'Geen gek idee...' zei hij, zonder zijn blik van Summer af te wenden.

Summer ging naar de badkamer om de dikke foundation van haar gezicht te halen. Ze wurmde zich uit de crèmekleurige schuimtaart. Stomme bruidsfoto's, dacht ze, terwijl ze in de spiegel keek. Maar ja, ze was ook niet echt Kate Moss.

Toe, Summer, doe effe normaal, riep ze zichzelf tot de orde. Misschien was een fotoshoot voor *Your Wedding* niet de strakke, baanbrekende modereportage waarvan ze had gedroomd toen ze met modellenwerk was begonnen, maar het was een opdracht, en daar had ze er sinds kerst niet veel van gehad. Summer wist dat haar uiterste houdbaarheidsdatum op haar vierentwintigste bijna was verlopen.

Charlie McDonald stond in de marmeren hal op haar te wachten; hij stond tegen de ballonnen te meppen, terwijl de bruidsmeisjes door hun stralende ouders in dikke duffelse jassen werden geholpen.

'Ga je nou nog mee wat drinken?' Charlie gooide zijn tas over zijn schouder.

'Alleen als jij trakteert,' zei Summer ondeugend.

'Hoe komt het eigenlijk dat ik je niet eerder bij castings heb gezien?' vroeg hij, terwijl ze naar de voordeur liepen.

'Ik heb de afgelopen paar jaar in het buitenland gezeten.'

'O ja? Waar? New York?'

'Nee, in Japan,' antwoordde Summer, een beetje in verlegenheid gebracht. Ze wist dat Tokio een beetje als derde keus werd beschouwd in het modellenwereldje. De topmodellen vertrokken naar New York, waar ze miljoenen dollars konden verdienen, en de lange, magere meisjes gingen naar Parijs om de couturekleding er nog exclusiever en luxueuzer uit te laten zien. Tokio stond nauwelijks op de modekaart, maar de commerciële Japanse markt was gek geweest op Summers prachtige doorsneemeisje-perfectie, met haar vlekkeloze, perzikzachte huid, haar roze lippen en vochtige, lavendelblauwe ogen die zo onschuldig glansden dat niemand doorhad dat ze er waren om je veel te dure cosmetica aan te smeren. Ze was een van de toppers van het modellenbureau in Tokio geweest, een grote ster in haar kleine neon-universum. Ze had vier jaar hard moeten werken, maar haar zelfvertrouwen had er een enorme oppepper gekregen; het had haar veel opgeleverd, en wat het belangrijkste was: ze had er haar moeders stempel van goedkeuring mee verdiend.

'Wow, Tokio? Fantastisch!' zei Charlie, zonder enig snobisme. 'Ik zat er zelf ook over te denken daarheen te gaan en wat geld te verdienen. Blijkbaar hebben ze daar geen moeite met kleine mannetjes.'

Summer lachte. Charlie kwam waarschijnlijk wel op één meter tweeëntachtig uit, maar ze kon met hem meevoelen. Het gebrek aan werk voor meisjes met haar lengte – één meter drieënzeventig – was een van de redenen geweest waarom ze überhaupt naar Japan was gegaan.

'Dat zou je moeten doen,' zei ze, 'het is er fantastisch. Een beetje raar en heerlijk beleefd, maar al met al fantastisch.'

Charlie haalde zijn schouders op. 'Ik zit in een bandje. De enige reden waarom ik modellenwerk doe, is om snaren voor mijn gitaar te kunnen kopen.'

'Aha!' zei Summer triomfantelijk. 'Ik wist het! Dus jij bent de volgende Noel Gallagher.' Ze was altijd jaloers geweest op mannelijke modellen. Hoewel ze zelden zo veel geld verdienden als de vrouwelijke topmodellen, gebruikten de meeste mannen die ze in het wereldje had leren kennen, het modellenwerk als noodoplossing of als een paspoort naar andere dingen: studenten die hun studielening wilden afbetalen, wannabe tv-presentatoren die bekendheid zochten, of acteurs die snel wat centen wilden verdienen.

'Ja, net als Noel Gallagher,' zei Charlie lachend, 'maar dan met een beter gebit.'

Ze liepen naar buiten. Met de hoge, witte Georgian huizen van Belgravia, die boven hen uittorenden, haar haren nog steeds in een soort suikerspin en de ouderwetse straatlantaarns geel gloeiend als paardenbloemen, voelde ze zich net een heldin uit een roman van Jane Austen. Sally, Stefan en wat lui van de crew stonden nog in de deuropening te schuilen voor de miezerige regen en te overleggen waar ze iets zouden gaan drinken.

'Wat dachten jullie van een cocktail in de Blue Bar?'

'Ik ga echt geen tientje voor een drankje betalen,' mopperde Charlie. 'Zijn er hier in de buurt geen gewone kroegen?'

'Nou, de Grenadier misschien?' stelde Sally voor, terwijl ze Charlie strak aankeek. 'Daar heb ik Madonna een keertje gezien.'

'Nou, vanavond zullen we geen beroemdheden tegenkomen,' zei Jenny, de visagiste. Ze stak een sigaret op en inhaleerde diep. 'Er is toch zo'n groot feest in Zuid-Londen?'

Summer raakte ineens in paniek. 'O, shit!' Ze keek de straat af voor een taxi.

'Wat is er?' vroeg Charlie.

'Ik heb mijn moeder beloofd dat ik met haar uit zou gaan,' zei ze kreunend.

'Spannend afspraakje in de bingohal?'

Summer lachte bij het idee. 'Mijn moeder is waarschijnlijk meer rock-'n-roll dan de meeste mensen die je in de muziekindustrie hebt ontmoet.'

'Heel goed! Vraag of ze naar de Grenadier komt!' zei Charlie.

Summer betwijfelde of haar moeder sinds de jaren zeventig ooit nog in zoiets armoedigs als een kroeg was geweest.

'Waar wachten we eigenlijk nog op?' vroeg Sally Stevenson geïrriteerd, niet blij dat Summer beslag legde op Charlie.

Een zwarte taxi kwam tot stilstand aan de stoeprand en Summer zei snel wat tegen de chauffeur. 'Ik moet echt weg,' verontschuldigde ze zich, terwijl ze het portier opentrok.

Charlie rommelde even in zijn tas en haalde er een cd uit. 'Mijn bandje,' zei hij, terwijl hij hem haar gaf met een ontroerend nerveuze blik, als een schooljongetje van twaalf, dat voor het eerst de moed had verzameld een meisje mee uit te vragen. 'Luister er maar eens naar. Als je het mooi vindt, we spelen donderdag over een week in de Monarch. Misschien dat je zin hebt om te komen.'

Ze voelde iets van genegenheid voor hem toen hij een exemplaar van de *New Musical Express* uit zijn tas pakte en boven zijn hoofd hield tegen de regen, die steeds harder naar beneden kwam.

'En als ik het niet mooi vind?' vroeg ze.

'Kom dan toch maar.'

Terwijl de taxi wegreed, deed Summer het raampje open om Charlie te vertellen dat ze zou proberen te komen. Toen ze langs het groepje kwam, zag ze Sally bij Charlie gaan staan en hoorde ze haar zeggen: 'Vreemd mens, hè, die Summer?'

Charlies reactie kon ze niet meer verstaan.

4

Karin liep de Grote Zaal van Strawberry Hill House in voor een laatste inspectie voordat ze terugging naar Londen voor haar kappersafspraak. Het was beslist een prachtige ruimte, en Karin stelde erg hoge eisen. De marmeren pilaren waren gewikkeld in goudkleurige klimop, passend bij de ongelooflijk mooie vergulde plafonds van het landhuis. Verspreid door de balzaal stonden witgespoten laurierboompjes, en tussen een zee van tafels strekte zich een lange catwalk uit – Karin had erop gestaan dat het showen van de Karin Cavendish-cruisecollectie het hoogtepunt van de avond zou worden. Er waren ijssculpturen, grote vazen met witte aronskelken, en een klein podium, versierd met golven van ivoorkleurige voile, waarop de beste jazzband uit Havana zou spelen. Ze deed een stap naar achteren en glimlachte. Ze wist dat het precies goed was.

Karin had er drie maanden over gedaan om te beslissen waar ze dit liefdadigheidsevenement zou houden, want het moest volmaakt worden. Het centrum van Londen ging niet; de zalen die ruim genoeg waren om grote aantallen mensen te ontvangen voor een diner met bal na, waren al zo vaak gebruikt en eerlijk gezegd ook een beetje declassé. Nee, Karin wist dat, als ze de krantenkoppen wilde halen met haar 'Stop Global Warming'-gala, het op een chique en elegante plaats moest worden gehouden, en in Strawberry Hill House, een magnifiek gotisch landhuis zo'n vijfentwintig kilometer buiten Londen, had ze de volmaakte plek gevonden, wist ze. Zelfs dat het zo verdomd ver van Chelsea verwijderd was, had voordelen: minstens dertig gasten zouden per helikopter komen, wat nog een extra glans van exclusiviteit aan de avond verleende. De ironie van het feit dat er helikopters werden gebruikt in plaats van auto's of taxi's om een evenement te bereiken dat bedoeld was om de aandacht te vestigen op het gevaar van de opwarming van de aarde, ontging Karin niet, maar ja, haar hart lag bij het feest, en niet zozeer bij het goede doel. Opwarming van de aarde! Waarom in vredesnaam zou ze haar BMW X5 willen inruilen voor een van die belachelijke hybride auto's die eruitzagen alsof er bejaarden in werden vervoerd? Karin zag het als volgt: als ze een paar miljoen inzamelde voor de pinguïns en de ijsberen, dan konden een paar pietepeuterige helikopters haar wel vergeven worden.

'Hé, een beetje actief doen, daar heb je de draak,' fluisterde een van de speciaal uitgezochte modellen annex serveersters, terwijl ze energiek de kristallen glazen begon op te poetsen toen Karin kwam aanlopen. Erin slikte een lachje in en bestudeerde gauw de tafelschikking.

'Ik had muskusrozen gezegd, geen albarozen,' viel Karin uit tegen Jamie Marshall. Jamie was een van de beste bloemisten van het land en werkte op het ogenblik als een bezetene aan eilandjes van rozen voor op de tafels.

'Maar Karin, schat,' jammerde hij. 'Ze zijn allebei wit, niemand ziet het...'

'Wissel ze om,' zei Karin met nadruk. Ze liep verder voordat hij tijd had te reageren.

'Jij daar!' Karin richtte nu haar aandacht op een ober die de menukaarten op de gesteven witte tafelkleden legde. 'Ik heb zin in bosbessen. Haal er wat voor me. Biologische... En jij daar! Ben je niet naar huis geweest om je om te kleden?'

Erin kromp ineen van medelijden met de arme ober die op het punt stond ervan langs te krijgen.

'Erin! Ik heb het tegen jou!' viel Karin uit.

'Ik? Ik... ik dacht...' zei Erin zenuwachtig. 'Maar ik heb me omgekleed!' Ze keek beschaamd naar haar kleren, een zwart kokerjurkje dat tot op haar knieën kwam, met een namaakdiamanten gesp die ze in de uitverkoop bij Next January had gekocht voor het bal van Richards rechtenfaculteit. Ze voelde zich er mooi, slank en zedig in.

Ze zag nog net dat Karin haar ogen ten hemel sloeg. Nog geen vijf minuten geleden had ze zich een beetje als Audrey Hepburn gevoeld; nu voelde ze zich hopeloos onbeholpen.

'Nou ja. Het is in elk geval zwart,' verzuchtte Karin.

De drie weken na het eerste telefoontje van het Desktop Agency waren als in een waas verlopen. Erin was ter plekke in dienst genomen door Karin Cavendish, wat haar verbaasde, want ze was vreselijk zenuwachtig geweest tijdens het sollicitatiegesprek toen ze Karin had herkend van de societypagina's van de *Mail*. Karin wilde dat ze onmiddellijk begon, dus Erin was genoodzaakt geweest om Richard te bellen met de ongemakkelijke vraag of ze een paar weken bij hem kon logeren totdat ze alles op een rijtje had en wist of haar toekomst in Londen of in Cornwall lag. Vanaf de allereerste dag bij Karin Cavendish was het spitsroeden lopen geweest voor Erin. Werkdagen van achttien uur waren de normaalste zaak ter wereld en de aandacht voor detail die Karin eiste, was fenomenaal. Gelukkig hoefde Erin het evenement niet zelf te organiseren. Karin had een productiemaatschappij ingehuurd die alles organiseerde, van meubilair tot verlichting, plus een pr-bureau dat blijkbaar tot taak had de pers op afstand te houden in plaats van ze over te halen verslag te doen van het gebeuren. Desondanks kreeg Erin toch hoofdpijn van de grote hoeveelheid zaken die ze moest coördineren. En het hielp er niet aan mee dat Karin zo'n lastige opdrachtgever was. Ze mocht dan glamoureus zijn, ze was ook precies en veeleisend, zo superperfectionistisch dat ze erop stond eigenhandig alle bijzonderheden te regelen. Ze was dagen bezig geweest de aantrekkelijkste obers en serveersters te selecteren bij cateringbedrijven uit heel Londen, en ze kon zich uren het hoofd breken over de vraag of ze tijdens de ontvangst Tattinger of Perrier Jouët zouden serveren. Voor Erin was champagne champagne, totdat Karin haar het verschil had uitgelegd. Alleen al door in Karins gezelschap te verkeren, voelde Erin zich chiquer en wereldser worden.

'Ik ga over tien minuten naar Charles Worthington,' zei Karin. 'Dus we moeten nu alles even doornemen.' Ze stak een vinger op en raakte toen haar oordopje aan. 'Hoi, schat. Nee, ik kan nu niet praten. Ik zie je vanavond, goed? Ciao!'

Ze ging aan Erins tafel zitten en voelde kritisch aan het crèmekleurige bloemstuk. 'Je begrijpt toch dat ik me vanavond niet bij de deur zal vertonen?' vroeg ze aan Erin. 'Dus dat laat ik aan jou over.'

Dat was het gedeelte waar Erin het meest opgewonden over was. Ze was verantwoordelijk voor de gastenlijst en zou de mensen controleren die het fluwelen koord passeerden. Het stikte van de beroemdheden op de viplijst: Robbie Williams, Yasmin Le Bon, zelfs Hector Fox, een van de populairste nieuwe acteurs van Engeland; Erin had hem onlangs nog gezien als gekwelde huurmoordenaar in een tv-film, en hij had haar knikkende knieën bezorgd.

'Je moet strenger dan streng zijn,' vervolgde Karin, terwijl ze in haar vingers knipte om een ober te ontbieden en het woord 'water' blafte.

'Denk eraan: geen kaartje, geen toegang. En controleer de naam op de gastenlijst, want ik wil niet dat er iemand naar binnen glipt. Vanaf nu schakel ik alle telefoontjes naar jou door, want er zullen allemaal bietsers bellen die op het laatste moment nog een kaartje voor de afterparty proberen te bemachtigen; je zult ook veel pers aan de lijn krijgen. Zeg ze maar dat dit verdomme een liefdadigheidsevenement is en dat ze maar voor tienduizend pond een tafel moeten nemen als ze willen komen. Bovendien zal *Tatler* de avond exclusief verslaan.'

Karin nam haar lijst van strenge regels en reglementen door. Ze wilde dat er buiten vanaf halfelf een auto voor haar klaarstond, die onbeperkt op haar moest wachten tot ze klaar was om te vertrekken. In geen geval mochten Erin of een van de pr-meisjes roken of drinken.

'Zelfs geen water, Erin,' zei Karin streng. 'Mensen zullen denken dat het wodka-tonic is, en bovendien ziet het er echt heel onprofessioneel uit.'

Erin knikte ernstig bij iedere instructie en toen Karin eindelijk wegdraafde, haalde ze diep adem. Een deel van haar wilde het liefst terugrennen naar Cornwall, maar een ander deel was opgewondener dan ooit tevoren.

Summers taxi stopte iets na achten voor haar appartementje in het souterrain van een nogal armoedig pand in W10. Ze had de taxichauffeur een fooi van tien pond beloofd als hij haar binnen een kwartier thuis afleverde, en hij was net op tijd met gierende banden Basset Road ingeslagen.

'Zo, gelukt,' zei hij stralend, terwijl hij de bankbiljetten in zijn borstzakje schoof. 'Ik hoop dat hij het waard is.'

Toen de taxi wegreed, draaide Summer zich om, keek naar het smalle huis en zuchtte. Tja, dat moest ze dan haar thuis noemen, hoewel bij haar moeder wonen op haar vierentwintigste niet echt haar ideale levensdoel was geweest. Molly had het pand vijftien jaar geleden voor een habbekrats gekocht toen een vriend haar ervan had overtuigd dat Ladbroke Grove op een goede dag het nieuwe Chelsea zou zijn. Niet dat Molly erop was blijven wachten totdat dat gebeurde. In de jaren negentig had ze voornamelijk in appartementen gewoond die door minnaars waren bekostigd, en tegen de tijd dat ze weer in het huis was getrokken na het ter ziele gaan van de zoveelste relatie, was Ladbroke Grove voldoende opgeknapt om voor bohemienachtig te kunnen doorgaan. Na haar terugkeer uit Japan was Summer in het souterrain getrokken, meteen onder Molly's appartement. Theoretisch beschouwd maakte haar dat onafhankelijk van elke bemoeienis van Molly, maar blijkbaar had niemand de moeite genomen om haar moeder daarvan op de hoogte te stellen. Het was net alsof ze weer twaalf was. Alleen werd er nu van haar verwacht dat ze haar moeder vergezelde naar de feestjes in plaats van thuis te blijven met de babysitter.

Summer deed de voordeur dicht en gebruikte toen een andere sleutel om bij Molly naar binnen te gaan. Molly zat in de zitkamer, in beha en slipje, met krulspelden in haar haren en haar voeten op het bureau, terwijl ze haar teennagels scharlakenrood lakte. Summer vond dat ze leek op een foto van Ellen Von Unwerth.

'Je bent ongeveer een uur te laat,' zei Molly vinnig. Ze zette het flesje nagellak op het bureau.

Summer zag dat op de laptop die Molly open had staan op het bureau, de homepage van eBay te zien was. Dat was haar moeders nieuwste bron van inkomsten, het omzetten van cadeaus van vriendjes in baar geld – een Hermèssjaal hier, een cocktailring van Tiffany daar; het afgelopen jaar had ze minstens vijftigduizend pond verdiend, belastingvrij.

'Wat verkoop je nu weer?' vroeg Summer om haar moeder af te leiden van haar ergernis.

'Ik heb van Suleiman een Kellytas gekregen,' zei Molly zuchtend.

'En die ga je verpatsen?' vroeg Summer verbaasd. Zelf had ze stiekem een oogje op de legendarische Hermèstas, maar ze had nooit in de positie verkeerd om drieduizend pond op tafel te kunnen leggen.

'Je hebt een Kelly als je boven de vijftig bent, en een Birkin als je onder de vijftig bent,' legde Molly geduldig uit, terwijl ze Summer aankeek alsof ze had gezegd dat de hemel groen was. 'Maar waar bleef je zo lang? Ik dacht dat de shoot om zes uur klaar zou zijn.'

Summer trok haar jas uit en liet zich op de dikke crèmekleurige bank vallen. 'Het is wat uitgelopen. De crew wilde nog wat gaan drinken. Ik ben zo snel mogelijk weggegaan.'

'Je bent wat gaan drinken, terwijl je je thuis klaar had kunnen maken voor je avondje uit met mij?' viel Molly uit. 'Ik hoop maar dat je niet je tijd hebt zitten verdoen met die kutfotografen. Wat zei hij? Dat hij je in de *Vogue* zou kunnen krijgen? Geloof me, het enige wat een modefotograaf je kan bezorgen, is een soa.'

'Ik ben helemaal niet mee geweest naar de kroeg,' zei Summer gepikeerd. 'Trouwens, het is net acht uur geweest, en we worden pas om tien uur op het feest verwacht.'

'Wat prima zou zijn, als het niet helemaal in Surrey was. Echt Summer, je komt zomaar terugfladderen uit Japan, ik laat je beneden wonen voor de helft van de huur die ik van een ander zou kunnen vangen, en wat krijg ik ervoor: egoïsme en onverschilligheid. Nou ja,' vervolgde ze geërgerd, 'misschien kun je nog iets nuttigs doen en me vertellen welke jurk je het mooiste vindt.'

Summer volgde haar moeder met een ellendig gevoel de trap op, naar de slaapkamer. Molly wist precies hoe ze haar kon bespelen, zodat ze zich schuldig en ondankbaar voelde. Niet voor het eerst sinds haar terugkeer uit Japan vroeg ze zich af waarom haar moeder haar eigenlijk in haar buurt wilde hebben, aangezien ze zo veel moeite deed om haar het gevoel te geven dat ze haar tot last was. Maar ja, dat gevoel was heel vertrouwd; Summer had altijd het gevoel gehad dat ze een belemmering vormde voor Molly, zowel wat haar modellencarrière betrof als haar liefdesleven. Zelfs met de hele trits goedkope Zweedse au pairs die een vast onderdeel waren geweest in het huishouden van de familie Sinclair, kon het voor Molly niet eenvoudig zijn geweest om op het vliegtuig te stappen voor een opdracht in Manhattan of Marrakech, terwijl ze met handen en voeten aan Summer gebonden zat. Wat nog erger was, Summer had het gevoel dat ze Molly's kansen op liefde had getorpedeerd. Hoewel Molly een van de mooiste vrouwen ter wereld was, was ze nooit getrouwd, en het was wel duidelijk waarom – welke man had nu zin om een krijsende snotaap op sleeptouw te moeten nemen? Dus had Summer geleerd om niet te klagen als ze voor de zoveelste keer naar een andere school moest omdat Molly weer een nieuwe minnaar had, en als Molly haar de hele nacht alleen liet omdat ze haar nieuwste rijke doelwit probeerde te versieren, had ze ook niet geklaagd, in de hoop dat een van deze 'ooms' een permanent onderdeel van hun leven zou worden en hen zou verlossen van hun zwervende bestaan. Als Summer eenzaam en bang was, liet ze dat niet merken, want ze wist dat haar moeder op zoek was naar een echtgenoot, om hun allebei een beter, veiliger, stabieler bestaan te geven, en dat wilde ze niet voor haar verpesten.

'Nou, ik hoop dat je je vanavond wat socialer zult opstellen,' zei Molly, terwijl ze haar slaapkamer in liepen, waar jurken in alle kleuren en maten op de grond, het bed en de stoelen lagen. 'Je kunt soms zo nukkig doen, en op deze liefdadigheidsavond zullen een paar zeer veelbelovende mannen zijn.'

'Als je me maar niet opzadelt met een of andere dikke man van zeventig met grijpgrage handjes, zoals je zo vaak doet,' zei Summer, terwijl ze een Diorjurk van tweeduizend pond opzijschoof, zodat ze op bed kon gaan zitten.

'Ach, begin daar alsjeblieft niet weer over,' zei Molly. 'Sir Lawrence is toevallig een erg lichamelijke man. Bovendien kun je het hem niet kwalijk nemen als je altijd dat wispelturige "moeilijk te krijgen"-spelletje speelt met iedereen aan wie ik je voorstel. Je zou bijna denken dat je iets tegen rijke mannen had.'

Nou, misschien is dat ook wel zo, dacht Summer.

Twee maanden na Summers vijftiende verjaardag was Molly vreselijk opgewonden thuisgekomen. Ze kondigde aan dat ze een man had leren kennen die Graham Daniels heette, een elektronicamagnaat die blijkbaar 'op alle fronten klopte'. Nog geen week later waren Molly en Summer ingetrokken op 'Tyndale', Grahams enorme huis in Ascot. Summer vond Graham aardig. Anders dan veel van Molly's andere vriendjes deed hij niet alsof ze een lastpak was. Hij behandelde haar alsof ze een volwassene was en liet haar zelfs achter het stuur van zijn rode Ferrari Testarossa zitten en als een kangoeroe over het grindpad voor het huis hopsen. Summer ging naar de plaatselijke privéschool voor meisjes, waar ze veel nieuwe vriendinnen maakte, en ze kreeg haar eigen roze slaapkamer met badkamer en een balkon dat uitkeek op de vele hectares bos van het landgoed. Summer was gek geweest op haar roze slaapkamer tot Graham haar op een avond welterusten kwam wensen. Ze kon nu nog de klik horen van de deur die openging en het wit zien van Grahams tanden toen hij in het halfduister glimlachte. Die eerste avond had Summer alleen angst gevoeld toen zijn handen zich onder haar nachthemd bewogen. De tweede avond had ze zich vreselijk geschaamd voor het onbekende, maar aangename gevoel dat haar jonge lichaam had doorstroomd. De derde avond vergat Graham Daniels de deur op slot te doen. Hij was verstijfd als een konijn in het licht van een koplamp toen de deur krakend open was gegaan en Molly's silhouet in de deuropening was opgedoemd. Summer had haar donsbed in zuurstokdessin strak om zich heen getrokken, wachtend op gegil en woede-uitbarstingen. Die waren uitgebleven.

'Wegwezen,' had Molly kalm gezegd, en Graham was op handen en voeten over de vloer weggedraafd. Daarna had ze een ijzige blik op haar dochter geworpen. 'Kleed je aan,' zei ze, terwijl ze Summers spullen in een rugzak propte. Molly nam niet de moeite om haar eigen spullen te pakken of om het lange zijden negligé te verruilen voor iets anders; ze pakte haar autosleuteltjes en sleepte Summer het huis uit. Het grind knarste onder hun blote voeten.

De volgende dag zat Summer weer op haar oude school in

Ladbroke Grove. Graham Daniels of zijn prachtige landhuis in Ascot zagen ze nooit weer.

'Welke vind je dat ik moet aantrekken?' Summer schrok op uit haar gedachten toen Molly met twee zijden jurken van Cavalli voor haar gezicht wapperde. Ze wees naar de scharlakenrode halterjurk met de gevaarlijk lage rug.

'Die past bij je tenen.'

'Mooi. Dat vond ik zelf ook. Ik wil dat iedereen me vanavond ziet binnenkomen,' zei Molly met een knipoog. 'Wil jij de andere soms lenen?' vervolgde ze, terwijl ze de oudere, saaiere zwarte jurk ophield.

'Nee, dat hoeft niet. Ik ga snel even naar beneden om me te douchen.'

Molly knikte naar Summers hand. 'Wat heb je daar?' wilde ze weten.

Summer hield de cd vast die ze net uit haar tas had gehaald. 'Dit? O, een van de jongens op de shoot heeft hem me gegeven. Hij is van zijn bandje.'

'Geef eens hier. Ik kan net zo goed even wat leuks gaan doen, terwijl jij je klaarmaakt.'

'Goed idee,' zei Summer lachend, blij met Molly's belangstelling. 'Charlie wil graag mijn mening weten.'

'Wat? Charlie?' vroeg Molly afwezig, terwijl ze in haar tas zocht naar een wikkeltje cocaïne. Ze legde de cd op bed en tikte de coke erop. 'Wil je ook?'

Een gevoel van teleurstelling overviel Summer. Ze keurde haar moeders levensstijl weliswaar niet goed, maar Molly bleef haar moeder. Molly had zich opofferingen voor haar getroost, en het was Summers plicht om de keuzes die ze had gemaakt, te aanvaarden. Ze bezat de kracht niet om iets anders te doen.

5

Op de achterbank van de nachtblauwe Bentley probeerde Karin niet te glimlachen, terwijl ze de blik van de chauffeur op zich voelde via de achteruitkijkspiegel. Ze had de bewonderende blik van een chauffeur niet nodig om te weten dat ze er sensationeel uitzag. Haar glanzende, ravenzwarte haar viel losjes op haar gebruinde schouders, en haar strapless, lichtgroene organza jurk hing vloeiend als een wolk om haar lichaam. Ze had het gewaad opgeduikeld bij de vintage couture-shop in L.A., Lily et Cie; nadat ze het mooiste wat Bond Street had te bieden, had uitgeprobeerd, was ze tot de slotsom gekomen dat ze gewoon niet het risico kon nemen dat een andere gast in dezelfde jurk zou verschijnen. Inclusief de vlucht, een driedaags verblijf in het hotel in Beverly Hills en de prijs van de jurk... Nou ja, het had haar een fortuin gekost, maar, zoals haar vader haar altijd had verteld, je moet speculeren om te accumuleren. Papa had altijd gelijk, dacht ze.

'We zijn er, miss,' zei de chauffeur, terwijl hij de gelegenheid aangreep om haar nog eens goed te bekijken. 'Wilt u naar de voordeur of naar de achterdeur?'

'Naar de voordeur natuurlijk,' antwoordde ze afstandelijk.

Dit wilde ze voor geen goud missen. De oprijlaan van Strawberry Hill House werd verlicht door een rij toortsen, een prachtig lint van vuur, terwijl de door spotlights verlichte voorkant van het huis zo uit een sprookje van de gebroeders Grimm leek te komen. Toen ze de beduimelde gastenlijst oppakte, knisperde het papier als nieuwe bankbiljetten. Er stonden meer dan achthonderd gasten op de lijst, en er waren nog eens tweeduizend mensen die om kaartjes hadden gesmeekt. Het prijskaartje van duizend pond per bord bleek geen enkel obstakel te zijn geweest. Er was op dit moment zo veel geld in Londen, dacht Karin, terwijl zich om haar glanzende lippen een flauw glimlachje vormde – bankiers, Russen, voetballers, acteurs, en machtige oudgeldfamilies – en ze stonden allemaal op de lijst. De auto knerpte over het grind naar het huis, en het licht uit de ramen viel op Karins gastenlijst, net op het moment dat haar gemanicuurde vinger op de laatste naam bleef rusten – Adam Gold. Glimlachend trok ze een stola van vossenbont om haar gebruinde schouders en stapte uit in het salvo van flitslampen van de paparazzi. Het zou een mooie avond worden, dat voelde ze gewoon. Haar vader zou trots zijn geweest.

Karins vader, Terence, was een aantrekkelijke jongen met een vlotte babbel uit East End geweest die, tijdens de opkomst van de jazz in de jaren vijftig, zijn liefde voor mode had ontdekt. Toen de bigbands en de *zoot suits* begin jaren zestig plaatsmaakten voor bebop en de modernisten, had Karins vader een trend gespot en veel geld verdiend door de jonge ontwerpers uit Carnaby Street te voorzien van stoffen die hij importeerde uit Marokko en het Verre Oosten. Zijn vijanden noemden hem meedogenloos en hadden het fluisterend over zijn nietsontziende manier van zakendoen. Zijn vele vrienden noemden hem een charmant succesverhaal; de belichaming van Harold Wilsons nieuwe Groot-Brittannië: dynamisch, klasseloos en zeer goed gekleed. Toen het vuur van Swinging London eindelijk doofde en SW3 niet meer het epicentrum van de westerse wereld was, trouwde Terence met Stephanie Garnett, een oogverblindende Pan Amstewardess die net zo ambitieus was als hij, en verhuisde naar een landhuis in namaaktudorstijl op het platteland van Surrey. Tegen de tijd dat hun eerste en enige kind Karin werd geboren, was Terence multi-multimiljonair, maar hij had lang genoeg tussen de adel verkeerd om te weten dat er meer dan een berg geld op de bank voor nodig was om de schande van zijn lage afkomst weg te nemen. Dus moest Karin vanaf haar derde op balletles, op Franse les en op paardrijles – alles wat haar kon helpen om aansluiting te vinden bij de hogere standen. Toen ze dertien was, werd ze naar Briarton gestuurd, een liberale, kosmopolitische kostschool waarvan de leerlingenlijst bestond uit kinderen van rocksterren en de mooie dochters van megarijke Grieken.

'Maar ik wil naar Downe House, papa,' had de jonge Karin zich beklaagd, terwijl ze haar fonkelnieuwe hutkoffer met monogram inpakte voor school. 'Abby en Emma van paardrijles gaan daar ook heen.'

Terence wilde echter niet dat Karin zich mengde onder de

dochters van effectenmakelaars en advocaten; hij wilde dat ze vriendschap sloot met de Europese royalty en rijke erfgenames. 'Jij gaat naar Briarton, liefje,' had hij gezegd, 'en je sluit vriendschap met de rijkste meisjes met de beste connecties, en die hou je dan voor de rest van je leven.'

'Hoe moet dat dan?' had Karin gevraagd, want ze wilde haar vader niet teleurstellen.

'Maak je maar geen zorgen, schatje, je hebt de schoonheid van je moeder en de wilskracht van je vader,' had Terence gezegd, terwijl hij haar haren streelde. 'Je zult vast populair worden. Geloof me maar.'

Het was Karins vijfjarige verblijf op Briarton, verscholen op het platteland van Berkshire, dat haar wensen en ambities voor altijd zou vormen. Karin was intelligent, en op haar dertiende al een schoonheid, met lang kastanjebruin haar, grijsgroene ogen en, dankzij haar ouders, een sterk ontwikkeld modegevoel waardoor ze opviel. Terwijl sommige klasgenotes van haar kasten vol couture hadden, experimenteerde Karin met afdankertjes van haar moeder – Halston, Bob Mackie en Ossie Clark, die ze mixte met koopjes van Chelsea Girl. Haar vader had gelijk; de bijzonder mooie en extravagante Karin viel op in de gangen van Briarton. Ze werd populair bij de rijkste meisjes op de erg rijke school. Er was bijna geen vakantie waarin ze niet werd uitgenodigd voor een logeerpartij bij een van haar vriendinnen aan de andere kant van de wereld. Toen ze zestien was, had ze geskied in Gstaad, gezonnebaad in Palm Beach en gewinkeld in Hongkong. Ze raakte heel bedreven in het verzinnen van smoesjes waarom haar glamoureuze vriendinnen niet konden worden uitgenodigd in het grote huis van haar ouders in Surrey, dat, vergeleken met Fernanda Moritez' ranch in Brazilië, Juliette Dupois' chalet in Sankt Moritz en Athena Niarchios' villa in Griekenland, klein en onbeduidend leek.

Toen ze op haar achttiende Briarton verliet, had ze een einddiploma met middelmatige cijfers, maar de stalen glans van ambitie in haar ogen. Haar schoolvriendinnen hadden haar een voorproefje gegeven van de rijke levensstijl van de jetset, een levensstijl die ze niet wilde opgeven, dus verkocht ze het cadeau dat ze voor haar achttiende had gekregen, een kersenrode Alfa Romeo Spider, om van het geld een jaar te gaan rondreizen, waarbij ze meedogenloos haar schoolcontacten uitmolk. Ze bracht de winter door op het Île Saint-Louis in Parijs, op de zolderverdieping van een prachtig herenhuis van een tante van een Franse vriendin van haar, Natalie. Tante Cécile had een voor haar gunstige scheiding bedongen, bezat keurige manieren, droeg couture en had Karin gewezen op het belang van een goede verzorging en sociale wapens.

'*Chérie*, je bent erg mooi,' had tante Cécile tegen haar gezegd, 'maar je moet goed voor jezelf zorgen.' Daarna had ze Karin haar magnifieke sieradencollectie laten zien, die ze had uitgespreid op haar Louis XV-bed. 'Denk eraan: mannen houden van regelen. Dus als een man een mooi meisje ziet, dan wil hij haar nog mooier maken. Zorg ervoor dat je net zo mooi als deze sieraden bent, *chérie*, dan zullen de mannen je ermee blijven overladen.'

En zo werd Karin ingewijd in de gewoonte van wekelijkse schoonheidsbehandelingen bij Carita, gelakte nagels, waxbehandelingen, en dagelijkse oefeningen om de hals jong en stevig te houden. Op chique cocktailparty's op de Rive Gauche, leerde ze de kunst van beleefde conversatie en etiquette die haar haar leven lang zou bijblijven. Ze leerde bridge en baccarat spelen en van klassieke muziek en jazz te houden.

De daaropvolgende zomer verhuisde ze naar New York, nadat haar vader, gebruikmakend van wat kruiwagens, haar een stageplek had bezorgd bij Donna Karan. Ze bracht haar weekends door in The Hamptons, waar ze tot haar verbazing ontdekte dat de 'cottages' van haar vriendinnen, in Engels klinkende plaatsen zoals Southampton, in werkelijkheid grote landhuizen aan de kust waren die rechtstreeks uit *The Great Gatsby* leken te komen, met oprijlanen van grind en witte veranda's met uitzicht op de oceaan.

Haar ouders zag ze zelden, maar dat vonden ze niet erg. Ze stonden vierkant achter Karins 'grand tour' en waren blij dat hun dochter Terry's succes te gelde wist te maken. Tijdens Karins afwezigheid liepen Terry's zaken echter steeds slechter. Hij had zijn geld gestopt in de fabricage van goedkope spijkerbroeken voor winkelketens op het moment dat net de designerjeans in opkomst waren. Terry's intuïtie was juist geweest, maar de klanten wilden merkbroeken, geen goedkope imitatie, en hij werd genoodzaakt zijn fabrieken te sluiten. Karin was daar niet van op de hoogte tot de dag waarop haar moeder haar in Palm Beach belde om haar te vertellen dat haar vader met zijn Rolls Royce tegen een lantaarnpaal was opgeknald.

Karin was onmiddellijk teruggekeerd naar Surrey, maar ze kwam een uur te laat. Ze woonde de begrafenis bij gekleed in Dior, ingeklemd tussen haar tantes en ooms in hun goedkope kleren uit East End en bezwoer zichzelf dat haar leven grootser en beter dan dat zou worden.

'Schat! Wat een fantaaastisch huis!' zei Christina, terwijl ze Karin op haar wang kuste. 'Ariel wil weten of het te koop staat.'

'Nou, eigenlijk is mijn vrouw degene met een obsessie voor Engelse landhuizen,' verbeterde de gezette man van middelbare leeftijd die naast haar stond, haar.

'Ariel, liefje.' Karin gaf hem een luchtzoen. 'Je hebt al zo'n prachtig Engels landhuis.' De Levy's hadden net een groot landgoed in Yorkshire gekocht voor de jacht.

'Dat is te ver weg en te tochtig,' zei Christina, waarop haar man paars aanliep. 'Maar dit is perfect. Ik zou binnen een halfuur in Harvey Nicks kunnen zijn, plus dat het zo'n sprookjesachtig torentje heeft. Ik vraag me af of hier beren rondlopen.'

'Karin, kun je niks doen aan die verdomde tafelschikking?' onderbrak Martin Birtwell, Diana's man, haar. Karin perste er een glimlachje uit. Van alle echtgenoten van haar vriendinnen had ze het minst op met Martin. Hij was een luidruchtige, pretentieuze nieuwgeldbullebak, de complete tegenpool van de elegante, verfijnde Diana. Toen ze net getrouwd waren, had hun vriendenkring het als een goed huwelijk beschouwd. Diana kwam uit een familie uit de hoogste kringen, met heel veel klasse, maar geen geld, terwijl Martin zich vanuit de achterbuurten met hard werken een plaats had weten te veroveren op de lijst van rijkste mensen. Maar door Martins steeds openlijker drankprobleem en Diana's groeiende bedeesdheid was Karin gaan vermoeden dat Martin achter gesloten deuren, als hij al niet gewelddadig was, in elk geval moeilijk was om mee samen te leven.

Hij kwam naast Karin staan en legde zijn hand om haar middel. 'Maak het even in orde, schat,' zei hij, terwijl hij haar een tikje op haar billen gaf. 'Zet ons aan de beste tafel, oké? Die van ons zit vol met Diana's maffe newagevriendinnen uit haar darmkliniek. Stel je voor dat ze na het eten onze poep willen onderzoeken?'

'Ik heb Martin gevraagd om ook wat van zijn vrienden uit te nodigen, maar volgens mij luisterde hij weer eens niet naar me,' zei Diana.

Martin wierp haar een dreigende blik toe, en het schokte Karin dat ze Diana ineen zag krimpen. Het was zo jammer dat ze zo'n verkeerde keuze had gemaakt, dacht ze, want ze was bijzonder mooi in haar witte Griekse gewaad, met een ivoorkleurige nertsstola om haar schouders.

'Maar succes met jouw tafel,' fluisterde Diana met een veelbetekenend lachje. 'Ik heb hem gezien, en hij is echt een lekker ding.'

Karin glimlachte. 'Nu we het er toch over hebben, ik moet er snel naartoe.'

Terwijl de gasten plaatsnamen aan hun tafels, schreed Karin koninklijk door de zee van lichamen en groette zo veel mogelijk mensen. Uiteindelijk ging ze aan een tafel aan het eind van de catwalk zitten, nam een naamkaartje tussen haar gemanicuurde vingers en wendde zich tot de heer links van haar.

'Ik zit zo te zien naast jou,' zei ze glimlachend.

Adam Gold draaide zich om en pakte haar hand.

Wat een stuk, dacht ze, ietwat verbaasd. Kort peper-en-zoutkleurig haar, een aantrekkelijk, licht gebruind gezicht met stevige kaken en een brede, lachende mond. Zijn ronde, intelligente ogen waren donker, als vloeibare chocolade, omrand door dikke zwarte wimpers.

Hoe is het in godsnaam mogelijk dat Adam Gold nog niet is ingepikt?

'Fantastisch feest,' zei hij lachend, terwijl zijn blik over haar lange lichtgroene jurk gleed.

'Dank je,' zei ze. 'En je weet natuurlijk dat ik dat allemaal voor jou heb gedaan, hè?' Ze had meteen spijt van haar flirterige opmerking.

Toen Karin Adams kantoor had gebeld om hem persoonlijk uit te nodigen voor het feest, was ze niet verder gekomen dan zijn assistente. Ze had zich toen ter plekke voorgenomen dat ze, mocht hij zich verwaardigen te komen, hem niet anders zou behandelen dan de anderen. Nu ze zag hoe sexy hij was en nu ze merkte dat hij haar met zijn ogen uitkleedde, wist ze dat dat de juiste aanpak zou zijn. Mannen als Adam Gold waren er hun hele leven al aan gewend dat vrouwen met hen flirtten, onnozel tegen hen giechelden en zich uitdagend gedroegen. Het kon geen kwaad om hem een beetje te laten zweten.

Adam lachte. 'Nou, dank je wel,' zei hij grijnzend. 'Hoewel ik zeker weet dat je dat tegen al je gasten zegt.'

Ze glimlachte koeltjes. 'Alleen tegen degenen met dikke chequeboekjes en liefde voor het milieu.'

Hij lachte weer. 'Nou, het is fijn te weten dat je niet op me valt vanwege mijn sprankelende persoonlijkheid,' zei hij. 'Toch aardig dat je me hebt uitgenodigd. Het is een gekkenhuis geweest sinds mijn verhuizing. Ik heb weinig tijd gehad om mensen te leren kennen, maar zo te merken ben ik bij jou aan het goede adres. Wat een geluk dat ik naast je zit.'

Daar had geluk helemaal niks mee te maken, dacht Karin.

'We zullen zien, Adam,' zei ze. 'De avond is nog maar net begonnen.'

Het feest zinderde, net als Erin. De eerste helft van de avond had ze met open mond staan kijken naar de trits beroemdheden en sterren die over de rode loper aan kwamen stromen. Ze had kennisgemaakt met Daniel Craig en Ewan McGregor en voelde zich veel te gewoontjes gekleed in haar kokerjurkje van Next, nu ze werd omringd door de meters en meters zijde en chiffon van alle glamoureuze vrouwelijke gasten. Sinds acht uur had ze puur op adrenaline geleefd. Zoals Karin al had voorspeld, had ze letterlijk honderden telefoontjes gekregen over zo'n beetje van alles, van de vraag wat de landingscoördinaten van Strawberry Hill House voor een helikopter waren, tot de vraag of er ook een speciaal menu was voor iemand die alleen fruit at. Over in het diepe gegooid worden gesproken: drie weken geleden was het enige evenement dat Erin ooit had georganiseerd, het feest voor Richards eenentwintigste verjaardag geweest, boven een kroeg in Exeter; nu was ze verantwoordelijk voor een diner voor achthonderd man. Ze was uitgeput, terwijl het eigenlijk nog maar net was begonnen. De gasten zaten aan het dessert – nou ja, de mannen dan, dacht ze glimlachend met een blik op de bonenstakerige vrouwen die met de chocola op hun lepels speelden. En wanneer de koffie werd opgediend, betekende dat dat de modeshow bijna zou beginnen. Gelukkig was dat een onderdeel van de avond waar Erin zich geen zorgen over hoefde te maken. Madeline Barker, Karins hoofd van de productie, had daar de leiding over, dus Erin wist dat ze dan even een korte pauze kon nemen om op adem te komen.

Ze sloop naar de ruimte achter de catwalk waar het, in tegenstelling tot het kalme eetgedeelte, een chaos van bewegende lichamen was. Lange, magere modellen die felgekleurde bikini's stonden aan te trekken, kleedsters die wapperden met tietentape, hoge hakken en sieraden. Kappers druk in de weer met gel en haarschuifjes en haarspray, en visagisten in een wolk van bruinende poeder, met hun vingers zwart van de kohl. In een hoek, ogenschijnlijk doof en blind voor alle chaos, zat, met een beduimelde roman voor zich, Alexia Dark, het supermodel dat Erin herkende van de cover van de *Vogue* van deze maand. Te midden van alle actie stond Madeline Barker, gekleed in een dure nachtblauwe jurk van Lanvin. Ze trok aan haar sigaret, terwijl ze woest naar de modellen gebaarde.

'Ha Maddie, hoe gaat het hier?' vroeg Erin, met het klembord tegen haar borst en het gevoel dat ze minstens vijfentwintig kilo te zwaar was.

'O, hoi, liefje,' zei Madeline. 'Chaos, chaos, chaos, zoals altijd.' Ze stopte om een oogverblindend roodharig meisje vast te pakken dat naakt was op een heel klein wit bikinibroekje na. 'Die niet, Jemma! Jij hebt de mosgroene bikini, schat.'

Madeline liet haar sigaret in een halfvol glas champagne vallen en wendde zich weer tot Erin. 'Weet je waar Karin uithangt?' vroeg ze. 'Het is niks voor haar om de eindcontrole uit handen te geven. We beginnen over vijf minuten en ik wil dat ze komt kijken of alles naar haar zin is.'

'Ik ben een paar minuten geleden nog langs haar tafel gelopen,' vertelde Erin. 'Ze leek helemaal op te gaan in het gesprek.'

'Meer in Adam Gold, denk ik,' zei Madeline lachend.

'Wie is dat?' vroeg Erin.

'Ah, haar laatste slachtoffer,' antwoordde Madeline grinnikend. Ineens keek ze weer boos naar een ander model. 'Nee, Alana! Jij komt na Mischa, ga in de rij staan. En wat moet die ketting voorstellen? Een stofzuigerslang?'

Erin voelde dat ze in de weg liep en begaf zich weer naar de zaal waar ze in een donker hoekje naast het podium ging staan. Vanaf hier kon ze zowel de modeshow als de glamoureuze gasten voor haar in de gaten houden. Ze voelde zich net Alice in Wonderland, heel klein en in de war, terwijl ze in de tovertuin werd omringd door schoonheid en kleur.

Ineens werd het licht gedempt en klonk er luide discomuziek door de zaal. Alle gasten zetten hun koffiekopjes neer en keken aandachtig naar het podium, waar een zee van kleur en flikkerlichten losbarstte. Het roodharige model in een donkergroene bikini paradeerde over de catwalk, verleidelijk met haar heupen zwaaiend op de maat van de muziek. Aan het eind van de catwalk bleef ze even staan en lachte stralend toen het publiek luid begon te klappen. Achter haar verscheen een volgende godin, met billen die brutaal onder een metallic broekje uit piepten, en borsten die nauwelijks werden bedekt door een reepje gaas. Een eenzaam bewonderend fluitje uit de menigte verwoordde wat iedere man in de zaal dacht. De muziek bonkte door, de meisjes bleven komen. En toen schreed eindelijk Alexia Dark de catwalk op, met haar zwarte haren als een vlag achter haar aan wapperend. De flikkerende lampen weerkaatsten op haar met sieraden bezette bikini en goten haar gebruinde lichaam in een regenboogkleurig licht. Wat een finale, dacht Erin. Wat een avond!

'Hé!' schreeuwde een stem, terwijl Alexia Dark terugliep naar het podium. 'Hé, jij daar!'

Erin wist de stem te lokaliseren. Hij kwam van tafel twaalf, een stelletje voetballers met hun vrouwen, op zo'n drie meter afstand van waar Erin stond. Een meisje, van hooguit achttien, in een rode jurk met een diep decolleté en een doorwrocht blond kapsel zwaaide naar Erin en knipte in haar vingers als een flamencodanseres. Erin herkende haar als Natasha Berry, het glamourmodel en de vriendin van Ian Adams, de nieuwe spits van Manchester United.

'Ik neem geen bestellingen op, sorry,' riep Erin boven de muziek uit. 'Vraag het maar aan de ober daar.' Ze wees naar een aantrekkelijke, donkerharige jongen die koffie en petitfours aan een tafel ernaast serveerde.

'Ik wil een kir royal,' zei Natasha, die Erin blijkbaar niet had verstaan. Erin sloeg haar ogen ten hemel, in de wetenschap dat het geen zin had om een discussie te beginnen, en liep naar de ober, een student die Carlo heette en met wie ze eerder die avond had kennisgemaakt.

'Sorry, Carlo, maar ik geloof dat die dame daar een cocktail wil. Kun je haar een kir royal brengen voordat ze nog opstijgt van al dat gewapper met haar handen?' De ober knikte glimlachend en liep snel in de richting van de bar. Hij werd nageroepen door een feeksachtige blondine die aan de tafel zat. 'Hé! Je bent mijn latte vergeten!'

'Sorry, mevrouw,' zei Carlo. 'Ik breng hem u zo.'

De muziek had inmiddels zijn hoogtepunt bereikt, en Karin Cavendish was opgestaan uit haar stoel om de toejuichingen bescheiden in ontvangst te nemen.

Wat er daarna gebeurde, zag Erin zich ontvouwen als in slow motion. Carlo kwam teruglopen door de zee van tafels, met op zijn uitgestrekte arm een dienblad met daarop de kir royal en de koffie, toen een man zijn stoel naar achteren schoof om op te staan, net op het moment dat Carlo hem passeerde. Een fractie van een seconde dacht Erin dat Carlo de man wel kon ontwijken, maar hij had het zo druk met voorkomen dat het hoge koffieglas zou omvallen, dat het glas kir in een boogje op de volgende tafel kieperde. Erin hoorde een woedende kreet. De kir was op de voorkant van de witte jurk van een elegante blondine terechtgekomen, als een grote, afzichtelijke moedervlek. De vrouw vloekte; Erin herkende het woord meteen – een Russisch scheldwoord – en ze trok een gezicht. Het was Karins dierbare tafel vol met geld smijtende Russische echtgenotes. De commotie was Karin niet ontgaan; ze sprong overeind en kwam meteen aanrennen. Erin arriveerde tegelijkertijd met haar bij de tafel. De blondine spuugde er een snelle stroom boze Russische woorden uit. Erin kon het woord voor woord verstaan, maar je hoefde geen Russisch te hebben gestudeerd om te snappen wat er aan de hand was toen de vrouw haar met juwelen bezette tasje pakte. Ze stond op het punt om te vertrekken en al haar vriendinnen met zich mee te nemen. Karin legde geruststellend een hand op de schouder van de vrouw, maar die was zichtbaar niet van plan om zich tot bedaren te laten brengen door iemand die ze toch niet kon verstaan.

'Laat mij maar even met haar praten,' fluisterde Erin tegen Karin.

'Wat?' viel Karin uit, met een kwade blik op haar. 'Met haar praten? Hoe bedoel...'

Verbaasd hield Karin haar mond toen Erin in vloeiend Russisch begon te praten.

'Het zou vreselijk jammer zijn als u nu wegging,' zei ze zacht in het oor van de Russin. 'U bent de belangrijkste vrouw hier; zonder u zou het feest het feest niet meer zijn.'

De vrouw leek eerst verbijsterd, maar toen opgetogen dat een van de organisatoren haar in haar moedertaal toesprak.

'Waarom loopt u niet even met me mee?' probeerde Erin haar over te halen. 'We hebben achter nog wel een andere jurk voor u waarin u er fantastisch zult uitzien. Luister, niemand heeft gezien wat er is gebeurd. Iedereen keek naar de modeshow.'

Ze nam de blondine, die zichzelf inmiddels had voorgesteld als Irina Engelov, mee naar achteren, Karin in complete verwarring achterlatend.

Shit, shit, shit, dacht Erin, terwijl ze haar blik wanhopig langs de rekken vol bikini's liet glijden. Natuurlijk hadden ze hier geen extra jurken – het was verdomme een badmodeshow! Ze kon Irina moeilijk weer de zaal in sturen in een felroze bikini. Ineens viel haar oog op Madeline die met een groepje modellen stond te praten.

'Snel, Maddie, trek je jurk uit,' zei Erin nadrukkelijk.

'Wat?' vroeg Madeline. 'Ik heb het nogal druk nu, Erin. De show is nog bezig.'

'Doe nou maar wat ik zeg. Ik leg het je later wel uit,' smeekte Erin, terwijl ze Madeline een badjas gaf.

Madeline keek haar aan, zag de wanhoop in haar ogen en knikte toen. 'Oké, maar ik wil hem verdomme wel terug hebben,' mopperde ze, terwijl ze zich uit de blauwe jurk wurmde. 'Het is wel een Lanvin, hoor.'

'Maddie, je bent mijn reddende engel.' Erin griste de jurk weg. Ze spoot er wat parfum op die ze op een kaptafel zag staan, hing hem op een hangertje en rende er toen mee terug naar Irina.

'Maatje zesendertig, van dit seizoen, hij zal u prachtig staan!' zei Erin in het Russisch, een zucht van verlichting slakend toen Irina de jurk aantrok. Irina bekeek zichzelf even, knikte toen alleen maar en liep terug naar haar tafel alsof er niets was gebeurd.

Erin pakte een glas champagne en dronk het in één teug leeg.

Molly was een grootmeester in het binnenkomen zonder uitnodiging. Ze gaf hun taxichauffeur opdracht om hen af te zetten achter een lange rij Bentleys en Aston Martins, op zo'n honderd meter afstand van de ingang van Strawberry Hill House, en liet de auto toen in de koude nacht verdwijnen voordat ze de oprit op wandelden. Hun adem vormde witte wolkjes in de donkere lucht, en Molly kreeg kippenvel op haar blote huid, maar ze had al jaren geleden geleerd om het zonder jas te stellen op de avondjes dat ze aan de zwier ging; grote oppervlakten zichtbaar vlees voor flitsende paparazzi waren haar veel meer waard dan zichzelf warm houden. Ze keek naar Summer die eruitzag als een opgepimpt Roodkapje met haar witte wollen cape die om een lange, donkerrode jurk zweefde, en haar romige ronde borsten die uit het krappe lijfje puilden.

Ze had Summer heel lang als overtollige bagage beschouwd. Een dochter hebben maakte haar oud, dus toen Summer nog heel jong was, had Molly er al bij haar op aangedrongen om haar bij haar naam aan te spreken en niet met 'mama', zodat mensen niet zouden weten dat ze haar kind was. Maar nadat Summer was opgebloeid tot zo'n prachtige jonge vrouw, was ze beslist een aanwinst geworden. Naar welk feest in de stad ze haar dochter ook meenam, mannen zoemden om hen heen als bijen op een picknick. Maar Summer was meer dan alleen maar aas om een grote vis mee aan de haak te slaan. Sinds Japan bezat ze meer zelfvertrouwen, straalde ze iets uit waarmee ze best eens een echt grote prijs in de wacht zou kunnen slepen, zoals misschien een prins – en als ze dat deed, zou dat veel deuren openen voor Molly. Want waar een prins is, moet ook een koning zijn, dacht ze met een sluw lachje.

'We hebben toch wel kaartjes, hè?' vroeg Summer zenuwachtig toen ze de twee potige uitsmijters bij de deur zag staan.

'Maak je niet druk, schat,' reageerde Molly glimlachend, terwijl ze aan haar jurk trok om haar decolleté nog iets beter te laten uitkomen. Geen kaartje hebben was in vijfentwintig jaar feestvieren nog nooit een probleem voor haar geweest. Zelfverzekerd heupwiegen en een ruimhartig vleesvertoon waren veel meer waard dan chique uitnodigingskaarten.

'Tijd om weer naar binnen te gaan.' Molly glimlachte tegen de oudste van de portiers en streelde zijn revers alsof hij van zijde was. 'Ik had even wat frisse lucht nodig.'

En toen waren ze binnen; ze gleden de drempel over met niet meer dan een grom van de portier. Toch was Molly er nog niet helemaal gerust op. Ze had verwacht een hele menigte mensen in de hal te zullen aantreffen, maar het was er doodstil, alleen een paar obers die glazen opruimden in het flakkerende kaarslicht.

'Mam, volgens mij is iedereen nog aan het eten,' siste Summer. 'Wat moeten we nou doen?'

Een beetje geërgerd, omdat ze de tijd dat het diner was afgelopen, verkeerd had ingeschat, greep Molly haar dochters hand en trok haar mee naar de hoge dubbele deuren die op de grote zaal uitkwamen.

'Maak je niet druk,' zei ze, 'we glippen gewoon naar binnen en zoeken een paar stoelen.' Summer bleef aarzelend in de deuropening staan. Ze vervloekte haar moeder die haar voor de zoveelste keer in een gênante situatie had gebracht. Ze wist dat iedereen aan tafel met vrienden was en dat indringers meteen gespot zouden worden.

'Kom, volgens mij begint de veiling zo,' siste Molly, terwijl ze keek of ze ook lege plekken aan tafels zag. Ze slopen naar de achterkant van de zaal totdat ze twee stoelen zagen. Tafel drieëntachtig. De acht andere gezichten aan tafel keken hen verbaasd aan. Molly richtte zich tot de man rechts van haar. Hij was gezet, een jaar of zestig, en had een blozend gezicht en een bos wit haar dat naar voren was gekamd als bij een blijspelacteur uit de jaren veertig.

'Hopelijk vindt u het niet erg dat we hier even komen zitten,' zei ze zacht, terwijl ze hem een covergirllach toewierp. 'We horen bij de organisatie. We hebben ons het apezuur gewerkt achter de schermen en wilden even kijken hoe de veiling verloopt – dat vindt u toch niet erg?'

'Natuurlijk niet, natuurlijk niet,' bralde de man. 'Jullie zullen wel uitgedroogd zijn,' voegde hij eraan toe. Hij pakte een fles rode wijn.

Molly nipte van de fruitige wijn en grijnsde naar haar dochter.

Summer keek op toen een golf van applaus door de zaal trok. Tom Archer, de meest sexy Britse acteur die ooit een Oscar had gewonnen, liep naar een podium dat was opgesteld aan het eind van de catwalk.

'Het thema van deze avond is compassie,' zei Tom, toen het gejuich was weggestorven. 'En niet feesten of dineren of bijpraten met oude vrienden, en zelfs niet de wijn, hoewel ik moet zeggen dat die behoorlijk goed is.' De aanwezigen grinnikten goedkeurend toen hij zijn glas omhooghield. Achter de acteur flakkerden op enorme filmdoeken beelden van de klimaatveranderingen: smeltende gletsjers, in as gelegde regenwouden, schoorstenen die zwarte rook uitstootten. Molly maakte van de gelegenheid gebruik om om zich heen te kijken. Ze herkende minstens een kwart van de gezichten. Er waren de vaste klanten van Cipriani, van de White Cube, van San Lorenzo, de Russen, de vrouwen van; de opkomst was indrukwekkend – zelfs het feest van de Serpentine Gallery was niet zo populair. Hoe had die trut van een Karin Cavendish dat in vredesnaam voor elkaar gekregen?

Tom Archer opende de veiling met het eerste veilingstuk – een week op Necker Island, met als beginbod vijfentwintigduizend pond. Het klom snel op naar vijftig- en toen naar honderdduizend pond.

'Kom op, dames en heren,' riep Tom Archer met opgestoken handen. 'Het is daar fantastisch!'

Molly wist hoe fantastisch het op Necker Island was. Ze was er vijf jaar geleden geweest, met een groepje vrienden, als gast van Gunter Strauss, een rijke Duitse industrieel die ze in Anabel's had leren kennen. Ze had met hem geneukt op een waterfiets, toen zijn vrouw aan het tennissen was. Ze herinnerde zich zijn gretige lippen die haar dij hadden gekust, terwijl de Caribische zon op haar blote borsten brandde. Hij had haar gezegd dat ze het mooiste lichaam had dat hij ooit had gezien, en zijn handen hadden iedere centimeter van haar warme huid gestreeld. Bij de herinnering streelde ze onwillekeurig haar nek. Maar dat was allemaal leuk en aardig als je jong en zorgeloos was, een beetje lol en een gratis vakantie, dacht ze, terwijl ze om zich heen keek. Maar wat gebeurt er als je ouder wordt?

Ze keek naar de mannen die met hun vrouwen aan de tafels zaten – vrouwen, niet minnaressen. Dit waren de vrouwen die de finish hadden gehaald, vrouwen die goede zaken hadden gedaan. Geen wonder dat ze daar allemaal met van die tevreden glimlachjes van hun wijn zaten te nippen, hun diamanten showden en bespraken naar welke villa ze komende zomer zouden afreizen. De jonge echtgenotes waren de ergsten. De oude taarten mochten dan meer sieraden bezitten, de glimlachjes van de jongeren waren stralender, sluwer. Ze wisten dat ze de wet tegenwoordig aan hun kant hadden staan en dat ze, als hun man zijn secretaresse neukte, de helft van zijn vermogen konden opeisen en dan verdergaan naar de volgende arme sukkel, terwijl hun borsten nog pront waren. Molly sloeg haar ogen neer en zuchtte. Ze had besloten om, nu ze drieënveertig was, geen moment langer single te blijven, vooral niet met mannen als Adam Gold in de zaal.

Tom Archer had inmiddels een week in het Mexicaanse huis van de familie Goldsmith geveild, twee weken in Michael Sarkis' super-de-luxe villa op Mustique, en een weekend in Toscane voor een privéyogasessie met Sting.

'Oké, nu we de poenerige luitjes hebben afgehandeld die hier alleen waren om hun vakantie te boeken,' zei Tom onder luid gelach, 'wordt het tijd eens echt diep in jullie buidels te tasten voor het goede doel.' Op het scherm achter hem werd een montage vertoond van medische apparatuur, ambulances en waterpompen, en de veiling kwam nu echt goed op gang. Er werd zo fanatiek geboden dat de zaal wel een filiaal van Wall Street leek. 'Ik prefereer dit boven dat bieden op exotische vakanties. Dat is zo vulgair,' fluisterde een oudere dame naast Molly die aan haar was voorgesteld als Judith Portman, echtgenote van een gepensioneerde Lazardbankier.

'Daar ben ik het helemaal mee eens,' zei Molly glimlachend. 'Waarom zou je geld geven voor twee weken in het huis van Michael Sarkis, als je er ook gratis kunt logeren?'

Summer zag het gezicht van de oudere dame betrekken en zei snel: 'Dat is een grapje, hoor. Wij geven heel veel om liefdadigheid – en die ambulances kunnen echt levens redden.'

Er steeg een luid applaus op.

'Twee ambulances voor het Rode Kruis verkocht aan Adam Gold voor honderdvijfentwintigduizend pond!' zei Tom met een klap van de hamer. 'Dank u wel.'

Molly spitste haar oren en ze liet haar blik over de menigte glijden. Daar had je hem, hij zat vlak bij de catwalk. Zelfs van een afstand kon Molly zijn brede schouders onderscheiden en zijn aantrekkelijke vierkante kaken toen hij bescheiden knikte in antwoord op Tom Archers lovende woorden. Haar ogen vielen op de vrouw naast hem. Karin Cavendish. De trut.

'Als volgende hebben we tweehonderd hectare regenwoud in Mozambique,' zei Tom Archer. 'Waar zullen we beginnen? Ah, ons eerste bod van vijfduizend komt van onze voorzichtige gastvrouw Karin Cavendish. Biedt er iemand hoger?'

'O, deze wil ik,' zei Judith, terwijl ze haar roze hand opstak.

'Zie ik daar achterin zesduizend?' vroeg Tom. 'Ja, zesduizend!'

Adam Gold draaide zich om en glimlachte naar de oude dame, terwijl Karin haar bod verhoogde. Precies op dat moment schoot Molly's vinger de lucht in.

'Molly! Wat doe je nou, verdomme!' siste Summer. Ze gaf haar moeder een scherpe elleboogstoot.

'Ik zorg dat Adam Gold me ziet,' fluisterde Molly.

'Ah, en ik zie dat onze charmante Molly Sinclair het bod verhoogt tot achtduizend, voor dit prachtige stuk regenwoud. Heel goed, Molly!' riep Tom. Iedereen in het publiek draaide zich om naar Molly, die snel haar schouderbandje iets naar beneden trok om nog wat meer rondingen te laten zien. Een seconde lang wentelde ze zich in haar glorie, in de wetenschap dat alle mannen naar haar diepe decolleté keken. Adam Gold lachte naar haar vanaf de andere kant van de balzaal, en Molly's ogen boorden zich in die van Karin.

'Gaat er nog iemand hoger dan achtduizend?'

Tot Summers opluchting ging de hand van Judith Portman weer de lucht in. 'Negenduizend pond voor de dame naast Molly,' zei Tom. 'Ik merk dat er een strijd losbarst om dit mooie veilingstuk. Heel goed, dames.'

Plotseling ging Molly's hand weer de lucht in, alsof die zijn eigen leven leidde.

'Tienduizend pond! Tienduizend pond van Molly!' zei Tom opgewonden. 'Gaat je buurvrouw daar nog op reageren?'

Molly wendde zich nerveus tot Judith.

'O nee, je hebt vanavond zo je best gedaan, lieverd,' zei Judith, terwijl ze Molly op haar hand klopte. 'Het regenwoud is van jou. Ik stel me wel tevreden met een paar waterpompen in Nepal.'

Molly kreeg klamme handen, en haar hart sloeg op hol.

'Dus als er nog mensen zijn die het regenwoud in Mozambique willen, dan moeten ze snel in actie komen...' zei Tom, met zijn hamer in de aanslag.

Karin keek naar Molly, met een zuinig, triomfantelijk lachje om haar lippen. Molly voelde haar hart overslaan, haar mond was ineens kurkdroog.

'Judith, alsjeblieft, neem jij het regenwoud,' zei ze wanhopig. 'Eenmaal andermaal, verkocht!'

De hamer kwam met een klap naar beneden. Molly glimlachte, maar haar ogen lachten niet mee, en haar maag draaide zich om.

'Ik hoop dat je het naar je zin hebt gehad,' zei Karin, terwijl ze zich tot Adam wendde. Ze had zich aan haar plannetje gehouden en was erin geslaagd om Adam tijdens het eten praktisch compleet te negeren, waarbij ze de andere vrouwelijke gasten aan tafel de gelegenheid had gegeven om vreselijk met hem te flirten. Maar nu ze Molly Sinclair in actie had zien komen – ze herinnerde zich trouwens niet dat ze haar naam op de gastenlijst had gezien – besloot ze dat het tijd was om toe te slaan. Hoewel ze niet van plan was vanavond al met hem het bed in te duiken, zou ze niet toestaan dat hij met een ander naar huis ging. Vooral niet met Molly.

'Het was een groot succes,' zei Adam, terwijl hij zijn glas champagne naar haar opstak om haar eer te bewijzen. 'Bedankt voor de uitnodiging. En zo te merken heeft de veiling wel zo'n twee miljoen opgebracht.'

'Heb je de stand bijgehouden dan?' vroeg ze.

Hij glimlachte, en zijn ogen fonkelden. 'Dat doe ik altijd,' antwoordde hij.

Ze wendde haar blik af toen de jazzband op het podium begon te spelen.

'Hoe heb je dit huis gevonden?' wilde hij weten, terwijl hij zijn blik door de zaal en langs de vergulde plafonds liet glijden. Karin bekeek hem discreet. Hij bezat het nonchalante zelfvertrouwen van iemand die volledig overtuigd is van zijn positie in het leven. 'Als ik een gebouw als dit zie, weet ik weer waarom ik naar Londen ben verhuisd,' zei hij. 'Als we in New York een feest geven in het Frick, denken we: Wow, wat een mooi gebouw! Maar dit hier, dat is pas wat. Neogotiek, nou ja, de eerste opleving ervan dan.'

'Mm, je hebt er verstand van,' zei ze met een knikje. 'Het was van de zoon van onze eerste premier. Het is hem in zijn bol geslagen en toen heeft hij er allemaal torentjes en extra vleugels aan toegevoegd en het veranderd in het kasteel van de Schone Slaapster.'

'Zo te horen heb jij er ook verstand van,' zei hij lachend. 'Wat denk je, kun je me een rondleiding geven?'

Zich inwendig verkneukelend liet Karin zich door hem mee de zaal uit nemen, met zijn warme hand tegen haar rug gedrukt, tot ze aan de achterkant naar buiten liepen. De hemel was koud en donker, en er hing een intieme stilte die haar een beetje een bloot gevoel gaf.

'Waarom ben je eigenlijk naar Londen verhuisd?' vroeg ze. Ze stond met haar rug naar het huis in de wetenschap dat ze er tegen die achtergrond moest uitzien als een of andere prachtige romantische heldin. 'Om alle gebouwen die bij ons op de monumentenlijst staan om te turnen in appartementen?'

'Je bent me ook een kattenkop, zeg,' zei hij met een veelbetekenend lachje. Ze wendde haar blik af.

'Nou, het projectontwikkelingsbedrijf maakt ongeveer vijfenveertig procent uit van de Midas Corporation. Verder hebben we belangen in investeringsbedrijven, fabrieken, import/export...'

'Maar wat doe je hier dan?'

'Wil je niet dat ik hier ben?'

'Ik ben gewoon nieuwsgierig,' antwoordde ze klappertandend.

Hij trok zijn jasje uit en legde het om haar naakte schouders. Ze rook dure eau de cologne en warme sigarenrook. 'Londen is de nieuwe financiële hoofdstad van de wereld,' zei hij op ernstige toon, terwijl hij door het jasje heen zacht over haar armen wreef. 'Volgens mij is er op dit moment geen opwindender plaats om zaken te doen. Bovendien heeft mijn bedrijf zakelijke belangen in Londen, Moskou en Dubai. Het Oosten is enorm in opkomst, en ik wil bouwen in India, China en Macao. Londen is het centrum van dat alles.'

'Ja, vast,' zei ze glimlachend, terwijl ze hem aankeek. 'Geef nou maar toe dat het de belastingvoordelen zijn en niet de tijdzones, dan krijg je van mij een biertje. Ik lees de financiële dagbladen, Adam. Ik weet waarom Londen wordt overspoeld door mannen als jij.'

'En wat zijn dat voor mannen?'

'Succesvolle, meedogenloze, arrogante mannen,' zei ze.

'Niet zo gemeen doen, Karin Cavendish,' zei hij zacht. 'Na vanavond ben jij waarschijnlijk de vrouw die ik het beste ken in deze stad.'

'Het kost me moeite om dat te geloven,' reageerde ze, terwijl ze haar best deed om afstandelijker te klinken dan ze zich voelde. Ze herkende de blik in zijn ogen; de blik van een man die haar wilde. Nou, je krijgt me niet, Adam Gold, dacht ze. Vanavond niet in elk geval. Ze moest hem laten wachten. Hem laten verlangen. Een windvlaag floot door het park en sloeg haar haren om haar gezicht.

'We kunnen beter weer naar binnen gaan. De gasten vragen zich vast af waar ik in vredesnaam ben gebleven.'

'Goed,' zei hij, 'maar mag ik je een verzoek doen?'

'Ga je gang.'

'Ik vind het eigenlijk wel lekker als je gemeen tegen me doet. Dus ga vooral zo door.'

Erin was lichamelijk kapot. Ze had vijftien uur op haar pijnlijke voeten gestaan, maar de opwinding en adrenaline gierden nog als een elektrische stroom door haar lijf. Zo te merken was alles gladjes verlopen, de show was spectaculair geweest, en zelfs Irina was tevreden; zo tevreden zelfs dat ze vierhonderdduizend pond had geboden voor de diamanten bikini.

'Fantastisch voor Nikki Beach aankomende zomer,' had ze op weg naar buiten tevreden tegen Erin gebromd, waarna ze haar op beide wangen had gekust en afscheid had genomen in het Russisch.

Erin vroeg zich bezorgd af wat Karin ervan had gevonden. De afgelopen drie weken had Karin tegen haar geblaft, haar uitgescholden en het onderste uit de kan willen hebben. Het waren eenentwintig dagen geweest van spullen ophalen, wegbrengen, dingen uitzoeken, heen en weer rennen – ze was in feite Karins slaafje geweest. En waarvoor? Zodat achthonderd stinkend rijke mensen dronken konden worden, met de echtgenoten van hun vriendinnen flirten en laten zien hoe rijk ze wel niet waren door vakanties te kopen waar ze nooit gebruik van zouden maken of sieraden die ze nooit zouden dragen. Erin wilde deze wereld haten, maar bij het besef dat de tijd die ze erin had doorgebracht, bijna voorbij was, voelde ze toch een steek van droefheid. Karins universum was net een roman van Scott Fitzgerald, en Erin wilde dat niet loslaten, en zeker niet om terug te gaan naar Cornwall en een werkeloos bestaan. Ze nam een verboden slokje Evian en ging op zoek naar Karin; ze had van Adam Golds helikopterpiloot doorgekregen dat de wind aanwakkerde en dat ze beter snel konden vertrekken.

'Erin is het toch? Karins assistente?' vroeg een lange, donkerharige man die een overjas bij de garderobe ophaalde.

'Ja,' zei ze afwezig. Ze keek om zich heen, nog steeds op zoek naar Karin.

'Ik ben Adam Gold. Ik zat bij Karin aan tafel. Ik was net op zoek naar haar om haar te bedanken en gedag te zeggen.'

Adam Gold! Ze keek op. Jemig, wat een stuk, dacht ze, niet in staat haar blik van hem los te rukken. Zakenmannen waren meestal niet haar type, en deze vent moest minstens veertig zijn, maar toch... zijn ogen hadden de meest sexy flonkering die ze ooit had gezien.

'O, eh, Mr. Gold. Ik was eigenlijk op zoek naar u,' zei ze verlegen. 'Ik heb een bericht van uw piloot.'

Toen hij glimlachte, verschenen er rimpeltjes in zijn ooghoeken. 'Goed gedaan met die Russinnen trouwens. Ik vond het echt briljant.'

'En dan te bedenken dat ik dacht dat mijn studie Russisch voor niks was geweest,' zei ze lachend.

Hij zweeg even en keek haar onderzoekend aan. Erin voelde dat ze bloosde.

'Hoe vind je het om voor Karin te werken?' vroeg hij.

'Leuk,' zei ze voorzichtig. 'Nou ja, het wás leuk, want het was maar tijdelijk. Morgen is mijn laatste dag.'

Hij glimlachte weer die rimpeltjeslach, en Erin voelde haar knieën knikken. 'O, dat komt dan goed uit. Ik zou niet graag iemand van de gastvrouw stelen.'

Erin haalde adem, maar ze wist niets te zeggen.

'Je spreekt dus vreemde talen?' vroeg hij.

Ze knikte. 'Russisch, Frans en een beetje Italiaans.'

'Ben je georganiseerd?'

Ze barstte in lachen uit en gebaarde om zich heen. 'Na deze week wel, denk ik zo!'

'Hoor eens, Erin, ik zoek een assistente. Ik heb de mijne uit New York mee naar Londen genomen, maar ze mist haar familie en wil terug. Stom lichtgewicht,' mopperde hij.

Ze knikte meelevend, maar bedacht toen dat dat verkeerd was.

'Dus, heb je belangstelling?'

'Maar u kent me niet eens,' zei ze, volkomen verbijsterd.

'Hoe denk je dat ik op de *Forbes*-lijst van vierhonderd rijkste mannen ter wereld terecht ben gekomen?' vroeg hij bot.

'Door de handel in vastgoed?' vroeg ze aarzelend, terwijl ze ineenkromp.

'Nee, door op mijn intuïtie te vertrouwen,' zei hij kortaf.

'Dus u biedt me een baan aan?' vroeg ze, niet in staat een ongelovig lachje te onderdrukken.

'Ik ben onder de indruk van je,' zei hij. Weer kreeg hij lachrimpeltjes om zijn ogen.

'Ik kan niet eens typen.'

'Dat gedeelte is al geregeld. Jij hoeft alleen maar te doen wat ik zeg,' zei hij glimlachend. 'Even serieus, het gaat om mijn agenda bijhouden, mijn zakenreizen organiseren, telefoontjes tegenhouden. Ik zou de hele nacht nodig hebben om al die kutdingen te beschrijven die je me uit handen moet nemen. Je zult lange dagen maken en hard moeten werken, maar ik betaal goed, en je krijgt de kans om iets van de wereld te zien.'

'En het salaris?' vroeg ze voorzichtig. Ze was de slechtste onderhandelaar ter wereld, en haar vriendje Richard plaagde haar daar altijd mee.

'Wat denk je van zeventig?'

'Per dag?' piepte ze zwakjes. Dat was niet veel meer dan ze achter de bar van een kroeg in Exeter zou verdienen.

'Per jaar, Erin,' zei hij. 'Zeventigduizend per jaar, plus auto van de zaak.'

Ze keek hem even aan, met het gevoel alsof ze elk moment in zingen kon uitbarsten. 'Wanneer begin ik?'

6

'O god, o god, je bent zo sexy! Ik weet niet of ik de slaapkamer wel haal,' hijgde Harry Levin. Zijn tong likte Molly's hals als een hongerige wolf. Ze waren nog maar net het huis binnengestormd, en nu al was Harry's hand in Molly's decolleté verdwenen om naar haar harde bruine tepels te grijpen. Met zijn vrije hand maakte hij zijn broekriem los, en hij had zijn schoenen uitgeschopt, waardoor hij minstens zeven centimeter kleiner was geworden. Inlegzooltjes, dacht Molly zuchtend, terwijl ze een rilling van afschuw probeerde te onderdrukken toen hij als een geile tiener zijn tanden in haar tepels zette.

Ze had haar nieuwste liefje – niemand minder dan een plastisch chirurg van beroemdheden – opgepikt aan het eind van het liefdadigheidsdiner, toen het al zo laat was dat de obers tafels waren gaan stapelen. Tot Molly's grote ergernis was Adam Gold halverwege het optreden van de jazzband verdwenen, nog voordat ze de gelegenheid had gehad zich aan hem voor te stellen. Op het feest waren verder niet veel vrijgezellen geweest, hoewel ze vier ex-minnaars had gezien – allemaal getrouwd, in gezelschap van hun echtgenotes – die haar allemaal hadden genegeerd. Ze wilde echter niet dat het helemaal een verspilde avond zou zijn, niet nu ze er zo sexy uitzag. De rug van haar Cavalli-jurk was zo diep uitgesneden dat de donkere plek zichtbaar was waar haar ruggengraat overging in haar billen. Dus toen ze opmerkzaam werd gemaakt op Harry Levin als de beste tietenman van Harley Street, wist ze dat ze met hem mee naar huis zou gaan.

'Sla me,' gromde Harry, nadat ze zijn ronde trap op waren gelopen en in zijn slaapkamer aan elkaars kleren stonden te rukken. Omdat ze graag zijn huis van vijf verdiepingen in Hampstead aan een nadere inspectie wilde onderwerpen, liet ze hem over het mahoniehouten sleebed heen buigen en sloeg hem op zijn magere witte kont, terwijl ze de kamer bekeek.

'Je bent heel erg stout geweest,' zei ze theatraal, met een blik op de walnotenhouten lambrisering en de vijftig inch plasma-tv boven de prachtige marmeren schouw.

'Harder!' kreunde Harry, terwijl hij genotzuchtig zijn duifgrijze dekbed vastgreep. Hm, dat moest haast wel bedlinnen van Pratesi zijn aan het bekende schulprandje van het kussensloop te zien, dacht Molly, terwijl ze hem harder begon te slaan. Ze zag ook een tekening van Picasso aan de muur hangen, en heel veel foto's in zilveren lijsten van Harry: Harry aan het skiën, Harry op een jacht, gebruind, vrolijk en rijk. Dit zag er beslist veelbelovend uit.

Hij draaide zich om en keek Molly aan. Zijn behendige vingers trokken in één beweging Molly's minuscule chiffon string naar beneden. Zijn ogen schoten wijd open toen hij haar compleet naakte poesje zag; ze had het eerder die dag gewaxt nadat ze wat grijze haartjes had ontdekt.

'Dat vind ik lekker geil,' mompelde hij, terwijl hij zijn gezicht tussen haar dijen begroef. Ze ging op bed liggen, met haar lange haren uitgespreid op het kussen, één been kunstzinnig gebogen, en haar armen boven haar hoofd alsof ze poseerde voor de *Playboy*. Zijn handen gleden over haar heen en na een paar minuten haar tepels te hebben gelikt, waar ze koude, natte borsten van kreeg, frunnikte hij wat met een condoom voordat hij bij haar naar binnen schoof. Zijn pik was klein, maar hij stootte er zo hard mee dat het wel een kogel leek. Ze liet haar lange vingers over zijn rug glijden, maar subtiliteiten waren aan Harry niet meer besteed; zijn kont ging op en neer als een kurk op zee.

Ze sloot haar ogen en dacht aan Adam Gold, maar zelfs dat kon deze seksuele ontmoeting niet aangenamer maken. Jezus, schiet eens op, man, dacht ze, terwijl ze wat halfhartige kreuntjes slaakte en haar nagels in zijn stotende achterste duwde als voorbereiding op haar fake orgasme.

'Ja, ja!' schreeuwde hij, waarna hij zich op haar liet vallen, met zijn hoofd op haar borst.

'Ongelooflijk,' fluisterde hij, 'ongelooflijk gewoon, verdomme.'

Molly lag roerloos onder hem, met haar blik gefixeerd op het plafond, terwijl ze erachter probeerde te komen of de lamp boven het bed een Lalique of een Murano was.

Ze streelde zijn hoofd en vroeg zich af of ze Harry Levin zover kon krijgen dat hij het geld ophoestte voor die tweehonderd hectare regenwoud in Mozambique die ze had gekocht op de veiling, maar nog niet had betaald. Nou ja, ze wist in elk geval zeker dat hij haar een fikse korting zou geven op die buikcorrectie die al een tijdje op haar verlanglijstje stond.

7

Erin werkte nog maar enkele uren bij de Midas Corporation, maar ze voelde zich nu al compleet verloren. Als Adams persoonlijke assistente moest ze elk aspect van zijn bedrijf kennen, en ze kwam al snel tot de ontdekking dat zijn imperium enorm groot was. Ze wist dat hij projectontwikkelaar was, en hoewel vastgoed inderdaad de kern van het bedrijf leek te vormen, was dat nog maar het begin. Haar hoofd tolde van de vastgoedportfolio alleen al – van luxueuze appartementen in Manhattan en Macao tot prestigieuze kantoorgebouwen in bijna alle financiële hoofdsteden ter wereld – maar daarbij bezat Midas nog een stuk of tien hotels, een kopermijn in Kazachstan, een skioord in Maine, twee enorme winkelcentra in Connecticut en Florida en een vliegtuigmaatschappij die zakenvliegtuigen verhuurde aan de megarijken. En dat was wat ze had ontdekt sinds ze om halfacht was begonnen. Het was inmiddels donker buiten, en nog steeds vond ze nieuwe dossiers en rapporten. Ineens zoemde de intercom.

'Erin, kun je even komen?'

Aangezien het haar eerste werkdag was, had Erin haar uiterste best gedaan sinds ze het luxe kantoorgebouw achter Piccadilly had betreden, maar ze had nog steeds het gevoel alsof ze rondtastte in het duister. Adam had al een assistente, Eleanor Bradley, een vreselijk efficiënte New Yorkse die al zeven jaar voor hem werkte en zijn deur als een rottweiler bewaakte. Erins baan leek voorlopig meer die van sociaal secretaresse: telefoontjes beantwoorden, uitnodigingen voor feesten weigeren of aannemen en klusjes doen waarvoor Eleanor het te druk had of zich te belangrijk voelde. Ze had Adam de hele dag nauwelijks gezien en had geen idee of ze haar taken naar wens had uitgevoerd. Terwijl ze zich zo snel als haar nieuwe hooggehakte schoenen haar konden dragen, naar zijn kantoor haastte, streek ze haar katoenen jurk met lange mouwen van Debenhams glad; ze voelde zich nog zenuwachtiger dan toen ze Hector Fox had ontmoet op het liefdadigheidsdiner. Adams grote hoekkantoor was overweldigend. Met zijn mannelijke grijze muren, kale architectuurfoto's en donkere antieke meubilair, straalde het macht, geld en testosteron uit.

'Ah, pak een stoel, ik wilde je iets vragen.'

Ze ging op het puntje van een mahoniehouten stoel met fluwelen bekleding zitten en vouwde haar klamme handen in elkaar, in de hoop dat ze er efficiënt uitzag.

'Erin, waarom ben je nog hier?' Adam keek haar recht in de ogen vanachter zijn brede, halfronde mahoniehouten bureau.

Verlegen sloeg ze haar blik neer. Er was haar verteld dat ze om halfacht aanwezig moest zijn, klaar voor Adams komst om acht uur, maar ze had geen idee tot hoe laat ze moest blijven. Met een salaris van zeventigduizend pond werd waarschijnlijk van haar verwacht dat ze vierentwintig uur per dag werkte, maar wanneer moest ze dan slapen?

'Ik wist niet dat ik ergens anders werd verwacht, Mr. Gold,' stamelde ze. 'In de agenda staat niets voor vanavond.'

'Precies,' zei hij met een glimlach. 'En daarom zou je allang naar huis moeten zijn.'

Ze merkte dat haar blik iets te lang bij zijn sterke, gebruinde handen bleef hangen. Ze zag ook dat zijn ogen een volle, betoverende bruine kleur hadden. Ze wilde dat ze iets zou weten te zeggen, maar voelde dat haar hersens op slot gingen en dat haar keel zich dichtkneep.

Adam glimlachte nog steeds, alsof hij zich ervan bewust was dat zijn jonge assistente naar hem keek en hij ervan genoot. 'Hoe ging het?' vroeg hij. 'Ik hoop dat de eerste dag niet al te lastig was.'

Ze glimlachte. 'Ik vond het heel leuk. Iedereen lijkt zo aardig.' U lijkt zo aardig, wilde ze eraan toevoegen. 'Is er nog iets wat ik kan doen voordat ik wegga?' Zeg alsjeblieft ja.

Hij leunde achterover in zijn zwarte leren stoel en vouwde zijn handen achter zijn hoofd. 'Denk je dat je het telefoonnummer van Karin Cavendish voor me te pakken kunt krijgen?'

Ze meende een flakkering van plezier over zijn gezicht te zien trekken toen hij haar teleurstelling bemerkte.

Ze knikte. 'Ik zal het u meteen brengen,' zei ze, terwijl ze opstond.

Wat had je dan verwacht, berispte ze zichzelf. Voor mannen als Adam Gold kwamen alleen vrouwen als Karin Cavendish in aanmerking. Ze kon moeilijk verwachten dat hij iets in haar zou zien, toch?

'Hoe was je eerste dag?'

Richard Pendleton was al thuis toen ze de flat binnenkwam. Hij stond in de kleine keuken chili con carne klaar te maken. Voor de zoveelste keer vroeg ze zich af waarom hij zo vroeg thuis was. In de vier weken dat ze nu bij hem logeerde, had hij geen enkele keer overgewerkt, laat staan dat ze iets had gemerkt van de marathonsessies tot twee uur 's nachts waarover hij steeds had geklaagd toen ze nog in Cornwall zat. Toch mocht ze niet mopperen; deze week was hij aardiger geweest dan ooit in hun nu anderhalf jaar durende relatie. Niet dat hij ooit echt heel liefhebbend was geweest, vooral niet sinds hij afgelopen herfst naar Londen was verhuisd. Hij had het altijd en eeuwig over 'zijn eigen ruimte', hoewel ze op meer dan driehonderd kilometer afstand van elkaar woonden, en hij was bijna ontploft toen ze hem had gevraagd of ze een paar weken bij hem kon logeren, terwijl ze voor Karin Cavendish werkte. Die weken waren inmiddels een maand geworden, en ze had eigenlijk verwacht dat hij zou gaan sputteren over dat zijn appartementje in Earl's Court te klein was voor twee personen, maar sinds ze een baan had gekregen bij Midas, leek hij in een veel beter humeur. Misschien raakte hij aan haar gewend. De keuken was een smalle pijpenla met een mooi houten keukenblok en een klein raam dat uitkeek op een piepklein gazonnetje dat de makelaar een 'verrukkelijke en mooi begroeide' tuin had durven noemen. Ze ging naast hem achter het fornuis staan, en hij stopte een lepel saus in haar mond.

'Mmm, dat is zowaar eetbaar!' zei ze plagend. 'Niet slecht voor een steunpilaar van de gevestigde orde.'

Richard had nog steeds zijn streepjesbroek en witte overhemd aan, waarin hij er aanzienlijk ouder uitzag dan vijfentwintig. Het was Erin opgevallen dat hij, sinds hij was begonnen met werken, een nogal superieure uitdrukking op zijn gezicht droeg en zich bediende van de arrogante, achteloze maniertjes van een man die zich boven anderen verheven voelt. Laat hem met rust, Erin, dacht ze, je bent gewoon doodmoe.

'Nou, vertel eens,' drong Richard aan, 'hoe was Gold?'

'O, Richard, ik ben kapot,' zei ze, terwijl ze zich op een barkruk hees en haar schoenen uitschopte. 'Dat vroege opstaan wordt nog eens mijn dood.'

'Tja, zo gaat dat in de internationale zakenwereld, schat. De goede man werkt in verschillende tijdzones. Ik durf te wedden dat hij nog op kantoor was toen jij wegging, hè?'

'Hoe kon je dat nou zo raden?' vroeg ze mat. Ze schonk zichzelf een glas wijn in uit de fles die open op het aanrecht stond.

Richard schepte de chili op twee borden en ging haar voor naar de huiskamer waar aan de ene kant twee banken stonden en aan de andere een tafel met vier stoelen. Erin was al begonnen met eten toen ze opkeek en zag dat Richard blijkbaar nog steeds op een antwoord wachtte.

'Vanwaar die belangstelling ineens?' Ze scheurde een stuk pitabrood af en doopte het in de saus. 'Voor mijn schrijven heb je nooit zo veel belangstelling getoond.'

'Hoe kan ik nou belangstelling hebben voor die stomme fantasieën?'

Ze trok haar wenkbrauwen op, en Richard matigde snel zijn toon. 'Sorry, sorry, dat had ik niet mogen zeggen. Ik ben gewoon heel blij voor je, dat is alles. Ik bedoel, om zo nauw te mogen samenwerken met zo'n belangrijke zakenman. Hé, misschien kun je hem wel wat aandelentips voor ons ontfutselen?' eindigde hij met een knipoogje.

'Dat klinkt illegaal, Richard,' berispte ze hem. 'Ik weet zeker dat jullie senior partner het niet leuk zou vinden als hij wist dat je zulke dingen zei.'

Richard bloosde. 'Over onze senior partner gesproken, ik vertelde hem vandaag over je nieuwe baan, en hij was diep onder de indruk. Hij noemde Gold een genie. Ik bedoel, hoeveel weet je eigenlijk van het bedrijf?' Voordat Erin kon reageren, ploeterde hij alweer verder, erop gebrand om haar te vertellen wat hij allemaal had ontdekt.

'Nou, blijkbaar is de Midas Corporation helemaal niet alleen maar een projectontwikkelingsbedrijf,' vervolgde hij fanatiek, zichtbaar tevreden over zijn onderzoek. 'Het is in feite een piramide van bedrijven.'

'Hoe bedoel je dat?' vroeg Erin.

'Eén klein bedrijf aan de top bezit of heeft een meerderheidsbelang in een heel stel andere bedrijven, en degene die de baas is over dat moederbedrijf, is in werkelijkheid ook de baas over alles daaronder. In dit specifieke geval betekent dat dat Adam Gold de Midas Investment Group voor honderd procent in handen heeft, wat van hem een erg rijke en erg machtige man maakt.'

'Nou, dat had ik je ook wel kunnen vertellen zonder dat economielesje,' zei ze.

'Ah, maar een van de jongens op mijn werk zei dat Gold zich vast wel met verdachte zaakjes bezighoudt, anders had hij nooit in zo'n korte tijd meer dan een miljard kunnen verdienen...'

'Misschien heeft hij net als koning Midas gouden handjes,' zei ze sarcastisch, want ze voelde zich ineens genoodzaakt om Adam te verdedigen.

Richard haalde zijn schouders op. 'Misschien. Maar waar het om gaat, is dat Charles, onze senior partner, me vroeg wie de juridische zaken van de Midas Corporation in Londen behartigt. Ik bedoel, White, Geary and Robinson kunnen een totaalpakket aanbieden op het gebied van onroerendgoedzaken, eigendomsrecht, belastingrecht, kort gedingen, weet je.'

'Richard,' zei ze boos, terwijl ze haar vork neerlegde. 'Je klinkt nou net als een verkoper van tweedehandsauto's.'

Haar vriendje verstijfde bij het idee alleen al. 'Toe, Erin, je weet hoe graag ik op de afdeling bedrijfsrecht wil werken nadat ik mijn eed heb afgelegd. Als ik Adam Gold kan aanbrengen als klant, zit ik helemaal gebakken.'

Ze keek haar vriend aan, die onder al zijn poeha eigenlijk nog een kind was. Een klein jongetje, verkleed als City-hotshot, dat een wit voetje wilde halen bij de grote jongens. Ze kreeg bijna medelijden met hem. 'Hoor eens, Richard, ik werk er pas een dag, maar ik zal proberen of ik erachter kan komen wie ze nu gebruiken en of ze er tevreden over zijn. Meer kan ik niet doen.'

Richard schoof een kidneybean over zijn bord en keek haar een beetje schaapachtig aan. 'Nou... eerlijk gezegd zou je nog iets voor me kunnen doen,' zei hij, terwijl hij haar een smekende blik toewierp. 'We hebben over een paar weken het einde-van-het-financiële-jaarfeest en...'

'En wat, Richard?'

'Nou, ik heb tegen mijn baas gezegd dat jij Adam Gold zou meenemen.'

8

'Lig je nog in bed?'

Molly vloekte zacht. Ze lag inderdaad nog steeds in Harry's reusachtige bed. Toen ze een puntje van haar zwarte zijden slaapmasker omhoogschoof, zag ze dat het elf uur was. Met tegenzin maakte ze zich los uit de lakens en rekte zich uit. Ze wist dat er daarbuiten een dag op haar lag te wachten, als ze zich ertoe kon zetten om onder dit heerlijke donzen dekbed uit te kruipen. In werkelijkheid had Molly sinds de avond van het liefdadigheidsdiner, nu een week geleden, Harry's huis in Hampstead nauwelijks verlaten. Ze had zich alleen een paar keer naar buiten gewaagd om wat spullen uit haar appartement te halen – en om zich iedere avond door Harry op een etentje te laten trakteren natuurlijk.

'O schat, natuurlijk lig ik niet meer in bed,' loog ze, terwijl ze haar benen over de rand van het bed zwaaide en haar tenen in het dikke crèmekleurige tapijt liet zakken. 'Hoewel ik weet dat je het heerlijk vindt om de hele dag aan mij in bed te denken, hè, minnaar van me?'

Harry grinnikte door de telefoon. 'Nou, ik belde alleen even om te zeggen dat ik voor vanavond ben uitgenodigd voor een feest bij een heel oude vriend van me,' zei hij, 'en ik wil graag dat je met me meegaat.'

'Hoe weet je dat ik niks beters op de agenda heb staan?' vroeg ze plagend, terwijl ze voor de manshoge spiegel stond en een klopje op haar buik gaf die zo plat was als een pannenkoek.

'Nou, misschien kan ik je omkopen?' vroeg hij. 'Waarom ga je vanochtend niet even wat moois kopen om aan te trekken naar het feest? We kunnen rond enen afspreken in Bond Street en het dan ophalen.'

'Jurk, tas en schoenen?' vroeg ze glimlachend.

'Ik had ook niet echt verwacht dat je een goedkoop afspraakje zou zijn,' zei hij op speelse toon.

Molly grinnikte. 'Je kunt me in Gucci vinden.'

Ze douchte zich snel om haar slaperigheid van zich af te spoelen, trok een spijkerbroek aan, een witte blouse en haar cowboylaarzen, en deed haar haren in een paardenstaart. Ze bekeek zichzelf in de spiegel. Behoorlijk sexy, al zei ze het zelf, maar toch was ze nog niet helemaal klaar voor het drukke gedoe van andermans geld uitgeven. Ik vraag me af... dacht ze. Ze liep naar Harry's walnotenhouten ladekast. Harry was supernetjes, alles had zijn eigen plaats. Ze rommelde tussen zijn keurig opgerolde zijden sokken tot ze had gevonden wat ze zocht: een klein plastic zakje met daarin zo'n dertig gram cocaïne. Haar ogen begonnen te glanzen. Ze verbrak het zegel en stak een lange vingernagel in het zakje. Het poeder was fijn en doorschijnend als gemalen parels; het zag er net zo duur uit als de rest van Harry's bezittingen. Vaardig tikte ze wat op het nachtkastje, sneed het met haar creditcard en snoof. Ze voelde de coke meteen knetterend toeslaan. O ja, dat was heerlijk. Ze trok haar leren motorjack aan. Haar lichaam tintelde. Nu was ze klaar om te gaan shoppen.

'En wie is die mysterieuze vriend van je waar we naartoe gaan?' vroeg Molly toen ze over Park Lane zoefden in Harry's mosgroene Ferrari. 'Ik wil altijd graag van tevoren weten naar wiens feest we gaan.'

'Marcus Blackwell, vicedirecteur van Midas,' zei Harry, terwijl hij gas gaf en van rijbaan veranderde om een Bentley te ontwijken.

'Midas? Het bedrijf van Adam Gold?' vroeg ze verrast.

'Inderdaad,' zei Harry zelfvoldaan, 'Marcus en ik hebben op dezelfde universiteit gezeten. Ik deed medicijnen, hij wiskunde, als ik me niet vergis.' Hij wierp een blik opzij en dronk Molly's figuur in, dat nauwelijks werd verhuld door het jurkje van goudlamé dat hij die middag voor haar had gekocht.

'Maar ik heb Marcus in geen jaren echt gesproken,' vervolgde hij. 'Hij is wel Engelsman, maar vlak na zijn afstuderen is hij op Wall Street gaan werken. Hij is bij Gold terechtgekomen en is sindsdien zijn rechterhand. Hij heeft goed geboerd.'

'Nou, jij hebt het anders ook niet slecht gedaan.' Molly glimlachte, terwijl ze vaardig zowel zijn ego als zijn pik streelde, met haar rechterhand over de versnellingspook heen.

Hij hapte naar adem. 'Nee, hè?' Het kostte hem moeite de Ferrari op de weg te houden.

De cocktailparty van de Midas Corporation was ter ere van de opening van hun vlaggenschip van hun projecten in Londen, 'Knightsbridge Heights'. Molly had in de *Evening Standard* over de luxe appartementen gelezen. Blijkbaar had iedereen, van beroemdheden tot oliesjeiks, in de rij gestaan om een stukje van Londens begerenswaardigste onroerend goed te kopen, en het feest werd gehouden in de prachtige zwartmarmeren lobby van het gebouw. Tegen de tijd dat Harry en Molly binnenkwamen door de zwart-met-gouden draaideur, was het er al afgeladen vol met de crème de la crème van de high society.

'Hoeveel vragen ze eigenlijk voor die appartementen?' vroeg Molly, terwijl ze jaloers om zich heen keek. Het was echt een spectaculaire plek om te wonen. In het midden van de lobby bevond zich een grote zwartmarmeren fontein die water spuwde als een walvis. Het atrium strekte zich helemaal uit tot aan het glazen dak zo'n honderd meter hoger. Aan de achterkant van het gebouw bevond zich een reeks schuifdeuren die op een weelderige tuin uitkwamen, vol exotische planten en vanavond verlicht door druipende toortsen.

'Vanaf drie miljoen pond,' zei Harry veelbetekenend. 'En ik heb gehoord dat de meeste al zijn verkocht. Dat is het mooie van Midas' onroerendgoedpoot. Ze mikken op het topsegment van de markt. Het is hier behoorlijk recessieproof.'

Ze troffen Marcus uiteindelijk aan bij de ingang van de wintertuin. Hij was geen bijzonder aantrekkelijke man, dacht Molly, zijn kortgeknipte donkere haar was al aan het uitdunnen en zijn ogen, die weliswaar bruin en fonkelend waren, stonden te dicht bij elkaar, wat hem een spits gezicht gaf, als van een woelmuis. Toch was hij stukken aantrekkelijker dan Harry, vond ze. Echt stukken.

'Harry,' zei Marcus, 'hoe gaat het met je? Het is veel te lang geleden.'

'Minstens tien jaar,' zei Harry grijnzend. 'Maar nu je weer in Londen woont, zal het wel niet weer tien jaar duren. Zullen we een van de komende weken samen gaan lunchen?' voegde hij eraan toe.

'Prima, prima.' Marcus knikte zonder al te veel enthousiasme.

'Laat je secretaresse de mijne maar bellen, dan regelen we wel wat.'

'Fantastisch, dat zal ik doen.'

'Marcus, dit is mijn vriendin, Molly Sinclair,' zei Harry.

Molly gaf Marcus een hand. Ze liet hem iets langer in de zijne liggen dan noodzakelijk was.

'Het is hier zo mooi,' zei ze enthousiast. 'Je moet me echt aan Adam voorstellen. Ik heb zo veel goeds over hem gehoord.'

'Iedereen lijkt vanavond kennis te willen maken met Adam,' reageerde Marcus. Molly meende iets van ergernis te bespeuren achter de vriendelijke glimlach. Interessant, dacht ze, misschien kon ze die wetenschap later nog eens gebruiken.

'Hij is buiten. Hij laat een van onze investeerders zien hoeveel bloemen je voor een half miljoen pond kunt kopen.'

Buiten, op een binnenplaats omgeven door bomen en bloembedden, bevond zich een verhoogde vijver met nog een fontein die bruisend water spuwde. Adam Gold stond er met zijn rug naartoe, omringd door bewonderaars, hof te houden. Hij droeg een donker pak met een lichtblauw overhemd – gewoontjes, conservatief. Maar al vanaf de eerste blik die Molly op hem had geworpen, wist ze dat hij de meest sexy rijke man was die ze ooit had gezien – en dat waren er velen. Ze voelde onmiddellijk een scheut van verlangen en opwinding toen ze naar hem toe liepen. Hoewel ze stilettohakken droeg, was hij toch minstens vijf centimeter langer dan zij; hij bezat een natuurlijk zelfvertrouwen dat niet onderdeed voor het hare, en al had hij dan niet haar jukbeenderen of voorkomen, ze wist meteen dat ze het mooiste paar uit de stad zouden zijn.

'Volgens mij waren we laatst allebei op het "Stop Global Warming"-liefdadigheidsdiner,' zei ze met haar charmantste covergirllach. Ze zocht op Adams gezicht naar iets van herkenning toen hij haar een hand gaf. Hij had haar toen toch zeker wel gezien?

'Ik geloof niet dat we elkaar kennen,' zei Adam op een beleefde, maar afstandelijke toon waarvan haar wangen gloeiden. Hij raakte haar arm aan om te kennen te geven dat hij met nog meer mensen moest praten. 'Neem me niet kwalijk,' zei hij met een glimlachje, voordat hij wegliep bij hun groepje om een prachtige blondine luchtzoenen te geven. Molly keek hem met open mond na. De klootzak.

Karin baande zich een weg door de lobby van Knightsbridge Heights met het zelfvertrouwen van iemand die wist dat ze er fantastisch uitzag. Voor dit belangrijke feest had ze alles uit de kast gehaald en een bezoekje gebracht aan Après Mode, haar lievelingsboetiek in Parijs. Après Mode was een schatkamer vol kleren uit de jaren zestig, Balenciaga, YSL en andere klassieke merken, en met behulp van de eigenares, Madame Vervier, een voormalige directrice van een modehuis, had ze een lichtgele chiffon jurk van Ossie Clark uitgekozen. Maar het uitzoeken van een jurk was slechts een kleine afleiding geweest; Karins leven was in de tien dagen na het liefdadigheidsdiner een compleet gekkenhuis geweest. De kranten hadden hun rodeloperfoto's van het evenement uitvoerig op de voorpagina's gezet, haar telefoon had roodgloeiend gestaan met verzoeken om interviews, en de drie Karenzawinkels hadden vijftien procent meer omzet gemeld. Karin had echter nauwelijks tijd gehad om op adem te komen, laat staan om zich te wentelen in haar glorie. In plaats daarvan had ze snel naar Parijs gemoeten voor de Paris Fashion Week, waar ze een suite had genomen in het Plaza Athénée om haar herfst/wintercollectie te showen aan de pers en aan klanten. Het was opvallend succesvol geweest. Zelfs Anna Wintour, de excentrieke hoofdredactrice van de Amerikaanse *Vogue*, was in de kleedkamer verschenen om Karin te feliciteren. Het was ook daar geweest dat ze een telefoontje had gekregen van Erin Devereux, met de uitnodiging voor de cocktailparty in Knightsbridge Heights. Ze had haar mobieltje met een glimlach dichtgeklapt; eindelijk zat Adam achter haar aan.

'Schat, wat zie je er fantastisch uit!' riep Diana, terwijl ze haar een luchtzoen gaf en een drankje overhandigde. 'Waar heb je dat gekocht? Je hebt vast spionnen zitten in iedere modezaak in de westerse wereld. Ik ben zo jaloers, je moet het me echt vertellen.'

Karin glimlachte slechts mysterieus, stak haar arm door die van Diana en begaf zich met haar tussen de menigte.

'Vertel eens hoe het in Parijs was?' vroeg Diana.

'Volgens mij wil je het helemaal niet over Parijs hebben,' zei Karin veelbetekenend.

'Is het zo duidelijk?' reageerde Diana somber, terwijl ze haar vrolijke partygirlhouding meteen liet varen. Haar glanzende Versacejurk had plotseling iets begrafenisachtigs.

'Heel erg duidelijk, schat. Heel erg.'

Karin had Diana uitgenodigd als haar gast, omdat Diana depressief was. Haar vulgaire echtgenoot Martin was net vertrokken naar Aspen met zijn ex-vrouw Tracey en hun zevenjarige tweelingdochters, Chloe en Emma. Hij had de afgelopen twee dagen zelfs niet de moeite genomen om Diana te bellen.

'Ik had het niet moeten goedvinden dat hij ging, hè?' vroeg Diana bedrukt.

Karin keek haar vriendin ernstig aan. 'Natuurlijk had je dat niet goed moeten vinden,' zei ze. 'Ex-vrouwen heb je in twee soorten: wanhopig of wraakzuchtig, en vaak zijn ze het allebei tegelijk. Als ze gedumpt is, dan zal ze er alles – echt alles – voor overhebben om hem terug te krijgen. Als zij degene is die de relatie heeft beëindigd, dan wil ze nog steeds nummer één zijn, en zal ze met hem spelen als met een vis aan de haak. Maar jouw relatie met Martin wil ze in elk geval kapotmaken.' Diana keek verslagen toen ze de implicaties van Karins woorden tot zich liet doordringen.

'Nou, Martin heeft de scheiding aangevraagd... Dus dan denk je dat ze... O god.'

Ondanks haar uiterlijke verbijstering, was Diana vanbinnen realistisch. Ze wist precies hoe haar man in elkaar stak, en ze was met open ogen hun relatie aangegaan. Ze hadden niet zozeer een huwelijk gesloten, ze waren eerder een fusie aangegaan. Zij beschikte over de goede afkomst, hij over het geld, en voor zulke mannen betaalde je een prijs: ontrouw. Diana had zichzelf erin getraind zich Martin voor te stellen met andere vrouwen, zodat het verdriet minder wreed zou zijn als het overspel aan het licht kwam. Maar dit was erger, veel erger. Als ze nu haar ogen sloot, zag ze hem voor zich in de bar van The Little Nell, het chicste hotel in Aspen, aan de whisky, gezellig samen met Tracey, wier recentelijk vergrote borsten uit haar skioutfit van Chanel barstten. Daarna zouden ze teruggaan naar het penthouse voor een nachtje hete seks. Maar met Tracey was het niet alleen seks. Ze hadden een geschiedenis samen, kinderen die voor een eeuwige band tussen hen zorgden. Nee, het was niet alleen seks – het was gevaarlijk.

Toen Karin de verpletterende blik van onzekerheid op Diana's gezicht zag, voelde ze een steek van berouw. 'Sorry, schat, ik had dat niet zo bot moeten zeggen. Maar ik vrees echt dat Tracey eigenlijk nooit echt uit beeld is verdwenen.'

Diana knikte. 'Ik weet het, maar wat kan ik eraan doen? Ze is de moeder van zijn kinderen.'

'Maar ze vormen geen gezin meer,' vond Karin. Ze pakte Diana's hand en keek in haar betraande ogen. 'Hoor eens, schat, ik heb dit wel honderd keer meegemaakt met gescheiden vrienden. Het ene moment spelen ze gelukkig gezinnetje op de skihelling en doen ze alsof ze elkaar niet haten, en het volgende moment zijn ze weer bij elkaar voor de kinderen en zijn bankrekening.'

Een blik van verwarring trok over Diana's koninklijke gelaatstrekken. 'Maar wat moet ik dan doen?' vroeg ze smekend.

Karin nam een slokje. 'Je moet Martin eraan herinneren waarom hij met je is getrouwd. Herinner hem eraan dat hij zonder jou helemaal niemand is. Kijk om je heen, naar dit gebouw, naar deze mensen. Tracey mag dan zijn kinderen hebben, maar die kleine slet kan hem niet dit geven, toch?'

Ze pakte het glas champagne uit Diana's hand en ruilde het om voor een glas water. 'Drink dit maar. Je wordt altijd zo somber als je drinkt. Maak je niet druk, schat, we moeten Martin alleen maar laten zien hoe waardevol je voor hem kunt zijn.'

Terwijl ze haar blik door de drukke lobby liet glijden, kreeg ze een idee. 'En volgens mij ken ik precies de man die je kan helpen.'

Hoewel Summer Sinclair al vierentwintig was, was ze nog nooit naar een popconcert geweest. Ze had in Londen en Tokio gewoond, was met rijke en beroemde mensen omgegaan en had zich op haar gemak gevoeld in sommige van de exclusiefste nachtclubs en restaurants van de wereld, maar ze was nog nooit bij een liveoptreden geweest. Terwijl ze zich door de propvolle bovenruimte van de Monarch perste, begon ze te begrijpen waarom. Het was vreselijk. Het voelde claustrofobisch, het was zo lawaaiig dat ze er koppijn van kreeg, en zo warm dat de lucht in haar longen leek te stollen. Om ook maar een beetje in de buurt van het podium te komen, moest ze zich letterlijk een weg banen tussen norse tieners met sluik haar door. Haar zorgvuldig uitgekozen enkellaarsjes van Jimmy Choo raakten beschadigd door de plastic glazen op de grond, en haar schoenzolen plakten aan de vloer. Het was walgelijk; waarom gingen mensen eigenlijk vrijwillig naar dit soort dingen? Maar toen begon de muziek.

Heel even deinsde Summer achteruit alsof er een muur van

geluid op haar af kwam stormen. Een modieuze rockgod kwam het podium op lopen met zijn gitaar. Een vervormde snaarklank klonk door de zaal, en toen de jongen merkte dat hij de aandacht van het publiek had, maakte hij een sprong in de lucht, en begonnen The Riots met veel kabaal te spelen. Summer kon haar ogen nauwelijks geloven. Charlie leek zo weinig op de aantrekkelijke kakker van de fotoshoot, dat ze zich bijna afvroeg of ze wel bij het juiste optreden was. Maar al was zijn keurige kapsel dan veranderd in een warrige surferlook, al had hij dan een stoppelbaard van drie dagen, al waren de saaie pakken van de bruiloftopnames dan vervangen door een spijkerbroek en T-shirt en al gedroeg hij zich dan ook hondsbrutaal, hij was het echt. En wat was hij sexy! De liedjes waren ook prachtig – van schreeuwerige rocksongs tot ballades waarvan Summers hart wegsmolt. Dit was fantastisch!

De drummer riep naar Charlie dat hij niet zo snel moest gaan. Maar hij wilde er juist snel een eind aan maken, zodat hij van het podium kon. Verstopt in de menigte, tussen de felle lampen en een zee van gezichten, straalde Summer Sinclairs gezicht naar hem. Hij denderde door de nummers heen en rende het podium af, zonder te letten op de leuke meisjes die de bewaker smeekten om backstage te mogen.

Laat haar alsjeblieft niet weggaan, dacht hij, terwijl hij zich tussen het publiek haastte om haar te vinden.

'Hoi. Je bent dus gekomen.'

Summer ritste net haar jack dicht om weer de koude avondlucht in te gaan. Ze draaide zich om en glimlachte.

'Hoor je niet in de kleedkamer te zijn met cocaïne en whisky?' vroeg ze, terwijl ze hem met een scheef hoofd gemaakt onschuldig aankeek.

Charlie lachte. 'Ik? Ik ben gewoon een suffe burgerjongen, maar dat mag je niet verder vertellen,' zei hij grijnzend.

Ze gingen aan de bar zitten, en Charlie bestelde twee bier, terwijl hij door opgewonden fans op de rug werd geslagen.

'Volgens mij vonden ze het prachtig,' fluisterde Summer toen een puisterige jongen tegen Charlie zei dat hij 'chill' was.

'En wat vond jij ervan?'

Summer wilde hem vertellen dat het was alsof zijn seksuele aanwezigheid het hele podium had gevuld, dat zijn doorleefde teksten over liefde en verdriet haar bijna aan het huilen hadden gemaakt. Maar dat kon ze niet. Ze wist gewoon niet hoe ze zich bij hem moest gedragen.

'Je was fantastisch,' was alles wat ze zei.

'Ja, nou...' Hij keek naar de grond. 'In de Monarch spelen is een grote stap voor ons. Het is voor een band die nog geen platencontract heeft een van de beste plekken in Londen om te spelen, want er hangen hier altijd lui uit de muziekindustrie rond. Plus dat het een fantastische geschiedenis heeft. Iedereen heeft hier gespeeld. Oasis, Coldplay, de Chili Peppers. Dit optreden is óf het begin óf het einde voor The Riots.'

Summer staarde nog steeds naar haar bier.

'Ga je dat nog opdrinken of blijf je er alleen naar kijken?' vroeg hij lachend.

'Je gelooft het vast niet,' zei ze, 'maar ik heb nog nooit een biertje gehad.'

'Allemachtig! Waar heb je gewoond? Op Mars?'

Ze bloosde verlegen. 'Nee, in mijn moeders universum.'

Hij knikte. 'O ja, na die fotoshoot vertelde iemand me dat Molly Sinclair jouw moeder is. Hoe was dat dan? Champagne in je babyflesje?'

'Zo ongeveer.'

Hij nam een grote slok bier, en op zijn lip vormde zich een schuimsnor. 'Shit. Dat moet wat zijn geweest, een supermodel als moeder. Jouw vader vond het vast te gek,' zei hij met een knipoog.

'Nou, ik ken mijn vader eigenlijk niet.'

Hij boog gegeneerd zijn hoofd. 'O, sorry.'

'Maakt niet uit,' zei ze. Het verbaasde haar hoe gemakkelijk het was om met Charlie te praten. 'Voor mijn geboorte heeft mijn moeder een paar jaar in New York gewoond. Daar had ze een verhouding met een of andere rijke vent, van de Upper East Side, de ontspoorde zoon uit een deftige familie, je kent dat wel. Hoe dan ook, ze raakte zwanger en werd door hem aan de kant gezet. Blijkbaar paste het niet in de plannen die zijn familie met hem had dat hij zou trouwen met een of ander maf model. Mijn moeder ging terug naar Londen en heeft nooit meer wat van hem gehoord.'

'Heb je nooit zin om hem te gaan zoeken?'

Ze schudde opstandig haar hoofd. 'Nadat hij ons in de steek heeft gelaten? Geen sprake van. Bovendien, wat je nooit hebt gekend, kun je ook niet missen.'

Tegen de tijd dat ze haar glas bier ophad, voelde ze zich vrolijk en licht in het hoofd, en ze merkte dat ze zich steeds meer tot Charlie aangetrokken voelde. Even vroeg ze zich af wat Molly van hem zou vinden; toen hij het bier had gekocht, had ze hem bezorgd zien staan rammelen met een paar munten van een pond in zijn hand. Ze haalde haar neus op. Molly zou woest worden.

Maar ze was hier niet voor de romantiek, hield ze zich voor. Het was gewoon leuk om met hem te babbelen, om van zijn gezelschap te genieten; wat ze voornamelijk wilde, was dat Charlie McDonald een vriend werd. Het was bijna beschamend hoe weinig ze er daarvan had. Ze gaf de schuld aan haar afwezigheid van vier jaar, toen ze in Japan had gewoond, maar de waarheid was dat ze door haar zwervende jeugd weinig schoolvrienden had gemaakt en ook nu bijna nooit iemand leerde kennen buiten het feestcircuit van haar moeder.

'Mag ik je iets te drinken aanbieden?'

Summer keek op, in de verwachting een of andere puisterige puber te zien die haar probeerde te versieren, maar het was een man van in de veertig in een duur uitziend jasje en spijkerbroek, en bovendien had hij de vraag aan Charlie gesteld.

'Ik ben Rob Harper,' zei de man, terwijl hij Charlie een hand gaf. 'Ik ben manager van bands.'

'O, wow, Rob Harper,' zei Charlie, 'leuk om je te leren kennen, man. Ja, doe mij maar een biertje.'

Summer merkte aan Charlies reacties dat hij wel eens van de man had gehoord. Wat ze niet wist, was dat Rob een van de invloedrijkste managers in het land was, met in zijn stal drie of vier artiesten die platina platen hadden.

'Wat vond je ervan?' Charlie probeerde zich een houding te geven.

'Ik vond jullie goed,' antwoordde Rob op beheerste toon.

'En ik vind dat we moeten praten.' Charlie wierp Summer een paniekerige blik toe, en ze begreep de boodschap meteen.

'Ik wou net gaan, Charlie,' zei ze rustig, terwijl ze haar tas over haar schouder gooide. Hoewel ze helemaal niet weg wilde, wilde ze nog minder voor ongewenste groupie spelen.

Charlie raakte haar arm aan. 'Tot straks misschien?'

Ze schudde haar hoofd. 'Succes ermee,' fluisterde ze.

Hij pakte een viltje van de bar, scheurde het doormidden en pakte een pen uit zijn zak.

'Schrijf je nummer hier op,' zei hij, terwijl hij haar een half viltje gaf.

En toen ze even later de koude avond in stapte, wist ze dat hij haar zou bellen.

9

Karin stond bij de fontein in de tuin van Knightsbridge Heights op Adam te wachten. Het was kil geworden, en de meeste gasten waren binnen aan het drinken en dansen. Ze wist dat hij uiteindelijk wel naar haar op zoek zou gaan, want ze bezat de kalme overtuiging dat ze in Strawberry Hill House blijvend indruk op hem had gemaakt. Natuurlijk had ze niet naar deze party gehoeven om hem beter te leren kennen, maar ze hield er nu eenmaal van om zich grondig voor te bereiden. Meteen nadat ze de uitnodiging voor het feest ter ere van de oplevering van Knightsbridge had ontvangen, was ze op internet op zoek gegaan naar alle artikelen, interviews en nieuwsberichten die over de Midas Corporation waren verschenen in *Forbes*, *Fortune* en *The New York Times*. Kennis was een macht die ze net zo meedogenloos aanwendde als haar seksualiteit.

De koppen die ze had gevonden, spraken voor zich:

'Projectontwikkelaar Gold de grootste in Zuidoost-Azië.'

'Midasaandelen bereiken hoogtepunt in Hang Seng.'

'Adam Gold slaat zoveelste slag.'

Hoe meer ze over Adam Gold las, hoe meer ze het gevoel

kreeg dat ze zielsverwanten waren. Ze herkende in Adam de gedrevenheid, ambitie en ondernemingslust die ze zelf ook bezat. Hij kwam uit een rijke familie. Zijn grootvader Aaron Grogovitz, een Hongaarse emigrant die zich in de jaren dertig in New Jersey had gevestigd en zijn achternaam had veranderd in Gold, had na de oorlog een fortuin verdiend met bouwprojecten. Als vrome Jood was er maar één ding dat hij belangrijker vond dan zijn gezin: zijn geloof. Dus toen zijn zoon David, een aantrekkelijke student op wiens schouders Aaron alle hoop voor zijn imperium had gelegd, verklaarde dat hij wilde trouwen met een mooie medestudente, de niet-Joodse Julia Johnson, had Aaron hem uit zijn testament geschrapt.

Volgens de verhalen was David daar niet al te ontstemd over geweest en stelde hij zich tevreden met het runnen van een kleine makelaardij in Yonkers om zijn gezin te onderhouden. Zijn zoon Adam was echter uit ander hout gesneden; hij had de gedrevenheid en ambitie van zijn grootvader geërfd en kreeg een beurs voor Yale, maar al in het eerste jaar stopte hij met zijn studie – waarom zou ik mijn tijd zitten verdoen met mijn neus in de boeken, redeneerde hij, terwijl ik op Wall Street veel geld kan verdienen? Luther and Katz, Adams eerste werkgever, was een klein investeringsbedrijf dat zich een plek had veroverd op de junkbondmarkt, waar Adam en de andere handelaars, aangevoerd door Michael Millikin, in zeer korte tijd veel geld verdienden. Na Millikins arrestatie in 1987 stapte Adam eruit – toen de zaken nog goed gingen – en stopte de tien miljoen die hij had verdiend, in een handel die hem met de paplepel was ingegoten: de vastgoedhandel. Hij kocht met contant geld panden in Tribeca, verbouwde ze tot chique lofts en verkocht ze voor een topprijs aan rijke beurshandelaars. Maar zijn zaak kreeg pas echt succes in 1992, toen hij voor een habbekrats historische monumenten opkocht tijdens de ineenstorting van de huizenmarkt.

Ineens was Adam Gold rijker dan de bankiers, zakenmannen en beroemdheden aan wie hij appartementen van twintig miljoen dollar verkocht, rijker dan de directeuren die in zijn kantoorpanden zaten. Zijn huis in Manhattan was een van de spraakmakendste herenhuizen in 'The Grid', de naam die was gegeven aan het exclusiefste deel van Upper East Side. Verder bezat hij nog huizen op Nassau, aan het Comomeer en in Dark Harbour in Maine. Op zijn vijfenveertigste was hij een van de meest begeerde vrijgezellen ter wereld en het was voor de Amerikaanse societybladen een sport geworden om te speculeren over wie hem naar het altaar zou weten te slepen.

Karin was nog steeds in gedachten verzonken, terwijl ze al deze informatie verwerkte, toen er in haar oor werd gefluisterd.

'Aarde voor Karin...'

'Adam,' zei ze met een glimlach. Ze draaide zich naar hem om en kuste hem licht op de wang. 'Sorry, ik was heel ver weg.'

'Letterlijk, heb ik gehoord. Ik dacht dat je in Parijs zat voor de modeshows.'

Ze knikte. 'Dat was voor mijn werk, niet voor mijn plezier. Mijn kleding werd er geshowd. Bovendien moet ik daar ook nog naar een beurs om stoffen voor het volgende seizoen uit te zoeken.'

'Première Vision?' vroeg Adam, terwijl hij haar arm pakte en haar voorzichtig verder de tuin in nam.

'Heb je daar wel eens van gehoord?' reageerde ze verbaasd. 'Ik kom niet vaak mannen tegen die verstand hebben van de modewereld.'

'Ik breng de helft van mijn tijd met interieurontwerpers door,' zei hij schouderophalend. 'Het verschil tussen mode- en interieurontwerpen wordt steeds kleiner.'

'Hm, ja, in feite verkopen we allebei een levensstijl aan hetzelfde soort mensen.'

Hij had haar meegenomen naar een stiller gedeelte van de Wintertuin, waar het achtergrondgeluid van het feest nog slechts geroezemoes was. Ze vroeg zich af wat hij dacht. Voelde hij dezelfde chemie tussen hen? Vroeg hij zich af hoe lang het zou duren voordat ze samen in bed zouden eindigen? Ze nam hem aandachtig op. Zijn gezicht verried niets; hij keek onverstoorbaar en bedachtzaam, als een schaakgrootmeester die wachtte op haar volgende zet.

'Nou, ik vind de appartementen ongelooflijk mooi,' zei ze

snel. 'Ik heb horen fluisteren dat je het mooiste voor jezelf hebt gehouden.'

Hij knikte. 'Ik kan je wel een rondleiding geven, als je wilt, dan kun je het met eigen ogen zien.'

'Ik moet eigenlijk op zoek naar mijn vriendin,' zei ze met enige tegenzin. 'Ze is een beetje depri en ik ben bang dat ze zich in de fontein stort als ik haar niet tegenhoud.'

Ze liet haar blik over zijn gezicht dwalen, in de hoop dat hij teleurgesteld zou zijn over haar weigering, maar hij knikte slechts. 'Een ander keertje dan misschien.'

Ze knikte ook, vastbesloten om niets te laten merken van haar eigen teleurstelling. Na een tijdje glimlachte hij. 'Weet je, je bent nog steeds de enige vrouw met wie ik in Londen een fatsoenlijk gesprek heb gevoerd,' zei hij, alsof het een privégrapje tussen hen was.

'Ik wist niet dat je de tel bijhield,' zei ze glimlachend, met een triomfantelijk gevoel.

'Zou je het leuk vinden om een keer samen uit eten te gaan?' vroeg hij.

Nu was het haar beurt om een zet te doen. 'Ik heb het de komende twee weken erg druk.'

'Ja, ik ook,' zei hij schouderophalend. 'Ik ga naar Venetië voor het carnaval en naar Miami voor zaken, maar ik ben ervan overtuigd dat we wel een gaatje kunnen vinden.'

'Wat toevallig. Ik ga ook naar het carnaval,' zei ze zo terloops mogelijk.

'O, dat is fantastisch. Ik hoopte eigenlijk dat jij me een rondleiding door Londen zou willen geven, maar misschien kan ik in plaats daarvan jou Venetië laten zien.'

'Misschien. Maar ik ken Venetië erg goed,' zei ze lachend.

Hij schudde glimlachend zijn hoofd. 'Doe je altijd zo moeilijk?'

Ze grijnsde. 'Alleen als ik lol heb.'

'Molly Sinclair. Zo te zien vermaak je je niet erg.' Toen Molly zich omdraaide, zag ze Marcus achter zich staan. Ze had, geleund tegen de glazen deuren van de Wintertuin, staan luisteren naar het gedruppel van het water dat in de ronde vijver viel. Ze kookte nog steeds van woede om haar korte gesprekje met Adam Gold; die verwaande klootzak had haar nauwelijks een blik waardig gekeurd, en hij bevond zich continu tussen een ondoordringbare menigte zakenmannen. Als klap op de vuurpijl had ze hem ook nog in de tuin zien staan babbelen met Karin Cavendish. Ze had het afgereageerd op Harry en hem opgedragen om haar jasje uit de Ferrari te gaan halen.

'Nou, het gaat nu al een stuk beter,' zei ze, terwijl ze al haar charme in de strijd gooide.

'Waar is Harry?' Marcus keek om zich heen. 'Ik heb de hele avond nog nauwelijks een woord met hem kunnen wisselen.'

'Hij wilde met wat mensen praten,' zei ze met een geringschattend handgebaar. 'Hij heeft vast een interessantere gesprekspartner gevonden.'

'Nou, dat lijkt me raar,' zei Marcus. Molly keek hem onderzoekend aan, terwijl ze zich afvroeg of zijn laatste opmerking flirterig was bedoeld, of alleen maar beleefd. Marcus Blackwell zou best eens nuttig kunnen zijn, dacht ze.

Een goed huwelijk sluiten was geen kwestie van twee ongelukkige geliefden die elkaar bij toeval tegen het lijf liepen – niet in de echte wereld tenminste. Er kwamen een heleboel kunstgrepen en een zorgvuldige planning aan te pas. Het was een kunst, dacht Molly, een kunst die ze al heel lang had bestudeerd.

'Je had me beloofd om me dat appartement te laten zien, maar dat is nog steeds niet gebeurd,' zei ze, terwijl ze Marcus' arm aanraakte.

'Dat is afgesloten voor de nacht.'

'Toe, zeg. Jij bent hier de baas. Je hebt toch vast wel een sleutel?'

Hij knikte en klopte op zijn zak. 'Daarom weet ik ook dat het is afgesloten, dat heb ik namelijk zelf gedaan.'

Hij legde zijn arm lichtjes op haar rug en duwde haar door de menigte heen naar een privélift, waar hij een pasje langs een apparaat in de muur haalde. De liftdeuren schoven open. Ze stonden zwijgend naast elkaar, terwijl de lift hen naar de zestiende verdieping bracht.

'Wow.' Molly floot even toen ze op een tapijt stapte waar haar schoen bijna helemaal in verdween. Het was werkelijk heel indrukwekkend wat je voor tien miljoen dollar aan onroerend goed kon kopen.

Langzaam drentelde ze door de flat, gevolgd door een zwijgende Marcus, die zich wentelde in haar overvloedige complimentjes. En er viel veel te bewonderen: in de grote slaapkamer twee – één voor hem en één voor haar – plasmaschermen die de hele muur bedekten, een keuken van walnotenhout en muren die met hars waren behandeld, kasten met airconditioning, en een gepolijste bamboevloer in de badkamer. De look was koel minimalistisch, met luxe accenten. Elk appartement werd opgeleverd met het nieuwste van het nieuwste op het gebied van op maat gemaakte Italiaanse meubels. En dan was er het uitzicht nog, over Hyde Park.

'Dat kun je het beste zien vanaf het balkon van de grote slaapkamer,' zei Marcus langzaam. Molly keek hem aan, schopte haar schoenen uit en liep door de slaapkamer om de balkondeuren open te doen. Ze liep het balkon niet op, maar bleef in de deuropening staan en liet de koele avondlucht door haar haren spelen.

'Is het gênant om te vertellen dat ik jouw kalender aan de muur van mijn kamer had hangen toen ik studeerde?' vroeg hij achter haar. Ze glimlachte; ze wist dat ze beet had. Marcus was typisch zo'n man die heer en meester was in de directiekamer, maar die door zijn toewijding aan zijn werk weinig hartstocht had gekend. Geen vaste vriendin, misschien een paar hoeren. Ze kon hem zo binnenhalen.

'Kom eens hier staan,' zei ze, terwijl ze haar lippen bevochtigde met het puntje van haar tong. 'Er staat zo'n heerlijk briesje.'

Hij kwam aarzelend aanlopen, met in zijn ogen een hongerige, maar zenuwachtige blik.

Ze pakte voorzichtig zijn hand, bracht hem naar haar borst en duwde hem onder haar jurk tot zijn vingers langs haar harde tepel streken. 'Moet je eens voelen wat je met me hebt gedaan,' fluisterde ze, terwijl ze zich zo dicht naar hem toe boog dat haar onderlip zijn oorlelletje raakte.

'Molly, Harry is een vriend van me,' zei Marcus, maar de woorden bleven hem in de keel steken.

'Ik wil Harry niet,' fluisterde ze. Haar lippen gleden onder het praten langs zijn hals, en haar vingers volgden het spoor van zijn overhemdknoopjes tot ze zijn rits had gevonden. 'Ik wil jou,' fluisterde ze. 'Meteen toen ik je zag, wist ik dat ik je wilde.'

Ineens vonden hun monden elkaar, en Marcus trok gehaast zijn broek en boxershort uit, terwijl ze naar het bed schuifelden. Nadat hij Molly op de dure lakens had geduwd, schoof hij haar jurk omhoog, trok woest haar slipje naar beneden en stak zijn vingers in haar vochtigheid.

'Nee, niet wachten,' zei ze met bevende stem. Ze sloeg haar benen om hem heen en leidde hem centimeter voor centimeter bij zich naar binnen, waarbij ze af en toe plagerig het tempo vertraagde, totdat hij helemaal in haar was. Marcus kreunde van genot. Hij bracht zijn hand naar beneden om haar benen verder uit elkaar te duwen en tilde haar billen van het laken om zijn pik nog dieper in haar te kunnen steken.

'O god, ja, harder,' smeekte ze. Ze kromde haar rug, terwijl hij zich steeds sneller in haar boorde, voordat hij ontplofte, schreeuwend, met een vertrokken gezicht en wijd opengesperde neusgaten.

Hij hield haar nog even vast en liet zich toen naast haar vallen; ze lagen allebei te hijgen.

'Kan ik je morgen bellen?' vroeg hij na een tijdje, toen Molly op de rand van het bed ging zitten om haar slipje weer aan te trekken.

'Ik bel jou wel,' zei ze met een verleidelijk lachje. Ze streek haar korte gouden jurkje glad en liep naar de deur. Drie minuten later was ze weer op het feest, waar Harry koortsachtig naar haar op zoek was, met haar jasje in zijn hand.

'Ach, daar ben je, schat,' zei ze, terwijl ze hem op zijn lippen kuste. 'Ik heb je overal lopen zoeken.'

10

Het was opmerkelijk mooi weer in Venetië voor eind winter. Een krachtige zon zette de stad in een verblindend licht, en de gebouwen in zoete ijscokleuren en de roodstenen palazzi staken nog opvallender dan anders af tegen de helderblauwe hemel. Karin en haar vriendin Ileana Totti, erfgename van het bedrijf in luxegoederen van haar familie, zaten in de lobby van het Danieli Hotel bij te praten.

'Dus je loog tegen Adam Gold toen je zei dat je met carnaval ook in Venetië zou zijn?' stelde Ileana lachend vast, terwijl ze een slokje van haar bellini nam. 'Ik wist niet dat je zo geslepen was.'

'Het was een leugentje om bestwil,' zei Karin. 'Ik ben toch in Italië?'

Ze had de afgelopen twee dagen een bezoek gebracht aan een stoffenfabrikant in Bologna. 'Ik bedoel, ik had echt niet verwacht dat hij hier met me wilde afspreken. Hij had gezegd dat hij maar een paar dagen hier zou zijn. Maar nu wil hij dat ik met hem meega naar een of ander gemaskerd bal.'

'Wat erg voor je,' zei Ileana een beetje sarcastisch.

Karin grinnikte. Ze had haar best gedaan om knorrig te klinken, maar ze wisten allebei dat ze heel blij was geweest toen Erin haar twee dagen na de party in Knightsbridge Heights had gebeld om voor Adam een afspraak met haar te regelen in Venetië.

'Denk je dat je vanavond met hem naar bed gaat?'

'Illy!' zei Karin met gespeelde schrik. 'Hij heeft zelfs nog geen contact opgenomen om me te zeggen waar we afspreken. Misschien gaat het wel helemaal niet door.'

'Nou, bel hem dan!'

'Nee.'

'*Cara mia*,' zei Ileana zoetsappig, terwijl ze met de grote gele diamant aan haar vinger speelde, 'je hebt gelogen over je zogenaamde trip naar het carnaval. Dit is niet het moment om moeilijk te doen.'

'Daar heb je gelijk in,' zei Karin glimlachend, terwijl ze zichzelf naakt in bed voorstelde met Adam. 'Ik hoef geen spelletjes te spelen – ik heb hem al aan de haak geslagen.'

'Zeker weten, schat,' reageerde haar vriendin met een glimlach. Ze proostten erop.

Nadat Karin afscheid had genomen van Ileana, nam ze een glimmende watertaxi van walnotenhout en chroom over het Canal Grande naar het Cipriani om zich in te checken. Toen bleek dat er geen boodschap van Adam op haar lag te wachten, stak een vaag gevoel van bezorgdheid de kop op. Geen paniek, probeerde ze zichzelf gerust te stellen, hij belt wel. Waarom zou hij dat niet doen? Om vier uur 's middags echter was die zelfverzekerdheid in rook opgegaan en vervangen door een voor haar onbekend gevoel van onzekerheid.

'Signore, kunt u het nog een keer nakijken?' vroeg ze, toen ze de receptie belde.

'Signora, ik kan u verzekeren dat signore Gold geen boodschap heeft achtergelaten. Zodra dat gebeurt, zal ik het u laten weten,' was het beleefde, maar besliste antwoord.

Ze ijsbeerde door haar suite, een luxueuze, ruime kamer waarvan het marmer en het fluweel de ruimte eerder iets moderns dan slonzigs gaven. Ze kon geen rust vinden, het boek dat ze probeerde te lezen, gooide ze na een paar regels al aan de kant, en ze zette de tv steeds aan en uit. Eerder die week had ze een plaatselijk kostuumverhuurbedrijf gevraagd om een paar jurken op zicht te sturen voor het feest, en die lagen nu uitgespreid op bed. Ze probeerde haar gedachten te verzetten door ze uit hun dikke plastic hoezen te halen. Het waren twee prachtige stijljurken, een van rood brokaat, de ander van dikke, zachtgroene zijde, allebei met een diep uitgesneden hals, een grote queue en lagen kant onder een fijn geplooide rok. Maar zelfs de mooie kleren konden haar gedachten niet van Adam afleiden, en ze smeet de jurken kwaad weer op het bed.

Ze keek uit het raam. Het begon te schemeren; lage wolken gloeiden roze aan de Venetiaanse horizon. Ze zou Adam tot vijf uur de tijd geven en dat was dat. Of misschien tot zes uur.

Ze liet een bad vollopen, en zakte in het schuim, vastbesloten om haar ongerustheid te laten oplossen. Ze kon zich niet voorstellen dat ze de situatie zo verkeerd had ingeschat. Per slot van rekening had hij aan haar voorgesteld om met elkaar af te spreken in Venetië, en niet andersom. Goed, het was via zijn assistente gegaan, maar zo maakten rijke mannen nu eenmaal afspraakjes, een gaatje in een volle agenda. Trouwens, als hij een of andere bimbo had gewild, had hij daar jaren geleden al mee kunnen trouwen. Maar hier was zij, succesvol, sexy en intelligent, precies het soort vrouw dat Adam Gold nodig had – zelfs al wist hij dat dan misschien nog niet. Ach, hij kan de pot op, dacht ze, terwijl ze uit bad stapte en de slaapkamer in stampte. Ik spreek gewoon ergens af met Illy. Dat wordt vast nog leuker ook.

Net toen ze een badjas omsloeg, ging de deurzoemer. Ze deed open en zag een piccolo staan met een envelop in zijn hand. 'Dit is gekomen voor u, signora,' zei hij met een zwaar Italiaans accent, terwijl hij zijn best deed om niet naar haar welgevormde natte lichaam te kijken.

Terug in de kamer scheurde ze de envelop open. Een stijve witte uitnodigingskaart piepte uit het goudkleurige zijdepapier.

> Hierbij wordt u uitgenodigd voor het diner dansant in het Palazzo Sasso om acht uur p.m. Kledingvoorschrift: gemaskerd bal.

Op de achterkant van de kaart zag ze een paar zwarte krabbels.

> Tot later. Adam.

Ze maakte een paar sprongetjes op bed en slaakte een vreugdekreet.

Molly had met Marcus afgesproken in de Ivy. Het restaurant was een van Harry's lievelingsplekken om uit eten te gaan, en half en half hoopte ze hem hier tegen het lijf te lopen, want ze had zich er nog steeds niet toe kunnen zetten om hem te vertellen dat het uit was tussen hen. De ochtend na het feest in

Knightsbridge Heights had ze uit aardigheid nog een keer met hem geneukt. Daarna had ze al zijn cocaïne uit zijn sokkenlade gejat en was verdwenen. In plaats van de hint te begrijpen, had Harry echter een stuk of tien steeds sentimenteler wordende berichtjes ingesproken op haar antwoordapparaat; in zijn laatste bericht had hij haar meegedeeld dat hij voor dat weekend een kamer voor hen had geboekt in het Ritz in Parijs. Hoewel ze in de verleiding was gekomen om weer contact met hem op te nemen, al was het maar om de donzige perzikkleurige badjassen van haar lievelingshotel in Frankrijk weer eens te kunnen aantrekken, had ze zich weten te beheersen. Meestal maakte ze zich niet druk om een paar minnaars tegelijkertijd; het was heel gewoon voor haar om er twee of drie tegelijk te hebben, vooral als ze bijzonder vrijgevig of nuttig waren. Maar Harry en Marcus waren vrienden. Ze had verdomme ook haar principes!

De taxi die op straat stond te wachten, toeterde nog een keer. Molly klakte met haar tong, smeerde nog een laag lipgloss op en deed toen een stap naar achteren om een laatste blik te werpen op het zwarte jurkje van Alaïa dat haar lichaam omspande. Daarna pakte ze haar tas en rende naar de trap. Ze trok net de voordeur dicht toen ze een sjofele jongeman op de stoep zag staan.

'Sorry,' zei hij.

'Nee, dank je, ik hoef niet,' zei Molly bits, terwijl ze de voordeur dubbel op slot draaide.

'Wat wilt u niet?' vroeg de man.

'De daklozenkrant,' zei Molly. 'Dit is een nette straat, dus ik zou het prettig vinden als u ergens anders ging staan met uw spullen.'

Molly liep naar haar taxi, maar de man bleef staan.

'Ik wilde alleen maar vragen of Summer Sinclair hier woont.'

'En wie ben jij dan wel?' vroeg Molly verbaasd.

'Charlie McDonald. Ik ben... een vriend,' antwoordde hij voorzichtig.

Charlie? Bij het horen van die naam ging er niet echt een belletje rinkelen.

'We hebben woensdag een afspraak gemaakt, maar ik ben

haar nummer kwijt,' voegde hij eraan toe. 'Maar ik herinnerde me dat ze had verteld dat ze in Basset Road woonde. Die vrouw met dat hondje dacht dat ze hier woonde,' zei hij, vaag in de verte gebarend.

Had Summer een afspraak gemaakt, vroeg Molly zich verward af. Waar was ze woensdag dan ook alweer geweest? Ineens herinnerde ze zich huiverend iets van een popconcert in Camden. Dat had iets te maken gehad met een model van de fotoshoot voor bruidskleren. Ze bekeek de jongen nog eens. Hm, nou, hij zag er inderdaad goed genoeg uit om onder die stoppeltjes en dat smerige leer een fotomodel te kunnen zijn, dacht ze. Maar dan nog! Had Summer dan in de loop der jaren helemaal niets van haar geleerd? Regel nummer één: geen artistiekelingen. Tenzij je het had over muzikanten als Rod Stewart. Artistiekelingen verdienden nu eenmaal geen rooie cent. Echt iets voor die lieve, onnozele Summer om zich het hoofd op hol te laten brengen door een of andere langharige dichter met gaten in zijn spijkerbroek.

'Het spijt me, Charlie, maar je bent voor niks gekomen,' zei ze op sombere toon. 'Ze woont hier wel, maar ze is bijna nooit thuis. Ze zit bijna alle dagen bij haar vriendje in Mayfair.' Ze schonk hem een vriendelijke lach. 'Maar ik ben haar moeder, Molly. Ik kan haar wel een boodschap doorgeven, als je wilt.'

Charlie had een resolute trek om zijn mond, hoewel zijn ogen verrieden dat hij teleurgesteld was. 'Het maakt niet uit,' zei hij schouderophalend. 'Ik was toevallig in de buurt.'

Ze stapte in de taxi, die meteen wegreed. Molly keek door de achterruit en zag Charlie steeds kleiner worden, tot hij uit het zicht en voor altijd uit Summers leven was verdwenen.

Het Palazzo Sasso was net een Shakespearefantasie. Een enorm labyrint van kamers met hoge, beschilderde plafonds, boogramen en pleisterwerk, allemaal verlicht door grote, bolle lampen aan de muur, die de balzaal in een flakkerende, gele gloed zetten. Toen Karin de zaal in haar eentje binnenkwam, was ze meteen blij dat Adam deze plek had uitgekozen voor hun afspraak. Ze had al vele fantastische feesten over de hele wereld bijgewoond, maar deze zaal zag er zo sexy, mysterieus en theatraal uit dat het onmogelijk was niet onder de indruk te raken. Er waren vuurvreters, jongleurs en een strijkkwartet dat maar net boven het geroezemoes van de menigte uit wist te komen; de hele sfeer was zinderend decadent. Alle gasten hadden zich verkleed voor het carnaval; het aantal meters fluweel in de zaal moest voldoende zijn om van Venetië naar de maan te komen. De mannen waren óf in avondkleding met capes om, óf in authentieke wambuizen met maillots, terwijl de vrouwen waren ingesnoerd in strak zittende korsetten en wijde rokken aanhadden. Alle gezichten waren verborgen achter maskers van papier-maché of dik brokaat, zodat het onmogelijk was Adam te vinden, maar het gevoel alleen te zijn, verborgen, was opwindend voor Karin, op een bijna seksuele manier. God, ze moest Adam vinden – en snel. Ze bewoog zich door de menigte en liep de balzaal uit, een doolhof van antichambres door, waarbij ze de verrukkelijke sfeer in zich opzoog en luisterde naar het gebabbel in verschillende talen. Uiteindelijk kwam ze in een kleinere zaal, vol mensen, sidderend van opwinding. Toen ze verder de ruimte in liep, begreep ze waarom ze bij de deur een handvol fiches had gekregen; er stond een roulettetafel. Ze vond een plaats aan de tafel, zette al haar fiches in op rood en wachtte met ingehouden adem af, terwijl het balletje ronddraaide.

'Rood, twaalf,' zei de croupier. Hij duwde een stapel fiches naar haar toe. Met toenemend zelfvertrouwen schoof ze de helft van haar stapel op de nul.

'*No more bets*,' zei de croupier, terwijl het balletje ratelend over het walnotenhouten rad begon te rollen. Karin liet haar koele houding varen en klapte opgewonden in haar handen toen het balletje tot stilstand kwam op nul. Een goedkeurend gemompel steeg op uit de menigte.

'Nu gewoon alles inzetten,' zei een man die naast haar stond. 'Het gaat toch niet om echt geld.'

In het vuur van het moment schoof Karin al haar fiches op nummer negenentwintig, en het hart bonsde haar in de keel terwijl ze naar het witte balletje keek dat ronddraaide, ratelde en langzaam tot stilstand kwam.

'Rood, dertien.' Er klonk opgewonden gejoel toen de croupier alle fiches van Karin met zijn harkje naar het eind van de tafel schoof. Karin keek wie de winnaar was. Zijn ogen vonden de hare, en hij glimlachte. Hij had een gouden masker op met een lange, kromme neus, maar ze kon de onderkant van zijn gezicht zien, en die vierkante kaken waren onmiskenbaar. Adam. De klootzak.

'Dertien. Voor sommigen blijkbaar een geluksgetal,' zei Adam lachend, terwijl hij haar meenam naar de balzaal.

'Voor jou, bedoel je.'

'Je moet niet overal een wedstrijd van maken,' zei hij glimlachend. 'Niet als er belangrijker dingen op het spel staan.' Net toen ze de rand van de dansvloer bereikten, vulden de klanken van Mozart de zaal. Met een kort, uitnodigend knikje nam hij haar in zijn armen om te dansen.

'Toen je zei dat we Venetië moesten bekijken, had ik niet gedacht dat het door de spleetjes van maskers van papier-maché zou zijn,' zei ze lachend, genietend van zijn nabijheid, terwijl ze door de zaal zwierden.

'Ik hou wel van het idee van maskers, jij niet?' vroeg hij. 'Van het idee voor één avond iemand anders te zijn. Dat schept zo veel mogelijkheden. Daarom gaven de Venetiaanse edelen ook altijd van die grote carnavalsfeesten – ze wilden hun gasten de gelegenheid geven om voor het feest een andere persoonlijkheid aan te nemen dan die ze gewoonlijk hadden.'

'En wie ben jij vanavond dan?' vroeg ze speels. 'De roulettekoning?'

'Casanova,' zei hij gekscherend, met zijn mond vlak bij haar oor.

'Ik dacht dat je zei een ándere persoonlijkheid.'

De lucht stond bol van de chemie; een dikke muur die hen zowel van elkaar afstootte als naar elkaar toe trok. Karin vond het leuk om Adam op zijn plaats te zetten. Ze was van nature direct, uitdagend en cool. Dat werkte in de zakenwereld, en ze had ontdekt dat het ook sommige mannen gek maakte.

'Je moet niet alles geloven wat je in de *New York Post* leest,' berispte hij haar.

'Nou, je bent boven de veertig en ongetrouwd – mensen trekken dan zo hun conclusies.'

De muziek was afgelopen, en Adam pakte een glas champagne.

'Ik ben nooit getrouwd, omdat mijn ouders een fantastisch huwelijk hadden, en ik heb mijn hele leven lang mijn relaties met de hunne vergeleken,' zei hij op wat ernstiger toon.

'Niet iedereen wil per se trouwen,' zei ze kalm.

'Heb jij het nooit geprobeerd?' vroeg hij.

'Mijn eerste, en enige, man is om het leven gekomen bij een bootongeluk,' vertelde ze. Ze was er niet zeker van of ze hem dat nu al had moeten vertellen, maar ze wist ook dat hij er toch wel achter zou komen. Bovendien maakte haar dat gevoeliger, mysterieuzer en beslist ook minder roofzuchtig dan de gemiddelde alleenstaande, ongetrouwde vrouw van in de dertig.

'Wat erg voor je. Dat wist ik niet,' zei hij zacht, terwijl hij even haar gezicht aanraakte. Ze wendden allebei hun blik af en keken naar de dansvloer.

'Ongelooflijk gewoon,' verzuchtte ze. 'Wat decadent.'

'Ik ben gek op Venetië. Het doet me aan Manhattan denken.'

'Dat meen je niet!'

'Echt,' zei hij. 'Het zijn allebei eilanden die puur op de handel drijven; Venetië was ooit de rijkste stad ter wereld. Er bestaat een oud Venetiaans gezegde: een man zonder geld is een wandelend lijk.'

'Ik weet wel zeker dat duizenden New Yorkers dat elke dag denken,' zei ze droog.

Hij lachte. 'Niet alleen New Yorkers.'

Ze zwegen weer en keken naar de gemaskerde dansers die op de dansvloer rondzwierden.

'Eigenlijk wilde ik het ergens met je over hebben,' zei hij, met zijn blik nog steeds op de dansers gericht.

Ze voelde een scheutje van opwinding door haar buik trekken.

'Het gaat over iets wat je zei op de Knightsbridgeparty. Dat we allebei levensstijlen verkopen,' vervolgde hij. 'Ik ben in je winkels geweest en volgens mij heb je een erg sterke formule.'

Haar heerlijke bubbel spatte uiteen. Volgens mij heb je een

erg sterke formule, dacht ze woedend. Had hij haar helemaal naar Venetië laten komen om het over zaken te hebben? Wat was er gebeurd met: 'Volgens mij ben je de mooiste vrouw die ik ooit heb gezien,' of: 'Volgens mij zouden we een fantastisch paar vormen.' Ze zou zelfs genoegen hebben genomen met: 'Volgens mij heb je de mooiste tieten die ik ooit heb gezien.' Ze had zich veel moeite getroost om hiernaartoe te komen, en dan kwam hij hiermee aanzetten? Wist hij wel hoe moeilijk het was om een kamer te krijgen in het Cipriani tijdens het carnaval?

Ze haalde diep adem. Rustig blijven, Karin, hield ze zichzelf voor. Je bent een zakenvrouw, gedraag je daarnaar.

'Nou, dank je wel voor het compliment, Adam,' zei ze koeltjes. 'En waar wilde je het precies over hebben?'

'Ik heb een team creatievelingen dat advies geeft aan de Midas Corporation,' vertelde hij. 'Ik zou het heel leuk vinden als jij je zou willen bemoeien met de sectie woonhuizen. Volgens mij zou je er echt klasse aan kunnen toevoegen.'

Karin luisterde slechts met een half oor. Een lange, slanke man in rokkostuum aan de andere kant van de zaal had haar aandacht getrokken. Zijn harlekijnsmasker kon niet verhullen dat hij een aantrekkelijk gezicht had: een lange, rechte neus, een brede mond en krachtige kaken. Hij kwam brutaal op Karin aflopen en stak haar zijn hand toe. 'Mag ik deze dans van je?' vroeg hij met een zwaar Italiaans accent.

'Eduardo Ribisi, ben jij dat?' zei ze lachend.

'*Sì*, Karin, *carissima*, ik ben het!' reageerde hij, terwijl hij theatraal met zijn cape zwaaide.

Ze grinnikte. 'Ik herkende je niet meteen, maar dat kun je me ook niet kwalijk nemen met dat masker.' Ze keek Adam aan. 'Als je me even wilt excuseren...'

De muziek zwol aan, terwijl Eduardo haar in zijn armen nam en vaardig en elegant over de dansvloer leidde.

'Wie is dat?' fluisterde hij speels.

'Iemand die me net erg kwaad heeft gemaakt.' Het lukte haar niet om haar ergernis van zich af te zetten.

'Karin, schat, je komt naar Venetië voor hartstocht en vrolijkheid, niet voor zo'n somber gezicht.' Hij streelde haar naar beneden getrokken mond even.

Over Eduardo's schouder heen zag ze dat Adam er nog steeds stond en hen met zijn blik volgde.

'Wil je terug?' vroeg Eduardo.

'Nog niet. Hou me nog even vast.'

Adam had een ijzig gezicht toen ze terugkwam. 'Wie was dat?' vroeg hij op vlakke toon, terwijl hij een stukje geroosterd brood van een dienblad pakte en er harder in beet dan noodzakelijk was.

'Een oude vriend van me. Van een heel oude Italiaanse familie. Praktisch royalty, als Italië nog een monarchie zou zijn. Erg charmant. Maar wat zei je precies over wat ik voor Midas zou kunnen betekenen?'

'O, daar kunnen we het in Londen nog wel over hebben,' zei hij onverschillig. Hij deed er het zwijgen toe terwijl ze langzaam door het palazzo drentelden om de donkere hoekjes te verkennen, tot ze uiteindelijk een rustige binnenplaats vonden die grensde aan een kanaal; het water kabbelde zacht tegen de marmeren vloer.

'Spookachtig, hè?' fluisterde hij.

'Ken je *Don't Look Now*?'

Hij lachte en kwam iets dichter bij haar staan, zodat hun vingers elkaar raakten.

'Zullen we gaan?' vroeg hij. Ze knikte, en hij nam haar mee het palazzo uit, door een wirwar van steegjes naar het San Marcoplein waar de motorboot naar het Cipriani aan een met tapijt beklede loopplank lag.

'Zit jij ook in het Cip?'

'In het Palazzo Vendramin ernaast.'

Er gingen geen andere gasten aan boord, en ze zaten zwijgend vanaf de open achterplecht te kijken naar het groene water van het Canal Grande dat schuimend om hen heen spetterde. De aanblik van Venetië bracht altijd een glimlach om Karins lippen, de hoge toren van de San Marco die zich aftekende tegen een nachtblauwe hemel bezaaid met sterren. Plotseling klonk er gefluit, en een spinnenweb van kleur verlichtte de hemel. Het carnaval was vermaard om zijn vuurwerk, en tijdens de rest van de overtocht naar Giudecca was de hemel bestrooid met gouden en rode sterrenwolken. Er bestond geen betoverender plek om voor het eerst alleen te zijn met Adam Gold, dacht Karin, terwijl ze haar hand op de stoel naast de zijne liet vallen.

'Ik heb hetzelfde uitzicht vanuit mijn suite,' zei hij kalm. Hij raakte haar vingers aan. Karin deed een schietgebedje en nam zich voor Eduardo te bellen om hem te bedanken voor zijn fantastische voorstelling. Hij was de broer van een oude schoolvriendin van haar, en ze kende hem al sinds zijn tienerjaren. De inmiddels negenentwintigjarige, zeer aantrekkelijke, Venetiaanse playboy zat nog steeds in de kast, te bang om zijn streng katholieke ouders de waarheid te vertellen over zijn seksuele geaardheid. Toen Karin hem eerder die dag had gebeld met de vraag of hij haar minnaar wilde spelen, had hij met alle plezier ja gezegd. 'Ik ga sowieso naar dat feest,' had hij giechelend verteld, 'en het zal me weinig moeite kosten om te doen alsof ik stapelgek op je ben, *carissima*.' Hij had zijn rol met verve gespeeld. De drijfveren van rijke mannen waren niet zo moeilijk te begrijpen. Ze konden er niet tegen als hun iets werd ontnomen.

De boot legde aan bij de steiger van het Cipriani, en de kapitein hielp haar van boord. Karin en Adam liepen over het donkere, lommerrijke pad naar het hotel, waar ze een piano konden horen tingelen, vermengd met het vrolijke geroezemoes van gasten die de bar verlieten.

'Denk je dat je nog een drankje aankunt?' vroeg hij.

'Dat denk ik wel, maar ben je niet bang dat we de mensen in de bar de stuipen op het lijf zullen jagen?' Ze droegen nog steeds hun dikke capes, met de doorwrochte Venetiaanse maskers op hun voorhoofd geschoven.

'Mijn suite dan of de jouwe?' vroeg hij glimlachend.

Haar hart maakte een sprongetje, terwijl ze haar best deed om nonchalant te kijken. 'De jouwe, maar heel even maar,' zei ze, en ze begonnen zich door de geurige tuin van het Cipriani een weg te banen naar de exclusieve kamers van het Palazzo Vendramin.

Adam deed de zware mahoniehouten deur van het slot en nam zijn gast mee de suite in. Hij liep naar de hoge luiken en opende ze zonder het licht aan te doen. Karin volgde hem. Het uitzicht was net zo indrukwekkend als hij had beloofd, en de melkachtige gloed van de maan maakte de betovering nog groter. Hij ging achter haar staan, en zijn lippen gleden langs haar nek. Ze had gehoopt hem nog iets langer te kunnen weerstaan, om hem nog even te laten jagen, maar het was onmogelijk. De seksuele spanning tussen hen was te krachtig. Zijn vingers maakten het lintje van haar cape los die op de grond viel, als een plas fluweel.

Hij kuste haar op de mond, nam even haar wangen tussen zijn warme handen, en vervolgens gleden zijn handen over haar rug en trokken snel de rits open. Haar jurk viel in één beweging op de grond, en ze stond poedelnaakt voor hem, op het masker na dat ze nog steeds op haar voorhoofd droeg.

'Van iemand die een lingerielijn wil beginnen, had ik eigenlijk verwacht dat ze ook wel lingerie zou dragen,' zei hij met hese stem.

'Zeggen en doen zijn twee dingen,' zei ze zacht, terwijl ze met haar handen onder zijn kleren gleed. Ze begon hem uit te kleden, maar met een teder gebaar hield hij haar handen stil en trok toen het carnavalsmasker weer voor haar ogen. In het donker werd bijna alles verduisterd door het zwarte masker, en haar huid tintelde van opwinding. Ze voelde dat ze werd opgetild en op het bed gelegd; haar buik deed pijn van verlangen, de verhoogde sensualiteit deed alle zenuwen tintelen. Ze kreunde luid toen ze haar linkertepel tussen Adams vochtige lippen voelde en rilde toen hij twee vingers in haar schoof, heen en weer strijkend over haar clitoris, terwijl ze haar rug kromde van genot. Hij maakte zich los, en even voelde ze niets behalve rimpelingen van lust en de koele bries die door het raam naar binnen waaide. Toen spreidde hij haar dijen met zijn handen, nog steeds vochtig van haar sappen, duwde haar knieën naar haar borst en liet zijn gezwollen pik in haar zakken. En terwijl ze samen deinden, met hun van zweet glanzende lichamen in perfecte harmonie bewegend in het maanlicht, slaakte ze een kreet, een zoete mengeling van hartstocht, genot en triomf.

11

'Erin, ik moet zeggen dat je deze keer echt alles uit de kast hebt gehaald.' Richard trok zelfvoldaan zijn strik recht en glimlachte naar zijn vriendin. Het klopte dat Erin behoorlijk wat bewonderende blikken kreeg van Richards collega's op het jaarlijkse diner van White, Geary and Robinson – niet dat ze veel concurrentie had overigens, dacht ze. In het Park Lane Hilton stikte het van flesgroene tafzijde, bordeauxrood fluweel en slecht passende cummerbunds, zodat Erin er in haar pauwblauwe zijden avondjurk van DKNY als een supermodel bij afstak.

'Ik ben blij dat je hem mooi vindt,' zei ze, terwijl ze met haar hand over de stof gleed. 'Hij kostte zeshonderd pond. Volgens mij heb ik nog nooit zoveel voor iets betaald, behalve aan huur dan.'

'Allemachtig!' Richard floot even. 'Heb je soms de lotto gewonnen zonder het me te vertellen?'

Erin had eerder die week haar eerste salaris gehad en, nadat ze bijna was flauwgevallen van de hoogte van het bedrag, had ze besloten naar Knightsbridge te gaan en eens flink uit te pakken. Eerst kon ze bijna niet geloven hoe duur echte designerkleding was. Belachelijk gewoon! Toch moest ze toegeven dat de jurk iedere cent waard was geweest, het blauw stak prachtig af tegen haar albasten huid en viel perfect om haar nieuwe rondingen. Ze was bijna vier kilo afgevallen sinds ze uit Cornwall weg was; voor Adam werken betekende dat ze geen tijd had om te eten. Richard verdween om de tafelschikking te bekijken en kwam terug met twee glazen champagne.

'Shit, zeg!' fluisterde hij opgetogen, 'we zitten aan de tafel van de partners van de directie.'

'Ik neem aan dat dat goed is,' zei Erin, lachend om zijn jongensachtige enthousiasme.

'Erin, Charles Sullivan is een van de best betaalde advocaten in de City,' siste hij. 'Hij haalt miljoenen binnen voor zijn kantoor. Echt miljoenen!'

Hij begon een beetje te klinken als David Attenborough

wanneer die wat minder bekende diersoorten uit het regenwoud in het Amazonegebied beschreef.

'Nou, ik hoop dat we een beetje lol met hem kunnen hebben als we dan toch met hem aan tafel zitten.'

'Een beetje lol?' sputterde Richard. 'Erin, we hebben het hier over uiterst belangrijke netwerkmogelijkheden. Als hij een goed woordje voor me doet, kan ik kiezen waar ik ga werken als ik klaar ben met mijn studie. Echt Erin, dat heb je hartstikke goed gedaan. Dank je wel, Adam Gold. En nou we het toch over hem hebben, waar blijft hij verdomme?'

Alsof hij Richards woorden had gehoord, kwam net op dat moment Adam binnen zetten. Zijn aanwezigheid was als een storm van sexappeal in het verdere zo gezapige gezelschap van juristen en hun echtgenotes. Zijn smokingjasje leek net iets beter te zitten, zijn overhemd witter, zijn teint stralender tussen de inwitte Engelse gezichten. Alle hoofden draaiden zich om om naar hem te kijken. Erin voelde een scheut van trots toen hij bij haar en Richard kwam staan.

'Sorry dat ik zo laat ben. Ik moest nog iets doen op kantoor. Wat telefoontjes naar New York. Zullen we naar binnen gaan?'

'Fijn dat je er bent,' fluisterde Erin, terwijl ze de eetzaal in drentelden. 'Ik vind het echt heel aardig.'

'Nou, ik hoop dat hij iets moois voor je zal kopen om je te bedanken,' zei Adam, met een knikje naar Richard.

Adam zat tussen Erin en Charles Sullivan in. Charles was een krachtig gebouwde man met een bos grijs haar en een zware stem. In de juridische wereld was hij zoiets als een matinee-idool op leeftijd. Erin genoot van het spel dat zich tussen de beide succesvolle zakenmannen ontvouwde. Charles Sullivan zat duidelijk naar werk te hengelen; hij nam iedere gelegenheid te baat om zijn kantoor aan te prijzen, maar vermeed de directe aanpak. In plaats daarvan koos hij voor veiliger onderwerpen, zoals de jacht en golfen. Richard was echter minder subtiel, hij boog zich voor Erin langs en bemoeide zich steeds met het gesprek, ook als hem niets werd gevraagd.

'Ik neem aan dat u naar Londen bent verhuisd om uw bedrijf op de beurs te brengen?' vroeg hij op autoritaire toon.

'En waarom neem je dat aan?' vroeg Adam lichtelijk geamuseerd.

'Nou, dat doet toch iedere projectontwikkelaar tegenwoordig, sinds de introductie van de REIT?'

'Wat is de REIT?' vroeg Erin.

Richard sloeg zijn ogen ten hemel. 'De "Real Estate Investment Trust". Vastgoedbedrijven vragen de REIT-status aan om minder belasting te hoeven betalen.'

'Nou, dank je wel voor de les, Richard,' zei Charles met een waarschuwend lachje. 'Maar ik denk niet dat Adam ons deelgenoot zal maken van zijn plannen met Midas, hè?'

'Bovendien ligt het wat gecompliceerder dan dat.' Adam lachte beleefd.

Erin merkte dat hij het gesprek een andere richting wilde geven zonder lomp te zijn. Richard was echter net een klein hondje met een groot bot, keffend en springend, dat iedereen wilde laten zien hoe slim hij wel niet was. Erin keek naar hem met een wee gevoel van... ja, van wat? Teleurstelling? Schaamte? Toen ze hem net had leren kennen, had zij in haar laatste jaar gezeten en had hij nog een paar tentamens moeten doen voordat hij stage kon gaan lopen bij een advocatenkantoor. Al haar vriendinnen op de universiteit hadden hem als een goede vangst beschouwd, maar zelf had ze dat niet meteen zo gezien. Hij was niet bijzonder aantrekkelijk – er liepen beslist sexyer mannen op de universiteit rond – maar langzaamaan was ze gaan inzien dat Richard een zelfverzekerdheid, een wereldsheid en een doelgerichtheid bezat die de meeste mannen die ze op de studentenvereniging leerde kennen, niet hadden. Richard had het over de toekomst en zijn plaats erin, terwijl de meeste studenten iets mompelden over indiebandjes en kamers zoeken, en al snel was ze zijn weloverwogen meningen over politiek en economie ongelooflijk aantrekkelijk gaan vinden. Hij was een echte man, niet een of andere sluikharige puber. Ze raakte ook in de ban van zijn familie, die een grote bakstenen pastorie in Worcestershire bezat. Ze vond het heerlijk om deel uit te maken van een groot, hecht gezin; er waren zijn vader en moeder, Brian en Margaret, en drie broers, die allemaal in Londen werkten. Maar tegelijkertijd had ze zich, tijdens haar zeldzame bezoekjes aan Richards ouders, er niet echt op haar gemak gevoeld, alsof Richard te hoog gegrepen was voor haar. Ze had hem een keer gevraagd wat hij in haar had gezien.

'Fantastische tieten,' had hij welgemeend geantwoord. 'Waar is dat strakke zwarte T-shirt eigenlijk gebleven dat je altijd droeg?'

Ze had er toen om gelachen. Maar op dit moment, nu ze naast Adam Gold zat, vielen de schellen haar langzaam van de ogen.

'Ik moet even naar de wc,' fluisterde ze, terwijl Richard met zijn lepeltje in zijn koffie roerde met een air alsof hij de premier was die naar zijn ministerraad luisterde.

'Oké, schat,' zei hij afwezig, met zijn hand wapperend. 'Neem vooral de tijd.'

Het was stil in de wc-ruimte, met slechts een paar wc's bezet, zodat Erin de spiegel voor zichzelf had toen ze wat poeder op haar wangen opbracht. Toen zag ze een andere vrouw naar haar staan kijken, op nog geen meter afstand. Erin kreeg er lichtelijk de zenuwen van. De vrouw had een lang, paardachtig gezicht en de glazige blik van iemand die te veel had gedronken. Na een tijdje knikte Erin naar haar. 'Hoi,' zei ze, terwijl ze zich afvroeg of ze de vrouw soms ergens van moest kennen.

De blondine deed een stap in haar richting, een beetje onvast op haar benen. 'Jij bent toch de vriendin van Richard Pendleton?' vroeg ze met een accent dat Erin alleen maar kon omschrijven als namaakkak. 'Leuk om je eindelijk eens te leren kennen.'

'O ja?' Het verbaasde Erin dat Richard het blijkbaar met zijn collega's over haar had gehad, en ze voelde zich ineens een beetje schuldig over haar onaardige gedachten tijdens het diner.

'Nou, niet dat ik ooit echt de behoefte heb gevoeld om je te leren kennen, dat niet, nee,' zei de vrouw met een verwrongen lachje. 'Maar natuurlijk ben ik nu wel nieuwsgierig.'

'Waarnaar dan?' Erin kreeg plotseling een onheilspellend voorgevoel.

'Nou, naar jou,' antwoordde ze met een boosaardig lachje. 'Naar Richards vriendinnetje dat zat weggestopt in Cornwall.'

Erin wilde niet onbeleefd doen tegen een collega van Richard, maar deze vrouw deed om de een of andere reden heel vijandig. 'Heb je een probleem met me?'

De vrouw lachte. Erin zag dat haar lippen en tanden paars waren van de wijn. 'Nee, geen probleem, niet meer. Niet nu jij maatjes bent met Adam Gold. Dit kantoor wil dolgraag mee-eten uit de ruif van Midas, en zonder jou hadden we Gold hier vanavond nooit binnen gehad. Dus nu is Richard officieel Charles Sullivans lievelingetje. Logisch dat hij weer terug is bij jou.'

'Terug bij mij?'

De grijnslach verdween langzaam van het gezicht van de blondine, en haar lippen begonnen te beven. 'Een maand geleden zei hij nog dat hij van mij hield,' zei ze met schorre stem. 'Hij zei dat hij van me houdt omdat we zo goed bij elkaar passen. Hij zei dat jij in Cornwall woont en dat het niks werd en dat het nooit serieus is geweest. Dat heeft hij me zelf gezegd.'

Erin voelde haar wangen branden. 'Heb jij iets met Richard gehad?' vroeg ze ongelovig.

'Ja, een halfjaar. En dan kom jij met Adam Gold aanzetten en dan besluit Richard "jullie relatie nog een kans te geven".' De woorden van de vrouw dropen van de haat en verbittering. Erin kreeg bijna medelijden met die stomme, wraakzuchtige trut.

'Als ik jou was, zou ik geen tranen verspillen aan Richard Pendleton,' zei ze, terwijl ze diep ademhaalde om zichzelf tot bedaren te brengen. 'Want dat zal ik ook niet doen.'

Ze draaide zich om, liep een wc-hokje in en ging op de bril zitten. Ze duwde haar duimen tegen haar ogen, vastbesloten om niet te gaan huilen. Heel even dacht ze zelfs dat ze in lachen zou uitbarsten, maar toen kwamen toch de tranen en ze druppelden op haar knieën. Wat ze tegen de blonde vrouw had gezegd, klopte: ze huilde niet om Richard; ze zag nu in dat hij een egoïstische, pretentieuze zak was. Maar ze voelde zich toch waardeloos. Onnozel. Een sufferd.

Zo ging het nou altijd, dacht ze bedroefd, denkend aan toen

ze vijftien was geweest en heel verliefd op Michael McGavey, uit een naburig dorp. Wekenlang hadden ze op school lopen flirten, ze hadden lange wandelingen over de kliffen gemaakt en steentjes in zee geschopt. Toen Becky Lewis vertelde dat haar ouders naar Tenerife waren en dat ze een slaapfeestje – voor jongens en meisjes – zou geven, had Erin haar geluk niet op gekund. Ze was naar Newquay gegaan om een nieuwe jurk te kopen, en samen met haar vriendinnen hadden ze gegiecheld van voorpret om wat er die avond allemaal zou kunnen gebeuren. Michael was die avond minder aardig geweest. Becky had tegen hem geglimlacht en hem almaar voorzien van het bier van haar vader. Toen de spelletjes en de horrorfilm waren afgelopen, was hij Becky's slaapkamer in gegaan, en Erin had als bevroren in haar rode slaapzak liggen luisteren naar de gedempte geluiden van 'de eerste keer'-seks. Sommige meisjes kon het niet schelen als je verliefd was op een jongen. Sommige meisjes vonden dat hun eigen verliefdheid het enige was dat telde. Zelfs al waren ze je vriendin, dan nog wilden ze hem. Omdat ze mooier waren en grappiger, en omdat ze hem konden krijgen.

Adam mag me zo niet zien, dacht ze koppig. Hopelijk kon ze ongezien bij de garderobe komen, dan zou ze ongemerkt wegglippen.

'Daar ben je. Ik zocht je al.'

Richard had zijn jasje uitgetrokken, en zijn losse boord hing slap om zijn nek. Hij leek opgezwollen van zelfvoldaanheid en ook behoorlijk dronken. Tevreden keek hij om zich heen in de lobby, waar een paar mensen hun jassen al kwamen afhalen.

'Wat een mooie avond – en Adam is fantastisch, hè? Volgens mij heb ik aardig wat indruk op hem gemaakt. Denk je dat hij speciaal naar mij zal vragen als hij ons neemt? Hoe dan ook, het ziet ernaar uit dat Charles me voor het laatste gedeelte van mijn stage overplaatst van erfrecht naar belastingrecht. Ik bedoel, wat heb ik verdomme nou aan erfrecht? En dan kom ik meteen bij een van de zwaargewichten terecht.'

Erin keek hem uitdrukkingsloos aan. Het ontging hem volkomen dat ze van streek was.

'Nou, je verdient het,' spuugde ze eruit, 'want je hebt de afgelopen maanden zoooo hard gewerkt.'

'Nou zeg,' reageerde hij sarcastisch, 'wat heb jij ineens?'

'Ik heb in de wc-ruimte net met een of andere blondine gesproken die me precies heeft verteld waarom je zo vaak tot laat op kantoor bleef. Goh, je zult wel doodmoe zijn geworden, arme ziel.'

Ondanks haar overduidelijke sarcasme snapte hij het nog steeds niet helemaal. 'Een of andere blondine? Wie dan?'

'Lang gezicht, kort rokje, blijkbaar ben je erg goed in bed, zegt ze. Ik zei dat ze het vast over een andere Richard Pendleton had.'

'Bella?' piepte hij. 'O, dat is ook een stagiaire. Ik heb met haar op de afdeling bedrijfsrecht gewerkt – en je weet dat we daar soms ongelooflijk lange dagen maakten, maar...'

'Vuile leugenaar!' Ze prikte een vinger in zijn borstkas.

Hij verbleekte. 'Wat heeft ze je precies verteld dan?' stamelde hij. Zijn eerdere poeha leek zich volkomen op te lossen.

'De echte reden waarom je niet naar Cornwall wilde komen en waarom ik niet bij je mocht logeren in de weekends. Je had het goed voor elkaar, hè? Zij hier, en ik een paar honderd kilometer verderop veilig verstopt.'

'Ze heeft het allemaal uit haar duim gezogen.' Hij probeerde verontwaardigd te klinken. 'Ze is een beetje, je weet wel...' zei hij, terwijl hij met zijn vinger naar zijn voorhoofd wees.

'Doe geen moeite, Richard,' spuugde ze. Ze trok haar jas aan. 'Ik heb geen belangstelling meer.'

'Oké,' zei hij, terwijl hij haar arm beetpakte en wat zachter ging praten, 'we hebben iets gehad. Je weet zelf hoe moeilijk zo'n langeafstandsrelatie is. En ja, Bella en ik moesten allebei vaak overwerken, en van het een kwam het ander. Maar het is allang uit, en ze heeft moeite dat te accepteren.'

Hij begon zijn hoofd te schudden, en om zijn mond verscheen een norse trek. 'Niet te geloven dat die hoer je het heeft verteld.'

'Zo lang is het nu ook weer niet uit, hè, Richard?' Ze schudde zijn hand van zich af. 'Het is pas uitgegaan toen ik nuttig voor je werd.'

'Erin, hou op,' siste hij, toen hij merkte dat er mensen naar hen begonnen te kijken. 'Kom, dan gaan we naar huis en dan kunnen we erover praten.'

Ze zagen allebei op hetzelfde moment Adam Gold de balzaal uit komen. Toen hij zijn kasjmieren jas aantrok, zag hij hen ook.

'Erin, Richard, ik moet ervandoor,' zei hij, met een blik op zijn gouden Patek Philippe. 'Bedankt. Het was leuk.'

Richard, nog steeds spierwit, schudde hem de hand. 'Het was me een genoegen, Adam. Fijn dat je bent gekomen.'

Adam glimlachte, hoewel hij zijn voorhoofd fronste. 'Erin, kan ik je heel even spreken?' vroeg hij. Hij wees naar de deur.

Ze volgde hem, terwijl ze probeerde zichzelf weer onder controle te krijgen, maar ze wist dat haar ogen nog rood waren van het huilen.

'Is er iets?' vroeg hij.

'Nee, niks,' antwoordde ze met een gemaakt lachje. 'Ik heb waarschijnlijk een beetje te veel gedronken.'

Op dat moment gleed er een eenzame traan over haar wang, en ze draaide zich om, zodat ze met haar rug naar Richard stond, die nog steeds in de lobby rondhing.

'Erin, wat is er? Wat is er gebeurd?' fluisterde Adam, met een woedende blik in Richards richting.

'Niks, Adam, echt niet,' antwoordde ze, terwijl ze haar best deed om de snikken die in haar keel opwelden, tegen te houden.

'Zeg het me.' Het was een bevel.

'Goed dan. Mijn vriend is een overspelige leugenaar,' zei ze zo nonchalant mogelijk, tussen de woorden door naar adem happend. 'Toen ik in Cornwall zat, heeft hij me bedrogen. Al die tijd.'

Adam raakte zacht de mouw van haar jas aan en draaide zich om om naar Richard te kijken. Achter hem zagen ze Charles Sullivan met een glas cognac in zijn hand staan zwaaien, terwijl hij afscheid nam van zijn gasten. Toen hij Adam zag, begon hij zijn kant uit te lopen.

'Wil je Richard een lesje leren?' vroeg Adam fluisterend.

Ze bloosde. 'Dat verdient hij wel.' Ondanks haar tranen moest ze lachen. 'Wat ben je van plan dan?'

'Wacht maar af.'

Ze liepen naar Charles en Richard toe. Erins hart klopte zo snel dat ze bang was dat het ermee zou ophouden, en haar mond werd droog bij het idee van wat komen ging. Ze herkende de blik op Adams gezicht, de 'glimlachende moordenaar'-uitdrukking die hij altijd kreeg wanneer hij op het punt stond een goede deal te sluiten.

'Adam! Je gaat toch nog niet weg?' zei Charles, terwijl hij hem een klap op zijn schouder gaf. 'Nou, ik moet zeggen, het was me een genoegen. Laten we contact houden – je weet wat ze zeggen over jouw mensen bellen mijn mensen en zo...' Hij knipoogde naar Erin. 'Ik heb je mijn visitekaartje toch gegeven? Het spreekt vanzelf dat mijn kantoor heel graag zou willen samenwerken met Midas.'

Adam pakte het visitekaartje dat Charles hem had gegeven uit zijn zak en hield het op. 'Dank je, Charles. Ik heb je gegevens.'

De medevennoot glimlachte toen hij een nieuwe, grote klant rook.

'En zoals je weet,' vervolgde Adam, 'ben ik inderdaad op zoek naar een nieuw advocatenkantoor voor de Midas Group. Bijna al onze opdrachten gaan op contractbasis,' zei hij suggestief. 'We geven erg veel geld uit aan advocaten. Heel erg veel geld.'

Charles straalde inmiddels.

'Alleen zit ik met een vertrouwenskwestie,' vervolgde Adam met een strakke blik op Richard, wiens gezicht ineens verstijfde van angst. 'Want weet je, als mijn assistente jouw stagiair niet kan vertrouwen, dan weet ik niet of ik White, Geary and Robinson wel kan vertrouwen.'

Charles Sullivan was knalrood geworden en keek Richard aan met een blik alsof hij hem wel kon wurgen. 'Maar... Adam, Mr. Gold, ik ben ervan overtuigd dat ik... Ik bedoel, dat we...' sputterde hij.

'O, en Richard,' vervolgde Adam zacht, 'ik hoop maar dat je je al die uren overwerk niet hebt laten uitbetalen. Want dat zou fraude zijn, en ik geloof dat dat soort zaken erg hoog wordt opgenomen in de juridische wereld.'

Er viel een stilte. Charles Sullivan had inmiddels donkerrode vlekken op zijn wangen, en Richard zag eruit alsof hij elk moment in huilen kon uitbarsten.

Terwijl Adam zich omdraaide en met een glimlachende Erin naar de draaideur liep, trok hij grinnikend zijn kraag op. 'Ik heb het gevoel dat jouw ex-vriendje zo meteen aan een verhoor zal worden onderworpen.'

'Erin, je moet naar huis komen, dit is belachelijk.'

Jilly Thomas was meestal een evenwichtig mens, maar als haar kleindochter in de problemen zat, werd ze fel als een pitbull.

'Oma, ik kom niet naar huis,' zei Erin in de telefoon, 'het is gewoon even een kink in de kabel.'

'Maar waar moet je nou wonen? Het is net als met die vreselijke Michael McGavey, en het heeft ook eeuwig geduurd voordat je over hem heen was.'

Erin zuchtte. 'Ik ben nu een grote meid, oma,' zei ze. 'Het komt wel goed; ik vind het leuk in Londen.'

'Weet je echt zeker dat je niet naar huis wilt komen? We zijn er altijd voor je, hoor, dat weet je toch?'

'Ik weet het zeker. En ja, dat weet ik en dat vind ik heel erg fijn.'

Jilly zweeg een tijdje. 'Nou, je mist alle roddels hier. Wist je dat Janet zwanger is? Net zo oud als jij en krijgt nou al een kind. Leuk, hè? Ze is vlak voor kerst uitgerekend.'

Erin glimlachte in de hoorn. Ineens had ze helemaal geen zin meer om naar huis te gaan.

12

Toen het toestel van British Airways op een heldere maandagochtend in maart landde op Heathrow, keek Molly naar Marcus, die naast haar zat te slapen, en glimlachte tevreden. Op dit moment voelde het leven goed, echt goed. Ze had een rijke, vrijgevige man met goede connecties, die volledig in haar ban was. Hij overlaadde haar met cadeaus en complimentjes, maar wat belangrijker was, ze was ervan overtuigd dat hij haar naar de hoofdprijs kon leiden: Adam Gold. Ja, haar relatie met Marcus ontwikkelde zich in hoog tempo, maar ze had Marcus nooit als haar einddoel beschouwd; hij was slechts een opstapje naar het echte geld. Marcus was rijk, maar Molly had een nog hogere standaard, een veel hogere. Molly rangschikte de mannen naar het soort vliegtuig dat ze bezaten. Een Citation of Challenger kon ermee door, maar ze gaf de voorkeur aan een Learjet of een Gulfstream v of, en die stond helemaal bovenaan: een speciaal ontworpen Boeing 737. Het was lang geleden dat ze voor een romantisch weekend een commerciële vlucht had moeten nemen, maar Marcus was een nuttige tussenstap, en ze had tot haar genoegen ontdekt dat hij eigenlijk heel leuk gezelschap was. In de twee weken na het feest in het Knightsbridge hadden ze drie keer bij Mr Chow gegeten en net zo vaak de hele nacht durende sekssessies gehad in zijn pied-à-terre in Chelsea of in zijn buitenhuis in Buckinghamshire. Uiteindelijk had hij haar uitgenodigd om te gaan skiën in Sankt Moritz. Niet dat ze de skipistes ooit hadden gehaald; ze waren nog het dichtst bij sneeuw in de buurt geweest toen ze zo onstuimig seks hadden gehad in het penthouse van Badrutt's Palace, dat er een hele lading van het dak was geschoven.

Ze wierp een blik op Marcus' profiel, dat donker afstak tegen het licht dat door het vliegtuigraampje naar binnen stroomde. Een vierkant patriciërsvoorhoofd, de neus iets gebroken, een krachtige kin. Het was helemaal geen straf om met hem te neuken. Anders dan met Momo, de te dikke olieman uit Brunei. Anders dan met Giles, de zoon van een pindaboer uit Georgia, of met Jeff, de Hollywoodproducer met het dwergengezicht, die ze had leren kennen op de BAFTA-uitreiking en die had gewild dat ze over hem heen piste. Zelfs anders dan met Harry, de arme Harry met zijn kleine piemel, die haar maar bleef bellen, hoewel ze geen enkele keer op zijn ingesproken berichtjes had gereageerd. Nee, Marcus was beslist een goede vondst.

Een auto van de Midas Corporation haalde hen op van het vliegveld en zette Molly thuis af, waar ze haar koffers deponeerde en zich opfriste voor haar werk. Werk! Ze kreunde alleen bij de gedachte al dat ze naar Feldman Jones Productions moest. Hoewel ze maar twee dagen per week naar het evenementenplanningsbedrijf ging, waren het voor haar verreweg de twee langste dagen van de week. Soms wist ze gewoon niet waarvoor ze het eigenlijk deed. Maar haar huis was duur, coke was duur en de prijs van tassen was als een komeet omhooggeschoten. En in ruil voor een paar dagen per week haar gezicht laten zien bij Feldman Jones Productions bezat ze een aandeel van tien procent in het bedrijf. Dank je wel en tot ziens.

'Waar is iedereen?' Molly kuierde naar binnen, ging achter haar bureau zitten, liet haar tas van Bottega Veneta naast haar stoel vallen en bladerde de stapel post door die zich had opgehoopt sinds de laatste keer dat ze haar opwachting had gemaakt bij het bedrijf. Het was halftwaalf, en het kantoor – op de bovenverdieping van een charmante, lichtblauwe, tot huis verbouwde stalling in Westbourne Grove – was leeg op een paar stagiaires na die de telefoons bemanden.

'Becca en Jenna zijn naar de locatie van het feest van vanavond,' zei een van hen zenuwachtig, 'en Lindsey en Sophie hadden meteen vanochtend een vergadering in de City.'

Molly knikte, blij dat ze even de baas kon spelen. 'Mooi. Nou, waar blijft mijn koffie? Zwart, sterk. En als je dat hebt gedaan, kun je dan een paar van die dossiers daar doornemen? Ik wil dat je alles bij elkaar zoekt wat we ooit voor Fley Walker hebben gedaan.'

Ze stond zelf verbaasd over hoe autoritair ze klonk, want ze voelde zich helemaal niet zo. Ze was bekaf; veel te weinig slaap gehad. Precies op dat moment kwamen Sophie en Lindsey binnen. Toen ze Molly zagen, betrokken hun gezichten.

'Ah, Molly, je bent er.' Ondanks haar onschuldige kakaccent was Sophie Edwards-Jones van staal gemaakt. Feldman Jones Productions was haar leven. Van een fax en telefoon in haar keuken had ze het weten uit te bouwen tot een van de belangrijkste evenementenplanningsbureaus in het land.

'Ja, ik ben er,' zei Molly vrolijk, terwijl ze de sfeer die was ontstaan, expres probeerde te negeren. 'Sorry dat ik een beetje laat ben, maar tussen Heathrow en de stad zat alles muurvast.'

'Dus je bent weg geweest?'

'Ja,' antwoordde Molly. Ze schudde een lok haar over haar schouder. 'Weer naar Badrutt's Palace. Nog net zo prachtig als altijd. Had ik jullie dat niet verteld?'

'Nee, dat had je ons niet verteld.' De stem van Lindsey Feldman klonk bars. Ze was een doordouwertje van nog geen één meter zestig dat zich niets liet wijsmaken en het perfecte tegenwicht vormde voor Sophies beschaafde voorkomen. 'Want als je het ons had verteld, hadden wij er misschien wel iets over te zeggen gehad, aangezien we vanochtend een afspraak hadden met een klant waar we je bij nodig hadden.'

Molly keek verwonderd. 'Hadden we een bespreking? Met wie dan?'

'Callanders, de effectenmakelaars, weet je nog?' zei Lindsey met een vleugje sarcasme. 'Die wilden dat wij hun bedrijfskerstfeest zouden organiseren? Voor tweeduizend gasten? We hebben het erover gehad, Molly. Het was nogal gênant toen je niet kwam opdagen.'

'Callanders. O, shit. Ja. Dat is me helemaal ontschoten. Zoals ik al zei, we zijn pas om halftien geland. En toen moest ik nog snel even naar huis om me op te frissen.'

Sophie keek Molly een tijdje aan. 'Kunnen we even verder praten in de vergaderruimte, Molly?'

Molly schoof haar stoel naar achteren en liep de twee vrouwen ziedend van woede achterna. Hoe durven jullie zo tegen me te praten waar het personeel bij is, dacht ze. Hoe durfden ze haar het gevoel te geven alsof ze een tiener was die betrapt was bij het roken achter het fietsenhok! Het gore lef! Strijdlustig ging ze zitten. Lindsey kwam meteen ter zake.

'Dit kan zo niet verder, Molly,' viel ze uit.

'Jezus, Lindsey. Ik heb een bespreking gemist. Sorry, hoor,' zei Molly, terwijl ze haar ogen ten hemel sloeg. 'Als het zo veel voor je betekent, wil ik nog wel een keer met die klant gaan praten.'

'Daar kan het best wel eens te laat voor zijn.'

'Ach, maak je niet druk, we krijgen die opdracht heus wel,' zei Molly. 'We krijgen de opdracht altijd.'

'Dat is dan niet dankzij jou, Molly,' zei Lindsey abrupt.

Sophie stak een hand op om hun het zwijgen op te leggen. 'Molly. Laten we er maar geen doekjes om winden,' zei ze. 'Deze regeling werkt gewoon niet. Je bent haast nooit op kantoor, je verschijnt niet op afspraken, en als we een evenement organiseren, ben je de hele avond aan het socializen.'

'Aan het socializen! Dat word ik toch geacht te doen?'

Sophie knikte. 'Ja, toen we begonnen. Maar de zaken zijn veranderd.'

Het was waar dat Molly Sinclair een aanwinst was geweest toen Feldman Jones was begonnen – ze had prima contacten, en klanten voelden zich vereerd als er een supermodel bij de besprekingen zat. Bovendien verleende ze onmiskenbaar glamour aan een feest. Maar ze deed gewoonweg niet waarvoor ze in dienst was genomen – vergaderingen bijwonen, directieleden charmeren, nieuwe klanten aanbrengen. Om kort te gaan, ze was een blok aan het been geworden.

'Molly, we willen dat je uit het partnerschap stapt.'

Molly verstijfde. Hoewel ze het niet echt leuk vond om voor Feldman Jones te werken, verleende het partnerschap haar wel geloofwaardigheid. Plus dat ze ervoor betaald kreeg. Goed, niet zo veel, maar het was een basis. Een vrouw als Molly kon verwachten dat haar chique avondjes uit en vakanties werden betaald door een of andere rijkaard in ruil voor een blowjob onder de douche, maar ze had ook zo haar vaste lasten. Ze haatte het om toe te geven, maar ze had deze baan nodig.

'Dat kunnen jullie niet maken,' zei ze, terwijl ze haar best deed om kalm en zelfverzekerd over te komen. 'Ik ben mededirecteur van dit bedrijf.'

Sophie glimlachte. 'We kunnen het wel. We hebben er al een advocaat naar laten kijken. Maak je niet druk, je zult niet meteen zonder geld zitten. We laten een taxatie doen en zullen je voor een redelijke prijs uitkopen.'

'Maar jullie hebben me nodig,' zei Molly met iets van paniek in haar stem. 'Ik breng klanten aan voor jullie.'

Lindsey kon een zelfgenoegzaam lachje niet onderdrukken. 'Molly, je hebt al meer dan een jaar geen klanten aangebracht. Feldman Jones zorgt nu voor zijn eigen klandizie. We hebben een fantastische reputatie, en het is noodzakelijk dat iedereen zich voor de volle honderd procent geeft.'

'Maar dat doe ik verdomme!' zei Molly verontwaardigd.

Lindsey kon het niet nalaten een schimpscheut te plaatsen. 'Ja, we weten allemaal wat jij sommige klanten geeft, Molly.'

Molly sprong op en stampte naar de deur. 'Ik kan niet wachten tot dit armzalige kutbedrijf in elkaar stort, zodra bekend wordt dat ik ontslag heb genomen,' zei ze hooghartig.

Sophie glimlachte. 'Ik denk dat we het wel overleven,' zei ze.

'O, Molly?' riep Lindsey haar achterna. 'Kun je je bureau uitruimen? We hebben liever niet nog een keer een drugsinval.'

13

'Zijn dat alle meisjes?' verzuchtte Karin, terwijl ze de portfolio dichtklapte en de vijftienjarige Estse blondine met een koninklijk gebaar wegwuifde. Nadat het magere model het kantoor van Karenza uit was gesloft, keek Karin naar de stapel modellenkaarten voor zich en wreef in haar ogen. Karin en haar hoofd verkoop Kirsty Baker hadden de hele middag gecast voor de lente/zomer-advertentiecampagne van Karenza, maar geen enkel meisje kwam zelfs maar in de buurt van wat ze zochten.

'Wat dacht je van Gisele?' vroeg Kirsty, die een exemplaar van de Amerikaanse *Elle* doorbladerde.

'Die kan ik me niet veroorloven.'

'Kate?'

'Die zie je overal al. Plus dat we ons haar ook niet kunnen veroorloven.'

'Daria?'

Karin wierp de stapel kaarten geërgerd neer. 'We zijn verdomme Gucci niet, Kirsty. De topmodellen vragen gemiddeld meer dan vijftigduizend per dag! Deze shoot gaat ons drie dagen kosten, plus reisdagen, plus honorarium voor het modellenbureau. En dan heb je nog de fotograaf, de crew, de locatiekosten, de rekening van het reclamebureau, plus de advertentiekosten zelf. Jezus, we hebben het hier over een miljoen pond of meer.'

Toch begon ze te denken dat een bekend model de enige mogelijkheid was, hoewel het totaal tegen haar gevoel in ging. Behalve de hoge kosten die haar dwarszaten, wilde ze liever ook geen bekend gezicht gebruiken voor de eerste Karenzacampagne. Ze wilde dat de advertenties het product aanprezen, niet het model. Goed, ze hadden een meisje nodig dat glamour en schoonheid uitstraalde, maar ze hadden ook een meisje nodig dat de indruk gaf dat ze er door de badmode van Karenza zo uitzag, en niet andersom. Simpel gezegd, ze hadden fantastisch beeldmateriaal nodig van een exotische verleidster op een zwoel Caribisch strand, en niet van een of andere uitgemergelde tiener in een fotostudio in Hoxton.

Karin stond op en beende ongeduldig door het kantoor, haar naaldhakken diep in het crèmekleurige tapijt borend. Ze was een heel eind gekomen sinds ze zeven jaar geleden het bedrijf was begonnen vanuit haar oude appartement in Chelsea, maar ze wilde meer, veel meer. Ze wilde geen klein plekje innemen in de modewereld, ze wilde de top bereiken – en ze had een plan. Terwijl al haar vriendinnen van Briarton naar Florence waren vertrokken voor cursussen kunstgeschiedenis, zodat ze goed uitgerust zouden zijn voor de dinerbabbels, was Karin meteen naar het Polimoda gegaan, de beroemde modeacademie in Italië. Ze had alle lessen gretig in zich opgezogen en al snel haar strategie uitgestippeld. Haar besluit om in de badmode te gaan, was weloverwogen en berekenend geweest. In vrouwenkleding was te veel concurrentie, dat wereldje was te hard, te moeizaam. Bij schoenen kwam je er niet tussen, met Blahnik, Choo en Louboutin die het topsegment van de markt beheersten, en hoewel accessoires het gouden ei van de mode-industrie waren – de winstmarges op een designertas waren enorm, en wat belangrijker was, je had niet met verschillende maten te maken – die markt was ook dichtgetimmerd, want bedrijven als Louis Vuitton, Gucci en Club21 duldden geen concurrentie op een gebied waar ze hun winst moesten behalen. Maar Karin had een gat in de markt ontdekt. Mensen werden steeds rijker en steeds hebberiger. Ze wilden niet alleen de luxegoederen – de tassen, de schoenen, de auto's – ze wilde de complete luxueuze lifestyle. Karin zag haar vriendinnen minstens tien keer per jaar op vakantie gaan naar een steeds langer wordende lijst van exotische bestemmingen, maar deze vrouwen droegen, ondanks het eeuwige gewauwel over vakantiegarderobes in de glossy's, overdag nauwelijks kleren en hadden van zonsopgang tot zonsondergang zwemkleding aan. Badmode was sexy, glamoureus, echt iets voor haar.

'Verdomme, waarom zijn al die domme meiden zo mager en bleek?' vroeg Karin ongeduldig, terwijl ze nog een keer de modellenkaarten doornam. 'Het zijn net kinderen.'

'Dat is waarschijnlijk omdat het ook kinderen zijn,' zei Kirsty glimlachend. 'Modellen beginnen tegenwoordig al op hun twaalfde, hoor.'

'Maar we verkopen geen kleren aan kinderen,' viel Karin uit. 'Onze klanten zijn vrouwen, vrouwen van vlees en bloed, met heupen en tieten, niet van die enge spillebenen!'

Karin wist wat vrouwen wilden. Ze wilden geen onthullende stukjes lycra, ze wilden zich voelen als Ursula Andress zoals die uit zee oprees in *Dr No*, ze wilden zich voelen als Sophia Loren met haar tulband op in *Arabesque*. Chic, elegant, stoer. Dus ontwierp ze een collectie klassieke stukken waarin mooie lichamen nog sexyer leken. Daarna bracht ze die mondjesmaat op de markt door alleen exclusieve winkels als Harrods en Harvey Nichols te bevoorraden. Ze probeerde belangrijke moderedactrices te paaien door hun elk seizoen de mooiste bikini's te sturen en werd beloond met vleiende artikelen over de hippe nieuwe jetset-badmode die iedereen droeg. Het was echter Sebastian geweest die haar had aangemoedigd om haar eerste winkel te openen. Ze had hem twee jaar na de lancering van haar eerste collectie leren kennen, en een halfjaar later hadden ze zich verloofd. Ze had niet echt iemand nodig om haar te stimuleren, maar Sebastian stond achter haar – en wat belangrijker was, hij had goede connecties. Een schoolvriend van Seb van Eton had een kleine winkel in Walton Street voor haar te huur, en omdat ze zich geen dure interieurontwerper had kunnen veroorloven, had ze de look van het strandhuis van een vriendin van haar in Cape Cod nagebootst, prachtig uitgevoerd met een witte planken vloer en witte muren. Het was ingehouden luxe voor mensen die niet met hun rijkdom te koop wilden lopen. Het was volmaakt. Inmiddels had ze drie winkels en een jaaromzet van twintig miljoen pond, en Karenza mocht dan het snelst groeiende badmodebedrijf in Europa zijn, voor de ambitieuze Karin ging het nog lang niet snel genoeg. Haar badmode moest meer bekendheid krijgen als luxemerk. Ze had een advertentiecampagne in de belangrijkste glossy's nodig. Een droevig lachje verscheen om haar lippen. Ze wist dat Sebastian achter haar zou hebben gestaan.

Kirsty wapperde met een zwart-witfoto van een magere brunette met lange benen voor Karins gezicht. 'Deze is sexy. Is dit iets?'

'Te dun. Kijkt te brutaal uit haar ogen,' zei ze, terwijl ze de foto minachtend op de stapel gooide.

'Deze dan?' Kirsty wees naar een blondine met veel tanden.

'Geen sprake van! Moet je die mond zien. Net een konijn.'

'Ze heeft afgelopen seizoen de Pradashow gedaan,' wierp Kirsty zwakjes tegen.

'Kirsty! Het meisje dat deze campagne doet, moet ons merk representeren,' viel Karin uit. 'Ze is ons gezicht en ons lichaam. Ik wil dat onze potentiële klanten naar de advertentie kijken en denken: Zo sexy en chic en prachtig kan ik ook zijn. Zelfs als die klant dik is, wil ik dat ze denkt dat haar driehonderd pond welbesteed is als ze daarmee als door een wonder net zo'n prachtig wezen wordt als ons model.'

'Ik dacht dat je niet wilde dat dikke, slonzige huisvrouwen Karenza droegen,' zei Kirsty nukkig.

'Daar gaat het niet om,' reageerde Karin kordaat. 'We hebben iemand nodig die sexy is. Iemand die zo'n bikini als gegoten zit, niet een of andere graatmagere tiener van één meter tachtig. We hebben een echte vrouw nodig.'

Ze draaide haar Eamesstoel om en keek uit het raam naar de straat. 'Ze moet daar gewoon ergens rondlopen.'

Dan Stevens, een van de beroemdste modefotografen in Europa, stak net Regent Street over toen hij haar zag. Hij was al laat voor zijn volgende afspraak – de bijeenkomst bij Vogue House had een eeuwigheid geduurd – maar het meisje straalde iets uit waardoor hij bleef stilstaan en nog een keer keek. Zelfs vanaf de overkant van de straat, op een afstand van vijftien meter, kon hij haar hoekige jukbeenderen, haar steile lichtblonde haar en haar sierlijke houding zien. Hij fronste zijn wenkbrauwen; waarom kende hij dit meisje niet? Hij werkte elke dag met topmodellen en actrices; hij dacht dat hij alle mooie vrouwen uit Londen kende, maar deze had hij nog nooit eerder gezien. Het kon toch niet anders of ze werkte in de mode? Hij vond haar te opvallend, te stijlvol om een doorsneeburger te zijn. Hij versnelde zijn pas om haar in te halen, en toen hij naast haar liep, tikte hij haar op de schouder. Ze was oogverblindend mooi. Hoeveel uren was hij wel niet bezig geweest om foto's te retoucheren van sterren met een slechte huid, met rokersrimpeltjes om de mond, met dode ogen van drugsgebruik en feestvieren. Maar dit meisje: wow. Die enorme, ietwat geschrokken lavendelblauwe ogen, haar ongelooflijke bottenstructuur. Ze was echt een stuk. Niet voor het eerst in zijn carrière wou hij dat hij single was.

'Hoi! Ik, eh, ik wilde me even voorstellen. Ik ben Dan Stevens, ik ben fotograaf. Ben je toevallig model?'

Dan Stevens! Jemig! Summers mond viel open. Ze was gaan shoppen om zichzelf op te vrolijken, want ze had de hele week nog geen casting gehad, en nu werd ze staande gehouden door een van de beroemdste fotografen ter wereld. Je kon *W* of de Amerikaanse *Vogue* niet openslaan zonder zijn naam tegen te komen. Molly zou echt zwaar onder de indruk zijn.

'O, ik weet wel wie je bent,' zei ze glimlachend, met vlinders in haar buik. 'En ja, ik ben model, hoewel je vast nog nooit van me hebt gehoord.'

'Mooi,' zei Dan. 'Heb je het komende uur plannen?'

'Ja, geld uitgeven dat ik niet heb,' antwoordde ze lachend.

'Wil je in dat geval met me meegaan naar mijn volgende afspraak. Ik wil je aan iemand voorstellen.'

Dan Stevens kwam grijnzend van oor tot oor binnenlopen. Karin vond echter niet dat er veel te lachen viel. Hij was twee uur te laat voor de casting – ze kon te laat komen niet uitstaan – en ze beantwoordde zijn grijns dan ook met een ijzig gezicht. Dan wist dat hij van geluk mocht spreken; een woedende Karin Cavendish zou je je ergste vijand nog niet toewensen. Ze wist echter dat ze er geen punt van kon maken, want ze had geboft dat ze Dan had weten te strikken voor de advertentiecampagne. Als ze Dan niet ooit op weg had geholpen – ze had een afspraak voor hem geregeld met een vriendin van haar die moderedactrice bij *Elle* was, toen Dan nog slechts een ploeterende nul was – had ze zich hem nooit kunnen veroorloven. Karins irritatie verdween echter als sneeuw voor de zon toen ze de kleine blondine zag die zich nerveus achter Dan ophield. Ze was prachtig. Lang, lichtblond haar hing aan weerszijden van een volmaakt ovaal gezicht met een schattig wipneusje, volle lippen en mooie amandelvormige ogen.

'Je bent iets te laat voor de casting,' zei Karin, terwijl ze haar hand uitstak. 'Mag ik je kaart zien?'

Summer stond in de deuropening zenuwachtig aan de riem van haar tas te frunniken. 'Sorry, die heb ik niet bij me,' antwoordde ze beleefd, een beetje geïntimideerd door Karins aanwezigheid.

'Ze is niet gestuurd door een castingbureau,' zei Dan snel. 'Ik zag haar toen ze aan het winkelen was in Regent Street. Ik heb snel wat polaroids gemaakt – hier – en ik denk echt dat je er even naar moet kijken.'

Karin bestudeerde de polaroids, een cruciaal onderdeel van het casten. Foto's in de portfolio van een model waren vaak zo sterk geretoucheerd dat je onmogelijk kon zien of ze het goed deed op foto's of niet. Maar deze polaroids waren prachtig. Dit meisje was echt mooi; zowel in het echt als op de foto.

'Hoe lang ben je?' vroeg Karin, terwijl ze nog steeds naar de foto's keek.

'Eén meter vijfenzeventig,' loog Summer.

'Eén meter drieënzeventig,' zei Karin koeltjes. Ze krabbelde wat aan de rand van de polaroid. Toen keek ze weer naar het meisje; ze kwam haar bekend voor, maar ze wist niet waarvan.

'Ken ik je niet ergens van?' vroeg ze.

Summer voelde zich ongemakkelijk. Ze wilde niet zeggen wie haar moeder was. Dan leek het net alsof ze misbruik wilde maken van haar moeders bekendheid.

Ze schudde haar hoofd. 'Ik geloof van niet.'

Ineens viel het kwartje. Toen het meisje haar blonde haar naar achteren schudde, verried ze zichzelf. Nu zag Karin het – de neus, die brede, zinnelijke mond, dat lange gordijn van platinablond haar. Ze voelde zich verstijven van ergernis. Het platinablonde haar leek ineens te opzichtig, haar volle borsten iets te groot.

'Je bent de dochter van Molly Sinclair, is het niet? Je was ook op mijn liefdadigheidsdiner.'

'Echt?' vroeg Dan, in zijn nopjes met zijn oog voor talent.

'Ja, echt.' Summer glimlachte blozend.

'Nou, dank je wel voor je komst en tot ziens,' zei Karin snel, met een blik op de deur.

Summer draaide zich om en liep weg, diep teleurgesteld. Dan Stevens was niet eens voor haar in de bres gesprongen.

'Laat je haar zelfs niet even iets passen?' vroeg Kirsty nadat Summer het kantoor had verlaten. 'Ze is heel mooi.'

'Een mooi meisje, inderdaad,' zei Karin bits, 'maar veel te klein en ook te veel rondingen.'

'Maar Karin, ze is fantastisch!' Dan lachte ongelovig.

'Ze is meer iets voor de cover van een *Sports Illustrated*!' viel Karin uit.

'Ik dacht dat je een sexy campagne wilde?'

'Als het meisje te overduidelijk sexy is, wordt het ordinair.'

'Nou, ik vind het ongelooflijk dat ze nog niet eerder het gezicht van een grote advertentiecampagne is geweest. Als ik haar in *Vogue* breng, zal elk blad en elk modemerk haar willen. Haar honorarium zal omhoogschieten.'

'Ga je haar in *Vogue* brengen?' vroeg Karin met samengeknepen ogen.

'De Amerikaanse *Vogue*. Ik heb er maandag een afspraak.'

Karin werd weer een en al zakelijkheid; ze dacht drie zetten vooruit. 'Bij welk castingbureau zat ze, zei je?'

'Bij La Mode,' antwoordde Dan.

'Nooit van gehoord,' zei ze hooghartig, maar stiekem was ze blij. Een klein, onbekend bureau zou haar Summer voor een habbekrats geven, alleen maar om een wit voetje te halen bij een modehuis. Dat kon haar veel geld besparen en, als Dan het meisje inderdaad wilde steunen zoals hij zei, dan kon ze wel eens het komende nieuwe gezicht zijn – en Karenza zou haar als eerste hebben.

'Ik vraag me af hoe ze er als brunette uit zou zien.'

Karin pakte snel de telefoon. 'Jane, kun je het model weer naar boven sturen?' vroeg ze aan de receptioniste. Terwijl ze op Summer zaten te wachten, trok Karin een bureaula open en pakte een schaar die ze aan Kirsty gaf.

'Knip eens een stukje van je haar af.'

'Wat?' vroeg Kirsty geschrokken.

'Je haar. Dat heb ik nodig,' zei Karin vinnig, terwijl ze Kirsty strak aankeek. 'Toe nou, het is belangrijk. Een paar centimeter is genoeg. Allemachtig zeg, het groeit vanzelf wel weer aan.'

Kirsty knipte voorzichtig een stukje van haar bruine korte haar af en gaf de lok aan Karin.

Toen Summer het kantoor weer in kwam, liep Karin doelbewust naar haar toe. 'Ik wil dat je naar Joel gaat, van Real Hairdressing,' zei ze, terwijl ze Summer de bruine lok haar gaf. 'Zeg hem maar dat ik je heb gestuurd en dat hij jouw haar deze kleur moet geven. Als dat is gebeurd – en eerder niet – mag je terugkomen, en kunnen we misschien wat badpakken en bikini's gaan passen.'

Kirsty en Dan keken elkaar aan en glimlachten.

14

Jilly maakte zich zorgen. Nadat die smeerlap van een Richard ervandoor was gegaan met het kantoorsletje en Erin uit zijn appartement was vertrokken, was ze ervan overtuigd geweest dat haar kleindochter meteen zou terugkeren naar Cornwall. Per slot van rekening had ze geen huis, geen vriend en een baan die bestond uit twaalf uur per dag telefoontjes beantwoorden; wat had ze in vredesnaam nog in Londen te zoeken?

'Ik snap het gewoon niet, lieverd,' zei ze door de telefoon. 'Londen is duur, eenzaam. Waarom kom je niet naar huis?'

Erin moest toegeven dat er wat in zat. Ze was zes weken in Londen en zat in een hotelkamer in Bayswater, die haar honderd pond per nacht kostte. Ze had geen vrienden gehad bij wie ze kon logeren nadat ze bij Richard weg was gegaan – ze had moeilijk aan Adam kunnen vragen of ze een paar nachtjes bij hem kon slapen tot ze iets voor zichzelf had gevonden – en omdat ze bij de Midas Corporation zo hard werkte, leek ze ook niet de tijd of de gelegenheid te hebben om nieuwe vrienden te maken. Het was niet bepaald het glamourleven dat ze allebei voor haar in gedachten hadden gehad, maar aan de andere kant had Midas iets wat haar deed bruisen van opwinding, en dat kwam niet alleen door haar salaris van zeventigduizend per jaar. Ze was er gewoon nog niet aan toe om nu alweer weg te gaan.

'Je hebt toch niet vier jaar Russisch gestudeerd om reisbureautje te spelen voor iemand anders, hè?' zei Jilly. 'Kom toch naar huis. Maak je boek af. Dat wilde je toch altijd?'

Erin werd overstroomd door schuldgevoel toen haar oma over haar boek begon. Het was alsof Jilly haar gedachten kon lezen; ze had geen woord op papier gekregen sinds ze in Londen was. Maar ze was nu aan een andere carrière begonnen en ze kon die moeilijk nu alweer opgeven en terug naar huis vluchten, alleen maar omdat Richard zo'n rat was.

'Ik probeer het nog een week,' zei ze. 'Dat ik in een hotel zit, is maar tijdelijk. Als ik over een week geen woonruimte heb gevonden, hebben we het er wel weer over.' Ze legde de hoorn neer en nam zich voor subiet iets te vinden, en het liefst nog eerder.

'Het volgende huis dat ik je laat zien, is echt iets bijzonders,' zei de makelaar met een bemoedigend lachje. Erin kreunde inwendig. Het zou de vierde flat worden in net zoveel dagen die deze makelaar haar liet zien. Hij had haar continu op haar werk gebeld met de belofte dat hij iets prachtigs voor haar zou kunnen vinden, maar alles wat hij haar tot nu toe had laten zien, leek óf veel te duur óf te hokkerig.

Misschien dat deze flat iets zou zijn, dacht ze hoopvol, toen ze tot stilstand kwamen voor een enorm victoriaans pand in een lommerrijke straat in Canonbury, het mooiste gedeelte van Islington. Vanbuiten zag het er in elk geval goed uit, met mooi, honingkleurig metselwerk en grote, goed onderhouden bloembakken in de brede vensterbanken.

'Ongelooflijk, hè?' vroeg Ryan Hall, de makelaar, glimlachend. Maar zij is eigenlijk degene die ongelooflijk is, dacht hij. Ik moet deze deal voor haar sluiten. Ryan had de hele week wanhopig naar indrukwekkende panden gezocht, alleen om Erin steeds te kunnen zien.

'Het was vroeger een katoenfabriek,' vertelde hij, terwijl hij het pad op liep. 'Was jaren verwaarloosd tot het een paar jaar geleden is gerenoveerd.' Hij stak de sleutel in het slot en legde voorzichtig een hand op Erins schouder om haar binnen te laten.

'Als ik het me kon veroorloven, zou ik hier zelf gaan wonen,' zei hij, in de hoop dat ze de hint zou vatten en hem een keer zou uitnodigen. 'Een meisje als jij verdient het om in zoiets moois te wonen.'

Terwijl ze naar binnen liepen, knikte Erin. Er was een grote lobby met een marmeren vloer en een ouderwetse lift met een traliehek – een overblijfsel uit de tijd toen het pand nog als fabriek in gebruik was. Ze had er altijd van gedroomd om in zo'n soort gebouw te wonen. In de lift naar de eerste verdieping deed ze een schietgebedje. Laat het niet tegenvallen, prevelde ze, laat het niet tegenvallen. Ze moest zo snel mogelijk iets vinden, anders zou ze nog voor het eind van de maand weer terug zijn op die klif die Port Merryn heette.

'Ons kantoor doet de verhuur van het hele gebouw,' vervolgde Ryan, terwijl hij de deur van appartement elf openmaakte. 'Ik werk pas drie maanden bij Thomson Bailey, maar volgens mijn baas komen deze appartementen bijna nooit vrij. Als je er eenmaal woont, wil je er niet meer weg.'

Misschien, dacht Erin, vertelde Ryan Hall voor deze ene keer wel de waarheid. Het was geen grote ruimte. Een gang in zacht grijsgroen met een hoog plafond en krullerige kroonlijsten leidde naar een ruime woonkamer die al was ingericht met dikke, crèmekleurige banken en golvende velours gordijnen. Er was een kleine open keuken, een badkamer waar net een douche in paste, en een grote slaapkamer met een sleebed en – ze hapte naar adem – balkondeuren die uitkwamen op een klein balkon.

'Het is fantastisch,' zei ze lachend, niet in staat haar vreugde te verbergen. 'Waarom heb je me dit huis niet als eerste laten zien?'

'Dan had ik niet de hele week van je gezelschap kunnen genieten,' zei Ryan Hall ernstig.

'Hoeveel was het ook alweer?' vroeg ze.

'Vijfhonderd per week,' antwoordde hij, terwijl hij een pluisje van zijn schouder tikte.

De moed zonk haar in de schoenen. Dat was bijna twee keer zoveel als ze van plan was uit te geven; meer dan de helft van haar nettosalaris.

Net op dat moment ging Ryans mobieltje met veel kabaal over. 'Doe alsof je thuis bent en denk er nog even over na,' fluisterde hij.

'Ja, eh, hallo, schat. Het is een beetje uitgelopen. Ik kom eraan,' siste hij in de telefoon, terwijl hij snel de gang in liep en de voordeur uit.

Erin glimlachte. Zijn vriendin. Blijkbaar hadden Ryans verpletterende verleidingstactieken wel bij iemand gewerkt. Ze drentelde de gang weer in en probeerde net haar uitgaven uit haar hoofd op te tellen, toen ze de liftdeur ratelend hoorde openschuiven, gevolgd door hees gelach. Een paar seconden later verscheen er een hoofd om de hoek van de deur.

'O, hallo. Jij bent vast het huis aan het bezichtigen,' zei een Iers accent.

'Inderdaad,' zei Erin een beetje verbaasd. Ze nam de man even op. Hij was ergens achter in de twintig, had vaalblond haar, een ondeugende lach en levendige ogen die een beetje glazig en dronken leken.

'Sorry. Ik wilde de brave buurman spelen en zo,' zei hij een beetje slissend. 'Ik zag de deur openstaan, dus ik wilde even kijken of er niet was ingebroken of zo.' Hij stak haar halfhartig zijn hand toe, bedacht zich toen en gebruikte de hand om zichzelf vast te houden aan de deur. 'Hoe dan ook. Ik ben Chris Scanlan.'

'Nee, ik ben geen inbreker, ik kwam het huis bekijken,' zei ze lachend. Chris Scanlan droeg een pak, zag ze, maar niet eentje dat erop wees dat hij in de City werkte; hij zag er meer uit als een student die zich had opgedoft voor een bruiloft. Naast hem stond een mooi, tenger meisje met lang donker haar, die haar arm bezitterig om zijn middel had geslagen. Zij leek ook een beetje aangeschoten.

Chris Scanlan wees naar de deur van nummer twaalf. 'Ik woon daar trouwens. Neem je het? Ik ben niet zo vaak dronken en luidruchtig, hoor. Echt niet,' voegde hij eraan toe.

'Ik vind het erg mooi, maar het is een beetje te duur voor me,' fluisterde ze, in de hoop dat Ryan Hall haar niet zou horen. 'En,' zei ze glimlachend, 'misschien zijn feestjes die de hele nacht duren ook een beetje te veel van het goede voor me.'

'Over de hele nacht gesproken...' De kleine brunette trok Chris Scanlan lachend mee naar zijn flat.

'Nou, het is hier hartstikke leuk wonen,' zei Chris over zijn schouder, voordat hij naar binnen werd getrokken en de deur werd dichtgesmeten.

Wat een malloot, dacht Erin. Wil ik echt zo veel geld betalen om tegenover een versierder te wonen wiens ballen groter zijn dan zijn hersens? Eén keer een Richard is meer dan genoeg.

'Zo. Wil je er soms een nachtje over slapen?' vroeg Ryan Hall toen hij een beetje verhit weer in de gang opdook. 'Maar ik moet je wel waarschuwen, morgenvroeg laat ik de flat aan nog drie gegadigden zien.'

Ze draaide zich om en keek naar de flat die uitnodigend voor haar lag. Al die gezellige kleuren en zachte belichting. En ze dacht aan haar hotel in Bayswater dat haar honderd pond per nacht kostte.

'Wat als ik je vierhonderd per week bied?' vroeg ze met haar zoetste glimlach. 'Ik kan voor uitstekende referenties zorgen. Ik werk namelijk voor Adam Gold, je weet wel, de projectontwikkelaar?' eindigde ze hoopvol.

Ryan Hall had geen extra prikkel meer nodig. Hij bedacht meteen dat, als hij dit meisje een leuke, lage huurprijs kon bezorgen, zij hem op de een of andere manier iets verschuldigd was. Zoals een etentje bij Lola's.

'Weet je wat, ik zal een paar telefoontjes plegen en dan zullen we zien of mijn toverstokje werkt,' zei hij met een knipoog.

Terwijl Erin terugreed naar haar eenpersoonsbed in Bayswater, kon ze maar aan één ding denken: dat ze hoopte dat Ryan Hall het voor elkaar kreeg.

15

Alexander Delemere, de vijfde Lord of Stowe, was bang dat zijn pik zou ontploffen. Molly Sinclair zat boven op hem en duwde haar heupen tegen de zijne, terwijl haar poesje verrukkelijk aanspande om zijn lid en ze haar lichaam naar voren boog, zodat hij een zoete, bruine tepel in zijn mond kon nemen. Molly boog zich weer achterover en kromde haar rug. Haar ronde borst wees omhoog.

'Ja, ja,' riep ze, toen ze het zoete kloppen van haar orgasme door haar lichaam voelde trekken. 'Ja, verdomme!' schreeuwde Alex als antwoord, voordat hij instortte op het verkreukelde bedlinnen van het hotel.

'Allemachtig,' fluisterde hij, toen Molly zich van zijn pik losmaakte en naast hem kwam liggen om een sigaret op te steken.

Steunend op een kussen keek ze door een waas van grijze

rook naar Lord Alexander Delemere. Sinds Marcus ten tonele was verschenen, had Molly haar huidige lijst minnaars uitgedund, maar Alexander Delemere was een verslaving die ze niet wilde opgeven, hoe serieus haar relatie met Marcus ook werd. Het bleef haar verbazen hoe goed de seks met Alexander Delemere kon zijn. De leeftijd van haar minnaars was niet belangrijk voor Molly, maar dat ze van de seks kon genieten, dat ze geen orgasme hoefde te faken, wel. Mannen boven de zestig waren zo zacht – hun rubberachtige huid, hun roomwitte billen en zakkige ballen konden nogal afstotelijk zijn als ze niet dronken was, maar Alex verkeerde in goede vorm voor een man van zijn leeftijd.

Ze zagen elkaar eens per week in het hotel in Basil Street, al sinds Evie Delemeres doopfeest, en hun ontmoetingen verliepen altijd volgens een vast patroon. Ze spraken af voor een rustige lunch in stoffige restaurants in Mayfair, zo ver weg van hun gebruikelijke sociale kringen dat ze net zo goed in Schotland hadden kunnen zijn. Alex bestelde vis of fazant. Ze namen een taxi naar het hotel in Basil Street waar de receptionist iedere keer weer deed alsof hij hen niet kende. Ze kleedden zich uit, hadden seks en praatten een beetje, zodat ze elkaar steeds iets beter leerden kennen. Soms gaf Alex haar een cadeautje. Hij was niet erg vrijgevig. Tot nu toe had ze het obligate rode satijnen negligeetje gekregen dat haar te groot was, een doos bonbons en een broche in de vorm van een vlinder, met steentjes waarvan Molly eerst had gedacht dat het robijnen waren, maar die later gewoon van glas bleken te zijn.

Ze was realistisch genoeg om te weten dat ze op dit moment geen bedreiging voor zijn huwelijk vormde en dat, hoewel Alex als een verliefde puber naar haar lichaam leek te hunkeren, er veel meer voor nodig was dan een paar goede neukpartijen in een hotel in Mayfair om zijn huwelijk met Lady Vivian kapot te maken. Hij was oud geld, en dat hield gouden handboeien en traditionele normen en waarden in. Molly wilde dit ijzer echter in het vuur houden om te zien wat er zou gebeuren. En er waren per slot van rekening ergere dingen dan de minnares te zijn van een van de rijkste mannen van het land.

Ze keek naar hem, terwijl hij uit bed stapte en een badjas aantrok.

'Zal ik roomservice bestellen?'

Ze schudde haar hoofd. 'Ik neem aan dat je zo weer weg moet.'

'Dat heb je goed gezien,' antwoordde hij met een blik op zijn horloge. 'Hoewel ik nog wel tijd heb voor een kop thee.'

Ze moest een glimlach onderdrukken. Rock-'n-roll.

Hij ging op de rand van het bed zitten, en ze knielde achter hem neer om zijn schouders te masseren.

'Hoe gaat het met Evie?' vroeg ze speels. 'Wordt ze net zo fantastisch als haar grootvader?'

Hij draaide zich om en keek haar aan. 'Is het per se nodig om me op mijn gevorderde leeftijd te wijzen?'

Ze sloeg haar armen om hem heen en duwde haar vingers in de stof van zijn badjas. 'Je bent net zo oud als de vrouw die je voelt, Alex.'

'Maar nu je het toch vraagt, Evie is verrukkelijk. Donna daarentegen...' Hij stopte. 'Sorry, ze is een vriendin van je. Dat was niet erg beleefd van me.'

Molly ging weer zitten en nam een trekje van haar sigaret om haar glimlach te verbergen. Die wereldverbeteraar van een Donna was geen vriendin van haar, ze was gewoon iemand die nuttig kon zijn. 'Ach, laat je door mij niet weerhouden,' zei ze, terwijl ze weer op het kussen ging liggen.

'Het gaat me vooral om haar plannen met het landgoed.' Hij ijsbeerde zichtbaar geïrriteerd door de kamer. 'Ik neem aan dat je er wel eens bent geweest?'

Ze knikte. Het landgoed van de familie Delemere bestond uit twee delen: het grote huis, een enorm landhuis in Queen Annestijl dat vaak werd omschreven als 'architectonisch hoogstandje dat bij het nationale erfgoed hoorde', waar Alexander en Vivian woonden, en een kleiner landhuis aan de rand van het landgoed, waar Donna en Daniel hun intrek hadden genomen en waar Donna het grootste gedeelte van het afgelopen jaar bezig was geweest met de renovatie van de stallen ten behoeve van de boerderijwinkel en het kuuroord.

'Ze heeft meer dan twee miljoen pond uitgegeven voor haar

alternatieve kuuroord- en boerderijfantasietjes. Twee miljoen pond!' vervolgde hij, met ogen die vlamden als gloeiende kooltjes. Molly wist dat Alexander, hoewel zij in bed van hem een spinnend poesje kon maken, zijn industriële imperium – dat een van de grootste van het land was – niet had opgebouwd door soft te zijn.

'Dat ze met het geld van mijn zoon smijt alsof het niks is, is één ding, maar dat ze mijn vrouw zover heeft weten te krijgen dat ze nu ook in die newagepoppenkast gelooft, is een tweede. Blijkbaar zijn ze nu zakenpartners in dat belachelijke newagebedrijf. Vivian...' Hij zweeg even, er blijkbaar verlegen mee dat hij de naam van zijn vrouw hardop had genoemd, alsof hij daarmee haar fysieke aanwezigheid in de hotelkamer opriep. 'Vivian wil nu ons geld, mijn geld, gebruiken voor de uitbreiding.'

Molly vond het niet leuk om hem erop te moeten wijzen dat de boerderijwinkel en het kuuroord waarschijnlijk erg goede investeringen waren, waar de Londense elite zou samenstromen om idioot dure worsten en biologische kaas te kopen of een dure gezichtsbehandeling te nemen. Het was hip om naar 'biologische' oorden af te reizen, maar ze vermoedde dat Alexander dat niet per se wilde horen. 'Het is nogal een stom idee,' beaamde ze, terwijl ze het laken om zich heen trok. 'Maar ja, Donna is altijd al – hoe kan ik dat netjes zeggen? – een streber geweest.'

'O ja?' zei hij koeltjes, want hij vermoedde dat dat haar goedkeuring wel kon wegdragen. 'Waarom zeg je dat?'

'O, zomaar,' reageerde Molly, terwijl ze een flinke trek van haar sigaret nam. 'Ik hoor wel eens wat.'

Nu was hij echt een en al oor.

'Nou, als je nog eens iets hoort, laat het me dan alsjeblieft onmiddellijk weten,' zei hij bedachtzaam. 'Ik zal niet toestaan dat die vrouw het geld van mijn zoon, van mijn vrouw, van mij, gebruikt alsof het van haar is. Dat zal ik niet toestaan.'

De zoemer ging. Het was de piccolo met de thee.

'Mm... zullen we onze Earl Grey in bed opdrinken, Alex?' stelde Molly met mierzoete stem voor. 'Het is zonde om hem koud te laten worden.'

16

Summer Sinclair stond tot aan haar middel in het warme Caribische water, met getuite lippen en haar handen uitdagend in haar heupen. Op haar huid glinsterende rozig witte zandkorreltjes, de zon had haar lichtbruin gekleurd, en op de achtergrond drentelden de mensen van haar en make-up rond om ervoor te zorgen dat Summer er steeds bleef uitzien alsof ze net uit zee was opgedoken.

Terwijl Dan Stevens erop los klikte met zijn Nikon, vroeg Summer zich af of ze het wel goed deed. Zoiets sexy's had ze nog nooit eerder gedaan, en het eerste uur was ze vreselijk verlegen geweest; ze had er uren over gedaan om zich voor te bereiden op de shoot. Summer kende geen enkel ander model dat huiswerk deed, maar zelf had ze aandachtig zitten bladeren in de *Sports Illustrated*, oude Pirellikalenders, de *Vogue* en *Harper's Bazaar*, fotoboeken van David Bailey en Helmut Newton om de poses te bestuderen van de grote, sexy modellen van toen en nu: Gisele, Cindy Crawford, Jerry Hall; hoe ze hun hoofd hielden, hoe ze keken, het haar en de make-up. Ze had haar hele leven in de schaduw van haar moeder geleefd, maar vandaag, onder de felle zon van Anguilla, voelde ze zich helemaal zelfstandig.

'Oké. Laten we even pauzeren,' schreeuwde Dan Stevens, opkijkend van zijn camera. 'Summer, trek iets anders aan, dan proberen we een andere opstelling.'

Karin keek op haar horloge en liep naar Dan toe. 'Ik word in het hotel verwacht. Niet beginnen voordat ik terug ben.'

'Maar het licht wordt snel minder, Karin,' klaagde Dan met een geërgerde blik. 'We moeten echt opschieten.'

'Ik ben over twintig minuten terug,' zei ze, terwijl ze op weg ging naar het enorme witte hotel in de verte.

Mike, de vriendelijke assistent van de fotograaf, gaf Summer een badjas.

Ze keek bezorgd naar Dan. 'Gaat het goed?'

'Je ziet er fantastisch uit, schat.'

'Heb je de foto al?'

Hij haalde zijn schouders op en lachte toen.

'Nee dus.' Ze glimlachte een beetje moedeloos. Ze durfde te wedden dat Molly het magische beeld dat voor de reclamecampagne kon worden gebruikt na een shoot van zeven uur wel te pakken zou hebben gehad. Molly liet zich er altijd op voorstaan dat ze, toen ze samenwerkte met fotografen als Bailey, binnen vijfentwintig opnames klaar waren.

'Je doet het echt heel goed,' zei Dan vriendelijk. 'Ga je maar even omkleden, en als we dan weer beginnen, zullen we zorgen dat we hem te pakken krijgen, oké?'

Ze liep over het hete zand naar de trailer die aan de rand van het strand was neergezet. Tessa Samuel, de styliste, zat op het trapje ijsthee te drinken en naar haar iPod te luisteren. Ze was een langbenige brunette, met de hoge jukbeenderen en brede mond van een voormalig model, en ze droeg een wit bikinibovenstukje en een heel kort broekje van spijkerstof.

'Dan wil dat ik iets anders aantrek. Heb jij een idee?' vroeg Summer.

Tessa liep de trailer in en begon te zoeken in de rekken met badpakken, bikini's en kaftans. 'Wat wil de koningin dat je draagt?' vroeg ze nukkig.

'De koningin?'

'Karin,' verduidelijkte Tessa glimlachend. 'Ze heeft me vanochtend op het hart gedrukt dat zij de creative director is van de shoot en dat zij dus alle outfits zou uitzoeken.'

'Waarom moest jij dan mee?'

'Weet ik veel. Als versiering.' Ze lachte, terwijl ze met haar gouden oorringen speelde. 'Ik zit hier de hele kutdag al niks te doen. Nou ja, mij best, als ik maar betaald word.'

'Nou, ze is terug naar het hotel, dus ik denk dat je beter wat kunt uitzoeken,' zei Summer. Ze nam een bekertje water uit de koeler.

'O ja, dat is waar ook. Haar vriendje zou hiernaartoe komen. Wat een bofkont is die trut,' snoof Tessa. 'Ken je hem? Hartstikke sexy. Veel te goed voor de koningin.'

Summer lachte. 'Ik heb Adam wel eens gezien, ja, maar ik ben nooit aan hem voorgesteld. Ik vind mannen als hij een beetje eng. Te mooi. Te rijk. Té, gewoon. Maar ik weet zeker dat Karin hem wel aankan.'

'Een man kan nooit te sexy of te rijk zijn,' zei Tessa, terwijl haar vingers in snel tempo langs de rekken vlogen. Ze pakte een minuscule witte bikini en gaf hem aan Summer.

'Probeer die maar eens. Je hebt er het figuur voor.'

Summer kleedde zich uit en trok de bikini aan. 'Een beetje aan de kleine kant,' zei ze. Het kostte haar moeite om het bovenstukje vast te maken. 'Kun je me even helpen?'

'Je hebt ook gigantische tieten,' mompelde Tessa, terwijl ze het witte lycra bandje strak over Summers rug trok.

Summer hield haar adem in, met de stof als een dwangbuis om haar borst, en liep de trailer weer uit. Ze voelde zich heel ongemakkelijk en moddervet.

Karin had liever niets van de shoot gemist, maar ze wist dat ze zich even moest opfrissen voordat Adam kwam. Ze had bijna een gat in de lucht gesprongen van blijdschap toen Adam, nadat ze hem had verteld over de shoot op Anguilla, had voorgesteld om langs te komen, zodat ze na afloop samen een paar dagen naar Saint-Bart konden gaan. Maar dat Summer er ook zou zijn, had haar een beetje nerveus gemaakt. Het jonge model zag er fabelachtig mooi uit. Te mooi, vond Karin, terwijl ze aan Adam dacht die elk moment kon komen. Haar ogen, iriserend lavendelblauw in de felle Caribische zon, straalden precies de goede hoeveelheid sensualiteit en onschuld uit. Haar ongelooflijke lichaam – smalle heupen en volle borsten – was sexy en vrouwelijk. Ze was een godin; perfect voor de campagne. Karin wist dat duizenden vrouwen op haar zouden willen lijken. Maar het laatste wat ze wilde, was dat Adam haar zou willen.

Ze koos voor haar doorschijnende, bedrukte Ossie Clark-kaftan, chic en sexy, waar haar volmaakte figuur doorheen schemerde. Ze wist dat het geen zin had om de concurrentie aan te gaan met Miss Seksbom op het strand, maar ze had zo haar eigen krachtige, seksuele wapens.

Net toen ze naast het zwembad dat bij haar suite hoorde, was gaan zitten, hoorde ze de deur met veel kabaal opengaan, en een piccolo legde Adams duur uitziende leren koffer op het bed.

Adam kwam na hem binnen; hij liep het terras op en sloeg zijn armen om Karins middel. Hij zag er goed uit; hij droeg een lichte broek met een Hermèsriem, leren slippers en een lichtblauw Lacosteshirt. Hij had een gladde olijfkleurige huid die snel bruin werd en aan zijn neus was te zien dat hij al wat zon had gehad.

'Zullen we even gaan zwemmen?' vroeg hij glimlachend, terwijl hij naar de minibar liep en zichzelf een wodka inschonk.

'Heel verleidelijk.' Lachend liep ze de kamer in. 'Maar ik word bij de shoot verwacht.'

'Natuurlijk. Ik kan bijna niet wachten tot ik de meester aan het werk zie.'

Ze wist dat hij de waarheid sprak en wierp hem een verblindende glimlach toe.

Hij maakte zijn koffer open en trok een ander T-shirt aan.

'Marcus vertelde me dat het model een dochter van Molly is,' zei hij, toen hij in het golfwagentje stapte dat hen naar het strand zou brengen.

'Ja, wat een kleine wereld, hè?' zei ze, terwijl ze haar hand op zijn knie legde.

'Blijkbaar zat Molly te hengelen naar een lift in de jet en wilde ze meekomen.'

'Nou, ik ben blij dat dat niet is doorgegaan,' zei ze bits. 'Dan zou ze er om de twee minuten tussenuit zijn geglipt om wat coke te snuiven en dan had ze ongetwijfeld haar dochter meegenomen.'

Adam lachte. Een zware, veelbetekenende lach. 'Ik weet niet wat je tegen die arme vrouw hebt. Je doet net alsof ze Keith Richards of zo is. Ze lijkt me helemaal niet onaardig. En Marcus lijkt echt gek op haar.'

'En zij is gek op Marcus' positie binnen jouw bedrijf. Ze is een gelukszoeker, zo simpel is het. Ze is gek op de uitnodigingen voor cocktailparty's bij jou thuis, gek op de weekendjes Sankt Moritz die Marcus betaalt. Hij kan maar beter oppassen.'

'Marcus kan wel op zichzelf letten. Hoe dan ook, is ze sexy?'

'Wie?'

'Molly's dochter.'

Karin keek hem fronsend aan. 'Hoe bedoel je? Net zo sexy als Molly?'

'Zo bedoelde ik het niet.'

'Nou, je zult het zo met eigen ogen kunnen zien,' zei ze humeurig, terwijl ze een bocht maakten, en de witte strook strand, omzoomd met palmen en een stuk smaragdgroene oceaan, in zicht kwam.

Summer stond alweer in de branding toen ze het strand bereikten en naar Dan toe wandelden die door zijn lens keek.

'Kijk naar me alsof je met me naar bed wilt, Summer,' riep Dan. Hij hief zijn hoofd met de verwarde haardos even om naar haar te kijken.

'Had je gedroomd, Dan,' zei zijn assistent Mike lachend, terwijl hij het zilveren scherm anders hield om het licht precies goed op Summer te laten vallen.

Summer ging languit op het strand liggen, op de plek waar de golven kapotsloegen op het zand, zodat het schuim onder haar lichaam door kolkte en haar buik kietelde. 'Is het zo goed?'

'Prachtig,' schreeuwde Dan.

Summer keek op. Ze had Karin en Adam zien komen aanlopen op de shoot. Adam keek haar recht in de ogen en glimlachte, en ze voelde zich ineens heel bloot. Shit, wat een stuk, dacht ze, frunnikend aan haar bandeautopje om het iets hoger te trekken. Ze was al verlegen genoeg op shoots – tijdens haar vijf jaar als model had ze nooit geleerd zich volledig te ontspannen, maar het was een stuk makkelijker als er geen aantrekkelijke mannen in de buurt waren.

'Dan, ik had nog zo gezegd dat je niet zonder mij mocht beginnen,' viel Karin uit, terwijl ze zichzelf koelte toewuifde met een tijdschrift.

'Het licht is nog maar een uur goed.' Dan tuurde door zijn camera en nam niet eens de moeite op te kijken.

'Waarom heeft ze die string aan bij die bandeau?' vroeg Karin, terwijl ze om zich heen keek op zoek naar Tessa. 'Die horen niet bij elkaar.'

Tessa kwam onhandig aanlopen door het zand met een armvol badpakken. 'Wil je wat anders?'

'Natuurlijk wil ik wat anders. Pak de chocoladebruine tankini.'

'Ik vind het er wel goed uitzien zo,' zei Adam lachend. Met zijn armen over elkaar stond hij het geheel aandachtig op te nemen.

Karin keek naar Summer die in het zand lag als een wulpse sirene. In de minuscule string staken haar billen als rijpe perziken omhoog. Ze moest toegeven dat ze er sensationeel uitzag.

Een grote golf spoelde over het zand, en Karin hoorde een 'ping'.

'Shit!' gilde Summer, toen haar topje losliet en werd weggespoeld in de branding.

Tessa ging er op een holletje achteraan, terwijl Summer stokstijf op het strand bleef liggen om haar blote borsten te verbergen.

Dan Stevens bleef aandachtig door zijn lens turen. 'Summer, schat. Kun je wat ontspannener kijken, zodat we door kunnen gaan?'

'Maar mijn topje!' zei ze half lachend.

Karin begreep meteen wat Dans bedoeling was. 'Ja. Vertrouw hem nou maar.' Dit was het. Summer, bijna naakt en prachtig, vormde zo een veel krachtiger beeld.

Haar hersens begonnen op volle toeren te draaien. Ze zag het billboard al glashelder voor zich. Een krachtig beeld, een provocatieve roep om aandacht. Deze reclamecampagne zou sensationeel worden. Hij zou voor opwinding zorgen. Hij zou van Summer een ster maken, dacht ze grimmig.

De shoot werd om zes uur afgerond.

Adam trakteerde iedereen op kreeft in een houten visrestaurantje aan zee, en toen de duisternis inviel, verhuisde iedereen, dronken en vrolijk, naar de Beach Barbecue die iedere woensdag in het hotel werd georganiseerd. Een steelband speelde Bob Marleyliedjes. Dan ging gewoon door met eten en stapelde zijn bord vol met kip, terwijl Mike, de assistent, de visagiste probeerde te versieren.

Het strand was stikvol gasten uit het hotel. De oranje vlammen van het kampvuur sprongen knetterend de inktzwarte lucht in.

Karin nipte tevreden van haar punch. Summer stond in haar eentje aan zee en stak haar tenen in de koude, schuimende branding, blij dat het erop zat, en durfde bijna te denken dat het een succes was geweest.

'Je was echt heel goed vandaag.'

Summer stopte met het luisteren naar de golven die tegen het strand sloegen en keek Adam aan. 'Leek ik niet net een pornoster?'

'Heb je onlangs nog pornobladen ingekeken? Geloof me, wat je daarin ziet, lijkt in niets op de shoot van vanmiddag.'

Summer voelde dat ze bloosde in het donker en keek naar het vuur om zijn blik te ontwijken. 'We kennen elkaar net en hebben het nu al over porno,' zei ze met een zenuwachtig lachje. 'Geloof me, zo ben ik echt niet.'

'Ik ook niet,' zei hij glimlachend.

'Dan staan we dus gelijk.'

'We zullen het p-woord nooit meer in onze mond nemen.'

'Anders vertel ik mijn moeder dat je een slechte invloed op me hebt, hoor.'

'En die moeder van jou wil ik niet tegen me in het harnas jagen,' zei hij lachend. De stilte hing even loodzwaar tussen hen in en gaf Summer ineens een ongemakkelijk gevoel.

'Ik ga terug naar het hotel. Het is een lange dag geweest.'

Ze liep meteen weg. Toen ze over haar schouder nog een keer naar de branding keek, stond hij haar nog steeds na te kijken. Hij wuifde.

Op een afstandje voelde ze zich veiliger. Ze glimlachte toen er een aangename trilling door haar lichaam trok, maar nam het zichzelf daarna meteen kwalijk dat ze die had gevoeld.

Karin had zich omgekleed in een lange, witte, strapless jersey jurk. Om haar hals droeg ze een lange, zilveren-met-turquoise ketting, en ze had haar haren in een elegant knotje gedaan. Summer niet meegerekend was ze de mooiste vrouw op het feest. Summer wel meegerekend was ze de meest stijlvolle. Ze had haar model de hele avond in de gaten gehouden. Ze had gezien hoe Adam naar haar had gekeken tijdens de shoot en was vanaf dat moment waakzaam geweest, hoewel Summer, moest ze met tegenzin toegeven, een aardig meisje leek.

Ondanks haar sexappeal leek Summer de roofzuchtige genen van haar moeder niet te hebben geërfd, hoewel Karin als stelregel had nooit iemand te vertrouwen.

Dan Stevens kwam aanslenteren, zichtbaar dronken en zwaaiend met een glas rum.

'Denk je dat ik kans maak bij Summer?' sliste hij.

'Je bent getrouwd,' zei Karin lachend, in de hoop dat hij Summer de rest van de avond zou bezighouden en daarmee de dreiging wegnemen.

'Nou, dan moet je voor een beetje afleiding zorgen,' zei hij met een glimlach. 'Waarom houd je geen speech?' voegde hij eraan toe.

'Waarom?'

'Een soort strijdkreet. Om iedereen te bedanken. Om de Karenzaboodschap er bij iedereen in te peperen.'

Daar zat wat in. Karin wilde iedereen nog bedanken. Ze hadden allemaal keihard gewerkt. Met de campagne zou ze Lauder en Gucci naar de kroon steken, maar zij had het op een koopje voor elkaar gekregen. Bovendien wilde ze indruk maken op Adam.

Ze keek waar iedereen was. Ze waren maar met een groepje van een stuk of tien op het feest, maar ze zag helemaal niemand. Wat erger was, ze was Adam uit het zicht verloren.

Met ineens een ongemakkelijk gevoel liet ze haar blik nog een keer over de feestende massa glijden. 'Heb je Summer ergens gezien?' vroeg ze snel aan Dan.

'Volgens mij is ze terug naar het hotel.'

Ja, vast, dacht Karin, terwijl ze met grote stappen over het strand stampte. Ze liep naar de barbecue die niet meer brandde. De koks waren aan het dansen in de buurt van de band, op een provisorische dansvloer. Het was enorm druk op het strand geworden.

Paartjes op huwelijksreis dansten in elkaars armen, kinderen renden met zwaaiende armen rond, en echtparen van middelbare leeftijd hielden elkaars handen vast en bewogen zich onhandig op de klanken van Bob Marleys 'One Love'.

Een paar mensen waren wat verder het strand op gelopen, waar de zee overging in duisternis, en Karin liep die richting uit. Nadat ze een paar minuten over het koude zand had gelopen, zag ze een paartje bij de rand van de zee staan. Op dit stuk strand was het doodstil. Het enige wat ze nog van het feest merkte, was de zachtoranje gloed van het kampvuur.

Een ijzige rilling trok over haar rug toen ze naar het paartje toe beende. Ze kon Adam van honderd meter afstand herkennen, herkende het blauwe overhemd dat hij had aangetrokken. Maar de vrouw. De vrouw was moeilijk te herkennen, want ze was naakt, op een onderbroekje na. Als een standbeeld bleef Karin uit de verte staan kijken naar de vrouw die in de branding spetterde en Adam uitdaagde ook in het water te komen.

Met gebalde vuisten dwong Karin zichzelf om ernaartoe te lopen. Toen het lange bruine haar wegviel uit het gezicht van het meisje, zag Karin ineens wie het was.

Tessa.

Toen ze hen tot op zo'n twintig meter was genaderd, zagen ze haar ook. Tessa rende snel naar een stapeltje kleren op het strand, en haar borsten stuiterden als twee gebruinde tennisballen in de lucht terwijl ze naar haar T-shirt dook.

Adam draaide zich met een uitgestreken gezicht om.

'We wilden net gaan zwemmen. Kom je ook?'

Karin had een brok in haar keel. Ze verpulverde de aandrang om heel hard te gaan gillen, haalde diep adem en wierp hem een klein lachje toe.

'Ik wil jullie plezier niet bederven,' zei ze vinnig.

'Karin, wacht even,' zei Tessa, die nog steeds haar T-shirt stond aan te trekken.

'Maak dat je wegkomt, kleine slettenbak,' viel Karin uit. 'Je bent ontslagen.'

Tessa pakte haar korte broek en sandalen en rende weg over het strand.

Karin haalde nog eens diep adem en wachtte even voordat ze wat zei.

'Het is niet wat je denkt,' zei Adam, terwijl hij een hand door zijn haar haalde.

'Nee, natuurlijk niet,' zei ze sarcastisch.

'Ze wilde alleen maar gaan naaktzwemmen.'

'Je hebt me vernederd, Adam,' zei ze koeltjes. 'Ik hoop dat ze het waard was.'

'Er is niets gebeurd.' Hij deed een stap in haar richting. 'Ik had mijn kleren nog aan.'

Karin haalde haar neus op. 'Ja, dat zei Bill Clinton ook vast tegen Hillary.'

Hij schudde zijn hoofd. 'Ik ben naar Anguilla gekomen om een leuke tijd te hebben. Met jou.'

'Zo zag het er een paar minuten geleden anders niet uit.' Ze hoorde dat haar stem een agressieve klank had, en plotseling veranderde Adams houding van vriendelijk in vijandig.

'Kunnen we het ergens anders over hebben?' viel hij uit, met een boze blik in zijn ogen. 'Per slot van rekening hebben we geen exclusieve relatie.'

Zijn opmerking was als een klap in haar gezicht.

'Een exclusieve relatie?' Ze had nog nooit eerder iets met een Amerikaan gehad. Noemden die dat zo? Ondertekenden ze daarvoor een contract met hun eigen bloed? 'Sorry als ik het mis heb, maar de halve wereld overvliegen om samen te kunnen zijn met iemand, klinkt behoorlijk naar een exclusieve relatie.'

Ze keek naar de inktzwarte zee en voelde de tranen achter haar ogen branden. Ze beet op haar lip om niet in huilen uit te barsten en wendde zich hoofdschuddend tot hem. 'Weet je wat? Laat maar zitten. Als je er zo over denkt, kan ik het me beter niet aantrekken.'

Hij stak zijn hand naar haar uit. 'Kay. Het spijt me. Laten we erover praten. Ik geef echt wel om je.'

'Blijkbaar niet genoeg,' zei ze kalm. Ze liep terug in de richting van het hotel, vastbesloten haar trots te behouden.

17

Haar werk voor de Midas Corporation had Erins leven volledig in beslag genomen. Op een gemiddelde werkdag kon het voorkomen dat ze met een helikopter naar een bouwterrein vloog, vergaderingen in Miami, Kazachstan en L.A. regelde, of uren bezig was om uit te vinden waar ze een speciaal soort wijn of een zeldzaam beeld kon vinden – al naargelang Adams opwellingen. Ze zei inmiddels je en jij tegen de assistentes van alle zakentycoons, en nadat Adam erop had gestaan om haar een kledingtoeslag te geven – hij had haar beleefd voorgesteld om haar image wat op te poetsen – begon ze zich al helemaal thuis te voelen op de hoge hakken en in de designerpakjes die ze nu naar haar werk droeg. Erins leven was onherkenbaar veranderd, en ze begon er echt van te genieten. Goed, ze had geen tijd voor een sociaal leven, maar wie wilde er nou in een lawaaiige, rokerige kroeg zitten als je met een privéjet kon reizen?

Zoals altijd was Erin doodop tegen de tijd dat ze bij de voordeur van haar nieuwe appartementencomplex aankwam. Gelukkig was het nog vroeg, dacht ze met een blik op haar horloge: halfnegen. Het was een zware dag geweest, een zware week om precies te zijn. Adam was een paar dagen eerder dan gepland teruggekomen uit Anguilla, met een sexy hazelnootbruin kleurtje en een ontzettend slecht humeur, en hij had haar leven sindsdien tot een hel gemaakt door over van alles en nog wat te vallen. Hij was razend geworden over de afwerking van een kalkstenen vloer in het Chelsea Marinaproject en had geëist dat alles werd overgedaan. Erin had bijna zes uur achter elkaar aan de telefoon gezeten.

‘Gaat het?’

Erin had Chris Scanlan aan de andere kant van de hal zijn post zien doornemen, en ze had geprobeerd om zachtjes over de marmeren vloer te lopen in de hoop dat hij haar niet zou zien of horen. Dikke pech; hij draaide zich om en grijnsde.

‘Zware dag gehad op kantoor?’ vroeg hij meelevend. Ze wist niet goed of hij de draak met haar stak.

'Je moest eens weten,' antwoordde ze, terwijl ze kordaat naar de lift liep. 'Ik wou dat ik kon zeggen dat ik mijn zorgen met een glas wijn ga wegspoelen, maar ik heb niet eens tijd gehad om boodschappen te doen.'

Hij grinnikte ondeugend naar haar. 'Nou, dan heb je helemaal de goede buurman getroffen, mevrouw Devereux.'

Het verbaasde haar dat hij haar achternaam kende. Hij had natuurlijk stiekem haar post bekeken.

'Hoezo?' vroeg ze achterdochtig.

'Heb ik je niet verteld wat ik doe?'

Ze schudde haar hoofd. Haar contact met de buren in Peony House was tot nu toe beperkt gebleven tot een paar voorzichtige hallo's.

'Directeur van Moët et Chandon?' vroeg ze, met een blik op zijn lichtelijk sjofele pak. Het verraste haar dat haar dat überhaupt opviel; tot een maand geleden was het voor haar één pot nat geweest of iemand nu in een pak van Savile Row of in een joggingpak rondliep.

'Je bent warm,' zei hij, volkomen serieus. 'Ik ben de culinair recensent van de *Herald*. En waarschijnlijk heb ik wel iets lekkers in de kelder staan.'

Erin kreeg een rood hoofd van schaamte. 'O, dat wist ik niet,' stamelde ze. 'Ik probeerde echt geen fles van je te bietsen, hoor.'

'Vooruit, je weet best dat je zin hebt,' zei hij plagend. 'Hoe dan ook. Ik haat het dat je in Londen je buren altijd zo slecht kent dat je zelfs geen kopje suiker bij ze kunt lenen.'

Te oordelen naar het aantal vrouwen dat ze bij nummer twaalf in en uit had zien lopen, wist Erin niet of het wel zo verstandig was om een kopje suiker van hem te lenen. Aan de andere kant, ze had wel erg veel zin in een glas gekoelde sauvignon.

'Je kunt er zelfs een bord risotto bij krijgen,' voegde hij eraan toe.

Ze aarzelde. Ze had zo'n zin om op de bank te gaan liggen, onder een deken, met een warm drankje, rustige muziek, en dan gewoon een beetje uit te rusten. Maar ze had ook honger, en ze wist dat haar koelkast vol verlepte groente lag die ze vlak na haar verhuizing enthousiast had ingeslagen, maar ze was steeds te moe geweest om te koken.

'Oké.' Ze knikte. 'Dat klinkt goed.'

Chris' flat was kleiner dan die van Erin. Slechts één grote ruimte die dienstdeed als kamer en verbazingwekkend nette keuken. Er stonden twee grote grijze banken, een zware eikenhouten tafel met wat lege wijnglazen erop en een bomvolle boekenkast. Het keukengedeelte leek op de voedselafdeling van Harrods, vol flessen olijfolie, azijn, en uitheemse vruchten en groenten. Chris rende naar het fornuis waarop een pan stond te sudderen en begon panisch te roeren.

'Ik sta verbaasd van je, Chris Scanlan,' zei ze grijnzend.

'Hoezo?' Hij keek op, terwijl hij een hapje rijst proefde.

'Van wat ik van je heb gezien – vanaf mijn voordeur – dacht ik eigenlijk dat je van leuke meisjes en sigaretten leefde. Maar dit, nou ja, wat een huiselijkheid!'

'Ik ga er maar van uit dat dat als compliment is bedoeld,' zei hij cynisch. Nadat hij een fles witte wijn had uitgekozen, schonk hij twee glazen vol en gaf er een aan Erin.

'Ik neem aan dat je zo gespannen en prikkelbaar wordt van die belangrijke baan van je. Wat deed je ook alweer?'

Ze vertelde het hem en nam een slokje wijn. Hij smaakte lekker, naar gras en kruisbessen. 'En ik ben niet gespannen en prikkelbaar,' zei ze, een druppel wijn op haar blouse morsend.

'Tuurlijk niet, prikkebeen,' zei hij grinnikend. Daarna pakte hij een zwart steenkoolachtig brokje en raspte het boven de dampende risotto.

'Wat is dat?' Ze snoof de heerlijke gronderige geur op.

'Nou, dat kun je beter niet doorvertellen aan je dure jetsetbaas,' zei hij, terwijl hij haar een bord gaf. 'Het zijn truffels. De koning van de paddenstoelen.'

Ze keek hem met opgetrokken wenkbrauwen aan. 'Is dat geen afrodisiacum?'

'Je bent mijn type niet, prikkebeen, dus geen paniek en eet smakelijk.'

Ze deed wat haar werd gezegd. De truffel smolt op haar

tong als muskusachtige boter. 'Wow! Verrukkelijk! Daar zou ik zo verslaafd aan kunnen raken.'

'Rustig aan een beetje,' zei hij glimlachend. 'Ze kosten een fortuin. Als je iedere dag truffels wilt eten, zul je met je rijke baas moeten trouwen.'

Een warme gloed trok door haar heen toen ze dacht aan trouwen met Adam. Hou op, berispte ze zichzelf. 'Waarom zijn ze eigenlijk zo duur?'

'Nou, omdat het ongelooflijk veel moeite kost voordat dat spul op je bord ligt,' vertelde Chris. 'Ongeveer tien jaar en heel veel paranoia. De truffeljacht is met geheimzinnigheid omgeven. In sommige streken van Italië weet alleen de man des huizes waar truffels zijn te vinden, en dat geheim wordt van generatie op generatie overgedragen.'

'Jemig, daar zou je een thriller over kunnen schrijven.'

'Hm, misschien is dat het antwoord op mijn literaire impasse,' zei hij.

'Hoe bedoel je?'

Hij keek een beetje schaapachtig. 'Nou, ik ben een boek aan het schrijven. Eigenlijk heb ik er al twee geschreven, maar geen van beide is ook maar in de buurt van een boekwinkel gekomen.'

'Echt?' vroeg ze. 'Wat voor boeken? Kookboeken?'

Hij schudde zijn hoofd. 'Horror.'

Erin verslikte zich bijna in haar risotto. 'Horror? Wat... raar,' stamelde ze. 'Je hebt onvermoede kanten blijkbaar.'

Nou, onderschat horror niet, jongedame. Het is een van de grootste commerciële genres. Kijk maar naar Stephen King.'

'Ja, precies,' zei ze plagend.

'Hoe dan ook, mijn agent heeft me net gedumpt, maar...' Met een zwierig gebaar goot hij zijn glas wijn achterover. '...ik ga door. Stephen King is ook pas doorgebroken nadat zijn vrouw zijn aantekeningen voor *Carrie* uit de prullenbak had gered, en *the rest is history*.'

Erin schudde lachend haar hoofd. 'Eerlijk gezegd ben ik ook een boek aan het schrijven,' zei ze, terwijl ze gulzig de laatste risotto van haar bord schraapte.

'Dus nog iemand vol verrassingen,' zei Chris glimlachend.

'Ik had niet verwacht dat je tijd zou hebben om een pen op papier te krijgen met al dat internationale gejetset.'

'Niet zo brutaal, hè? Ik ben slechts een simpele assistente met een droom,' zei ze glimlachend. 'Maar je hebt gelijk. Ik heb wel een agent, maar geen tijd,' voegde ze eraan toe, terwijl ze ineens besefte dat ze haar laptop al in geen drie weken had aangeraakt.

'Weet je wat, prikkebeen,' zei hij, terwijl hij zijn voeten op de salontafel legde. 'Laten we een wedstrijdje houden. Laten we aan het eind van dit jaar eens kijken wie van ons een uitgever heeft gevonden.'

'Afgesproken!' Erin werd ineens weer enthousiast over haar boek. 'En bij wedstrijden horen prijzen. Wat krijgt de winnaar?'

Chris tikte tegen de rand van zijn glas. 'Ik weet het al – wie het eerst een uitgever vindt, moet de ander trakteren op een maal van zijn of haar keuze in een restaurant waar ook ter wereld.'

'Dat is niet eerlijk!' klaagde ze. 'Jij mag overal gratis eten.'

'Dus dan ga je ervan uit dat ik win.'

Ze bloosde. Hij was eigenlijk wel een schatje. 'Oké, afgesproken dan. Maar gewoon uit belangstelling, waar zou jij willen eten?'

'Ik ben nog nooit in de French Laundry in de Napa Valley geweest,' antwoordde hij op serieuze toon. 'Thomas Keller is een van de beste koks ter wereld.'

'Napa Valley,' sputterde ze. 'Ik had meer dat eetcafé aan het eind van de straat in gedachten.'

'Nou, dan kun je maar beter zorgen dat je wint!'

Ze klonken met hun glazen, en terwijl de wijn door haar keel gleed, kreeg ze een beetje een duizelig gevoel.

Ze schudde hem de hand. 'Afgesproken. Maar nog één ding.'

'Zeg het maar.'

'Noem me geen prikkebeen meer.'

18

De ochtend na haar ruzie met Adam pakte Karin om zeven uur haar koffers in en vertrok naar het vliegveld. Ze liet geen briefje achter; ze wilde alleen maar weg. In de rij voor de check-in belde ze Christina Levy. Uit jarenlange ervaring met dit soort zaken wist ze dat Christina een vrouw was die vond dat geen enkele crisis onoverkomelijk was en dat alles meestal kon worden opgelost door een therapeutisch uitstapje naar Hermès of een weekendje in een hippe plaats aan de Middellandse Zee. Karin had geluk; Christina was niet in Londen, maar zat, om de gure Britse winter te ontvluchten, op het vijfenzeventig meter lange jacht van haar man, de *Big Blue*, dat momenteel in de Gustavia Harbour van Saint-Bart lag. Binnen een paar minuten had Karin een vlucht naar Saint-Bart geboekt en rond lunchtijd bevond ze zich al aan boord van de *Big Blue*. Ach, bedacht ze, terwijl ze zich op het bovendek installeerde met een cocktail, als ze dan toch haar verdriet ging verdrinken, dan kon ze dat net zo goed doen aan boord van een van de meest luxueuze jachten in de Cariben.

'Ik wist wel dat Adam Gold te mooi was om waar te zijn,' zei Christina, in een kleine witte bikini achteroverleunend op een ligstoel, terwijl ze langs de rand van haar glas streek. 'Hij is walgelijk aantrekkelijk, maar manieren ho maar. Naaktzwemmen met een styliste op een fotoshoot? Ik bedoel, niet te geloven toch?'

Karin wist dat haar vriendin haar wilde opbeuren, maar ze was nog steeds ziedend. Ze voelde zich bedrogen. Vernederd. Adams vele cadeaus, de non-stop aandacht, zijn schattige: 'Laten we spijbelen en er een paar dagen op Saint-Bart aan vastknopen' – nou, dat stelde blijkbaar helemaal niets en niemendal voor. Zodra ze even de andere kant uit keek, gedroeg hij zich als een hitsige hond.

'Maar ik neem aan dat je wel wist dat hij niet een man voor vastigheid was.' Christina deed haar best aardig te klinken. 'Heel veel succesvolle mannen hebben tegenwoordig bindingsangst. En ze zijn nu bij scheidingen wettelijk verplicht om zo veel te betalen dat je ze bijna kunt begrijpen, vind je niet?'

Misschien, dacht Karin, maar ze was nog niet verslagen. Haar gevoel vertelde haar dat ze Adam het beste nooit meer kon zien of spreken – hij was een overspelige klootzak die zich duidelijk niets van haar gevoelens aantrok – maar ze haatte het om verslagen te worden. Karin was altijd de jager, de femme fatale die een man om meer liet smeken, maar Adam had haar laten zien dat hij de baas was, dat hij degene was die bepaalde of ze wel of geen relatie hadden, en ze haatte het dat ze deze keer de touwtjes niet in handen had. En het allerergste was nog wel dat ze hem nog steeds wilde, verdomme. En ze wilde ook dit allemaal, dacht ze, terwijl ze om zich heen keek op het bovendek van de *Big Blue* en de zachte, zoutige Caribische bries haar huid streelde. Ze wilde het allerbeste – en Adam Gold kon haar dat geven.

Toen Christina Karins weemoedige blik opving, klapte ze in haar handen.

'Meer drank!' zei ze streng, terwijl ze de bediende wenkte. 'Je hebt nu genoeg om Adam getreurd, schat,' zei ze. 'Je bent hier om hem te vergeten, niet om urenlang te gaan zitten sikkeneuren over hem. Er zijn grotere, betere, rijkere mannen dan hij, Karin. Allemachtig zeg, Adam staat pas dit jaar voor het eerst op de *Forbes*-lijst, en als de Midas Group niet een heel goed jaar draait, kan hij er zomaar weer afvallen.' Ze schudde haar kastanjebruine manen over haar schouders naar achteren en lachte. 'Je weet toch wat ik heb gedaan toen Flavio me had bedrogen? Ik heb teruggevochten!'

Christina's daadkracht nadat haar verloofde, tycoon Flavio Mendes, er twee maanden voor de bruiloft vandoor was gegaan met haar beste vriendin, Maria, was legendarisch geworden in Belgravia. Binnen een paar weken tijd had Christina het aangelegd met Ariel Levy, die ze had ontmoet op het openingsfeest van de zomerexpositie van de Royal Academy. Op Christina's aandringen had Ariel zich Flavio's bedrijf toegeëigend bij een vijandige overname, en Flavio's aanzien in de zakenwereld was compleet gekelderd. Hij had geprobeerd zich een weg terug te vechten, maar al zijn investeringen leken tot mislukken gedoemd. Er werd gefluisterd dat Flavio en Maria nu in een appartement met drie slaapkamers in Alicante woonden, terwijl Christina over de hele wereld twaalf huizen tot haar beschikking had, plus het gebruik van een jacht, een privévliegtuig en twee helikopters. Christina mocht dan een middelmatig model, een mislukte zangeres en een actrice met een niet-bestaand cv zijn, als bespeelster van mannen was ze van wereldklasse.

Karin keek om zich heen en voelde zich plotseling depressief. Ze vroeg zich af of het wel zo'n goed idee was geweest om naar Saint-Bart te komen. Ze had dan wel een dikke erfenis op de bank staan en haar bedrijf draaide een omzet van miljoenen per jaar, maar vergeleken met dit – walnotenhouten dekken, heliplatform, een Picasso in elke hut – leek haar leven behoorlijk provinciaals. Ze hunkerde zo naar deze levensstijl dat ze er buikpijn van kreeg. Ze voelde zich eenzaam, ellendig, machteloos. Ze wilde weg van het jacht, en snel ook.

Alsof Christina Karins gedachten kon lezen, stond ze op van de witte ligstoel en trok een kaftan van fijne zijde aan die soepel over haar gebruinde, lenige lichaam viel.

'Wat jij nodig hebt, is een beetje afleiding,' verklaarde ze, terwijl ze de bediende wenkte, die meteen kwam aanlopen met haar krokodillenleren Birkintas van Hermès en haar met edelsteentjes versierde slippers. 'We gaan lunchen bij Nikki Beach en daarna gaan we een beetje shoppen.' Ze liep de trap af naar het middendek. 'Wat je maar wilt; Ariel trakteert.'

'Hoorde ik daar mijn naam noemen?' klonk een baritonstem van de andere kant van het dek. Ariel Levy zat aan tafel *The Wall Street Journal* te lezen. Hij had dik, grijs, krullend borsthaar, een klein kalend hoofd en een krachtige arendsneus. Hij deed Karin denken aan oude foto's van Aristoteles Onassis.

'Karin moet opgevrolijkt worden. We blijven maar een paar uurtjes weg,' zei Christina, terwijl ze zich vooroverboog om Ariel een kus op de wang te geven. 'Wil je aan boord dineren of zullen we naar Le Yacht Club gaan?'

'Ik weet zeker dat we zullen doen waar jij over zes of zeven uur zin in hebt,' zei hij kortaf. De krant ritselde tussen zijn vingers. 'Veel plezier, dames.'

'Wat heeft hij?' fluisterde Karin toen ze in het sloepje stapten dat hen naar de kust zou brengen.

'Ach, hij is gewoon een ouwe mopperkont,' zei Christina lachend. 'Hij kan geen genoeg van mij krijgen, dat is zijn probleem.'

Nikki Beach lag aan de andere kant van het eiland aan de baai van Saint-Jean, precies tegenover het Eden Rock Hotel waar Karin zo vaak had gelogeerd om de nieuwjaarsfeesten van Saint-Bart bij te wonen. Ze gingen in regisseursstoelen zitten en bestelden mineraalwater en salades.

'Wie kan ik opdracht geven voor een paar naakten?' peinsde Christina hardop.

Karin glimlachte. Haar vriendin fladderde van gespreksonderwerp naar gespreksonderwerp als een vlinder die van bloem naar bloem fladderde, zonder ooit ergens wat langer bij stil te staan.

'Waar hebben we het over? Foto's?'

'Natuurlijk,' zei Christina scherp. 'Ik heb geen geduld voor iets anders. Maar Ari is binnenkort jarig. Toen we pas waren getrouwd, heb ik wat foto's van mezelf laten maken door Helmut Newton, maar nu die dood is, heb ik een ander genie nodig die me er net zo mooi op kan zetten.' Ze liet haar hand over haar lichaam glijden. 'Hoewel ik hier wel eerst wat aan moet doen natuurlijk. Ik voel me een beetje kwabbig.'

Karin lachte. 'Je hebt een fantastisch figuur.'

'Vind je?' vroeg Christina gretig. 'Ik doe op het moment ook ongelooflijk leuke oefeningen.'

'O ja? Wat dan?'

'Ik neuk de tuinman,' vertelde Christina giechelend.

Karin hoestte een crouton uit, en Christina moest haar op de rug kloppen. 'Tina!' sputterde ze. 'Hoezo? Wanneer? Waarom?'

Karin was oprecht geschokt door de bekentenis van haar vriendin – het was helemaal niks voor Christina. Haar vriendin had haar vaak verteld over wat ze zelf 'Het Handvest van Christina' noemde, dat uit slechts twee regels bestond. Regel één: om aan een rijke man te komen, moest je heel goed kunnen pijpen. Regel twee: om een rijke man te houden, moest je nooit, helemaal nooit, naast de pot pissen. Christina was bovenal pragmatisch, en als kenner van de details van de internationale echtscheidingswetgeving, was ze tot de conclusie gekomen dat trouw de basis voor een succesvol huwelijk was.

'Welke tuinman precies? Die uit de stad of eentje van buiten?' vroeg Karin, doelend op Christina's enorme huis in Mayfair, een van de weinige vrijstaande huizen in W1, op het landhuis in Surrey dat ze onlangs hadden gekocht van een oligarch en op hun grote jachtgoed in Yorkshire.

'Die in Surrey. Weet je, ik vond het daar altijd zo verdomd saai, maar toen kwam hij, Jamie, en nu wil ik er continu naartoe... Echt, Kay, Ariel is zo gespannen de laatste tijd. Volgens mij kan hij een bedrijf van die grootte gewoon niet aan,' zei ze. 'Hoe dan ook, hij geeft me de laatste tijd het gevoel dat ik heel stom en onhandig ben, dus de komst van Jamie is gewoon enorm ontspannend geweest.'

Karin lachte luid. Ze begon zich al iets beter te voelen.

'Bij jou komt het ook wel weer goed, schat,' zei Christina. Toen ze haar hand op die van haar vriendin legde, fonkelden de diamanten aan haar vingers in de zon. 'Je maakt het wel weer goed met Adam, als je dat wilt.'

Karin knikte. Christina had gelijk; haar hele leven had ze altijd gekregen wat ze wilde, en op haar eenendertigste, op het hoogtepunt van haar macht, op het hoogtepunt van haar schoonheid, was ze niet van plan daar verandering in te laten komen.

Ze bleven een paar uur bij Nikki Beach totdat het ordinaire en zelfvoldane Europese gepeupel dat Cristal in het zwembad spoot, hen op de zenuwen begon te werken. Ze gingen naar Cartier, waar Christina informeerde naar de mogelijkheid van een op bestelling gemaakt sieraad. Het verhaal ging dat, jaren geleden, de Mexicaanse actrice Maria Felix bij Cartier in Parijs naar binnen was gestapt met de babykrokodil die ze als huisdier hield, en had gevraagd om zo'n soort ketting, uitgevoerd in diamanten en smaragden. Christina had bedacht dat ze ook zoiets persoonlijks en unieks wilde, hoewel ze niet kon besluiten of ze een broche wilde in de vorm van haar chihuahua Kiki of een tiara in de vorm van een dolfijn ter ere van de *Big Blue*. Tegen de tijd dat ze terug waren op de kade in Gustavia, was het turquoise water in de namiddagzon al veranderd in azuur.

'Heb ik te veel cocktails gehad of zie ik spoken?' vroeg Christina, die – heel ongewoon voor haar – stomverbaasd keek.

Het was Karin ook meteen opgevallen. De *Big Blue*, die nog maar een paar uur eerder in het midden van de haven van Gustavia had gelegen, was verdwenen.

'Had het er niet gewoon moeten liggen?'

Christina leek met stomheid geslagen. 'Misschien verveelde Ariel zich en zijn ze een eindje gaan varen,' zei ze, terwijl ze haar mobieltje uit haar Birkintas pakte. 'Ik bel hem even.'

Boos toetste ze een paar cijfers in en bracht de telefoon naar haar oor. 'Verdomme, hij heeft hem op voicemail staan. Waar is hij verdomme? Dit is gewoon belachelijk!'

Karin wist intuïtief dat er iets mis was toen ze Christina's stem hoorde beven, een gevoel dat werd bevestigd toen een zwarte Mercedes naast hen op de kade tot stilstand kwam.

Een gedrongen man met een attachékoffertje stapte uit. 'Mrs. Levy. Goedemiddag,' zei hij.

'En wie mag u dan wel zijn?' vroeg Christina hooghartig.

'Ik ben Barry Rosen, een collega van uw man. Mr. Levy heeft mij opgedragen u dit te geven,' zei hij, terwijl hij haar een grote bruine envelop gaf. Daarna liep hij terug naar de auto, opende de kofferbak en tilde er een koffer uit die Karin meteen als de hare herkende.

'Ik geloof dat dit al uw persoonlijke bezittingen zijn, miss Cavendish?' zei hij beleefd, terwijl hij de koffer op de kade zette. 'Ik moest van Mr. Levy zeggen dat het hem vreselijk spijt dat hij u last bezorgt, maar hij heeft voor u een kamer geboekt in het Eden Rock in Saint-Jean, die hij vanzelfsprekend ook zal betalen.'

'Wat is er verdomme aan de hand?' vroeg Christina met trillende stem. 'Waar is de boot verdomme? Waar is Ariel verdomme?'

'Voor de bijzonderheden zult u contact moeten opnemen met uw echtgenoot, Mrs. Levy,' zei Rosen, waarna hij weer instapte.

'Waar is hij?' gilde Christina de wegrijdende auto achterna. 'En waar is mijn boot verdomme?'

Ze scheurde de envelop open en liet haar blik snel over de inhoud glijden. Toen de waarheid tot haar doordrong, slaakte ze een lage wanhoopskreet. Haar knieën knikten, en als een gewond dier stortte ze op de grond ineen.

Karin trok de papieren uit Christina's trillende vingers en sloeg troostend een arm om de schouders van haar vriendin, terwijl ze begon te lezen. Daar stond zwart op wit dat de levensstijl waarnaar ze zelf zo hunkerde, als een kaartenhuis kon instorten. Echtscheidingspapieren. De *Big Blue* zou niet terugkomen.

Hoewel haar lichaam haar vertelde dat het nog midden in de nacht was, zag Erin aan het licht dat door een kier in het gordijn naar binnen scheen dat het ochtend was. Ze stapte uit bed en trok de gordijnen open. Abrikooskleurig zonlicht stroomde de kamer in; de eerste zonnige ochtend van het jaar. Ze haalde diep adem en glimlachte. Zonneschijn deed haar altijd aan thuis denken, en hoewel ze eigenlijk moest uitrusten na haar loodzware week, kon ze geen weerstand bieden aan de verlokking van een frisse lenteochtend; ze wist dat ze het huis uit moest. Toen ze bij Chris aanklopte, was ze een beetje teleurgesteld dat er werd opengedaan door een vrouw, maar Chris was zo aardig geweest haar het gebruik van zijn fiets en een beduimeld stratenboekje aan te bieden, en het vooruitzicht Londen op twee wielen te gaan verkennen, gaf haar een opwindend gevoel.

Ze reed de fiets naar buiten en sprong in het zadel, plotseling vol energie toen ze wegfietste. Haar benen waren nog sterk en fit van de dagelijkse wandelingen die ze in Cornwall had gemaakt, maar deze keer was het uitzicht wel even wat anders. Geen kliffen, meidoorns en bulderende golven, maar rode bussen, zwarte taxi's en krantenstalletjes op straathoeken. Overal waar ze keek, waren mensen. Gezinnen die delicatessenwinkels binnenwipten, vermoeid uitziende arbeiders die nachtdiensten hadden gedraaid en giechelende meisjes in hun uitgaanskleren van de avond ervoor. Ze reed over Roseberry

Avenue, langs de statige Inns of Court, liet West End met de vele toeristen en winkelende mensen links liggen en fietste verder langs de rivier waar de sleepboten heen en weer voeren op het staalachtige water dat glinsterde in de zon. Ze fietste door tot ze in Battersea was aanbeland, vlak naast de vervallen elektriciteitscentrale. Dit gedeelte van de stad was nooit echt tot haar doorgedrongen, maar nu ze bij de rivier stond, voelde ze de energie ervan, het verwachtingsvolle gevoel dat een gebied omringde dat zich midden in een wedergeboorte bevond, terwijl de projectontwikkelaars oude gebouwen nieuw leven inbliezen. Ze had altijd gedacht dat je een schrijver of schilder moest zijn om iets te creëren, maar hier, in het hart van een metropool, begreep ze dat creativiteit werd ingegeven door commercie. Het waren de projectontwikkelaars en bedrijven die deze organische stad tot groei dwongen, die nieuwe gebouwen neerzetten waarin mensen zouden wonen, werken, eten en verliefd worden. Jilly had het bij het verkeerde eind wanneer ze Londen afdeed als een anonieme, onpersoonlijke woestenij waar alleen steenrijke bedrijven konden gedijen. Erin zag al voor zich hoe hier kleine cafeetjes, boetiekjes en bedrijfjes als paddenstoelen de grond uit rezen, met enthousiaste, verwachtingsvolle eigenaren, en zelf kreeg ze ook energie van de plek.

Ze fietste iets verder over het jaagpad en reed op goed geluk door wat achterafstraatjes, terwijl ze dacht aan een lievelingsspelletje van vroeger: verdwalen. Uiteindelijk stapte ze af bij een lang zwart hek waaraan ze haar fiets vastmaakte. Achter het hek bevond zich een dikke ligusterhaag, zodat ze zich meteen afvroeg wat erachter lag. Ze liep langs het hek totdat ze een roestig toegangshek vond. Met een beetje een ondeugend gevoel duwde ze het open en stak haar hoofd om het hoekje.

Er stond een prachtig oud bakstenen gebouw. De muren waren vol gekalkt met graffiti, de ramen waren dichtgetimmerd met spaanplaten en de afvoerpijpen zaten onder het mos. Maar het gebouw zelf was heel mooi; trots en gotisch en een heel klein beetje eng, alsof het vroeger een armenhuis was geweest. Ze keek naar het dak, waarvan de helft van de dakleien ontbrak en bedacht dat al die ruimtes die op de zolder verborgen lagen, een prachtig uitzicht zouden bieden op de rivier en op de Albert Bridge. Ze pakte haar mobieltje en maakte een paar foto's. De Midas Corporation zou hier perfect een winkelgebied kunnen ontwikkelen. Ze zou uitzoeken wie de eigenaar was en het dan meteen aan Adam vertellen. Daar zou hij vast wel van opvrolijken.

19

Karin Cavendish was niet thuis voor Adam Gold. Ze beantwoordde haar mobieltje niet, screende de binnenkomende telefoontjes en weigerde de enorme boeketten en mooi verpakte cadeaus die hij naar haar huis en kantoor stuurde. Adam was haar gaan bombarderen met telefoontjes zodra ze Anguilla had verlaten, maar ze had hem laten wachten. Pas op de derde dag na haar terugkeer uit Saint-Bart, nam ze eindelijk op.

'Nou?' vroeg ze.

'Ik wil iets doen om het goed te maken,' zei hij.

'Dan zul je iets heel bijzonders moeten verzinnen.'

Ze stemde in met een etentje bij Adam thuis in zijn Knightsbridge-appartement, maar bleef tijdens de filet mignon en asperges koel en afstandelijk en concentreerde zich op de skyline van Londen die voor hen lag. Ze wist dat ze een gevaarlijk spelletje speelde, maar ze was niet van plan zijn gedrag zonder slag of stoot te accepteren, dat kon ze gewoonweg niet. Als ze nu niet optrad en het zonder morren aanvaardde, waar moest het dan eindigen? Zelfs als ze hem voor het altaar zou weten te krijgen, dan zou hij ervan uitgaan dat ze een brave, meegaande echtgenote was die absoluut alles door de vingers zou zien. Nee, dan zou ze hem carte blanche geven om alles te neuken wat maar bewoog – en ze twijfelde er geen seconde aan dat hij daar ook volledig misbruik van zou maken. Natuurlijk wisten ze allebei dat hij iedere vrouw in Londen zou kunnen krijgen, maar Karin had het vage idee dat Adam respect zou hebben voor een vrouw die zich niet een-twee-drie gewonnen gaf. Dus had ze haar kleren zorgvuldig uitgekozen: een strakke spijkerbroek, hoge hakken en een op maat gemaakte jumper van McQueen, en ze had het een bemoedigend teken gevonden toen ze zag dat Adam ook alles uit de kast had gehaald. Zijn kok had een fantastisch diner bereid van botergezachte kort gebakken biefstuk gevolgd door een pistachesoufflé. De wijn was een excellente Château Lafite uit 1983. Het licht was gedempt, de muziek zacht. Ze had het sterke vermoeden dat dit zijn manier was om zijn verontschuldigingen aan te bieden. Maar ze wilde het hem hardop horen zeggen.

'Nou, waar wilde je het over hebben?' vroeg ze met geveinsde onschuld.

Hij haalde zijn schouders op, brak een stukje van het Poilânebrood af en doopte het in een klein, ondiep schaaltje olijfolie.

'Ik wilde het over Anguilla hebben,' zei hij.

'Ik dacht dat dat onderwerp was afgesloten,' zei ze koeltjes, genietend van het moment.

'Dat is het ook,' zei hij. 'Ik wil het daar ook niet over hebben, maar ik wil het over jou hebben.'

Ze was even van haar stuk gebracht. 'Bedoel je niet dat je het over ons wilt hebben?'

Hij nam haar peilend op. 'Op Anguilla ben ik voor het eerst echt in aanraking gekomen met het merk Karenza, en ik was ervan onder de indruk,' zei hij, 'erg onder de indruk zelfs.'

'Heb je het over dat je een Karenzabikini van dichtbij hebt gezien? O sorry, dat was ik vergeten; Tessa droeg geen bikini.'

Karin had meteen spijt van haar woorden, maar ze had het niet kunnen laten.

Er hing een geladen stilte tussen hen, maar Adam was blijkbaar niet van plan zich door haar kattige opmerking van de wijs te laten brengen. Haar opmerking negerend, ging hij verder. 'Zoals je misschien weet, heeft de Midas Group vorig jaar een pand gekocht in Saint-Tropez,' vervolgde hij. 'Het is op een eersteklas locatie, vlak bij de haven, en de afgelopen maanden zijn we flink aan het verbouwen geweest.'

'Appartementen?' vroeg ze, meteen geïnteresseerd, want haar zakelijke instinct rook een kans.

Hij schudde zijn hoofd. 'Nee, een hotel, dat volgende maand opent, onder het management van de Sarkis Group of Hotels. Maar bijna vijfentwintighonderd vierkante meter op de begane grond wordt vrijgehouden voor winkels. Er zijn al een paar luxemerken die een ruimte hebben gehuurd, plus een botencharterbedrijf, allemaal uit het hogere segment. Een van de mooiste plekjes is echter net af, en weet je waar het me perfect geschikt voor lijkt?'

Karin kreeg vlinders in haar buik. 'Voor Karenza Saint-Tropez.'

Ze was sneller gaan ademen. Ze wist al heel lang dat ze, als ze het badmodemerk wereldwijd wilde lanceren, in meer landen winkels zou moeten openen. Haar spullen waren op voorraad bij Fred Segal in L.A., bij Neiman Marcus in Miami en bij nog wat luxezaken in de duurdere winkelbuurten, maar een eigen winkel zou het merk veel meer aanzien verlenen.

'Het is iets waar ik al langer over zit te denken,' zei ze, terwijl ze probeerde niet te laten merken hoe opgewonden ze was, 'een winkel in Malibu, Palm Beach of Saint-Tropez. Maar dan moet ik een financier zoeken, en het draait natuurlijk allemaal om de locatie. Misschien is het aan de vroege kant voor een uitbreiding, dus als we het gaan doen, dan moet het wel meteen goed zijn.'

Hij glimlachte. 'Ik denk dat je in Saint-Tropez geen betere plek voor een winkel zult kunnen vinden. Hij is ook vrij klein, dus wat dat betreft hoef je jezelf geen geweld aan te doen.'

Ze keek naar de fonkelende skyline van Londen, terwijl de adrenaline haar als een seksuele siddering door het lijf joeg. Karenza Saint-Tropez! Het was volmaakt! Maar ze was beslist niet van plan Adam ook maar iets van haar enthousiasme te laten merken.

'Nou, het is een grote beslissing...' zei ze, terwijl ze met de voet van haar glas speelde. 'Palm Beach zou waarschijnlijk beter zijn als eerste internationale voorpost – daar heb je het hele jaar badgasten. Saint-Tropez is buiten het seizoen een spookstad.'

Adam ging op de verkooptoer. 'Maar Palm Beach betekent dat je moet uitbreiden naar Amerika – en dat is een grote stap. Te groot misschien, op dit moment. Mij lijkt Saint-Tropez een betere eerste stap. Oké, je zult maar zes maanden per jaar wat verkopen, maar in die maanden zal de omzet hoog zijn, en de doelgroep is ook perfect. Plus dat het dicht bij Londen is, zodat je zelf de touwtjes strak in handen kunt houden.'

Zijn ogen flirtten met de hare. 'Zullen we er dit weekend naartoe vliegen om een kijkje te nemen?'

'Adam, niet zo snel, alsjeblieft,' zei ze, opgewonden, maar nog steeds op haar hoede. Ze stond op, liep met haar glas wijn naar het raam en staarde de donkere avond in. Ze voelde zich in verleiding gebracht, heel erg in verleiding gebracht. Als je in zaken zat, moest je niet stil blijven staan, je moest steeds verder – en die tijd was nu aangebroken. Wereldwijd liep de verkoop erg goed; haar financieel directeur, Ed Sassoon, drong er steeds bij haar op aan om nog meer verkooppunten te zoeken nu de omzet in de beide Karenzawinkels in Groot-Brittannië zo hoog was. Bovendien was Karin niet bang om uit te breiden. Ze wilde Karenza zo snel mogelijk laten uitgroeien van klein merk tot hét jetsetmerk, maar daarvoor had ze investeerders nodig. Jimmy Choo was het gelukt, en Erès was na dertig jaar uitgekocht door Chanel. Nou, Karin Cavendish was niet van plan dertig jaar te wachten. Ze keek Adam aan. 'Ik moet eerst de financiën doornemen voordat we het hier verder over kunnen hebben,' zei ze, ineens weer de zakenvrouw die alles onder controle had. 'Ik ben de enige eigenaar van Karenza, en dat wil ik voorlopig graag zo houden.'

'Als dat zo is, moet je me laten uitpraten.'

Ze nam hem achterdochtig op. 'Wat is je voorstel?'

'Dat ik een klein aandeel in de zaak krijg in ruil voor de winkel in Saint-Tropez. Ik kan Marcus en ons team een eerlijke verdeling laten opstellen...'

'Dat meen je niet!' zei ze boos. 'Je zou waarschijnlijk ook zoiets waardevols als Gucci kunnen krijgen – en voor wat? Voor de huurprijs van een strandboetiekje? Dat lijkt me stug!'

Ze zag dat hij grinnikte. Hij gebaarde haar terug naar de tafel te komen. Toen ze vlak bij hem stond, legde hij zijn hand om haar middel en trok haar op zijn knie. Ze probeerde te ontsnappen, maar hij was sterk en bracht zijn lippen naar haar hals. 'Dit is niet de manier waarop ik normaal zaken doe,' mompelde hij tegen haar hals.

'Nou, ik heb mijn positie duidelijk gemaakt,' zei ze, in een poging voet bij stuk te houden, maar om haar lippen vormde zich al een glimlachje.

'Je laat je ook niet makkelijk overhalen, hè?' vroeg hij, terwijl hij haar losliet.

'Ik dacht dat je dat inmiddels wel wist,' zei ze. Met geheven hoofd ging ze weer tegenover hem zitten en schonk zichzelf nog een glas wijn in.

'Dus laten we het er maar op houden dat ik jouw voorstel afwijs, hè?' zei ze, terwijl ze haar mondhoeken depte met het servet.

'Ik kon het toch proberen?' vroeg hij glimlachend. 'Maar het aanbod blijft staan.'

Ze keek hem met een scheef hoofd aan.

'Ik wil dat je die winkel neemt,' zei hij.

'Adam, ik geef je echt geen aandeel in mijn bedrijf,' reageerde ze vinnig.

Hij stak zijn handen in de lucht. 'Oké. Maar neem die winkel gewoon. Je krijgt hem een jaar gratis van me. Het is goed voor het hotel om een Karenzawinkel in huis te hebben. En mocht je ooit een mannenlijn uitbrengen, dan verwacht ik wel dat je me levenslang van shorts blijft voorzien.'

Ze was bijna in lachen uitgebarsten, maar ze wist dat ze zich moest beheersen. Ze gaf een subtiel rukje aan haar trui om wat meer decolleté te laten zien en gooide haar ravenzwarte haren over haar schouder naar achteren.

'Het is een heel genereus aanbod,' zei ze toen, 'maar ik kan het niet aannemen. Misschien herinner je je nog wat je me hebt verteld toen we elkaar leerden kennen? Dat zaken en pleziertjes niet samengaan?'

Hij stond op en ging achter haar staan. Hij legde zijn handen op haar schouders en liet zijn vingers onder de dunne jersey van haar jumper glijden. 'Dus je beschouwt jezelf als een pleziertje?' fluisterde hij met omfloerste stem in haar oor.

Ze stond toe dat zijn hand steeds dieper onder de dunne stof gleed, terwijl ze koel en zakelijk zei: 'Ik zal zorgvuldig nadenken over de winkel in Saint-Tropez, maar als ik het doe, dan wil ik je het volle pond betalen.'

'Maar zullen we ons eerst eens wat meer op dat pleziertje richten waar je het net over had?' zei hij zacht. 'Dan kunnen we daarna bekijken of er niet iets te regelen valt. Het volle pond is in dit geval erg veel geld.'

Ze draaide zich naar hem om en schoof haar vingers tussen de knoopjes van zijn overhemd. Toen ze elkaar kusten, deed ze haar ogen open en glimlachte. Ze wist dat ze het perfect had gespeeld.

20

Ze zouden gaan lunchen in Nobu op Berkeley Square. Toen Adam dat had voorgesteld, was Erin even nerveus geworden, maar ze wist zeker dat ze niets verkeerd had gedaan; en bovendien, zou hij haar echt meenemen naar een deftig restaurant als hij haar wilde ontslaan? Positief denken, hield ze zichzelf voor, toen ze die ochtend haar make-up met iets meer zorg aanbracht; hij wil waarschijnlijk alleen maar een brief dicteren. Ze trok echter wel haar nieuwe omslagjurkje van Diane von Furstenberg aan.

Toen ze het restaurant in liepen, draaiden alle hoofden zich om. Erin raakte langzamerhand gewend aan deze reactie; ook een halfjaar na zijn aankomst in Londen deed de aanwezigheid van de miljardair uit New York nog steeds stof opwaaien. Het verschil met anders was dat ze niet anderhalve meter achter hem aan sjokte, druk en gekweld, met haar armen vol papieren en dossiermappen en met een mobieltje aan haar oor geklemd. Vandaag liep ze naast hem. En dat voelde goed.

'Zal ik voor je bestellen?' vroeg Adam, nadat ze op een muurbankje plaats hadden genomen. 'De *hamachi* sashimi is erg lekker.'

Het enige Japanse eten dat Erin ooit had gehad was sushi van Prêt à Manger, hoewel het met haar smaak duidelijk de goede kant uit ging sinds de truffels bij Chris. Ze wist inmiddels het verschil tussen *cosmopolitans* en caipirinha's, maar als ze zo naar het menu keek, had ze geen flauw idee wat sashimi was. Of *yaki*. Ze wilde tegen Adam zeggen dat ze geen rauwe dingen wilde, maar ze wist dat ze dan niet echt de verfijning uitstraalde waar ze naar streefde. 'Goed, hamachi dus,' zei ze glimlachend, in de hoop dat ze er niet misselijk van zou worden.

'Ik had je eigenlijk al eens eerder mee uit lunchen moeten nemen,' zei hij, terwijl hij de sommelier wenkte. 'Maar ja, ik hoef jou niet te vertellen hoe druk we het hebben.'

Erin wilde heel graag iets grappigs of gevats of slims zeggen, maar ze leek alleen maar te kunnen zwijgen.

'Ik weet niet wat voor carrière je precies in gedachten had voordat je bij Midas kwam werken,' vervolgde hij. 'Had het niet iets met tolken of vertalen te maken?' Ze knikte. Ze had hem niets over haar roman verteld. Hoewel Adam er altijd op hamerde dat het belangrijk was om de beste creatievelingen te gebruiken – waar hij interieurontwerpers of architecten mee bedoelde – betwijfelde ze of hij veel op zou hebben met schrijvers. Een boek schrijven had weinig met Wall Street te maken.

'Ik weet dat de baan bij Midas je min of meer in de schoot is geworpen, maar ik geloof echt dat je een toekomst hebt bij het bedrijf – als je dat zou willen tenminste.'

Het complimentje maakte haar aan het blozen.

'Je bent slim, vindingrijk en je hebt oog voor kwaliteit.' Hij stak zijn vinger in de lucht om zijn woorden kracht bij te zetten. 'Dat gebouw in Battersea waar je me opmerkzaam op hebt gemaakt, is echt een juweeltje. Een mooie aanwinst voor Midas' seniorenappartementen-divisie. Er is een groeiende vraag naar designappartementen voor vijftigplussers die in stadscentra willen wonen.'

Erin zag Jilly en haar vriendinnen al in trendy appartementen aan de Theems wonen, en ze begon te giechelen. 'De gepensioneerden die ik ken, wonen in cottages en bakken vleespasteien. Ik zie ze nog niet zo gauw even naar buiten wippen voor een cappuccino.'

'Regel nummer één, Erin,' zei Adam op serieuze toon. 'Je moet niet uitgaan van wat mensen nu willen of nodig hebben. Je moet een vooruitziende blik hebben. Vergeet niet dat de nieuwe generatie van gepensioneerden is opgegroeid met de muziek van de Beatles. Oude mensen zijn nu behoorlijk cool. Je moet altijd proberen te raden wat mensen over vijf jaar willen, of over tien jaar zelfs.'

Ze had genoeg over hem gelezen om te weten dat dat precies de manier was waarop hij zijn geld had verdiend. Na de beurscrash van 1992 hadden mensen hem uitgelachen toen hij zijn kaarten op onroerend goed had gezet en wolkenkrabbers had opgekocht, en in onbruik geraakte pakhuizen in niet-modieuze buurten zoals Tribeca had gerenoveerd, maar hij had zijn slag geslagen toen ze trendy waren geworden.

'Ik wil graag van je leren, Adam,' zei ze, hopend dat ze niet al te dweperig overkwam. 'Ik zou er veel meer bij betrokken willen worden.'

'Wat vind je precies zo leuk aan onroerend goed?' vroeg hij glimlachend, terwijl hij met zijn eetstokjes een tonijnrolletje oppakte. 'Wat vind je leuk aan ons bedrijf?'

Ze was gekomen om te lunchen, niet om een sollicitatiegesprek te voeren, maar ze kon nu moeilijk terugkrabbelen. Ze nam een slokje groene thee en dacht aan het moment waarop ze het gebouw in Battersea had ontdekt en aan de adrenalinestoot die dat haar had bezorgd.

'Het is creatief,' zei ze, lichtelijk blozend, 'en ergens ook romantisch. Je ziet een gebouw, misschien is het verwaarloosd, of wil niemand het hebben, of misschien wil iedereen het juist hebben en moet je de concurrentie meteen de pas afsnijden. Je ontwikkelt een bouwplan, je koestert het en dan, als het eindelijk precies zo is geworden als je wilde, moet je er weer afstand van doen.'

Adam glimlachte bij zichzelf en knikte. 'Ik heb het hele proces ook altijd een beetje als een liefdesverhouding beschouwd.'

Zijn groene ogen vonden de hare, en Erin voelde een steek van opwinding. 'Je kunt het nog niet weten,' zei hij, 'maar

Eleanor heeft vanochtend definitief ontslag genomen. Ze gaat terug naar New York.'

'Dus Eleanor gaat echt weg!' zei Erin. 'Maar ik dacht dat ze zo verknocht aan je was.'

'Nou, met "was" heb je alles gezegd,' zei hij glimlachend. 'Blijkbaar moest ze altijd zo hard werken van me dat ze geen tijd had om naar feestjes of kroegen te gaan, met als gevolg dat ze nooit leuke mensen leerde kennen. Maar een paar weken voordat ze naar Engeland ging, is ze verliefd geworden op een of andere kerel van FedEx die steeds mijn pakjes kwam afhalen op kantoor. Dus wil ze terug naar New York.'

'Dat kun je haar toch niet kwalijk nemen,' zei Erin lachend.

'Natuurlijk ben ik blij voor haar. Maar hoe dan ook, de baan als *executive assistant* komt nu dus vrij.' Hij zweeg en keek haar aan. Ze had het gevoel dat haar hart stopte.

'Voor mij?' vroeg ze zacht.

'Erin. Dit is een behoorlijke stap voorwaarts vergeleken met wat je nu doet. Dit gaat niet meer alleen om afspraken maken en uitnodigingen beantwoorden. Je zult mijn ogen en oren moeten zijn. Je zult beslissingen nemen die invloed hebben op het bedrijf. Je weet dat veel executive assistants MBA's van Harvard hebben? Nou, wat jij hebt, is mijn vertrouwen in je.'

Haar hoofd tolde. Zoals hij het bracht, voelde het als een grote eer. Hij gaf haar het gevoel dat ze speciaal was. Dat ze gewild was. Ze keek hem aan en wilde hem ook.

'Ik zal je niet teleurstellen,' zei ze.

21

Met een handvol geretoucheerde foto's van de shoot op Anguilla en een glas versgeperst frambozensap, ging Karin op het dakterras van haar slaapkamer zitten om te beslissen welke van de prachtige beelden van Summer Sinclair ze zou gebruiken voor de Karenza-badmodecampagne. Voor de eerste week van april was het ongewoon warm. De lucht rook fris, naar gras, lentebloemen en beloftes. Het was een volmaakte ochtend voor plannen, lijnen uitzetten en nadenken, als er maar niet zo'n vreselijke herrie uit de logeerkamer zou komen.

Dit is echt de laatste keer dat ik de barmhartige samaritaan uithang, dacht Karin boos, terwijl ze de foto's op de smeedijzeren tafel smeet. Uit de goedheid van haar hart had ze Christina onderdak verleend. Het was slechts voor tijdelijk, dat had ze meteen duidelijk gemaakt – tenminste, ze dacht dat ze dat had gedaan. Karin mompelde afkeurend en probeerde *Vanity Fair* te lezen, maar ze wist gewoon dat ze elk moment ontboden kon worden.

'Kay! Kay!' Christina's schrille stem doorboorde de stilte. Gewend als ze eraan was om op haar wenken bediend te worden door een meid, kok, butler en masseur, leek het niet tot haar te willen doordringen dat Karin niet haar hulpje was. Karin kreeg continu een spervuur van vragen, eisen en kritiek over haar levensstijl over zich heen. 'Hoe bedoel je, je hebt geen chauffeur? Rijd je zelf?' 'Wat is het garennummer van deze lakens?'

'Karin,' zei de stem, steeds geïrriteerder.

'Wat is er?'

'Ik heb je nodig.'

Zuchtend stond Karin op en liep door haar slaapkamer naar de overloop waar Christina stond, in een ivoorkleurige zijden pyjama, met één mouw opgerold. Ze zag er pathetisch en hulpeloos uit, en Karin had meteen spijt van haar ergernis; per slot van rekening had Christina veel meegemaakt sinds hun terugkeer uit Saint-Bart. Ariel had een verzoek tot echtscheiding ingediend op grond van overspel, en Jamie Bacon, hun nieuwe biologische tuinman, had zijn verhaal aan de kranten verteld. Christina was stomverbaasd – het was de enige keer in hun zevenjarige huwelijk dat ze vreemd was gegaan en dan werd ze meteen betrapt. Ze wist dat de Britse echtscheidingswet zich bij het bepalen van de financiële regeling niet bezighield met de schuldvraag, maar ze wilde geen enkel risico nemen.

'Wat is er?' vroeg Karin. 'Wil je een ochtendjas lenen? Dan zul je toch echt genoegen moeten nemen met een La Perla.'

'Ik wil geen ochtendjas,' zei Christina vinnig. 'Ik wil dat je je fototoestel pakt.'

'Waarvoor dat nou weer?' vroeg Karin, terwijl ze Christina volgde naar de logeerkamer die uitpuilde van de koffers van Goyard, schoenendozen en couturejurken die overal overheen waren gedrapeerd. Ze trok een gezicht bij het zien van de rommel. Ze haatte rommel.

'Ik wil dat je hier een foto van maakt!' zei Christina theatraal. Ze rolde de mouw van haar zijden pyjama nog wat verder over haar slanke, gebruinde arm omhoog. Vlak onder de schouder was een nare paarsblauwe plek te zien.

'Getver! Wat is dat?' vroeg Karin.

'Dat is verdomme een enorme blauwe plek! Wat dacht je anders?' viel Christina uit, terwijl ze haar arm onder Karins neus duwde. 'Schiet op, pak je fototoestel. Ik heb een foto nodig.'

'Waarvoor dat nou weer?' Karin bestudeerde de huid van haar vriendin wat aandachtiger.

'Als bewijs,' antwoordde Christina vastberaden.

'Heeft Ariel dat gedaan?' fluisterde Karin. Fronsend vroeg ze: 'Hij heeft je toch niet geslagen, hè?'

Heel even weigerde Christina haar vriendin in de ogen te kijken. 'Niet echt,' antwoordde ze.

'Hoe bedoel je, "niet echt"?'

Christina ging op bed zitten, waarbij ze een paar dure zijden jurken verkreukelde. Ze keek Karin met pruilende lippen aan. 'Hij heeft me niet echt geslagen, nee, maar voor hetzelfde geld was dat wel gebeurd!'

Toen Christina de afkeurende blik van haar vriendin zag, haalde ze haar schouders op. 'Ik ben gisteren naar huis gegaan om nog wat spullen op te halen. Ik bedoel, echt alles is daar nog. Mijn rijlaarzen, mijn vintage jumpsuit van Norma Kamali, die mooie Graffketting van gele diamanten die ik vanavond bij het eten wilde dragen. Echt alles!'

Karin tuitte haar lippen. Haar huis was geen hotel.

'Hoe dan ook, ik kom daar, en dan heeft hij die stomme sloten laten veranderen! En Consuela wilde me ook niet binnenlaten. Ze zei dat Ariel haar dat ten strengste verboden had.

Niet te geloven toch wat een lef van dat mens? Ik heb verdomme haar visum voor haar geregeld. Zonder mij stond ze in Manila nog steeds poep van straat te vegen!'

'Maar waarom heeft hij de sloten laten veranderen? Zijn jullie al zo hatelijk tegen elkaar?'

'Nou, het wordt nog veel hatelijker,' viel Christina uit. 'Volgens mij komt het omdat ik al zijn pakken aan het Leger des Heils heb gegeven. Als je mannen kent met een borstomvang van honderdelf centimeter en een beenlengte van zesenzeventig, dan kun je ze vertellen dat ze daar mooie pakken voor ze hebben.'

'Ja, maar wat heeft dat met die blauwe plek te maken?' vroeg Karin, met een blik op haar Cartier Tank. Het was halfelf. Adam zou over een halfuur komen, en ze had zich nog niet eens opgemaakt.

'Ik zag me genoodzaakt om door een raam naar binnen te klauteren,' vertelde Christina plechtig, alsof ze een getuigenis aflegde op de rechtbank. 'Consuela laat altijd een raam openstaan als ze aan het schoonmaken is. Ik bedoel, de vernedering! Hoe dan ook, toen ik naar binnen klom, stootte ik met mijn arm tegen de ijsmachine. Maar wat mijn advocaten betreft, heeft Ariel het gedaan toen ik wat spullen van me probeerde op te halen. Hij is me te lijf gegaan!'

'Alleen is dat niet zo,' zei Karin. 'En dan zou ik medeplichtig zijn!' Ze begreep Christina's tactiek, maar ze had zin om haar een beetje te laten zweten als straf voor al haar spottende opmerkingen over haar chauffeur en lakens.

'Maar voor hetzelfde geld had hij dat wel gedaan,' herhaalde Christina. 'Je moet me echt helpen, Karin, ik kan geen enkel risico nemen. We zijn op huwelijkse voorwaarden getrouwd. Misschien dat de rechtbank die negeert, maar als ze dat niet doen, zit ik zwaar in de stront. Eén miljoen voor elk jaar dat we getrouwd zijn geweest? Jezus! Daar kan ik met een beetje geluk net een driekamermaisonnette in South Ken van kopen. Dan moet ik het dagmenu nemen bij San Lorenzo,' voegde ze er rillend aan toe.

'En wat heeft die blauwe plek er nu precies mee te maken?'

'Alles,' fluisterde ze. 'Mijn advocaat vertelde me dat bij een recente zaak de schuldvraag weer nieuw leven is ingeblazen. Op dit moment is het mijn woord tegen het zijne, en ik heb foto's nodig om het te bewijzen.'

Karin deed haar haren in een paardenstaart en schudde haar hoofd. 'In de kleedkamer ligt een polaroidcamera voor de schoenen; als je het per se wilt, maak je ze zelf maar. Hoor eens, ik ga dit weekend naar een vriend van Adam. Ben jij thuis?'

'Ik heb zin om Jamie te bellen. Ik ben zo gespannen dat ik wel wat afleiding kan gebruiken, maar ik kan me maar beter een beetje netjes gedragen.'

Karin lachte en Christina verdween in de richting van de kleedkamer.

Karin ging achter haar paarlemoeren kaptafel zitten. Ze smeerde wat getinte moisturizer op haar gezicht, bracht wat rouge aan op haar wangen en deed lipgloss op. Ze vroeg zich vruchteloos af hoe Christina's leven eruit zou gaan zien. Het ene moment woonde ze in een vrijstaande villa in Mayfair met zeven man personeel, had ze een privévliegtuig tot haar beschikking en was het organiseren van haar volgende extravagante feest het enige wat ze hoefde te doen. Het volgende moment logeerde ze bij Karin, wilde ze bewijsstukken vervalsen en zat ze stiekem achter een tweeëntwintigjarige tuinman aan. Ze wist zeker dat alles weer op zijn pootjes terecht zou komen bij Christina, hoewel ze ook vermoedde dat Ariel alles uit de kast zou halen om zijn fortuin te behouden.

De deurbel ging. Ze trok een paar mocassins van Tod's aan, pakte haar weekendtas, zorgvuldig ingepakt voor een weekendje op het platteland – gymschoenen, een rijbroek, een kleine koffiekleurige kanten teddy die ze in Parijs had gekocht – en rende de trap af. Adam stond voor de deur met in zijn hand de sleutels van zijn Aston Martin. Hij rook naar granaatappelparfum, zeep en scheerschuim.

'Ben je zover, schat?' vroeg hij. 'Ik heb gezegd dat we op tijd zouden zijn voor de lunch.'

'Alleen nog even mijn jas pakken,' zei ze. Ze liep naar de inbouwkast in de hal en pakte er een felgeel leren jasje uit, dat perfect was voor de heldere, frisse ochtend. Toen ze weer naar de voordeur wilde lopen, zag ze Christina de ronde trap af komen. Haar donkere, natte haren waren uit haar gezicht gekamd, en haar vochtige lichaam glinsterde als diamanten dauw, slechts bedekt door een minuscule witte handdoek die al bij haar dijen ophield. Ze trippelde naar Adam toe om hem een lichte kus op de wang te geven.

'Veel plezier jullie tweetjes,' zei ze glimlachend, voordat ze de trap weer op huppelde. Over haar schouders wierp ze hun nog een koket lachje toe.

Adam stond vergenoegd te grijnzen, terwijl Karin haar weekendtas pakte en zonder iets te zeggen naar de auto liep. Ze nam zich voor die trut het huis uit te zetten zodra ze terug was in Londen.

Voor de kleedkamerspiegel in de grote slaapkamer van The Standlings, Marcus Blackwells landhuis in Buckinghamshire, had Molly een aanval van besluiteloosheid over wat ze zou aantrekken voor de lunch. Adam Gold en Karin Cavendish zouden dit weekend komen logeren, en ze wilde dat alles klopte. Ze had zich al een stuk of vijf keer omgekleed, zich afvragend wat Karin zou aanhebben; Molly wilde haar de loef afsteken, maar wel op een subtiele manier. Terwijl Marcus op de golfbaan was, had ze de hele inhoud uitgeprobeerd van de steeds vollere klerenkast die ze in het huis in bezit had genomen. Ze koos uiteindelijk voor een elegant duifgrijs jersey topje met een laag uitgesneden ronde hals en halflange mouwen, dat perfect stond bij de donkerblauwe spijkerbroek die zo strak en sexy was dat haar lange benen er nog langer in leken. Haar haren liet ze een beetje warrig loshangen, en ze maakte het geheel af met wat rinkelende gouden armbanden en een paar chocoladebruine mocassins. Het was de look van de moderne landvrouw op haar vrije dag.

Ze liep naar de hoge ramen die uitkeken op het landgoed en staarde in de verte, waar de Chiltern Hills lonkten en een lichtblauwe, onbewolkte lucht zich uitstrekte boven een rij roodbruine bomen. Hoewel Molly pas een paar maanden met Marcus omging, voelde ze zich al behoorlijk thuis op The Standlings. Hun relatie ontwikkelde zich snel, en nadat ze was ontslagen bij het pr-bureau, was ze zo'n beetje bij Marcus ingetrokken, want zoals ze tegen hem had geklaagd: 'anders zit ik maar de hele dag opgesloten in Kensal Rise'. Met tijd te over en de behoefte om indruk te maken op haar nieuwe vriend, had Molly ontdekt dat ze best veel talent had voor het huishouden. Hoewel ze The Standlings tegenover vriendinnen 'het landhuis' noemde, was het in werkelijkheid een grote, achttiende-eeuwse, bakstenen boerderij met vier hectare land. Marcus had het drie maanden daarvoor van een rijk ouder echtpaar gekocht, en het huis kon wel wat liefdevolle aandacht gebruiken. Nadat Molly had verklaard dat de inrichting veel te goedkoop was voor de vicepresident van een bedrijf dat in het luxueuzere segment van de onroerendgoedmarkt zat, had ze Marcus overgehaald om een complete renovatie en restyling te laten doen, waarover zij natuurlijk de supervisie zou voeren. Er waren al keukeninrichters van Mark Wilkinson langs geweest, en ze hadden gekozen voor een keuken in Toscaanse stijl, met granieten aanrechtbladen uit Duitsland, en een kookeiland in het midden waarop Molly zichzelf al seks zag bedrijven met een of andere aantrekkelijke inwonende Franse kok. Maar dat was toekomstmuziek, en dit weekend zat ze nog met het niet-gerenoveerde Standlings. Niet dat ze iets aan het toeval had overgelaten. Ze had haar favoriete bloemist uit West-Londen, Orlando, opdracht gegeven voor grote bloemstukken van rode rozen en paarse rododendrons die nu overal in het huis stonden, zodat het er rook alsof alles in een fles parfum was gedoopt. Een plaatselijke traiteur had net enorme schalen salade gebracht, verse kreeftravioli en tiramisu – ze was van plan te zeggen dat ze het allemaal zelf had klaargemaakt – en in de koelkast stonden flessen Cristal.

Net toen ze aan tafel was gaan zitten, nippend van een glaasje wodka-tonic om alvast op gang te komen, hoorde ze het geluid van Marcus' Maserati op de oprijlaan. Toen ze opstond, zag ze dat Adams Aston Martin er vlak achter reed.

'Molly. Leuk je weer te zien.' Karin probeerde wat warmte in haar stem te leggen, terwijl ze haar jasje uittrok en om zich heen keek.

'Ik verwachtte jullie pas om een uur of één,' zei Marcus glimlachend, een beetje gegeneerd dat hij maar net op tijd thuis was.

'O, Adam rijdt zo snel dat ik dacht dat we zouden opstijgen,' vertelde Karin lachend.

Karin moest toegeven dat Molly de zitkamer goed had aangepakt; als je van die Engelse plattelandsstijl hield natuurlijk. De robijnrode fluwelen gordijnen en zachte chocoladebruine banken vormden een harmonieus geheel met de antieke kasten en de mooie lampen met bronzen, gebeeldhouwde voeten. Eerder curieus dan luxueus, dacht Karin; beslist niet het soort huis dat ze voor Adam in gedachten had, want dat moest wel iets heel speciaals worden. Iets wat op de monumentenlijst stond misschien, in de Cotswolds, met een arboretum, een visvijver en mogelijkerwijs voormalige bewoners van koninklijken bloede. Ze zou met alle plezier zoiets voor hem gaan zoeken, wanneer het zover was – als het ooit zover zou komen. Tijdens de rit naar Buckinghamshire had ze zich de hele tijd behoorlijk pissig gevoeld, want ze kon het beeld van Christina die als de Venus van Milo voor Adam had geparadeerd, niet van zich afzetten. Hoe durfde ze! En zijn verlekkerde reactie had het nog erger gemaakt. Toch ging het al iets beter toen ze plaatsnam op de zachte leren bank, met een heerlijk superieur gevoel. Naast Adam gezeten, met zijn hand lichtjes op de hare, voelde ze zich net de koningin van het bal met haar koning. Ze had Molly nooit als een serieuze speler om het sociale prijzengeld gezien en nu ze haar zo zag zitten, naast haar laatste verovering, Marcus, in haar te strakke spijkerbroek, werd ze bevestigd in haar mening, terwijl ze tegelijkertijd zichzelf voelde stijgen in marktwaarde. Marcus was geen slechte kerel – intelligent, ja, bedaard, een tikje saai, maar hij was ook de eeuwige verliezer; een van de velen die de top net niet haalden. Het tweederangs landhuis, het vicepresidentschap, zijn aangename, maar onopvallende uiterlijk. Karin had een beetje medelijden met hem en vroeg zich af hoe lang het zou duren voordat Molly hem inruilde voor een beter model.

'Klopt het dat Christina Levy bij je logeert?' vroeg Molly

met gespeelde bezorgdheid. 'Vreselijk zeg, wat haar is overkomen.'

Het Saint-Bartverhaal ging als een lopend vuurtje door Londen – als waarschuwing voor degenen die zich te comfortabel of zorgeloos voelden binnen hun eigen relatie.

'Nou, ik vond dat ze er goed uitzag voor een vrouw die net is gedumpt,' zei Adam glimlachend, terwijl hij een slokje chardonnay nam. Karins goede stemming was meteen verdwenen. Ze voelde haar rug verstijven, maakte haar hand los uit de zijne en wierp een snelle blik op Molly. Ze wist bijna zeker dat die een lachje onderdrukte.

'Hoe gaat het eigenlijk met jou, Molly, na je vertrek bij Feldman Jones?' vroeg ze met net zoveel gespeelde bezorgdheid. 'Lindsey kan soms zo'n trut zijn. Ik zal iedereen vertellen dat ze dat bedrijf niet meer moeten gebruiken.' Mooi niet dus.

'O ja, Marcus vertelde het me,' zei Adam. 'Hoe gaat het nou met je?'

'O, niks aan de hand.' Molly maakte een wegwerpgebaar. 'Lindsey en Sophie werden een beetje hebberig, meer niet, ze hadden geen zin om de winst door drieën te delen en toen hebben ze mij eruit gegooid. Zo gaat dat in zaken.' Ze keek Adam glimlachend aan. 'Maar ik heb een behoorlijk goed cv. Ik vind wel iets beters.'

'Wat dacht je van de Midas Group?' vroeg Adam terloops. 'Volgens mij kan onze pr-afdeling wel wat versterking gebruiken van iemand die ervaring heeft in evenementenplanning.'

'Echt?' Molly klaarde zichtbaar op. 'Dat zou fantastisch zijn.'

'Is het wel een slim idee om zo nauw samen te werken met Marcus?' vroeg Karin vinnig.

Adam keek haar spottend aan. 'Het enige wat Marcus met onze evenementen te maken heeft, is dat hij er zijn kop moet laten zien. En zelfs dat doe je niet graag, hè?' eindigde hij lachend.

Marcus haalde zijn schouders op. 'Ik zit er niet mee als Molly er ook niet mee zit. En dan hou je misschien ook op met al mijn geld uitgeven aan het huis.' Hij glimlachte naar haar.

Karins maag draaide zich om. Het idee dat Molly zo nauw zou samenwerken met Adam, was onverdraaglijk. Evenementen! Wat hield dat in? 's Avonds laat een beetje bedrijfsroddels uitdelen onder het genot van drank en drugs en God mocht weten wat voor andere afrodisiaca nog meer.

'Maar ik dacht dat je meer het visitekaartje van Lindseys bedrijf was,' zei Karin. 'Heb je ooit wel eens echt een evenement gepland?'

Karin kon zichzelf wel een schop verkopen. Het was er bits en onbeleefd uit gekomen. Toen Molly zich met een zoetsappige glimlach tot Adam wendde, wist Karin dat ze het voorzichtiger en slimmer moest aanpakken.

'Volgens mij bestaan er veel raakpunten tussen wat ik bij Feldman Jones deed en wat ik voor de Midas Group zou kunnen doen. Bedrijven proberen elkaar tegenwoordig de loef af te steken met hun feesten en partijen, en je moet kunnen concurreren als je de juiste bedrijfsboodschap wilt brengen. Ik heb met de beste cateraars, organisatoren en bloemisten uit Londen gewerkt en...'

Adam hield lachend een hand op. 'Ho maar! Ho maar! Ik ben hier om te lunchen, niet voor een sollicitatiegesprek met jou. Laten we deze week een afspraak maken, dan hebben we het dan wel over de details. Trouwens, hoorde ik iemand kreeftravioli zeggen?'

Karin nam een flinke slok wijn, maar ze proefde alleen maar gal. Mannen konden verdomme zo stom zijn.

Molly was duizelig van vreugde. De drie glazen wijn waren haar naar het hoofd gestegen, de lunch was een succes geweest en zelfs Karin had haar gecomplimenteerd met de tiramisu.

'Ach, gewoon iets wat ik vanochtend in elkaar heb geflanst,' was Molly's reactie geweest. 'Ik kan je het recept wel geven.'

Maar wat haar vooral opgetogen maakte, waren de baan die haar was aangeboden en de blik op Karins gezicht toen Adam het voorstel had gedaan. Nou schat, dit is nog maar het begin, dacht Molly, terwijl ze vier espresso's in haar kleine Wedgwoodkopjes schonk. Een paar intieme privégesprekjes met Adam, en dan is hij je zo vergeten.

'O, verdorie,' zei Marcus, terwijl hij op zijn zakken klopte en om zich heen keek. 'Volgens mij heb ik mijn mobieltje op de golfclub laten liggen. Ik kan het maar beter even gaan halen. Waarom gaan jullie niet een uurtje paardrijden?'

'Klinkt goed.' Adam knikte.

Karin sloeg een arm om hem heen. 'Rijd je paard? Is er dan niets wat deze man niet kan?'

'Walgelijk, hè?' zei Marcus lachend. 'Volleerd skiër, meedogenloze zakenman, en had je ook niet geroeid voor Yale?' voegde hij er grijnzend aan toe.

'Ik beken schuld,' antwoordde Adam onbescheiden.

'Zou je het erg vinden als ik niet meeging paardrijden?' zei Karin. 'Ik heb nog een stijve schouder van mijn pilatesles. Ik denk dat ik maar even wat ga zitten lezen in de slaapkamer. Die heeft zo'n mooi uitzicht.'

'Oké. Dan spreken we af dat we hier over een uur weer samenkomen.'

De stallen van The Standlings waren een aangename ontdekking geweest voor Molly toen ze voor het eerst op bezoek was gekomen. Ze had nooit verwacht dat Marcus een goede ruiter zou zijn, maar hij had trots uitgelegd dat zijn moeder zelfs had deelgenomen aan crosscountry- en springruiterkampioenschappen en dat ze haar kinderen de liefde had bijgebracht voor alles wat met paarden te maken had. Marcus had echter twintig jaar in Manhattan gewoond ('het enige wat me daar nog een beetje aan paarden deed denken, waren de jockeybeelden voor de 21 Club,' had hij gekscherend gezegd), dus zodra hij in Engeland was aangekomen, was hij op zoek gegaan naar een huis met stallen en paarden. Dit was haar kans, dacht Molly, terwijl ze zich naar de slaapkamer haastte om haar rijlaarzen aan te trekken. Toen ze in de spiegel keek, trok er een scheut van opwinding door haar heen. Ze voelde zich zo geil. Dat ze aan tafel de hele tijd tegenover Adam had gezeten, had haar bijna een nat slipje bezorgd. Hij was zonder enige twijfel de meest sexy man die ze ooit had gezien, en het was gewoon ongelooflijk dat hij daarbij ook nog stinkend rijk was. De aanwezigheid van Karin had haar verlangen niet de kop ingedrukt, maar juist doen toenemen. De concurrentie die ze voelde, was bijna een seksuele spanning op zich.

Opgewekt zette ze koers naar de stallen. Er was een kleine binnenplaats, bestrooid met hooi, en ze hoorde Marcus' vos Olympia hinniken. Toen ze echter de stal in liep, betrok haar gezicht. In de stal stond Karin het paard te zadelen, niet Adam.

'O, hoi,' zei Molly mat.

'Verwachtte je soms iemand anders?' vroeg Karin hooghartig. 'O ja. Adam natuurlijk, hè?'

'En wat wil je daarmee zeggen?' Molly's teleurstelling sloeg om in woede.

'O, je kunt natuurlijk niet meer zo goed nadenken nadat je die hele lunch hebt moeten klaarmaken,' zei Karin. 'Nou, denk er maar even over na. Je komt er wel achter.'

'Nou, ik zal je eens zeggen hoe hard ik heb moeten werken om die...'

'Doe me een lol, zeg,' zei Karin spottend. 'Het zou me verbazen als je zelfs maar een eitje kunt koken. Ik weet niet precies hoe je die perfecte huisvrouwpoppenkast denkt te kunnen volhouden, maar Marcus lijkt er erg mee ingenomen. Trouwens, wat is er van die arme Harry Levin geworden nadat je hem zover hebt weten te krijgen om dat regenwoud in Mozambique voor je te betalen?'

'Laat Harry erbuiten,' zei Molly zwakjes.

'Was The Standlings een aantrekkelijker idee dan korting op een borstoperatie?'

Molly keek Karin met onverbloemde woede aan. 'Smerige trut,' fluisterde ze.

Karin haalde haar schouders op. 'Eerder slim dan smerig, lijkt me.'

Molly deed twee passen in Karins richting, zodat die achteruitdeinsde. Het paard merkte de beweging en gooide snuivend haar hoofd naar achteren. 'O, word je soms een beetje zenuwachtig, Karin?' vroeg Molly, terwijl ze nog een stap zette. 'Het bevalt je niks, hè, het idee dat Adam en ik zo nauw zullen gaan samenwerken?'

'Bedoel je serveerstertje spelen op een paar bedrijfsfeestjes?'

vroeg Karin spottend. 'Nee liefje, daar maak ik me echt geen zorgen om.'

'Dat zou je beter wel kunnen doen,' zei Molly met samengeknepen ogen. 'Echt.'

De openlijke uitdaging maakte dat Karin haar adem inhield en stookte het vuur van haar woede nog eens op. 'Waag het niet me te bedreigen, jij opportunistische hoer,' spuugde ze, niet meer in staat zich te beheersen. 'Je bent gewoon een op rijke mannen jagende junk die aan de grond zit. Misschien dat het even duurt voordat Adam en Marcus dat ook inzien, maar wij weten allebei wat er achter dat lieve lachje van je schuilgaat.' Terwijl ze door de stal naar Molly toe liep, sloeg ze met het rijzweepje tegen haar dij.

'Wat je hier met Marcus hebt, is het beste wat een oud wijf als jij ooit nog zult krijgen, dus zorg dat je hem houdt, schat,' vervolgde ze. 'Denk maar niet dat je hem kunt inruilen voor iets mooiers, want dat lukt je niet. Die is van mij.'

'O ja?' vroeg Molly koeltjes, terwijl ze haar handen in haar heupen plantte. Ze was niet van plan zich te laten kennen. De twee vrouwen keken elkaar strak aan. 'Voor iemand die zich niet bedreigd voelt, reageer je anders behoorlijk panisch.'

'Panisch?' herhaalde Karin met een zelfvoldaan lachje. 'Dat dacht ik niet. Maar ik heb een goede raad voor je, Molly.' Ze glimlachte zoetsappig, terwijl ze met haar zweepje naar Molly wees. 'Waag het niet me ooit een voet dwars te zetten, want dan zal ik echt het grootste kreng worden dat je ooit hebt meegemaakt.'

Geen van beide vrouwen verroerde zich, tot plotseling Olympia de impasse doorbrak door te gaan hinniken en stampen.

'Ik kom eraan, lieverd!' riep Karin zonder haar blik los te maken van Molly. Toen draaide ze zich om, liep terug naar het paard, pakte de teugels en leidde haar naar buiten.

'O, Molly?' Ze draaide zich nog een keer om en smeet het zweepje aan Molly's voeten. 'Ik denk dat jij dat harder nodig hebt dan ik.'

22

Adam Gold ontving ongeveer vijfduizend aan hem persoonlijk gerichte poststukken per week. Cadeaus van cliënten, promotiemateriaal van bedrijven die hoopten dat de Midas Corporation gebruik zou willen maken van hun goederen of diensten, bedelbrieven om geld, om banen, zelfs maffe brieven van vrouwen die Adam nog nooit had ontmoet, maar die beweerden dat Adam de vader van hun kind was. Het was Erins taak in haar nieuwe rol van Adams executive assistant om deze berg post te schiften en het mogelijke goud ertussenuit te halen: speculatiebrochures en details over onroerend goed dat te koop stond en waar Adam misschien belangstelling voor had. Op één enkele dag kreeg ze van alles onder ogen: vuurtorens, landhuizen, rijtjeshuizen in achterbuurten, zelfs billboards en telefoonpalen, allemaal te koop, allemaal smekend om Adams aandacht.

Erin was er al snel achter in wat voor soort dingen Adam geïnteresseerd was. Hectares braakliggende grond op strategische locaties, interessante architectuur, hotels met een geschiedenis. Als het een probleem was om aan bouwvergunningen te komen, des te beter: Adam had de bouwcommissies in zijn broekzak. Op deze ochtend zat Erin in de brochure van een makelaar uit het hogere segment te bladeren – veel van hetzelfde: edwardiaanse rijtjeshuizen, nieuwe retroboerderijen, karakterloze landgoederen – toen haar blik ineens bleef haken bij iets prachtigs. Een volmaakt ontworpen Georgian pand. Het deed haar meteen denken aan Peony House, maar dan in zakformaat. Snel nam ze de details door. De locatie was net buiten Belgravia, in een klein doodlopend straatje in Crystal Palace. Ze voelde zich opgetogen, opgewonden. En langzaam begon zich een idee te vormen. Ze had de afgelopen vier maanden doorgebracht in de nabijheid van een van de grootste projectontwikkelaars in de westerse wereld. Ze had geluisterd. Ze had geleerd. Ze had massa's zakenmannen en -vrouwen leren kennen die met zo goed als niets waren begonnen en een fortuin hadden verdiend aan huizenhandel. Onroerend goed. Dat was dé manier om in korte tijd geld te verdienen. Erins vingers begonnen al te jeuken.

Jeremy Sergeant, directeur veilingen bij Rachman Estate Agents, had een slechte ochtend achter de rug toen Erin belde. De vriendin die hij nu zeven maanden had, Miranda Coulston, was in alle staten omdat Jeremy in plaats van haar, zijn moeder meenam naar het jaarlijkse feest van Rachman. Dat betekende dat Miranda geen kennis zou maken met George Rachman, de steenrijke enige eigenaar van de zaak – en dat ze hem, zo zag zij het, dus ook niet zou kunnen verleiden en mogelijkerwijs zover krijgen om met haar te trouwen. Niet dat ze dat op die manier had gezegd. 'Als je denkt dat je me ooit nog in die Mylalingerie zult zien die je voor me hebt gekocht, vergeet het maar!' waren haar woorden geweest. En ze had hem die ochtend al drie keer gebeld om hem er nog eens aan te herinneren. Maar toen Erin zijn kantoor in kwam lopen, in een Marc Jacobsrokje dat zo kort was dat hij zijn *latte* iets te snel doorslikte, begon Jeremy's dag er stukken beter uit te zien.

Toen ze hem had gebeld en zich had voorgesteld als een leidinggevende van de Midas Corporation, had hij meteen een afspraak gemaakt. Sergeant wist precies wie Adam Gold was – wie niet? Midas was inmiddels een van de grote spelers op de Londense vastgoedmarkt en voor iedereen met belangstelling voor onroerend goed, was Adam Gold een superster. Jeremy was zelfs een beetje zenuwachtig bij de gedachte kennis te maken met een naaste medewerker van hem.

'Fijn dat je me meteen kon ontvangen,' zei Erin met een zelfvertrouwen dat ze niet voelde, terwijl ze hem een van de algemene visitekaartjes van de Midas Corporation gaf die in haar bovenste la lagen. 'Ik zal meteen ter zake komen,' zei ze, nadat hij haar in zijn kantoor had laten plaatsnemen. 'Ik werk nauw samen met Mr. Gold, maar, zoals je ongetwijfeld begrijpt, delegeert hij veel van de kleinere aankopen.'

Jeremy Sergeant glimlachte bij zichzelf en knikte. Ze was vreselijk jong, dacht hij, maar ontzettend mooi. Typisch iets voor een Amerikaan om zich te omringen met aantrekkelijke kenaus als deze hier. Hij bood haar een kop thee aan en leunde toen naar achteren in zijn Eamesstoel om het uitzicht te bewonderen. Erin maakte met een klikje haar aktetas open en pakte de veilingcatalogus.

'Wat kan ik precies voor je doen?' vroeg hij. 'Komt er iemand van de Midas Corporation de veiling van de vijfde bijwonen? Zoals je vast al wel zult hebben gezien, komen er prachtige panden met heel veel mogelijkheden onder de hamer. Longton Ness bijvoorbeeld...'

Longton Ness was het topstuk van de veiling, een palladiaans paleisje met vijftig slaapkamers in Oxfordshire, dat op de monumentenlijst stond. Het was het voorouderlijk huis van de aristocratische familie Montague, maar die zag zich genoodzaakt het te verkopen om de torenhoge successierechten te kunnen betalen. Jeremy had op kantoor een sweepstake georganiseerd over wie het zou kopen. Zelf had hij honderd pond ingezet op Gupta Roy, de Indiase staalmagnaat van wie beweerd werd dat hij op zoek was naar een landgoed. Maar je moest ook altijd rekening houden met de projectontwikkelaars die landhuizen opkochten om ze te laten verbouwen tot luxueuze appartementen.

'Natuurlijk kan ik in zo'n vroeg stadium niet onthullen wat de plannen van de Midas Corporation precies zijn,' zei Erin gladjes, hoewel haar maag zich omdraaide. 'Maar er zijn beslist een aantal kavels waar Mr. Gold zijn oog op heeft laten vallen,' vervolgde ze, terwijl ze een slokje thee nam.

Jeremy glimlachte. De aanwezigheid van de Midas Corporation in de zaal zou de prijzen enorm opdrijven. Tot dertig, misschien zelfs wel vijftig procent hoger dan de richtprijzen. Hij glimlachte bij de gedachte aan de extra commissie die dat hem zou opleveren. Genoeg om Miranda te trakteren op dat weekje naar Reethi Rah op de Malediven waarover ze hem altijd aan de kop zeurde. Dan zou ze die lingerie vast wel weer voor hem willen aantrekken.

Erin pakte de gids en sloeg hem open op een bladzijde waar ze een Post-it op had geplakt. 'De kavel die onmiddellijk onze aandacht trok, is deze hier,' zei ze, wijzend op de miniatuuruitvoering van Peony House.

Jeremy keek verbaasd. 'Hm, niet echt wat de Midas Group meestal koopt, hè?'

Ze lachte beleefd. 'Dit zou niet voor commerciële doeleinden zijn. Adam zoekt panden die gebruikt kunnen worden voor Midaspersoneel dat tijdelijk overkomt uit New York.' Het maakte haar misselijk om te moeten liegen, maar als ze één ding had geleerd in de korte tijd bij Midas, dan was het dat je soms economisch moest zijn met de waarheid om te krijgen wat je wilde.

'Aha,' zei hij glimlachend. 'En met de nieuwe metroverbinding naar Oost-Londen...'

'Precies,' zei ze. Ze stopte de veilingcatalogus terug in haar tas om het trillen van haar vingers te laten ophouden.

'Het punt is dat we het snel willen kopen. De eerste stagiairs komen al in oktober, en het is wel duidelijk dat er een flinke renovatie voor nodig is om het bewoonbaar te maken.'

Jeremy knikte.

'Dus heb ik het volgende voorstel voor je: je haalt het van de veiling, accepteert de richtprijs, en dan kunnen we het, laten we zeggen, binnen een maand afhandelen.'

Jeremy legde zijn vingers voor zijn lippen. 'Nou, ik verwacht eigenlijk dat deze kavel voor veel meer dan de richtprijs van de hand zal gaan,' zei hij behoedzaam. 'De buurt is nogal een hotspot aan het worden door de verbeterde verbindingen en zo. Op de veiling zou het wel...'

'Je zou de Midas Corporation een enorme gunst bewijzen,' onderbrak Erin hem. 'We geven trouwens een cocktailparty in The Sanderson op de vijftiende, en het zou leuk zijn als je ook kon komen. Dan praten we verder over hoe onze twee bedrijven in de toekomst misschien nauwer kunnen samenwerken. Ik weet dat Adam op zoek is naar een makelaar voor het project op Canary Wharf.'

Jeremy's ogen lichtten op als een Romeinse kaars. Sommige van de Midasprojecten waren miljoenen waard, honderden miljoenen. Als hij degene was die die deal sloot, zou hij binnen de kortste keren worden gevraagd om partner te worden.

'Tja, Belvedere Road is eigenlijk een erg onbelangrijke kavel,' zei hij langzaam. 'Het komt uit een erfenis; ik weet zeker dat ik de verkopers wel zover kan krijgen dat ze het van de markt halen voor een snelle verkoop.'

'Maar je snapt dat we niet meer betalen dan de richtprijs?' vroeg ze met ingehouden adem.

Hij maakte een wegwerpgebaar. 'Prima. Ik zal even wat telefoontjes plegen, dan kunnen we dit balletje aan het rollen brengen. En mag ik je iets vragen? Kan ik een introducee meenemen naar de cocktailparty?' vroeg hij. Miranda had altijd al gezegd dat ze Adam Gold graag zou willen leren kennen.

23

Molly wachtte tot halfacht 's avonds voor ze in actie kwam. Ze liep haar kleine hokje op de Midas Events Department uit en nam de lift naar de verdieping waar Adam, Marcus en de andere hoge omes van Midas hun kantoren hadden. Marcus was een paar uur eerder vertrokken voor een zakendiner met een van hun belangrijkste aannemers, maar Molly had van Adams muisachtige assistente Erin gehoord dat Adam bleef overwerken. Molly's eerste opdracht bij Midas was de organisatie van Adams verjaardag, die in Monte Carlo zou worden gevierd tijdens het weekend van de Grand Prix. Het was de perfecte smoes om regelmatig een tête-à-tête met haar baas te kunnen hebben.

Toen de liftdeuren open zoefden, werd Molly omringd door duisternis. De meeste lampen waren uit, en de rare, grijze gloed van een enkel computerscherm verhoogde de spookachtige sfeer. Molly liep door de lange gang naar Adams kantoor. Haar hakken tikten over de glanzende vloer. Ze had 's ochtends veel zorg aan haar kleren besteed. Een nauwe broek van zwarte crêpe benadrukte haar slanke figuur, en de tien centimeter hoge hakken van haar Manolo's met open hiel maakten haar benen extra lang. Ze had haar op maat gemaakte blouse net iets te ver losgeknoopt voor op kantoor, en ze had geen beha aan, zodat haar tepels, nadat Molly ze even snel had beroerd tijdens de korte trip in de lift, hard als hazelnootjes de aandacht trokken. Molly wist dat ze er goed uitzag, krachtig en sexy, als een model van Guy Bourdin.

Toen ze dichterbij kwam, zag ze een streep licht uit Adams kantoor komen. Ze keek door de kier. Hij zat over zijn bureau gebogen een document te lezen bij het lichtschijnsel van een lamp. Hij keek op toen ze zacht aanklopte.

'Wat ben je nog laat op kantoor, Molly,' zei hij, terwijl hij zijn pen neerlegde. Ze zag dat zijn blik even over haar lichaam gleed, toen hij haar gebaarde om te gaan zitten. 'Ik wilde er ook net mee stoppen.'

'Ik heb een paar telefoontjes gepleegd met Monaco. Het heeft me de hele dag gekost om sommige mensen aan de lijn te krijgen.'

Hij wees naar de karaf whisky op een tafel bij het raam. 'Wil je wat drinken?'

Ze knikte, in de hoop dat hij niet al te zuinig zou zijn bij het inschenken.

'En hoe gaat het?' vroeg hij, terwijl hij haar een glas overhandigde. 'Je zult vast al wel hebben gemerkt dat de mensen uit ons team allemaal over een gedegen pr-achtergrond beschikken, dus ik ben blij dat jij wat sjeu aan de evenementen kunt geven.'

'Nou, feestvieren is mijn specialiteit,' zei ze glimlachend. Ze leunde achterover in haar stoel en sloeg haar benen over elkaar. Dit beviel haar wel; samen in het halfduister, met Adams bureau als een barrière tussen hen in, net als het schaakbord in *The Thomas Crown Affair*, waarbij de seksuele spanning tussen Faye Dunaway en Steve McQueen te snijden was geweest.

Ze keek op en zag dat hij haar aanstaarde. 'Nou?' vroeg hij, met een klein lachje om zijn mond.

Ze pakte de doorzichtige dossiermap op die ze had meegenomen. 'Ik vroeg me af of je even tijd had om de plannen voor je verjaardag in Monte Carlo door te nemen, maar als je haast hebt...'

Hij keek op zijn horloge en haalde zijn schouders op. 'Nee, dat kan wel. Ik heb wel een paar minuutjes voor je.'

Tot haar ergernis meende hij wat hij zei. Mocht hij in het

begin al belangstelling hebben getoond voor de rondingen van haar borsten onder haar dunne blouse, nu was hij alleen nog maar geïnteresseerd in een snelle samenvatting van de menu's, het programma en de vraag of hij stoelen in de koninklijke loge kon krijgen tijdens de Grand Prix. Ze ging iets naar voren zitten om met haar ellebogen op zijn bureau te steunen, in de hoop dat hij een blik zou werpen op haar diepe decolleté. Toen ze opkeek, zag ze het tafereel weerspiegeld in het donkere raam achter hem; zijn krachtige, gespierde rug onder het witte glanzende overhemd, haar jukbeenderen geaccentueerd door het lamplicht. Goh, wat zien we er goed uit samen, dacht ze, terwijl er een glimlachje om haar lippen speelde. We passen precies bij elkaar.

'Je hebt haast. We kunnen dit ook morgen doen,' zei ze, hopend dat ze hem kon verleiden haar nog een drankje aan te bieden.

Hij leunde naar achteren en pakte zijn jasje van de rug van zijn stoel. 'Ja, laten we dat doen.'

Molly's glimlach verdween als sneeuw voor de zon.

'Ik had Karin gezegd dat ik zou langskomen, en jij zult vast wel iets hebben afgesproken met Marcus. Hij heeft vreselijk saaie gasten in het Savoy vanavond, dus hij zal blij zijn met jouw gezelschap.'

Molly stond snel op, geïrriteerd, maar nog niet verslagen. Mannen vielen normaal gesproken als een blok voor haar wanneer ze er zo sexy uitzag, maar als Adam Gold ging doen alsof hij moeilijk te krijgen was, prima. Ze had alle tijd. Er zouden meer momenten als dit komen, daarvan was ze overtuigd. Toch zou het zonde zijn om deze gelegenheid helemaal voorbij te laten gaan.

'Ik ga waarschijnlijk mijn boekje te buiten door dit te zeggen,' begon ze voorzichtig, terwijl hij zijn agenda en laptop in zijn koffertje stopte. 'Maar ik ben blij dat jij er nu voor Karin bent, na alles wat er is gebeurd.'

Hij glimlachte. Het was een schalkse 'ikweetnietpreciesofikjemoetgeloven'-glimlach, maar desalniettemin een glimlach.

Molly liet zich niet uit het veld slaan. 'Je weet natuurlijk dat haar man Sebastian vorig jaar is overleden,' zei ze ernstig.

Hij knikte. 'Natuurlijk.'

'Het was zo'n moeilijk jaar voor haar,' zei ze, terwijl ze haar haren van haar schouders schudde. 'Ik bedoel, het is al erg genoeg om je partner te moeten verliezen, maar om dan ook nog met die fluistercampagne te stellen te krijgen? Nou, dat is zelfs voor de sterksten onder ons heel moeilijk.'

Toen hij haar met samengeknepen ogen aankeek, wist ze dat ze zijn aandacht had gevangen. 'Fluistercampagne?'

Molly deed alsof ze schrok. 'O, ik... Sorry,' stamelde ze. 'Zoals ik al zei, het gaat mij niets aan. Karin zal het je vast wel vertellen als ze eraan toe is.'

'Molly, zeg het nou maar,' zei hij met een cynische blik. 'Wat voor fluistercampagne?'

Na een kort stilzwijgen zei ze: 'Over hoe Seb van het jacht is gevallen.'

Hij trok een wenkbrauw op. 'Hij was dronken. Zo te horen was die vent een alcoholist.'

'Ja, maar er deden de vreselijkste verhalen de ronde,' zei Molly zacht.

'Zeg het nou maar gewoon, Molly,' viel hij uit.

'Er werd beweerd dat zij hem overboord had geduwd.'

Hij lachte; het klonk hol in het lege kantoor. 'Dat is verdomme belachelijk,' zei hij met een klein lachje. 'Volgens mij heeft er iemand een beetje te veel fantasie gehad.'

Molly bleef ernstig kijken, terwijl ze vervolgde: 'Je hebt gelijk, het was duidelijk onzin. Ik heb wel gehoord dat een journalist van *Vanity Fair* onderzoek heeft gedaan voor zo'n artikel over societymisdaden waar ze bij dat blad zo dol op zijn, maar ik kan me niet herinneren dat het ooit is gepubliceerd, dus dan hebben ze duidelijk niks gevonden.'

'Nee, natuurlijk niet,' zei Adam. Toen ze hem onderzoekend aankeek, viel haar op dat hij er ineens wat ongeruster uitzag.

'Die arme Karin,' zei ze snel. 'Maar zoals ik al zei, gelukkig heeft ze jou nu. Ze verdient dat na al die ellende.'

Adam glimlachte, maar hij was er duidelijk niet met zijn gedachten bij toen hij zijn spullen pakte en Molly het kantoor uit liet.

'Veel plezier vanavond!' zei ze vrolijk, terwijl ze zich omdraaide en de gang uit deinde, met haar heupen zwaaiend alsof ze over de catwalk liep. Als Adam haar gezicht had kunnen zien, dan zou hij een brede glimlach hebben gezien.

Erin kon bijna niet geloven hoe eenvoudig het kopen van onroerend goed was, vooral als je creatief was met de waarheid. Meteen nadat ze het kantoor van Jeremy Sergeant bij Rachman had verlaten, had ze een afspraak bij de bank gemaakt. De Midas Corporation was klant bij een van de grote multinationals, en Barty Clark, de klantenmanager, zette voor haar op een rijtje wat de mogelijkheden waren voor iemand die een pand wilde kopen voor de verhuur.

Erin had een hypotheek van vierhonderdduizend pond nodig voor de aankoop en renovatie van het pand. Het probleem was dat ze, ondanks haar kleine erfenis, niet over de twintig procent aanbetaling beschikte die de bank vereiste.

'Ik weet dat u erg nauw samenwerkt met Mr. Gold,' zei Barty, terwijl hij over zijn bril heen naar Erin tuurde. 'Is hij ook betrokken bij uw project?'

'Adam is mijn mentor en steunt me enorm.' Ze deed haar best om haar gezicht in de plooi te houden.

Barty knikte langzaam en leek toen een besluit te nemen, want hij kruiste een paar hokjes aan op het aanvraagformulier. 'Gefeliciteerd, miss Devereux,' zei hij glimlachend. 'Ik ben ervan overtuigd dat u veel geld zult verdienen aan deze onderneming. Ik wil u graag helpen bij het investeren ervan.'

Een zucht van verlichting slakend liep Erin Lombard Street op. Het was verbazingwekkend hoeveel deuren er voor je opengingen als je de naam Adam Gold noemde. Als het in dit tempo doorging, zou ze aan het eind van het jaar het echte Peony House kunnen kopen. Het ongemakkelijke gevoel dat haar even beving, probeerde ze meteen de kop in te drukken. Adam had vertrouwen in haar. Dat had hij zelf gezegd, en om succes te hebben in zaken, had je zelfvertrouwen en lef nodig. De beloning zou zoet zijn. Ze glimlachte, terwijl ze zich afvroeg of ze nog even tijd zou hebben om bij Gucci naar binnen te wippen voordat ze terugging naar kantoor.

24

De Midas Corporation had een wonder verricht. Door Molly een doel te geven, was ze veranderd in een in mantelpakje gestoken slavendrijfster van een zakenvrouw. Efficiënt, gedreven en no-nonsense beende ze op naaldhakken en in kokerrokje door haar kantoor; ze blafte bevelen en zag met een tevreden lachje dat haar hielenlikkers in de houding sprongen. Midas – of om precies te zijn, Marcus – had haar de leiding gegeven over het organiseren van Adams verjaardagsfeest aan boord van het zesenzeventig meter lange zakenjacht *The Pledge* tijdens de Grand Prix van Monaco. Het was een grote opdracht en tot ieders verbazing, niet in het minst die van Molly zelf, had ze zich erop gestort met een energie die ze meestal voor haar mannenjacht bewaarde. En hoewel de gezellige bijpraatpraatjes met Adam die ze in gedachten had gehad, niet plaatsvonden, had Molly ineens het gevoel alsof het leven vol mogelijkheden zat – ze genoot er zowaar echt van om de baas te spelen en alle hapjes in de gaten te houden. Molly wist precies waar elk vijgenspiesje met honingglazuur zich op welk moment zou bevinden, net zoals ze wist hoeveel ijskoelers met Krug er op elke tafel zouden staan. Ze had ontdekt dat ze een enorm goed oog voor detail had, wanneer ze wist dat Adam haar zou beoordelen; al zou het haar dood worden, ze zou zorgen dat het een fantastisch feest werd.

'Adam wil een volledig verslag hebben van waar we met de planning zijn,' zei Molly tegen Erin, 'dus ik moet weten welke gasten hebben toegezegd dat ze komen en wie waar logeert. Ik heb een rijschema nodig van alle limo's die de gasten naar het vuurwerk brengen. Ik moet echt alles weten, Erin.'

Het was zaterdag, lunchtijd, de dag voor de autoraces, en Molly en Erin waren al sinds de avond ervoor in Monaco om te controleren of alles volgens plan verliep. Erin Devereux maakte in sneltreinvaart aantekeningen, bang iets te missen van wat Molly zei. Molly ergerde zich aan het meisje – ze was te stijf, wilde te graag in de smaak vallen bij Adam als hij in de buurt was – maar ze had bedacht dat Erin, als Adams assistente, nuttig kon zijn, dus had ze bij haar voor de wat zachtere aanpak gekozen. 'Weten we nu al precies hoeveel mensen er komen, schat?' vroeg ze met een overdreven brede glimlach.

Erin keek in haar grote leren agenda. 'Drieënzestig,' antwoordde ze, 'maar ik weet niet precies waar we ze allemaal moeten laten. De kamers in de drie grote hotels in Monaco waren al maanden geleden volgeboekt.'

Molly glimlachte weer, blij dat ze kon laten zien hoe goed ze was. 'Maak je daar maar niet druk om,' zei ze, terwijl ze tegen haar neus tikte. 'Ik heb zo mijn weggetjes. Er zullen twintig mensen in het De Paris ondergebracht worden – dat is de toplaag van vrienden die niet op het jacht logeren. Op het jacht kunnen er twintig slapen, maximaal, maar het Hermitage is ook erg mooi, en daar kunnen we er twintig kwijt. Plus dat ik een paar villa's in Roquebrune achter de hand heb. Adam zei dat deze verjaardag niet echt een mijlpaal is, dus hij wil er geen al te groots spektakel van maken, en ik heb hem dan ook aangeraden om het klein en exclusief te houden, zodat het hanteerbaar blijft. Volgens mij heeft hij het ook liever zo,' zei ze zelfvoldaan. 'Goed, lees me nu het tijdschema nog maar eens voor.'

Erin keek naar de lijst. 'We hebben een ontvangst met drankjes om zeven uur 's avonds op zaterdag. Op zondag is er vanaf halfelf een brunch op het jacht. Om twee uur gaat iedereen naar de race kijken. Om zeven uur 's avonds een cocktailparty, en om middernacht verplaatst iedereen zich naar nachtclub Jimmy'z.'

Molly liep naar het raam, knikte goedkeurend en zette voor zichzelf de bijkomende evenementen die ze ook had gepland, op een rijtje. Er was een tafel geboekt voor de lunch in de Moulins de Mougins, het chique restaurant in het kleine gastronomische dorpje op een halfuur rijden. Reflexologie was beschikbaar in Les Thermes Marins, het prachtige kuuroord met de glazen wanden die uitzicht boden op de haven. Ze glimlachte, ervan overtuigd dat het een succes zou worden.

'Denk je dat iedereen zich aan het tijdschema zal houden?' vroeg Erin, die er net zo op gebrand was als Molly dat dit feest vlekkeloos zou verlopen.

'Ja, nou, er zullen nog wel wat andere bootfeesten zijn,' zei Molly vertrouwelijk, 'maar eerlijk gezegd denk ik dat iedereen naar dat van Adam zal willen komen.'

Ze glimlachte bij zichzelf. Ze was ervan overtuigd.

Een eindje verderop in Menton probeerde Summer het gevoel te onderdrukken dat ze was beduveld. Ze bevond zich op nog geen vijf kilometer van Monte Carlo, maar Menton was een wereld verwijderd van de glitter en glamour van het prinsdom. Ze keek om zich heen in de armoedige hotelkamer en zuchtte. Eigenlijk zou ze dankbaar moeten zijn, wist ze; per slot van rekening was ze hiernaartoe gekomen om een vriendin te zien, en niet de beroemdheden. Sarah Simpson, een vrolijk, blond feestbeest met wie ze in Japan een huis had gedeeld, was net teruggekomen naar Londen, waar ze een baan in de wacht had gesleept als presentatrice van een realityshow over de *rich and famous*, die *On Heat* heette. Om bij te kunnen praten had Sarah Summer uitgenodigd mee te gaan naar het eerste opnameweekend tijdens de Grand Prix van Monaco. Omdat Summer was opgegroeid met Molly's glamoureuze verhalen over Monte Carlo – prinses Gracia, het Rode Kruis Gala, het De Paris – had ze de gelegenheid met beide handen aangegrepen, maar de Menton Auberge was niet bepaald het Hermitage. Eén kamer die tegelijkertijd dienstdeed als slaapkamer, zitkamer en keuken; er was geen airconditioning, en het enige raam opende op de benzinedampen van de achtbaansweg van Cannes naar Milaan.

Sarah kwam de badkamer uit zetten, slechts gekleed in beha en slipje. 'Hopelijk scoort een van ons vanavond,' zei ze, wijzend naar een smalle bedbank onder het raam. 'Want we passen nooit met ons tweeën op dat ding.'

Ze pakte een cocktailjurkje van Cavalli uit haar koffer en hing het aan de gordijnroede. 'Niet te geloven gewoon dat ze me in dit kot hebben gedumpt. Cat Deeley zou dat nooit pikken,' snoof ze, terwijl ze haar haren in een nonchalant knotje deed. Ze was onverzorgd, dacht Summer, maar sexy, veel geschikter als tv-presentatrice dan als model: ronde vormen, tieten, volle lippen en druifgroene spleetogen. Bovendien had ze een opvallende look – die van losse, zwoele seksbom – heel anders dan de nietszeggende kameleonlook die zoveel bekende modellen tegenwoordig hadden; per slot van rekening waren modellen een wit doek waarop je de wensen van de cliënt kon schilderen. Sarah was het echte werk. Misschien een beetje te echt.

'Wat is dat precies voor een feest vanavond?' Sarah liet zich op een stoel vallen en stak een Gauloise op.

'Moet je niet werken dan?' vroeg Summer.

'Nee. De scouts zijn al bezig plekken te zoeken waar we kunnen filmen en mensen met wie we kunnen praten. Mensen zoals die vrienden van je moeder eigenlijk. Dus in feite ben ik aan het werk.'

Summer glimlachte zuinig. Ze had niet echt zin om weer een avond in het gezelschap van haar moeder door te brengen, al betekende dat dan dat ze zich tussen de rijksten ter aarde zouden kunnen begeven. Molly was natuurlijk opgetogen geweest toen Summer haar had verteld dat ze ook naar Monte Carlo ging. Zelfs Molly met al haar lef had Adam niet durven vragen of ze Summer op de gastenlijst van het verjaardagsweekend mocht zetten, maar de ontvangst met drankjes was een meer openbare gelegenheid, en Summer en Sarah stonden wel op de lijst voor de soiree op Adams jacht die avond.

'Het is best als wij naar dat feest gaan,' zei Summer nerveus, 'maar ik weet niet of Adam en Karin het wel zo leuk zullen vinden als er ineens een cameraploeg opduikt.'

'Relax,' zei Sarah glimlachend. 'Wie heeft er iets over een camera gezegd? We zijn hier om contacten te leggen, schat.'

Summer keek Sarah met een medelijdend lachje aan. Sarah had een blik in haar ogen die Summer maar al te goed kende: sociale ambitie. Sarah wilde niet naar huis met opnames voor haar tv-show. Ze wilde een vriend aan de haak slaan. Een rijke vriend. Haar vriendin begon steeds meer op haar moeder te lijken.

Karin genoot nu al van Monte Carlo. Ze was er natuurlijk vaker geweest, twee keer naar de Grand Prix, een keer naar de jaarlijkse uitreiking van de World Music Awards en een paar keer naar het Rode Kruis Gala. Maar vandaag voelde speciaal. Vandaag was ze hier met een machtige, belangrijke miljardair en verbleef ze in de grote suite van een van de mooiste jachten in de haven. De andere keren was ze slechts een van de vele duizenden van jacht naar jacht wippende gasten in Monaco's overvolle haven geweest. Vandaag had ze het speciale gevoel dat ze erbij hoorde, het gevoel dat dit wel eens een gewoonte kon worden.

Misschien had hun theatrale aankomst haar in zo'n goed humeur gebracht. Adams privéjet was die ochtend op het vliegveld van Nice geland, waar ze meteen een helikopter naar de heliport van Monte Carlo hadden genomen. Daar had een sportwagen op hen staan wachten, en terwijl ze door de bochtige, smalle straten hadden gereden, hadden haar haren in de bries gewapperd. En nu, terwijl ze zich aan het aankleden was voor de avond, keek ze uit het grote raam van hun suite op de achtersteven en nipte met een glimlachje om haar lippen van een glas gekoelde champagne. De zon ging al onder en zette Monaco in een abrikooskleurige gloed. Het zag er allemaal even volmaakt uit.

'Goed weekend voor een verjaardag, hè?'

Adam was Karin van achteren genaderd. Hij sloeg zijn armen om haar heen en tikte met zijn eigen champagneglas tegen het hare. Ze droeg alleen haar beha en slipje, en zijn handen gleden over haar strakke buik.

'Moest je er nu echt iets zakelijks van maken?' vroeg ze nukkig. Ze konden Adams cliënten uit de bankwereld, die dronken en bulderend van het lachen op de voorplecht stonden, hier helemaal horen.

'O schat, ik wou ook liever dat we hier alleen waren,' zei hij, terwijl hij een kus in haar nek plantte. 'Maar *The Pledge* is officieel van het bedrijf... En je weet zelf hoe het is, met een eigen bedrijf heb je nooit vrij.'

'En wie is die blondine?' Ze probeerde zo nonchalant mogelijk te klinken, terwijl ze zich losmaakte uit zijn omhelzing en haar glas bijschonk.

'Gewoon een bankier, schat,' zei hij glimlachend. 'Ga nou niet moeilijk lopen doen.'

'Dat doe ik niet. Ik ben gewoon nieuwsgierig. Ze ziet er niet echt als een bankier uit.'

'Ze heet Claudia Falcon.' Adam begon zijn overhemd los te knopen. 'Staat aan het hoofd van Hudson Capital. Ze helpt ons met een aankoop.'

'O ja?' Karin was meteen weer op-en-top zakenvrouw. 'Wat precies?'

Glimlachend nam hij een slok champagne. 'Net zei je nog dat je niet wilde dat dit een zakenreisje was.'

Ze ging weer naast hem staan en woelde met haar vingers door zijn borsthaar. 'Ik heb gewoon belangstelling voor je bedrijf, schat.'

Hij legde zijn hand om haar smalle taille. 'Weet je, ik heb nog nooit een vriendin gehad die ook maar een beetje interesse had in mijn bedrijf – behalve dan in de bedrijfsfeestjes.'

'Ik ben niet zoals jouw andere vriendinnen,' zei ze glimlachend.

'Nee. Jij bent stoerder. Slimmer. Sexyer. En dat vind ik nou net zo leuk aan je.' Hij ging voor haar staan en kuste haar hals. Haar tepels reageerden meteen. Ze kreunde.

'Je vindt het toch niet erg dat we het feest op het jacht houden?' mompelde hij in haar haren.

Ze deed een stap naar achteren en keek hem verbaasd aan. 'Nee. Waarom zou ik dat erg moeten vinden?'

Hij keek haar in de ogen, met een serieuze blik op zijn gezicht. 'Ik dacht alleen... vanwege wat er vorig jaar met je man is gebeurd.'

Het was de eerste keer dat Adam en zij het hadden over de nacht waarin Sebastian was overleden. Ze had niet gewild dat Adam haar als een weduwe zou zien, want dat vond ze niet echt sexy. Bovendien wilde ze ook niet dat hij dacht dat ze ongeluk bracht. Mannen als Adam wilden zich omringen met mooie, gezegende mensen; mannen met geld waren vaak de meest bijgelovige mensen ter wereld.

'Het was een vreselijk, verschrikkelijk ongeluk, maar dat betekent niet dat ik nooit meer een voet op een jacht wil zetten,' zei ze koeltjes. Ze draaide zich om en liep naar de klerenkast, waar ze haar hand over de meters zijde, chiffon en tule liet glijden. Ze voelde zijn aanwezigheid achter zich, en toen een hand op haar blote schouder.

'Karin, je mag er heus wel over praten, hoor,' zei hij zacht. 'Waarom gedraag je je altijd als een robot, alsof je geen gevoel hebt?'

'O, en jij dan?' viel ze uit, terwijl ze zich van hem losrukte. 'Alsof jij zo ver was gekomen als je niet hard was geweest.'

Hij lachte. 'Hard zijn of emotieloos zijn is heel wat anders, schat. Het kan heus geen kwaad om toe te geven, tegen jezelf, tegen mij, dat het moeilijk is geweest. Seb verliezen, dat is vast zwaar geweest, maar dat iedereen er daarna dan ook nog over praatte, nou ja...'

Een plotselinge rilling trok door haar heen. 'Hoe bedoel je dat iedereen erover praatte? Wat zeiden ze dan precies volgens jou?'

Hij bloosde licht, vreemd genoeg verlegen. Hij schraapte zijn keel. 'Ze zeiden... dat het geen ongeluk was,' zei hij ernstig.

Ze liet de rode Cavalli-jurk die ze in haar hand had op de grond vallen. Uit haar gezicht was alle kleur verdwenen. 'Zeiden ze dat?' vroeg ze zacht, met een stem die licht trilde. 'Denken ze dat ik er iets mee te maken had? Wie heeft je dat verteld?'

Hij liep naar haar toe en legde een arm om haar schouders, maar ze schudde hem woedend van zich af. Ze probeerde zijn gezicht te lezen. Wat hadden ze hem verteld? Wat dacht hij precies? Wat dacht hij van haar?

'Molly vertelde me dat je een zware tijd hebt gehad na Sebastians dood, vanwege een fluistercampagne die tegen je werd gevoerd.'

'Dat liegt ze,' zei Karin boos. 'Wat kunnen ze nou over mij hebben gezegd? Ik heb niks gedaan. Ik hield van mijn man.'

'Dat weet ik,' zei hij zacht. 'Ik weet het, maar als er is gepraat, dan moeten we dat onder ogen zien...' Ze ving de blik in zijn ogen op. Was het medelijden of achterdocht? In elk geval joeg het haar angst aan. Een golf van woede overspoelde haar. Ze begreep precies waar Molly mee bezig was, en ze haatte haar erom, omdat ze wist dat het kon werken. Ze pakte een andere jurk uit de kast, maar gooide hem toen gefrustreerd op de grond, terwijl er tranen in haar ogen opwelden.

'Seb was dronken en high en hij is van de boot gevallen,' fluisterde ze, met een blik op de jurk op de grond. 'Het ging slecht met zijn zaak, hij zag het niet meer zitten. Ik was met nog een stuk of vijfentwintig mensen aan land, in een nachtclub. Tientallen getuigen weten dat. Maar ik wou dat ik bij hem was geweest, echt, dat wou ik zo graag, maar hij was alleen.' Er viel een traan op het tapijt, en ze keek Adam aan. 'Molly wil je tegen me opzetten, snap je dat niet?'

Hij lachte, kort en zacht. 'Schat, niet meteen zo overdreven reageren. Ze heeft het me heus niet verteld om jou een hak te zetten.'

'Ach toe, zeg! Snap je dan echt niet waarom ze je dat heeft verteld?' schreeuwde ze. Ze verloor haar kalmte; haar verdriet sloeg om in woede. 'Die vrouw is gewoon een onruststookster. Jij bent haar volgende slachtoffer, en ze wil mij uit de weg hebben.'

Ze had het nog niet gezegd, of ze wist dat ze een grote fout had begaan. Ze kon zichzelf wel voor de kop slaan. Had ze in al die jaren dan helemaal niks geleerd? Vrouwen als Molly waren geslepen en sluw en wisten precies hoe ze mannen moesten aanpakken, terwijl die op hun beurt altijd compleet blind waren voor hun intriges. Maar door Molly meteen zwart te maken, leek ze zelf een paranoïde kreng. Ze zag dat ze gelijk had; Adam schudde zijn hoofd, met een teleurgestelde blik op zijn gezicht.

'Ik ga me douchen,' zei hij.

Ze ging op de rand van het bed zitten en knikte. Toen ze weer naar buiten keek, waar het nu bijna echt donker was, leek haar greep op dit fantastische leven ineens een stuk minder stevig.

Molly en Sarah konden het prima met elkaar vinden. Ze lagen op het dek van *The Pledge* cocktails te drinken en te giechelen als oude vriendinnen.

'Vertel nog eens over die keer toen je Rod Stewart ontmoette,' zei Sarah lachend, terwijl ze haar vierde martini achteroversloeg die, dat moest ze toegeven, een stuk lekkerder was met wat citroen erin: Molly wist allemaal van die leuke dingen. Molly vermaakte zich ook opperbest nu ze een gewillig oor had gevonden voor de anekdotes over de beroemdheden die ze in de loop der jaren had verzameld, maar waar ze in haar vriendenkring geen indruk mee kon maken. Bovendien vond ze Sarah pittig en hartstikke leuk gezelschap; ze wou dat haar eigen dochter wat meer op haar leek.

'O Molly, ik wil een rijke man,' verzuchtte Sarah. Ze wierp haar armen theatraal in de lucht. 'Ik ben sexy, ik ben beschikbaar. Waar zijn ze?'

'Nou, zo vind je er natuurlijk nooit eentje,' zei Molly lachend.

'Hoe bedoel je?' vroeg Sarah, die rechtop ging zitten, een en al oor.

'Om rijk te worden, moet je rijk denken, schat,' zei Molly met een veelbetekenend lachje, terwijl ze haar glas hief om haar woorden kracht bij te zetten.

'Oké, maar hoe doe je dat? Trouwens, hoe kan ik eigenlijk zien of iemand rijk is?' Sarah draaide haar hoofd om en keek naar de rijen jachten die als haringen in een ton in de haven lagen.

'Hier is iedereen rijk, schat,' zei Molly glimlachend. Ze begon zich dronken en een beetje dartel te voelen. Nadat ze zich ervan had vergewist dat alle details voor het feest klopten, had ze haar taak eindelijk overgedragen aan een van de junior medewerkers van het evenementenplanningsteam van Midas. Omdat ze zo hard had gewerkt, vond ze dat ze het verdiende om ook hard te genieten, en ze kon vanaf haar stoel tien van de dertig duurste jachten ter wereld zien liggen. Het was de grootste speeltuin op aarde.

'Maar wie zijn het allemaal?' Sarah sliste al een beetje.

'O, Eddie Jordan, Flavio Briatore,' begon Molly, terwijl ze naar de jachten wees en er snel nog een stuk of tien wist op te diepen uit haar indrukwekkende database van de rijken. 'Zie je die grote daar aan het eind?' vroeg ze. Ze wees naar de andere kant van de jachthaven. 'Die zijn van mensen als Paul Allen, de Microsoftmiljardair. Hij heeft een van de grootste jachten ter wereld – en een van de hoogste bankrekeningen natuurlijk. En de andere...' ze maakte een weids armgebaar '... Nou, die zijn ook allemaal behoorlijk rijk. Schat, Monte Carlo is een van de grootste smeltkroezen van rijke mannen. Amerikanen, Russen, Grieken, ze komen hier allemaal.'

'En wie zijn de besten?' vroeg Sarah gretig.

Molly lachte. 'Zelf geef ik de voorkeur aan de rossen.'

'Russen, bedoel je?'

'R-O-S,' legde Molly uit. 'Rijk, oud, stervend.'

Sarah trok een gezicht. 'O, nou, volgens mij zou ik een oude man niet aankunnen,' zei ze rillend. 'Maar hoe zijn de Russen? Of anders de Arabieren?'

'Nou, Russen beperken zich meestal tot Russinnen – veelal modellen. Bovendien hebben ze vaak al een vrouw, omdat ze zo jong trouwen. De oude oliesjeiks uit Brunei, Saudi-Arabië, de Emiraten en zo zijn vrijgevig, maar je kunt niet verwachten dat ze een relatie met je willen. Plus dat ze meestal al een stuk of vijf, zes vrouwen hebben. En de Amerikanen? Tja, daar zit van alles bij. De filmtypes zijn meestal seksueel gefrustreerd of kinky. Mannen uit Miami zitten of totaal aan de drugs of zijn pure playboys. New Yorkers zijn wel leuk, schat, maar je moet dan wel heel goed voor jezelf zorgen.'

Sarah wenkte om nog een martini. 'Hoe bedoel je "je moet dan goed voor jezelf zorgen"?'

Molly boog zich vertrouwelijk naar haar toe. 'Gary, een investeringsbankier met wie ik ooit wat heb gehad, controleerde altijd mijn bikinilijn als we met elkaar naar bed gingen. Hij wilde me kaal hebben, en als het er daaronder een beetje als een geplukte kip begon uit te zien, maakte hij dat hij wegkwam.'

Sarah bulderde van het lachen en morste martini. 'Hoe heb je dat opgelost?'

'Ik heb een ontharingssalon onder een sneltoets gezet.'

Sarah slaakte een diepe zucht. 'Het wordt tijd dat ik eens een fatsoenlijke man ontmoet. In Londen zijn ze echt niet te vinden.'

'Nou, misschien zoek je wel op de verkeerde plekken,' zei Molly glimlachend.

'Laat jij me dan eens zien waar ik wel moet zoeken.'

De oudere vrouw lachte. 'Afgesproken. Maar later niet zeggen dat ik je niet heb gewaarschuwd, hè?'

Sarah keek op toen ze het geklepper van slippers over het bovendek naar hen toe hoorde komen.

'Summer,' gilde ze, 'kom erbij! Ik ga zo met je moeder mee de andere jachten af.'

Toen Summer naar hen keek, voelde ze even een steek van jaloezie. Sarah had lang, loshangend blond haar, net als Molly; ze droegen allebei minuscule korte jurkjes en zaten samen te drinken en te giechelen. Ze leken net zusjes.

'Ga met ons mee, schat,' zei Molly, terwijl ze opstond en haar zilveren slippers aantrok. 'We gaan eerst naar die van Abdul. Hij heeft altijd de beste kaviaar.'

Summer wendde zich tot haar vriendin. 'Sarah, moet je niet naar de opnames? Het is al bijna acht uur.'

Sarah wapperde wat met haar hand en greep zich toen snel weer vast aan haar stoel om niet om te vallen. 'Doe niet zo moeilijk, Sum. Ik blijf maar een halfuurtje weg. Bovendien ben ik op locatiejacht. Dat snappen ze wel.'

'Ga je nog mee of niet?' vroeg Molly aan Summer met iets ongeduldigs in haar stem.

Summer zag dat Molly coke had gesnoven, ze kende die blik maar al te goed, en ze schudde haar hoofd. Ze wist al precies waar het deze avond op zou uitdraaien. Molly reageerde door haar ogen samen te knijpen, een blik die zei: spelbreekster.

'Nou, als je hier maar niet de hele avond met die trut van een Erin blijft zitten giechelen. Zorg dat je een man vindt; op de voorplecht staan een paar rijke stinkerds. Het zou zonde zijn als je de hele reis voor niks had gemaakt.'

Terwijl Molly en Sarah gearmd weg wankelden, riep Summer hen na: 'Wat moet ik tegen Marcus zeggen als hij vraagt waar je bent?'

'Zoals Sarah al zei, we blijven maar een halfuurtje weg. Je hoeft niet op me te wachten!'

Summer sloeg haar ogen ten hemel. Sommige dingen veranderden nooit.

'Moet je ons nou eens zien, de gokweduwen,' zei Diana glimlachend, terwijl ze zich installeerde in een stoel in Le Bar Américain in het Hôtel de Paris. Karin pakte een pistachenootje van tafel en wierp haar een zuinig lachje toe. Na de scène met Adam op het jacht was ze blij geweest dat ze kon ontsnappen naar het De Paris, tegenover het casino, voor een drankje met Diana en Christina.

Christina haalde haar neus op. 'Dit is precies waarom ik zo'n hekel heb aan het weekend van de Grand Prix. Niet alleen gaan mijn oren suizen van al die herrie van de auto's die hun rondjes rijden, maar de mannen worden ook zo vreselijk saai. Echt, Ari zei altijd dat hij even bij het casino naar binnen zou wippen, maar vijftigduizend pond later zat hij er dan nog steeds. Doof en armlastig, dat wordt een mens van het Grand Prixweekend.'

'Wie was die blondine eigenlijk aan de roulettetafel?' vroeg Diana, terwijl ze van haar bloody mary nipte.

Karin trok een zuur gezicht. Ze wilde er niet aan worden herinnerd; haar dag ging van kwaad tot erger. Na hun aanvaring hadden Adam en zij nauwelijks een woord met elkaar gewisseld op de cocktailreceptie aan boord van *The Pledge*. Toen een van de financiers had voorgesteld om naar het casino te gaan, had Adam expres Claudia Falcon gevraagd om hen te vergezellen naar de met leer beklede privésalon van het casino. Karin had de blikken van iedereen op zich gevoeld toen ze zich genoodzaakt had gezien om een lift te vragen naar de bar van het casino. Het was ronduit vernederend geweest.

'Wel een beetje raar, hè?' merkte Christina op. 'Ik heb nog niet eerder meegemaakt dat ze een vrouw vroegen om mee te spelen aan hun tafel. Meestal is het jongens onder elkaar.'

'Nou ja, ze is praktisch een man,' zei Karin minachtend. 'Ze is directeur van een of andere investeringsbank. Stevige tante, zo te horen. Ze helpt Midas met de financiering van de aankoop van een of ander bouwterrein of zo.'

'Nou, pas maar op,' waarschuwde Christina. 'Je wilt vast niet dat Adam... Shit.' Christina's gezicht werd ineens zo wit als een vaatdoek.

'Wat is er?' vroeg Diana, terwijl ze zich omdraaide om haar blik te volgen.

'Emily Kent is net de bar binnengelopen.'

De naam zei Karin en Diana niets.

'Joshua's wiskundelerares,' mompelde Christina afwezig. 'Joshua raakte achter op school, dus toen heb ik iemand ingehuurd om hem te helpen. Wat doet ze hier in vredesnaam?'

Toen Karin zich omdraaide, zag ze een slanke, onopvallende brunette bij de ingang van de bar staan kijken alsof ze op iemand wachtte. Ze leek in niets op de doorsnee gast van het De Paris. Midden twintig, een gebloemd zomerjurkje tot op haar knieën, een fris geboend gezicht zonder make-up, kort, lichtbruin haar, dat was weggekamd uit haar gezicht. Ze zag er eerder uit als een bibliothecaresse dan als een bezoeker van de Grand Prix – en haar gezicht betrok toen ze Christina zag opstaan en naar haar toe lopen.

'Emily. Wat een verrassing!' Christina kuste de lucht in de buurt van haar wangen.

'Zeg dat wel,' reageerde Emily, die nog steeds om zich heen keek. 'Ik dacht dat je altijd met een grote bocht om de Grand Prix heen liep.'

'Ja, nou, ik ben er toch.' Ze zweeg even. 'Wie heeft je dat trouwens verteld? Ari?'

Emily knikte ongemakkelijk, en Christina ging ineens een licht op. Nee, dacht ze, nee, dat kan niet.

'Met wie ben jij hier?' vroeg ze zo terloops mogelijk.

'Gewoon met een vriend,' stamelde Emily. 'Hoe gaat het trouwens met Joshua? Ik heb hem al een tijdje niet gezien.'

'O? Ik wist niet dat Ari gestopt was met de bijlessen.'

Over Emily's schouder heen kon Christina door de glazen deur van de bar de hotelfoyer zien waar op dat moment Ari door de draaideur binnenkwam en zich naar de receptie begaf.

'Als je mijn man soms zoekt, liefje, hij komt net binnenlopen,' zei Christina. Emily keek haar aan met de blik van een konijn in de val.

'Christina. Hoor eens, ik... Het spijt me. Ik dacht dat hij het je had verteld. We wisten niet dat jij hier ook zou zijn dit weekend.'

'Stom wijf, waarom zou hij me dat vertellen?' siste Christina. 'Die klootzak heeft een scheiding aangevraagd met als reden dat ík ben vreemdgegaan, en al die tijd neukt hij de wiskundejuf!'

Bargasten begonnen zich om te draaien. Karin sprong op uit haar stoel en legde een hand op Christina's schouder. 'Tina, het is het niet waard,' fluisterde ze toen Christina haar hand van zich afschudde.

'Vuile hoer!' snauwde Christina. 'Waar haal je het recht vandaan om hier een beetje te lopen rondparaderen waar iedereen bij is, waar al mijn vriendinnen bij zijn?'

Emily liep naar de deur. 'Ik kan maar beter gaan,' zei ze kalm.

Christina lachte wreed. 'De wiskundejuf, verdomme! Dit is nog een groter raadsel voor me dan de stelling van Pythagoras. Wat ziet hij in vredesnaam in je!'

Emily draaide zich om en keek Christina met een verbazingwekkend kille blik aan. 'Ik ben jou niet,' fluisterde ze.

Christina lachte weer. 'Precies! En denk maar niet dat zo'n grijze muis als jij mij kunt vervangen, liefje!' schreeuwde ze.

Emily hield nonchalant haar pols op en rinkelde met een diamanten armband.

De adem stokte Christina in de keel. Ze herkende hem meteen: een schakelarmband van Tiffany's die minstens dertigduizend pond waard was.

'Christina,' zei Emily met een glimlach voordat ze de bar verliet, 'volgens mij is dat al gebeurd.'

Erin had verwacht dat ze Molly's dochter zou haten. Per slot van rekening was Summer jonger dan Molly, aanzienlijk mooier, en zat het er dik in dat ze, na meer dan twintig jaar te hebben doorgebracht in Molly's oppervlakkige wereldje, over dezelfde arrogantie, dezelfde harde ambitie zou beschikken. Maar toen Summer eerder die avond op *The Pledge* was aangekomen, had Erin haar meteen gemogen. Ze was bescheiden, grappig, beleefd, en haar glimlach was warm en oprecht. Bovendien gedroeg Summer zich tegenover Erin als een gelijke, in tegenstelling tot de meeste mensen die ze in Adams wereld had leren kennen.

Summer had een lichaam dat gemaakt was voor de liefde, zoveel was wel duidelijk; het eenvoudige witte jurkje dat ze droeg, kon haar fantastische figuur niet verhullen. Maar hoewel ze eruitzag als de ultieme mannenfantasie, was ze echt een meisjes-meisje, dat het leuk vond om met Erin te kletsen over schoenen en ijs en romantische films. Het was alsof ze met een van haar beste vriendinnen in de kroeg zat. In Summers gezelschap voelde Erin zich voor het eerst sinds maanden ontspannen.

'Jij komt hier vast elk jaar, hè?' vroeg Erin. De twee meisjes hadden zich op het bovendek teruggetrokken voor een cocktail, nadat Adam had geschertst dat Erin ook 'half vrij' had. Hij wilde dat ze van het feest genoot, maar dat ze wel in de buurt bleef om eventuele moeilijkheden op te lossen. En Erin was blij dat Adam zo aardig was geweest, want ze hadden hier een prachtig uitzicht over de haven.

'O nee, hoor, dit is de eerste keer,' antwoordde Summer. 'Mijn moeder wil me altijd meeslepen naar dit soort dingen, maar gelukkig zat ik de afgelopen vier jaar veilig in Japan.'

'Meeslepen naar dit soort dingen? Wat kun je nou niet leuk vinden aan jachten en champagne?' Erin moest lachen om Summers bezwaren.

Summer glimlachte halfhartig en zette haar glas Krug op het walnotenhouten dek. 'Wacht even,' zei ze afwezig. 'Mijn mobieltje gaat.' Ze keek op het schermpje. Het was Sarah.

'Summer! Je raadt nooit waar ik ben!' gilde Sarah enthousiast, terwijl Summer een gezicht trok naar Erin. 'Op het jacht van Barry Nelson! Dat wit-met-blauwe aan het eind van de kade. Het is ontzettend groot! En de mannen hier zijn schatjes! Kom ook hiernaartoe.'

'Ben je nog steeds met mijn moeder?' vroeg Summer lichtelijk bezorgd.

'Nee, volgens mij is ze weggegaan. Maar dat maakt niet uit, want ik ken nu iedereen. Sum, ik heb net een jongen leren kennen die bij AC Milan speelt, maar hij is geblesseerd,' sliste Sarah, hysterisch giechelend.

'Sarah, kom terug naar de boot,' zei Summer streng.

'Wees nou niet zo'n spelbleker... bleker... breker,' hakkelde Sarah. 'Maar ik kom echt zo. Nog tien minuutjes.' Ze begon weer te giechelen en praatte blijkbaar met iemand anders verder.

'Sarah? Sarah!' riep Summer, maar de verbinding was al verbroken. Ze keek verontschuldigend naar Erin. 'Sorry, maar dat was mijn vriendin Sarah. Volgens mij kan ik haar beter even gaan halen.'

Summer was ineens een en al verantwoordelijkheid. Dit was vertrouwd terrein voor haar. Vrienden belden haar altijd als er iets was met Molly, en ze had haar moeder, als die weer eens te veel coke had gesnoven, ontelbare keren met een taxi moeten ophalen van feestjes in buitenwijken van Londen, of uit een of andere kroeg moeten oppikken waar ze buiten westen was geraakt.

'Wie is Barry Nelson nou weer?' vroeg Erin.

'Een van de rijkste mannen ter wereld.'

'Waarom zou je haar daar weghalen?' vroeg Erin. 'Zo te horen vermaakt ze zich wel.'

Summer keek op haar horloge en fronste haar wenkbrauwen. 'Dat kan niet, want ze moet over twintig minuten op het plein voor het casino zijn. Ze presenteert een programma over de lifestyle van sterren. Vanavond worden de eerste opnames gemaakt, maar zo te horen is ze echt stomdronken.'

'Zal ik met je meegaan?'

Summer lachte haar warme glimlach. 'Als je wilt, graag.'

Bratsera was met zijn lengte van honderd meter te groot om in de haven aan te leggen en lag daarom samen met de andere megajachten voor de kust, als een superrijke, vijandelijke vloot. Erin en Summer voeren met een sloepje naar het jacht. Toen ze dichterbij kwamen, voelden ze zich heel klein worden bij de aanblik van het vijfdeksgevaarte dat hoog boven hen uittorende als een drijvend flatgebouw. Het schip was zo groot dat het zelfs zijn eigen heliport had; de meisjes zagen de bemanning daar basketballen toen ze aan boord klommen. Meteen toen ze het eerste dek op stapten, kregen ze een cocktail in hun hand geduwd van obers met zilveren dienbladen. Er bevonden zich op het grote dek minstens zestig mensen die allemaal ronddrentelden en champagne dronken.

'Wie zijn al die lui?' siste Erin vanachter haar hand.

'O, miljardairs, staatshoofden, Europese beroemdheden; gewoon het doorsnee zaterdagavondfeestpubliek,' vertelde Summer lachend.

Een aantal vrouwen – allemaal lang, slank en glamoureus – liep rond in bikini.

'... en misschien zijn er ook wat hoeren,' voegde Summer eraan toe.

Het was echter te druk en te donker om Sarah te kunnen zien.

'Waar is ze verdomme?' kreunde Summer, terwijl ze zich een weg baanden door de menigte. Het was al negen uur; Sarah was al te laat voor de opnames.

'Wacht. Hoe ziet ze eruit? Ik heb een idee.' Erin verdween naar de achterkant van het schip.

Summer bleef aan de kant van het gewoel staan en keek om zich heen. Ze herkende Barry Nelson, de booteigenaar, die gekleed in een beige katoenen broek en een groen overhemd tegen de reling leunde. Hij had een nogal alledaags uiterlijk, maar er hing onmiskenbaar een aureool van macht en zelfvertrouwen om de man heen, dacht ze. Wonderbaarlijk wat twintig miljard op de bank kon toevoegen aan de charme van een man.

Erin kwam terug met een glimlach op haar gezicht. 'Ik heb net een babbeltje gemaakt met een paar jongens van de bemanning, die we net zagen basketballen. Een van hen heeft een meisje dat op Sarah lijkt een hut zien binnengaan op het derde dek. Kom.'

Het derde dek bestond slechts uit een lange rij deuren en, na te hebben aangeklopt, staken ze hun hoofd om de deur van de eerste hut. Niets, behalve een prachtige houten hut met de allermooiste crèmekleurige linnen lakens op een groot bed. Hetzelfde achter de volgende deur. Achter de derde vonden ze haar.

'Shit. Jij bent het.' Sarah zat aan het voeteneinde van het bed in een koffiekleurige kanten beha en slipje. Haar haren vielen los en verward over haar schouders, en ze had een glazige blik in haar ogen. Wankelend probeerde ze cognac in een glas te schenken. 'Wat moet je hier, Summer? Ik weet dat ik heb gezegd dat je ook moest komen, maar nou kun je beter weggaan.'

Summer pakte de fles uit de bevende hand van haar vriendin. 'En waarom is dat?' vroeg ze.

'Omdat Johnny elk moment kan terugkomen.'

Summer pakte de jurk die over een biedermeierstoel was gegooid en gaf hem aan Sarah. 'Kleed je aan,' droeg ze haar op. 'We gaan terug.'

Sarah smeet de jurk aan de kant en ontblootte haar tanden. 'Snap het dan, verdomme,' sliste ze kwaad. 'Johnny is Johnny Galanos! De Griekse schepenman. Hij is stinkend rijk en nog een stuk ook!'

'Maar Sarah, je wordt bij de opnames verwacht!'

'Ach, dat kan morgen ook nog wel,' zei Sarah vaag, terwijl ze met haar glas zwaaide. Ineens bevroor ze in haar bewegingen. 'O shit.' Ze rende naar de badkamer. 'Ik moet kotsen.'

Erin had alles vanuit de deuropening gadegeslagen. Ze trok aan Summers arm. 'Kom, laat haar maar. Ze kan toch niks meer. We kunnen beter haar producer gaan zoeken en hem vertellen dat zijn presentatrice compleet van de wereld is.'

25

'Waar blijft die trut verdomme?' Simon Garrison, de producer en regisseur van *On Heat* liep boos het plein rond, met een mobieltje tegen zijn oor gedrukt, terwijl hij Sarah voor de vijfde keer in evenveel minuten probeerde te bellen. Dit was een pure nachtmerrie voor hem. Een erg dure, erg ongeduldige cameraploeg stond startklaar op een van de duurste opnameplekken in Europa, en hun presentatrice was in geen velden of wegen te bekennen. Hij kreeg er gewoon moordneigingen van.

'Simon?' Toen de regisseur zich omdraaide, zag hij een mooi meisje staan met ongelooflijke lavendelblauwe ogen.

Summer had Simon onmiddellijk herkend van Sarahs beschrijving van eerder die dag. 'Heeft altijd een honkbalpetje op,' had ze gezegd, 'denkt dat hij Steven Spielberg is, verdomme.' Behalve het donkerblauwe honkbalpetje van de Yankees had Simon een baard van een paar dagen, intelligente ogen en een diepe frons op zijn voorhoofd om te laten zien dat hij echt heel erg geïrriteerd was.

'Niet nu, liefje,' mompelde hij met een gebaar naar zijn mobieltje. 'Ik ben bezig.'

'Nee, je snapt het niet. Ik ben een vriendin van Sarah,' zei Summer met een verontschuldigend lachje. Simon klapte meteen zijn mobieltje dicht en keek haar aan.

'Nou, waar is ze, godverdomme?' wilde hij weten, terwijl hij hoopvol om haar heen keek.

'Niet hier, sorry.' Summer haalde haar schouders op.

'Dat zie ik ook,' viel hij ongeduldig uit. 'Het is verdomme al halftien en ze had hier een halfuur geleden moeten zijn. Zeg me alsjeblieft dat ze onderweg is. Alsjeblieft.'

'Nou...' Summers gezicht sprak boekdelen. 'Nou, ze is heel erg ziek. Voedselvergiftiging, denk ik. Iemand zet haar nu in een taxi naar Menton.'

Simon werd knalrood. Als het een cartoon was geweest, was er stoom uit zijn oren gekomen.

'Menton?' gilde hij. 'Wat heb ik aan haar als ze in Menton zit? We hebben tot nu toe nog maar tien minuten filmmateriaal, en het meeste daarvan is shit!'

Simons assistente, een leuk blond meisje met een paardenstaart, hoestte discreet en kwam met een oplossing.

'Als we nou eens gewoon heel veel plaatjes schieten?' stelde ze voor. 'Je weet wel, gewoon iedereen filmen die het casino in gaat. En laten we proberen Harry's en zo binnen te komen. We hoeven toch niet continu een presentatrice in beeld te hebben?'

Simon leek er even over na te denken en schudde toen zijn hoofd. 'Nee, ik wil de Grand Prix en alles eromheen als begin van het programma hebben. Dit is de start van het seizoen, en dus wel het allerslechtste moment om het zonder presentatrice te moeten stellen.'

'Misschien kunnen we morgen nog wat opnames met haar maken?' zei het meisje.

'Nee, het moet vanavond.' Simon wreef in zijn ogen. 'We hebben alleen maar voor vandaag toestemming gekregen om op bepaalde locaties te filmen. Bovendien is er vanavond een gigantisch feest in de Sporting Club. Diddy komt ook.'

Hij wendde zich tot Summer. 'Hoe ziek is ze precies? Heeft het zin als ik naar haar toe ga om haar een schop onder de kont te verkopen?' vroeg hij hoopvol. 'We hebben een visagiste bij ons voor het geval dat ze er te beroerd uitziet.'

Summer kromp ineen. 'Sorry,' zei ze. 'Maar de laatste keer dat ik haar zag, had ze al minstens vijf keer overgegeven. Volgens mij is dat niet met een klodder foundation te verhelpen.' Ze wilde er niet bij vertellen dat haar vriendin zo stomdronken was dat ze er een week voor nodig zou hebben om weer te ontnuchteren.

Simon vloekte binnensmonds. Hij had al verwacht dat er zoiets zou gebeuren. Van het begin af aan was Sarah Simpson al een enorme lastpak geweest, continu te laat voor productievergaderingen, en daarbij gedroeg ze zich als een diva. Wat ze eigenlijk nodig hadden, was een onbekende presentatrice die precies deed wat haar werd opgedragen. Ineens kreeg hij een idee. Hij nam Summer van top tot teen op. 'Jij bent ook vast een model, hè?'

'Ik heb je in de *Elle* van deze maand zien staan,' zei de hulpvaardige assistente, 'in die advertentie voor Karenzabadmode.'

Summer bloosde licht. Het was pas de tweede keer dat ze werd herkend. 'Ja, dat was ik,' zei ze met een verlegen lachje.

'Heb je wel eens tv gedaan? Presenteerwerk?' vroeg Simon hoopvol.

'Nee, sorry. Alleen foto's.'

Niet in het minst uit het veld geslagen mompelde Simon wat instructies tegen de cameraman, die Summer begon te filmen. Simon boog zich naar voren om mee te kijken op het digitale schermpje. 'Zeg eens wat tegen me,' zei hij, terwijl hij ingespannen naar de beelden tuurde. 'Vertel me wat je vanavond hebt gedaan.'

'O nee, alsjeblieft, dit is niks voor mij...' Summer voelde haar wangen rood worden en had geen idee wat ze moest zeggen.

‘Ontspan je,’ zei hij op vleiende toon. ‘Vertel me gewoon maar waar je net vandaan komt.’

Ze haalde haar schouders op. ‘Ik heb net twee uur doorgebracht op Adam Golds jacht, oftewel de HMS *Golddigger*,’ vertelde ze glimlachend. ‘Zeeën vol Krug, hordes Cavalli, honderden onschuldige struisvogels die zijn afgeslacht om handtassen van te maken voor oude vrouwen met gezichten die niet meer bewegen.’

Ze zag Simon staan stralen achter de camera. Dit meisje was geweldig, dacht hij. Wanneer ze begon te praten, lichtte haar prachtige gezicht helemaal op, en ze was een en al glimlach terwijl de woorden uit haar mond vloeiden. Hij vond het ongelooflijk dat dit verlegen, beleefde meisje dat voor hem stond, zich ineens ontpopte tot een fantastische, humoristische spraakwaterval. Ze was precies wat hij nodig had.

‘Waarom heb je verdomme nog nooit iets voor tv gedaan?’ vroeg hij glimlachend.

Omdat het altijd de opdringerige types als Sarah zijn die gevraagd worden voor tv, dacht ze.

‘Weet ik veel. En waarom vloek jij zo vaak?’ reageerde ze speels.

Hij lachte. ‘Nou, dit zou verdomme een goed moment zijn om daarmee te stoppen, want ik ga je een aanbod doen dat je gewoonweg niet kunt afslaan. Je hebt geluk, onze opdrachtgever is ook in de stad, en ik ga hem vragen hiernaartoe te komen en dan laat ik hem wat van deze opnames zien; maar als hij denkt wat ik denk, dan geloof ik dat we uit de brand zijn.’

Summers hoofd tolde. ‘Sorry,’ zei ze, ‘maar wat is dat precies voor een aanbod dat ik niet kan afslaan?’

‘Verdomme, meisje!’ riep hij lachend uit. ‘Ik vraag je of je zin hebt om een bekende naam te worden, een tv-ster, een beroemdheid. Ik vraag je of je zin hebt om die lamme vriendin van je te vervangen en het programma te presenteren.’

Villa La Vigie was een van de mooiste huizen aan de hele Côte d’Azur. Het zachtgele juweel op een heuvel vlak buiten het prinsdom was ooit van Karl Lagerfeld geweest en had ook een rol gespeeld in de film *Tender Is the Night*. Met zijn goed onderhouden, zoet geurende tuin vol bougainville, was de villa hét toonbeeld van de Côte d'Azur-elegantie. Vanavond werd er een van de exclusiefste party's van het Grand Prixweekend gehouden. Lynn Hanson, vrouw van de Texaanse miljardair William Hanson, gaf een feest ter gelegenheid van hun vijfentwintigjarige huwelijk, en de hele villa was speciaal voor de gelegenheid versierd in zilver en wit. Karin en Christina liepen de tuin in en snoven de geur van kamperfoelie op. Het was een heerlijke warme avond, en de tuin in Italiaanse stijl werd verlicht door flakkerende toortsen. Toch kon noch het geluid van een beroemde Italiaanse tenor die hartverscheurende liederen zong in de met kaarsen verlichte tempel aan de voet van de tuin, noch de rijkelijk vloeiende champagne Karins humeur verbeteren. Ze had het gevoel alsof de wereld om haar heen instortte. Het was al ver na middernacht en Adam was nog steeds in geen velden of wegen te bekennen – niemand van het Midasgezelschap trouwens. Ze had Erin gebeld om te vragen waar iedereen naartoe was, maar ze had meteen haar voicemail gekregen. Bovendien, dacht ze rillend, als Adam niet gevonden wilde worden, kon zijn assistente daar ook weinig aan veranderen.

'Weet je zeker dat iedereen hiernaartoe zou komen?' vroeg Christina, terwijl ze haar lange nek uitstak om de menigte te bekijken.

'Niet iedereen, nee,' antwoordde Karin. 'Het feest van Lynn en Bill is alleen voor genodigden. Molly heeft geregeld dat "iedereen" naar Jimmy'z gaat, maar toen ik Erin eerder op de avond sprak, zei ze dat Adam hierheen zou komen.'

'Hij kan toch niet meer in het casino zijn?' vroeg Christina, terwijl ze naar iemand in de verte zwaaide.

Karin haalde haar schouders op. Ze had geen zin om Christina over hun ruzie te vertellen. Ze had al genoeg problemen zonder de grootste goudzoekster uit de geschiedenis ook nog eens te wijzen op een mogelijk doelwit.

'Nou, als hij aan het verliezen is, zal hij wel willen blijven tot hij alles weer terug heeft gewonnen,' reageerde ze vaag.

'Nou, ik hoop dat Ari het goed doet aan de roulettetafel,' zei Christina.

Karin keek haar vriendin vragend aan. 'Na wat er vanavond is gebeurd?'

De twee vrouwen waren naar de rand van de tuin gewandeld, waar de geur van kamperfoelie nog sterker was, en iets verderop lag de halvemaansvorm van Monte Carlo te fonkelen als een utopische speeltuin.

'Weet je nog van die keer dat ik moest inbreken in het huis en een blauwe plek op mijn arm kreeg?' vroeg Christina, terwijl ze met haar vinger de rand van haar champagneglas volgde. 'Nou, ik heb toen niet alleen diamanten uit de kluis meegenomen. Ari bewaart er ook kopieën van zijn buitenlandse bankrekeningen. Ik heb de gegevens van alle bankrekeningen die hij heeft in Zwitserland, Bermuda, het Isle of Man en Jersey.'

Karin floot even. 'Maar die ga je toch niet gebruiken?'

'Nou, ik kan natuurlijk de fiscale opsporingsdienst op hem afsturen,' zei Christina met een klein lachje.

'Maar Tina, je wilt toch zeker niet dat hij wegens belastingontduiking de gevangenis in draait?' vroeg Karin.

Christina haalde haar schouders op en nam een slokje Krug. 'Tja, daar zou het dan wel op neerkomen, hè? Maar volgens mij is hij daar te slim voor. Dit is gewoon iets zakelijks, meer niet, en Ari snapt vast wel dat alle informatie zo zijn prijs heeft.' Christina keek haar vriendin met een stalen gezicht aan. 'Ik zou die informatie natuurlijk liever niet gebruiken. Ik zou liever hebben dat hij buiten de rechtbank om voor een fatsoenlijke financiële regeling had gezorgd. Maar nee, Ari moest zo nodig zijn pr-lui allerlei leugens over mij laten verspreiden, zodat alle kranten me nu voor hoer uitmaken, terwijl hij al die tijd Emily Kent neukte.'

Karin zag de diepgewortelde woede van haar vriendin, terwijl die verderging. 'Ari had zich als een heer kunnen opstellen, maar hij heeft een vuil spelletje met me gespeeld. Maar nu zijn de spelregels veranderd, en doet het er niet meer toe of we op huwelijkse voorwaarden zijn getrouwd of dat ik de tuinman heb geneukt of dat hij een mannetje op de maan heeft geneukt. Ik denk dat hij wel bijdraait en zich dan smekend aan mijn voeten komt werpen. En nu is mijn prijs verdubbeld.'

'Wat wil je dan precies?'

'Ik wil horen hoeveel geld zijn eigen vrijheid hem waard is. Ik denk dat we bij honderd miljoen zullen beginnen.'

De vrouwen lachten naar elkaar, en Karin tikte met haar glas tegen dat van haar vriendin. 'Daar drink ik op.'

Op dat moment ging haar mobieltje. Het was Erin. 'Hoi, Karin. Sorry dat ik je niet eerder heb teruggebeld. Mijn batterij was leeg.'

Karin mopperde. 'Nou, Christina en ik zitten al een uur vast op het feest van de Hansons, maar Adam of wie dan ook zien we nergens. Kun je me precies vertellen wat hij heeft gezegd?'

Erin klonk ongemakkelijk. 'Volgens mij is er iets misgegaan.' Stotterend vervolgde ze: 'Ik heb Adam zelf niet gesproken. Molly vertelde me dat hij naar de Villa La Vigie zou gaan. Ze zei dat dat in de agenda stond.'

Ja, vast, dacht Karin, terwijl ze haar mobieltje dichtklapte. Molly! Die trut haalde echt alles uit de kast om haar uit de weg te krijgen. Karin keek naar Christina en dacht aan wat ze net had gezegd over smerige spelletjes spelen. Nou, dat kan ik ook, dacht ze glimlachend, terwijl zich een plannetje begon te ontvouwen in haar hoofd.

'Die vrouwen zien er goed uit,' zei Simon, wijzend op drie lange blondines die net voor Jimmy'z uit een taxi waren gestapt. 'Summer – eropaf!'

Over een vuurdoop gesproken, dacht Summer, terwijl ze de microfoon pakte en haar jurkje naar beneden trok. Silverland Media had geen toestemming gekregen om in de exclusieve nachtclub opnames te maken, en ze probeerden daarom buiten mensen aan te klampen die naar binnen wilden. Ze draafde naar de ingang waar Ferrari's werden weggereden door parkeerhulpjes. Een cameraman volgde haar op de hielen tot ze ineens bleef stilstaan. 'Shit, dat is mijn moeder,' fluisterde ze.

Ergens tussen de cocktails op het jacht en hier had Molly zich verkleed in een zwart mini-jurkje waaronder haar lange benen prachtig uitkwamen. Ze droeg heel hoge hakken met heel veel bandjes, en Summer moest toegeven dat ze er ongelooflijk goed uitzag; niemand zou denken dat ze drieënveertig was.

Toen Molly haar dochter zag, liep ze naar haar toe. 'Waar was jij in vredesnaam?' begon ze, maar toen haar blik op de microfoon viel, keek ze haar met een scheef hoofd aan. 'En wat ben je in godsnaam aan het doen?'

Summer haalde blozend haar schouders op. Ze voelde zich net een klein meisje dat werd betrapt bij een verkleedpartijtje met haar moeders mooiste kleren. 'Ik... eh... Nou ja, dat is een lang verhaal.'

'Probeer het toch maar,' zei Molly streng. Ze draaide zich om en wenkte haar twee vriendinnen om vast naar binnen te gaan.

'Nou, Sarah is ziek naar het hotel gegaan,' zei Summer, terwijl ze frunnikte aan het microfoonsnoer. 'Toen ik dat aan de producer kwam vertellen, vroegen ze me om voor haar in te vallen.'

Ze glimlachte, heel even hopend dat haar moeder haar misschien zou feliciteren. Er trok echter een onweerswolk over Molly's gezicht.

'Televisie?' siste ze, terwijl ze Summers arm pakte en haar opzij trok. 'Wat heb ik je al die jaren nou verteld? Modellenwerk, en dan film. Geen tv. Tv is goedkoop, stelt helemaal niks voor. In de kantine van een tv-studio zul je echt nooit een fatsoenlijke man leren kennen.'

'Maar het is een mooie kans, mam,' zei Summer, zichzelf vervloekend omdat ze klonk als een puber.

'Nee, de mooie kansen bevinden zich daar in die club,' viel Molly uit, terwijl ze naar de ingang gebaarde. 'Kijk daar.' Ze wees naar de menigte die uiteenweek om prins Albert door te laten.

'Hoor eens, Adam komt ook hiernaartoe met een stel rijke kerels. Echte mannen met echte vooruitzichten. Waarom zou je je tijd verdoen met presentatricetje spelen?'

Summer bloosde weer, maar met de cameraploeg achter haar, voelde ze zich op de een of andere manier sterker. 'En waarom verspil jij je tijd aan Adam, terwijl je weet dat hij met Karin komt?' siste ze terug. Molly's mond viel open. Ze keek alsof ze een klap in haar gezicht had gekregen.

Summer trok haar arm los en liep terug naar de club, onderwijl de cameraman wenkend.

'Ik kom straks wel,' riep ze over haar schouder. 'Ik moet eerst werken.'

Die ondankbare kleine trut, dacht Molly, terwijl ze aan een van de gereserveerde tafels bij de dansvloer ging zitten. Na alles wat ik voor haar heb gedaan. Nou, ze doet maar. Ik heb belangrijker dingen aan mijn hoofd. Ze glimlachte toen ze dacht aan Summers opmerking over Adam. Natuurlijk kwam Adam niet met Karin, dacht ze grijnzend. Ze knipte met haar vingers om een serveerster te roepen en bestelde een buitensporig dure fles wodka en een fles champagne voor de tafel. Ze moest alleen nog iemand vinden die ze straks zou betalen.

Twee uur later was er echter nog steeds niemand van de Midasgroep opgedoken en hoewel Molly zich had vermaakt door te flirten met alle oude bekenden die ze maar zag, begon ze zich langzamerhand te vervelen en zorgen te maken.

'Zo, zo… Kijk eens wie we daar hebben,' zei een stem achter haar.

Ze draaide zich om en kreunde inwendig. 'Gunter. Hoe gaat het met je?'

Gunter Strauss was een Duitse industrieel. Hij was rijk en poenerig en vond het leuk om societyfeesten af te lopen, maar alleen als zijn strenge vrouw in Düsseldorf dat goedvond. Molly had hem vijf jaar geleden leren kennen op het Rode Kruis Gala en hij had haar een halfjaar later uitgenodigd naar Necker Island. Gunter ging op een stoel naast Molly zitten, met een verlekkerde blik op zijn lange gezicht.

'Ben je hier ook voor de race, Molly?' vroeg hij.

'Eerlijk gezegd, nee,' antwoordde ze, terwijl ze zich iets van hem afwendde. 'Ik werk dit jaar voor de Midas Corporation.'

'Ah, Adam Gold.' Gunter knikte. 'Ik wilde net naar hem toe gaan.'

Molly keek hem verbaasd aan. 'Waarnaartoe dan?'

Gunter liet glimlachend een hand over haar blote dij glijden. 'Naar zijn jacht. Hij ligt niet ver van het mijne vandaan.

Ik zag hem ongeveer een uur geleden in het casino. Hij zei dat ik even langs moest komen voor een drankje.'

'Dus hij komt niet naar Jimmy'z?' Molly tuitte haar lippen.

Gunter schudde zijn hoofd. 'Blijkbaar niet. Maar zullen we er anders samen naartoe gaan? Dan kan ik je meteen mijn jacht laten zien. Volgens mij is dat van mij groter dan dat van Gold,' zei hij met een geil lachje. 'Wil je het niet komen opmeten?'

Met een drankrekening die almaar opliep, had Molly geen zin om in Jimmy'z te blijven als Adam toch niet zou komen. Als ze Gunter zover kon krijgen dat hij de rekening betaalde en haar een lift naar de haven gaf, des te beter. Ze kon hem weer dumpen zodra ze op Adams boot waren.

Gunter had een blauwe BMW met crèmekleurige bekleding. Molly liet zich in het zachte leer van de passagiersstoel zakken, terwijl Gunter gas gaf en met gierende banden wegreed. Monaco was niet groot, en de rit van Jimmy'z naar de haven was kort, maar Molly peinsde er niet over om door de smalle straatjes te gaan lopen, terwijl er zoveel dure auto's rondreden. Toch merkte ze meteen dat ze de verkeerde kant uit gingen, het stadje uit, in de richting van de heuvels van Roquebrune.

'Gunter, misschien heb je te veel gedronken, want de haven is die kant uit.' Ze werd een beetje nerveus.

'Ik wil gewoon een ritje met je maken,' zei hij glimlachend. 'Je vindt dit toch een mooie auto, of niet?'

'Nou, jawel, maar ik wil liever naar de haven,' zei ze wat krachtiger.

Ze hadden Monte Carlo inmiddels achter zich gelaten en waren een zijweg in gereden, waar Gunter de auto tot stilstand bracht in een inham naast de weg. Rechts van hen zagen ze de oranje lichtjes van Monaco. Voor hen, achter de pijnbomen die zich vastklampten aan de rotsen, strekte zich tot aan de horizon de inktzwarte Middellandse Zee uit.

'Ik ben dol op Monte Carlo, maar soms is het een beetje een gekkenhuis, niet?' vroeg Gunter, terwijl hij weer haar blote dij streelde. 'Soms wil je gewoon even alleen zijn...'

Molly draaide zich met een ruk van hem weg. Ze werden slechts verlicht door het schijnsel van de koplampen op de grond voor hen. Ze wist waarom ze hier waren. Zijn vrouw zat waarschijnlijk op het jacht op hem te wachten, en Gunter had zin in een verzetje. Een halfjaar geleden had ze hem gegeven wat hij wilde, een beetje seksuele opwinding om de avond mee te eindigen, maar vanavond was ze kwaad. Ze hadden haar misleid om haar bij Adam weg te houden en ze was niet in de stemming om het met een man als Gunter te doen.

'Kunnen we nu alsjeblieft teruggaan?' vroeg ze luid, terwijl ze zijn hand van haar dij duwde.

Gunter grinnikte alleen maar. Hij maakte zijn gordel los en schoof dichter naar haar toe.

'Je bent toch niet ineens preuts geworden?' vroeg hij spottend. Zijn lippen waren dicht bij haar hals en zijn adem rook naar een fles whisky van vijfhonderd dollar. 'Want dat zou jammer zijn.'

'Laat me los!' viel ze uit, terwijl ze snel bij hem wegschoof en het portier beetpakte. Het zat op slot. Gunters dikke, zweterige hand lag weer op haar dij en zijn vingers raakten het randje van haar slipje al aan.

'Ik heb je gemist, Molly,' fluisterde hij. 'Ik heb het gemist dat je nooit meer aan mijn lul zuigt. Niemand kan beter pijpen dan jij, Molly. Ik wil dat je me nog eens laat voelen hoe goed je bent.' Hij lag nu bijna boven op haar en greep naar haar borsten, terwijl hij tegelijkertijd aan zijn broekrits frunnikte.

'Laat me godverdomme los,' schreeuwde ze, maar hij was sterk. Hij duwde haar met zijn gewicht naar beneden en bracht haar hand naar zijn pik, terwijl hij ruw aan haar slipje trok.

'Alsjeblieft Gunter, ik wil niet. Ik heb een vriend en ik moet terug naar het jacht.'

Hij lachte boosaardig. Hij had haar vastgeklemd op de stoel en siste in haar oor: 'O ja, je bent er anders niet vies van om van mijn gastvrijheid gebruik te maken, hè, Molly? Je bent er niet vies van om in mijn villa's te logeren, of om me je drankrekeningen te laten betalen of je een lift te geven. Maar het is niet allemaal "nemen, nemen, nemen" in deze wereld, schat. Soms moet je er ook iets voor teruggeven.'

Hij trok aan haar slipje, en ze hoorde het kapotscheuren.

Ze wist dat het geen zin had om zich nog langer te verzetten, dus ontspande ze haar lichaam en toverde een klein lachje op haar lippen.

'Nou, ik wil niet dat je denkt dat ik ondankbaar ben,' fluisterde ze. Ze draaide haar heupen naar hem toe en spreidde haar dijen tot ze zijn ogen zag glanzen van lust. Tevreden lachend als een klein jongetje dat zijn kerstcadeautje krijgt, maakte hij zich iets van haar los om zijn broek uit te trekken. Op dat moment boog Molly haar knieën en schopte zo hard als ze kon tegen zijn borst.

'Vuile trut,' snauwde hij. Hij gaf haar een harde klap in het gezicht. Molly voelde haar hoofd trillen en haar huid prikken, maar de woede verdoofde de pijn. Deze klootzak kwam tussen haar en haar prijs. Een wanhopige woede beving haar. Ze gooide haar lichaam naar voren, en haalde de auto van de handrem af. De auto kwam met een schokje in beweging en begon te rijden.

'Maffe hoer!' schreeuwde hij, terwijl hij een wanhopige poging deed om zich los te wurmen uit zijn broek en de handrem te pakken voordat de auto over de rand van het klif zou storten. Molly maakte van de kleine adempauze gebruik door de centrale vergrendeling in te drukken. Ze gooide het portier open. Gunter greep brullend naar haar benen, maar in plaats van haar te beletten om te ontsnappen, mepte hij haar de auto uit. Ze tolde over de grond, en het zand vloog haar om de oren. Ze maakte dat ze wegkwam bij het portier, op een blote voet uitglijdend in het grind, doodsbang dat Gunter haar achterna zou komen en nog meer klappen zou geven.

Haar hart begaf het bijna toen ze hem de motor hoorde starten; ze wierp zich naar achteren en viel neer in de berm. Daar bleef ze liggen, in de hoop dat ze verborgen was achter de struiken toen de verblindende koplampen over haar gezicht zwaaiden. De auto stopte, en het raampje ging zoemend naar beneden. Toen ze opkeek, zag ze de omtrekken van Gunters gezicht in het licht van het dashboard, met een woedende blik en een verbeten mond. 'Zielige kuthoer,' zei hij, terwijl hij haar schoen uit het raampje gooide. Hij belandde vlak voor haar gezicht, een klein stofwolkje opwerpend.

Haar hart ging als een razende tekeer en ze moest haar ogen sluiten en diep inademen om te kalmeren. Toen de achterlichten van Gunters BMW wegstierven in de nacht, kwam Molly langzaam, bevend, in de benen. Ze had een droge keel en ze voelde de tranen achter haar ogen branden, terwijl ze naar haar kapotte en bebloede knieën keek. Ze beet op haar lip en schudde de emoties van zich af. In elk geval had hij de drankrekening voor haar betaald, dacht ze opstandig. In elk geval had hij de rekening betaald.

Een volledige duisternis omhulde haar, maar ze kon nog net de streep op de weg zien. De lichtjes van Monte Carlo leken niet al te ver weg. Ze trok ook haar andere schoen uit en begon te lopen.

26

Van het ene op het andere moment was Summers leven totaal veranderd. De baas van *On Heat* was opgetogen geweest over de fragmenten die Summer in Monaco had gemaakt en wilde nu dat ze bij iedere productievergadering aanwezig zou zijn. Haar terugkeer uit Monte Carlo was bovendien samengevallen met de lancering van de reclamecampagne voor de Karenza lente- en zomerbadmode. Het was een ware sensatie: Summers lichaam, naakt op een minuscule witte string na, het dunne laagje Caribische water dat op haar huid schitterde als diamantjes, haar huid zo bruin en glanzend dat het net leek alsof ze was overgoten met gesmolten goud. Het allermooiste was nog dat de advertenties echt overal in stonden: *Vogue*, *Harper's*, *Elle*, *Marie Claire*, en zelfs op uitgekiende auto-ongelukken veroorzakende billboards overal in Londen. *AdWeek* noemde het de meest sexy reclamecampagne sinds Brooke Shields de wereld had verteld wat er tussen haar en haar Calvin Klein kwam, en de reclamecodecommissie had het over 'een nodeloos seksuele inhoud'. Dat was voldoende om van een goede reclamecampagne een nationaal gebeuren te maken.

De *Daily Mail* schreef in een boos commentaar dat Summers lichaam ontvankelijke jonge geesten beschadigde, terwijl de *Sun* een grote foto van haar over twee pagina's publiceerde met de tekst: 'Wie is ze?' Summer was doorgebroken en ze verkeerde in een roes. Zelfs Sarah Simpson had het nieuws dat ze vervangen zou worden door Summer verrassend goed opgenomen. Ze had in het casino een Italiaan leren kennen en dacht erover om naar Milaan te verhuizen om bij hem te kunnen zijn.

Molly was natuurlijk door het dolle heen, en ze besloot haar dochters succes in eigen hand te nemen. Ze ontsloeg het La Mode-agentschap en belde IMP, die Summer meteen in zijn stal opnam en onmiddellijk werd gebombardeerd met aanbiedingen. De mode-industrie was net een kudde schapen: als een meisje aansloeg, wilde iedereen haar hebben. Molly's belangstelling voor Summers carrière was echter niet geheel gespeend van eigenbelang. Twee dagen nadat Summer in de *Sun* had gestaan, had Molly's agent Eric Snowdon haar voor het eerst sinds jaren gebeld. 'Weet je nog wat Twiggy voor Marks and Spencer heeft gedaan?' vroeg hij. Blijkbaar was ook *Playboy* geïnteresseerd. Het ging om enorm veel geld, maar met tegenzin zei Molly tegen Eric dat hij ze moest afslaan. Ze wendde valse bescheidenheid voor en zei dat ze daar te oud voor was, maar de waarheid was dat ze een ander doel voor ogen had. Goed, er waren mannen die het leuk vonden om hun vriendinnen in *Playboy* te zien staan. Maar niet veel. Marcus niet, Adam ook niet, en Alex Delemere zeker niet.

Molly zat al in La Caprice in een *Tatler* te bladeren, toen Summer arriveerde in een werveling van gemeenplaatsen van de gerant. Ze legde het tijdschrift neer om haar dochter te omhelzen en een liefdevolle kus te geven.

'Het is zo leuk om samen te lunchen,' zei Molly enthousiast, terwijl ze gingen zitten. 'En aan tafel zeven ook nog,' fluisterde ze, doelend op de meest gewilde plek in het restaurant. 'Zullen we een fles wijn bestellen?'

'Ja, voor deze keer,' zei Summer, die het gewoonlijk bij water hield. 'We hebben iets te vieren.'

'Inderdaad.' Molly nam razendsnel de wijnkaart door. 'Ik heb zitten nadenken en heb besloten om jouw manager te worden.'

Summer werd overspoeld door een golf van met elkaar botsende emoties. Ze voelde zich gevleid en opgewonden, omdat haar moeder zo'n hoge pet van haar ophad, maar tegelijkertijd beledigd en lichtelijk in paniek, omdat Molly nu nog meer dan vroeger haar leven zou bepalen. Summer had geen psychiater nodig om te weten dat ze de Karenzacampagne vooral leuk had gevonden omdat ze die helemaal zonder bemoeienis van haar moeder had gedaan.

'Maar ik heb al een agent,' zei ze zacht.

'Dat is heel wat anders, schat. IMP is fantastisch, en je hebt ze nodig voor je fotoshoots, maar ze hebben nog honderden andere mooie meisjes in hun bestand, meisjes die in feite jouw concurrentes zijn. Ik daarentegen zal jouw carrière proactief in de richting sturen die hij volgens mij moet inslaan.'

'En die is?' vroeg Summer achterdochtig.

'Lieverd, je zou de nieuwe Heidi Klum kunnen worden.' Ze prikte haar vork in haar tomatenbroodje. 'Heidi is het slimste model dat er is. Ze weet dat ze niet de allermooiste van het stel is, maar gaat ze in een hoekje zitten huilen? Nee. Ze ontwerpt voor Birkenstock en voor sieradenmerken en verdient miljoenen met Victoria's Secret. En daarbij staat ze nog steeds op de cover van de Amerikaanse *Elle*. Modellenwerk is niet alles, lieverd. Het is maar het begin.'

Summer haalde diep adem. 'Bedankt voor het aanbod, Molly. Maar denk je niet dat je het al te druk hebt met je werk bij Midas?'

Molly negeerde haar en vervolgde: 'Ik snap niet waarom je nog voor tv werkt. Dat is niet het image dat me voor ogen staat.'

'Heidi Klum doet ook tv.'

'Maar zij is dan meteen ook uitvoerend producent,' zei Molly op zwaarwichtige toon.

Summer voelde haar nekhaartjes overeind gaan staan. Filmen in Monaco was de leukste klus die ze ooit had gedaan. Ze was inmiddels al bij een productievergadering van Silverland Media geweest en had een uur lang kunnen brainstormen, ideeën spuien en zelfs voorstellen doen voor andere shows waarbij ze betrokken kon worden. Ze had ervan genoten en was niet van plan om zich dat door Molly te laten ontnemen.

'Mam, ik ben niet van plan...'

'Nou ja, je komt in elk geval op de juiste plekken met dat tv-gedoe,' onderbrak Molly haar.

Summer was verbaasd over haar moeders ommezwaai.

'Want mijn eerste prioriteit is om een vriend voor je te vinden.'

Summer zuchtte. Zo kende ze Molly weer; het enige wat die wilde, was haar uithuwelijken aan een of andere dikke, harige miljonair.

'Ik bedoel, heb je zelfs maar een afspraakje gehad sinds je terug bent in Londen?' vroeg Molly.

Summer haalde haar schouders op. Er waren zat mannen geweest die haar mee uit hadden gevraagd. Ze spraken haar aan op straat, op de sportschool, bij fotoshoots, maar ze hield ze het liefst op afstand. Heel even gleden haar gedachten af naar Charlie McDonald en ze vroeg zich af of hij nog een platencontract had gekregen. Over het gesteven witte tafelkleed heen pakte Molly haar dochters hand beet.

'Schat, je bent de ster in de meest sexy reclamecampagne van deze zomer en daar moet je gebruik van maken. Er zijn de laatste tijd veel geschikte mannen bij gekomen, en we weten allebei dat die niet lang vrij blijven. Ik zal een afspraakje voor je regelen.'

Onwillekeurig begon Summer zenuwachtig te giechelen. 'Ik dacht dat je mijn manager wilde worden, niet mijn pooier.'

Molly smeet haar vork neer. 'Doe niet zo belachelijk! Ik ben je moeder en ik wil het beste voor je. Dat heb ik altijd gewild.'

Misschien had Molly gelijk. Het was lang geleden dat ze gewoon lol had gehad; ze kon wel wat mannelijk gezelschap gebruiken. Ach, een enkel afspraakje kon toch geen kwaad?

Het was niet echt een blind date. Molly had Summer mee uit eten genomen naar Cipriani en een stuk of vijf vrienden uitgenodigd, die de hele avond bellini's achteroversloegen en opgewonden praatten over waar ze de zomer zouden doorbrengen. Het was net een aflevering van *On Heat*, dacht Summer glimlachend bij zichzelf. Ze zat naast Ricardo Lantis, tweedegeneratiezakenman uit Panama, wiens familie miljoenen had verdiend met de verkoop van voedsel aan supermarktketens over de hele wereld. Ze schatte hem begin veertig; hij was gebruind en droeg een duur blauw overhemd waarvan de hals openstond zodat het begin van zwart borsthaar te zien was. Ricardo keek permanent serieus, maar zijn levendige groene ogen en zijn krachtige charisma compenseerden zijn alledaagse uiterlijk. Molly had haar toegefluisterd dat hij een huis in Belgravia bezat, en een groot landgoed op Mykonos, waar hij ieder jaar in juli de decadentste feesten gaf.

'Ik vind het ongelooflijk dat we elkaar nooit eerder hebben ontmoet,' zei Ricardo tegen Summer toen zijn linguine met kreeft arriveerde.

'Dat komt waarschijnlijk doordat ik de afgelopen vier jaar in Japan heb gewoond,' zei ze. 'Het is raar om terug te zijn. Alles lijkt compleet veranderd.'

'Nou, als je wilt, kan ik je de stad wel laten zien.' Hij schonk haar een glas chablis in. 'Londen wordt zo onderschat, maar het is hier veel opwindender dan in Tokio of Parijs of New York, of waar je opdrachten je dan ook brengen.' Hij zweeg even. 'Je moeder heeft me verteld over je glanzende carrière.'

Ze vroeg zich af hoe goed hij haar moeder precies kende. Ze was geïntrigeerd door hem, maar vond hem ook een beetje intimiderend met zijn verhalen over de internationale zakenwereld. Hij vertelde haar dat hij rechten had gestudeerd aan Harvard, maar dat hij op zijn vierentwintigste met zijn studie was gestopt, omdat hij geen weerstand meer had kunnen bieden aan de aantrekkingskracht van het familiebedrijf – een van de grootste groothandelsbedrijven ter wereld. Inmiddels was hij multimiljonair en pendelde hij twee keer per week heen en weer tussen Panama City en Londen. Behalve de zakelijke successen die hij had behaald, had hij ook nog de Matterhorn beklommen, meegedaan aan een triatlon en had hij een zwarte band in taekwondo. Hij was het archetypische alfamannetje; precies het soort man waar haar moeder op viel.

Toen het diner was afgelopen, stelde Ricardo voor om richting Annabel's te gaan en daar het feest voort te zetten, maar Summer verontschuldigde zich – ze had de volgende ochtend een afspraak bij een cosmeticagigant – een mogelijke reclamecampagne, had haar agent gezegd.

'Ach toe, schat,' siste Molly, die duidelijk misbruik maakte van het feit dat Marcus voor zaken naar Dubai was.

'Ik kan echt niet, mam,' zei Summer. 'Die afspraak morgen is voor mijn werk.'

Toen ze op straat op hun auto's stonden te wachten, vroeg Ricardo Summer om haar telefoonnummer.

'Zullen we donderdag uit eten gaan?' vroeg hij, terwijl hij haar zijn visitekaartje gaf. 'Ik zal je om acht uur door mijn chauffeur laten ophalen. Je kunt me van tevoren je adres wel sms'en.'

Toen ze wegreed in een taxi, zakte Summer met een voldaan gevoel achterover. Haar moeder was eindelijk eens tevreden over haar geweest, en Ricardo leek haar wel interessant gezelschap. Niet echt een stuk, maar wel aantrekkelijk. Ze sloot haar ogen en begon zich al te verheugen op donderdag.

27

'Niet meteen kijken, maar er zit daar echt een heel lekker ding naar je te staren,' fluisterde Candy Goodall, terwijl ze haar chardonnay met spuitwater achteroversloeg.

'Waar dan?' vroeg Erin giechelend. Ze probeerde niet al te opvallend om zich heen te kijken in de wijnbar. Erin en Candy – de assistente van Marcus Blackwell – waren voor deze zeldzame gelegenheid na het werk samen wat gaan drinken, en de wijn en de roddels waren Erin een beetje naar het hoofd gestegen.

'Daar! Die jongen die op Jude Law lijkt,' zei Candy ietwat aan de harde kant. Ze wees discreet naar de bar. Erin liet haar blik langs de bar glijden. Er viel niet veel te zien bij dit gedempte licht; deze tent deed heel erg zijn best eruit te zien als een Franse brasserie, met zeegroene mozaïekmuren, een lange bar van walnotenhout en brons en te veel kaarslicht. Haar ogen volgden Candy's inmiddels priemende vinger tot ze hem eindelijk zag zitten op een kruk. Hij was erg aantrekkelijk, met hazelnootbruin haar en een mooi wit overhemd aan.

'Jemig.' Erin hapte naar adem. 'Volgens mij ken ik hem.'

'Nou, ga dan even met hem praten!' zei Candy, terwijl ze 'schiet nou op'-bewegingen maakte. 'Hij zit al wel vijf minuten naar je te staren.'

Erin voelde dat ze bloosde. Zo goed kende ze hem nou ook weer niet; ze hadden elkaar eerder die week ongeveer drie seconden gesproken toen hij een afspraak had bij Adam, samen met wat van zijn collega's van Dennon Associates, een architectenbureau. Maar ze herinnerde zich hem nog goed. Het glimlachje dat hij haar had geschonken toen ze hem een kop koffie had gegeven, had haar de hele week in een vrolijke stemming gebracht.

Candy duwde Erin een briefje van tien pond in de hand en gaf haar een zacht zetje in de richting van de bar. 'Het is mijn rondje, maar jij gaat het halen,' zei ze lachend. 'Ik wil nog een witte wijn met spuitwater en jij wilt zijn telefoonnummer.'

Nog steeds hevig blozend liep Erin naar de bar. Ze had er spijt van dat ze vanochtend niet wat meer aandacht aan haar kleren had besteed. Omdat ze bang was geweest de metro te missen, had ze snel wat oude kleren aangetrokken die ze nog uit Cornwall had meegenomen; een witte blouse en een zwarte katoenen rok die met behulp van een brede leren riem op haar inmiddels behoorlijk smalle heupen bleef hangen. Ze haalde een keer diep adem, vond een plekje aan de bar naast hem – hoewel ze deed alsof ze hem niet zag – en wuifde met haar tientje om de aandacht van de barjuffrouw te trekken.

'We kennen elkaar, hè?' zei een stem links van haar. Toen ze zich omdraaide, zag ze de man van Dennon naar haar glimlachen. Zijn ogen waren van het helderste groen dat ze ooit had gezien.

'Ja, jij had deze week toch een afspraak bij Midas?' zei ze.

'Ja, ik ben Julian Sewell. En jij bent toch de assistente van Adam Gold?'

'Eh, ja. Ik bedoel, daar ken je me waarschijnlijk van, en ja, ik ben Adams assistente. Erin Devereux,' ratelde ze. Het was zo lang geleden dat er een man aandacht aan haar had besteed, dat ze het flirten helemaal was verleerd. Chris leek haar niet erg serieus te nemen en, tot haar grote teleurstelling, leek Adam niet eens te merken dat ze een vrouw was. Ze stond onhandig naast hem, terwijl hij haar van top tot teen opnam. Waarom had ze niet een van die sexy outfitjes aan waaraan ze in de afgelopen maanden een godsvermogen had uitgegeven, dacht ze boos.

'Devereux. Wat een ongewone naam.'

'Volgens mij heb ik hugenoten als verre voorouders,' zei ze glimlachend.

'Een sexy Franse naam. Mooi.'

Ze bloosde hevig. 'Hoe ging de vergadering eigenlijk?'

Julian lachte. Het was een scheef lachje, en toen er rimpeltjes in zijn ooghoeken verschenen, maakte Erins hart een sprongetje. 'Ik denk niet dat er wat uit zal komen,' zei hij. 'Wij zijn maar een klein bureau, en de Midas Corp neemt meestal de toppers in de arm. Je weet wel, architecten die net zo bekend zijn als hun gebouwen. Richard Rogers, Norman Foster, Frank Gehry.'

'Ik zit nog niet zo lang in deze business,' zei ze met een verlegen lachje. 'Dus al die namen zeggen me niet zoveel.'

'Nou, oké,' zei hij, terwijl hij er een kruk voor haar bij trok. 'Zo te merken heeft mijn afspraak me laten zitten. Dus wat dacht je ervan als ik jou eens een drankje aanbood, dan kun jij me vertellen wat je tot nu toe zoal hebt gedaan.'

28

Het was zes uur, en Molly wilde heel graag naar huis om een warm bad te nemen. Ze had al een tweede laagje Chanel Vampnagellak aangebracht en vroeg zich af hoe ze de komende drie kwartier op kantoor kon doorkomen. Niet dat ze het vervelend vond om iets te drinken in Claridges, maar het was wel vervelend dat het voor haar werk was. Ze had een afspraak gemaakt met ene Jasper Goodman, over het kerstfeest van Midas. Dat zou ongetwijfeld dodelijk saai worden, maar ze kon er niet onderuit. Adam had weliswaar te kennen gegeven dat het een groots, extravagant feest moest worden, maar de prijsopgaven die Molly had ontvangen van de evenementenplanners met wie ze al contact had opgenomen, waren buitensporig hoog. Natuurlijk zat Midas niet om geld verlegen, maar Molly wilde indruk maken op Adam, bewijzen dat ze een onmisbare aanwinst voor het bedrijf was, dus toen Jasper Goodman, de directeur van een nieuw bureau dat zich HangDog Productions noemde, had gebeld met de belofte dat ze de organisatie gratis wilden doen, had ze meteen een afspraak met hem gemaakt.

Ze besloot dat haar nagels genoeg aandacht hadden gekregen en vertrok ietwat aan de vroege kant naar Claridges; er bestond altijd de kans dat daar een of andere Europese prins rondhing. Ze ging in de bar zitten, bestelde een cocktail en zat net wat te bladeren in een Amerikaanse *Vogue* toen er een bijzonder aantrekkelijke man glimlachend binnenkwam.

'Jij moet Molly Sinclair zijn,' zei hij. Hij was een jaar of dertig, lang, mager, gekleed in een slank zittend donkerblauw pak, had donkerblond haar en een grijnsje om zijn lippen alsof hij aan iets schunnigs dacht. Molly kreeg het gevoel alsof ze zou klaarkomen door alleen maar naar hem te kijken.

'Vind je het goed dat ik een biertje neem?' vervolgde hij glimlachend, terwijl hij naast haar ging zitten en de barman wenkte. 'Gewoonlijk drink ik niet als ik een afspraak met klanten heb, maar ik heb een vreselijke rotdag achter de rug, en jij ziet eruit alsof je geen nee zult zeggen.'

'Waartegen?' Ze keek hem flirterig aan.

'Tegen dat biertje,' zei hij grinnikend. Zijn hand raakte even de hare toen hij een multomap uit zijn aktetas pakte. 'Zullen we dan maar meteen beginnen?'

Molly had er sowieso meestal moeite mee om nee te zeggen, vooral als het om drank, drugs of mannen ging, en ze had het gevoel dat ze zou instemmen met alles wat Jasper Goodman haar zou vragen.

Toen hij een slok bier nam, en er een schuimsnorretje op zijn bovenlip bleef zitten, kreeg ze gewoon zin om dat eraf te kussen. Een halfuur lang nam Jasper met haar de kosten door van drie opties voor het kerstfeest: een Bollywoodbanket in het Hampton Court Palace, een feest in de Shepperton Studios met als thema Alice in Wonderland, of een nagebouwd Lapland in Battersea Park, compleet met rendieren, echte sneeuw en cadeautjes van Asprey in de *goody bags*. De productiekosten waren redelijk vergeleken met de andere prijsopgaven die ze had ontvangen en omdat Jaspers bureau het gratis zou doen, was het beslist het voordeligste aanbod dat ze tot nu toe had gehad.

'Nou, wat denk je?' vroeg hij voorzichtig.

Zonder iets te zeggen keek ze naar zijn bezorgde gezicht, genietend van de macht die ze over hem had. 'Ik zal er geen doekjes om winden, Jasper, ik ben onder de indruk van je voorstellen, maar zoals je vast wel weet, is Midas een groot, zeer bekend bedrijf, en dus wil iedereen dat feest wel voor ons organiseren.'

'Daarom willen wij het ook gratis doen,' zei hij gretig.

Ze knikte. 'Nou, ik zal jullie voorstel morgenochtend meteen aan mijn baas laten zien, en daarna zullen we beslissen met wie we in zee gaan. Oké?'

'Prima. Maar hoe schat je mijn kansen in? Goed, slecht of zozo?' vroeg hij op een flirterig toontje. 'Ik weet dat ik er echt iets moois van zou kunnen maken.'

'Op dit moment zou ik zeggen dat je goede kans maakt,' zei Molly glimlachend, terwijl ze de drankjes afrekende. En die kans werd steeds groter, dacht ze, toen hij zijn hand op haar rug legde om haar galant naar de uitgang te begeleiden.

'Ik neem aan dat je geen informatie op schrift over het bedrijf voor me hebt, hè?' zei hij ineens toen ze buiten stonden. 'Ik denk dat ik nog wel wat beters in elkaar kan flansen voor je baas als ik wat meer over het bedrijf zou weten.'

Met een zelfgenoegzaam lachje zei ze: 'Nou, om Midas met een paar woorden samen te vatten: het hogere marktsegment, luxueus, sexy. Maar ik heb wel wat brochures op kantoor liggen. Dat is hier om de hoek, dus als je wilt...'

Ze liepen de grote granieten lobby van de Midas Corporation in en namen de lift naar Molly's kleine kantoor. De verdieping was uitgestorven. Alleen een eenzame schoonmaker die aan het stofzuigen was.

'Mooi kantoor,' fluisterde hij eerbiedig.

'Tja, dat is wat we doen. Chique kantoren, luxueuze appartementen.'

Molly gaf hem een stapeltje brochures en ze liepen terug de donkere gang in. Het gezoem van de stofzuiger was verdwenen en alleen de tinteling van seksuele chemie tussen hen was gebleven.

'En wat is dit?' vroeg hij, terwijl hij de deur van een van de vergaderruimtes opendeed. De jaloezieën waren open, de ruimte was in donkere schaduwen gehuld, en de stad lag fonkelend onder hen.

'Je bent behoorlijk onbeschaamd, hè?' vroeg ze zacht, toen hij de deur achter hen sloot.

'Onbeschaamd? Dat is nog zacht uitgedrukt, schat,' mompelde hij, terwijl hij achter haar kwam staan, zodat ze zijn zachte adem in haar nek voelde. Molly wist dat ze vaak een sterke uitwerking op mannen had, dat ze een rauwe sexappeal uitstraalde die mannen uit hun evenwicht bracht. Het kwam zelden voor dat ze een man ontmoette die dezelfde uitwerking op haar had, maar Jasper Goodman was zo'n man. Hun begeerte naar elkaar hing tastbaar in de lucht, terwijl ze zich ontspannen tegen zijn lichaam liet vallen en zijn handen op haar voelde. O, wat smachtte ze naar hem; ze voelde zich duizelig van lust. Ze had schoon genoeg van vermoeide, kalende mannen van middelbare leeftijd. Ze wilde een jonge, sexy en hongerige man, en Jasper was al die dingen tegelijk.

Ze draaide zich naar hem om, en hij duwde haar meteen met haar rug op de lange walnotenhouten tafel.

'Het is niet mijn gewoonte om zo zaken te doen,' mompelde hij, terwijl zijn sterke handen over haar dijen omhooggleden. 'Maar dit zou je misschien de bijkomende voordeeltjes kunnen noemen.' Hij spreidde haar benen, trok haar slipje naar beneden en gaf haar zijn speciale behandeling.

29

'*Bonjour madame, c'est bien de vous voir.*'

Karin kuste de zoveelste gast bij de opening van haar winkel in Saint-Tropez en feliciteerde zichzelf in stilte met het succes van de avond. Ze had afgezien van een groot, extravagant feest in verband met zowel de kosten als het gebrek aan ruimte, en had in plaats daarvan een klein select gezelschap uitgenodigd voor cocktails. Dus de gasten die nu door de nieuwe Karenzawinkel drentelden, waren de rijkste villabezitters uit de heuvels achter Saint-Tropez, beroemdheden op vakantie, en patsers die toevallig in het Byblos verbleven, plus de moderedactrices van *The Times*, *Elle*, *Le Figaro* en de Franse *Vogue*. Het was van alles wat, maar iedereen leek zich te vermaken. Omdat het niet veel mensen waren, serveerde ze de allerbeste champagne en hapjes die waren bereid door de chef-kok van het Artemis.

Karin had nooit getwijfeld aan haar talent om een goed feest te organiseren; wat haar wel had verbaasd, was dat ze geslaagd was in de schier onmogelijke opgave om in twee maanden tijd haar eerste winkel in het buitenland te openen. Ze was kapot, maar dolblij. Ze had negentig uur per week gewerkt om op tijd klaar te zijn voor het begin van het zomerseizoen aan de Rivièra, en het was elke minuut ervan waard geweest. Het was maar een kleine zaak, zesenveertig vierkante meter, maar de locatie was perfect, en door te kiezen voor een lichte eikenhouten vloer, crèmekleurige muren en heel veel glas en spiegels maakte de kleine ruimte toch een luxueuze indruk. Als concessie aan de jetsettraditie van de Rivièra had ze grote, ingelijste zwart-witfoto's opgehangen van Gianni Agnelli op zijn jacht en van Bardot die wuifde vanaf Plage Pampelonne. De winkelvoorraad hing als kunstwerken aan glanzende koperen rekken, waardoor de badkleding nog exclusiever leek. Karin had een glamoureus pareltje geschapen in het hart van de betoverendste vakantiebestemming in Europa.

'Niet te geloven, verdomme, dat het je gelukt is,' zei Diana, die was overgekomen uit Londen voor de opening. Karin had erop aangedrongen; Diana had voortdurend ruzie met Martin en kon wel wat glitter en glans in haar leven gebruiken.

'Ongelooflijk gewoon.' Diana keek met grote ogen om zich heen. 'Je hebt maar ongeveer twee weken de tijd gehad om dit voor elkaar te krijgen en moet je eens zien, iedereen is er.'

'Iedereen behalve Adam,' zei Karin sarcastisch.

Ze was woest geweest toen Adam haar wat eerder die dag in de winkel had gebeld om haar te zeggen dat hij niet kon komen. Hij had zich uitgeput in verontschuldigingen en iets gemompeld over een belangrijke afspraak met een aannemer. Na drie maanden verkering was Karin eraan gewend geraakt dat hij hun afspraakjes op het laatste moment afzegde, maar hier had hij niet mogen ontbreken, vond ze. Dat Christina ook niet naar de Côte d'Azur had willen komen vliegen, had haar nogal van streek gemaakt, maar ze probeerde het af te doen als toeval. Ze had geen echte reden om te denken dat haar beste vriendin het deed met haar vriend, behalve dat ze overal een teken van Adams ontrouw in zag. Ieder afgezegd etentje was een geheim rendez-vous met een model of een societygirl. Ieder belangrijk telefoontje naar zijn mobieltje was van een rivale die probeerde haar haar vriend af te troggelen. Die zaterdagavond van de Grand Prix, toen hij om vijf uur 's ochtends dronken in hun hut was verschenen, had ze hem niet geloofd toen hij had gezegd dat hij de hele nacht in het casino had gezeten. Karin vocht tegen spoken, en ze herkende zichzelf nauwelijks nog. Niet omdat ze nooit eerder een man had gewantrouwd, maar omdat het haar deze keer echt wat kon schelen.

'Mag ik me even voorstellen,' zei een zachte stem achter haar.

Toen ze zich omdraaide, zag ze een slanke, gebruinde man staan met donkere spleetogen.

'Victor Chen,' vervolgde hij. 'Ik denk dat we iets met elkaar te bespreken hebben.'

De auto die haar bij de winkel was komen ophalen, reed over een weg vol haarspeldbochten de heuvels achter Saint-Tropez in tot de haven nog slechts een glinsterende halvemaan van blauw water was, bespikkeld met jachten ter grootte van witte stipjes. Karin was opgetogen. De eerste dag in de Karenzawinkel in Saint-Tropez was bijzonder succesvol geweest. De vrouw van een steenrijke Russische restauranteigenaar had van alle modellen een exemplaar gekocht in maatje zesendertig. De moderedactrice van *Le Figaro* had gebeld om te zeggen dat er een groot artikel zou verschijnen in hun zaterdagmagazine, en er was een gestage stroom van klanten geweest die weer naar buiten was gelopen met de helderwitte kartonnen Karenzatas, vastgebonden met groene linten. Het mooiste was dat het precies het goede soort klant was geweest: slank, mooi en rijk.

Het was een goede dag geweest, maar toch maakte Karin zich een beetje zorgen over haar afspraak van vanavond. In de zakenwereld werd fluisterend gesproken over Victor Chen, een mysterieuze, halve kluizenaar die het geërfde familiebedrijf had uitgebouwd tot een enorm concern met vertakkingen over de hele wereld, van warenhuizen in het Verre Oosten en een Amerikaanse discountketen tot een Aziatische cosmeticalijn. Karin had onlangs nog gelezen dat hij een van de rijkste mannen uit het Verre Oosten was, en er werd beweerd dat hij bezig was ook uit te breiden naar China, wat hem ongetwijfeld nog rijker zou maken. Maar wat moest hij van Karin, en waarom was hij naar de opening van een kleine boetiek gekomen?

Eindelijk kwam hun doel in zicht. Een prachtige, witte villa, hangend aan de helling van een heuvel, weids en vlekkeloos onderhouden. De auto stopte voor een grote fontein die vanonder werd verlicht, en een bediende in uniform opende het portier voor Karin, terwijl ze de naar jasmijn geurende lucht opsnoof.

'Als u mij wilt volgen, Mrs. Cavendish,' zei een lange, oudere man in een smetteloos butleruniform, die haar voorging de villa in.

Victor kwam uit Hongkong, maar hij had westerse gelaatstrekken dankzij een Engelse grootvader. Alleen zijn lichtbruine huid en smalle donkere ogen wezen op zijn Aziatische wortels. Hij was tenger, bijna vrouwelijk, en droeg een zwarte zijden coltrui en een beige broek. Karin vond dat hij er een beetje uitzag als een boef uit een Bondfilm.

'Ik ben blij dat je hebt besloten om te komen.' Victors stem klonk zacht en precies. 'Het is vast een hectische dag voor je geweest. Ik heb gehoord dat je al erg goede zaken hebt gedaan, dus een felicitatie lijkt me op zijn plaats.'

Hij nam haar mee naar een reusachtige salon, nog indrukwekkender dan welke salon dan ook in een van de vele huizen van Christina en Ariel. De muren waren behangen met lichte zandkleurige zijde, op de hoge plafonds waren fresco's geschilderd en boven de middeleeuwse open haard hing een theatraal olieverfschilderij dat Karin herkende als een Caravaggio.

'Kan ik je wat te drinken aanbieden, dan gaan we daarna op het terras zitten?' Victor gebaarde naar de glazen deuren die openstonden. Karin ging aan een ronde marmeren tafel aan het eind van het terras zitten, met uitzicht op de donkere zee en een dicht beboste heuvel, en nipte van haar wijn. De fakkels in de tuin flakkerden in de koele bries die door de zwoele lucht sneed. Ze praatten wat over koetjes en kalfjes, en Karin kwam te weten dat Victor gescheiden was en twee kinderen had, een veertienjarige zoon op Eton en een zestienjarige dochter op kostschool in Zwitserland. Zijn leeftijd was echter moeilijk te schatten. Ze meende dat hij zo rond de vijftig was, maar door zijn soepele huid zonder rimpels leek hij jonger.

Twee bedienden in witte uniformen kwamen het eten opdienen, een bordje fijn gesneden mozzarella met asperges en sappige pruimtomaatjes die glansden van de balsamicoazijn.

'Ik hoop dat je je gisteravond hebt vermaakt op de cocktailparty,' zei Karin. 'Wat vond je van de serie?'

'Ik was ervan onder de indruk,' zei hij ernstig. 'Je badmode is elegant, tijdloos. Sexy, maar niet ordinair. Misschien niet helemaal geschikt dus voor Saint-Tropez,' voegde hij er met een glimlach aan toe. 'Maar ik neem aan dat je je afvraagt wat je hier doet, en hoewel ik zeker weet dat je een fantastische tafeldame zult zijn vanavond, heb ik je laten komen omdat ik je een voorstel wil doen.'

Ze verstijfde, iets wat hem niet ontging.

'Ik heb interesse in je bedrijf, Karin.'

Ze voelde zich ineens een beetje duizelig en haalde even diep adem. Haar bedrijf bestond pas zeven jaar, en ze had niet gedacht dat het nu al rijp zou zijn voor een overname door een van 's werelds grootste detailhandelconcerns. 's Nachts in bed rekende ze wel eens uit hoeveel ze dacht dat haar bedrijf waard was, mocht ooit het moment aanbreken dat iemand haar een aanbod zou doen. Vandaag was al een grote dag geweest voor Karenzabadmode, maar de avond leek helemaal gedenkwaardig te worden.

Ze haalde nog een keer diep adem om haar kalmte te hervinden. In de loop der jaren had ze geleerd om scherp te onderhandelen, en emoties tonen was hetzelfde als zwakheid tonen. 'En waarom denk je dat ik belangstelling zou hebben voor jouw aanbod?' vroeg ze. 'Of voor welk aanbod dan ook, als dat betekent dat ik de touwtjes uit handen zal moeten geven?'

'Omdat je ambities hebt voor je merk,' zei hij. 'En op dit moment sta je stil.'

Hij hield zijn hand op om haar protesten in de kiem te smoren. 'Je bent een creatieve vrouw, Karin, maar je marketing is naïef. Goed, je hebt wat succes gehad, je hebt van jezelf de ambassadrice van je merk gemaakt door in mooie jurkjes naar feesten te gaan om iedereen aan je sexy badmodemerk te herinneren, maar het blijft guerrillamarketing.'

Ze voelde haar huid gaan prikken. Hoe durfde hij!

'Victor, ik heb mijn bedrijf in zeven jaar uitgebouwd van een lap stof op de keukentafel tot een miljoenenzaak,' zei ze zo kalm mogelijk.

Hij lachte zacht. 'Het is geen kritiek, Karin. Je bent een getalenteerd ondernemer, maar er zijn maar weinig ondernemers die hun zaak kunnen laten uitgroeien tot een onderneming die meer dan vijftig miljoen dollar per jaar opbrengt zonder investeerders en hulp van buitenaf. Je moet niet bang te zijn om hulp te aanvaarden, of vaardigheden die de jouwe aanvullen.' Hij zweeg even om zijn woorden te laten bezinken.

'Je brengt een luxeproduct dat op veel grotere schaal gecommercialiseerd kan worden. Hoeveel vrouwen kunnen het zich veroorloven om een bikini van vijfhonderd dollar te kopen?'

Ze haalde haar schouders op. 'Ik heb er een jaar over gedaan om de beste fabrieken in Italië zover te krijgen dat ze mijn badmode produceren. Mijn spullen zijn de beste. En daarom zijn vrouwen bereid om vijfhonderd dollar neer te leggen voor een bikini.'

'Maar hoeveel superrijke vrouwen zijn er? Honderden? Duizenden? De badmodemarkt in het Midden en Verre Oosten staat op het punt om te exploderen. Je zult honderden miljoenen vrouwen kunnen bereiken.'

Haar ogen glansden. De schaal van zakendoen die hij haar schetste, deed haar duizelen. Hij ging verder, op zachte, effen toon.

Hij draaide wat champagne rond op de bodem van zijn glas en zweeg even, zodat ze de krekels in het lange gras voor hen konden horen. 'Ik heb je merk een tijdje laten volgen door een van mijn mensen, en we hebben het idee dat je in samenwerking met het juiste investeringsbedrijf kunt profiteren van die vraag en het grootste badmodemerk ter wereld kunt worden. We zouden kunnen groeien van oost naar west en uiteindelijk Amerika veroveren. Ik heb begrepen dat je volgend jaar een lingerielijn wilt opzetten, wat ik ook interessant vind. Volgens mij kunnen we van jouw merk met mijn hulp het volgende Victoria's Secret maken.' Hij keek haar aan in het flakkerende licht. 'We hebben het over een miljardenmerk, Karin.'

Een miljardenmerk. Alleen bij de gedachte al stokte de adem haar in de keel. In een flits dacht ze aan de *Big Blue* en aan Christina's Gulfstream en aan al die sieraden van De Beers die ze zichzelf altijd had beloofd. Maar wat voor soort compromissen zou ze moeten sluiten voor die expansie? Victor had al laten doorschemeren dat ze het idee van luxemerk, waaraan ze jaren had gewerkt, zou moeten laten varen. Heel even wou ze dat Adam bij haar was om zijn mening te geven. Maar waar was hij als ze hem nodig had? Bij een of andere 'zakelijke bijeenkomst' ongetwijfeld, met Claudia Falcon of misschien zelfs wel met Christina.

'Je zult snappen dat ik het er eerst met mijn eigen mensen over moet hebben, voordat we verder kunnen praten,' zei ze na een tijdje.

Hij knikte en keek zwijgend toe, terwijl Karin haar dessert

opat, in calvados en honing gepocheerde perziken die smolten op haar tong. Het was inmiddels echt donker geworden, en Victor stond op om haar stoel naar achteren te trekken. Zijn ouderwetse manieren hadden wel iets schattigs, maar de stilte waarin de villa was gehuld, vond ze zenuwslopend.

'Ik heb erg genoten van ons etentje,' zei hij. 'Hoe lang blijf je nog in de stad? Misschien kunnen we morgenavond een hapje gaan eten bij La Cavassona en het er dan verder over hebben?'

'Het spijt me, maar ik neem morgen de eerste vlucht terug vanuit Marseille,' zei ze.

Weer knikte hij zwijgend. 'Ik moet vandaag over een week in Londen zijn. Misschien kunnen we daar afspreken. Denk er goed over na, Karin,' zei hij. 'De meeste topmodemerken zijn een huwelijk tussen de allerbeste creatieve en de allerbeste commerciële talenten. Partners zowel in het leven als in zaken.'

Tijdens het praten kwam hij dichter bij haar staan, zich soepel voortbewegend als een kat. 'Wil je dat mijn chauffeur je terugbrengt of wil je nog even blijven?' vroeg hij gladjes. 'Ik bezit waarschijnlijk de beste wijnkelder van de Côte d'Azur.'

Zijn hand gleed langs haar wang. Hoewel ze het vervelend vond, stond ze toe dat zijn vingers langs haar hals over haar jurk streken, totdat zijn zachte vingertoppen even bleven rusten op haar tepel, verborgen onder de dunne stof.

Met een kil lachje maakte ze zich van hem los, en hij knikte eerbiedig. Karin Cavendish had altijd haar lot in eigen handen genomen, ze was er altijd trots op geweest dat ze de juiste beslissingen nam. En hier stond er eentje vlak voor haar. De miljardenkans. En plotseling wist ze wat ze wilde. Ze wilde dat Karenza het grootste, meest luxueuze badmodemerk ter wereld zou worden, en dat zou niet lang meer duren.

30

'Pak je jas. We gaan meteen weg.'

Julian Sewell verscheen om twaalf uur 's middags op een vroege zomerdag bij Erin aan de deur om haar mee te nemen op een betoverende verrassingstocht in zijn auto met open dak. Erin kreeg het gevoel alsof ze in een Cary Grantfilm stapte, wat een behoorlijke verbetering van haar leven was, want ze had dit afspraakje echt nooit verwacht. Oké, ze hadden het die avond in de wijnbar in Piccadilly leuk gehad. Julians vriend was niet meer gekomen, en Candy was er stiekem vandoor gegaan toen Erin even niet oplette, dus ze had met Julian aan de bar zitten praten en lachen en ze was steeds dronkener geworden tot het middernacht was en de barman zei dat ze gingen sluiten. Ze had met heel haar hart gehoopt dat hij haar zou vragen om met hem mee naar huis te gaan, maar dat had hij niet gedaan. Hij had gezegd dat hij zou bellen, maar ja, dat zeiden mannen altijd. Tot op dat moment, toen hij voor haar stond in zijn blauwe spijkerbroek, een wit overhemd met korte mouwen en met die mooie glimlach van hem, had ze niet echt verwacht dat ze hem ooit zou weerzien.

'Kom je nog of moet ik je komen halen?' riep hij, terwijl Erin snel haar schoenen, tas en sleutels bij elkaar zocht. Ze kon nog steeds nauwelijks geloven dat hij had gebeld; mannen als Julian Sewell – aantrekkelijke, succesvolle, sexy mannen die waarschijnlijk ergens een modellenvriendin hadden weggestopt op een designerloft – hadden geen belangstelling voor haar. Als ze je probeerden te versieren, was dat omdat ze dronken waren. Als ze met je naar bed gingen, wisten ze de volgende ochtend je naam niet meer. Maar daar stond hij, in levenden lijve, en zo aantrekkelijk dat ze bijna moest lachen.

'Maar waar gaan we naartoe?' vroeg ze terwijl ze het stoepje afrende.

Hij gaf haar een stratenboekje toen ze naar een vintage Mercedes SL liepen.

'We gaan picknicken.'

'Waar?'

'Sla het boekje open, zomaar ergens, en wijs wat aan,' zei hij glimlachend, terwijl hij een sigaret opstak en die klem hield tussen zijn lippen.

Ze sloot haar ogen, sloeg het stratenboekje open en wees. Dulwich.

Julian reed in de richting van Zuidoost-Londen met het dak van de auto open, zodat de zon hun gezichten verwarmde en de bries door hun haren woelde. Ze parkeerden de auto in het dorp en liepen het park in met een krakende rieten mand die Julian uit de kofferbak tevoorschijn had getoverd. Ze zochten een plekje in het gras, spreidden een deken uit en pakten het eten uit de mand; er waren twee soorten gesneden ham, drie soorten augurken, idioot veel soorten kaas, knapperig brood, rijpe aardbeien en een fles gekoelde Veuve Clicquot.

'Sorry, maar ik ben de glazen vergeten,' zei hij, terwijl hij de fles ontkurkte. 'Vind je het erg om met een rietje te drinken?'

Ze lachte; ze had zich in tijden niet zo gelukkig gevoeld. 'O, ik drink champagne altijd met een rietje,' zei ze.

Erin ging op het kleed liggen en keek naar Julian. Ze wilde alles van hem weten: wat zijn lievelingsmuziek was, met wie hij op een onbewoond eiland zou willen aanspoelen, hoeveel vriendinnen hij had gehad. Ze wist al veel over hem van die avond in de wijnbar. Hij was dertig, wat ze altijd oud had gevonden, maar nu ze met oudere mannen als Adam Gold samenwerkte, vond ze Julian gewoon volwassen, ervaren. Hij was afgestudeerd aan de universiteit van Manchester, net als Norman Foster ('mijn grote held'). Julian had haar zonder een spoortje ironie verteld dat de architectuur zijn leven was.

'Dus je wilt ook een beroemde architect worden?' vroeg ze, terwijl ze in een aardbei beet.

'Ik geloof van wel,' beaamde hij glimlachend. Hij brak een stuk brood af. 'Ik bedoel, het zou fantastisch zijn iemand als Frank Gehry te zijn. Hij ontwerpt van alles, van sieraden tot concertzalen, en het allermooiste is nog dat je kunt zien dat het van hem is, of het nu om een armband gaat of een hangbrug.'

Ze glimlachte; hij voelde dezelfde hartstocht voor zijn werk die ze ook bij Adam zag. Hij had ook hetzelfde charisma, maar Julians sexappeal was anders – zachter, bereikbaarder misschien. En hij was beslist mooier in de klassieke zin van het woord. Beslist. Zo erg zelfs dat ze steeds zin had om hem aan te raken, om met haar vingers over de lichtbruine stoppels op zijn kin te glijden, om zijn gebruinde huid en die lange wimpers die zijn ogen omlijstten te voelen. Ze haalde diep adem en probeerde zich te concentreren op wat hij zei.

'Maar ook als ik altijd op ons bureau blijf werken, zal ik tevreden zijn,' vervolgde hij. 'Ik wil gewoon ontwerpen. Mijn ouders zijn ook allebei architect, dus ik doe waarschijnlijk gewoon wat ik het beste kan.' Hij plukte een lange grasspriet en begon ermee te spelen. 'Wat doen jouw ouders?' vroeg hij ineens.

Ze likte het aardbeiensap van haar lippen en ging op haar zij liggen om hem aan te kunnen kijken, steunend op een elleboog. Ze had het bijna nooit over haar ouders. Zelfs Chris had ze het verhaal maar mondjesmaat verteld, terwijl hij haar beste vriend in Londen was. Maar Julian had iets waardoor ze zich aan hem wilde geven, zowel geestelijk als lichamelijk. Ze wilde dat hij alles wist.

'Mijn vader zat in de mode, maar niet zoiets glamoureus als ontwerper of zo. Zijn bedrijf maakte spijkerbroeken,' zei ze een beetje gegeneerd. 'Mijn moeder werkte af en toe voor hem, ze deed de boekhouding en dat soort dingen, maar ze was voornamelijk huisvrouw. Hoe dan ook, mijn vader is overleden. Ik ben bij mijn oma gaan wonen toen ik zes was.'

Hij keek haar niet-begrijpend aan. 'Waarom bleef je niet bij je moeder wonen?'

'Omdat ze wordt vermist.' Ze zweeg even. Dit was per slot van rekening pas hun eerste afspraakje en het leek heel ongepast om het erover te hebben, maar toen hij zijn hand op haar hoofd legde en met zijn vingertoppen haar haren streelde, wist ze dat ze erover kon praten.

'Vermist?' vroeg hij zacht.

'Mijn vader heeft zelfmoord gepleegd toen zijn bedrijf failliet ging. Mijn moeder was altijd al een beetje depressief en na zijn dood werd dat erger.'

Hij knikte, haar aanmoedigend om verder te gaan.

'We woonden toen in Londen, maar waren heel vaak bij mijn oma in Cornwall. Op een dag, in de zomer na mijn vaders dood, waren we in Port Merryn, en mijn moeder zei dat ze naar Londen ging en die nacht daar zou blijven. Ze is nooit teruggekomen. De politie heeft een week later haar auto in de buurt van Beachy Head aangetroffen, maar haar lichaam is nooit gevonden.'

Ze wierp een blik op hem, met het gevoel dat ze het hem niet had moeten vertellen, maar tegelijkertijd ook blij dat ze het wel had gedaan.

'Denk je dat ze nog leeft?' vroeg hij.

Ze schudde haar hoofd. 'Ze is dood,' zei ze stellig. 'Ik weet dat het raar klinkt maar zelfs voordat ze haar auto hadden gevonden, voelde ik dat ze er niet meer was. Hoe dan ook, ik weet zeker dat ze terug was gekomen voor mij als ze nog had geleefd.'

Ze zweeg weer. 'Ik weet dat het hard klinkt als ik dat zeg. Dat ik denk dat ze dood is, bedoel ik. Mijn oma is precies het tegenovergestelde, ze wil niet accepteren dat ze er niet meer is. Ze laat 's avonds nog steeds een lampje branden in de oude slaapkamer van mijn moeder, zodat ze de weg naar huis kan terugvinden, denk ik.'

Ze kneep haar ogen dicht tegen de zon. Een traan welde op.

'Je moet geloven wat voor jou het beste is,' zei hij langzaam. Hij raakte haar hand aan.

'Nou, wat voor mij in elk geval goed heeft uitgepakt, is dat ik die baan in Londen heb gevonden. Ik moest gewoon weg uit Cornwall, weg uit dat dodenrijk,' zei ze zacht. 'Het maakte me heel ongelukkig om iedere avond die lamp te zien branden.'

Julian pakte de mand in en pakte haar hand beet. 'Kom. Je moet opgevrolijkt worden. Laten we fietsen gaan huren bij dat tentje bij het hek.'

'Goed idee.' Glimlachend wreef ze over haar gezicht. 'Want ik wil je iets laten zien.'

Ze zetten de mand weer in de auto en fietsten het park uit, Dulwich uit en toen de heuvel op in de richting van Crystal

Palace. Puffend en grijnzend bereikten ze een van de hoogste punten van Londen en ze keken naar de uitgestrekte hoofdstad die voor hen lag uitgespreid als een picknickdeken. Terwijl Erin naar Canary Wharf en de augurk van Swiss Re keek, bedacht ze met een gevoel van trots dat er binnenkort weer twee opvallende gebouwen zouden verrijzen aan de skyline, gebouwd door de Midas Corporation.

'Allemachtig, Erin, waarom moesten we helemaal hiernaartoe?' Julian trapte op de rem om even op adem te komen.

'Kom op, luilak,' zei ze lachend. 'Ik wil weten wat je van een gebouw vindt. Als vakman.'

Ze fietsten nog een paar minuten verder langs het trottoir. Toen sloeg Erin een lommerrijke zijstraat in en stopte voor een oud, wit, Georgian gebouw dat iets van de straat verwijderd lag.

'Dit ouwe geval? Wat is daarmee?' vroeg Julian, terwijl hij een hand boven zijn ogen hield tegen de zon.

'Het is van mij,' antwoordde ze zacht. 'Ik heb het net gekocht.'

Hij keek naar haar en toen weer naar het pand. 'Dat meen je niet.'

'Jawel.' Ze knikte. 'Het is nu een gewoon huis, maar ik wil het laten verbouwen tot appartementen,' vertelde ze enthousiast. 'Ik heb niet veel geld, maar volgens mij is dit echt een unieke kans. Het gebouw is mooi, de buurt is in opkomst. Er komen hier steeds meer chique makelaars en dure eettenten, dus de prijzen schieten omhoog.' Ze spreidde haar armen. 'Hier gebeurt het.'

'Wow. Je wordt al echt een kleine Adam Gold, hè?'

Julian zette zijn fiets tegen de muur, liep naar het huis en liet zijn handen over de stenen glijden als een beeldhouwer over de klei.

'Ik zie ook wel dat het er nu een beetje armoedig uitziet, maar ik weet gewoon dat het wat kan worden.' Erin deed haar best om zelfverzekerder over te komen dan ze zich voelde. Al vanaf het moment dat ze het pand had gekocht, vroeg ze zich af of ze niet te snel had gehandeld. 'Maar ik heb een gigantische hypotheek, dus ik moet zo snel mogelijk een bouwvergunning zien te krijgen. Ik kan het me niet veroorloven om het pand lang leeg te laten staan. En ik heb een architect nodig die bouwtekeningen voor me maakt voordat ik een aanvraag kan indienen bij de bouwcommissie.'

'Nou, als je soms een architect zoekt,' zei hij, terwijl hij een stap naar achteren deed en naar het dak keek. 'Ik ken wel een goeie.'

'Ik ook,' zei ze lachend. 'Maar hij is vast heel duur.'

'O, ik denk dat er wel iets valt te regelen,' zei hij.

Hij kwam voor haar staan, legde zijn handen op de hare en bracht zijn gezicht naar haar toe. 'Zullen we het over voorwaarden en condities hebben?' vroeg hij fluisterend, terwijl de zon die door de bomen om het huis heen scheen, hen bespikkelde met licht.

'Nou, dit lijkt me een heel goed begin,' zei ze glimlachend, toen hij zijn lippen naar de hare bracht voor de allerzoetste sensuele kus.

Ze maakte zich van hem los, duizelig en licht in het hoofd. Ze keek naar het huis en toen naar Julian. 'Je bent aangenomen,' zei ze.

31

Molly had net haar jas van de rugleuning van haar bureaustoel gepakt en was gehaast op weg naar de lift, toen haar telefoon ging. Het was Adam. 'Molly, kun je heel even boven komen?' vroeg hij.

'O, Adam,' zei ze hijgend. 'Ik heb over een halfuur een afspraak in Mayfair, kan het ook morgen?' Ze had haar tweewekelijkse rendez-vous met Alex, en ze kende Lord Delemere goed genoeg om te weten dat hij het vreselijk vond als ze te laat kwam.

'Nee, nu, Molly,' zei hij. De verbinding werd verbroken.

Vloekend deed ze wat lipgloss op, maakte een knoopje van haar blouse los en ging naar boven. Ze liep Adams kantoor in, nam plaats op de zwarte leren draaistoel tegenover hem, sloeg haar benen over elkaar en glimlachte hem zwoel toe.

'Ik zal je niet lang ophouden,' zei hij kortaf. Door zijn stijve rug en ernstige gezicht was ze meteen op haar hoede.

'Nou, het kerstfeest ziet er al fantastisch uit,' zei ze, in een poging de stilte op te vullen. 'Ik heb een heel mooie prijsopgave gehad van een bureau dat echt iets bijzonders wil neerzetten. Ik zit aan een Bollywoodbanket te denken: slangenbezweerders, echte olifanten, een sensueel bazaargevoel oproepen. We zijn net bezig met wat spreadsheets en plaatjes, en als jij die goedkeurt, kunnen we aan de slag.'

'Mooi. Maar dat is niet waar ik het met je over wilde hebben,' zei hij kortaf.

Ze trok vragend haar wenkbrauwen op. Adam keek naar zijn bureau.

'Molly, er is me iets onder de aandacht gebracht dat ongelooflijk vervelend kan zijn voor een aantal mensen, niet in het minst voor mijzelf.'

Ze schoof heen en weer op haar stoel. Ze had het gevoel dat het glaasje cognac en het onzedelijke voorstel dat ze voor ogen had gehad, vanavond niet op het programma stonden.

'Er is vrijdagavond iets gebeurd op kantoor wat eerlijk gezegd onacceptabel was – is.'

Vrijdag? Wat was er vrijdag gebeurd? O god! Molly kreeg een flashback van de vrijpartij met Jasper in de vergaderruimte; ze herinnerde zich zijn handen, zijn mond, het pure sensuele genot... maar dat kon Adam toch onmogelijk weten? Of wel soms?

Ze keek hem aan en hij beantwoordde haar blik, met een stalen uitdrukking en harde, onbewogen kaken.

'Molly, je weet best waar ik het over heb,' zei hij langzaam.

'Nee, echt niet.' Ze stak haar kin uitdagend naar voren. 'Dat zul je me toch echt moeten vertellen.'

'Als je het zo wilt spelen,' zei hij, terwijl hij een afstandsbediening pakte en hem richtte op een tv-toestel naast zijn bureau.

Op het scherm werd een korrelig zwart-witbeeld zichtbaar. Molly's gezicht was meteen herkenbaar, vol genot achterovergeworpen, terwijl ze op de vergadertafel lag, met haar rok opgeschoven tot aan haar heupen, haar benen gespreid als de wijzers van een klok, en het hoofd van een man ertussenin. Adam liet de tv iets langer dan nodig was aanstaan en zette hem toen met een klikje uit.

Molly hoorde het geluid van haar eigen versnelde ademhaling de stilte vullen. Hoe had ze zo stom kunnen zijn? Ze was wel honderd keer in die vergaderruimte geweest, maar de beveiligingscamera's waren haar nog nooit opgevallen. Ze probeerde snel te bedenken wat ze kon zeggen, een smoes, een ontkenning. Maar het had geen zin. Ze was op heterdaad betrapt.

'Molly, dit soort dingen kunnen we niet hebben op kantoor.'

Ze knikte ernstig, en Adam zweeg even.

'Ik neem aan dat Marcus van niets weet?' vroeg hij toen.

'Natuurlijk niet.' De woorden kwamen er hees uit. 'Het was een slippertje. Het was zo stom van me, zo verdomd stom.' Boos beet ze op haar onderlip.

'Ik denk dat vrijdag je laatste dag hier op kantoor is,' zei hij kortaf.

'Wat?' Ze hapte naar adem. 'Dat meen je niet!'

'Waarom zou ik het niet menen?' vroeg hij kwaad. 'Mijn evenementenplanner neukt een ander dan haar vriend, die mijn vicepresident is – mijn vriend – op de vergadertafel. Waarom zou ik het niet menen?'

Ze voelde haar hart zo luid bonken dat ze zeker wist dat hij het ook kon horen. Op dit moment bezat Adam Gold de macht om haar leven te vernietigen, om het hele bestaan weg te vagen waaraan ze zo gewend was geraakt. The Standlings, de feesten, de Maserati. Alles.

'Maar ik dacht dat ik mijn werk goed deed, ik dacht...'

Ze keek hem met smekende ogen aan. 'Je vertelt het toch niet aan Marcus, hè? Alsjeblieft, Adam, ik smeek het je.' Haar stem brak, en tranen biggelden over haar wangen.

Hoofdschuddend wendde hij zijn blik af. 'Nee. Voorlopig niet.'

Ze haalde opgelucht adem.

'Maar mijn loyaliteit ligt bij hem, Molly,' vervolgde hij. 'En als ik ook maar het vaagste vermoeden heb dat je hem nog een keer bedriegt, dan zal ik Marcus niet alleen inlichten over je buitenrelationele activiteiten, ik zal je ook bij zo veel bedrijven in deze stad zwartmaken dat je niet eens een baan als putjesschepper zult kunnen vinden.'

'Dank je, Adam. Het zal niet weer gebeuren, echt niet.'

'Je hoeft me niet te bedanken.' Hij keek haar vol weerzin aan. 'Maak dat je wegkomt.'

'Hoe bedoel je, je hebt het Marcus niet verteld?'

Karin was woedend. Hoe was het mogelijk dat Adam het Marcus niet had verteld? Mannen konden ook zulke stomkoppen zijn! Adam en zij zaten aan de mooiste tafel in een prachtig, nieuw, chic Frans restaurant in Chelsea, en ze had de avond van haar leven gehad toen hij haar had verteld dat hij Molly had ontslagen, maar nu had hij dat allemaal weer verpest vanwege een of andere maffe, verdraaide mannelijke logica.

'Waar zou dat goed voor zijn, schat?' vroeg hij, terwijl hij haar glas water bijschonk, dat ze bijna meteen leegdronk. 'Als het klopt wat ze zegt, en het was een slippertje, dan heeft het geen zin om het hem te vertellen. Marcus heeft al zo veel pech gehad met vrouwen, maar hij lijkt Molly echt graag te mogen. Als blijkt dat ze hem voortdurend bedriegt, nou, dan ontdekt hij dat snel genoeg, maar ik heb liever dat hij het niet uit mijn mond hoeft te horen.'

Karin kon haar oren niet geloven; hoe was het Molly in vredesnaam gelukt om Adam het zwijgen op te leggen? Met seks? Nee, dat zou hij niet doen – toch? Ze probeerde die gedachte uit haar hoofd te zetten. Wat haar het meest ergerde, was dat het haar zo veel moeite had gekost om alles te plannen. Molly was zo'n luilak dat Karin wist dat ze niks zou natrekken en ook niet om referenties zou vragen of zo. Als Molly dat wel had gedaan, zou ze al snel hebben ontdekt dat HangDog Productions helemaal niet bestond en dat Jasper Goodman, de man die ze op de vergadertafel had geneukt, geen enthousiaste evenementenplanner was met een indrukwekkend cv en een Rolodex vol societycontacten. Hij was Jonathan Gooding, een werkloze acteur en voormalige escort die alles voor geld deed en die Molly Sinclair fantastisch in het ootje had genomen. Verdomme! Waarom had Adam het nou niet aan Marcus verteld? Na Molly's gelieg en bedrieg in Monaco, wilde Karin niets liever dan dat dat akelige mens voorgoed uit beeld verdween. Nou ja, bijna niets liever.

'Wind je toch niet zo op over Molly Sinclair. Je lijkt altijd zo chagrijnig van haar te worden,' zei Adam, terwijl de ober het eten voor hen neerzette.

'Ik heb gewoon veel aan mijn hoofd,' vertelde ze naar waarheid.

'Ik hoop dat dit niet nog steeds te maken heeft met het feit dat ik niet naar Saint-Tropez ben gekomen, hè?' Hij bracht zijn wijnglas naar zijn lippen. 'Karin, die herfinanciering is van groot belang. Het was het enige moment waarop ik alle banken bij elkaar aan tafel kon krijgen.'

Ze haalde glimlachend haar schouders op. 'Je weet best dat ik niet een van die veeleisende vrouwen ben die wil dat haar vriend bij ieder triomfje aanwezig is.'

'Zeg maar gerust triomf. Karenza is nu een internationaal merk.'

'En dat werd tijd ook.' Ze hief haar glas naar hem.

Ze draaide even wat met haar glas, zette het toen weer op tafel en keek Adam doordringend aan. 'Ik heb Victor Chen leren kennen in Saint-Tropez. Hij wil het bedrijf kopen.'

Adam legde zijn mes en vork neer. 'Is het een serieus aanbod?'

'Zo serieus als het gaat met die dingen. Hij wil het bedrijf grotere naamsbekendheid geven, de productie overbrengen naar het Verre Oosten, de prijzen verlagen, de voorraden verhogen. In feite komt het erop neer dat hij Karenza in elk warenhuis van Manchester tot Manila wil brengen.'

'Tja, dat is één zakelijk model voor het bedrijf,' zei hij.

'Ik neem aan dat jij andere ideeën hebt?'

Er kwam een ober aanlopen die een beetje om hen heen begon te redderen. Hij schonk Adam de beste witte wijn uit de kelder van het restaurant bij, en schonk water in voor Karin.

Na een korte pauze zei Karin: 'Hij probeerde me ook te versieren.'

'Wat?' viel Adam uit, zodat de ober, die vlakbij stond, meteen zijn kant uit keek. 'Waar? In de boetiek?'

'Nee. Hij had me bij hem thuis uitgenodigd voor het eten.'

Adam keek haar boos aan, zijn gezicht een mengeling van woede en jaloezie, precies de reactie waarop ze had gehoopt.

'En je bent gegaan? Ik kan mijn kont nog niet keren of jij gaat naar de villa van een of andere kerel om te praten!'

'Adam. Het was zakelijk. Je weet hoe die dingen gaan.'

'Natuurlijk weet ik hoe die dingen gaan,' zei hij woedend. 'Hij wilde je neuken en probeerde je te verleiden met beloftes van een wereldwijd bedrijf.'

Ze wierp hem een droog lachje toe. 'En dat weet je allemaal zo goed omdat?'

Hij keek haar ziedend van woede aan. Toen schudde hij zijn hoofd en barstte in lachen uit. 'Die zit, Karin Cavendish,' zei hij.

Ze boog zich naar voren en raakte zijn mouw aan. 'Adam, ik ben niet met hem naar bed geweest. En ik wil ook niet dat hij mijn bedrijf koopt. Wat ik wel wil, is een snelle uitbreiding: de lingerielijn opzetten, nog een stuk of tien zaken erbij in de komende twee jaar. Ik wil dat het bedrijf de duurdere spullen blijft maken, maar die dan wel op een grotere schaal verkoopt – dan zal het niet lang duren voordat investeerders me zullen willen uitkopen.'

Hij dacht er even rustig over na. 'Daar heb je wel geld voor nodig. Iemand die in de zaak wil investeren.'

Ze knikte. 'Maar ik ga liever niet terug naar Victor Chen.'

Hij nam haar met een kritische blik op. 'Ik heb je al een keer een aanbod gedaan. Maar volgens mij zei je toen dat je de volledige controle wilde houden.'

'Dat is nog steeds zo,' zei ze naar waarheid.

'Schat, zo werken die dingen niet.' Hij deed zijn best niet neerbuigend te klinken.

'Hoor eens, Adam, op één punt heb ik wel wat aan Victor gehad,' zei ze, zijn botheid negerend. 'Hij heeft me aan het denken gezet over hoe ik kan bezuinigen.'

Hij glimlachte. 'Ah, zo te merken ga je me zo je plannetje vertellen.'

Ze boog zich samenzweerderig naar hem toe. 'Zoals je weet, wordt de lingerielijn voor de kerst gelanceerd. De ontwerpen liggen klaar, maar ze zijn nog niet in productie genomen.'

Hij knikte. 'Je denkt erover om naar het Verre Oosten te gaan, hè?'

Ze haalde haar schouders op. 'Misschien ben ik iets te snobistisch geweest.'

Hij onderdrukte een lach, en ze keek hem glimlachend aan. 'Ik heb naar monsters gekeken, en er is echt weinig verschil tussen de producten uit Italië of China. Onderbroeken zijn er om uit te trekken, dus ik denk niet dat het iemand wat kan schelen waar ze vandaan komen. Ik ben van plan de order bij de Italiaanse fabriek te annuleren en ergens anders heen te gaan.'

'Ik dacht dat je altijd zei dat herkomst alles was.'

'Laten we het erop houden dat ik over mijn reputatie zal blijven waken.'

Hij keek haar aan. 'Wat wil je precies, Karin? Dat ik in je investeer? Je weet dat Midas binnenkort op de beurs wordt gebracht. Ik weet niet of dit wel het juiste moment is voor me.'

'Voor jou is het een schijntje, Adam,' zei ze kortaf. 'Ik wil aandelen uitbrengen zonder stemrecht in ruil voor een geldinjectie van vijf miljoen pond.'

'Zonder stemrecht?' vroeg hij.

'Ik weet wat ik doe,' antwoordde ze op onwrikbare toon. 'Wil je geld verdienen of niet? Over twee jaar zul je voor minimaal negentig miljoen dollar worden uitgekocht.'

'Je weet je huid duur te verkopen, Karin Cavendish,' zei hij glimlachend, met een blik vol begeerte in zijn ogen.

'Dat is nou net wat je zo leuk aan me vindt.' Lachend liet ze haar teen langs zijn been omhoogkruipen.

'Zeg me dat je echt niet naar bed bent geweest met Chen,' zei hij, terwijl hij de ober wenkte om de rekening.

'Ik ben niet met hem naar bed geweest,' fluisterde ze in de kalme, exclusieve omgeving van het restaurant.

'Kom. Laten we gaan,' zei ze met een wolfachtige grijns toen ze allebei opstonden. 'We hebben wel iets beters te doen.'

32

Omdat Summer geen idee had waar Ricardo Lantis haar mee naartoe zou nemen voor hun etentje, had ze voor een neutrale outfit gekozen: een zwarte broek en een donkergroene zijden trui. Het was aan de conservatieve kant voor haar, en ze voelde zich er een beetje oud in, maar ze wilde ook weer niet te sexy lijken. Om klokslag acht kwam een zwarte Bentley met open dak haar afhalen. De chauffeur stelde zich voor als Samuel en vroeg of ze de kap naar beneden wilde hebben, aangezien het zo'n warme avond was. Summer had gegrijnsd, maar het aanbod afgeslagen, want ze gaf er de voorkeur aan in een verduisterde anonimiteit door Londen te rijden. Uiteindelijk kwamen ze tot stilstand in een chique straat in Belgravia.

'Hier woont Mr. Lantis,' zei Samuel, wijzend naar een indrukwekkend Georgian pand, terwijl hij het portier voor haar opende. Een beetje ongemakkelijk liep ze naar de glanzende zwarte deur en klopte aan.

Een lichtgetinte vrouw van een jaar of veertig deed open. Ze was te goed gekleed om een huishoudster te kunnen zijn, dacht Summer. Ze was gladjes, hooghartig en een beetje angstaanjagend.

'Ik ben Dita. Hallo.' Ze deed een stap opzij om Summer langs te laten. De crèmekleurige muren van de hal hingen vol ingelijste foto's van Ricardo op allerlei exotische plaatsen – op skihellingen, op een jacht, achter het stuur van een sportwagen – en op iedere foto had hij zijn arm om een of andere glamoureuze blondine, brunette of roodharige geslagen.

'Wil je iets drinken?' vroeg Dita. Ze wenkte een butler die al een glas champagne stond in te schenken.

'Je vindt me vast heel onbeleefd,' zei Dita met een glimlach, terwijl ze Summer het glas in de hand duwde. 'Ik heb me nog niet eens fatsoenlijk voorgesteld. Ik ben Ricardo's nichtje. Ricardo heeft net gebeld dat hij wat later komt. Zijn werk is zijn leven,' verzuchtte ze. 'Als er iets moet gebeuren, houdt hij niet op voordat het klaar is. Kom, dan zal ik je aan de anderen voorstellen.'

De anderen, vroeg Summer zich verbaasd af, terwijl ze Dita naar een prachtige salon volgde. Aan de muren hingen mooie wandkleden en kunstwerken, en aan een kant van de kamer bevond zich een walnotenhouten bar vol duur uitziende likeurtjes in karaffen. Op een dikke ivoorkleurige bank lagen twee slanke meisjes te kletsen en te drinken uit kristallen glazen. Een derde meisje, met zwart haar tot aan haar middel en een jurk met een heel lage rug, probeerde giechelend op de zwarte vleugel te spelen. Ze keken allemaal op toen Summer binnenkwam, maar geen van drieën leek verbaasd haar te zien.

'Hoi, ik ben Tasha,' zei de mooiste van de drie, 'en dat zijn Rachel en Becki.' Tasha was ongeveer net zo oud als Summer. Ze had lang, golvend kastanjebruin haar dat ze in een glanzende paardenstaart had gebonden, en een lichaam dat de ultrastrakke zwarte leren broek en het op maat gemaakte witte T-shirt met een palm van diamantjes aan de voorkant heel goed kon hebben. Heel even vroeg Summer zich af of het misschien Ricardo's zusjes waren. Of misschien zelfs zijn dochters.

'Ga je vanavond mee uit met ons?' vroeg Tasha vrolijk.

'Met Ricardo?' vroeg Summer voorzichtig.

'Tuurlijk,' zei Tasha lachend. 'Hij heeft net gebeld, heeft Dita je dat al verteld? We hebben nou afgesproken in de club. We gaan pas over een uur of zo, want eerder heeft geen zin, dus doe alsof je thuis bent. Dan kunnen we elkaar een beetje leren kennen.'

Summer begon zich af te vragen waarin ze verzeild was geraakt.

Aan een tafel in de viproom van het Atheneum, een in een kelder gevestigde, spelonkachtige club die was ingericht als een negentiende-eeuwse opiumtent, zat Summer zich af te vragen wanneer ze met goed fatsoen weg kon. Het was bijna middernacht. Ze waren pas om tien uur uit Ricardo's huis vertrokken, en Ricardo zelf was pas een uur later komen opdagen. Hij had tien minuten tegen haar gebabbeld over overwerken en over hoe fantastisch ze eruitzag en was toen met anderen in de viproom gaan praten. Summer vroeg zich af hoe het kon dat ze zich zo had vergist. Ineens stopte de luide popmuziek en zette de dj een waardeloze fanfaredreun op. Een serveerster kwam naar hun tafel lopen met een enorm grote fles Cristal van vijfduizend pond en zette hem met een zwierig gebaar voor hen neer. Summer kromp ineen. Ze had dit ritueel al eens eerder meegemaakt in Les Caves du Roy in Saint-Tropez, maar in haar eigen Londen leek het een nog ordinairder vertoon van rijkdom. Tasha daarentegen leek opgetogen. Ze klapte in haar handen en hield haar glas op, terwijl de serveerster probeerde de gigantische fles te openen.

'Ga je straks mee terug naar huis?' vroeg ze met glanzende ogen aan Summer.

'Weet ik niet,' zei Summer. 'Is Ricardo's nichtje daar ook nog?'

'Wie?' vroeg Tasha.

'Dita.'

'O, Dita is helemaal niet zijn nichtje, mens!' riep Tasha lachend uit, terwijl ze een hand door haar paardenstaart haalde. 'Ze is zijn... hm...' Fronsend zweeg ze, met haar vinger op haar lip. 'Ze is zijn regelnicht.'

'Hoe bedoel je? Een soort huisbewaarder?' Summer pakte het glas aan dat Tasha haar aanbood.

'Zoiets,' zei Tasha met een beetje neerbuigend lachje.

Summer keek naar Ricardo die op een bankje zat, met Rachel aan de ene kant en Becki aan de andere. Ze zag dat hij zijn hand op Becki's dij had liggen en dat haar rok zo ver omhoog was geschoven dat Summer bijna haar slipje zag. Summer bloosde. Ze voelde zich zo stom.

'Dita is een hoerenmadam?' Ze wist dat ze als een preutse trut klonk.

'Wind je niet zo op.' Tasha lachte. Ze maakte discreet een pillendoosje open, tikte een kleine piramide coke op de rug van haar hand en snoof het op. Toen ze met haar hoofd schudde, zwiepte haar paardenstaart door de lucht.

'Dita is geen hoerenmadam, stomkop. Maar ze helpt Ricardo met van alles en nog wat. Ik bedoel, als je zo succesvol en rijk bent als hij, dan heb je toch geen tijd om een sociaal leven op te bouwen? Ga maar na.'

'Nou, hij had anders wel tijd om mij mee uit eten te vragen,' zei Summer chagrijnig.

'Het zit je niet lekker, hè, hoe het vanavond loopt?' Tasha bood haar het pillendoosje aan, maar Summer schudde haar hoofd. Ze was al licht genoeg in het hoofd met al die drank op haar lege maag.

'Wat had je dan verwacht vanavond? Hartjes en bloemen en een intiem diner bij kaarslicht?'

Tasha legde een hand op Summers knie. 'Sorry, schat, zo bedoelde ik het niet. Het is duidelijk dat Ric je mag, maar hij had vanavond gewoon zin in feesten. Hij heeft waarschijnlijk een zware dag achter de rug. Maar luister naar me. Laat Ricardo niet los. Hij is zo grappig en zo vrijgevig. Hij heeft aangeboden een opleiding voor modeontwerpen die ik heel graag wilde doen, voor me te betalen.' Ze ging wat zachter praten. 'Becki zei dat ze heeft gehoord dat hij, als je een van zijn favorieten wordt, je flat voor je betaalt, je auto, je vakanties. Volgens mij is het waar. Met Pasen zijn we met ons allen naar zijn chalet in Courcheval geweest. Dat was echt te gek.'

Summer wilde niet betrokken raken bij iets wat 'te gek' was. Hoewel ze intussen had besloten om weg te gaan, voelde ze zich er een beetje ongemakkelijk bij. Per slot van rekening was Ricardo een vriend van Molly; ze wilde haar moeder niet voor schut zetten. Net op dat moment kwam Ricardo naar haar toe lopen, Tasha gebarend om aan de kant te gaan.

'Drink op, Summer,' zei hij, terwijl hij haar een cocktail overhandigde. 'Wil je zo nog een glas?'

Ze nipte beleefd van het drankje, maar haar onwillige blik ontging hem niet. 'Ik zie de blik in je ogen en ik ben het helemaal met je eens. Het is hier saai. Saai, saai, saai.' Hij klapte in zijn handen, en Rachel, Becki en Tasha, plus nog een paar meisjes die Summer niet eerder waren opgevallen, stonden allemaal op, klaar voor vertrek.

'Het was hartstikke leuk vanavond, Ricardo, maar eerlijk gezegd ga ik liever naar huis,' zei Summer toen ze naar de uitgang liepen.

Hij sloeg zijn arm om haar middel en nam haar mee naar buiten. 'Toe, schat,' drong hij aan. 'Het is maar vijf minuutjes rijden naar mijn huis. Ik heb hartstikke goede cognac.' Hij kwam iets dichter bij haar staan, buiten gehoorsafstand van de andere meisjes, en zijn manier van doen kreeg iets ernstigs en geruststellends. 'Dacht je soms dat ik ook niet heb uitgekeken naar een leuk etentje met jou? Ik had echt zin in lekker eten, een goed gesprek, maar ik kan er toch niks aan doen als er vrienden langskomen?' Hij keek naar de meisjes en haalde zijn schouders op. 'De volgende keer zal ik tegen Dita zeggen dat ze ze allemaal naar huis moet sturen.'

Summer wist niet goed of hij glashard loog of zelf dacht dat dit de waarheid was. Tuurlijk stuurt Dita ze niet weg, dacht ze. Ze heeft ze zelf uitgenodigd nota bene.

'Het spijt me echt, Ric, maar ik moet naar huis,' zei ze nadrukkelijk, toen de Bentley aan de stoeprand stopte en Samuel uitstapte om het achterportier te openen.

'Vijf minuutjes rijden maar,' zei Ricardo glimlachend. Hij had iets wat haar van haar stuk bracht, maar dat maakte hem alleen maar aantrekkelijker. Ze wist dat ze een beetje aangeschoten was, en ze had de macht niet om zich te verzetten. Ze vermoedde dat weinig mensen nee tegen hem zeiden, tenzij hij dat zelf wilde.

Ze ging op de achterbank zitten, zichzelf voorhoudend dat ze twintig minuten zou blijven en dan zou vragen of Samuel haar naar huis kon brengen.

'Je houdt niet van nachtclubs.' Het was geen vraag.

Ze glimlachte flauwtjes. 'Volgens mij heb ik er gewoon genoeg van.'

'Anders dan je moeder. Dat is me nog eens een feestbeest.'

Toen hij het over Molly had, kreeg zijn stem een liefdevolle klank. 'Zullen we anders volgende week iets rustigs gaan doen? Nogmaals sorry voor vanavond,' zei hij, terwijl hij zijn hand licht op die van haar legde. 'Soms moet je je gewoon een beetje ontspannen, wat drinken, wat vrienden zien. Ik dacht dat jij dat ook leuk zou vinden, maar dat was onnadenkend van me.'

'Tasha zei ook dat je je wilde ontspannen vanavond.'

'Die kent me goed, die meid. Ze is een oude vriendin van me. Een erg getalenteerde ontwerpster.'

Ze stopten voor zijn huis. Er brandden een paar lampen, en

Summer vroeg zich af of Dita nog op was. Ze vroeg zich af of Dita er soms woonde. De taxi kwam ook aanrijden, en vijf meisjes kwamen er lachend en gillend uit zetten.

'Hé, kom met ons mee!' Tasha pakte Summers hand en trok haar mee het huis in. Ze volgden de andere meisjes een marmeren trap op, met veel geklepper van hakjes, en toen een enorme badkamer in.

Tot Summers schrik begonnen de meisjes zich meteen uit te kleden. Rachel, nog slechts gekleed in beha en slipje, zette de jacuzzi aan, en het geluid van stromend water weerkaatste door de ruimte.

'Ricardo, mogen we in de sauna?' schreeuwde Becki, die rondrende in een minuscule witte, donzige badjas.

Ricardo verscheen in de deuropening van een kamer ernaast. Hij had zijn schoenen uitgeschopt, een paar knoopjes van zijn overhemd losgemaakt en hield een groot glas met een amberkleurig drankje erin, vast. 'Cognac?' vroeg hij aan Summer, terwijl hij haar wenkte de kamer in te komen. Hij gaf haar een glas en liep een grote kast in. Summer nipte voorzichtig van het drankje. Het gaf haar een heel ongemakkelijk gevoel om in wat duidelijk Ricardo's slaapkamer was, te staan. Wat doe ik hier in vredesnaam, dacht ze.

'Zullen we naar de meisjes gaan? Het is speelkwartiertje.' Hij kwam terug in een witte badjas.

'Ricardo, ik... ik...' zei ze, terwijl ze een hand tegen de muur legde om zichzelf te ondersteunen. Ineens werd ze duizelig en de kamer begon om haar heen te draaien. Ze voelde zijn handen op haar arm. Hij nam haar mee naar de badkamer. In de jacuzzi zaten inmiddels drie meisjes. Tasha was naakt en Becki kuste haar mond en borsten, terwijl Rachel op de rand van de jacuzzi een lijntje coke zat te snuiven.

Het werd echt een nachtmerrie.

'Ricardo, ik moet naar huis,' mompelde ze, maar het kostte haar moeite de woorden eruit te krijgen.

'Relax, Summer! Misschien vind je het wel leuk.' Lachend masseerde hij haar schouders.

'Ik wil weg!' zei ze met wat meer kracht, terwijl ze zijn hand wegduwde.

Hij deed een stap in haar richting, met nog steeds een glimlach op zijn gezicht geplakt, maar op de een of andere manier was het nu een gemene, wrede glimlach.

'Nou, je weet waar de voordeur is,' blafte hij haar toe.

Ze deinsde achteruit, struikelde over een handdoek en viel tegen de deur aan. Ze krabbelde overeind en rende naar de trap, waarbij ze uitgleed op het marmer en haar knie verdraaide, maar haar angst was groter dan haar pijn.

'Ik heb dit probleem nooit met je moeder gehad,' riep hij haar na, terwijl ze de voordeur opende en de nachtlucht in zich opzoog.

Haar hoofd bonkte, en alles was wazig. Een enorme vermoeidheid overviel haar – ze wilde alleen nog maar gaan liggen en uitrusten, maar paniek dreef haar verder, vertelde haar weg te rennen van het huis. Ze zigzagde over straat, botste tegen hekjes en geparkeerde auto's op, niet in staat haar bewegingen te coördineren. Eindelijk zag ze het Berkeley Hotel voor zich opdoemen. Daar moest ze toch wel een taxi kunnen krijgen, dacht ze. Een portier in een grijs pak en met een bolhoed op, zag haar en legde geruststellend een hand op haar schouder. 'Mevrouw, gaat het? Kan ik u ergens mee helpen?'

Summer probeerde net de energie op te brengen om iets te zeggen toen ineens de deur van het hotel openging en ze een bekende stem hoorde.

'Summer? Wat is er? Wat is er gebeurd?'

Ze zag nog steeds bijna niets, maar ze hoorde opnieuw de stem.

'Het is al in orde, Robert, ze is een vriendin van me. Ik zorg verder wel voor haar.'

Toen voelde ze stevige, geruststellende handen op haar rug en ze liet zich op de dure leren achterbank van een grote auto helpen.

'Dank je, Adam,' bracht ze met moeite uit. 'Ik weet niet precies wat ik heb, alleen dat dit de rotste avond van mijn leven was.'

Toen Summer wakker werd, was het donker en stil. Even dacht

ze dat ze dood was, tot ze besefte dat ze onder een zachte deken op een zwarte leren bank lag.

'Rustig maar,' zei Adam zacht. Hij gaf haar een glas water, terwijl ze overeind probeerde te komen. Hij droeg een trainingsbroek en een T-shirt en had waterige, rode ogen alsof hij zelf ook net wakker was geworden.

'Waar ben ik? Heb ik geslapen?'

'Maak je geen zorgen. Je bent in mijn appartement. Ik wilde je naar huis brengen, maar je raakte na een paar minuten in de auto buiten bewustzijn. Je hebt een paar uur geslapen.'

Allerlei emoties overspoelden haar: opluchting, angst, schaamte. 'Bah, ik voel me vreselijk.'

'Dat verbaast me niets als je de avond hebt doorgebracht in het gezelschap van die zak. Volgens mij heeft hij je rohypnol gegeven.'

Ze schoot overeind. Voor haar ogen zwommen sterretjes. 'Dat meen je niet!'

'Jawel,' zei hij ernstig. 'En van wat ik heb gehoord, zou het niet de eerste keer zijn dat hij dat heeft gedaan. Zijn huis wordt "Het Bordeel" genoemd. Hij lijkt een heel circus aan vrouwen in dat huis van hem te hebben.'

'Ik voel me zo ontzettend stom,' zei ze, terwijl ze nerveus haar haren gladstreek, bedenkend dat ze er vast als een vogelverschrikker uitzag.

'We moeten eigenlijk naar de politie stappen,' zei Adam vastbesloten. 'Als hij je heeft gedrogeerd, kunnen ze hem arresteren.'

Ze raakte in paniek. Het laatste wat ze wilde, was de politie inschakelen. Per slot van rekening van Ricardo een vriend van Molly, en het was Molly die het afspraakje voor haar had geregeld.

'Ik wil het alleen maar vergeten,' zei ze.

'Hoor eens, als je het eng vindt, wil ik wel met je...'

'Alsjeblieft, Adam. Nee. Ik wil het echt niet.'

Hij knikte. Hij wilde niet aandringen. 'Heb je misschien honger? Mijn kok komt pas over een uur of zo, maar als je mijn kookkunsten aandurft, dan wil ik wel een lekkere pannenkoek voor je bakken.'

'Bah, zoals ik me nu voel...' Ze zag zijn enthousiaste blik en begon te lachen. 'Daar laat je je niet door weerhouden, hè?'

'Nee,' zei hij glimlachend.

Ze voelde zich al iets beter toen ze hem naar de keuken volgde, een indrukwekkend ontwerp van eikenhout en graniet, vol glimmende chromen keukenspullen. Toen hij de ijskast opende, zag ze zijn stevige rugspieren door het dunne witte T-shirt heen, en lichtelijk blozend dwong ze zichzelf de andere kant uit te kijken. Buiten veranderde de nachtelijke lucht in grijs en goud, en in Hyde Park begonnen vogels te zingen. Ze was blij dat het dag werd; het voelde te intiem om 's nachts in Adams appartement te zijn. Hij zag er zo goed uit, zo vervloekte sexy, dat ze zich onmogelijk op haar gemak kon voelen bij hem, want ze herinnerde nog de laatste keer dat ze samen waren geweest – alleen op het strandfeest in Anguilla. Toen had ze de aantrekkingskracht tussen hen proberen te ontkennen. Maar hier, op maar een paar meter afstand van zijn bed... O god, Summer, hou op, hield ze zichzelf kreunend voor. Ze nam een slokje water dat ijskoud aanvoelde op haar lippen en keek weer naar de dageraad buiten.

'Het wordt vast een prachtige dag,' zei ze afwezig. 'Ze hadden het over een hittegolf. Ik heb echt zin om iets te gaan doen.'

Hij draaide zich om van het fornuis. 'Hoe bedoel je "iets gaan doen"?' vroeg hij. Zijn stem had beslist een flirterige klank, en er gebeurde iets in de lucht tussen hen.

'Ach, je weet wel, profiteren van de zon. Ergens waar je de natuur kunt voelen, zoals een kanotochtje op zee, of een vlieger oplaten.'

Hij glimlachte opnieuw. 'Klinkt goed.'

'Simpele dingen zijn vaak goed.'

'Zullen we anders samen iets gaan doen?' vroeg hij.

Ze wendde haar blik af, terwijl ze een flakkering van opwinding en schuld voelde. Ze dacht aan Karin en probeerde die gedachte meteen van zich af te zetten.

'Nou?' Hij probeerde haar blik te vangen.

'Ik weet het niet goed,' zei ze langzaam.

Hij raakte zacht haar schouder aan. 'Volgens mij kun je wel een verzetje gebruiken na wat je hebt meegemaakt.'

Ze haalde even haar schouders op. 'Tja. Wat had je in gedachten dan?'

'Wacht maar af,' zei hij glimlachend. 'Maar misschien moeten we even bij je thuis langs zodat je een spijkerbroek en gympen kunt aantrekken.'

Hij doet alleen maar aardig, dacht ze, hij wil gewoon iets aardigs voor me doen. Daar is toch niks mis mee? Helemaal niks.

'Oké, ik lever me helemaal aan je over,' zei ze.

33

Erin was chagrijnig. Het was haar eerste vrije ochtend sinds ze bij Midas werkte, en ze had het liefst in bed willen blijven met Julian om croissantjes te eten en de liefde te bedrijven. Maar Julian was om zeven uur 's morgens al uit haar flat vertrokken voor een zakelijke afspraak in Bath halverwege de ochtend, en Erin had zelf ook een afspraak; Ed Davies, haar agent van wie ze al sinds de kerst niks meer had gehoord, wilde haar spreken. Het was wel het laatste waar ze zin in had op zo'n mooie lenteochtend.

Davies and Partners zat in een klein pand in Bloomsbury, in een straat vol bomen die in bloei stonden. In de receptie stonden nieuwe boeken netjes opgesteld in vitrinekasten; dikke bestsellers naast commerciële politieke biografieën, en romans van akelig intelligente literaire auteurs, die ze herkende van de lijstjes in *The Sunday Times*. Heel even schoot er een gevoel van opwinding door haar heen, iets wat ze niet meer had gevoeld sinds de eerste keer dat ze bij Midas Corporation was binnengewandeld. Maar toen ze de trap op liep naar het kantoor van haar agent, maakte de opwinding snel plaats voor een gevoel van schuld en frustratie over het feit dat ze, sinds ze in Londen was, geen tijd had gehad om aan haar boek te werken.

'Erin. Leuk je weer te zien,' zei Ed Davies warm, terwijl hij opstond achter zijn grote mahoniehouten bureau. De ruimte was tjokvol boeken en manuscripten en deed Erin denken aan de studeerkamer van haar mentor op de universiteit. Ze schudde zijn hand en ging tegenover hem zitten.

'Ik had je eigenlijk mee uit lunchen willen nemen, maar ik weet dat je het druk hebt met je nieuwe baan en zo,' zei hij veelbetekenend.

'Ik beken schuld.' Ze glimlachte.

'Goed dan,' zei hij afwezig, terwijl hij zich omdraaide naar zijn espressoapparaat. 'Laten we het over je boek hebben.'

Erin kreeg ineens het gevoel dat ze weer op school zat en de hoofdmeester op het punt stond haar een standje te geven, omdat ze haar huiswerk niet had gemaakt.

'Ik neem aan dat je niks nieuws voor me hebt?' Hij nam een slokje espresso.

'Je wilt vast niet horen hoe druk ik het heb gehad, hè?' vroeg ze zwakjes. 'Ik zit echt tot over mijn oren in het werk.'

Ze voelde dat ze bloosde; het was maar half waar. Ze had het inderdaad druk gehad met haar idiote werkweken van negentig uur, maar ze had wel tijd voor Julian weten te maken; heel veel tijd zelfs. Sinds hun eerste afspraak in Dulwich Park waren ze twee keer uit eten geweest, en één keer naar de bioscoop, en ze hadden een keer geroeid in Hyde Park. Bovendien leek een boek schrijven veel minder urgent en belangrijk nu ze dat pand aan Belvedere Road had gekocht.

Ed knikte alsof hij het allemaal al eerder had gehoord. 'Erin, ongeveer de helft van mijn auteurs heeft een fulltimebaan,' zei hij kordaat, terwijl hij zijn vingers voor zijn gezicht tegen elkaar zette. 'En van hen hoor ik ook geen uitvluchten, en weet je waarom? Omdat die er niet zijn. Niemand dwingt je om een boek te schrijven. Het is iets wat je doet, zelfs als het betekent dat je in de knoop komt met je baan, je familie, je vrienden. Omdat het iets is wat je echt heel graag wilt. Je schrijft geen boeken voor het geld, want, geloof me, voor iedere John Grisham of JK Rowling zijn er duizenden echt briljante, getalenteerde schrijvers te vinden die per boek nog geen tienduizend pond verdienen.'

Ze kromp ineen. 'Als je me zo soms denkt te motiveren, dan werkt het niet echt,' zei ze nukkig.

'Je schrijft boeken, Erin, omdat er een verhaal in je brandt dat je wilt delen,' vervolgde Ed met zachte, zelfverzekerde stem. 'Het doet er niet toe of het er over honderd jaar nog is, verheerlijkt als klassieker, of dat het maar één persoon plezier heeft gebracht, het gaat erom dat je een boek schrijft en het gedrukt en ingebonden ziet liggen en denkt: dat heb ik gemaakt.'

Hij glimlachte vriendelijk. 'En ik weet dat jij er ook zo over denkt. Of laat ik zeggen: er zo over dacht, want ik zag het aan je gezicht en ik las het in je woorden toen je me bijna een jaar geleden je manuscript stuurde.'

Ze knikte zwak, want ze wist dat hij gelijk had, maar ze wist ook dat, mocht er ooit al een brandend verlangen zijn geweest om een verhaal te schrijven, dat verlangen nu was verslapt door een goed salaris, een fijne flat, een kast vol mooie kleren en een prachtig pand dat haar rijk zou maken.

Alsof hij haar gedachten kon lezen, zette hij zijn kopje neer en keek haar aan. 'Erin, in het leven doen sommige mensen dingen uit liefde en sommige mensen doen het voor geld. Neem nou maar van een oude man aan dat de mensen die dingen uit liefde doen, uiteindelijk het gelukkigst zijn,' zei hij met een rimpelig lachje. 'Had ik je al eens verteld dat ik dertig jaar geleden bij een investeringsbank werkte? Dat leek de normale gang van zaken als je net was afgestudeerd aan Cambridge.'

Ze was verbaasd. Hier in zijn kantoor, omgeven door boeken en papier, kon ze zich niet voorstellen dat Ed ooit ergens anders was geweest of iets anders had gedaan.

'En wat is er toen gebeurd?' vroeg ze.

'Ik kreeg een openbaring.'

'Heb je er ooit spijt van gehad?'

Hij schudde verwoed zijn hoofd. 'Vrienden met wie ik toen samenwerkte, zijn nu partners bij grote banken en kopen tweede en derde huizen van hun enorm hoge bonussen. Ze zijn rijk, gestrest en meestal ongelukkig, want ze kennen altijd iemand die nog rijker is dan zij, nog succesvoller, en dat geeft ze een slecht gevoel.'

'Maar jij bent toch ook succesvol,' zei ze snel, want ze wist dat hij een heel stel grote namen in zijn stal had en dat hem dat geen windeieren had gelegd.

'Het verschil is dat ik wat ik doe, ook nog voor niks zou doen.'

Hij leunde naar voren over zijn bureau en klopte op een grote stapel manuscripten. 'Hier liggen vijftig schrijvers in de dop die allemaal dolgraag willen dat ik hun manuscript lees, ze in mijn stal opneem, ze help hun droom waar te maken. Maar dat kan ik niet, want ik heb al te veel schrijvers die te veel tijd in beslag nemen, en daarom neem ik nog maar een of twee buitengewoon goede schrijvers per jaar onder mijn hoede.'

Erin kreeg een naar gevoel in haar maag. 'Wil je soms zeggen dat je me niet meer wilt vertegenwoordigen?' stamelde ze.

'Ik wil zeggen dat ik aan het eind van de zomer iets van je wil zien. Want als je het niet kunt opbrengen om er de tijd voor te vinden, dan wil ik een andere jonge schrijver die dat wel kan, een kans geven.'

'Niet te geloven toch dat hij dat zei?' mopperde Erin, terwijl ze een hap van haar clubsandwich nam. Ze had in Green Park met Chris afgesproken voor de lunch en deed hem uitgebreid verslag van haar gesprek met Ed. 'En ik had gedacht dat jij wel wat meer met me zou meeleven trouwens.'

Chris lag languit in het gras met een krant over zijn gezicht tegen de zon. 'Wat had je dan verwacht?' vroeg hij met gedempte stem. 'Hij heeft toch gelijk? Je hebt helemaal niets gedaan en je verspert de weg voor echte talenten zoals ik.'

Ze gooide een broodkorstje naar hem, maar dat stuiterde terug van de krant. Een zucht slakend keek ze om zich heen naar de drukte in het park. Koolwitjes dansten in de lucht, kinderen renden rond met ijsjes. Het was net midden zomer in Cornwall, dacht ze, maar die gedachte probeerde ze meteen te verdringen. Ze was in geen maanden thuis geweest en dat was nog iets waar ze zich schuldig over zou moeten voelen.

'Hoe dan ook, ik wil een frisse start maken met een nieuw idee, maar ik kan niks verzinnen.'

'De allerslechtste smoes ter wereld,' zei hij, terwijl hij een hoek van de krant een stukje optilde om haar met samengeknepen ogen aan te kijken. 'Zo meteen ga je me nog vertellen dat je het te druk hebt.'

'Zeur niet zo tegen me,' zei ze fronsend. 'Ik heb zo mijn redenen.'

'O ja?' Hij ging rechtop zitten om haar echt aan te kijken. 'Heb je soms geheimen voor me, mevrouw Devereux?'

Ze ontweek zijn blik. Ze had nog geen zin om hem iets te vertellen over Julian of haar prille vastgoedproject. Julian leek gewoon te mooi om waar te zijn en ze was bang dat hij, als ze zijn naam hardop uitsprak, in het niets zou oplossen. En over het pand aan Belvedere Road wilde ze niet eens denken, laat staan praten. Alles leek zo lang te duren. Ze had nog niet eens een aanvraag ingediend bij de bouwcommissie, maar de eerste hypotheekaflossing was al van haar rekening afgeschreven. Omdat ze bang was dat ze te veel hooi op haar vork had genomen, wilde ze het er met niemand over hebben totdat ze wist dat het project zou slagen.

'Nee, geen geheimen,' zei ze blozend. 'Maar ik heb het druk.'

'In dat geval heb ik een voorstel voor je,' zei hij, terwijl hij haar jus d'orange opdronk.

'O ja?' vroeg ze glimlachend. 'Wil je soms een afspraakje met me? Ik wist niet dat je al helemaal onder aan je lijstje was aanbeland.'

'Nog niet, schat,' reageerde hij glimlachend. 'Maar even serieus, ik heb over ongeveer een maand een weekje vrij en ik heb een huisje gehuurd op het landgoed Cliveden in Berkshire om aan mijn boek te werken. Ik ben daar al eerder geweest om te schrijven; het landgoed is van de National Trust, echt heel mooi, heel inspirerend, vlak aan de rivier. Ik kan daar altijd heel goed werken. Als je wilt, er is een extra slaapkamer...'

'Klinkt goed,' zei ze voorzichtig. Het klonk inderdaad goed, maar wie weet wat er in een maand kon gebeuren? Misschien wilde Julian wel een paar dagen of zo weg met haar, en aangezien Midas een Amerikaans bedrijf was, had ze maar twee weken vakantie per jaar.

'Maar?' vroeg hij, terwijl hij zijn blauwe ogen in de hare boorde.

'Een week is nogal lang.'

'Nou, wat dacht je dan van een lang weekend? Het wordt hartstikke leuk. Er komen altijd eenden bij de deur om brood bedelen.'

Ze keek hem glimlachend aan. Ze wist dat het leuk zou worden. Maar een week op vakantie met Chris Scanlan om aan haar boek te werken? Nee, haar hart lag ergens anders, en dat wisten ze allebei.

'Ik moet er nog even over nadenken, oké?'

'Mij maakt het niet uit, schat,' zei Chris, terwijl hij de krant weer op zijn gezicht legde. 'Maar schiet een beetje op, voordat Cameron Diaz ineens mee wil. Ik heb gehoord dat ze gek is op eenden.'

Lachend gooide ze nog een broodkorstje naar hem toe. 'Ik zal erover nadenken.'

34

Het was tussen de middag toen Summer en Adam Poole Harbour uit voeren. Het zeil van hun twaalf meter lange jacht bolde op in de stevige bries toen ze Brownsea Island passeerden, op weg naar de Solent. Adam stond blootsvoets op het walnotenhouten dek, dat warm was van de zon, met een geconcentreerde trek om zijn mond terwijl hij de boot eigenhandig bestuurde.

'Wil jij het roer even overnemen, dan ga ik loeven,' riep hij. Hij pakte haar hand beet.

'Ik?' schreeuwde ze boven het geluid van het klapperende zeil uit. 'Je wilt toch niet dat ik dit gevaarte bedien, hè?'

'Ik neem de volle verantwoordelijkheid,' zei hij. Hij ging achter haar staan en legde haar handen op het roer.

Ze sloot haar ogen, genietend van zijn sterke armen om haar heen. Ze kon nog nauwelijks geloven dat het nog maar twaalf uur geleden was dat ze opgesloten had gezeten in een nachtclub met Ricardo. Maar mocht ze zich vanochtend, toen ze bij

Adam wakker was geworden, al beroerd hebben gevoeld, dan leek de zoute wind die langs haar oren floot al het gif uit haar lichaam te hebben verdreven.

'Snel naar stuurboord.' Adam stapte opzij en trok hard aan het touw van het voorzeil.

'Shit! Wat moet ik doen? Wat moet ik doen?' gilde ze toen de giek hun kant uit zwaaide.

'Rustig maar, het gaat prima,' zei hij glimlachend, terwijl hij weer achter haar kwam staan.

'Dus dit is jouw boot?' vroeg ze toen ze weer op rechte koers lagen. 'Dan ben je vast een goede zeiler.'

'Nee, hij is van een vriend van me die op de Sandbanks daar woont.' Hij wees naar een strook land achter hen. Summer had natuurlijk wel eens van de Sandbanks gehoord. Haar moeder had het er voortdurend over dat het in Engeland een van de exclusiefste plekken was om te wonen.

'Maar ik zeil veel. Ik heb ook een huis in Maine, en als ik daar ben, ga ik altijd met mijn boot de zee op.'

'Je vindt het vast een stomme vraag, maar al dat loeven-gedoe kun je vast niet doen met die boot van je in Monaco, hè?' vroeg ze. Op de een of andere manier vond ze het niet erg om Adam dit soort vragen te stellen; ze voelde zich veilig bij hem.

Hij schudde glimlachend zijn hoofd, terwijl hij een blikje cola uit een koelbox pakte.

'Nee, *The Pledge* is een motorjacht, het heeft niet eens zeilen. Het wordt ook meer gebruikt om zakenrelaties op te ontvangen dan dat ermee wordt gevaren. Ik heb nog zo'n jacht, maar dan wat kleiner, in Dark Harbour liggen, maar op dit moment wordt er in Nederland een zeilboot voor me gebouwd.'

'Hoe ziet die eruit?'

Zijn ogen glansden van hartstocht en tevredenheid. 'Hij is nog niet eens half af, maar ik vind hem nu al adembenemend. Een zeiljacht van vijfentwintig meter lang, uitgerust met sloeptuig, gebaseerd op de achttiende-eeuwse Franse kotters, die puur door het water snijden, maar dan met de beste technologie en de beste materialen van nu. Een romp van aluminium, de mast en giek van koolstofvezel.'

Ze lachte. 'Zo te horen wordt hij heel mooi.'

Hij knikte afwezig in de richting van de zee. 'Ik zou er graag de America's Cup mee willen zeilen.'

'Waarom doe je dat dan niet?'

'Het is de duurste hobby ter wereld,' zei hij schouderophalend. 'De boot is nog maar het begin. Je zit met management, bemanning, de boot de hele wereld over laten transporteren; het is een serieuze aangelegenheid. Je hebt het over ongeveer twintig miljoen pond per jaar als je serieus kans wilt maken.'

'Wow!'

Summer vroeg zich af hoe rijk je moest zijn voordat je je niet meer met wat voor belemmeringen dan ook bezig hoefde te houden. Ze wist zeker dat zo'n positie niet te benijden was. Zoals Adam zelf had gezegd: een mens moest dromen hebben.

Na een uur op zee zeilden ze Studland Bay in. Het was er beschutter en zonder de wind van de open zee, brandde de zon op hun lichamen.

Adam liet het anker neer toen ze op een paar honderd meter van de kust deinden. 'Of wil je soms aan land gaan? Er is hier vlakbij een ankerplaats.'

'Nee, ik vind het hier fijn,' zei ze zacht.

Ze klonk kalm, maar haar hart ging onstuimig tekeer. Ze wist dat ze niet had moeten meegaan, maar ze wilde hier liever zijn dan waar ook ter wereld. Ze werd misselijk bij de gedachte dat Karin naar hen keek, boos en verraden, maar ze hadden het zo fijn samen. Adams vingers voelden zo heerlijk aan als hij haar huid raakte. Hij had haar gered van Ricardo; hij had haar volledig voor zich gewonnen door haar het gevoel te geven dat ze vol leven zat en sexy en interessant was en veilig bij hem. En ze bevonden zich alleen op een boot, op honderdzestig kilometer afstand van Londen, zonder de mogelijkheid om aan elkaar te ontsnappen. Zonder aan elkaar te willen ontsnappen, dacht ze, met een blik op Adam die met samengeknepen ogen tegen de zon in tuurde.

Hij liep naar haar toe en nam haar gezicht tussen zijn handen. 'Ik wil ook nog niet naar huis,' fluisterde hij, terwijl hij haar tegen zich aan trok. En toen kusten ze elkaar, rukkend aan elkaars kleren.

Ze stommelden het trapje naar de kajuit af, en toen Summer haar hoofd aan een lage balk stootte, begon ze te giechelen. Hij trok eerst zijn T-shirt uit en toen het hare. Zijn gebruinde borstkas was licht bedekt met donkere haartjes die haar borsten kietelden toen hij haar tegen zich aan hield. Ze likte zijn hals; zijn huid smaakte zout.

'Je bent zo mooi,' fluisterde hij, terwijl hij haar op bed duwde. Hij nam haar borsten in zijn handen en draaide rondjes om haar tepels tot ze naar adem hapte. Nergens meer aan denkend, alleen nog aan hun verlangen om iedere centimeter van elkaar te voelen en proeven, worstelden ze zich uit hun kleren; zijn dikke pik sneed door haar vochtigheid tot ze aan elkaar vastgeklonken waren, hun lichamen één met een hartstocht zo krachtig en sterk als de zee. En toen ze klaarkwam – een zoete golving die door haar trillende lichaam trok – schreeuwde ze het uit, terwijl de tranen haar over de wangen stroomden, want eindelijk begreep ze waar alle drukte om hete, gepassioneerde seks over ging.

35

Molly, die zich had genesteld in het hemelbed in de grote slaapkamer van The Standlings, nam een slokje cognac en trok een gezicht. Ze kon zich gewoonweg niet concentreren op de nachtfilm die ze aan het bekijken was – zelfs het plasmascherm van vijftig inch kon hem niet boeiender maken. Ze zuchtte en nam nog een slokje. De afgelopen twee weken waren een hel geweest. Dat ze bij Midas haar bureau had moeten ontruimen was al vernederend genoeg geweest, maar daarna had ze ook nog een week in complete paranoia geleefd, doodsbang dat Marcus iets zou vermoeden. Gelukkig leek hij haar smoes te accepteren dat ze de baan niet leuk vond en liever verderging met de renovatie van The Standlings. Molly miste Londen echter. Het had haar zo veel vrijheid geschonken om in Piccadilly te werken – de vrijheid om afspraakjes te maken met Alex, om te gaan winkelen of om met vriendinnen te gaan lunchen op kosten van Midas. Ze had ooit gepocht over 'het landhuis', maar nu het het enige was wat ze nog had, voelde ze zich gevangen en verstikt. Ineens ging haar mobieltje. Ze had geen zin om met iemand te praten, maar Marcus was weg voor zaken en verwachtte dat ze opnam. Ze zette de cognac neer en klapte haar toestel open.

'Hallo daar...' zei ze op verleidelijke toon.

'Ben jij dat, Molly?' vroeg een vrouwenstem op zachte en verontschuldigende toon. 'Sorry dat ik zo laat nog bel. Maar je hebt niet op mijn brieven gereageerd en ik wist niet zeker of je ze wel had gekregen.'

'Hoe kom je aan mijn nummer?' vroeg Molly, die de stem meteen had herkend en recht overeind was geschoten.

'Ik heb... hoe heten ze... Midas Corporation gebeld. Ik zag in de krant dat je daar werkte. Daardoor wist ik ook waar ik de brieven naartoe moest sturen. Hoe dan ook, ik heb ze verteld wie ik was en heb gezegd dat het heel belangrijk was dat ik je te spreken kreeg.'

'Je belt me vast niet zomaar,' zei Molly koeltjes.

Aan de andere kant van de lijn klonk zacht gesnik. Molly luisterde ernaar, terwijl haar blik naar het raam gleed. Het was buiten aardedonker, en ze kon haar spiegelbeeld in de ruit zien, duister en dreigend. Ze leek net een spook.

'Oké, ik heb de brieven gekregen,' zei ze op geïrriteerde toon.

'Heb je ze gelezen?'

'Ja, Janet,' antwoordde ze toonloos. 'Ik heb ze gelezen.'

'Nou, het is erger geworden. Molly, erger dan in mijn laatste brief stond. Je vader. Ik denk dat hij gauw doodgaat.'

Molly Sinclair had al zolang als ze zich kon herinneren, willen ontsnappen uit haar kleine dorp aan de rand van Glasgow. Op haar zestiende was ze al lang, mooi en vroegrijp geweest; ze was een luie scholiere die weinig zin had om uit te blinken in de klas, want ze wist dat haar geluk in haar gezicht en lichaam lag. In de Bigg Market in Newcastle stonden de mannen in de rij om haar een drankje aan te bieden. Een van hen zei dat hij fotograaf was en bood aan een model van haar te maken. In de 'studio', een kleine zit-slaapkamer in Fenham, zei de man dat ze haar kleren moest uittrekken en op bed gaan liggen met een lap zwarte chiffon om zich heen gedrapeerd. Toen hij zijn filmrolletje was gaan halen, had ze zijn camera kapotgegooid op de grond en was ze ervandoor gegaan. Dacht hij soms dat ze stom was? Ze zou zich door niemand laten uitbuiten.

Op haar zeventiende verjaardag had het geluk haar toegelachen. Haar nieuwe vriendje, dat op een boorplatform in de Noordzee werkte, kon niet naar de winkels om een cadeau voor haar te kopen en stuurde haar in plaats daarvan vijfhonderd pond.

'Ik ga naar Londen,' had ze tegen haar vader en stiefmoeder gezegd meteen toen ze de envelop had opengemaakt.

Ze hadden er weinig van begrepen. 'Wat is er zo speciaal aan Londen?' had haar stiefmoeder Janet boos willen weten. 'De straten zijn daar echt niet met goud geplaveid, hoor.'

Ze zou het ze nog wel eens laten zien, dacht ze, toen ze op een trein naar St Pancras stapte.

Molly had een plan. Ze had ijverig zitten lezen in *The Face* en *Blitz* en wist dat alle mooie mensen rondhingen in Chelsea en Soho. Toen ze een plastic broek had gepast in Seditionaires, de beroemde winkel van Malcolm McLaren in King's Road, werd ze aangesproken door een glamoureuze vrouw die wilde weten of ze model was. Deze keer was de fotograaf echt en binnen een halfjaar had Molly opdrachten voor *Harper's & Queen* en *Cosmopolitan*, voor een tv-reclame voor een cosmeticamerk en voor de modeshows van de topmodehuizen. Molly maakte deel uit van een heel nieuw tijdperk van meisjes, de generatie na Marie Helvin en Jerry Hall, en haar status bracht haar rijkdom, roem en plezier. Ze woonde in een huis in Edith Grove, samen met twee andere modellen, Michelle en Lulu, die allebei iets ouder waren en haar in bescherming namen nadat ze hun over haar jeugd had verteld: de dood van haar moeder, de verwaarlozing door haar vader nadat hij was hertrouwd met 'die trut van een Janet'. Molly had iets laten doorschemeren over geweld en misbruik, en Michelle en Lulu namen haar mee uit om haar zinnen te verzetten. Ze zaten avond aan avond in The Wag Club en de Limelight, of werden door rijke mannen op etentjes getrakteerd bij Langan's. Compleet opgezogen door haar nieuwe glamoureuze jetsetwereld vergat ze zelfs het bestaan van Ken en Janet; wanneer ze ernaar werd gevraagd, zei ze dat haar ouders dood waren. Soms geloofde ze het zelf.

Maar toen, zes weken geleden, was de eerste brief voor haar gekomen bij de Midas Corporation. In zwarte krabbels schreef Janet haar dat Ken ziek was, dat hij een kleine beroerte had gehad. In de tweede brief stond dat hartonderzoek had uitgewezen dat zijn hart zodanig was verzwakt dat er elk moment een slagader kon knappen. De derde brief had ze niet eens meer gelezen; ze had ze allemaal gewoon opgevouwen en achter in Marcus' klerenkast gelegd. Ze had geprobeerd er niet meer aan te denken, maar 's nachts, wanneer het in The Standlings erg donker was en de planken vloeren kraakten, begon de aanblik van de kast haar te verontrusten, alsof er klopgeesten in zaten.

'Ik vind het heel naar om te horen, Janet,' zei ze na een tijdje, terwijl ze haar vuist balde. 'Maar ik snap niet goed wat dat met mij te maken heeft.'

'Molly! Hoe kun je dat nou zeggen? Doet het je dan helemaal niets? Wil je je vader niet zien?' Janets stem kreeg een boze klank. 'Hij wordt geopereerd aan zijn hart. We hopen dat hij sterk genoeg is om... Nou ja... Het moet gewoon gebeuren. De artsen zeggen dat hij zonder operatie nog maar een paar maanden te leven heeft.'

Molly schudde haar hoofd. Wat had zij daarmee te maken? Waarom viel dat mens haar na al die jaren lastig? Ze begroef haar nagels in de sprei, boos op Janet, omdat ze haar lastigviel, en boos op zichzelf omdat ze zich er iets van aantrok.

'Kom je nog naar huis, Molly? Hij snapt nog steeds niet waarom je boos op hem bent of waarom je ons niet meer wilt zien...'

Molly zweeg.

'Maar dat doet er nu niet meer toe,' zei Janet. 'We horen nu samen te zijn. Misschien is het wel voor de laatste keer.'

'We zijn niet echt meer een gezin, vind je wel?' Onder het spreken sloot Molly haar ogen. 'Ik hoor daar niet thuis, ik heb daar nooit thuisgehoord.'

'Dat is belachelijk, Molly. Hij is je vader. Je vader!'

'Janet. Alsjeblieft, laat me verder met rust.'

'Luister, hij ligt in het Newcastle Infirmary. De operatie is morgen over een week en...'

De rest van de zin hoorde Molly niet meer. Ze liet de telefoon vallen, liep naar de kast om Janets brieven te pakken, scheurde ze in stukjes en spoelde ze door de wc in de badkamer.

36

Voor het eerst van haar leven voelde Erin zich echt gelukkig. Terwijl ze van een champagnecocktail nipte, omringd door kaarslicht, met tegenover haar de man op wie ze langzaam maar zeker verliefd aan het worden was, had ze het gevoel alsof ze zich op de filmset bevond van *A Midsummer Night's Dream*. Julian had haar van het werk afgehaald en meegenomen voor een etentje bij Julie's in Holland Park, waar ze een knus tafeltje hadden genomen op de prachtige binnenplaats. Dit was typisch Julian, dacht ze blij. Iedere ochtend kostte het haar minimaal een halfuur om te beslissen wat ze zou aantrekken, voor het geval hij na haar werk op haar zou zitten wachten, met het dak van zijn sportwagen naar beneden, om haar mee te nemen voor een etentje of terug naar haar huis, waar ze op het kleine balkon rode wijn dronken of meteen door naar bed gingen.

De seks was steeds even sensationeel. Hij was zowel vrijgevig als veeleisend; zijn honger naar haar lichaam gaf haar een sexy, begeerlijk, volwassen gevoel. Zijn aanrakingen zetten al haar zenuwen in vuur en vlam, en haar orgasmes waren als vuurwerk. Op die ochtenden, de ochtenden van Julian, ging ze altijd naar haar werk met een glimlach zo groot als China.

Adam plaagde haar er natuurlijk mee. 'Heeft iemand soms geluk gehad vannacht?' vroeg hij dan grijnzend. Maar Erin had alles ontkend, dat moest ze wel. Per slot van rekening was Julians bureau nog steeds een potentiële relatie, en het zou van weinig fatsoen getuigen als Julian iets met een werknemer van Midas zou beginnen.

'Zullen we het toetje overslaan en naar jouw huis gaan?' vroeg Julian. Het was pas halftien. Julian knipoogde en wenkte de ober.

'Waarom niet een keer naar jouw huis?' vroeg ze. Ze waren maar één keer naar zijn loft in Hoxton geweest, maar ze had het fantastisch gevonden. Ze had wel chiquere appartementen gezien – die zag ze elke dag als onderdeel van haar werk – maar een beetje rondklungelen door zijn huis in zijn veel te grote badjas, zich in zijn vrijstaande stenen eivormige bad laten glijden, of thee zetten in zijn in chroom uitgevoerde keuken, gaf haar het gevoel dat ze net zo glamoureus was als de mondaine vrouwen in haute couture die ze tijdens haar werk voor Midas ontmoette. Maar wat belangrijker was, ze voelde zich er thuis.

Julian trok een gezicht. 'Nee, niet naar mijn huis. Islington is dichterbij. Bovendien vind ik het leuker bij jou, ik vind het fijn tussen jouw spullen.'

Haar korte teleurstelling loste zich op toen ze zag dat andere vrouwen een jaloerse blik op haar wierpen, terwijl ze het restaurant verlieten en met gierende banden wegreden in de open sportwagen, met haar haren achter zich aan wapperend als een vlag. Heel even dacht ze: zo moet Karin zich iedere dag voelen.

Bij Peony House parkeerde Julian de auto, terwijl Erin in de lobby ging kijken of er post voor haar was.

'Dus je leeft nog?'

Chris stond op de lift te wachten. Zo te zien kwam hij net van zijn werk; om zijn broekspijpen zaten nog steeds fietsklemmen.

'Dat zie je,' zei ze glimlachend, terwijl ze een pakketje boeken van Amazon van de bovenkant van haar postbus pakte.

'Nou, je hebt geluk, Frankenstein.' Hij hield de liftdeur voor haar open. 'Een Franse importeur heeft me net een fles Petrus gestuurd. Vraag me niet waarom. Misschien omdat ik me zo graag laat omkopen,' zei hij lachend. 'Dus als je zin hebt in een afzakkertje? Dan kun je me meteen vertellen waar je de afgelopen week hebt uitgehangen.'

Ze keek hem gegeneerd aan toen achter hen voetstappen klonken en Julian bij hen kwam staan.

'Hoorde ik iemand iets over een afzakkertje zeggen?' vroeg hij met een glimlach.

Chris knikte vaag. 'O, hoi. Ja, ik ben Erins buurman. En jij bent?'

Met knalrode wangen stelde Erin hen snel aan elkaar voor. 'Chris, Julian. Julian, Chris.' Maar waarom zou ze zich eigenlijk ongemakkelijk voelen? Goed, ze had Chris wel eens eerder over Julian kunnen vertellen, maar echt geheim was het toch ook niet? Ze had er gewoon voor gekozen om het er niet over te hebben. Chris trok echter alleen maar zijn wenkbrauwen op, en met zijn drieën namen ze zwijgend de lift naar boven.

'Ga je vaker bij hem een afzakkertje halen dan?' vroeg Julian toen ze in haar flat waren. Hij had zijn schoenen uitgetrokken en was naar de ijskast gelopen voor een fles wijn, terwijl Erin een geurkaars aanstak en snel wat probeerde op te ruimen.

'Doe niet zo gek, dat is het helemaal niet,' zei ze. 'Hij schrijft over eten en wijn voor de *Herald*, dus het is eigenlijk een soort onderzoek.'

'O, noemen ze dat tegenwoordig zo?' gromde hij, terwijl hij de kurk uit de fles trok en voor hen allebei een glas inschonk voordat ze zich samen op de bank lieten vallen.

'Je hoeft niet zo humeurig te doen.' Ze kuste hem in de hals. 'Als ik al een keer een kopje suiker bij hem heb geleend, is het veel.'

'Nou, als het daar maar bij blijft,' mopperde hij.

Het was slecht, maar heimelijk genoot ze van zijn jaloezie. Het was een nieuwe ervaring voor haar – en ze vond het leuk. De kamer was donker, slechts verlicht door de kaars die de ruimte in een sepia gloed zette. Erin voelde zich een beetje doezelig van de wijn en van geluk.

'Hoe staat het eigenlijk met de bouwtekeningen voor Belvedere Road?' vroeg ze.

Hij streelde haar haren. 'Hé, verknal een mooie avond nou niet door het over werk te hebben.'

Ze wist dat hij gelijk had, ze moest zich echt eens ontspannen, maar toch maakte ze zich behoorlijk veel zorgen over het project. Ze was die middag gebeld door de hoofdopzichter, die haar had verteld dat hij zes mannen had ingeroosterd om over twee maanden met de werkzaamheden te beginnen, maar ze had nog steeds geen bouwtekeningen gezien.

'Ik weet het,' verzuchtte ze, 'maar dit is allemaal nieuw voor me en ik heb je hulp nodig. Als je denkt dat we tegen die tijd geen toestemming van de bouwcommissie hebben, dan zullen we het moeten uitstellen. Ik wil niet dat die mannen daar een beetje niks gaan zitten doen.'

Hij schoof iets dichter naar haar toe en zijn lippen streelden de hare, zodat er een rilling van genot langs haar rug trok. 'Zullen we het er morgen over hebben?' fluisterde hij. 'Ik heb nu andere plannen.'

Ze voelde zijn hand op haar dij. Hij schoof haar dunne rode jersey jurkje omhoog tot het geplooid over haar buik lag, en boog zich toen voorover om haar te kussen, eerst haar navel en toen de rand van haar slipje. Hij beet haar zacht en kietelde toen haar dijen met zijn lippen. Ongeduldig trok ze de jurk over haar hoofd, en Julian maakte haar beha los, zodat haar volle borsten eruit sprongen. Hij tilde haar op en, giechelend en naakt op haar witte slipje na, werd ze de slaapkamer in gedragen, waar hij iedere centimeter van haar lichaam met zijn tong verkende.

Uitgeput en gelukkig viel Erin bijna meteen na de seks in een diepe, gelukzalige slaap. Ze hoorde niet dat Julian de slaapkamer uit sloop en naar de kamer ging.

Stilletjes liep hij naar haar bureau en nam naakt plaats voor Erins laptop met het Midaslogo op de titanium klep. Als hij Erins wachtwoord had, was het niet moeilijk om de documenten van haar werk te openen. Hij dacht even na en typte toen 'Adam' in. Vrouwen waren soms zo voorspelbaar, dacht hij. Het scherm kwam flakkerend tot leven. Hij was binnen. Glimlachend ging hij aan de slag.

37

Vijf uur. Het was tijd. Ze was nooit te laat, dacht hij, terwijl hij uit zijn slaapkamerraam keek. Een glimlachje verlichtte heel even zijn magere, bleke gezicht. Hij volgde haar met zijn blik toen ze langs zijn huis jogde, de straat uit, tot ze uit het zicht verdween. Hij wist welke route ze zou nemen. In de richting van Hyde Park. Hij was haar een keer op zijn fiets gevolgd en had toegekeken, terwijl haar personal trainer bij het stretchen zijn handen op haar lichaam had gelegd, haar warme lichaam had aangeraakt toen ze met haar heupen draaide, en haar haren zo prachtig heen en weer hadden gezwiept, als een grote, donkere waterval.

Die paar seconden waarin ze langs zijn raam rende, was zijn leven compleet. Dan vulde ze zijn dagelijkse leegte, gaf hem een doel, een bestaansreden. Ze was perfect. Mager en fit, sterk en sexy als een stripheldin. Ze was als een drug, een drug die hij steeds weer tot zich moest nemen. Maar die paar seconden per dag waren niet genoeg. Niet meer. Hij wilde meer, veel meer. Het was tijd om haar beter te leren kennen. Want het was hun lot om samen te zijn. Dat zou ze wel inzien. Dat zou ze binnenkort wel inzien.

38

In de eersteklascoupé van de trein van kwart voor elf naar Newcastle legde Molly haar hoofd tegen het glas. Ze zag spoordijken, tunnels, heggen en meren vaag aan zich voorbijtrekken, maar nam niets echt in zich op. Ze deed haar ogen dicht en probeerde uit te rekenen hoe lang het geleden was dat ze voor het laatst thuis was geweest. Ze snoof. Thuis? Die plaats was nooit haar thuis geweest. Bovendien was het allemaal zo lang geleden dat het was alsof dat het leven van iemand anders was geweest. De afgelopen paar dagen echter was dat leven haar gedachten weer binnengesijpeld. Sinds het gesprek met Janet dwaalden haar gedachten 's nachts af naar hun kleine rijtjeshuis; de kleine huiskamer aan de straatkant, waar het naar frituurvet en meubelwas rook, de badkamer met zijn roze sanitair en de gehaakte hoesjes over de rollen wc-papier, de bedden met de chenille dekbedden. Nou, een mooi thuis, dacht ze spottend, maar toch voelde ze de aantrekkingskracht ervan. 's Nachts, terwijl ze in het donker lag te staren, was dat het enige wat ze zag.

Schuldgevoel maakte normaal gesproken geen deel uit van Molly's emotionele spectrum, maar op het ogenblik verstikte het haar. Schuldgevoel omdat ze Summer nooit had verteld dat ze een grootvader had. Schuldgevoel over alle verhalen die ze had verteld over Kenneth Sinclair, waarin ze hem had afgeschilderd als een luie bullebak, verhalen over haar stiefmoeder, van wie ze had gezegd dat ze door haar werd genegeerd, vernederd, dag in dag uit. Ja, Molly had een levendig beeld geschetst van een arm, smerig, gewelddadig verleden waaraan ze zich had weten te ontworstelen en waar ze, tegen alle verwachtingen in, sterk en succesvol uit tevoorschijn was gekomen. Molly, de doordouwster.

Maar Molly's verhalen waren ver bezijden de waarheid. Kenneth Sinclair sloeg zijn vrouw niet; hij had Molly nooit geslagen of verwaarloosd. Nee, Kenneth Sinclairs misdaad was dat hij arm was. Arm en trots. Hij was gewoon een huisschilder en behanger, een gezinsman, een vaste klant van de Crown, een fatsoenlijke arbeider. Niets meer en niets minder. En Molly had hem erom gehaat.

In Newcastle was het helder en zonnig, het water van de Tyne glinsterde in scherven toen de trein eroverheen reed. Molly draafde het perron over en vocht voor het station om een taxi, waarna ze de chauffeur vroeg om haar naar het Newcastle Infirmary te brengen. Het ziekenhuis maakte een zielloze indruk, ondanks het warme weer en een vrolijk spandoek waarop de zomerbazaar van komende zaterdag werd aangekondigd. Ze was hier op haar dertiende voor het laatst geweest toen ze van een muurtje voor de slijterij was gevallen en op haar hoofd was terechtgekomen. Molly was hysterisch geweest, ontroostbaar. Niet vanwege de pijn van de val, maar omdat ze bang was dat de hechtingen een litteken zouden achterlaten.

Ze stapte uit de taxi, gaf een enorme fooi en liep naar de receptie, helemaal uit de toon vallend met haar zijden T-shirt, witte spijkerbroek en Guccizonnebril. Een blik op het informatiebord vertelde haar dat de hartafdeling in de Oranje Zone was, wat dat dan ook mocht zijn. Ze liep door de lange perzikkleurige gang en hoorde haar hakjes klikken op het linoleum. Hoe dichter ze bij de afdeling kwam, hoe langzamer ze ging lopen, zo erg zag ze ertegen op. Ze had geen flauw idee wat ze moest zeggen; de afgelopen uren had ze geprobeerd iets te bedenken, maar dat was niet gelukt. Eindelijk verkondigde een bord boven aftandse klapdeuren dat ze op de hartafdeling was aangekomen. Ze zag een paar privékamers en hoopte dat haar vader in een ervan zou liggen. Het was al erg genoeg om je familie na ruim twintig jaar terug te moeten zien; het zou nog erger zijn als dat onder de ogen van een stuk of tien andere zieke mensen gebeurde.

Toen ze een hand op de deur legde, vroeg ze zich af hoe hij er nu zou uitzien. Magerder? Grijzer? Misschien was zijn haar wel wit. Zouden er slangetjes uit zijn borst komen? Of zo'n luchtpomp? Ze rilde.

'Kan ik u soms helpen?'

Een verpleegster die niet ouder was dan Summer, stond voor haar en keek haar ernstig aan.

'Ik ben op zoek naar Kenneth Sinclair. Ik ben zijn dochter.'

Ze zag een opgelaten en medelijdende blik over het gezicht van de jonge vrouw trekken, terwijl ze een hand op Molly's schouder legde en haar meenam naar een klein kamertje naast de grote zaal.

'Het spijt me. Ik dacht dat u het misschien al wist. Mr. Sinclair – uw vader – is twee uur geleden overleden. Na de operatie zijn ernstige complicaties opgetreden. De artsen hebben hun best gedaan, maar hij was erg ziek. Maar dat wist u natuurlijk.'

Overleden? Molly probeerde adem te halen, maar haar longen leken ineens te krimpen en op slot te gaan.

'Is hij dood?' fluisterde ze.

'Kan ik u iets te drinken geven? Thee?' vroeg de verpleegster.

'Hij is dood, hij is dood.' Ze herhaalde het keer op keer, terwijl ze de woorden probeerde te begrijpen.

'We hebben een rouwtherapeut in het ziekenhuis,' zei de verpleegster vriendelijk.

'Hij heeft mijn dochter nooit gezien,' zei Molly. Zonder iets te zien staarde ze naar een prikbord vol posters over griepprikken en brochures over gezond eten.

'Ik geloof dat uw familie ongeveer een uur geleden is weggegaan. Ik wil wel een taxi voor u bellen, zodat u naar huis kunt. U wilt nu vast samen zijn,' zei de verpleegster geduldig.

'Een taxi?' Molly keek de vrouw uitdrukkingsloos aan, sprong toen ineens overeind, pakte haar tas en hing hem over haar schouder. 'Ja, een taxi. Dat is erg aardig van u,' zei ze. 'Ik zal u niet langer ophouden. U hebt vast nog meer dingen te doen.'

De auto zette haar af voor het Metropole Hotel in het centrum. Ze nam een suite en belde vanuit haar kamer roomservice voor een clubsandwich en twee flessen van hun beste rode wijn. Ze plunderde de minibar, schonk vier miniflesjes whisky in een glas en sloeg het in twee slokken achterover.

Daarna liet ze een bad vollopen, trok haar kleren uit, deed naakt de deur open voor een geschrokken ober en pakte zonder iets te zeggen de wijn en een glas van hem aan. Terwijl ze zich in het hete, schuimende water liet zakken en de rode wijn door haar keel gleed als warme honing, wervelden en vermengden zich beelden uit het verleden en heden in haar hoofd, weerkaatsend als een lege ziekenhuisgang. Ze dreef weg in een halfbewustzijn, haar oogleden werden loodzwaar, en ze merkte niet dat haar schouders langzaam langs de wand van het bad naar beneden gleden, dat het afkoelende water opkroop tot aan haar oren en dat haar hoofd op haar schouder viel toen de uitputting en de alcohol haar overspoelden. Ze merkte het gewoonweg niet.

Mocht Summer ooit de ambitie hebben gekoesterd om actrice te worden, dan drong dat pas echt tot haar door toen ze een heerlijke roddel hoorde op het feest in de Serpentine Gallery. 'Schat, heb je het al gehoord?' vroeg Daria Vincenzi, een prachtig Italiaans model met een nog geaffecteerdere stem dan de koningin, enthousiast. 'Luc Balzac – je weet wel, die onafhankelijke Franse regisseur? Hij gaat een actiefilm maken in de Pinewood Studios voor zoiets als honderd miljoen dollar en ze willen een compleet onbekende casten voor de vrouwelijke hoofdrol. Te gek, hè?'

Summer ging bij Allegra Fox staan, het aristocratische gezicht van vele modemerken. Allegra had overal connecties en was daarbij het minst discrete model dat ze kende. Als er iemand was die alle ins en outs kende, dan was zij het wel.

'O ja, ik heb gisteren nog een gesprek gehad met Imogen Sanders, de casting director,' pochte ze. 'Officieel zijn het open audities, maar Imogen roept alle topmodellen van de grote agentschappen op.' Ze wierp Summer een smalende blik toe om haar te kennen te geven dat zij niet van dat niveau was. 'Hoewel het script verschrikkelijk slecht schijnt te zijn, dus misschien is het voor mij geen verstandige stap op dit moment.'

Molly had tot Summers opluchting geen belangstelling meer om haar dochters carrière te 'managen', dus ze had besloten het heft in eigen handen te nemen, en de volgende dag ging ze, zo vroeg als ze durfde, naar haar agent, IMP. IMP, gevestigd vlak bij Regent Street, was het machtigste modellenbureau in Londen en had een paar van de beroemdste modellen in zijn bestand. Hun kantoor was een chique, open ruimte, met een grote ronde tafel in het midden, waaraan de agenten in hun headsets zaten te schreeuwen als een modieuze versie van de ridders van koning Arthur. Summers agent, Michael Tantino, had een eigen kantoor. Hij was net bevorderd tot hoofd – dat hij het Karenzameisje had ingeschreven, had hem geen windeieren gelegd – en hij was blij om Summer te zien.

'Summer!' riep hij, terwijl hij zijn armen in de lucht gooide toen ze zijn spaarzaam ingerichte chromen en glazen kantoor in liep. 'Mijn meest favoriete model van de hele wereld!'

De huidskleur van Michael, flamboyant, half-Tunesisch,

half-Spaans, was als butterscotch. Zijn zwarte maatoverhemd stond open, zodat Summer een blik kon werpen op zijn onlangs onthaarde borstkas. 'Maar dat zeg ik natuurlijk tegen iedereen. Wat kan ik voor je doen, schat?'

'Doe jij wel eens wat met Imogen Sanders?' vroeg Summer, terwijl ze op een oranje bank ging zitten.

Hij haalde kort zijn schouders op. 'Soms, schat. Waarom wil je dat weten?'

Inwendig kromp hij ineen. Hij wist precies waar Summer op doelde, maar hij wilde haar niet kwetsen. Imogen Sanders was een van zijn oudste vriendinnen en had hem gebeld met de vraag of hij mooie meisjes kon aanbevelen die ook konden acteren. Hij had Summers naam niet genoemd. Als hoofd boekingen wilde hij vooral de naam van zijn bureau beschermen, en hij had dan ook alleen zijn topmodellen naar Imogen Sanders gestuurd. De meisjes die vijftigduizend dollar per dag konden vragen, en de meisjes die contracten hadden met de grote cosmeticamerken en bedragen kregen die in de zeven cijfers liepen. De crème de la crème. Goed, Summer Sinclair begon ook aardig wat geld in het laatje te brengen. En ze was hot, daar viel niet over te twisten; *GQ* hing iedere week aan de telefoon met de vraag of ze haar op de cover konden krijgen. Maar volgens hem was ze nog niet rijp voor Hollywood.

'Want ik sprak gisteravond Daria toevallig,' vervolgde Summer, 'en ze vertelde dat jij haar naar Imogen had gestuurd.'

Michael trok een gezicht. Summer was ook zo'n bescheiden, verlegen ding. Ze had dan wel die tv-show in de wacht gesleept, maar ze had niet de bruisende persoonlijkheid van een Cameron Diaz en ook geen beroemd vriendje zoals Jude Law, die de carrière van Sienna Miller een flinke zet had gegeven.

'Dat klopt, schat, maar volgens mij ben jij daar nog niet aan toe. Ik heb iets gehoord over een clip, als we dat nou eerst eens probeerden voor jou...'

Ze haalde diep adem, terwijl ze zich probeerde voor te stellen wat Molly in zo'n situatie zou doen. Ze zou zich beslist niet met een kluitje in het riet laten sturen. Misschien was ze nog geen 'topmodel', maar ze wilde die rol. Heel erg graag.

En als ze dan toch actrice wilde worden, dan was dit een mooi moment om ermee te beginnen.

'Hoor eens, Michael,' zei ze, in een perfecte imitatie van Molly, 'ik weet dat ze open audities houden; er heeft verdorie zelfs een advertentie in *The Stage* gestaan. Deze job is echt geen geheim.'

Ze boog zich naar voren en tikte met haar nagel op zijn bureau om haar woorden kracht bij te zetten. 'Als het moet, bel ik Imogen zelf. Maar mocht ik die rol krijgen, dan wordt het misschien tijd om een nieuw bureau te zoeken. Ik weet zeker dat Models 1 me met open armen zal ontvangen als ik...'

'Oké, oké.' Met zijn handen in de lucht onderbrak hij haar. 'Ik zal Imogen bellen. Maar in de tussentijd is er morgen ook een casting voor een of andere popvideo voor een soort James Blunt. Blijkbaar is hij het helemaal. De platenmaatschappij wil morgen wat mensen zien. Ze kennen je portfolio al.'

'Oké, zeg maar waar en hoe laat,' zei ze, inwendig een zucht van verlichting slakend. 'En je vergeet niet om Imogen te bellen, hè?'

'Nee, dat vergeet ik niet,' zei hij plagend. Hij keek haar met een beetje droevig gevoel aan. Ze had grote dromen, dromen die steeds groter werden. Ze was een leuke meid. Hij wilde niet dat ze zou worden opgeslokt en uitgespuugd. Daar was ze te aardig voor.

39

Erin had al bijna een week niets van Julian gehoord. Ze had geprobeerd hem te bellen en minstens tien boodschappen achtergelaten zowel bij zijn secretaresse als op zijn antwoordapparaat, maar het enige wat ze tot nu toe hoorde, was een gapende stilte, wat niet veel goeds kon betekenen, van welke kant ze het ook bekeek. Als hij een ongeluk had gehad, zou zijn secretaresse dat toch wel hebben verteld, idem dito als hij naar het buitenland was, zodat er maar één mogelijkheid overbleef:

ze was gedumpt. Gisteravond had ze gehuild tot haar ogen pijn deden, zich afvragend wat ze in vredesnaam had gedaan of gezegd dat hij zo snel zijn belangstelling had verloren. Maar haar gebroken hart was nog maar het halve verhaal. Niet alleen was Julian verdwenen, maar met hem ook zijn tekeningen voor Belvedere Road. Ze had die bouwtekeningen hard nodig om toestemming van de bouwcommissie te krijgen, en hoe langer ze de zaak op zijn beloop liet, hoe sneller haar toch al weinige geld het afvoerputje in verdween. Geld dat ze van haar vader had geërfd. Haar appeltje voor de dorst. Als het zo doorging, zou ze het pand weer moeten verkopen zonder dat er ook maar iets aan was gedaan. Ze wist dat haar vader dat niet zou hebben gewild.

'Erin! Roep Marcus.' Meestal gebruikte Adam de telefoon om iets tegen haar te zeggen, maar nu kon ze zijn bulderende stem helemaal van zijn bureau horen komen. Marcus kwam meteen naar boven, en er volgde een verhitte discussie die Erin wel moest horen.

'Die stomme Dreamscape Construction heeft een lagere inschrijving gedaan dan wij voor de London Gallery.'

Erin spitste meteen haar oren. Het contract voor de London Gallery was misschien wel het grootste contract waarnaar Midas Construction dit jaar had meegedongen. Het was een van de belangrijkste musea, dat de National Portrait naar de kroon stak, en maakte deel uit van een initiatief van de huidige regering om stemmen te winnen met 'ruimtes voor het volk' als onderdeel van de zorgzame samenleving. Er was maanden van planning in het project gaan zitten. Ze hadden presentaties gehouden en met ministers en adviseurs gebabbeld.

'Hoe heeft dat nou kunnen gebeuren?' viel Adam uit, terwijl hij door zijn kantoor ijsbeerde. 'We hadden een fantastisch voorstel. Het zou me verdomme verbazen als iemand anders ook zo'n goed ontwerp had of voor zulke lage kosten kon werken. Wat is er in vredesnaam aan de hand?'

Met een geïrriteerd gebaar haalde hij een hand door zijn haar. 'Blijkbaar heeft de minister van Cultuur gehoord dat Midas een soortgelijk, zelfs nog groter, project in Parijs doet.

Ze hebben gezegd – officieus natuurlijk – dat ze de voorkeur geven aan een bedrijf voor wie de opdracht voor de London Gallery prioriteit nummer één is. Het komt er dus op neer dat ons bouwproject in Parijs onze kans hier om zeep heeft geholpen.'

'Maar dat van Parijs is nog niet eens officieel bekendgemaakt,' zei Marcus. 'Hoe kunnen ze dat nou weten?'

'God mag het weten,' gromde Adam. 'Iemand moet zijn mond voorbij hebben gepraat. De architect misschien?'

'Sergio? Geen sprake van. Die zou zijn reputatie echt niet op het spel zetten.'

Erin snapte waarom ze kwaad waren. Ze wist dat alleen het honorarium voor de architect bij de opdracht voor de London Gallery al in de honderdduizenden liep – Sergio Vinchely, een Spaanse architect uit Sevilla, was de beste ter wereld. Hij nam per jaar maar een paar belangrijke opdrachten aan en hij had een ongelooflijk mooi ontwerp gemaakt.

Erin was net zo verbijsterd als Marcus en Adam – er was duidelijk gelekt, maar wie zou zoiets doen? Ze staarde naar haar computerscherm en scrolde door haar documenten om alle mogelijkheden na te gaan, in de hoop dat ze kon helpen. En langzaam, heel langzaam, kreeg ze een verschrikkelijk wee gevoel.

40

'En Summer, wat vond je van het kalfsvlees?'

Marcus vulde Summers glas bij met dure rode wijn en probeerde het gesprek gaande te houden, terwijl Molly tevreden toekeek. Ze was blij dat ze weer in Londen was. Weer in een chic restaurant zat met haar rijke vriend. Weer was waar ze thuishoorde. Haar uitstapje naar Newcastle was iets wat ze de hele week al in een doosje in haar achterhoofd had proberen te stoppen. Dat ze niet was verdronken in een bad in het Metropole had ze slechts te danken aan een stop die was losgeraakt. Na een hele tijd was ze wakker geworden in de koude, lege porseleinen badkuip, met een bonkend hoofd, en aderen die leken dichtgeklonterd met alcohol. Zonder contact op te nemen met haar stiefmoeder, zelfs niet om te vragen wanneer de begrafenis zou zijn, had ze de eerste de beste trein terug naar St Pancras genomen. Ze was teruggegaan naar Newcastle, en dat was bijna haar dood geworden. Het was een teken dat ze er niet thuishoorde. Een teken dat ze er goed aan had gedaan om alle banden met het verleden te verbreken.

'Het vlees was heerlijk,' antwoordde Summer met een beleefd lachje, in de hoop dat niemand een toetje wilde en de kwelling van deze avond niet nog langer zou duren.

'Vertel Marcus eens over de film waarvoor je auditie doet,' zei Molly, die zichzelf wakker schudde uit haar gedachten.

Summer kromp ineen. O alsjeblieft, niet het trotse-oudertoneelstukje.

'Molly,' zei ze. 'Ik weet zelfs nog niet of de casting *director* me wel wil zien.'

'Tuurlijk wil hij haar wel zien.' Molly wendde zich met een zelfvoldaan lachje tot Marcus. 'Natuurlijk heb ik ook kansen gehad in Hollywood. Heb je die film van Robert Altman gezien, *Prêt-à-Porter*? Bob wilde echt heel graag dat ik daar een kort gastoptreden in zou vervullen, maar ik had helaas al iets anders.'

Summer sloeg haar ogen ten hemel. De avond werd nog erger dan ze zich had voorgesteld. Marcus had Molly en Summer uitgenodigd voor een etentje bij Le Gavroche, want hij was op onverklaarbare wijze ineens gegrepen door de gedachte dat ze samen 'qualitytime' moesten doorbrengen. En hoewel het eten verrukkelijk was en het restaurant luxueus, gedroeg Molly zich nogal eigenaardig. Het ene moment was ze somber en in gedachten verzonken, en het volgende moment was ze ineens de charmante, enthousiaste moeder, zo erg zelfs dat ze Summer weer als een tiener behandelde.

Summers ongemakkelijke gevoel werd versterkt door het feit dat ze naar bed ging met Marcus' beste vriend. Ze kon zich onmogelijk ontspannen. Maar in elk geval, dacht ze, terwijl ze nog een slok wijn nam om zichzelf te verdoven, leek Marcus een fatsoenlijke man. Molly's vrienden beperkten zich meestal tot twee categorieën: afkeurenswaardig of pretentieus.

Voor Summer was het een spelletje geworden om naar de achtergrond van haar moeders vrienden te raden. De playboys waren natuurlijk snel te herkennen, met hun permanent bruine kleurtje, hun extravagante kleren en de begerige, bedekte blikken die ze op Summer wierpen. Het oud geld was ook duidelijk: de rebelse zonen van oude, deftige families waren degenen die altijd de meeste drugs gebruikten en de slechtste manieren hadden nadat ze een paar glazen wijn hadden gedronken. Marcus hoorde bij de derde, en zeldzaamste, categorie van Molly's minnaars. Hij had de serieuze, weloverwogen houding van iemand die zijn rijkdom zelf had verdiend. Hij keek Summer aan met de respectvolle belangstelling van iemand die wilde weten wat ze te zeggen had, in plaats van hoe ze in bed was.

Summer kon ook altijd veel te weten komen over Molly's vrienden door te kijken naar haar moeders gedrag in hun aanwezigheid. Haar moeder bezat een kameleonachtig vermogen om zich aan te passen en kon de fantasievrouw van willekeurig welke man worden. Haar uiterlijk, haar kleren, haar en make-up pasten zich altijd aan aan de smaak van de man. Robert Cabot, een hedgefondsbankier met een vrouw in Manhattan, was getrakteerd op kokerrokjes, kekke hakjes en een reeks witte blouses die iets te ver openstonden. Haar haren waren een paar tinten lichter geblondeerd en ze praatte veel over haar tijd in New York, toen ze feesten was afgelopen met Basquiat. Bij Stavros, de zoon van een Griekse scheepsmagnaat, droeg ze Cavalli. Haar rokjes waren korter, haar hakken hoger en haar lippen rood en sappig als bessen. Aardiger, flirterig, luider, trotser; meer Kijk-naar-me.

Voor Marcus was ze een zachtere, rustigere versie van zichzelf. Ze had haar haren in een paardenstaart, droeg een spijkerbroek met een jasje van Chanel, en haar gesprekken gingen over glamoureuze mensen en plekken. Marcus was de man van de cijfertjes, die achter zijn bureau zat, terwijl Adam ritselde en reisde en uit eten ging met de sterren. Voor Marcus voegde Molly kleur en distinctie toe aan zijn leven.

'Molly zei dat het goed gaat met je modellenwerk,' zei Marcus. 'Blijkbaar zijn het de brunettes die meer fun hebben.'

Summer trok aan een lok haar. 'Nou, het lijkt inderdaad op gang te zijn gekomen nadat ik mijn haar heb laten verven. Dus eigenlijk heb ik het allemaal aan Karin te danken.'

'Toch niet echt aan Karin, hè, schat?' zei Molly snel. 'Summer is ontdekt in Regent Street door Dan Stevens, de fotograaf, ongelooflijk, hè?'

'Over Karin gesproken,' zei Marcus, terwijl hij de dessertkaart teruggaf aan de ober, 'Adam heeft ons uitgenodigd op zijn jacht in Capri volgende week, als je zin hebt tenminste. Ik geloof dat Karin in Italië fabrieken bezoekt. Adam zal het vast niet erg vinden als jij ook meegaat, Summer. Ben je al wel eens op Capri geweest?'

'O, Capri, schat,' zei Molly met een knikje naar haar dochter. 'Karin zal het vast leuk vinden om je te zien; per slot van rekening rinkelt haar kassa nu door die foto van jou. En denk je dat er ook een interessante man op het jacht is voor Summer?' vroeg ze, terwijl ze Marcus zacht aanstootte.

'Mam,' zei Summer streng, haar blik afwendend. De gedachte dat ze oog in oog zou komen te staan met Karin, vervulde haar met angst. Hoe kon ze nou gewoon een beetje babbelen en zeggen dat het zo leuk was om haar weer te zien, terwijl ze tegelijkertijd moest doen alsof ze niet de smaak van de mond van haar vriend kende, of het holletje in zijn dijspier, of het moedervlekje op zijn pik?

Marcus lachte in een poging om de spanning te verbreken. 'Regel nummer één, Summer: laat je nooit door je ouders aan iemand koppelen. Mijn eerste afspraakje was met de dochter van mijn vaders baas. Ze woog negentig kilo en had als hobby watersalamanders.'

'Het is een verrukkelijk aanbod, maar ik kan niet.' Summer sprak haar acteertalent aan om spijt voor te wenden. 'Zoals je waarschijnlijk wel weet, presenteer ik een tv-show, en dat weekend worden er opnames gemaakt.'

'Echt waar?' Molly trok een sceptische wenkbrauw op. 'Wat kan er nu voor belangrijks te filmen zijn volgend weekend? Londen is op het ogenblik uitgestorven. Iedereen is op vakantie.'

'Ik geloof dat we ergens anders naartoe gaan,' zei Summer vaag. 'Ik hoor altijd pas op de productievergadering een paar dagen ervoor wat we precies gaan filmen.'

Molly wierp haar een blik toe die duidelijk zei: hier hebben we het later nog wel over. Marcus leek het echter niet al te erg te vinden. Summer waardeerde zijn gebaar, maar het was duidelijk uit beleefdheid geweest. Toen hij had afgerekend en ze naar buiten liepen, begon het net donker te worden. Het was ongewoon rustig in de straten van Covent Garden.

'Wil je hier wachten terwijl ik de auto haal?' Marcus rammelde met zijn sleutels.

Molly schudde haar hoofd. 'Dit is mijn avondje uit met mijn dochter. Je voelt je anders toch maar het vijfde wiel aan de wagen, schat,' zei ze plagend, terwijl ze hem licht op de lippen kuste. 'Ik ga eens kijken of ik haar kan overhalen om een afzakkertje met me te gaan drinken in de Light Bar.' Ze wees in de richting van het St Martin's Lane Hotel. 'Ik zie je morgen weer,' fluisterde ze in zijn oor.

'Ga alsjeblieft even mee wat drinken,' zei Molly zodra Marcus om de hoek was verdwenen. 'Ik heb bij het eten maar een paar glazen gehad. Marcus haat het als ik te veel drink.'

'Omdat hij weet hoe je bent,' zei Summer cynisch. 'Nee, ik ga naar huis,' eindigde ze op besliste toon, terwijl ze haar arm opstak om een taxi aan te houden. Summer kwam zelden in opstand tegen haar moeder, maar het laatste waar ze nu zin in had, was in nog meer cocktails en zelfmedelijden.

Molly haalde slechts haar schouders op, en ze stapten achter in een taxi, die via Trafalgar Square reed, langs de National Gallery, statig en verlicht, en ze keken zonder iets te zeggen naar de paartjes die om de fonteinen wandelden.

'Er zijn helemaal geen opnames volgend weekend, hè?' vroeg Molly na een tijdje. Ze had de blik van angst en verwarring op haar dochters gezicht gezien toen Adam ter sprake was gekomen, en haar neus voor intriges vertelde haar dat er iets aan de hand was. 'Waarom wil je niet mee op het jacht?'

Summer staarde uit het raampje. Het jacht. Adam had beloofd haar mee te nemen naar het jacht. Sinds de eerste keer dat ze de liefde hadden bedreven, voor anker in de Solent, waren ze bijna continu samen geweest, en hun hartstocht was bij ieder afspraakje toegenomen in kracht. Ze hadden afgesproken om elkaar op *The Pledge* te zien in Porto Ercole, de woensdag voordat Adam verder zou varen naar Capri. Met zijn tweeën, alleen, samen, verstrengeld. Hoe kon ze dan twee dagen later weer aan boord stappen van hun liefdesnestje, terwijl zijn vriendin voor gastvrouw speelde? Hoe kon ze slapen op die boot, in de wetenschap dat ze daar achtenveertig uur eerder naast hem had gelegen, hem had gekust, hem in zich had gevoeld?

Ze wist dat het verkeerd was wat ze deed. Egoïstisch, immoreel. In de loop der jaren had Summer haar moeder vaak bekritiseerd als ze willens en wetens 'de andere vrouw' was geweest, maar nu deed ze precies hetzelfde. Erger nog, ze kende Karin; ze had haar succes aan haar te danken. Ze haatte zichzelf erom, maar haar gevoelens voor Adam waren te krachtig om te kunnen negeren – en eerlijk gezegd vond ze dat ze dit beetje geluk wel verdiende.

Ze had nog nooit iemand zo dichtbij laten komen; en ze had er geen psychiater voor nodig om te weten dat haar verlatingsangst en angst voor intimiteit met Molly te maken hadden. Met wat ze als kind had gezien. Met wat ze 's nachts had gehoord. Dat was ook de reden dat ze, terwijl al haar vriendinnen in Tokio in nachtclubs zaten en uitgingen met rijke zakenmannen, steeds haar afstand had bewaard en altijd in haar eentje naar huis was gegaan. Het was ook de reden waarom ze op haar vierentwintigste nog nooit een echte relatie had gehad, ondanks haar schoonheid. Het was de reden waarom ze Adam nu zo nodig had.

'Ga nou mee naar Capri,' zei Molly zacht. 'Neem een vriendin mee als je dat wilt. Marcus vraagt het wel aan Adam. Neem een mooi meisje mee. Mooie meisjes zijn altijd welkom op een jacht,' zei ze met een flauw glimlachje.

'Ik heb geen zin.' Summer begon te snikken. Het schuldgevoel, de schaamte, de droefheid, werden haar ineens te veel.

Molly sloeg een arm om haar schouders. 'Stel je niet zo aan,' zei ze zacht.

Summer keek haar aan door wazige ogen. Ze zou het haar

vertellen. Dat moest. Ze kon de last van wat ze deed, niet meer alleen dragen. En van iedereen die ze kende, was Molly degene die dat gevoel het beste kende, het gevoel de andere vrouw te zijn, en de zoete last daarvan.

'Adam en ik hebben een relatie,' zei ze simpelweg, heel even hopend dat haar moeder haar misschien niet had verstaan. 'Ik wil niet gaan, omdat ik al ga. Een paar dagen eerder. Ik heb met hem afgesproken in Porto Ercole.'

Met ingehouden adem keek ze haar moeder aan. Ze wist dat haar moeder haar er niet om zou veroordelen dat ze met de vriend van een ander naar bed ging, maar toch vroeg ze zich heel even af of ze niet kwaad zou worden omdat ze haar sprookjeswereld was binnengedrongen en de hoofdprijs in de wacht had gesleept.

Molly keek haar dochter met open mond aan, maar de opflakkerende woede ging meteen liggen toen met een schokkende helderheid tot haar doordrong wat voor kans zich hier voordeed; ze vroeg zich zelfs af waarom ze er niet eerder aan had gedacht. Als Adam Gold koppig weerstand bleef bieden aan haar eigen avances, dan zou het een volmaakt compromis zijn om hem als schoonzoon te hebben. Ze keek glimlachend naar Summer, naar het bandje van haar krokusgele zomerjurkje dat van haar schouder van gegleden, naar de welving van haar roze lippen, iets naar beneden getrokken omdat ze zich ongemakkelijk voelde, en vond dat ze er nog nooit zo mooi had uitgezien.

Ze pakte haar dochters hand en kneep er zacht in. 'Dat is perfect. Echt perfect. Jij en Adam passen perfect bij elkaar.'

'Ja, perfect. Als Karin er niet zou zijn.' Er gleed een traan over Summers wang.

'Gun het wat tijd, lieverd,' zei Molly, terwijl ze Summers vingertoppen streelde. 'Niet opgeven. Je moet het gewoon wat tijd gunnen.'

Erin had zich verstopt in een wc-hokje bij de Midas Corporation, met haar handen voor haar gezicht geslagen. Hevige snikken welden op uit haar keel. Haar ergste vermoedens waren bewaarheid, en de afgelopen dagen was ze alles gaan begrijpen terwijl de puzzelstukjes op hun plaats waren gevallen. Het hoorde bij Erins dagelijkse routine om de vakbladen bij te houden voor Adam: *Estates Gazette*, de vastgoedrubrieken van *The New York Times*, *Construction News*. In een van de vastgoedbladen had ze, tot haar ontzetting, een artikel over Julian aangetroffen, vergezeld door een portretfoto van de lachende 'bekende architect Julian Sewell'. In het artikel werd vermeld dat hij was benoemd tot vicepresident van Dreamscape Construction. Ze had meteen begrepen hoe Dreamscape aan de informatie over de London Gallery was gekomen waarmee ze Midas in de wielen hadden kunnen rijden. Elke inschrijving en elk bouwproject had zijn eigen bestand op haar computer. Iedereen die zich toegang wist te verschaffen tot haar computer, kon precies lezen waar Midas Corporation mee bezig was – voor welke projecten ze inschrijvingen hadden gedaan, wie de opdrachtgevers waren, samen met de details over kosten en ontwerpen.

Ze scheurde een stuk wc-papier af om haar ogen te deppen en haar neus te snuiten. Hij had haar gebruikt en daarna gedumpt. Had hij eigenlijk ooit echt iets voor haar gevoeld? Zijn fluisteringen in bed, waren die echt alleen ingegeven geweest door ambitie? Zijn liefdesspel, was dat voor hem echt alleen maar iets geweest wat hij had moeten doen om aan de door hem begeerde informatie te komen? Haar geest onderzocht elke mogelijkheid – misschien had hij zelfs hun ontmoeting in die wijnbar in Piccadilly wel gearrangeerd; had hij niet gezegd dat hij zat te wachten op een vriend, een vriend die nooit was komen opdagen? Hun hele relatie was een schijnvertoning geweest. Een steek van pijn trok door haar buik.

Erin haalde diep adem en ging in de Eamesstoel tegenover Adam zitten. De zon scheen naar binnen door het raam, zodat ze haar ogen moest samenknijpen. Ze voelde zich zenuwachtig en bedrukt.

'Wat is er, Erin? Ik heb het erg druk vandaag,' zei Adam ongeduldig.

'Ik moet je iets... nou ja, iets vervelends vertellen.'

Hij keek op. 'Het kan niet vervelender zijn dan het nieuws dat ik deze week al heb gekregen,' zei hij.

'Nou, het leek me dat je moet weten dat ik iets met Julian Sewell heb gehad.'

'O ja?' Hij keek op van een stapel contracten. 'Ik hoop dat hij een betere minnaar dan architect is.'

Toen hij haar treurige blik zag, krabbelde hij snel terug. 'Sorry, Erin, dat was niet aardig van me. Maar ik ben gewoon al de hele week in een slechte bui door dat fiasco met de London Gallery.'

'Nou, daarom ben ik ook hier,' zei ze met trillende stem. Ze had nu zijn volle aandacht.

'Ga verder,' zei hij.

Ze legde het blad voor hem neer, opengeslagen bij het artikel.

'Godallemachtig,' zei hij nadat hij het had gelezen. 'Je hoeft geen genie te zijn om te snappen wat er is gebeurd, hè?' Hij keek haar koeltjes aan. 'Wat heb je hem verteld?'

Elk spoortje van een glimlach was van zijn gezicht verdwenen, en de toon van zijn stem deed haar rillen. Het zou veiliger zijn geweest om niets te zeggen.

'Helemaal niets, Adam, echt,' zei ze. 'Ik zweer het je. Ik heb hem helemaal niets verteld over wat voor project dan ook waar ons bedrijf bij betrokken is.'

'Nou, toch heeft hij iets ontdekt, hè?' zei hij, terwijl hij opstond van zijn bureau en naar het raam liep, met het tijdschrift opgerold in zijn handen.

'Ik heb hem niets verteld,' zei ze op smekende toon. 'Hij is nooit zonder dat ik erbij was in mijn kantoor geweest. Het enige wat ik kan bedenken, is...' Ze zweeg even en voelde haar wangen blozen. 'Hij is een paar keer bij me blijven slapen. Misschien heeft hij zich toegang weten te verschaffen tot mijn BlackBerry of laptop.'

Adam draaide zich om en gooide het blad door het kantoor. De bladzijden ritselden. 'Heb je enig idee hoe belangrijk dat contract voor dit bedrijf was?' schreeuwde hij.

Ze knikte, niet in staat om een traan die over haar wang gleed, tegen te houden.

'Ik zou je verdomme moeten ontslaan.'

Dat was het. Het enige wat ervoor nodig was om haar uit elkaar te doen vallen. Ze boog zich voorover en de snikken kwamen als mitrailleurvuur uit haar keel zetten. Ze zou alles kwijtraken. Julian, haar baan, Adam. Zelfs Belvedere Road. Alles.

'Oké, oké, hou nou maar op.' Adams stem klonk al wat kalmer. 'Je bent behoorlijk beetgenomen, schat.'

'Hij is een vuile klootzak,' zei ze, terwijl ze haar ogen droogde met een puntje van haar mouw.

'Dat spreek ik niet tegen. Die "vuile klootzak" van jou heeft me een fortuin gekost aan architectenhonoraria alleen al.'

'Als dat alles was.'

'Over je gebroken hart kom je wel heen, liefje,' zei hij kortaf.

Ze haalde diep adem en vertelde hem over Belvedere Road en haar droom om het te laten verbouwen tot appartementen. Ze vertelde hem dat Julian had aangeboden om de bouwtekeningen te maken en het papierwerk te verzorgen waarmee ze een bouwvergunning kon aanvragen. Ze vertelde dat hij nu elk contact met haar meed, maar dat het hoog tijd werd om met de verbouwing te beginnen, want ze had een torenhoge hypotheeklast die maandelijks moest worden afgelost.

'Je wilt acht appartementen laten bouwen?' Op zijn gezicht was weer iets van een glimlach te zien.

'Ik heb er al mijn geld in gestoken,' fluisterde ze.

'Initiatief. Dat zie ik graag,' peinsde hij hardop, met een steeds bredere glimlach op zijn gezicht. 'Daarom heb ik je ook in dienst genomen.'

Heel even vroeg ze zich af of hij ook zo bemoedigend zou praten als hij wist dat ze haar baan bij Midas had gebruikt om Belvedere Road te kunnen kopen, maar ze probeerde die gedachte meteen van zich af te schudden. Ze had zich al genoeg problemen op de hals gehaald.

'Zou je me in elk geval een referentie willen meegeven?' vroeg ze, op haar lip bijtend, terwijl ze probeerde te redden wat er te redden viel. 'Anders kom ik heel moeilijk aan een andere baan, en ik moet meer dan tweeduizend pond per maand aan hypotheek aflossen. Als ik die niet betaal, raak ik het gebouw kwijt. Mijn aanbetaling. Het was de erfenis van mijn vader.' Bij de gedachte aan haar familie, voelde ze een flakkering van trots en veerkracht. Ze zou die klootzak van een Julian Sewell niet alles laten verpesten.

Adam wreef over zijn mond. Toen blies hij zijn wangen op en slaakte een zucht. 'Ik geef je geen referentie,' zei hij langzaam, terwijl haar hart een snoekduik maakte. 'Want ik wil dat je voor me blijft werken.'

Ze staarde hem aan, oprecht verbaasd. 'Dank je,' fluisterde ze.

'Kom,' zei hij, terwijl hij haar bij de arm pakte. 'Laten we op de afdeling residentiële projecten gaan kijken of we iemand kunnen vinden die wat tekeningen voor je in elkaar kan flansen. Ik weet zeker dat we wel iemand bij de gemeente kennen die ons raad kan geven. Waar zei je dat het was?'

Ineens leek de verdwijning van Julian Sewell uit haar leven niet meer zo erg. Ze keek naar Adam en lachte om zijn plotselinge enthousiasme voor haar project.

'Dank je, Adam,' snufte ze.

'Oké. Genoeg medelijden. Heb je er al over nagedacht hoe je het project op de markt wilt brengen?'

Erin werd meegezogen door Adams energie, terwijl hij voor haar uit het kantoor uit liep. Op haar gezicht verscheen een brede grijns. Ze voelde zich dankbaar, overdonderd en gelukkiger dan ze een paar minuten geleden had kunnen denken. Toen ze naar Adam keek, kreeg ze een warm, wollig gevoel in haar buik dat er wat haar betreft altijd mocht blijven.

Nadat Julian Sewell drie uur in een bar in Old Street had gezeten, was hij te dronken om te merken dat hij op weg naar huis werd gevolgd. Maar zelfs als hij nuchter was geweest op zijn wandeling naar zijn flat in Hoxton, zou hij het gesnor van de chique auto die vijftig meter achter hem reed, niet hebben opgemerkt. Zijn hoofd zat te vol met andere dingen. Hij was nog steeds zijn nieuwe functie bij Dreamscape Construction aan het vieren. De wereld lag aan zijn voeten, en in zijn zak had hij de telefoonnummers van twee leuke meisjes. Hoewel hij niet van plan was ze te bellen, was hij wel ingegaan op het aanbod van een van hen voor orale seks op de wc. Maar hij had haar niet mee naar huis willen nemen. Hij hield er niet van als vrouwen bij hem thuis kwamen. Dat was te persoonlijk, een te grote inbreuk op zijn privacy. Hij had het één keer toegestaan bij Erin, maar dat had een doel gediend. Ach ja, Erin. Toch was ze goed geweest in bed, peinsde hij met een grijnsje. Nee, dat project was helemaal niet zo onprettig geweest. Bijna jammer dat hij haar had moeten dumpen.

De snelste weg naar zijn flat in de buurt van Hoxton Square was via de donkere, verlaten achterafstraatjes die vanaf Old Street in noordelijke richting liepen. Dit mocht dat een van de meest modieuze buurten van Londen zijn, dacht hij, sommige van die stegen zouden niet misstaan in een film over Jack the Ripper; je kon de mist bijna ruiken. Het begon licht te miezeren en Julian mopperde wat toen een paar druppels vlekjes veroorzaakten op de kraag van zijn geelbruine leren jas. Hij stond nog steeds aan de vlekjes te vegen toen hij voetstappen hoorde naderen. Snel en stil werd er een arm om zijn nek geslagen, terwijl een zware schoen zijn knieën wegtrapte. Toen hij op de grond lag, schopte de schoen hem keer op keer in zijn gezicht. De nieuwe vicepresident van Dreamscape Construction verloor zijn bewustzijn, en een bloedstraaltje liep van zijn hoofd op de vochtige straat. Een auto van de Midas Corporation reed rustig een zijstraat in, voegde zich tussen het verkeer en verdween uit het zicht.

41

Karin was gek op haar reisjes naar Florence om de badmodefabrieken te bezoeken, vooral in de zomer. Weer op kantoor deed ze altijd alsof haar maandelijkse uitstapjes naar Italië een bezoeking waren, maar, dacht ze, terwijl ze door het weelderige, groene Italiaanse landschap reed, hoe kon ze klagen? Bovendien was haar daginvulling nooit erg uitputtend: ze installeerde zich in haar favoriete kamer in het Lungarno Suites, met zijn blauwe zijden wanden en het zonnige raam, vanwaaruit ze de Duomo kon zien en de geur van bloemen kon ruiken. Daarna nam ze de auto voor het ritje van drie kwartier naar de twee fabrieken, waar ze haar perfectionistische ogen over de producten liet glijden. Na de lunch met de manager van de fabriek voerde ze overleg met de patroonsnijders en de huismodellen die haar vroege prototypes pasten, waarbij ze dan nog kleine, maar cruciale veranderingen aanbracht. Terug in de stad was er een kleine vriendenkring met wie ze altijd graag weer afspraken maakte. De Italianen konden zo goed genieten van het leven, van eten en, dat vooral, van roddelen. Ze hadden altijd weer komische anekdotes over de haat en nijd in de modewereld.

Terwijl ze extra gas gaf op de autostrada die haar in oostelijke richting de stad uit voerde, met de radio afgestemd op onbenullige Europese popmuziek, verheugde ze zich op het komende bezoek. Vandaag zou ze samples te zien krijgen van de Cruisecollectie, die over een maand geshowd zou worden op de jaarbeurs van Miami, de Miami Swim Show. De zaken liepen goed; nadat Cameron Diaz op vakantie in Hawaii was gefotografeerd in een zwarte Karenzabikini, was er een golf aan bestellingen geweest van Fred Segal, Barneys en Neiman Marcus. Maar ze kon niet op haar lauweren rusten; ze moest ervoor zorgen dat het merk zich nog verder ontwikkelde.

Ze reed de parkeerplaats op van een anoniem uitziend gebouw in een klein stadje op het Italiaanse platteland. Meestal stond het er stikvol Fiats, maar vandaag hing er een spookachtige stilte.

Ze liep naar de hoofdingang, die dicht leek.

Wat is hier verdomme aan de hand, dacht ze, terwijl ze haar mobieltje pakte.

Een kleine man met een mager gezicht in een blauwe overall kwam een zijdeur uit zetten.

'Waar is iedereen?' vroeg ze in perfect Italiaans.

'Waar iedereen ies?' zei de man in het Engels, terwijl hij zijn handen in de lucht gooide. 'Thuis, *cara mia*, vandaak ies... ies... hoe zek je werken stoppen?'

'Een staking!' Ze trok een gezicht. Ze wist dat Italianen nergens zo dol op waren als op een fijne staking, vooral in de zomer als er een belangrijke voetbalwedstrijd was, maar tijdens de vijf jaar dat ze nu in Florence kwam, had ze er nog nooit mee te maken gehad.

'Waar is Giovanni?' vroeg ze.

'Hij niet contact opnemen?' vroeg de man. 'Staking ies vandaak en morken. We jou zien op maandak miskien?'

Het had geen zin om ruzie te maken of te zeggen dat ze Giovanni nu, meteen wilde spreken, want hij was waarschijnlijk naar zijn villa aan de kust vertrokken. Ze stapte weer in de auto en trommelde onrustig met haar vingers op het stuur. Hoe gek ze ook was op de ontspannen houding van de Italianen, het lukte haar niet om zich eraan aan te passen. Karin wilde altijd met iets bezig zijn. Ze keek in haar agenda. Ze werd pas op zaterdagochtend op Capri verwacht, dus ze zou nog een middagvlucht terug naar Londen kunnen nemen, maar ach, aangezien ze toch al in Italië was, kon ze net zo goed van de zon en de pracht van het land genieten. Ze wist dat Adams jacht naar Capri zou varen vanuit Portofino, waar haar vriend bij een paar Italiaanse investeerders in het gevlij probeerde te komen tijdens een bedrijfsuitje. Ze zou best naar een van de havens die ze onderweg aandeden, kunnen rijden en daar aan boord gaan. Of ze zou naar Napels kunnen vliegen en daar voor een paar dagen een kamer in het Capri Palace Hotel nemen; het kuuroord van het hotel stond in heel Europa bekend om zijn beenbehandelingen die cellulitis konden voorkomen. Ze toetste Adams nummer in.

'Adam. Met mij.'

'Hoi, schat. Hoe gaat het in Florence? Zit er weer een prachtige collectie aan te komen?'

'Wist ik het maar,' verzuchtte ze. 'Ik heb nog niks gezien. Ze staken, verdomme. De fabriek gaat pas maandag weer open.'

Hij begon te lachen. 'Ik kan van hieruit de stoom uit je oren zien komen.'

'Waar ben je trouwens?' vroeg ze, terwijl ze het mobieltje tegen haar kin klemde en zich weer tussen het verkeer op de autostrada begaf.

‘Nog steeds in Portofino. Ik heb net in het Splendido geluncht. Ik verlang zo naar je.’

Ze kon bijna zijn sexy lachje door de telefoon heen zien. ‘Nou, daarom bel ik ook,’ zei ze. ‘Het lijkt zo zonde om terug te vliegen naar Londen als jij hier in Italië bent.’

‘Wat had je dan in gedachten, Kay?’ Ze wist het niet zeker, maar hij klonk ineens wat afwezig.

‘Dat ik ook naar *The Pledge* kom.’

Er viel een stilte, en Karin raakte geïrriteerd.

‘Schat, dit is een zakentrip. Met een stelletje saaie investeerders. We zullen het echt alleen maar over werk hebben. Je zult het vreselijk vinden.’

‘Praat niet tegen me alsof ik een of andere domme bimbo ben,’ zei ze zuchtend, terwijl ze ineens moest bijsturen om niet in de harde berm te belanden. ‘De boot is groot genoeg. Ik zal je heus niet voor de voeten lopen.’

‘Kay, ik meen het. Blijf lekker in Florence, ga wat winkelen en zet het maar op mijn rekening. Dan zie ik je zoals afgesproken zaterdag.’

‘Zoals je wilt.’ Ze gooide het toestel op de passagiersstoel en drukte het gaspedaal nog eens in, zodat de auto als een raket terug in de richting van Florence schoot. Iets aan zijn stem baarde haar zorgen. ‘Zet het maar op mijn rekening’, had hij gezegd. Nou, als hij niet wilde dat ze meeging op *The Pledge*, dan zou hij ervoor boeten ook.

Adam klapte zijn mobieltje dicht en wendde zich tot Summer, die op het bovendek van *The Pledge* lag in een witte string die heel erg weinig aan de fantasie overliet.

‘Is er iets?’ vroeg ze. Ze wilde niet nieuwsgierig zijn, maar door de leugentjes die hij door de telefoon had verteld, wist ze dat hij met Karin had gesproken.

‘Nee, niets,’ antwoordde hij, terwijl hij met zijn hand over haar platte bruine buik gleed.

Achter haar zonnebril kneep ze haar ogen dicht om iedere gedachte aan Karin uit te bannen. Het was haar eerste weekend met Adam samen, en ze wilde dat het perfect zou zijn – wat het tot dusverre ook was geweest. Ze was gisteravond in

Porto Ercole aan boord gestapt van *The Pledge*. Adam en zij hadden gedineerd bij Il Pellicano, het super-de-luxe hotel in de heuvels vlak bij de haven, en ze hadden daar net als ieder ander paartje zitten lachen en kussen en van de zonsondergang genoten.

De volgende ochtend had de kapitein koers gezet naar Giglio, een klein eilandje voor de kust, waar hij voor anker was gegaan in een rustige baai, en ze waren naakt het koele water in gedoken.

Nu was het lunchtijd. Er was een koelbox vol bier en witte wijn, kaas, olijven, brood en koude langoustines, zo groot als bananen. Het walnotenhouten dek van *The Pledge* glansde in de zon, met het water eromheen gedrapeerd als jadegroene zijde, doorweven met zilver. De kust rees op uit de zee, een en al granieten rotsen, kabbelende grotten en heuvels vol struikgewas. Hoewel het hoogseizoen was, deinden ze bijna alleen op het water – alleen ver weg aan de horizon was de kleine witte romp van een andere boot te zien.

Summer nam een slokje Peroni, trok haar bikinitopje uit en ging op haar rug liggen, slechts gekleed in een witte string en met haar door de zon gebleekte blonde haren die ze een paar dagen geleden weer in haar natuurlijke kleur had laten verven, als een waaier om haar hoofd.

'Mm, probeer je me soms expres af te leiden van het eten?' vroeg Adam, die op handen en knieën kwam aankruipen, boven op haar ging liggen en een tepel tussen zijn lippen nam.

'Adam Gold!' voer ze tegen hem uit, terwijl ze haar benen spreidde en ze toen om hem heen sloeg. 'Luigi is daar,' zei ze giechelend.

'Ik betaal hem niet alleen om een goede kapitein, maar ook om discreet te zijn,' zei hij met een lome lach. 'Bovendien is het niet iets wat hij niet vaker heeft gezien.'

Hij had het nog niet gezegd of hij wist dat hij een blunder had begaan. Summer ging wat meer rechtop zitten, trok haar benen bij hem weg en hield een handdoek voor haar borsten. Ze voelde zich zo stom; natuurlijk deed hij dit de hele tijd. Ze had zichzelf toegestaan om te geloven dat dit uitstapje naar Italië een echte stap voorwaarts was in hun relatie. Het was één ding om met elkaar af te spreken in een discreet luxehotel voor een middagje seks; het was wat anders om samen twee dagen door te brengen op zijn jacht. Ze had het opgevat als een teken van zijn bereidheid de relatie serieuzer te nemen en had zelfs durven hopen dat hij het zou uitmaken met Karin, zodat ze echt samen konden zijn. Maar 'bovendien is het niet iets wat hij niet vaker heeft gezien'? Ze accepteerde dat Karin waarschijnlijk op dit dek had rondgedarteld – maar waren er nog meer vrouwen geweest?

De zee was kalm, slechts een zacht gefladder van een bries.

'Zijn er anderen?' vroeg ze na een tijdje.

Adam leunde op een elleboog en speelde met zijn zonnebril. 'Summer, ik dacht dat we het niet over dit soort dingen zouden hebben,' zei hij, terwijl hij probeerde haar arm aan te raken.

'O, hebben we dat afgesproken dan?' viel ze uit. Ze rukte haar arm weg.

Hij trok een gezicht en haalde zijn schouders op.

'Dus wat je wilt zeggen, is dat ik, als ik lastige vragen stel, waarschijnlijk dingen te horen krijg die ik niet wil horen?' vroeg ze langzaam. 'Ik ben niet gek, hoor.'

'Nee, dat ben je niet,' zei hij kalm.

Er viel een lange stilte, terwijl Summer naar de rotsen staarde, naar de vogels die eromheen en erboven cirkelden.

'Zou je niet eens bij je moeder weggaan en een eigen huis nemen?' vroeg hij.

Ze schoot geschrokken overeind en haar pronte zongebruinde borsten schudden even. 'Wat? Hoe kom je daar ineens bij?'

'Nou, je zult het zelf toch ook niet echt een goed idee vinden om nog steeds beneden je moeder te wonen.'

Ze fronste haar voorhoofd. 'Adam, wat wil je daarmee zeggen?'

Hij liet zijn hand over haar dij glijden. 'Je wilt toch niet net zo worden als zij?'

Ze ging op haar knieën zitten zodat ze boven hem uittorende. 'Ik weet niet of het me wel bevalt wat jij nu impliceert,' zei ze. 'Molly mag dan haar fouten hebben, maar ze is wel mijn moeder, Adam.'

'Summer, je bent intelligent en mooi en aardig. Je hebt het niet voortdurend over welke bekende mensen je allemaal wel niet kent. Je gebruikt geen drugs. Je wilt niet dat ik dingen voor je betaal...' Hij glimlachte wrang. Het weekend daarvoor had hij haar meegenomen naar Prada. Omdat hij een vvip was, was meteen de halve winkel afgesloten zodat ze zonder pottenkijkers konden winkelen. Maar als de winkel had gerekend op een met geld smijtende vrouw als Karin Cavendish, die zonder blikken of blozen voor vijftigduizend pond met zijn creditcard afrekende, dan was de nieuwe vriendin van Adam Gold vast een teleurstelling voor hen geweest. Summer had alleen maar een kleine leren tas gewild.

'Wat wil je zeggen over mijn moeder?' herhaalde ze. Maar ze wist al wat hij wilde zeggen. Molly was een feestbeest, een goudzoekster, een vastberaden trut als ze daar zin in had. En hij had gelijk, ze wilde niet eindigen zoals haar moeder; bijna vijfenveertig, ongetrouwd, cadeaus verpatsend op eBay.

'Schat, ik wil helemaal niks zeggen,' zei hij. 'Ze is nu met Marcus. Dus is ze een vriendin van me.'

'Precies. En ze mag Marcus heel erg graag,' voegde Summer eraan toe, niet al te overtuigend. 'Dus wat je ook probeert te suggereren, liever niet.'

Adam ging staan en keek haar aan. 'Hoor eens, we hebben een bedrijfsappartement dat we laten renoveren. Het zit aan een van de beste pleinen in Notting Hill, een fantastisch gesplitst pand, met eikenhouten vloeren en...'

Summer voelde haar gedachten afdwalen. Ze vond het heerlijk om naar Adam te luisteren, om iets van hem te leren als hij het had over boeken en films en exotische plaatsen. Maar als het over zaken ging, daalde er altijd een wolk over haar neer.

'Nou, hoe lijkt dat je?'

'Hè? Wat?' vroeg ze.

'Om daar te gaan wonen. Het kan pas over een week of zes. Maar volgens mij moet je onafhankelijker van je moeder worden, en het zou ook fijn zijn als wij wat meer privacy hadden, vind je niet?' voegde hij eraan toe, terwijl zijn hand in haar bikinibroekje gleed.

'Echt waar? Meen je dat?'

Hij knikte. 'Maar laat je niet te veel meeslepen door je enthousiasme. Ik zal een echt contract laten opmaken, met jou als huurder.'

Ze voelde haar hart overslaan van opwinding. Ze zou het heerlijk vinden om haar vleugels te kunnen uitslaan, en het zou zalig zijn als Adam op zondag langs zou komen voor een uitgebreid ontbijt, maar toch... Zijn voorstel had iets... nou ja, Molly-achtigs. Hij mocht dan beweren dat zijn bedoelingen filantropisch waren – vond hij echt dat ze uit de klauwen van haar moeder moest worden gered? – toch had de hele regeling beslist iets maîtresseachtigs. Hoewel ze niet goed wist of ze wel tot maîtresse kon worden gepromoveerd als hij niet eens getrouwd was. Maar toen ze in zijn donkerbruine ogen keek, smolten al haar twijfels weg als sneeuw voor de zon en voelde ze iets roeren in haar buik. Wanneer ze bij Adam was, voelde ze zich begeerd, beschermd. Ze voelde ook iets wat ze al heel lang niet had gevoeld. Ze voelde zich verliefd.

'Zul je er in elk geval over nadenken?' vroeg hij, terwijl hij zijn handen om haar middel legde.

'Ik wil er niet voor niks wonen. Dat zou niet prettig voelen.'

Hij knikte. 'Ik zal een huurcontract laten opstellen en dan kunnen we een huurprijs afspreken. Hoewel ik je nu al kan verzekeren dat die heel redelijk zal zijn.'

Hij stak zijn handen onder de zijkant van haar string en begon hem naar beneden te stropen.

'En om je vraag te beantwoorden,' zijn woorden klonken gedempt, terwijl zijn mond naar beneden gleed. 'Nee, er zijn geen anderen.'

42

Karin wist zeker dat ze werd gevolgd. Eerst dacht ze dat het gewoon paranoia van haar was, veroorzaakt door stress en overwerk, maar het gebeurde te vaak om slechts verbeelding te kunnen zijn. In het begin was er alleen het griezelige gevoel geweest dat ze in de gaten werd gehouden, het gevoel van onbekende ogen in haar rug, of zomaar een rilling die door haar heen trok, zelfs al was het buiten vierentwintig graden. Ze was nooit bang uitgevallen geweest, maar ze had altijd wel een scherp zintuig gehad voor zaken die niet klopten, en ze werd hier een beetje zenuwachtig van. Zodra het donker werd, deed ze nu haar gordijnen dicht. Ze vroeg vaker of ze Adams chauffeur mocht gebruiken, zonder Adam overigens te vertellen waarom – hij zou haar hebben uitgelachen, vooral omdat ze zo vaak de spot dreef met zijn New Yorkse idee over de noodzaak van beveiliging, met zijn chauffeur die een ex-marinier was, met zijn vrienden die bodyguards hadden en onderzeeboten die om hun jacht cirkelden wanneer ze op vakantie waren.

Ze zag hem voor het eerst op een hete, zonnige middag in juli. Een abrikooskleurige zon hing laag in de heiige, lichtblauwe lucht, en ze was vroeg gestopt met werken om van de avond te kunnen genieten. Adam was in New York, en ze wilde wat tijd voor zichzelf om uit te rusten en misschien wat papierwerk te doen. De Swim Show Miami, de belangrijkste badmodebeurs ter wereld, was al over twee weken, en ze wilde controleren of echt alles geregeld was. Om de hoek van haar huis zat een heerlijke Italiaanse delicatessenzaak, en ze wandelde ernaartoe om wat vleestomaten en mozzarella te kopen, want ze wilde een beetje vroeg op haar dakterras eten. Op de terugweg nam ze de achterafstraatjes door South Kensington, met hun witte herenhuizen en verborgen tuinen. Ze voelde zich ontspannen en gelukkig. En toen zag ze hem. Hij zat op een muurtje aan het eind van haar straat een muziektijdschrift te lezen. Hij had sluik bruin haar dat hij achter zijn oren had gestopt, en op zijn lange gezicht lag een norse trek. Eerst dacht ze dat hij zomaar een jongen was, maar de manier waarop hij haar recht aankeek, met een intense blik, gaf haar een erg ongemakkelijk gevoel. Nadat ze langs hem heen was gelopen, begon hij haar te volgen, met het geklos van zijn zware gympen duidelijk hoorbaar achter haar. Zonder om te kijken liep ze de stenen treetjes naar haar huis op en sloeg de voordeur met een klap achter zich dicht. Toen ze door het kijkgaatje keek, zag ze zijn vervormde gedaante buiten staan, en snel vergrendelde ze de deur nog een keer extra. Doe niet zo idioot, Karin, berispte ze zichzelf. Het is gewoon zomaar een of ander joch. Ze wist er zelfs een flauw lachje uit te persen toen ze de trap op liep om het bad vol te laten lopen. Het is gewoon een of ander stom joch. Wat zou hij haar nou kunnen aandoen?

43

Het enige probleem van in Buckinghamshire wonen was de rit naar huis, dacht Molly, terwijl ze het gaspedaal nog eens intrapte. Marcus had haar twee weken geleden zijn Maserati gegeven nadat hij een gloednieuwe zilverkleurige Jaguar XS had gekocht. Ze genoot van de manier waarop de wagen kilometers vrat. Hoewel ze niet officieel op The Standlings was ingetrokken, begon ze het landhuis steeds meer als thuis te beschouwen. Haar nieuwe inrichting was bijna klaar, met als belangrijkste onderdeel de verbouwing van een slaapkamer tot een kleedkamer voor 'haar en hem', met airconditioning, waarheen Molly haar uitgebreide garderobe had verhuisd. Ze was ook opgetogen over de nieuwe Smallbonekeuken met zijn rekken vol glimmende Globalmessen, die ze nooit zou aanraken, en met de spiksplinternieuwe bibliotheek die zo was ontworpen dat hij driehonderd jaar oud leek. Het pièce de résistance echter was de tienpersoonsbinnenjacuzzi, geïnspireerd op de grot in de Playboyvilla. Sinds ze daar in de jaren tachtig een feest had bezocht, had ze haar zinnen op zo'n bad gezet. Dat was nog eens een feest geweest, dacht ze glimlachend bij zichzelf. Marcus had echter bijna een hartaanval gekregen toen hij hoorde hoeveel geld Molly had uitgegeven, maar zelfs hij had moeten toegeven dat het er allemaal prachtig uitzag.

Als ze The Standlings had kunnen oppakken en midden in Kensington neerzetten, zou het volmaakt zijn geweest, maar dat was het dus niet. Het huis lag verdomme tachtig kilometer buiten Londen, en na de twee cocktails en het lijntje coke die ze een paar uur geleden had genomen toen ze met wat vriendinnen had geluncht in Notting Hill, voelde het nog tien keer zo ver.

Ze trapte het gaspedaal nog wat verder in, want ze wilde voor halfvijf thuis zijn. Ze had een fantastische vrouw ontdekt in het dorp, een voormalige schoonheidsspecialiste van het Dorchester die voor zichzelf was begonnen in Buckinghamshire en Molly een keer per week een bijzonder goede manicure en pedicure gaf. Terwijl ze met een snelheid van bijna honderd kilometer per uur over een provinciale weg reed, ging haar mobieltje en ze pakte het van de passagiersstoel. Doordat ze de lichte bocht in de weg niet had gezien, raakte de auto de betonnen wegrand. Ze liet haar mobieltje weer vallen en greep het stuur stevig beet, terwijl ze het voertuig weer onder controle probeerde te krijgen. 'Kut, kut, kut,' mompelde ze, toen de linkervoorband weer op het wegdek belandde. 'Shit, shit, shit!' jammerde ze, en ze sloeg met haar hand op het dashboard, terwijl ze luisterde naar de naderende politiesirene achter haar.

De rechtszaak was in een vloek en een zucht voorbij. Nadat Molly de chagrijnige boerenkoppen van de drie rechters had gezien, vond ze eerlijk gezegd dat ze nog van geluk mocht spreken dat ze was weggekomen met een boete van tweeduizend pond en een rijverbod van een jaar. Dat soort inteelttypes liet zich echt niet op andere gedachten brengen door haar Chanelpakje en parels. Dat had ze goed gezien. Ze werd veroordeeld voor het rijden onder invloed, want de rechters hadden totaal geen oog gehad voor de verzachtende omstandigheden die ze had aangevoerd, namelijk dat ze wel gedwongen was geweest om een cranberry-wodka te drinken om een akelige opkomende blaasontsteking de kop in te drukken. Maar gelukkig was ze niet veroordeeld tot een taakstraf – stel je voor! Kauwgom van spoorbruggen afkrabben met haar nagels? – en hopelijk zou haar rijverbod ertoe leiden dat Marcus eindelijk eens voor een chauffeur van de Midas Corporation zou zorgen.

'Er moet echt iets gebeuren,' zei Marcus op ernstige toon, terwijl hij op een van de leigrijze banken in de woonkamer van The Standlings zat, met de kille, efficiënte houding van iemand die een zakelijk probleem aanpakte. 'Ik heb de AA gebeld, maar blijkbaar kun je daar geen afspraak maken. Ze zeggen dat je zelf de eerste stap moet zetten door naar een bijeenkomst te gaan. Ik denk dat dat een goed idee zou zijn, Molly.'

'Ik ga niet naar de Anonieme Alcoholisten, want ik ben geen alcoholist,' zei ze, koppig zijn blik ontwijkend. 'En voordat je verdergaat, ik laat me ook niet opnemen in die stomme Priory.'

'En een ander afkickprogramma dan?' vervolgde hij bedaard. 'Ik heb een vriend die me een heel discrete plek in Wiltshire heeft aanbevolen. Het is zwaar, maar blijkbaar boeken ze al binnen drie tot vier weken ongelooflijk veel resultaat.'

'Marcus!' Ze gaf een harde klap op de fluwelen George Smithbank. 'Je luistert niet naar me! Ik ben geen alcoholist of een cokeverslaafde. Er hoeft helemaal niks te gebeuren, behalve dat ik aan tweeduizend pond moet zien te komen voor de boete die jij niet voor me wilt betalen omdat je een gierige vrek bent.'

Ze stond op en begon door de kamer te ijsberen, terwijl Marcus haar nauwlettend in de gaten hield, alsof ze elk moment iets stoms zou kunnen doen.

'Nou, wat wil je dan, Molly? We kunnen niet doen alsof er niets is gebeurd. Je weet dat ik van je hou, maar volgens mij heb je een probleem, en daar moeten we iets aan doen.'

Molly wist dat ze er niet onderuit zou kunnen komen. Sinds haar verkeersovertreding was Marcus vasthoudend geweest als een hond met een bot; hij had het zich in zijn stomme kop gehaald dat dit allemaal voor haar eigen bestwil was. Pff, dacht ze. Ze was echt niet van plan om op een plastic stoeltje te gaan zitten en het met een stelletje losers van de AA over haar vreselijke jeugd te hebben, of vier weken van het toneel te verdwijnen om in een of ander achterlijk gat een cold turkey te moeten ondergaan. Maar ze zag aan Marcus' strijdlustige blik dat er iets moest gebeuren. Nu het bijna zo goed als zeker was dat hij haar zou vragen om echt bij hem in te trekken op The Standlings, kon ze geen risico's nemen.

‘Ik heb wel een idee.’ Ze liep naar zijn stoel en ging voor hem op de vloer zitten, met haar kin op zijn knie. ‘Ik weet dat dit belangrijk is voor je – voor ons – dus ik zal stoppen met drinken, en ik weet een prachtmanier om daarmee te beginnen.’

‘Molly, dit is niet zomaar…’

Zijn protesten negerend vervolgde ze: ‘Een vriendin van me, Donna, heeft een soort ontwenningskliniek op Delemere Manor. Het is niet officieel of zo,’ zei ze, terwijl ze zo boetvaardig mogelijk probeerde te kijken. ‘Maar het lijkt er veel op. Het is daar echt streng, heel gezond allemaal. Biologisch eten, meditatie, yoga, alles met de nadruk op spiritueel en geestelijk welzijn…’ Ze glimlachte hoopvol naar hem en legde ten overvloede haar hand in zijn kruis.

‘Het klinkt meer als een vakantie,’ zei hij.

‘Het zal verdomd hard werken zijn,’ zei ze gepikeerd.

Hij keek haar aan, terwijl hij er over na leek te denken. ‘Goed,’ zei hij toen. ‘Het is in elk geval een begin.’

‘Fantastisch. Ik zal Donna bellen en vragen of ze een plekje voor me vrijmaakt, en dan ga ik denk ik maar even naar Londen om wat nieuwe gymkleren te kopen. En ik neem dan meteen een pedicure. Ik kan moeilijk shiatsu laten doen met ingescheurde nagels, hè?’

44

Haute couture. Van de woorden alleen al gingen Karins nekhaartjes recht overeind staan. Haute couture rook naar klasse en exclusiviteit, slechts beschikbaar voor het allerdunste toplaagje van de maatschappij, en dat was precies waar Karin wilde zijn. Ze nam plaats op een sierlijke vergulde stoel op de eerste rij voor de catwalk en keek om zich heen. De Bouvier was een van de oudste ateliers in Parijs, een klein muf, duf merk dat op weg was geweest naar de modevergetelheid tot het vijf jaar geleden was gekocht door het luxegoederenconglomeraat Raine-Laurent. Raine-Laurent had meteen Coln Lindemann in dienst genomen, een van 's werelds opwindendste nieuwe modeontwerpers, die drie seizoenen geleden voor sensatie had gezorgd door de confectiecollectie van De Bouvier nieuw leven in te blazen. En nu stond Lindemann op het punt om hetzelfde te doen met de couturecollectie van dat merk. Door de modeshow te houden in de Salle Imperiale van het Hotel Westin vlak naast de Tuilerieën in plaats van in een of andere tent in het Bois de Boulogne zoals sommige andere grote modehuizen, deed Lindemann in elk geval recht aan de illustere geschiedenis van het bedrijf. De Salle Imperiale was een ouderwetse vergulde salon, met plafondschilderingen op de hoge plafonds, lange donkerrode gordijnen en enorme gouden kroonluchters met honderden peertjes in de vorm van tranen, die de ruimte in een flatterende gloed zetten. Aantrekkelijke assistenten met mooie gezichten en nog mooiere pakken begeleidden 's werelds machtigste redactrices, van de Amerikaanse *Vogue*, *Harper's Bazaar*, *WWD*, beroemdheden en, het allerbelangrijkste, de klanten van het atelier naar hun plaatsen.

'Is dat niet Vivian Delemere?' siste Christina in Karins oor. 'Hoe doet ze dat toch, dat ze er nog steeds zo chic uitziet? Ze moet toch al wel zeventig zijn.'

Christina ging smetteloos gekleed in een kort rokje van Balmain en een zijden blouse met ruches. Ze had Karin verteld dat ze in de stemming was om met geld te smijten, en wie kon haar dat kwalijk nemen? Er zou een schikking worden getroffen voor haar scheiding van Ariel. Vijftig miljoen pond, zeiden haar advocaten, en dan moesten de bezittingen nog verdeeld worden.

Karin keek naar de lijst met de volgorde van de geshowde modellen op Christina's schoot, haar boodschappenlijstje, dacht ze jaloers. Eén haal met de pen naast nummer twaalf en daar ging honderdduizend pond; honderdduizend pond voor een jurk die één keer zou worden gedragen en dan weggehangen. Karin begon te wensen dat ze niet was meegegaan. Maar aan de andere kant, hoe kon ze nee zeggen als haar vriend haar ook had aangemoedigd om met geld te smijten?

'Natuurlijk moet je meegaan,' had Adam gezegd toen ze hem had verteld over Christina's uitnodiging. 'En ik hoop dat je ook iets voor jezelf bestelt als je er bent. Laat ze de rekening maar rechtstreeks naar mij sturen. Ik ken de directrice erg goed.' Het was precies het soort geste waarop Karin had gehoopt. Sinds het Capri-uitstapje aan boord van *The Pledge*, had ze zo haar bedenkingen gehad over Adams gedrag. Niet dat iemand er ook maar iets van had kunnen merken; op het jacht was Adam liefdevol en attent geweest, en het was al met al zelfs een volmaakt weekend geweest. Maar toen, op de laatste avond, had Karin bij het opruimen van hun hut bij Adams sigaren een luciferdoosje gevonden van het hotel Il Pellicano in Porto Ercole. Het zag er nieuw en ongebruikt uit. Maar had hij niet gezegd dat hij had geluncht in het Splendido in Portofino? Hoewel het een klein detail was, had het haar wel van haar stuk gebracht.

Het publiek in de Salle bestond uit drie duidelijk te onderscheiden groepen. De modejournalisten die weliswaar geen geld hadden, maar barstten van de macht, de beroemdheden die voor een sprankje jeugdigheid en glamour zorgden, en dan nog de echte klanten. Het haute-couturewereldje was van oudsher een erg klein, erg incestueus, clubje geweest van megarijke oudgelddames. De ontdekking van olie in Texas en het Midden-Oosten had er een vleugje exotiek in gebracht – zo zonde, al die Arabische vrouwen die haute couture kochten om onder hun boerka's te verstoppen, dacht Karin rillend; maar het was de postglasnost-explosie van Russisch geld geweest die bijna alleen verantwoordelijk was voor de opleving van de haute-couturekunst. Toch was het geen sport voor jongeren, dacht Karin. De meesten die op de eerste rij zaten, waren boven de veertig; zich in haute couture kleden was net zo'n essentieel onderdeel van hun look als een facelift.

Luide klassieke muziek vulde de Salle, en een lichtkegel bescheen de catwalk, terwijl de eerste van de broodmagere modellen langs hen danste met de gratie van een zwaan. Karin zag een prachtige taupekleurige jurk van de allermooiste tule met een sleep van struisvogelveren. Heel mooi, dacht ze, maar...

Haar kritische oog gleed eroverheen, in haar hoofd maakte ze aanpassingen. Het mooie van haute couture was natuurlijk dat de ontwerper het kon aanpassen aan de wensen van de klant. Karin zou een iets lagere hals willen en een wat eenvoudiger sleep. Ze wist dat haar idee beter was dan dat van de ontwerper zelf.

'Welke vind jij mooi?' fluisterde Karin tegen Christina, die verwoed aantekeningen zat te krabbelen op haar lijst. 'Ik wil alles,' zei ze zacht. Na afloop van de modeshow vertrok Christina snel naar een afspraak bij Chanel, terwijl Karin, eeuwig de zakenvrouw, achterbleef om wat met de modejournalisten te babbelen.

'Karin, schat. Hoe gaat het met je?'

Karin draaide zich om naar Lysette Parker, een van de grootverbruiksters van haute couture. Haar man, Sidney, stond aan het hoofd van Jolie Cosmetics, wat van hem, samen met mensen als Leonard Lauder, een van de machtigste mannen in de cosmetica-industrie maakte. Alleen Lysettes zwaar gerimpelde handen verrieden dat ze dichter bij de vijfenvijftig was dan bij de veertig. Met haar asblonde kapsel om haar strakke, in Portofino gebruinde gezicht, haar vlotte grijze broekpak, haar crêpe blouse en parelketting was ze de belichaming van tijdloze stijl. Lysette was zo elegant en beschaafd en zo'n machtige speelster in het internationale societycircuit dat niemand het over haar afkomst durfde te hebben, hoewel iedereen die de laatste roddels volgde, die kende. In de jaren zeventig had Lysette als cocktailserveerster in een casino in Mayfair gewerkt, waar ze de jonge Sidney had leren kennen die, met geld van de familie, het kwakkelende cosmeticabedrijf Jolie had overgenomen. In de dertig daaropvolgende jaren, met Lysette als zijn gastvrouw en betrouwbare adviseur, had hij Jolie omgetoverd tot een reusachtig imperium.

'Karin, wat enig om je in Parijs te zien.'

Lysette had te veel stijl om te zeggen dat ze Karin nog nooit bij een haute-couturemodeshow had gezien en dat haar aanwezigheid enigszins een verrassing was.

'Het kan soms een beetje eentonig worden, hè?' vervolgde ze.

Karin vroeg zich af of Lysette ironisch was of dat de betovering van op maat gemaakte jurken door de beste modeontwerpers echt al zijn aantrekkingskracht had verloren.

'Waar ben je nu mee bezig? Hoe staan de zaken?' ratelde Lysette. 'Ik heb je zo veel te vragen; ik wil dat je met me mee naar huis gaat voor een kop thee.'

Karin nam het aanbod met graagte aan en nam naast Lysette plaats in de Bentley, die in de Rue de Rivoli op haar had staan wachten en hen naar een elegant herenhuis op het Île Saint-Louis bracht. Lysette nam Karin mee naar een salon met een enorm raam dat uitkeek op de Seine, die lag te glinsteren in de zomerzon. Een dienstmeid in een grijs uniform serveerde hun thee en madeleines.

'En hoe gaat het nu met je?' vroeg Lysette. 'Is er een man in je leven?'

Nog net zo rechtstreeks als altijd, dacht Karin met een droog lachje. Lysette was niet echt een goede vriendin van haar, maar sinds ze elkaar bijna tien jaar geleden op Ascot hadden leren kennen, behandelde de oudere vrouw haar als een soort lievelingsnichtje, haar voortdurend aansporend om meer te eten en om met een aardige multimiljonair te trouwen.

'Ik vond het zo erg van Sebastian – heb je mijn kaartje gekregen? – het moet zo'n klap zijn geweest.'

Karin werd even van haar stuk gebracht bij de verwijzing naar haar overleden echtgenoot en ze keek uit het raam naar de rivier. Lysette legde haar hand op Karins knie. 'Sebastian was een engel, schat, en we zullen hem allemaal missen, maar het leven gaat door. Een vrouw kan simpelweg niet stil blijven staan.'

Karin moest glimlachen om Lysettes legendarische nuchterheid. 'Nou, ik heb wel weer iemand leren kennen...' begon ze.

'O, goed zo!' zei Lysette, terwijl ze een lok lichtblond haar achter haar oor stopte. 'En is hij van goede afkomst?'

'Nou, hij is geen prins of zo, als je dat bedoelt,' antwoordde Karin, 'maar hij staat wel op de *Forbes*-lijst. Hij heet Adam Gold en hij is directeur van de Midas Corporation.'

'Denk je dat je met hem gaat trouwen?'

Karin voelde het porseleinen theekopje rinkelen in haar

hand. 'Dat... dat weet ik niet,' zei ze naar waarheid. 'Hij heeft de veertig gehaald zonder ooit in het huwelijksbootje te stappen, dus dan vraag je je toch af of hij dat ooit van plan is.'

'Toe, Karin, alle mannen willen trouwen, alleen hebben sommigen wat meer aanmoediging nodig dan anderen. Zijn er verder nog obstakels? Geloof? Een moeder die het er niet mee eens is?'

'Ik weet bijna zeker dat hij vreemdgaat, Lysette.'

Eindelijk had ze het hardop gezegd. Ze had het haar beste vriendinnen Diana en Christina niet verteld. Ze had het aan Lysette Parker verteld. Ze kende de vrouw niet goed genoeg om te weten of ze discreet was of een roddeltante, hoewel Lysette iets elegants en wijs over zich had, wat maakte dat je je hart bij haar wilde uitstorten.

'Heb je ook enig idee met wie?'

Karin zuchtte. 'Misschien. Er is een vrouw met wie hij samenwerkt, hoewel hij altijd duidelijk heeft gezegd, zelfs nog voordat we iets met elkaar kregen, dat hij nooit iets zou beginnen met een collega of een zakenrelatie.'

'Waarom denk je dan dat zij het is?'

'Dat weet ik ook niet,' zei Karin mat. 'Maar er zijn de laatste tijd een paar dingen gebeurd die me het idee geven dat hij iemand anders heeft.'

Ze vertelde Lysette over hun uitstapje naar Capri en over het luciferdoosje van Il Pellicano dat ze had gevonden. Terwijl ze haar verhaal deed, voelde ze zich steeds kwader worden over de onrechtvaardigheid, het verraad. Toen Karin was uitgesproken, knikte Lysette en zette haar kop en schotel neer.

'Ik ga je iets vertellen wat je misschien schokkend zult vinden, schat, maar neem het nu maar aan van iemand die wel een beetje verstand heeft van hartszaken. Adam Gold meent het heel serieus met jou.'

Karin keek haar stomverbaasd aan. 'Hoe weet je dat nou?'

'Jullie relatie is zodanig dat er bij hem behoefte is ontstaan aan een minnares.'

'En dat is goed?' vroeg Karin verbaasd.

'In mijn tijd wilden machtige, succesvolle mannen geen vrouwen die zelf succesvol waren. Wij moesten thuisblijven, de goede echtgenote en gastvrouw spelen, misschien kinderen baren. En dat was dat.'

'Maar iedereen weet hoe belangrijk jij bent geweest bij het opbouwen van het Joliemerk.'

'Ik heb de eer Sidneys muze te zijn, ja,' zei ze met een flauw lachje. 'Ik heb hem geleerd wat de wensen van de doorsneevrouw zijn en op wat voor commerciële prikkels vrouwen reageren, maar ik ben nooit het alfavrouwtje geweest. Ik ben me altijd bewust geweest van mijn plaats in ons huwelijk. Mijn rol is een ondersteunende rol,' zei ze, terwijl ze een slokje thee nam.

'De dingen zijn veranderd in het zakenleven, dat is waar. Er zitten vrouwen in directies, er staan vrouwen aan het hoofd van bedrijven, er zitten zelfs vrouwen in het kabinet. Maar het karakter van het alfamannetje is geen steek veranderd, schat. Hij wil nog steeds een grotere auto, een grotere boot, een groter huis, en hij wil elke wedstrijd winnen.'

Lysette stopte even om te spelen met de parels om haar nek. 'Ik zal je een goede raad geven,' zei ze, haar lippen deppend. 'Als je dénkt dat Adam een verhouding heeft, moet je dat accepteren. Als hij écht een verhouding heeft, moet je het ook accepteren. Sidney en ik houden veel van elkaar en ik beschouw ons huwelijk als succesvol, maar je denkt toch niet dat ik niet weet dat Sidney in de loop der jaren met tientallen vrouwen naar bed is geweest? Elke keer als hij een nieuwe secretaresse heeft, krijg ik een nieuwe diamanten ketting. Sidney krijgt de opwinding – die nu eenmaal minder wordt na dertig jaar huwelijk – waarnaar hij verlangt; ik krijg nog wat mooie spulletjes. En ik mag dit ook allemaal houden,' zei ze, om zich heen gebarend naar hun prachtige huis. 'En in ruil daarvoor houdt Sidney nog meer van me, omdat ik zo tolerant en begripvol ben. En wat het belangrijkste is, hij zal me niet verlaten voor een van die hoertjes.' Haar stem had ineens een harde klank waarin haar afkomst doorschemerde. Toen zei ze met een wijs lachje: 'En, zoals je al zei, het kan ook geen kwaad dat ik hem heb geholpen om een van de succesvolste bedrijven ter wereld op te bouwen.'

Zwijgend dacht Karin na over Lysettes woorden. 'Maar ik

heb Adam niet geholpen zijn bedrijf op te bouwen,' zei ze toen.

'Ah, maar jij bent een waardevolle aanwinst, Karin. Je moet het alfamannetje nooit onderschatten, lieverd. Misschien dat hij je op etentjes trakteert en diamanten voor je koopt, maar hij neemt zijn besluiten strikt op kille, zakelijke gronden. Hij zal zichzelf vragen: "Hoeveel is ze waard?" En jij, Karin, bent succesvol, mooi en rijk. Zolang je hem niet probeert te verslaan bij zijn eigen spelletjes, zolang je hem in de waan laat dat hij de baas is, zul je altijd een waardevolle aanwinst blijven. En mannen als Adam Gold doen hun waardevolle aanwinsten nooit van de hand.'

45

Delemere Manor bevond zich midden op het Delemerelandgoed in het heuvelachtige landschap van Gloucestershire. Molly voelde een rilling van opwinding toen haar chauffeur door het ijzeren toegangshek reed en de brede oprijlaan volgde met aan weerszijden weelderige kastanjebomen. Het was een volmaakt plaatje van het tijdloze aristocratische Groot-Brittannië. Op de groengele velden, verschroeid door een hete vroege zomerzon, graasden kuddes herten. De horizon was bespikkeld met bosjes kreupelhout, hoog riet omzoomde een meer, en daarna, majestueus in de verte gelegen, Delemere Manor zelf, waarvan de hoge Georgian ramen van de bovenste verdiepingen uitkeken over een dicht woud. Zelfs in Molly's ogen leek het een beetje lichtzinnig om het huis van Donna en Daniel Delemere te veranderen in een 'leuk dagje uit'-bestemming voor lunchende dames.

Ze vroeg zich af of ze Alex nog zou zien in de loop van het weekend. Hun hartstochtelijke rendez-vous in het Basil Street Hotel waren wat minder frequent geworden sinds haar verhuizing naar The Standlings, en bovendien kon Alex erg behoudend zijn. Toen Molly een ontmoeting had voorgesteld in het huis van de Delemeres in de stad, had hij daar slecht op gereageerd; hij had het een 'respectloos' idee genoemd, dus wie weet hoe hij zou reageren op haar verschijning op het voorvaderlijk landgoed.

De banden van de auto kwamen knerpend in het grind tot stilstand voor het honingkleurige gevaarte, waar Donna op de stoep stond, ergerniswekkend mooi en kuis in haar bedrukte Marni-jurkje dat tot op haar knieën viel, met haar dochtertje Evie op een slanke heup geplant. Molly perste er een lachje uit toen Donna naar haar zwaaide; het feit dat haar vriendin uit een van de armste regio's uit het noordoosten kwam en toch zo goed was terechtgekomen, bleef haar steken.

'Ik ben zo blij dat je toch bent gekomen,' zei Donna glimlachend, terwijl ze haar hoofd door Molly's autoraampje stak. 'Ik dacht echt dat dit weekend niks voor jou zou zijn, maar gelukkig heb ik nog een plekje voor je gevonden. Je slaapt op één kamer met mijn oude vriendin Denise.'

Samen op één kamer slapen, dacht Molly geschrokken. Wat was dit, een schoolreisje? Ze wachtte even of er een bediende zou opduiken om haar bagage naar binnen te brengen, maar toen zich niemand liet zien, pakte ze met tegenzin haar koffer aan van de chauffeur en volgde Donna om de hoek van het huis, de koffer op wieltjes achter zich aan slepend over het grind. Ze bereikten een grote binnenplaats vol potten met bloeiende planten. Aan één kant ervan bevond zich de stal die was verbouwd tot boerderijwinkel. Molly stak er even haar hoofd naar binnen, de heerlijke geuren van fruit, bloemen en vers brood in zich opsnuivend. De winkel stond vol smetteloos verzorgde vrouwen in witte spijkerbroeken en smockblouses, die in de weer waren met pakketjes mismaakte biologische groenten en broden ter grootte van strohoeden.

'Volgens mij is de boerderij weer wat groter geworden sinds de laatste keer dat je hier was, hè?' vroeg Donna, die over Molly's schouder heen ook een blik naar binnen wierp. 'We hebben achter zelfs een parkeerterrein moeten laten aanleggen. Het werd zo druk dat de Manor last begon te krijgen van het lawaai.'

'Wat erg,' zei Molly, niet erg gemeend. 'Maar het betekent in elk geval wel dat de zaken goed lopen.'

'O ja,' beaamde Donna, 'hoewel dat minder te maken heeft met onze verbeteringen dan met de groei van de luxe biologische sector in het algemeen. Wij profiteren gewoon mee van wat de Duchy's Originals van prins Charles en het Daylesfordlandgoed van de Bamfords vóór ons hebben gedaan. Maar ik ben blij dat we iets op poten hebben gezet waar mensen van genieten. Iets wat goed voor hen is en voor het milieu.'

Wat een gezwam in de ruimte, dacht Molly, terwijl ze Donna volgde naar een andere verbouwde stal aan de andere kant van het landhuis. Donna's eco-enthousiasme had minder te maken met haar liefde voor het milieu dan met haar verachtelijke verlangen om haar stempel op heel Delemere Manor te drukken, zodat, wanneer het zover was, haar 'grote commerciële input' zich zou vertalen in een vettere regeling na de scheiding.

'Zijn de anderen er al?' vroeg Molly, toen ze een ruime lobby in liepen die in een lichte tint grijsgroen was geschilderd en vol crèmekleurige zachte banken en vazen met lelies stond.

'Nou, je kamergenote Denise is er al, en Karin en Christina zitten in kamer één. En ken je Diana Birtwell? Ze is hier met haar vriendin Rebecca. Maar dat is alles – zoals je weet is dit niet een volledige cursus, alleen maar een generale repetitie voor als de betalende gasten komen, maar Angela Appleby – dat is de cursusleidster – zal jullie niet sparen, reken daar maar niet op!' zei ze lachend. 'En je kunt maar beter je koffer gaan uitpakken, want de introductie begint over drie kwartier. Ik weet zeker dat je het heel leuk zult vinden.'

Daar zou ik maar niet op rekenen, dacht Molly, terwijl ze haar koffer naar haar kamer sleepte.

Donna's oude vriendin, Denise Jeffries, zat op een smal eenpersoonsbed in een kleine tweepersoonskamer die uitkeek op een weiland met grazende koeien.

'Hoi, ik ben Denise,' zei ze, terwijl ze opstond.

'Molly Sinclair. Wij zitten blijkbaar met elkaar opgescheept.'

Denise was een jaar of veertig en had een rode bos krullen, een brede mond en een droge huid die smeekte om een gezichtsbehandeling.

Molly liet haar koffer op het andere bed vallen en drentelde de gang in, op zoek naar de andere kamers. Eén deur was open, en ze zag dat Karin en Christina strakke leggings en korte topjes stonden aan te trekken.

'O, hoi. Ik wist niet dat jij ook zou komen,' zei Karin, die net een balletschoentje aantrok.

'Niet te geloven toch dat we niet op de Manor slapen?' reageerde Molly afwezig, nog steeds om zich heen kijkend om alles in zich op te nemen. 'Ik heb het gevoel alsof ik in een padvinderskamp ben beland.'

Karin trok een gezicht. Het was de eerste keer dat ze Molly terugzag nadat die haar in Monte Carlo expres voor niets naar de Villa La Vigie had gestuurd. Het verstrijken van de tijd, plus het feit dat Molly was ontslagen bij de Midas Corporation, hadden de scherpste kantjes van haar woede afgeslepen, maar Karin merkte dat ze nog steeds niet meer dan beleefdheid kon opbrengen.

'O, ik vind Delemere wel iets heerlijk zen-achtigs hebben,' zei Christina, die haar armen strekte om haar spieren vast los te maken. 'Toch verrukkelijk, even van alles weg?'

Ja, jij kunt je dat veroorloven, dacht Molly cynisch, jij krijgt binnenkort een jacht en miljoenen dollars. In werkelijkheid was Molly opgetogen geweest toen ze had gehoord dat Christina Levy de cursus ook zou volgen. Als de geruchtenmachine het bij het rechte eind had, zou ze een gigantisch hoge alimentatie krijgen, en Molly kon haast niet wachten tot ze nog meer details uit haar kon lospeuteren; misschien zou ze die informatie zelfs wel kunnen verkopen aan de societypagina van een of andere krant.

De introductiecursus van Angela Appleby was misschien niet het doorslaande succes waar Angela zelf op had gehoopt, maar aan de andere kant had ze waarschijnlijk ook het effect onderschat van haar mededeling dat haar cursisten alcohol, stimulerende middelen, rood vlees en mannen moesten laten staan.

'Tijdens een detoxificatie is het het beste om elke stimulans te mijden,' vertelde ze op opgewekte toon. 'Je lichaam heeft tijd nodig om zichzelf te helen en je geest leeg te maken. Het is niet voor niets dat boeddhistische monniken ongehuwd zijn,' voegde ze eraan toe. Nadat de zes vrouwen deze schok hadden verwerkt en Angela hun had beloofd dat ze 'zondag in een veel betere vorm Delemere zouden verlaten', begaven ze zich naar 'The Landing', de open lobby waar een haardvuur brandde en op een lange tafel met witte voile erop, een biologisch buffet was voorbereid.

'Blijkbaar gaan de lampen om negen uur uit,' zei Christina, terwijl ze van haar gemberthee nipte. Molly keek uit het raam en zag dat de lucht in de schemering de kleur van een blauwe plek had gekregen.

'Ik zei toch dat het net als op kostschool zou zijn,' mopperde ze. Ze voelde zich nog steeds hongerig, ondanks de pompoenzaadjes en de worteltjes.

'Ik wist niet dat je op kostschool had gezeten, Molly.' Karin trok een wenkbrauw op en zag tot haar tevredenheid dat Molly een rood hoofd kreeg van woede.

'Hoe dan ook, ik wens jullie een goedenacht. Ik heb een hectische week achter de rug, dus een keertje vroeg naar bed kan geen kwaad.'

Een voor een trokken de vrouwen zich terug tot alleen Molly en Denise achterbleven in The Landing. Molly begon sympathie te krijgen voor haar kamergenote; op de een of andere manier had ze in haar een verwante ziel ontdekt, hoewel ze niet kon verklaren waarom. In elk geval leek Denises leven nog het minste op dat van de andere vrouwen die de cursus volgden. Ze kwam uit Esher, waar ze woonde met haar man, een verhuurder van steigermaterialen, en twee zoontjes. Ze droeg geen dure sieraden, alleen twee grote diamanten oorknopjes, waarvan Molly zeker wist dat het zirkoon was, en haar kleren zagen eruit alsof ze uit goedkope boetieks kwamen. En hoewel Denise waarschijnlijk de meest gevorderde yogaleerlinge van het groepje was, suggereerden de trek om haar mond en de rimpeltjes om haar ogen dat Denise Jeffries een wild leven achter de rug had.

'Ik ben echt dol op mijn kinderen, maar het is heerlijk om ze even een weekendje niet te hoeven zien,' zei Denise, onderuitzakkend in een van de zachte leren stoelen.

'Mijn dochter Summer is vierentwintig, maar ik moet nog

steeds voor haar zorgen,' vertelde Molly glimlachend, terwijl ze haar benen op de bank trok en haar tenen strekte.

'Wow. Ik wist niet dat je moeder was, en dan ook nog wel van een dochter van vierentwintig,' zei Denise met grote ogen. 'Maar je werkte toen toch als model?'

'Het een sluit het ander niet uit, hoor,' zei Molly droog. 'Het was hooguit iets lastiger. Ik vraag me vaak af hoe ver ik zou zijn gekomen als ik Summer niet had gehad. Het was best moeilijk om meisjes als Yasmin en Linda carrière te zien maken.'

Denise knikte meelevend. 'Ja, maar je hebt wel een dochter, toch? En bovendien, je was toen toch succesvol? Mijn broer was helemaal idolaat van je!' Molly was niet vies van complimentjes, maar dat woordje 'was' had ze liever niet gehoord. Hij wás idolaat van je. Ze zuchtte.

'Ik zou nou wel iets te drinken kunnen gebruiken,' zei ze. Ze had wat flessen goede rode wijn gegapt bij de Midas Corporation en die lagen als verboden vruchten onder in haar koffer.

'Zal ik eens kijken of ik ergens thee kan vinden of zo?' Denise stond op en begon door de lobby te lopen.

'Nee, bij zo'n mooie plek als deze hoort eigenlijk een goed glas wijn,' zei Molly in een voorzichtige poging om te kijken of ze in Denise een drinkmaatje zou kunnen vinden.

Denise wierp haar de glimlach toe waarop ze had gehoopt. 'Klinkt aanlokkelijk, maar ik denk niet dat we ergens wijn zullen vinden tijdens Donna's detoxificatieweekend, hè?'

'Daar zou je je wel eens in kunnen vergissen,' zei Molly, terwijl ze haar benen van de bank gooide en naar boven liep.

'Waarom wilde ik dit ook alweer?' sliste Denise. Het was inmiddels bijna middernacht, en de twee flessen wijn lagen beschuldigend op de grond tussen hen in, bijna leeg. 'Ik heb in geen tijden alcohol gedronken, en Donna vermoordt ons als ze het ontdekt.'

Het licht was uit, en de twee vrouwen zaten voor de knetterende oranje vlammen. Molly was blij dat Donna haar op de kamer had gelegd bij Denise, en niet bij die stijve trut van een Karin.

'Hoe ken je Donna eigenlijk?' vroeg Molly, die de hele avond op deze gelegenheid had gewacht. Ze had het al een keer voor de introductieles gevraagd, en Denises antwoorden waren toen zo vaag geweest dat Molly het gevoel had gekregen dat ze niet het achterste van haar tong wilde laten zien.

'We kennen elkaar van heel vroeger, van ver voordat Donna dit soort leven kreeg,' zei Denise, terwijl ze een dun straaltje wijn van haar lippen veegde. Aan de toon van haar stem kon Molly horen dat ze jaloers was.

'Voordat ze de koningin van de detoxificatie werd,' zei Molly glimlachend om haar aan te moedigen verder te gaan. 'Ik bedoel, wie had ooit kunnen denken dat Donna het feestbeest een kuuroord zou gaan openen?'

'Nou, ze heeft altijd wel heel goed geweten waar geld viel te halen,' zei Denise.

'Ja, maar iedere onbenul weet dat het slim is om met een rijke man te trouwen, toch?' vroeg Molly, haar op vriendelijke toon aansporend om nog meer te vertellen.

'Maar Donna heeft de jackpot gewonnen,' zei Denise met nadruk. 'Van alle meisjes die ik toen kende, had ik het van haar wel als laatste verwacht. Ik bedoel, dat ze dit allemaal zou krijgen.'

'Welke meisjes?' vroeg Molly, terwijl ze het laatste restje wijn in Denises glas schonk.

Denise zweeg even en richtte haar lichtelijk onscherpe blik op Molly, op een manier waarvan ze zelf waarschijnlijk dacht dat die doordringend was.

'Hoe lang ken jij Donna?' vroeg ze.

'Ook al heel lang,' loog Molly.

'Dus je weet het?' vroeg Denise voorzichtig.

Molly knikte vol overtuiging, terwijl in haar een gevoel van euforie opwelde, omdat ze op het punt stond iets schokkends te weten te komen.

'Ik ben degene die het allemaal regelde voor Donna,' begon Denise. 'Ik had een stuk of tien meisjes, meestal mooie meisjes die graag uitgingen, of mislukte modellen, meisjes die overal voor in waren.' Ze nam een slok wijn en glimlachte bijna opschepperig. 'Ik ben niet altijd Denise Jeffries, de verveelde huisvrouw uit Esher, geweest, hoor. Ik was Denise Duncan, iedereen kende me.'

Molly zei niets, maar wachtte als een haai die bloed rook op de kans om dodelijk toe te slaan.

'Ken je Adnan Hashemi?'

'Ja,' antwoordde Molly. Natuurlijk had ze wel eens gehoord van de inmiddels overleden Saudi-Arabische wapenhandelaar die in de jaren negentig een belangrijke figuur in het Londense societyleven was geweest.

'Ik ben een tijdje zijn maîtresse geweest,' zei Denise. 'Zijn vrouw woonde nog in Jedda, en ik had een klein appartement met uitzicht op Hyde Park. En heel korte tijd heb ik een heerlijk leventje geleid,' zei ze, terwijl ze in het vuur staarde. 'Adnan had vrienden. Ze waren dol op Engelse vrouwen en ik kende veel mooie meisjes. Donna was nog jong, negentien of twintig. Ze was met de trein naar Londen gekomen om daar als schoonheidsspecialiste aan de slag te gaan, maar ze ging heel veel uit. Legends, Tramp, al die tenten, en daar kende ik haar van. Ze was ambitieus, hield van het leven in de hoogste kringen, en Adnans vrienden vonden haar het einde.'

Molly kon haar oren niet geloven. 'Weet Daniel hier iets van?' vroeg ze zacht, terwijl ze probeerde niets van haar verbazing te laten merken.

'Ach, wat valt er te weten?' zei Denise. 'Dat zijn vrouw een tijdje heeft meegedraaid in het internationale feestgebeuren? Dat sommige mannen haar geld gaven of mee uit winkelen namen? Wie kijkt daar tegenwoordig nou nog van op?' Ze schudde haar hoofd, alsof ze de mist van alcohol wilde verdrijven. 'Er valt eigenlijk heel weinig te vertellen, en zelfs als dat wel zo was, wie heeft daar nou belang bij?'

Molly hief haar glas en glimlachte. 'Daar drink ik op.'

46

De laatste keer dat Molly zo veel complimentjes had gekregen, was toen ze twee jaar geleden die discrete ooglift had gehad in Harley Street. De opkomst was spectaculair. Minstens tweehonderd mensen drentelden door het gesnoeide park van The Standlings op deze verzengend hete zomerdag, en de meesten ervan behoorden tot de A-categorie van de high society. Een stel van de hoogste bazen van de Midas Corporation was er, en veel belangrijke bankiers. Ze had ook een handjevol rijke Europeanen van het vasteland uitgenodigd die toevallig in Londen waren. Adam had contact opgenomen met een heel contingent rijke vrienden uit New York, een softwaremiljardair, een cosmeticamagnaat. En dat allemaal voor een eenvoudig dorpsfeest.

Molly blonk van trots; ze had dit perfect aangepakt.

Meteen na de voltooiing van de renovatie van The Standlings had Molly staan trappelen om alles aan zo veel mogelijk mensen te laten zien, maar ze wist dat een reeks dinertjes zowel saai als duur zou zijn, dus had ze besloten dat ze het huis het beste kon showen door de nadruk te leggen op het feit dat het om een echt Engels landhuis ging. Het idee voor een tuinfeest op zaterdagmiddag was bij haar opgekomen toen ze een artikel had gelezen over Liz Hurleys nieuwe leven in Gloucestershire. Ze had meteen geweten dat haar idee geniaal was. Geniaal gewoon. Het zou eén zachtere, filantropische kant van haar laten zien; ze zou enkele sleutelfiguren uit het dorp uitnodigen voor het plattelandsgevoel, en de opbrengsten van de tombola en het werpspel naar kokosnoten zouden gaan naar de anti-zeehondjesdoodslaan-actiegroep of wat er die maand dan ook maar in de mode was.

Op de dag van het feest zag The Standlings eruit als de Hof van Eden. De zon scheen, de bloembedden puilden uit van de jasmijn en siererwten, de rozentuin stond in volle bloei en de gazons waren gemaaid in tweekleurige banen van zacht en fel smaragdgroen. Langs de gazons werd levendig handel gedreven in tenten en stalletjes. Molly's schoonheidstherapeute gaf naast het tuinschuurtje indiaanse hoofdmassages, de vereniging voor plattelandsvrouwen bemande een kraampje met jam, en er werden allerlei soorten pashminasjaals, sieraden en parfums verloot die Molly niet op eBay had kunnen slijten. Op het veld onder aan de heuvel stond een springkussen in de vorm van een piratenschip, en bij de plaatselijke padvindertjes kon je een ritje op een pony maken. Om de kelen te smeren was er een bar in victoriaanse stijl die werd gerund door de eigenaar van de plaatselijke pub, Len Barry, die helemaal weg was van Molly. Len hield ook toezicht op de barbecue, waarop heerlijke worstjes en vlees lagen te grillen die waren geleverd door de boerderijwinkel van Delemere. Het was leuk, het was elegant, het was respectabel.

'Ik dacht dat we een kleine barbecue zouden geven,' zei Marcus lachend, terwijl hij een arm om Molly's schouder sloeg. Ze stonden op het terras met uitzicht op de gazons, en de geur van suikerspinnen en worstjes dreef naar hen op.

'Als je iets doet, moet je het goed doen.' Glimlachend leunde ze met haar hoofd tegen zijn schouder.

'Je bent echt fantastisch, weet je dat?' zei hij.

Molly ging nog iets dichter tegen hem aan staan, als een Siamese kat die zijn baasje een kopje gaf, in de wetenschap dat ze in de roos had geschoten.

Het idee van een dorpsfeest appelleerde aan Marcus' verborgen landadelkant, de kant die paarden wilde houden en Lord of the Manor wilde spelen in het grote landhuis in de Chilterns. Ze had het gevoel gehad dat haar relatie met hem na dat gedoe met dronken achter het stuur zitten een beetje was bekoeld. Hij kon soms zo'n schijnheilige zak zijn met zijn eisen aan haar om te stoppen met drinken, roken, plezier maken. Nou, als hij een gehoorzaam plattelandsvrouwtje wilde zonder ondeugden, dan kon hij die krijgen, dacht ze sluw – het beeld ervan tenminste. Maar de triomf van vandaag leek hem een beetje te ontdooien, en ze wist dat haar timing perfect was. Als Marcus dacht dat ze pilates deed in de slaapkamer, was ze aan het luisteren, altijd en eeuwig aan het luisteren. 's Avonds laat hing ze voor de deur van zijn studeerkamer rond, om hem af te luisteren, wachtend op een flintertje informatie. En nu was het blijkbaar zover. Aandelenopties. Innen. Het klonk Molly allemaal als muziek in de oren. Er broeide iets in de Midas Corporation en zij zou ervan meeprofiteren, hoe dan ook.

Inwendig ziedde Karin van woede. Óf Marcus had een of ander topevenementenbureau ingeschakeld, óf ze had Molly onderschat. Het dorpsfeest op The Standlings was fantastisch: traditioneel, maar niet saai, leuk, maar niet goedkoop. Ze had bij de tombola zelfs een sjaaltje van Hermès gewonnen. En de opkomst was opmerkelijk; het handjevol inwoners van Great Horsham gaf het feest zelfs iets van een pretentieloze charme, hoewel haar nekhaartjes overeind waren gaan staan van de aanwezigheid van Diana en Christina, die tijdens dat detoxificatieweekendje blijkbaar een of andere rare vriendschap met Molly hadden gesloten. Wat haar echter het meest ergerde, was de aanwezigheid van die glamoureuze blonde bankier, Claudia Falcon, die ze tien minuten geleden bij het jamkraampje had zien staan lachen met Marcus. Ze moest toegeven dat dat mens er vandaag bijzonder goed uitzag. Met haar blonde haar in een knotje, en in haar wijde linnen broek, haar Griekse sandaaltjes en mooi gesneden topje, maakte ze een ontspannen indruk. Hou op met die paranoia, wind je niet zo op, dacht Karin. Ze haalde diep adem en herinnerde zichzelf aan wat Lysette in Parijs had gezegd: hoe weet je dat zij het is?

'Dit maak je in Manhattan niet mee,' zei Adam, die kwam aanlopen met een kan bier. 'Het is echt een mooie dag, hè?'

'Je hebt Molly ontslagen bij de Midas Corporation, weet je nog? Dit lijkt me niet het moment om de loftrompet te steken over haar inspanningen. Voordat je het weet, klaagt ze je aan wegens onrechtmatig ontslag.'

'Ik heb haar niet ontslagen,' zei hij, met nog steeds een glimlach om zijn mond. 'Haar contract was afgelopen. Ze werkte op projectbasis.'

Maak dat de kat wijs, dacht Karin, terwijl ze een slokje van haar ijsthee nam. En het had zeker helemaal niets te maken met het feit dat ze je beste vriend bedonderde?

'Hoe dan ook, wat doen lui als Claudia Falcon hier eigenlijk?' vroeg ze op onschuldige toon. 'Ik wist niet dat Marcus dit als een zakelijk iets beschouwde.'

'Dat is het ook niet. Maar waarom zou je zo'n kans als vandaag om de juiste mensen blij te maken, laten lopen?'

'Kay, schat, daar ben je,' zei Christina die kwam aantrippelen met een groot glas Pimms. Ze pakte Karin bij de arm. 'Kom, Molly wil ons het huis graag laten zien. Diana en Donna zijn al binnen.'

Karin sloeg haar ogen ten hemel, en Adam kuste haar op de wang en liep toen weg om zich bij Marcus en Claudia bij de tombola te voegen.

'Niet te geloven toch, dit allemaal?' zei Karin tegen Christina, terwijl ze Adam niet uit het oog probeerde te verliezen. 'Het is net een natte droom van Jilly Cooper.'

'Ik vind het fantastisch. Highgrove-chic,' zei Christina, terwijl ze de stenen treetjes van de tuin naar het huis opliepen.

'Wie denkt ze dat ze is? Camilla Parker Bowles?' vroeg Karin.

'Dan moet ze nog even geduld hebben, schat.'

Binnen vonden ze Molly in de grote slaapkamer, waar ze een rondleiding gaf aan Diana en Donna.

'Marcus wilde niks structureels aan het huis laten doen, dus het is allemaal cosmetisch,' zei Molly, terwijl ze op het nieuwe blauwgroene zijden damast op de muren wees en op de crèmekleurige tafzijden changeant gordijnen voor de ramen. 'Zoals jullie zien, is hierboven veel ruimte, dus ik heb nog allerlei mogelijkheden om verbeteringen aan te brengen: een tweede studeerkamer, een kinderkamer.'

'Een kinderkamer?' vroeg Karin met opgetrokken wenkbrauwen. 'En voor wie moet die dan wel zijn?'

'Wie zal het zeggen?' reageerde Molly sarcastisch, terwijl ze Karin van top tot teen opnam. 'Sommigen van ons kunnen nog steeds kinderen krijgen, hoor.'

Molly nam Karin en Diana mee naar beneden om de huiskamer te laten zien, en bracht ze toen door de openslaande deuren naar een patio waar ze even konden gaan zitten, weg van de drukte. Ze keken Molly en Christina na die gearmd naar het springkussen liepen, met hun hoge hakken wegzakkend in het gras.

'Niet te geloven toch dat ze erover denkt om een kinderkamer in te richten?' vroeg Karin lachend. 'Ik durf te wedden dat haar eierstokken al ongeveer vijf jaar geleden zijn uitgedroogd.'

Toen er geen reactie van Diana kwam, wierp Karin een blik op haar vriendin. 'Wat ben je stil. Is er iets?'

'Nee, niks,' antwoordde Diana. Fronsend bestudeerde Karin haar gezicht. Diana zag er inderdaad piekfijn uit, en thuis leek ook alles goed te gaan. Martin had net zijn bedrijf, waarvan de waarde op één miljard pond was geschat, naar de beurs gebracht, en de vraag naar aandelen had alle verwachtingen overtroffen. Van de ene op de andere dag waren Martin en Diana meer dan vijfhonderd miljoen waard, en ze hadden hun aandelen wel vijf keer kunnen verkopen. Toch meende Karin iets van droefheid op Diana's gezicht te lezen.

'Weet je zeker dat alles in orde is?' vroeg ze. Onder haar grote zonnebril zag Karin de wenkbrauwen van haar vriendin samentrekken in scheve rimpeltjes.

'Niet echt,' zei ze met een flauw lachje.

Karin legde haar hand even op Diana's knie. 'Schat, wat is er dan?'

Een eenzame traan biggelde onder de zonnebril vandaan. 'Ik heb Martin vorige week verteld dat ik was gestopt met de pil, en toen kreeg hij bijna een hartaanval,' vertelde ze, terwijl ze met een vingertop de traan opdepte.

'Had je het er dan niet met hem over gehad?'

Diana schudde haar hoofd, en een sliertje haren kwam los uit haar knotje. 'We zijn nu een jaar getrouwd. Ik dacht dat het wel tijd was om eens aan kinderen te gaan denken.'

'En hij dus niet?'

'Dat heb je goed begrepen.' Diana depte met een servetje onder haar ogen. 'Nadat ik het hem had verteld, was het ineens alsof hij plotseling besloot dat hij niet getrouwd wilde zijn.'

'Toe zeg, hij vindt het heerlijk om met jou getrouwd te zijn,' zei Karin met een zachtmoedig lachje. Dat was waar. Al Diana's vriendinnen waren jaloers geweest op de voortvarendheid waarmee Martin Diana het hof had gemaakt. Nog geen drie maanden na hun ontmoeting op Savile Row was ze bij hem ingetrokken, en binnen een halfjaar had hij haar een twintigkaraats diamanten verlovingsring gegeven die maatgevend was geworden voor de trofeesieraden binnen haar vriendinnengroep.

'Dat dacht ik ook.' Diana's stem klonk hees. 'Maar het onderwerp kinderen... Het is net alsof het hem heeft wakker geschud, en hij ineens weer jong, vrij en single wil zijn.'

'Maar heb je hem voor jullie trouwen wel eens gevraagd hoe hij over kinderen dacht?'

Diana's snik gaf Karin haar antwoord. Het was zo gauw gebeurd; iets wat niet werd uitgesproken, kreeg altijd iets ongemakkelijks, en waarom zou je een onderwerp aansnijden dat roet in het eten kon gooien? 'Ik heb het hem toen niet gevraagd, nee,' zei Diana. 'Maar nu wel. Hij zei dat hij geen kinderen meer wilde. Hij zei dat hij gewoon alleen met mij wilde blijven, zonder verantwoordelijkheden, zonder grote beslissingen te hoeven nemen behalve waar we naartoe gaan op vakantie, Miami of Mustique, Barbados of de Bahama's.'

'En dat is dus niet jouw grote droom, begrijp ik?'

'Ik ben gek op ons leven.' Diana's stem was niet meer dan een fluistering. 'Maar ik heb altijd kinderen gewild. Ik heb alleen nooit geweten hoe graag tot Martin zei dat hij geen kinderen meer wil.'

Karin keek haar aan. Achter het keurige uiterlijk, de diamanten, de Gucci van top tot teen, ging een traditioneel deftig meisje van adel schuil. De ster van haar familie was gevallen, van hun vermogen was niets meer over, en door met Martin te trouwen, had ze gedacht dat ze de glorie van haar familie weer nieuw leven in kon blazen. Maar dit was dus wat ze al die tijd had gewild; niet de positie, maar de familie, het gezin.

'En voor jou staat of valt het met wel of geen kinderen nemen?' Karin zocht Diana's blik.

Door de zwarte glazen kon ze de ogen van haar vriendin niet zien, maar ze zag wel het kleine knikje van haar hoofd, de beweging die 'ja' zei.

Karin keek naar de Chiltern Hills, een veeg gedempte kleuren in de zon, en rilde. Gek hoe dingen konden lopen. Aan het eind van de zomer kon Diana wel eens uit de magische kring van miljardairsvrouwen zijn weggevallen. En Molly zou hem dan misschien betreden.

Summer stond bij de barbecue het zesjarige zoontje van de dorpsslager te helpen ketchup op zijn hotdog te knijpen. Haar korte witte katoenen jurkje was zo dun dat de omtrek van haar lichaam in de zon te zien was; haar lange hazelnootkleurige benen vormden een scherp contrast met het wit. Het was Summers eerste vrije weekend sinds Monaco, en hoewel ze het vreselijk leuk had gehad, kon ze wel een kleine adempauze gebruiken. Voor de opnames van *On Heat* had ze operafestivals bezocht, literaire festivals, zomerfeesten, Royal Ascot, het tennis, het Veuve Clicquotpolotoernooi, Sardinië en Saint-Tropez. Hoewel ze nog heel veel moest leren, had ze het gevoel dat ze het best goed had gedaan. In elk geval zei Simon Garrison voortdurend dat *On Heat* het beste programma was dat hun productiemaatschappij ooit had gemaakt. Ze nam een slokje van haar Pimms, en het jongetje rende weg in de richting van de ponyritjes.

'Wil je ook niet even in mijn hotdog knijpen?' fluisterde Adam in haar oor, terwijl hij zijn vingers zacht over haar arm liet glijden.

Ze draaide zich naar hem om. Hij zag er ontspannen uit in zijn spijkerbroek en donkerblauwe poloshirt, en zijn neus was rozig van de zon.

'Adam, niet doen.' Ze giechelde achter haar hand en keek bezorgd om zich heen, bang dat iemand het zou zien. 'Waar is Karin?'

'Je moeder geeft haar een rondleiding door het huis. Ik denk dat we wel even veilig zijn. Maar laten we voor de zekerheid even ergens anders naartoe gaan. Waarom kom je niet naar de waarzegster?' Hij knikte naar een gestreept tentje onder aan de tuin. 'Ik zie je daar over twee minuten.'

Terwijl er een rilling van de zenuwen en van seksuele opwinding door haar heen trok, telde ze tot honderd, en volgde Adam toen de kleine tent in. Er was nauwelijks genoeg bewegingsruimte voor twee personen – en de waarzegster viel in geen velden of wegen te bekennen.

'Waar is Madam Zorba dan?' vroeg Summer, terwijl ze Adams hand langs haar dij voelde glijden, onder haar slipje. Ze kreunde, al haar zenuwen strak gespannen van begeerte en de angst betrapt te zullen worden.

'Ik heb haar zilverstukken betaald om even met koffiepauze te gaan,' mompelde Adam, zachtjes in haar oorlelletje bijtend.

Hij tilde haar iets op en zette haar op het tafeltje achter haar. Zijn hand streelde haar dij, terwijl zijn lippen haar hals met kussen overlaadden.

Zachtjes kreunend kromde ze haar rug. 'Adam. Alsjeblieft. Zo meteen komt er iemand.'

'Ja, jij hopelijk,' zei hij glimlachend. Zijn vingertoppen onder haar slipje vonden haar hete, natte plekje. Toen hij met zijn vinger over haar clitoris gleed, greep ze vol verlangen de rand van de tafel vast, haar nagels vastklauwend in de stof van Madam Zorba's rode tafelkleedje. Hijgend, vechtend om zichzelf onder controle te houden, dwong ze zichzelf te denken aan Karin die zich op nog geen dertig meter afstand bevond. Ineens kreeg ze een flashback naar al die keren dat ze 's nachts in bed had gelegen, terwijl de geluiden van haar moeder die seks had, gedempt achter de muur opklonken. Op dat moment had ze precies hetzelfde gevoel van schuld, van schaamte, voelde ze dezelfde ongemakkelijke mengeling van verlangen en afkeer.

'Adam, hou op! Hou op!' siste ze, terwijl ze hem van zich af duwde. Toen ze rechtop ging zitten, kantelde de tafel even naar voren, zodat de kaarten van Madam Zorba als vlinders op de grond dwarrelden.

'Hé! Wat bezielt jou verdomme ineens!' Met een ruk maakte hij zich van haar los.

'Het is verkeerd, Adam. Het is allemaal verkeerd.'

'En of het verkeerd is, verdomme,' zei hij klagerig. 'Waarom hou je nou ineens op?'

Ze draaide zich van hem weg om de tarotkaarten op de rapen. Ze lagen allemaal met de voorzijde in het gras, en ze pakte ze snel op en legde ze weer op tafel.

'Kom, we kunnen beter weer naar buiten gaan,' mompelde

ze, terwijl ze haar jurk gladstreek. Luid mopperend stormde hij de tent uit, op de hielen gevolgd door Summer. Geen van beiden zag de twee tarotkaarten die als enige met hun voorzijde naar boven op het rode kleed lagen. De ene was de kaart van twee verstrengelde minnaars. De tweede de afbeelding van de gehangene.

Vanaf haar uitkijkpunt op het terras liet Erin haar blik over het feest glijden, met een ongemakkelijk gevoel van eenzaamheid. Toen Marcus haar eerder die week had uitgenodigd, was ze blij en opgewonden geweest, maar nu ze hier eenmaal was, besefte ze ineens hoe onbelangrijk ze was in deze kringen. De mensen die ze hier het beste kende – Molly, Karin en Adam – hadden het te druk of hadden geen zin om met haar te praten, en ze merkte dat ze wilde dat ze de middag met Chris had doorgebracht, zoals ze steeds vaker deed in het weekend.

Terwijl ze een slok van haar citroenlimonade nam, kon ze zichzelf wel voor de kop slaan dat ze hem niet had meegevraagd. Dan had ik met hem kunnen flirten waar Adam bij was, dacht ze.

Ze riep zichzelf meteen een halt toe, want ze wist dat het belachelijk was. Haar verliefdheid op Adam was belachelijk. Het was onprofessioneel en verkeerd, maar het was ook oneerlijk dat hij zo sexy en onbereikbaar was en te hoog gegrepen voor haar, dacht ze, toen ze zijn sexy, aantrekkelijke gestalte uit de tent van de waarzegster zag komen.

Iets maakte dat ze nog eens een keer goed keek, en toen zag ze dat Adam een gezicht als een donderwolk had én dat er nog iemand de tent van Madam Zorba uit kwam lopen: Summer.

Erin had zich al afgevraagd waar Molly's dochter was gebleven. Nog maar twintig minuten geleden hadden ze samen zitten giechelen op het terras en elkaar bijgepraat over de roddels die ze hadden gehoord sinds de laatste keer dat ze elkaar hadden gezien, in Monte Carlo. Summer was de enige op het feest geweest die aardig tegen haar was, en Erin was blij dat ze er was. Maar nu kreeg ze een kil gevoel toen ze haar zag, vooral omdat ze ook zag dat Madam Zorba zo'n vijfhonderd meter verderop bij de wc-cabines stond.

Wat moesten Adam en Summer alleen in dat tentje? Toen tot Erin doordrong wat ze net had gezien, kreeg ze een somber, misselijk gevoel. De afgelopen weken was het haar al opgevallen dat Adam vaak telefoneerde met de deur van zijn kantoor dicht. Ze was er altijd van uitgegaan dat het zakelijke gesprekken waren waarover ze niets mocht weten, of anders telefoontjes naar Karin, maar door zijn onrust na zulke gesprekken had ze zich al eens afgevraagd of er soms een andere vrouw in het spel was. Nu wist ze het zeker.

'Ah, Erin.' Karin kwam het huis uit zetten, zichzelf koelte toewuivend met een programmaboekje. 'Ik wist niet dat je vanmiddag ook zou komen. Heb je Adam ook ergens gezien?'

Erin voelde de paniek toeslaan en ze wierp een nerveuze blik op de tent van Madam Zorba. 'Karin. Wat leuk om je te zien,' stamelde ze.

Karin stond aan de rand van het terras, met haar hand boven haar ogen liet ze haar blik over het park glijden.

Toen Erin Summer en Adam nog steeds een beetje stiekem bij elkaar zag staan, pakte ze Karin bij de arm en draaide haar om naar het huis.

'Wil je wat drinken?' vroeg ze met een zenuwachtig lachje, terwijl ze twee glazen punch van een passerende ober pakte.

'Zit er rode wijn in?' vroeg Karin aan de ober, wijzend op haar glas.

De ober knikte. 'Nou, neem dan maar weer mee. Daar krijg ik alleen maar hoofdpijn van. En breng me een Evian.'

De ober verontschuldigde zich mompelend en liep snel in de richting van het huis.

Erin was blij met de afleiding. Over Karins schouder zag ze dat Adam en Summer nu ieder een andere kant uit liepen.

'Dus je zoekt Adam?'

Karin knikte behoedzaam, terwijl ze Erin opnam, die ineens iets leek te blozen.

'We hebben vanavond een etentje bij de Rothschilds, en we moeten echt over een uurtje weg, anders kan ik niet meer naar de kapper.' Met samengeknepen ogen keek de oudere vrouw Erin aan, op zoek naar een reactie. Sinds ze Claudia Falcon bij de loterij had gezien, was ze al op haar hoede, maar door Erins gedrag gingen er nog meer alarmbellen rinkelen.

'Erin, is er soms iets?'

'Nee, nee, ik ben alleen een beetje misselijk, meer niet. Te veel suikerspinnen en te lang in de zon gezeten, denk ik,' zei ze met een flauw lachje.

Karin geloofde er geen woord van, maar ze wist dat Adams assistente waarschijnlijk hondstrouw zou zijn aan haar baas, zelfs als ze iets wist, dus knikte ze alleen maar.

'O, daar heb je hem.' Erin wees in de richting van de tombola. 'Zal ik even naar hem toe rennen om te zeggen dat je wilt weggaan?'

'Dat zou heel aardig zijn,' zei Karin snel. Ze legde haar hand op Erins schouder en vervolgde met een warme glimlach: 'Het is zo fijn dat je nu Adams assistente bent, ik bedoel, omdat je eerst mijn assistente was en ik je die baan in feite heb bezorgd. Ik heb echt het gevoel dat ik je kan vertrouwen. Dat ik op je kan bouwen.'

Erin voelde dat ze weer bloosde. 'Natuurlijk kun je me vertrouwen,' zei ze zo professioneel mogelijk.

Karin keek Erin na toen die de stenen treetjes afrende en zich tussen de menigte begaf. Die meid moet ik in de gaten houden, dacht ze. Ze weet iets.

Summer had het hele park door moeten lopen om af te koelen na haar aanvaring met Adam. Ze was net bij de stallen aanbeland toen ze merkte dat ze werd gevolgd door een mooi blond tienermeisje.

'Hoi, ik ben Ellie Bradshaw,' zei het meisje ademloos. 'Ik vind je zo mooi. Ik heb je foto in mijn slaapkamer hangen en zo.'

Summer moest lachen. Het was niet eens zo lang geleden dat ze vol ontzag naar de glamoureuze modellenvriendinnen van haar moeder had gekeken die af en toe langskwamen. Terwijl Ellie naast Summer kwam lopen, bombardeerde ze haar met vragen over Londen en Tokio en modellenwerk en alle beroemde mensen die ze had ontmoet. Ze zag er echt heel leuk uit, dacht Summer, een zijdelingse blik op Ellie werpend. Zongebleekt blond haar, een klein wipneusje. Haar ogen waren te klein en stonden te dicht bij elkaar om echt mooi te kunnen worden genoemd, en het weelderige lichaam dat uit haar strakke roze T-shirt puilde, sloot de catwalk uit, maar ze was beslist een erg mooi meisje.

'En wat wil je na school gaan doen?' vroeg Summer.

'Deze zomer werk ik in de pub, maar als ik volgend jaar van school kom, wil ik beroemd worden.'

Summer lachte. 'Beroemd worden is geen beroepskeuze, Ellie. Je moet er iets voor doen om beroemd te worden.'

Ellie keek haar niet-begrijpend aan, en Summer moest toegeven dat het logisch was dat ze twijfelde. In de tijdschriften en roddelbladen stikte het van de mensen die je zelfs met het pistool op de borst nog niet zouden kunnen vertellen wat ze precies deden.

'Ik heb erover gedacht om mee te doen aan dat popprogramma op tv, maar ik kan niet zingen,' vertelde ze op serieuze toon. 'En ik ben niet mooi genoeg om model te worden.'

'Je bent erg mooi,' zei Summer fronsend. Ze herinnerde zich die pruttelende zelfhaat nog uit haar eigen tienertijd. 'Bovendien, niet alleen mooie meisjes zijn model, en niet alle modellen zijn mooi,' voegde ze eraan toe, want ze voelde ineens een overweldigende behoefte om dit lieve, kwetsbare meisje te beschermen. Zelf was ze niet veel ouder dan Ellie geweest toen ze naar Japan was vertrokken. 'Maak je maar geen zorgen, je ontdekt vanzelf wel waar je goed in bent en dan krijg je een hartstikke leuk leven. Echt.'

Ellie trok een gezicht. 'Nou, liever vandaag dan morgen nog.'

Molly's stem, die aankondigde dat de verloting zou beginnen, kwam ineens krakend door een intercom over de gazons.

Summer nam Ellie mee naar het midden van het feestgewoel, en ze liepen net langs het springkussen toen ze ineens een gezicht in de menigte zag. Ze bleef stokstijf staan. Ricardo Lantis. Hij droeg een witte linnen broek en een overhemd dat openstond tot aan zijn middel, zodat je een brede streep van haar boven de gouden H van zijn Hermèsriem kon zien uit kruipen.

'En welke twee schoonheden hebben we daar?' Ricardo grijnsde toen hij hen zag komen aanlopen. Hij wierp een verlekkerde blik op Ellie.

'Wie heeft jou uitgenodigd?' viel Summer uit, terwijl ze om zich heen keek.

'Je moeder natuurlijk,' antwoordde hij glimlachend.

'Ik ben trouwens Ellie.' Het meisje stak hem beleefd haar hand toe. Ricardo bracht hem naar zijn lippen en kuste hem zacht. '*Enchanté...*' zei hij zoetsappig. 'Ben je een vriendin van Summer? Ook een model?'

Ellie bloosde hevig. 'O nee!' giechelde ze. 'Ik werk in de pub in het dorp.'

'Nou, daar moet ik dan beslist eens naartoe,' zei hij, nog steeds met haar hand in de zijne.

'Ellie, hier heb je mijn loterijbriefje. Wil je even gaan kijken of ik soms iets heb gewonnen?' Summer ging tussen Ricardo en Ellie in staan en gaf het meisje een geel papiertje.

'Waag het niet, smerige viespeuk,' siste ze toen Ricardo's blik Ellie volgde die over het gazon wegdraafde.

'Ah, het muisje laat eindelijk haar tanden zien.' Hij glimlachte zijn witte tanden bloot.

'Ik had je die avond kunnen aangeven bij de politie, Ricardo. Dus ik zou maar oppassen als ik jou was.'

'Me aangeven bij de politie?' vroeg hij spottend. 'Waarvoor dat nu weer? Had ik mijn Bentley dubbel geparkeerd?'

'Je hebt rohypnol in mijn drankje gestopt, klootzak. Je wilde seks met me.'

Hij lachte langzaam, wreed. 'Ik heb geen drugs nodig om een wijf te versieren.'

'Ja, maar daar gaat het niet om, hè?' Summer gaf zich niet gewonnen. Met haar handen in haar heupen vervolgde ze: 'Mannen zoals jij willen juist seks met de vrouw die ze niet kunnen krijgen.'

Hij stak zijn hand uit om haar gezicht te strelen, en ze deinsde achteruit. 'Je bent erg kattig vandaag, schat. Het zal wel door de zon komen.'

'Kijk eens wie we daar hebben!' Molly kwam wankelend op haar hoge hakken aanlopen over het gazon.

Summer wierp haar moeder een norse blik toe. 'Ricardo wilde net weggaan,' zei ze scherp.

'O Ricardo, je kunt niet nu al weggaan,' zei Molly suikerzoet, terwijl ze de donkere haartjes op zijn arm streelde. 'We gaan straks met zijn allen naar de pub. Die is zo grappig ouderwets.'

Ricardo kuste haar op de wang en draaide zich toen om om nog een keer naar Ellie te kijken. 'Nou, misschien zie ik jullie daar dan wel,' zei hij met een knipoog naar Summer. 'En dan laat ik moeder en dochter nu alleen zodat ze elkaar kunnen feliciteren met een fantastische middag.'

'Hij heeft wel gelijk, hè?' zei Molly met een triomfantelijk lachje toen hij was verdwenen. 'Marcus plast bijna in zijn broek omdat het zo'n groot succes is.'

'Jij bent echt niet te geloven,' zei Summer hoofdschuddend.

Molly slaakte een dramatische zucht. 'En wat heb ik nou weer gedaan, liefje?'

'Je hebt Ricardo Lantis uitgenodigd,' antwoordde Summer met trillende stem. 'Ik heb je verteld wat er is gebeurd op de avond van ons zogenaamde afspraakje, en toch nodig je hem bij je thuis uit.'

Molly tuitte haar lippen. 'Liefje, ik weet niet precies wat er die avond is gebeurd – zelf lijkt het je ook allemaal niet even duidelijk te zijn,' zei ze lachend. Het enige wat ze zich herinnerde van Summers afspraakje met Ricardo, was dat het de avond was waarop haar dochter uiteindelijk bij Adam Gold thuis was beland. 'Maar geloof me, Ricardo is echt niet het gevaar voor de maatschappij dat jij in hem ziet. Je bent toen gewoon een beetje dronken geworden,' vervolgde ze glimlachend. 'Dat hebben we allemaal wel eens.'

'Moet ik het je soms nog een keertje uitleggen, mama?' viel Summer uit. 'Ricardo heeft me rohypnol gegeven. Hij zou me hebben verkracht. Moet je hem eens zien, op jacht naar alle jonge meisjes waar hij maar de hand op kan leggen.' Bezorgd dacht ze aan Ellie.

'Summer, Ricardo is een belangrijke zakenman,' legde Molly geduldig uit. 'En wat belangrijker is, hij is een goede vriend, een vrijgevige vriend. Hij heeft niet geprobeerd om je te verkrachten, en door dat soort leugentjes te verspreiden, kun je behoorlijk in de problemen komen, jongedame.'

'Nou, ik weet nu in elk geval aan wiens kant je staat,' zei Summer, niet bij machte haar moeder aan te kijken. Net op dat moment steeg gebrul op uit de menigte.

'Je moet wat harder praten, lieverd. Bij al dat lawaai kan ik je niet verstaan. O, hoor, volgens mij hebben ze net mijn nummer omgeroepen. Ik zie je straks wel weer.' Er gleed een traan over Summers wang toen ze haar moeder nakeek die naar Marcus toe liep. Op nog geen meter afstand stond een tuinbank; ze ging zitten en sloeg beschermend haar armen om zich heen, terwijl ze keek naar de mensen in de verte, die lachten en punch dronken.

'Zo te zien heb je niks gewonnen in de loterij,' zei een stem achter haar.

Summer wreef snel over haar wang toen ze Erin zag. 'Ik win nooit wat,' zei ze met een geforceerd lachje.

'Wat is er?' Erin kwam naast haar zitten.

'Niks,' antwoordde Summer snel, terwijl er nog een traan over haar wang biggelde.

Erin voelde zich verscheurd tussen medelijden en nieuwsgierigheid. Wat zou er zijn gebeurd tussen Adam en Summer in de tent van Madam Zorba?

'Waarom vertel je het me niet, Summer?'

Summer blies haar adem uit en keek in de richting van Ricardo Lantis die, zag ze, Ellie een glas punch gaf. 'Die man daar is een beest,' zei ze, naar Ricardo gebarend. 'Als Adam hem hier ziet, wordt hij woest.'

Ineens drong tot haar door dat ze al te veel had gezegd, en ze wendde haar blik af. Ze vond Erin aardig en ze vertrouwde haar, maar het was al erg genoeg dat haar moeder wist van haar relatie met Adam. Als nog meer mensen het zouden weten, werd het gevaarlijk. 'Sorry, Erin. Het is niks.'

'Wil je soms dat ik het Adam ga vertellen?' vroeg Erin vriendelijk. Een deel van haar wilde graag meer te weten komen, maar een ander deel wilde niet dat haar eerdere vermoedens over Adam en Summer bewaarheid werden.

'Nee, laat maar,' antwoordde Summer. 'Zeg maar niks tegen hem.' Ze keek Erin aan, met een smekende blik, zich afvragend of ze enig idee had van de relatie tussen haar en Adam. 'Alsjeblieft, Erin, hou nou maar gewoon je mond.'

47

Karin wilde er vanavond per se heel sexy uitzien. Toen ze haar slaapkamer in liep, dacht ze aan Adam die aan de andere kant van de stad zat te dineren met Claudia Falcon, en ze fronste haar wenkbrauwen. Ondanks de peptalk van Lysette Parker in Parijs was Karin er nog steeds van overtuigd dat Claudia een bedreiging vormde. Ze was aantrekkelijk, machtig en Adam had haar nodig; het was een krachtige combinatie. Nou, we zullen eens zien wie van ons vanavond de baas is, dacht ze, terwijl ze haar witte badjas van haar schouders op de grond liet vallen.

Karin had afgesproken om met Adam en Claudia iets te gaan drinken bij Boujis in Chelsea, en ze zou ervoor zorgen dat niemand haar over het hoofd zag. Ze pakte de donkerpaarse zijden jurk van het bed en glimlachte toen ze hem aantrok en de dunne stof over haar naakte lichaam voelde glijden. Ze had besloten om geen ondergoed aan te trekken. Haar borsten waren rond en stevig genoeg om zonder beha te kunnen, en ze vond het heerlijk om Adam halverwege de avond te laten ontdekken dat ze ook geen slipje droeg.

Ze wierp een blik op haar gouden Cartierhorloge op de kaptafel; het was bijna negen uur. Verdomme, zo meteen kwam ze nog te laat. Buiten werd het snel donker, de lucht was van het donkerste lavendelblauw met spaghettidunne streepjes goud erdoor. Nadat ze haar schoenen had aangeschoten en een jasje uit haar klerenkast had gepakt, deed ze de lamp uit. Zich herinnerend dat ze de gordijnen niet had dichtgedaan, draaide ze zich weer om naar het raam – en zag ineens iets bewegen. Ze deinsde terug van het raam en tuurde om het gordijn heen, ervoor zorgend dat ze zelf uit beeld bleef. Ze hapte naar adem. Op het lage muurtje van haar binnentuin zat een man. Ze herkende hem onmiddellijk – het was de jongen die ze al eerder bij haar huis had zien rondhangen, de jongen die haar de stuipen op het lijf had gejaagd met zijn intense blik. En nu zat hij daar naar haar raam te kijken, met een bleek gezicht, spookachtig en duivels in de schemering.

Ze merkte dat ze haar vingers bijna fijnkneep. Streng hield ze zichzelf voor dat het geen angst was, maar ze kreeg ineens een overweldigend gevoel van kwetsbaarheid. Hoe lang zat hij daar al? Minuten? Uren? Zat hij daar elke dag? Ze moest bijna overgeven toen tot haar doordrong dat haar gordijnen open waren geweest en alle lampen aan toen ze zich had uitgekleed. Ze liep weg bij het raam, pakte haar mobieltje uit haar tas en belde snel het alarmnummer.

'Er is hier een insluiper,' siste ze.

'Bevindt hij zich in uw huis, mevrouw?' vroeg de stem aan de andere kant van de lijn.

'Wat? Nee, in de tuin,' viel ze uit.

'Is er direct gevaar, mevrouw?'

'Natuurlijk is er direct gevaar!' riep ze. 'Ik word gestalkt door een vuile verkrachter en hij zit op het muurtje naar mij, naakt, te kijken.'

'Is de man naakt?'

'Nee!' schreeuwde ze. 'Ik bedoel dat hij naar me zat te kijken toen ik me aan het omkleden was.'

'We zullen zien of er een patrouillewagen in de buurt is. In de tussentijd kunt u beter het huis niet verlaten.'

'Maar ik heb een afspraak met vrienden in Boujis. Ik moet ernaartoe!'

'Ik raad u echt aan om binnen te blijven totdat de politie er is.'

Ze zuchtte. 'O, nou goed dan, maar ik verwacht wel dat ze me daarna een lift naar de club geven.'

Adam legde beschermend een hand op Karins schouder. 'Het komt wel goed, schat,' zei hij, terwijl hij zijn neus in haar haren begroef.

Ze haalde opstandig haar schouders op. 'Het is al over. Ik ben gewoon een beetje geschrokken, meer niet.'

Ze had hem gebeld, meteen nadat ze de politie had gewaarschuwd, en tot haar grote vreugde was hij meteen weggegaan bij zijn etentje met Claudia Falcon.

Hij draaide zich om om haar aan te kijken, en ze zag bewondering en bezorgdheid in zijn ogen. Een scheut van opwinding trok door haar buik. Op dit soort momenten van gevaar kon je erachter komen wat iemand voor je voelde. 'We zullen voor nog strengere beveiliging zorgen bij je huis,' zei hij op serieuze toon, terwijl hij zijn sterke handen op haar schouders legde. 'Ik kan morgen camera's laten installeren. En op iedere deur vingerafdrukherkenning. De hele rataplan.'

Ze pakte zijn handen en greep ze stevig beet. Ze haatte het om zwakte te tonen, en ze zou er ook nu niet mee beginnen. 'Het is al over, schat, echt. Ik wil niet een of andere paranoïde gekkin worden. Wat zeg je zelf altijd over die rijke kerels die rondreizen in kogelvrije auto's? Dat ze daardoor juist eerder een doelwit worden. Nee, het is lief van je, maar er is niks aan de hand. Het is zomaar een jongen.'

Een politieagent van middelbare leeftijd kwam naar hen toe lopen en stelde zichzelf voor als brigadier Danners. 'Kunt u me nog een keer vertellen wat u precies hebt gezien, miss Cavendish?'

'Ik heb een smeerpeuk betrapt die naar me zat te loeren vanuit de tuin. Hij heeft daar waarschijnlijk tijden gezeten.'

Ze gaf brigadier Danners het signalement van de jongen en nam het kopje thee aan dat Adam voor haar had gezet.

'En was dit de eerste keer dat dat gebeurde?'

Ze schudde haar hoofd. 'Ik heb hem wel vaker rond zien hangen.'

'Rond zien hangen?' vroeg Danners.

Ze rilde. 'Niet dat hij echt iets doet, maar ik heb het gevoel dat hij me volgt.'

'Hebt u dat de politie gemeld?'

'Nee, maar nu wou ik dat ik het wel had gedaan. Volgens mij weet ik ook wie het is. Ongeveer een week geleden reed ik langs een huis aan Pelham Grove, hier vlak om de hoek, en toen zag ik hem uit het grote witte huis aan het eind van de straat komen. Volgens mij woont hij daar.'

Adam stond op en keek de agent aan. 'En wat gaat er nu gebeuren? Dit heet toch wel op heterdaad betrapt, hè? Het lijkt me een duidelijke zaak. We weten waar hij woont...'

'Stalken, voyeurisme, onzedelijk gedrag in het openbaar,' vulde Karin rillend aan. 'Ik geef u de volledige bevoegdheid om een aanklacht tegen hem in te dienen.'

Danners glimlachte beleefd. Werkzaam in dit gedeelte van Londen, waar rijkdom en eigendunk hand in hand gingen, was hij eraan gewend om met slachtoffers te maken te krijgen die het idee hadden dat ze meer verstand van de politieprocedures en het strafrecht hadden dan hij.

'Nou, stalken is inderdaad strafbaar,' zei hij vriendelijk. 'Maar het is duidelijk dat we eerst moeten weten wie deze man is, en om een procedure tegen hem te kunnen beginnen, moet hij het minstens tweemaal hebben gedaan,'

'Dat heeft hij toch? Hebt u niet gehoord wat ik u net heb verteld?'

'Zodra we weten wie hij is, kunnen we een aanklacht tegen hem indienen. Het probleem is echter dat het aan tastbare bewijzen lijkt te ontbreken. Brieven, e-mails, camerabeelden.'

Karin rolde theatraal met haar ogen. 'Dus als ik u goed begrijp, komt hij hier ongestraft mee weg?' riep ze op ongelovige toon uit.

Danners schudde geduldig zijn hoofd. 'Nee, miss Cavendish, dat heb ik niet gezegd. We kunnen beginnen met een officiële waarschuwing. Soms schrikt dat mensen af, maar niet altijd. Als het stalken daarna wordt voortgezet, verhoogt het onze kans op een succesvolle strafvervolging.'

Adam legde een hand op Karins knie en wendde zich tot de politieagent. 'Brigadier, als zowel de politie als de officier van justitie er niet in slaagt deze man te vervolgen, zal ik het hogerop zoeken om te zorgen dat dat wel gebeurt.'

Brigadier Danners stond zichzelf een flauw lachje toe. Hij twijfelde er niet aan dat deze imponerende zakenman zijn woorden kon waarmaken, maar toch gaf hij zich niet gewonnen.

'Ik verzeker u dat we een onderzoek zullen instellen,' zei hij kalm. 'Allereerst zullen we een bezoekje afleggen aan dat huis aan Pelham Grove, en in de tussentijd kan ik u het nummer geven van een plaatselijke praatgroep die bedoeld is voor mensen die soortgelijke ervaringen hebben gehad.'

Karin snoof verachtelijk. 'Ja, hoor.'

Brigadier Danners liep weg, en Karin nestelde haar lichaam tegen dat van Adam aan. 'Ik heb wel eens iets gehoord over dat soort mensen. Erotomanen; ze raken gefixeerd op iemand en fantaseren dat ze een relatie met die persoon hebben. Soms stalken ze je jaren.'

Adam kneep in haar arm en kuste haar op haar hoofd. 'Ik denk niet dat jou dat zal gebeuren, schat.'

'Blijf je?' vroeg ze zacht, terwijl ze hem in de ogen keek. 'Of ga je weer terug naar je etentje met Claudia?'

'Ik blijf,' fluisterde hij.

Ze kneep in zijn vingers en glimlachte, maar diep vanbinnen was ze bang.

48

Sharif Kahlid was een man wiens hoogtijdagen ver achter hem lagen. Hij was nu zevenenzestig; zijn ooit aantrekkelijke gezicht was gerimpeld, en de donkere ogen die in zijn jeugd hadden geflonkerd, waren dof geworden en leken te zijn verschrompeld in zijn smalle gezicht. Zijn kleine flatje in een appartementencomplex achter Edgware Road stond vol herinneringen aan dertig jaar van glamoureuze reizen over de hele wereld: Afrikaans houtsnijwerk en een gouden boeddha op de schoorsteenmantel, een zijden wandkleed uit de Verboden Stad in Peking. Nu nog slechts stofnesten, waren ze de enige tastbare herinnering aan een jetsetlevensstijl vol glamour, waaraan abrupt een einde was gekomen toen zijn werkgever was gestorven. Sharifs werkgever was Adnan Hashemi geweest, de bekende wapenhandelaar. Als Adnans privésecretaris – bijna dertig jaar lang – had Sharif een leven vol afgeleide luxe geleid; hij had privévliegtuigen genomen van Gstaad naar Palm Beach, van Beiroet naar Antibes, zodra zijn rijke, machtige baas hem dat beval. Maar aan dat leven was vier jaar geleden een einde gekomen, na de dood door hartstilstand van Hashemi, en Sharif vond het nog steeds moeilijk om te wennen aan zijn nederigere bestaan. Zijn enige luxe bestond uit voor zichzelf koken; hij kocht een klein beetje halal vlees in een van de vele Libanese winkeltjes rond Edgware Road, voegde er okra en stervruchten aan toe, diende de curry's voor zichzelf op op grote witte schalen, en deed dan alsof hij aan een banket in Marrakech zat, of op een feest op een jacht in Saint-Tropez.

Soms, als hij genoeg arak had gedronken, geloofde hij bijna dat het waar was. Maar in het kille daglicht wist hij weer dat hij had afgedaan, dat hij een gedoofde ster was waarvan de laatste glans van glamour al jaren geleden mat was geworden. Tot de dag waarop Molly bij hem op de stoep stond.

'Vergeef me dat ik je niet op een gepaste manier kan ontvangen,' zei Sharif. Hij schonk muntthee in een klein geelbruin glas en overhandigde het aan Molly. 'Je bezoek heeft me enigszins overvallen.'

Molly nam het glas van de kleine man aan en glimlachte. Ja, ze wist zeker dat hij haar van nut zou kunnen zijn.

Sinds het detoxificatieweekend, toen Denise haar dronken had opgebiecht dat ze de maîtresse van Adnan Hashemi was geweest, was het voor Molly een obsessie geworden om ook de rest van het verhaal te weten te komen. Goed, Denise had haar alleen verteld dat ze Donna Delemere aan een aantal van Adnans vrienden had voorgesteld, maar Molly liep lang genoeg mee in het internationale partycircuit om te weten wat 'vriendschap' tussen jonge, mooie blondines en oudere wapenhandelaars inhield. De vraag was of bij die vriendschap geld over tafel was gegaan. Vastbesloten om dat uit te zoeken, had ze Hashemi's privésecretaris opgespoord, want ze had gehoord dat hij aan lagerwal was geraakt en dacht dat hij misschien wel zou willen praten als ze hem daarvoor betaalde.

'Dat is lang geleden, Sharif,' zei ze glimlachend. Ze kende hem nauwelijks – in de jaren tachtig hadden hun wegen zich een paar keer gekruist in verschillende nachtclubs – maar ze wist dat een man als Sharif Kahlid zou reageren op wat vertrouwelijk geflirt.

'Inderdaad,' zei hij. Zijn accent was afgemeten en precies; het resultaat van zijn opleiding aan een Engelse kostschool. 'Hoewel ik graag zou willen weten hoe je me hebt gevonden. Ik vermoed dat ons sociale leven tegenwoordig niet meer synchroon loopt. Ik heb weinig reden meer om me nog in de kringen van toen te begeven.'

'Ach toe,' zei ze lachend, 'niet zo bescheiden. Je was een belangrijk man. Mensen als jij verdwijnen niet zomaar zonder dat iemand weet waar je bent.' Ze raakte zijn arm aan, en zijn mondhoeken krulden omhoog.

Hij leunde naar achteren in zijn versleten leren stoel, sloeg zijn benen over elkaar en vouwde zijn handen in zijn schoot. 'En wat kan ik voor je doen. Molly?' vroeg hij. 'Ik neem aan dat dit niet zomaar een beleefdheidsbezoekje is?'

Molly was blij dat ze meteen ter zake kon komen, want ze voelde zich niet op haar gemak in dit flatje vol maffe exotische snuisterijen. 'Kende je ongeveer tien jaar geleden ene Donna Jones?'

'Misschien. In mijn werk ontmoette ik heel veel mooie vrouwen,' antwoordde hij, terwijl hij zijn blik goedkeurend over Molly liet glijden.

Uit haar tas pakte Molly een foto van Donna met Evie tijdens het doopfeest. 'Haar haar was waarschijnlijk blond in die tijd,' zei ze, terwijl ze hem de foto gaf.

Hij tuitte zijn lippen en hield zijn hoofd schuin. 'Het zou kunnen dat ik haar herken,' zei hij langzaam. Hij gaf haar de foto terug. 'Wat wil je weten?'

Zijn stem had een verdedigende klank, en hij keek haar uitdagend aan. Sharif had duidelijk meer voor zijn werkgever gedaan dan alleen maar hotelkamers boeken. Om het niet moeilijker te maken dan het al was, pakte Molly een leren map die bij haar voeten stond en ritste hem langzaam open, net ver genoeg om Kahlid te laten zien dat hij vol briefjes van twintig pond zat.

'Een schenking aan het goede doel van jouw keuze.' Ze zag dat hij er met grote ogen naar keek.

'Je hebt mijn vraag niet beantwoord,' zei hij na een tijdje.

'Ik ben hier uit naam van een vriend,' vertelde ze kortaf. 'Een vriend die nieuwsgierig is naar Donna's verleden.'

'Ja, ik hoorde dat ze een erg goed huwelijk heeft gesloten.'

'Inderdaad. En daarom wil mijn vriend niet voor verrassingen komen te staan wat haar betreft.'

Sharif stond zwijgend op en liep naar de keuken om nog wat water op te zetten, wat hij deed met de elegantie van een koloniale butler.

'Adnan was een erg rijke, erg machtige man die gek was op het gezelschap van vrouwen,' zei hij, toen hij weer ging zitten. 'Als hij in Londen verbleef, had hij vaak andere rijke, belangrijke mannen te gast die zich wat wilden ontspannen nadat ze zaken hadden gedaan. Donna Jones was een van een stuk of tien meisjes die voor vermaak zorgden, niet alleen voor Adnans vrienden, maar ook voor Adnan zelf.'

'Vermaak? Seks, bedoel je,' zei Molly terloops.

'Inderdaad,' reageerde hij met een voorzichtig glimlachje. 'Meestal één meisje, maar soms ook twee of drie tegelijk. Donna was een van de wat verlegener meisjes, maar ze was heel populair, heel charmant en heel avontuurlijk.'

'En werd ervoor betaald?'

Kahlid lachte, een laag en hees geluid. 'Je weet kennelijk niet hoe deze wereld in elkaar steekt.'

'Werd ervoor betaald?' herhaalde Molly haar vraag.

Hij knikte. 'Dat hield de zaken duidelijk.'

Als kennis macht was, dan was dat het wat Molly als een stroomstoot door haar lichaam voelde trekken. Jarenlang had ze zich de mindere gevoeld van Donna met haar goede huwelijk en aantrekkelijke nieuwe leventje. Maar die verstikkende brok jaloezie smolt weg toen tot haar doordrong dat Donna's lot nu in haar handen lag.

'Hoe heb je Donna leren kennen?' vroeg ze, terwijl ze haar best deed om niets van haar opwinding te laten merken. 'Via Denise Duncan?'

Sharif knikte. 'Denise was af en toe de maîtresse van Adnan, en zij heeft Donna in ons wereldje geïntroduceerd. De eerste keer dat ik Donna zag, was op een feest van ons in Mayfair. Er waren daar heel veel belangrijke mannen, en Donna werd opgepikt door een van de grootste geldsmijters daar. Volgens mij verwachtte Donna die eerste keer helemaal niet dat ze zou worden betaald voor haar, eh, gezelschap,' zei hij glimlachend. 'Maar ik denk dat ze blij verrast was toen dat wel gebeurde.'

'De eerste keer? Dus Donna heeft het daarna vaker gedaan?' gokte ze.

'Natuurlijk,' antwoordde hij. 'Ze werd een van de favoriete meisjes van Mr. Hashemi. Soms nam hij haar mee op zakenreis. Je weet wel, ze bleef dan bij hem als hij een week in Saint-Tropez of Hongkong zat. Dat waren afspraakjes van vijftigduizend dollar,' vertelde hij lachend. 'Ik neem aan dat mijn werkgever waar voor zijn geld kreeg. Hoe dan ook, in de loop van ongeveer twee jaar moet Donna zo'n...' hij legde zijn vingers tegen elkaar voor zijn mond, terwijl hij het uit zijn hoofd narekende, '... zo'n tweehonderdduizend pond hebben gekregen, en dat was alleen van Mr. Hashemi – er waren nog vele anderen. Mr. Hashemi betaalde ook rekeningen voor haar en gaf haar cadeautjes, zoals handtassen. Ik herinner me nog dat ze gek was op Chanel.'

'Hoe weet je dat?'

Hij lachte weer. 'Dat weet ik, Molly, omdat ik ervoor zorgde dat die handtassen werden gekocht. En ik betaalde haar.'

Molly kon haar oren bijna niet geloven. Ze had een paar indiscreties verwacht, maar niets op deze schaal.

'En er waren nog andere mannen behalve Adnan, zei je?'

Hij knikte. 'Ja, ik wist van een paar andere klanten. Mannen met dezelfde status en rijkdom als Adnan. Meisjes werden altijd via via voorgesteld, heel discreet allemaal. Donna had een erg goede reputatie.'

Molly legde haar handen op haar schoot en boog zich voorover. 'Zou je bereid zijn een beëdigde verklaring te ondertekenen waarin dit vermeld staat?'

'Is dat echt noodzakelijk?' vroeg Kahlid verbaasd. 'Adnan had niets te verbergen – zijn levensstijl was algemeen bekend. Maar sommigen van de meisjes die we gebruikten... Sommigen zijn nu erg bekend, gerespecteerd. Ze zouden dit liever stil willen houden.'

Molly vroeg zich af wie er nog meer door Adnan Hashemi waren betaald in ruil voor seks. Ze had vaak genoeg geruchten gehoord dat bepaalde actrices, modellen en society-echtgenotes in het verleden escortmeisjes waren geweest.

'Ik ben er natuurlijk van uitgegaan dat een man als jij loyaal zou blijven aan Adnan,' zei ze glimlachend, terwijl ze uit haar handtas nog een handvol briefjes van twintig pond pakte. 'Maar misschien heb ik ook gelijk als ik denk dat, nu hij is overleden, je loyaliteit ergens anders is komen te liggen, bij jezelf bijvoorbeeld?'

'Dat is heel erg waar,' zei Sharif schouderophalend. Zijn ogen begonnen weer te glanzen.

'Nou, ik denk dat we het dan nog even moeten hebben over de hoogte van mijn schenking aan het door jou gekozen goede doel.' Ze begon de bankbiljetten langzaam uit te tellen.

'O, je zult merken dat ik een erg redelijk man ben,' zei hij. 'Heel erg redelijk.'

'En wat heb je precies ontdekt?' vroeg Alex Delemere kordaat. Molly en Alex zaten aan een hoektafeltje in een visrestaurant in Pimlico. Normaal gesproken legde hij altijd zijn hand op de hare tijdens het eten, maar vandaag droeg hij de stalen blik die hij meestal bewaarde voor de directiekamer en niet voor de slaapkamer. Dit waren zaken, geen pleziertjes.

'Alles wat ik al vermoedde, klopt,' zei Molly, terwijl ze een slokje mineraalwater nam. 'Donna was een chique callgirl en vroeg vijfduizend pond per nacht. Haar klanten waren voornamelijk Arabieren, onder wie de Saudische wapenhandelaar Adnan Hashemi.'

Lord Delemere keek Molly lange tijd aan en verwerkte het nieuws met een uitdrukkingsloos gezicht. 'Geen wonder dat het niet eerder bekend is geworden,' zei hij toen. 'In Daniels vriendenkring zal ze niet gauw wapenhandelaars tegen het lijf lopen.'

'Ze heeft het slim aangepakt,' zei Molly nuchter. Hoewel het zinloos was, vroeg ze zich af wat Donna precies goed had gedaan. Per slot van rekening was haar vriendin Denise, ooit de hoerenmadam en lange tijd maîtresse van Hashemi, gedegradeerd tot echtgenote van een steigerverhuurder uit Surrey. Donna, de jongere, naïevere vriendin, verdiende in de tussentijd kapitalen en trouwde daarna ook nog met een aristocraat. Donna had blijkbaar heel goed geweten wat ze deed, dacht Molly.

'Het is walgelijk,' zei Alex, 'ik moet het Daniel meteen vertellen.'

'Niet zo snel.' Molly legde haar hand op zijn mouw. 'Ik heb erover nagedacht, en we weten allebei dat Daniel niet gek is. Hij weet dat je Donna niet mag, dus als je hem vertelt dat ze callgirl is geweest, denkt hij dat je gewoon rancuneus bent. Hij zal je niet geloven en dan loop je het risico dat hij juist partij kiest voor zijn vrouw in plaats van voor jou. Nee, die informatie kan beter van een derde komen.'

'En wie had je daarvoor in gedachten? Jou?'

Ze lachte. Ze was echt niet van plan om als herrieschopper te boek te komen staan. Dat paste niet bij haar langetermijnplannen.

'Nee, schat. Natuurlijk niet. Ik zat aan een krant te denken.'

'Je wilt dat een of ander goor roddelblad het naar buiten brengt?' vroeg hij ongelovig. Toen een ober kwam aanlopen met de wijnkaart, wuifde hij hem weg. 'Je hebt het wel over de reputatie van mijn familie.'

'Precies,' zei ze koeltjes. 'De vrouw van je zoon was een hoer, en vroeg of laat zal dat toch bekend worden. Het beste is om haar nu te ontmaskeren, nu je de situatie zelf nog in de hand hebt. Je kent iedere kranteneigenaar in het land. Het verhaal kan zo gedraaid worden dat Donna wordt afgeschilderd als een geldbeluste fortuinzoekster, met Daniel als slachtoffer. Zijn reputatie zal even een klap te verduren krijgen, maar met een beetje goede pr is dat zo weer vergeten.'

Ze vouwde haar handen. 'Het belangrijkste is om Donna uit Daniels leven te verwijderen, Alex. Denk eraan, hoe langer je niets doet, hoe langer hun huwelijk zal duren, en des te hoger de alimentatie.'

Toen ze over geld begon, kreeg Alex een bezorgde blik in zijn ogen. Hij wreef over zijn voorhoofd.

'Ja, ik denk dat je gelijk hebt, er moet iets gebeuren,' zei hij, met een sluwe blik op haar. 'Je hebt hier duidelijk goed over nagedacht, hè?'

'Natuurlijk,' antwoordde ze glimlachend, terwijl ze de sommelier wenkte. 'Je kunt alles aan mij overlaten.'

49

Het was de warmste dag van het jaar, en het was een drukte van belang op de Guards Polo Club. Iedereen die ertoe deed, stond champagne te nippen in de Cartiertent binnen de omheining van Smith's Lawn.

Er waren altijd roddels te ontrafelen wanneer de high society, Hollywood en het grote geld elkaar ontmoetten, maar vandaag had iedereen zijn mond vol van maar één verhaal: Donna Delemere, society-echtgenote, schoondochter van een van de rijkste mannen in Engeland, was een hoer geweest! Karin was bijna gestikt in haar glutenvrije pannenkoekje toen ze die ochtend de krant had opengeslagen.

'Tot Het Verleden Ons Scheidt!' luidde de kop. 'Vrouw van Delemere – Callgirl: society-echtgenote duur betaalde escortdame van wapenhandelaar.'

Karin was oprecht geschrokken en zelfs nu nog, uren later, terwijl ze zich tussen uitverkorenen in de Cartiertent begaf, kon ze het nog nauwelijks bevatten. Goed, er waren genoeg vrouwen in haar kringen van wie ze zou hebben durven zweren dat ze op een zeker moment in hun leven de hoer hadden gespeeld om hogerop te komen, maar die stille, muizige Donna? Karin had het schokkende verhaal gespeld, bang dat ze genoemd zou worden als 'vriendin', en toen ze tot haar tevredenheid had vastgesteld dat haar merknaam niet was bezoedeld door het schandaal, had ze Donna gebeld om haar haar steun aan te bieden. Ze was niet verbaasd geweest dat ze haar niet te pakken had kunnen krijgen. Haar mobieltje stond uit, en de huistelefoon schakelde meteen over op een zakelijk bericht op het antwoordapparaat.

'Ongelooflijk, hè?' zei Celia Chase, de hoofdredactrice van *Class*, die naast Karin kwam staan toen ze de tafelschikking vlak bij de ingang van de Cartiertent bekeek. 'Zo'n groot schandaal hebben we in geen tijden gehad.'

Karins eerste opwelling was om haar vriendin te verdedigen en deze graatmagere blondine eens flink op haar nummer te zetten, maar ze moest de media te allen tijde te vriend houden, dus glimlachte ze beleefd. 'Neem maar van mij aan dat het allemaal leugens zijn,' zei ze, terwijl ze een slokje mineraalwater nam om haar lippen te bevochtigen. 'Ik heb haar nog niet gesproken, maar ik weet zeker dat ze op dit moment overleg voert met haar advocaten.'

'Weer iemand die naar Donna vroeg?' Molly kwam naar Karin toe lopen, met haar arm beschermend om Marcus' middel geslagen.

'Arm kind,' zei Karin, frunnikend aan het kleine Cartierlunchpasje dat op haar crèmekleurige chiffon jurk was gespeld. 'Ze lusten haar rauw. Maar gelukkig heeft ze ons nog.'

Adam kwam er ook bij staan. Hij gaf Karin een kus op haar blote schouder. Zijn crèmekleurige *two-button* pak en lichtblauwe overhemd met hoge boord stonden hem erg goed. 'We zijn net uitgenodigd in de Chinawhitetent, voor na de wedstrijd. Wat is dat eigenlijk?' vroeg hij, terwijl hij een glas champagne van de buitenbar pakte.

'Een grote club in Londen. Goede dj's,' vertelde Molly. 'Beetje Marokkaanse stijl. Ze hebben hier ieder jaar een tent.'

'Marokkaanse stijl, zeg je?' vroeg Marcus, van zijn Pimms nippend. 'Dus met buikdanseressen en waterpijpen?'

'Jammer dat Donna er niet is. Die valt blijkbaar op Arabieren,' zei Adam grijnzend.

'Adam!' Karin tikte hem op de arm. 'Dat is echt niet grappig. Donna is een vriendin van me. Er zal over ons gepraat worden.'

'Daar hou je toch zo van?' zei hij glimlachend.

'Niet op deze manier,' antwoordde ze ernstig.

Wat een heerlijke middag, dacht Molly, toen ze aan tafel ging voor de lunch in de tent. Ze was gek op de Cartier International Day, fantastisch publiek plus sexy Argentijnse polospelers die over het veld galoppeerden in die verrukkelijk strakke rijbroeken – wat kon een vrouw zich nog meer wensen? De feestvreugde werd voor haar nog verhoogd door de reactie op de onthullingen over Donna Delemere; het verliep precies zoals ze had gehoopt. Mensen die Donna nog nooit hadden ontmoet, verkneukelden zich over de smakelijke roddels en vroegen zich verheugd af welke andere bekende namen misschien escortdames van Adnans vriendengroepje waren geweest. De zondagskrant die Alex had uitgekozen, had prima werk verricht; in een bijlage van acht pagina's maakten ze trots melding van het feit dat ze een internationale seksbende hadden opgerold waar modellen en beroemdheden bij betrokken waren die hun diensten hadden aangeboden aan de rijkste mannen ter wereld voor tienduizend pond per keer. De hele zaak, zo beweerden ze, werd bestierd door een Londense madam 'Bettina B.', die ze de Europese Heidi Fleiss hadden gedoopt. Molly glimlachte bij zichzelf. In een ander leven had ze een journaliste bij een roddelblad kunnen zijn.

En wat betreft de mensen die Donna wel kenden, aan hun verlegen bezorgdheid merkte Molly dat het verhaal plotseling allerlei ongewenste zaken naar boven had gehaald. Allemaal hadden ze wel iets te verbergen; dat een van hen zo diep was gevallen, maakte hen stuk voor stuk erg nerveus.

Net goed, hadden jullie maar niet van die moraalridders moeten zijn, dacht ze, met een strakke blik op Karin. Ze wist wat zulke vrouwen over haar zeiden. Dat ze een omhooggevallen nul was. Een slet, een hoer. Nou, nu zien jullie eens wie de echte hoer is, dacht ze triomfantelijk. Iemand uit jullie eigen zogenaamd zo onschuldige kringetje.

De rest van de dag verliep in een werveling van gezelligheid. Molly kwam voortdurend mensen tegen die ze in geen tijden had gezien, mensen aan wie ze trots kon vertellen dat ze met Marcus Blackwell was, dat ze zo gelukkig was en dat ze The Standlings zo fantastisch had gerenoveerd. Het was heerlijk. Aan het eind van de dag vertrokken Molly en Marcus in Marcus' auto met open dak. Ze verlieten het park via een sluiproute om opstoppingen te ontwijken. Met de zachte zomeravondbries in haar haren en Marcus' hand geruststellend op haar knie, voelde Molly zich bijna smelten van geluk. Het was een volmaakte dag geweest. Ze waren op nog geen tien minuten van huis toen haar mobieltje ging. Ze zuchtte; er was altijd wat.

Ze klapte het toestel open, maar herkende de stem aan de andere kant van de lijn niet. 'Met wie spreek ik?' vroeg ze fronsend.

'Met Patsy Jones, de zus van Donna,' zei de stem. 'Sorry dat ik je bel, maar ik moest je spreken.'

Molly hoorde dat de stem van de vrouw brak. 'Wat is er gebeurd?' vroeg ze.

'Het gaat om Donna. Daniel is bij haar weg en, nou ja, Donna heeft een overdosis genomen.'

50

De volgende avond werd Molly door Marcus' chauffeur naar Delemere Manor gereden. Bij het hek stonden natuurlijk de onvermijdelijke paparazzi, maar aangezien het huis lag verborgen in een park van vierhonderd hectare groot, hing er een spookachtige stilte om het gebouw zelf. Wat Molly nog verontrustender vond, was dat ze helemaal niets meer van Alex had gehoord. Ze had hem de vrijdag ervoor in de aankomsthal van Heathrow ontmoet om de rest van het geld voor Sharif Kahlid te regelen. Alex zou naar Spanje vliegen om niet lastiggevallen te kunnen worden door journalisten zodra het verhaal naar buiten kwam, en hij had blijkbaar niets gehoord over Donna's overdosis. Ze had overwogen om te proberen contact met hem op te nemen, maar had toen besloten dat het verstandiger was om eerst bij Donna langs te gaan om te kijken wat er precies was gebeurd.

Donna's zus Patsy deed de deur van Delemere Manor open; Molly herkende haar meteen van Evies doopfeest. Patsy was achter in de dertig, had donkerblond haar tot op haar schouders en een ooit leuk gezicht dat er inmiddels permanent vermoeid uitzag. Ze leek totaal niet op haar plaats in de hal van het landhuis met zijn marmeren bustes en oude meesters aan de muur. Even zag Molly een of ander negentiende-eeuws historiestuk voor zich, met Patsy als kokkin en zij als Lady of the Manor, die met ijzeren vuist over iedereen heerste.

'Ik ben zo blij dat je bent gekomen,' zei Patsy kleintjes, terwijl ze Molly meenam naar een kleine salon. 'Het is allemaal zo vreselijk. Fotografen die naar boven proberen te klimmen, journalisten die de hele ochtend bellen. Ik kan Daniel helemaal nergens bereiken, en Alex en Vivian zitten in Spanje. Donna wil het hem niet vertellen totdat ze met Daniel heeft gepraat, maar toen we hem niet konden vinden...' Patsy's trillende stem stierf weg. '... Nou ja, hoe dan ook, Donna zei dat we het beste jou konden bellen.'

Molly trok haar jasje uit, gooide het over een Hepplewhitestoel en knikte meelevend. 'Dus ze is terug uit het ziekenhuis?' vroeg ze.

'Ja,' antwoordde Patsy. 'Ze hoefde maar één nachtje te blijven. Ze heeft paracetamol ingenomen, maar niet genoeg om echt schade aan te richten. De huisarts van de familie was fantastisch; hij heeft geregeld dat Donna naar een psychiater kan. Een van de besten, blijkbaar.'

Molly glimlachte, haar gezicht een masker van bezorgdheid, terwijl ze zich in stilte afvroeg waarom uitgerekend zij van al Donna's vriendinnen was gebeld. Het minst kwade van alle kwaden, dacht ze; iemand als Patsy deed het vast in haar broek van angst voor vrouwen als Karin en Christina.

'Nou, laten we dan maar eens bij haar gaan kijken,' zei ze vastbesloten. 'Dit moet echt heel vreselijk voor haar zijn geweest.'

Ze liep achter Patsy de ronde mahoniehouten trap op, een gang door en de grote slaapkamer in, waar Donna als een mager kind in een vreselijk doorgezakt hemelbed lag. Ze lag half tegen een dikke stapel witte kussens en probeerde een tijdschrift te lezen in het vroege avondlicht dat door de hoge Georgian ramen naar binnen stroomde. Bofkont, dacht Molly.

'Fijn dat je er bent,' zei Donna met een flauw lachje toen Molly naast haar op bed kwam zitten. 'Sorry dat ik je helemaal hiernaartoe heb laten komen.'

'Ik ben nu zelf ook een boerenmeid, vergeet dat niet.' Molly kneep in haar hand. 'Zo ver is het niet, en bovendien zou ik sowieso zijn gekomen, zelfs al was het midden in de nacht, dat weet je best.' Ze keek om zich heen in de slaapkamer. 'Waar is Evie?'

'Bij de kinderjuf. Met haar is alles in orde.'

Er viel een ongemakkelijke stilte voordat Molly de voor de hand liggende vraag stelde: 'O, Donna, waarom? Ik weet dat je heel wat over je heen hebt gekregen, maar je moet toch aan je dochtertje denken?'

Donna wendde haar blik af en staarde zonder iets te zien naar buiten. Pas na een tijdje reageerde ze, met kalme en afgemeten stem, alsof ze zich had neergelegd bij haar lot. 'Het is niet echt prettig als iedereen die je kent – en iedereen die je niet kent – je veroordeelt en het over je heeft. Als je weet dat ze je een slet noemen en een del en een hoer.'

Ze draaide zich weer om en keek Molly aan. 'En als je weet dat je kind er de eerstkomende vijftien jaar mee lastig zal worden gevallen op het schoolplein. En je weet ook dat het allemaal je eigen schuld is, want je hebt ooit iets stoms en kortzichtigs gedaan, terwijl je oud genoeg had moeten zijn om beter te weten.'

Ze schoof ongemakkelijk heen en weer in haar kussens en pakte toen een glas water.

'Je vriendinnen zeggen zulke dingen echt niet,' zei Molly, maar ze klonk niet al te overtuigend. 'En mensen die je niet kennen, vinden morgen wel weer iets anders om over te roddelen.'

Donna haalde haar schouders op. 'De artsen zeggen dat ik misschien aan een postnatale depressie lijd die niet eerder is opgemerkt.'

'En wat denk je zelf?' vroeg Molly.

'Ik denk dat ik eerder naar de dokter had moeten gaan.'

'En waarom heb je dat dan niet gedaan?'

'Omdat zoiets als een postnatale depressie niet voorkomt bij de familie Delemere,' zei Donna.

Molly keek haar aan en was het in stilte met haar eens. Donna zag er bleek en kwetsbaar uit tussen de lakens. Ze was een zwakke vrouw. Iemand die haar problemen begroef, net zoals ze die stomme geliefde biologische groenten van haar in de aarde begroef, met als resultaat dat ze gingen rotten en etteren. Ze hoorde niet thuis in een familie als de Delemeres, die generaties lang hadden gebloeid dankzij karakter en veerkracht. Het maakte Molly kwaad. Ze was natuurlijk blij dat Donna niet echt zelfmoord had gepleegd, maar nu ze naar haar treurige, zielige verhaal zat te luisteren, was ze ervan overtuigd dat ze juist had gehandeld; ze hielp de familie Delemere.

'Wat kan ik voor je doen, Donna?' vroeg ze. 'Zeg het maar.'

'Je moet Daniel gaan zoeken,' zei Donna met een smekende blik in haar ogen. 'Ik weet niet eens of hij heeft gehoord wat er is gebeurd, want hij heeft zijn mobieltje hier gelaten, en in ons huis in Londen neemt hij niet op.'

'Wanneer heb je hem voor het laatst gezien?'

'We zijn zaterdagavond getipt over het verhaal. Daniel is vlak daarna weggegaan.'

Molly knikte ernstig, maar vanbinnen maakte ze een sprongetje van vreugde. Een scriptschrijver uit Hollywood had het haar niet kunnen verbeteren.

'En wat moet ik hem vertellen?'

Eindelijk begonnen er tranen over Donna's bleke gezicht te biggelen. 'De waarheid,' snikte ze. 'Zeg hem dat ik van hem hou en dat het me spijt.'

'Dat zal ik doen,' zei Molly. 'Je kunt me vertrouwen.'

51

De cottage op Cliveden, een van de grootste landgoederen in Engeland, was nog mooier dan Chris had verteld. Vanaf het grote landhuis, dat prachtige honingkleurige kasteel in palladiaanse stijl, kronkelde een weg door een weelderig park naar de Theems. Daarna een korte wandeling langs een privéjaagpad, en daar lag het, een schattige, kleine victoriaanse cottage aan de rand van het kalme water. Het was een afgelegen, vredige plek, waar de enige geluiden afkomstig waren van eenden, insecten en af en toe een hertje dat in het struikgewas op de heuvel boven de cottage scharrelde. Erin was er meteen gek op, en ze was ook geraakt door de romantische geschiedenis van de plek.

Toen ze twee dagen eerder uit Londen was aangekomen, had Chris haar meegenomen op een wandeling langs de rivier. Onderweg hadden ze een andere schilderachtige cottage gezien, waar, zo vertelde hij haar, Christine Keeler begin jaren zestig had gelogeerd. Erin kende het verhaal vaag, maar Chris had haar levendig de sensationele bijzonderheden geschetst: de mooie, chique callgirl die had rondgehangen in de rijke, glamoureuze aristocratische scene van Astor en door wie bijna de regering was gevallen nadat ze op een feest bij het zwembad van Cliveden minister Profumo had leren kennen en een relatie met hem had gekregen. Voor Erin verhoogde dit alleen maar de glamour van de plaats. Ze ontdekte dat Chris voor haar al een bureau voor het raam in de huiskamer had geschoven, waar ze kon zitten schrijven en kijken naar de ondergaande zon boven de rivier. Het was spectaculair, dacht ze, terwijl ze opkeek van haar laptop, een bloedrode hemel die als roze en gouden vlekken weerspiegelde in het water. Ze was na het avondeten achter het bureau gaan zitten om wat te werken, maar ze voelde zich rusteloos. Het was haar eerste vrije maandag sinds ze bij de Midas Corporation werkte, en het lukte haar gewoonweg niet om zich te ontspannen.

'Wat is er?' vroeg Chris, die opkeek van een notitieblok. Hij zat in een leunstoel, met een bril met gouden montuur op, waardoor hij er, vond Erin, kwetsbaarder, en schattig, uitzag. Ze sloot haar ogen en drukte de gedachte uit als een sigaret.

'Niets,' antwoordde ze, terwijl ze uit het raam bleef staren.

'Erin...' zei hij op berispende toon.

'Ik kan niks bedenken om over te schrijven.' Ze krabbelde wat cirkels op het notitieblok dat voor haar lag.

'Erin, er zijn talloze dingen waarover je kunt schrijven.'

'Ja, nou, maar alles waarover ik zou willen schrijven, is al gedaan,' zei ze hopeloos. Ze stond op en liet zich op de bank vallen.

Chris kwam naast haar zitten. 'Luister, er zijn maar zeven basisplots ter wereld, dus ons werk zal altijd enige gelijkenis vertonen met iets wat al eerder is geschreven.'

'Zeven verhaallijnen?' zei ze. 'Doe niet zo maf.'

'Het is echt zo, en Shakespeare heeft de meeste ervan al gebruikt.'

'Dus je wilt beweren dat *When Harry Met Sally* gewoon een bewerking van *Hamlet* is?'

'Nee. Maar neem bijvoorbeeld horror. Dat is altijd hetzelfde "het monster overwinnen"-scenario. Je weet wel, *Moby Dick*, *Alien*, al dat soort dingen.'

Ze lachte. 'Het monster overwinnen. Dat is mijn herinnering aan mijn korte relatie met Julian Sewell.'

Glimlachend zette Julian zijn bril af. 'Ik merk dat je eindelijk weer je gezond verstand hebt teruggevonden. Ik zei toch dat hij fout was?'

'Nee, dat heb je niet gezegd,' zei ze lachend.

'Nou, als je me de kans had gegeven, had ik dat wel gedaan. Toen je iets met hem had, zag ik je nauwelijks nog.'

'En dan te bedenken dat ik dacht dat ik helemaal niets voor je betekende,' zei ze plagend.

Ze keken elkaar ongemakkelijk aan, en Erin begon weer te krabbelen op haar notitieblok. 'Mag ik lezen wat je hebt geschreven?'

'Nee,' antwoordde hij.

'Waarom niet?'

'Omdat het nog niet af is.'

Ze kreunde. 'Nou, vertel me dan nog maar wat meer over dat "monster overwinnen"-gedoe. Dat lijkt me wel wat.'

Hij legde een kussen achter zijn hoofd en strekte zijn benen.

'Het monster overwinnen is een van de fundamenteelste verhaallijnen,' vertelde hij. '*Roodkapje* is er een goed voorbeeld van, of *Hans en Grietje*. Zelfs James Bond – het gaat om goed versus slecht, en het goede moet het slechte overwinnen om de schat te veroveren, of de prinses, of om de wereld te redden, wat dan ook.'

Erin dacht even na. 'Net Karin en Adam,' zei ze.

'Ja, ik had al gehoord dat Karin een beetje een monster is,' zei hij glimlachend.

'Nee, Adam is de prijs, de schat,' zei ze nadenkend. 'Karin bewaakt hem als de Minotaurus of zo. Iedere vrouw die in de buurt van Adam komt, zit achter hem aan – zo ziet zij het tenminste. Alleen zijn ze niet allemaal goed,' vervolgde ze fronsend. 'Zeker niet vrouwen als Molly Sinclair.'

'Zo te horen zijn het allemaal fortuinzoeksters.'

'Nou, ja en nee.'

'Nee?' vroeg Chris lachend. 'Maar de man is miljardair!'

'Ik bedoel, ze doen eigenlijk hetzelfde wat vrouwen van hun leeftijd honderd jaar geleden ook al deden – en toen was het heel respectabel om dat te doen. Trouwen om geld, aanzien.'

'Allemachtig, zeg. Moet je jezelf eens horen praten.' Zijn stem had een verbaasde klank. 'Het lijkt verdomme wel alsof er nooit zoiets als het feminisme heeft bestaan.'

'Maar daar gaat het juist om. Het feminisme heeft wel bestaan,' zei ze. 'De vrouwen die achter Adam Gold aan zitten, hebben een keuze. Óf voor hun carrière gaan, óf voor Adam Gold. Fortuinzoeksters gaan voor de man. Maar ik denk dat Karin Gold allebei wil.'

'Daar zou je over moeten schrijven!' zei hij ineens, terwijl hij een klap op de bankleuning gaf. 'Over Adams verrukkelijke wereld vol vrouwen!'

'Dat kan ik niet maken,' zei ze onzeker. 'Dan word ik ontslagen.'

'Maar je zou niet over hem of Karin of Molly schrijven of over wie dan ook. Niet in het bijzonder.' Hij ging rechtop zitten. 'Je kunt een eigen wereld scheppen. Een literaire beau monde. Fitzgerald heeft er carrière mee gemaakt. *The Beautiful and the Damned*, *Tender Is the Night*.'

'O, dat vind ik zo'n mooi boek.' Ze leunde ontspannen achterover. Ze had zich in geen tijden zo gevoeld. Slim en creatief en kundig.

Chris was iets naar haar toe geschoven over de bank. Een deel van haar voelde zich warm en ongemakkelijk, een ander deel raakte opgewonden van het geplaag tussen hen en van de mogelijkheid dat er iets kon gebeuren. Ze wierp een snelle blik op hem, en ineens viel haar op dat hij heel lange wimpers had. Hoewel het een warme avond was, had hij de open haard aangestoken, en de houtblokken sisten en knetterden.

Onverwacht stond hij op, alsof hij gevoeld had dat de stemming tussen hen was veranderd. Hij liep naar de keuken om een fles rode wijn open te trekken. Een medaillewinnaar, zei hij tegen haar. Dat zei haar niks, maar de wijn smaakte fantastisch, haar tong proefde zwarte bessen en kruiden.

'Nou, ik vind dat je een leuke baan hebt,' zei ze met een zacht lachje.

'Dat vind ik ook, maar ik kan nog wel een betere manier bedenken om mijn brood te verdienen.'

'O ja? Wat dan?'

'Ik zou van mijn schrijven willen kunnen leven,' zei hij, terwijl hij weer naast haar kwam zitten. 'Dat zou echt te gek zijn. Als ik en mijn meisje ergens anders dan in Londen konden wonen, ergens zoals hier.'

Zijn vingers raakten de hare op het kussen, en Erin voelde een vonk tussen hen overspringen. Ze wachtte even om te kijken of het per ongeluk was, of Chris zijn vingers weg zou trekken, maar hij liet zijn hand op de hare liggen en keek haar aan met een nerveuze blik die helemaal niet paste bij de Chris die ze kende: de zelfverzekerde, getapte Ierse versierder.

'Chris, ik... Verdomme!'

Erins mobieltje zoemde luid op het bureau. Ze had hem beloofd om het uit te zetten, maar had het voor de zekerheid op trilfunctie laten staan. Ze keken allebei naar het onafgebroken zoemende toestel.

'Ga je nog opnemen of niet?' vroeg hij met opgetrokken wenkbrauwen. Ze dacht dat hij geërgerd keek, maar schonk er geen aandacht aan.

'Misschien is het mijn werk,' zei ze zwakjes. Terwijl ze het zei, voelde ze de elektriciteit tussen hen verdwijnen.

'Laat dat kutwerk van je toch,' zei hij boos.

Erin wist niet wat ze moest doen. Het mobieltje zoemde nog steeds. Misschien was het wel belangrijk.

Chris volgde haar blik, sprong op en pakte het toestel. 'Erin, je hebt een paar dagen vrij,' zei hij, met het mobieltje in zijn vuist. 'Je hebt recht op vakantie en je moet aan een boek werken, of moet ik zeggen aan een boek te beginnen, want anders trekt jouw agent zijn handen van je af.'

'Maar je snapt het niet,' zei ze, haar stem verheffend. Ze rukte het mobieltje uit zijn hand en rende naar de keuken. Door de gesloten deur heen kon Chris gedempt gepraat horen. Toen ze terugkwam, keek hij haar nors aan.

'Je gaat terug naar Londen, hè?'

'Ik moet wel,' zei ze. 'Er is brand geweest in de mijn van de Midas Corporation in Kazachstan. Adam is in alle staten. Hij moet ernaartoe.'

'Maar waarom moet jij dan terug? Hij heeft toch nog wel meer mensen in dienst die dingen voor hem kunnen regelen? Ik bedoel, ze hebben zich ook gered voordat jij er werkte.'

Boos smeet ze haar toestel op de bank. 'Chris. De Midas Corporation is een miljardenbedrijf. Mijn werk is niet iets wat je zomaar kunt aan- of uitzetten. Ik ben Adams assistente. Als hij me nodig heeft, moet ik er voor hem zijn. En hij heeft me nu nodig.'

Hij schudde langzaam zijn hoofd. 'Je wilt wel heel graag deel uitmaken van die wereld, hè? Geen wonder dat je jezelf er niet toe kunt zetten om te schrijven over de vrouwen die om Adam heen hangen, want je snapt ze veel te goed.'

'Doe toch niet zo lullig,' viel ze uit. 'Sorry hoor, dat ik mijn werk leuk vind, en sorry dat ik mijn baas wil helpen. Adam heeft me gered van een saai leventje in Cornwall, en dat zal ik nooit vergeten.'

Een gelaten glimlachje verscheen om zijn lippen. 'Je bent verliefd op hem, hè?'

'Nietes,' zei ze, maar ze bloosde alsof hij haar op iets had betrapt. Toen hij de blik in haar ogen zag, schudde hij droevig zijn hoofd.

'Tja, ik kan het je geloof ik niet kwalijk nemen. Hij is megarijk en ziet er goed uit, net als al zijn vrienden. Ik dacht alleen dat jij anders was,' zei hij zacht.

Ze liep naar de deur. 'Ik ga weg.'

'Doe niet zo maf.' Hij liep naar haar toe om haar tegen te houden. 'Het is al laat en het is donker.'

'Ik dacht dat je mijn vriend was,' zei ze, terwijl ze hem wegduwde.

'Dat ben ik ook.' Hij raakte haar schouder even aan. 'Daarom zeg ik dit ook.'

Ze keek hem strak aan en schudde toen haar hoofd. Hij had een zere plek geraakt en daar haatte ze hem om. 'Ik ga terug naar Londen,' fluisterde ze. Ze rende naar boven om te pakken.

52

Imogen Sanders, een van de beste casting directors in Groot-Brittannië, werkte vanuit een kantoor in een rijtje pastelkleurige huizen in Notting Hill. Nadat ze tien jaar in Los Angeles had gewerkt met enkele van de grootste namen uit de filmindustrie, was ze teruggekeerd naar haar geboortestad om een eigen agentschap te beginnen. Op dit moment was ze de gewildste castingagente in Londen; zij was de vrouw tot wie producers en regisseurs zich wendden als ze opwindend Brits talent zochten.

'Vertel me eens wat over jezelf, Summer. Waar je van houdt, waar je niet van houdt. Wat je met je leven wilt,' zei Imogen, terwijl ze vriendelijk naar Summer Sinclair lachte. In de ongeveer twintig jaar dat ze in het vak zat, had ze honderden, zo niet duizenden modellen gezien die graag wilden gaan acteren. En hoewel de meesten van hen een gezicht hadden waar de camera's gek op waren – grote monden, kleine neusjes, volmaakt witte tanden – beschikte slechts een klein percentage van hen over de x-factor waarmee ze sterren konden worden. Imogen had al wat filmopnames van Summer bekeken voordat ze kwam – een paar opnames van een of andere tv-show die in hun rauwe naïviteit beslist wel aandoenlijk waren, maar Summer was onmiskenbaar een schoonheid en ze straalde ook charisma uit voor de camera. De vraag was: kon ze acteren? Als ze dat kon, dacht Imogen, kon Summer Sinclair wel eens de grootste binnenkomst in de filmwereld worden sinds Cameron Diaz op het doek was geknald in *The Mask*.

'Iets over mezelf vertellen?' vroeg Summer glimlachend, terwijl ze zich probeerde te ontspannen in de bruine leren leunstoel. 'Nou, aangezien ik al vierentwintig ben, zou je me een ouwe taart kunnen noemen in de modellenwereld. Ik ben teruggekomen uit Japan met de bedoeling mijn carrière hier af te bouwen, maar mijn televisiecarrière lijkt juist net te beginnen. Ik kreeg de kans om iets voor tv te doen toen de presentatrice van *On Heat* letterlijk de boot miste; ze vaart nu met haar steenrijke minnaar over de Middellandse Zee,' eindigde ze met een droog lachje.

Imogen knikte, haar aanmoedigend verder te gaan.

'Waar ik van houd en waar ik niet van houd? Ik houd ervan om verliefd te zijn, ik houd van chocoladekoekjes en zeilen. Ik houd er niet van om hier te zitten zonder enige acteerervaring. Maar ik sta mijn hele leven al op fotoshoots, en ik heb het gevoel alsof ik ook mijn hele leven al een rol speel als de dochter van Molly Sinclair, hoewel ik helemaal niet van feestjes houd of van het Londense nachtleven.'

Summer keek Imogen bezorgd aan. Ze had geen flauw idee of ze een goede indruk maakte of dat ze zichzelf voor schut zette.

'Lieverd, de meeste mensen zijn de helft van hun leven aan het acteren, zelfs als ze het niet doorhebben,' zei Imogen, terwijl ze een slokje water nam. 'En wat betreft je gebrek aan acteerervaring, we zijn niet op zoek naar iemand met een cv zo lang als dat van Julia Roberts. Deze film moet weliswaar een kaskraker worden, maar de producenten en regisseur zoeken juist een onbekend of redelijk onbekend gezicht voor de vrouwelijke hoofdrol.'

'Waarom, als het zo'n dure film wordt?' vroeg Summer nietbegrijpend.

'Onbekenden krijgen in Hollywood tegenwoordig vaker een kans op grotere rollen,' legde Imogen uit. 'Vroeger wilden de studio's geen risico nemen met een acteur zonder enige staat van dienst: grote namen stonden toen gelijk aan hoge inkomsten. Maar omdat de helft van het budget tegenwoordig opgaat aan speciale effecten – en voor *Krakatoa* zal daar ongelooflijk veel gebruik van worden gemaakt – heeft de studio niet zo'n zin om ook nog eens vijfentwintig miljoen dollar aan een superster te betalen.'

'Logisch, als ze toch wordt weggespeeld door een vulkaanuitbarsting,' zei Summer glimlachend.

Ze barstten allebei in lachen uit. Imogen mocht Summer wel, en ze wist dat Luc, de regisseur, haar ook zou mogen. Summer bezat een breekbare, elegante schoonheid, maar achter haar ogen ging een zekere stoerheid schuil die erop wees dat ze veel had meegemaakt. En stoer zou ze moeten zijn als ze wilde overleven in de jungle van Hollywood.

Imogen gaf Summer een kopie van het script; ze voelde de pagina's bijna kraken van opwinding en belofte.

'Maak je geen zorgen,' zei ze, 'dit is alleen maar een proeflezing, we gaan het niet voor de camera doen of zo. Dus neem de tijd en begin maar als je er klaar voor bent.'

Summer keek aandachtig naar de bladzijden, hoewel ze de woorden niet hoefde te lezen. Ze had het script een paar dagen eerder ontvangen en had de tekst gelezen tot ze hem uit haar hoofd kende. De scène was krachtig, vol emotie. Marien, de rol waarvoor ze auditie deed, had net de eerste uitbarsting van de vulkaan overleefd, maar ze had haar zus dood aangetroffen, en schreeuwde haar woede en frustratie uit naar de hemel. Summer haalde adem en sloot even haar ogen, terwijl ze dacht aan haar ervaring in het huis van Ricardo Lantis en aan die nacht in haar roze slaapkamer, en plotseling welde er een enorme woede op uit haar keel. Ze opende haar mond en de woorden stroomden eruit. Het klonk Imogen Sanders allemaal als muziek in de oren.

Wow! dacht ze, niet in staat om haar blik los te rukken van Summers gezicht. Dit meisje is fantastisch!

53

Toen Adams Learjet de landing inzette naar de luchthaven Domodedovo van Moskou, boog Karin zich naar voren om uit het raampje te kijken. Moskou was een van haar lievelingssteden met zijn romantische bruidstaartgebouwen en tsaristische glamour, vandaag verlicht door een heldere zon. Ze was opgegroeid in de nadagen van de Koude Oorlog, toen Rusland werd beschouwd als een sinistere staat, een enorm land met presidenten die met één druk op de knop een kernoorlog konden beginnen, met lange rijen voor de winkels, koude winters, wolven en sneeuw. Nu lag er driehonderd meter onder haar echter een heel ander Rusland. Een verdeeld land. Een land dat nog steeds in de greep van armoede was, maar waar ook kleine enclaves van immense rijkdom en luxe waren. Moskou was nu een stad waar gepantserde Hummers en Bentleys rondreden, waar mooie meisjes zich kleedden in Prada en Gucci en waar de chique restaurants niet onderdeden voor die in Manhattan. De prijs van een bikini van Karenza, die werden verkocht in het grote warenhuis GUM, was echter nog steeds een stuk hoger dan het gemiddelde jaarinkomen.

'Ik ben blij dat je bent meegekomen, schat.' Vanaf zijn crèmekleurige leren stoel tegenover haar wierp Adam haar een glimlach toe. 'Ik ben je er echt dankbaar voor.'

'Graag gedaan,' zei ze glimlachend. Ze wilde hem geruststellen, maar aan zijn vertrokken gezicht zag ze dat hij zich zorgen maakte. Zes weken geleden pas had de Midas Corporation zich ingeschreven voor de bouw van een enorme wolkenkrabber in het centrum van Moskou. Midas zou daarmee een stevige voet aan de grond hebben kunnen krijgen in Ruslands ontluikende luxevastgoedmarkt – iets wat het bedrijf erg graag wilde. Maar Adams offerte was afgeslagen; Moskou verdedigde zijn eigen territorium nog steeds uit alle macht en contracten gingen steevast naar de rijkste Russische projectontwikkelaars met de allerbeste connecties. Adam was diep teleurgesteld geweest totdat Mikhail Lebokov, een oligarch met belangen in van alles, van olie tot aannemersbedrijven, hem had gebeld over de mogelijkheid dat de Midas Corporation de bouw als onderaannemer zou leiden. Mikhail had verzocht om een ontmoeting op zijn datsja – zijn tweede huis vlak buiten Moskou – om het verder te bespreken.

Adam was opgetogen geweest over het telefoontje en had er alle vertrouwen in dat ze een deal zouden sluiten; Mikhail had drie penthouses van Midas gekocht, in Miami en New York. Maar de brand in Kazachstan had alles veranderd. De Russische kranten hadden zich op het nieuws gestort, en Adam was de afgelopen week vooral bezig geweest de schade te beperken en aan te tonen dat er niet met de veiligheidsvoorschriften was gerommeld. Hij had echter geen flauw idee of dit van invloed zou zijn op Mikhails voornemen om samen te werken met de Midas Corporation.

'Wonen ze ver weg?' vroeg Karin. Ze had het al bloedheet, ondanks de airconditioning achter in de auto. De zomers in Moskou konden verstikkend zijn, en vandaag was het plakkerig en warm, zonder een zuchtje wind. Ze had zich omgekleed in haar glamoureuste Russische echtgenotesoutfit: een strakke zwarte broek van Dolce & Gabbana, een topje van Chloe en met om haar hals en polsen een verzameling diamanten.

'Ze hebben een appartement in Moskou,' vertelde Adam, met zijn blik op de stad die langs hen heen vloog. 'Maar geen enkele rijke Moskoviet blijft in de zomer in de stad. Ze hebben allemaal een datsja vlak buiten de stad.'

Ze reden een halfuurtje in westelijke richting over de Rublovka-autoweg. De bebouwing nam af en maakte plaats voor dichte berken- en dennenbossen, waarvan de takken donkere schaduwen wierpen op de weg voor hen. Na een halfuur verlieten ze de snelweg en reden verder over kronkelende, smallere wegen met links en rechts ervan plukjes duur uitziende huizen. Karin tuurde over haar zonnebril heen. Ze was nog nooit zo ver buiten Moskou geweest en had zich datsja's altijd voorgesteld als een soort hans-en-grietjehuisjes, maar dit waren kleine, protserige villa's, tegen een achtergrond van rode aalbessenstruiken en een heldere, onbewolkte, blauwe lucht. Ze duwde haar neus tegen het getinte glas terwijl ze er langsreden en keek naar de hoge muren, de beveiligingscamera's en de ijzeren toegangshekken.

'Is het een van deze huizen?' vroeg ze.

'Deze kosten waarschijnlijk zo'n tien miljoen per stuk, dus dat denk ik niet,' zei Adam glimlachend. 'Ik vermoed dat Mikhail wel wat indrukwekkenders heeft.' De auto sloeg rechts af een lage, nog dichter beboste heuvel op en ze hielden halt voor een enorm kersenhouten toegangshek. Toen dat openzwaaide, hapte Karin naar adem.

'Je hebt gelijk, dat is inderdaad indrukwekkend,' zei ze. 'Volgens mij zal ik me hier wel vermaken.'

Mikhail Lebokov was ongeveer veertig. Hij had zwart haar, bespikkeld met zilver en hoewel hij niet echt aantrekkelijk was, maakte hij met zijn gespierde gestalte en alerte blauwe ogen toch een opvallende indruk. Zijn vrouw Daria was nog indrukwekkender. Ze was ongeveer achter in de twintig en haar donkerblonde haar viel steil en glanzend over haar blote rug. Ze had een hartvormig gezicht en volle, glimlachende lippen. Ze was erg mooi.

'Welkom, Adam en Karin,' zei Mikhail, terwijl hij hen mee naar binnen nam. Het huis was in Japanse stijl ingericht. De vloeren waren van kersenhout en bamboe. In het midden van de datsja bevond zich een binnentuin met glazen wanden en in het midden een stalen vijver met koikarpers en waterlelies erin. Op weg naar het terras vertelde Daria aan Karin dat achter het huis een hele vleugel was voor het personeel, onder wie een Franse kok, een Thaise masseur en een Engelse butler die ooit had gewerkt voor een lid van het Engelse koningshuis.

'Jullie hebben vast honger na zo'n lange reis, *da*?' vroeg Mikhail, gebarend naar het enorme landgoed. Er was een luxueuze lunch klaargezet op een lange kersenhouten tafel onder een ivoorkleurige parasol, zo groot als een parachute.

Toen Karin ging zitten, nam ze even de tijd om Mikhail te taxeren. Hij was beleefd en hoffelijk, dacht ze, toen ze zag hoe hij de butler beval om koude drankjes te brengen, maar hij had ook iets afstandelijks over zich, waardoor ze het vermoeden kreeg dat Adam een zware strijd zou moeten leveren om het contract voor de wolkenkrabber in de wacht te kunnen slepen. Ze was blij dat ze goed voorbereid was.

'Karin, toen we door het huis liepen, zag ik je naar de schilderijen kijken,' zei Mikhail. 'Vond je de Bacons en Warhols mooi?'

'Natuurlijk,' antwoordde ze. Ze had al gehoord dat Mikhail een belangrijke kunstverzamelaar was; er werd beweerd dat hij de koper was van een Picasso die voor vijftig miljoen dollar was geveild, en ze was diep onder de indruk van wat ze aan de muren had zien hangen. 'Maar ik hou nog meer van de Russische kunst.'

Mikhail keek haar niet-begrijpend aan. 'De Kandinsky's en Chagalls hangen in de slaapkamer en bibliotheek. Volgens mij ben je daar nog niet geweest.'

'Ik doelde eigenlijk op de twee werken van Nesterov in de gang achter ons en op de Grigoriev daar. Ik geloof dat dat is geschilderd toen de kunstenaar in Frankrijk woonde?'

'Nu is het mijn beurt om onder de indruk te zijn,' zei Mikhail met iets van een glimlach. 'Ik heb maar weinig vrienden uit het Westen die de belangrijke Russische kunstenaars kennen.'

Karin knikte bedachtzaam. 'De meesten kennen alleen Malevich, Chagall en Kandinsky, maar ik ben zelf een groot liefhebster van de kunstenaars die in het Westen minder bekend zijn.' Ze haalde bescheiden haar schouders op. 'Dat heb ik aan mijn overleden man te danken. Hij was kunsthistoricus en had een galerie.'

Tijdens de lunch – sevroega, koud vlees en exotische salades – boog Mikhail zich over tafel heen en begon hartstochtelijk over zijn verzameling te vertellen. Adam wierp Karin een dankbare blik toe, terwijl hij naar het gesprek luisterde, en ze glimlachte terug. In werkelijkheid had Sebastian nooit veel belangstelling gehad voor Russische kunst. Maar dat hoefde Mikhail niet te weten.

Na een tijdje wendde Mikhail zich tot Adam. 'En hoe bevalt Londen je?' vroeg hij, terwijl hij een slokje mineraalwater uit een kristallen glas dronk. 'Het is voor Amerikanen vast gemakkelijker om zich aan te passen dan voor ons Russen, hè?'

'Tot nu toe heb ik nog geen problemen gehad,' antwoordde Adam voorzichtig, want de scherpe klank in Mikhails stem was hem niet ontgaan.

'En hoe zit het met de herenclubs? Ben je daar lid van?'

Adam haalde zijn schouders op. 'Clubs zoals White's, bedoel je?' Hij schudde zijn hoofd. 'Eerlijk gezegd zijn die deftige herenclubs niet echt mijn ding.'

'Ik heb geprobeerd om lid te worden van Hamilton's. Ken je die? Het is de meest exclusieve club. Maar ze hebben me, hoe zeg je dat, gedeballoteerd. Belachelijk. Denken ze soms dat Russen boeven zijn? Criminelen? Niet achtenswaardig genoeg om wat met hen te drinken?' Karin zag dat Mikhail zijn vuist balde. 'Ik heb gewoon zin om die stomme club te kopen en dan te sluiten.'

Karin schraapte haar keel. 'Ik denk niet dat dat nodig is, Mikhail. Mijn overleden man zat in de ledencommissie van de club. Veel van zijn vrienden zijn nog steeds lid. Ik kan je niks beloven, maar ik wil je best een keer aan een paar van hen voorstellen zodat je kunt bekijken of je het een beetje met hen kunt vinden.'

Mikhails vingers ontspanden zich weer. 'Echt? Dat zou ik heel erg aardig van je vinden,' zei hij glimlachend. 'Echt heel erg aardig.'

Na de lunch gingen Adam en Mikhail naar de bibliotheek om het over zaken te hebben, zodat Daria en Karin alleen achterbleven.

'Zal ik je een rondleiding geven?' vroeg Daria, toen ze zag dat Karin om zich heen keek. 'Het huis is pas een halfjaar klaar, dus sommige gedeeltes ervan zijn voor mij ook nog nieuw.'

'O ja, graag.'

Karin stond op het punt om te leren hoe enorme rijkdom en goede smaak een huis in een paleis konden veranderen. 'Ik ben een echte fan van je badmode,' zei Daria, terwijl ze Karin mee naar boven nam, naar de slaapkamers. 'Toen Miki zei dat Adam zou komen, zei ik meteen dat hij jou mee moest nemen. Ik lees namelijk veel Engelse bladen, snap je.'

Karin mocht Daria meteen. Ze leek veel toeschietelijker dan veel andere Russische echtgenotes die ze in Londen had leren kennen. Eigenlijk maakte ze een beetje een eenzame indruk. Om de datsja stonden hoge muren, en bij het hek had een heel regiment aan beveiligingspersoneel gestaan toen ze het terrein op waren gereden. Waarschijnlijk was dit zoiets als wonen in een gouden kooi, dacht ze.

Terwijl ze door het huis liepen, viel Karin van de ene verbazing in de andere. Daria's kleedkamer was de meest spectaculaire ruimte, vol prachtige kleren in alle soorten. Er was een kast met klimaatbeheersing voor Daria's verzameling bontjassen, en er waren schappen vol kasjmieren truien, als een regenboog op kleur gerangschikt. Langs de muren stonden rekken vol designerkleren, waarvan vele haute couture, aan de snit en prachtig geborduurde stoffen te zien. Aan een van de rekken zag Karin tot haar vreugde een stuk of dertig badpakken en bikini's van Karenza hangen. Over Catharina de Grote werd beweerd dat ze meer dan vijfduizend jurken had gehad, maar Daria kwam er aardig in de buurt, dacht Karin, toen ze een glazen kast vol lange jurken zag.

'Wow,' zei ze, niet in staat haar jaloezie te verbergen.

'Ik heb de smaak voor kleren te pakken gekregen toen ik als model in New York werkte,' vertelde Daria openhartig. 'Je moet weten dat ik uit een klein dorp in de buurt van Kiev kom. Mijn ouders waren arm. Ik hielp ze in hun fruitkraampje en droeg versleten kleren tot ik werd ontdekt door een agent van een modellenbureau. Ik denk dat ik nu probeer in te halen wat ik als meisje nooit heb gehad.'

Wat een transformatie, dacht Karin, terwijl ze naar de elegante Daria keek. Het was moeilijk om haar in versleten kleren voor te stellen.

'Verkopen je ouders nog steeds fruit?' vroeg ze gefascineerd.

Daria lachte. 'Mikhail heeft mijn ouders een huis gegeven in het dichtstbijzijnde dorp. Ze doen nu bijna niets meer, maar ik weet niet zeker of ze daar wel zo blij mee zijn.'

Ze liepen het huis uit, het landgoed op, langzaam nippend van hun Baccaratglazen met mineraalwater met ijs. De lucht was gevuld met de geur van het zomerse platteland – gras, dennenbomen en bessen. Na tien minuten lopen kwamen ze bij een meer vol tijgerlelies. Vlak ernaast stond een kersenhouten hut met een zwart puntdak en lage dakranden. Het leek net een afbeelding uit het keizerlijke Japan.

'Het is een Japans theehuis,' zei Daria stralend. 'Ik kom hier voor de rust.'

Karin moest glimlachen om haar kinderlijke trots op het kleine huisje. Zelf was ze de afmeting en de luxe van de datsja nog aan het verwerken, maar voor Daria was dit duidelijk het hoogtepunt.

Ze gingen naar binnen. Er lagen dezelfde kersenhouten vloeren als in het grote huis. Karin volgde Daria's voorbeeld en trok haar schoenen uit en deed een paar witte slippers aan. Ze gingen op een teakhouten bank met crèmekleurige kussens zitten en Daria schonk thee in.

'Sorry dat ik het vraag,' zei Karin, terwijl ze de kersenbloesemgeur opsnoof van een boom vlak buiten het raam met een houten luik ervoor, 'maar waarom heb je precies rust nodig? Je lijkt het aardig voor elkaar te hebben.'

Daria's gezichtsuitdrukking veranderde onmiddellijk van dat van een opgewonden meisje dat met haar theeserviesje speelde in dat van een vrouw die meer had meegemaakt in haar leven dan de meeste twintigers. Ze keek Karin onderzoekend aan.

'Je hebt een relatie met een erg rijke man, Karin,' zei ze zonder enige schroom. 'Ik hoef jou vast niet te vertellen wat ik bedoel.'

'Ik weet niet of ik je wel begrijp,' zei Karin, terwijl ze een slokje groene thee nam.

'Mijn man heeft een minnares,' vertelde Daria eenvoudigweg. 'Dat is al zo sinds vlak na ons huwelijk en tot voor kort accepteerde ik het. In onze kringen staat een minnares op de lijst van dingen die een man moet hebben, net zoals een jacht en een Boeing 737.'

Karin zag de droefheid in haar ogen en heel even dacht ze aan haar eigen paranoia van de laatste tijd. 'Ik weet niet of het wel acceptabel is als je man een minnares heeft,' zei ze voorzichtig. 'Maar rijke mannen zullen altijd pakken wat ze voor de voeten geworpen krijgen, dat is waar. Mannen zijn zwak, of ze nu uit Moskou of uit Manhattan komen.'

Daria knikte, terwijl ze staarde naar de kersenbloesemtakken die langzaam in de wind deinden.

'Ik heb me nooit eerder zorgen gemaakt,' zei ze kalm, 'maar over de laatste doe ik dat wel. Ze woont in Londen en is erg mooi. Haar vader is rijk, belangrijk en heeft goede connecties.' Ze had haar ogen halfdicht, wat haar een katachtige blik gaf, als van een roofdier dat naar zijn prooi loert. 'Ik weet dat ze hem continu belt. Ik hoor ze telefoneren als hij denkt dat ik slaap. Volgens mij wordt het serieus.'

'Maar Daria, jij bent ook heel mooi. Waarom zou hij naar andere vrouwen kijken?' vroeg Karin, oprecht benieuwd, en ook verbaasd over Daria's openhartigheid.

'Ik ben zijn vrouw,' zei Daria schouderophalend, 'een moeder. Dat maakt me meteen minder sexy dan een achttienjarig meisje dat hij maar twee keer per maand ziet.'

Karin knikte. 'Is er nog iets waardoor je denkt dat het deze keer serieus is?'

'We hebben een paar appartementen in jullie stad, en volgens mij woont ze nu in een ervan.'

'Dat is schandalig,' riep Karin uit in een opwelling van solidariteit met Daria. 'Je moet tegen Mikhail zeggen dat je het weet en dat je het niet pikt.'

Daria lachte zacht. 'En als hem dat niks kan schelen, wat moet ik dan doen?'

'Nou, ik kan je alleen maar zeggen wat we in Engeland zouden doen. We zouden naar een echtscheidingsadvocaat stappen.'

'In Rusland hebben we inmiddels dezelfde boetieks, dezelfde restaurants en dezelfde bars als bij jullie, maar nog niet jullie echtscheidingswetgeving. Als ik me van Mikhail laat scheiden, mag ik blij zijn als ik er een appartementje aan overhoud dat net zo groot is als dit theehuis.'

Karin keek naar Daria met haar bedroefde, grote, blauwe ogen, de ogen van een vrouw die wist dat ze binnen de kortste keren weer fruit kon staan te verkopen.

Er laaide ineens een vuur in Karin op. Ze had het gevoel dat ze deze vrouw moest beschermen. 'Nou, dan zul je terug moeten vechten,' zei ze snel.

'Hoe dan?' vroeg Daria.

'Waarom denk je dat Mikhail zo gek is op die vrouw? Ze kan vast niet mooier zijn dan jij.'

'Mikhail houdt van glamour. Van status. Die maîtresse – ze gaat met allerlei glamourtypes uit Londen om.'

'Nou, dan moet jij dat ook gaan doen.'

Daria lachte. 'Maar ik woon in Moskou.'

'Wil je je huwelijk redden of niet?' vroeg Karin op scherpe toon.

Daria knikte.

'Als Mikhail echt zo onder de indruk is van de Londense scene als ik denk dat hij is, dan merkt hij het meteen als zijn vrouw daar ook een belangrijke rol in speelt. Als zijn vrouw het soort vrouw is dat andere vrouwen graag willen zijn, het soort vrouw waar andere mannen mee naar bed willen. Mannen kunnen zulke simpele wezens zijn. Een rijke man wil de vrouw die iedere andere man wil; hij wil dat andere mannen hem niet alleen maar benijden om het geld op de bank, maar ook om de vrouw in zijn bed.'

Ze legde haar hand op Daria's knie. 'Je moet de opwinding, de hartstocht en de glamour terugbrengen in jullie huwelijk.'

Daria keek Karin aan met die kleinemeisjesogen van haar. 'Kun jij me daarbij helpen?'

Karin lachte. 'Je zult het zelf moeten doen, maar ik kan je wel een zetje geven. Bel me maar de volgende keer als je in Londen bent. Ik kan je aan iedereen voorstellen die ertoe doet. Zelfs aan de lui van de toelatingscommissie van de Hamilton Club,' zei ze met een ondeugend lachje.

'Dan zal ik ook wat voor jou doen.' Daria keek Karin sluw aan. 'Ik ben nog steeds Mikhails vrouw, de moeder van zijn kind, en hij wil dat ik niets te kort kom. Volgens mij kan Adam binnen vierentwintig uur wel eens dat contract voor die wolkenkrabber in de wacht hebben gesleept.'

De twee vrouwen keken elkaar aan, allebei beseffend dat ze elkaar van nut konden zijn, en ze glimlachten.

'Daar drink ik op,' zei Karin.

'Fijn dat je bent meegekomen, schat,' zei Adam, terwijl hij Karin tegen zich aan trok. 'Mikhail was gek op je.'

Het was twee uur 's nachts, en ze lagen in het Moscow Park Hyatt tussen frisse witte lakens, maar Adam was blijkbaar nog klaarwakker. Dat gebeurde steeds wanneer hij een deal probeerde te sluiten; een bijna dierlijke energie maakte hem dan geagiteerd en gespannen.

'Graag gedaan,' zei ze glimlachend. 'Wanneer denk je eigenlijk te horen of hij je het contract geeft?' Ze liet haar vinger op en neer glijden over zijn arm.

Hij haalde zijn schouders op en trok nog een donzen kussen onder zijn hoofd. 'Stel je er niet te veel van voor. Dat we hem bij het eten hebben weten te charmeren, zegt niks. Ik denk dat dat maar een van de vele hordes was die ik moet nemen, voordat hij ook maar overweegt om dat contract aan Midas te geven,' zei hij fronsend.

'Nou, dat weet ik zo net nog niet,' zei ze, terwijl ze zijn haar streelde.

Ze had de hele avond geworsteld met de vraag of ze Adam wel of niet zou vertellen over haar gesprek met Daria. Als ze het hem wel vertelde, liep zijn ego misschien een deuk op. Hij was heer en meester van het universum, hij kon elke deal sluiten, iedereen alles aanpraten; wilde hij echt dat zijn vriendin zich ermee bemoeide, dat ze van invloed was geweest op een deal die in de miljarden liep? Aan de andere kant, als Daria echt de macht had die ze zei dat ze had, dan was Karin niet van plan haar mond te houden over haar aandeel in de zaak.

'Hoe bedoel je?' Adam leunde op een elleboog.

Langzaam, voorzichtig, vertelde ze hem van haar gesprek met Daria en wachtte daarna zwijgend zijn reactie af.

'Shit, dr. Ruth,' zei hij glimlachend. 'Het is dus echt goed dat je bent meegekomen.'

Het hart bonsde haar in de keel. 'Dus je bent blij?'

Hij sloeg het dekbed open en ging op haar liggen. 'Ik begin het gevoel te krijgen dat je echt heel goed voor me bent,' fluisterde hij in haar oor, waarna hij een spoor van natte kussen langs haar hals trok.

De volgende dag belde Mikhail Adam toen ze op weg waren naar de luchthaven van Domodedovo. Het was hem een genoegen om de opdracht voor de bouw van de Moscow Supertower aan de Midas Corporation te verlenen. Karin, naast Adam op de zwarte leren bank in de Mercedes, wendde haar hoofd af en keek uit het raampje om haar tevreden grijns voor hem te verbergen. Ze pakte zijn hand en kneep in zijn vingers, in de stille overtuiging dat ze, volgend jaar om deze tijd, Mrs. Adam Gold zou zijn.

54

Er werd niet opengedaan aan Eton Square. Molly had aangebeld bij het huis van Donna en Daniel en naar binnen getuurd door de ramen, maar er viel geen teken van leven te bespeuren. Gelukkig wist ze precies waar ze naartoe moest. Daniels vader, Alexander, bezat een klein appartement aan Holland Park, waar Molly en Alex af en toe afspraken voor de seks. Het was net een klein literair toevluchtsoord, stikvol boeken en kranten, en Alex had Molly vol heimwee verteld dat Daniel het twintig jaar eerder had gebruikt om voor zijn examen te blokken. Het was de perfecte plek om jezelf in op te sluiten, had Alex gezegd.

'Goed zo. Je hebt me gevonden,' zei Daniel vlak, nadat hij Molly had binnengelaten op de kleine bovenverdieping. Hij stond aan een raam met uitzicht op het park, met zijn armen voor zijn borst over elkaar geslagen. Het was een heldere dag, maar de zon bescheen de overkant van de straat, zodat de kamer in een duister was gehuld dat precies bij Daniels gezichtsuitdrukking paste.

Molly ging ongevraagd op een antieke leren bank zitten. 'Donna's zus heeft geprobeerd je te bereiken.'

'Nou, ik wilde niet gevonden worden,' zei hij bits. Hij keek haar boos aan.

Ze fronste haar voorhoofd en ontweek zijn blik, een beetje van slag door zijn vijandigheid. Oké, hij was kwaad en van streek, maar dat hoefde hij toch niet op haar af te reageren?

Daniel nam een sigaret uit een pakje en stak hem hoofdschuddend aan. 'Het was niet de bedoeling dat ik weer zou gaan roken, maar als alle klotekranten uit Londen je commentaar proberen te ontlokken...'

'Nou, ik denk dat je die sigaret hard nodig zult hebben,' zei Molly.

'Hoezo?'

Na een korte pauze zei ze: 'Het gaat om Donna. Alles is oké met haar, maar ze heeft een overdosis genomen.'

Ze zag zijn mond openvallen en alle kleur uit zijn gezicht verdwijnen. 'Wat?' vroeg hij met zachte en schorre stem. Hij liep naar de bank, ging zitten en verborg zijn gezicht achter zijn handen. 'Jezus,' mompelde hij bij zichzelf. 'Wat ben ik ook stom. Ik ben zo verdomd egoïstisch geweest.'

'Volgens mij heb je je mobieltje op Delemere laten liggen, dus niemand kon je bereiken,' zei ze. 'Maar maak je geen zorgen, Patsy is bij haar. Met Evie is alles in orde. En met Donna ook, echt waar.'

Plotseling keek hij op; Molly zag dat hij zijn vuist had gebald. Daniel was geen agressieve man – van alle echtgenoten die Molly kende, was hij beslist een van de evenwichtigste – maar de kamer stond nu bol van vijandigheid. Hij sprong overeind en deed een stap in haar richting. 'Stomme trut, hoe kun je nou zeggen dat alles in orde is met Donna?' zei hij met opeengeklemde kaken.

Molly stond ook op, met haar handen in een sussend gebaar uitgestrekt. 'Rustig maar, Daniel. Ik bedoelde alleen maar dat het veel erger had kunnen zijn, maar de artsen zeggen allemaal dat alles weer goed komt.'

Daniel bleef staan, nog steeds met gebalde vuisten en met zijn schouders schokkend van onderdrukte woede.

'Je hebt nog steeds niet door dat ik het weet, hè?' vroeg hij spottend, terwijl hij langzaam zijn hoofd schudde. 'Dat ik weet dat je een smerige, kleine, achterbakse trut bent.'

'Ik weet werkelijk niet waar je het over hebt,' zei ze met trillende stem. Ze struikelde bijna toen ze achteruit probeerde te lopen, weg van hem.

'O, ik heb altijd geweten dat je alleen op je eigen gewin uit was,' viel hij uit, 'maar ik had echt niet verwacht dat je het lef zou hebben om te doen wat je hebt gedaan en je dan hier bij mij een beetje komt voordoen als een vriendin van mijn vrouw.'

'Maar dat ben ik toch, Daniel,' zei ze. Ze stond inmiddels met haar rug tegen de deur. 'Ik weet niet wat er volgens jou is gebeurd, maar ik ben hier alleen maar om je over Donna te vertellen en je te zeggen dat het haar spijt. Het spijt haar echt heel erg.'

'Het spijt haar?' schreeuwde hij. Hij stortte zich op haar, greep haar armen beet en zette haar klem tegen de deurpost. 'Jij bent degene die spijt zou moeten hebben, zielige hoer die je er bent!'

Zijn gezicht was vlak voor het hare, en zijn ogen vlamden van woede. Ze voelde zijn armen trillen en zijn vingers in haar huid duwen. Ze was doodsbang, niet bij machte om ook maar een woord uit te brengen, nauwelijks ademend.

Ineens liet hij haar los, draaide zich om en liep terug naar het raam. Hij keek naar de straat en schudde langzaam zijn hoofd. 'Donna denkt dat we zaterdagavond zijn getipt over het artikel, maar een vriend bij de krant had het me al een paar dagen eerder verteld. Ik heb nog geprobeerd om het met een dwangbevel tegen te houden, maar zonder succes,' zei hij op vlakke toon. 'En toen heb ik een privédetective in de arm genomen.' Hij blafte een hol lachje. 'Als een journalist je vertelt dat je vrouw een eersteklashoer is geweest, dan wil je wel graag weten of het klopt of niet.'

Zijn gezicht was een mengeling van woede en verwarring, terwijl hij zijn hand door zijn blonde haar haalde. Molly kon niets anders doen dan als aan de grond genageld bij de deur blijven staan.

'Het was niet moeilijk om Sharif Kahlid op te sporen.' Hij keek Molly aan, met een onderzoekende, beschuldigende blik. 'Eerst wilde hij niets zeggen. Maar met een koffer vol geld kun je wonderen verrichten. Maar dat weet jij ook blijkbaar.'

Molly opende haar mond om zich te verdedigen, maar ze wist dat het zinloos was.

'De privédetective, echt een heel goede, dat kan ik je wel vertellen, heeft jou gevolgd.' Hij priemde met een vinger in de lucht, terwijl hij naar een walnotenhouten bureau liep. Hij haalde er een grote bruine envelop uit die hij op de salontafel smeet.

'Ik heb foto's. Vooruit, kijk maar. De afspraak met mijn vader op vrijdagmiddag op Heathrow Airport. Ik neem aan dat het zowel voor de seks was als om jullie plannetje te bespreken. Eerlijk gezegd had ik niet gedacht dat je mijn vaders type was.'

'Maar dat is illegaal, verdomme!' bulderde ze toen ze van de eerste schrik was bekomen. 'Je kunt me niet zomaar laten volgen!'

Daniel leek nu onnatuurlijk kalm. Zijn stem had zijn koele elegantie hervonden en hij begon met ieder woord ijziger te klinken. 'Als ik niet zo'n medelijden met je had, zou ik je ter plekke kunnen wurgen,' zei hij. 'Echt, ik meen het. Wat kun je nou voor reden hebben om het leven van mijn vrouw kapot te maken? Ben je echt zo stom om te denken dat mijn vader je dan leuker zou vinden? Dat hij je zo dankbaar zou zijn voor die informatie, dat hij zich op de een of andere manier zou laten scheiden van mijn moeder om dan met jou te kunnen trouwen?' Hij stiet een wreed lachje uit waarvan de rillingen haar over het lijf liepen. Ze kon gewoon niet geloven dat die kleine, muisachtige Daniel Delemere zo ijzig, zo vernietigend hardvochtig kon zijn.

'Of is het alleen maar pure jaloezie, Molly? Ben je echt zo getikt, zo verbitterd?'

Molly hapte naar adem. Hoe durfde hij ook maar te opperen dat ze verbitterd was?

'Ik geef veel om je vader en hij geeft veel om zijn gezin,' zei ze uitdagend. 'Je had een fantastische carrière kunnen hebben, Daniel, in de politiek, in het Hogerhuis. Maar niet met een hoer aan je zij.'

'Een hoer?' viel hij uit. 'Ik ken maar één hoer, en die staat hier vlak voor mij.'

Ze kromp ineen onder de blik in zijn ogen. Weer stak ze

haar handen op. 'Daniel, denk na. Je kunt iemand als Donna missen als kiespijn in je leven.'

'En wie zou ik dan wel in mijn leven moeten hebben?' vroeg hij koeltjes. 'Iemand als jij?'

Ze wendde haar blik af, zichzelf vervloekend. Ze begreep gewoon niet waar het mis was gegaan. Ze had zich verheugd op het vooruitzicht dat Daniel weer single zou zijn, weer op de markt, maar hij gedroeg zich zo ontzettend irrationeel.

Hij keek haar weer aan, en zijn gezichtsuitdrukking verzachtte zich zowaar iets.

'Donna heeft dingen gedaan die ze ongetwijfeld betreurt, Molly, dingen die ik betreur,' zei hij. 'Maar ik houd van haar, en je trouwt niet met iemands verleden, Molly. Je trouwt met de persoon zelf.'

Hij liep naar de deur en pakte een leren weekendtas die al klaarstond. 'Goed, als je het niet erg vindt, dan ga ik nu maar. Ik stond net op het punt om terug te gaan naar mijn vrouw.'

Molly keek Daniel na die in zijn Audi stapte en wegreed en pakte toen haar mobieltje om Alex te bellen. 'Ben je alweer in het land?' vroeg ze meteen.

'Ik heb het gehoord van Donna. Patsy heeft Vivian gebeld,' antwoordde hij langzaam. 'We komen meteen terug naar Engeland.'

'Het is niks ernstigs, het gaat prima met haar,' zei Molly. 'Maar volgens mij moet je nodig met Daniel gaan praten. Hij weet wat we hebben gedaan.'

Er viel een lange stilte voordat Alex weer sprak. 'Het was niet mijn bedoeling dat het zo zou aflopen. Volgens mij is het beter als we elkaar niet meer zien.'

Het hart klopte Molly in de keel. 'Alex, wacht!' smeekte ze. 'Doe niet zo raar. Daniel is gewoon boos en in de war. Hij zal het je heus wel vergeven en dan zal hij zijn verstand gebruiken en Donna dumpen. We moeten gewoon even wachten tot de gemoederen wat zijn bedaard.'

'Molly, ik moet ophangen. We moeten naar het vliegveld. Dag.'

De verbinding werd verbroken, en Molly smeet haar toestel in haar tas.

55

Er hing iets in de lucht. Erin kon het gewoon voelen. Meestal was ze volledig op de hoogte van al Adams zaken, maar al een paar dagen voelde ze zich in toenemende mate buitengesloten van wat er gebeurde. Adams deur was meestal dicht. Mensen liepen zijn kantoor in en uit, en ze hoorde veel harde stemmen achter zijn deur. Er waren verschillende lange vergaderingen en lunchafspraken geweest met iemand die Claudia Falcon heette; Erin had haar gegoogeld en ontdekt dat ze een vooraanstaande investeringsbankier was.

Erin was er steeds van uitgegaan dat ze alles over Adams zaken wist, maar daar had ze zich duidelijk in vergist. Ze wist alleen maar wat Adam wilde dat ze wist. Gefrustreerd en enorm nieuwsgierig ging ze verder met haar e-mails, met gespitste oren, om zo veel mogelijk van de gesprekken op te vangen. Ze wist dat, wat er ook achter die gesloten deur gebeurde, het iets heel goeds of iets heel slechts was, en ze wilde ontzettend graag weten welke van de twee het was.

Sebastian Cavendish had niet begraven willen worden. Hij had tegen zijn vrouw gezegd, vele maanden voor zijn overlijden, dat hij het idee haatte dat zijn voor veel geld onderhouden lichaam zou wegrotten in de grond. Tegen de onwrikbare wensen van zijn familie in, die hem hadden willen laten begraven in de kerk van het dorp waar ze nog steeds een landhuis bezaten dat op de monumentenlijst stond en waar ze werden behandeld alsof ze er de koning waren, had Karin Sebastians wensen vervuld. Hij was gecremeerd, zijn as was verstrooid op het landgoed van zijn ouders, en ze had een door David Linley ontworpen bank laten plaatsen op een rustig plekje in Holland Park waar Sebastian altijd zijn kranten was gaan lezen.

Het was bijna niet te geloven dat het pas een jaar geleden was, dacht Karin, met haar arm rustend op het open raampje van haar auto, terwijl ze naar Holland Park reed. Vandaag was het precies een jaar geleden dat hij was gestorven en toch kostte het haar eerlijk gezegd moeite om zich haar leven met hem precies te herinneren. Haar nieuwe leven met Adam was zo waarachtig en zo zeker dat alle herinneringen aan de tijd voordat hij in haar leven was verschenen, waren weggevaagd.

Misschien zou het vandaag anders voelen, dacht ze. Het was elf uur 's ochtends, en de zachte en heiige lucht droeg de belofte van weer een warme dag in zich. Ze zette de wagen op een plek voor betaald parkeren in Addison Road en wandelde naar het park. Ze zag een oude man, een vroegere buurman die ze herkende, en ze knikten naar elkaar. Hij keek haar met een verontschuldigende blik aan. Blijkbaar wist hij ook wie zij was. De tragische, mooie weduwe die haar echtgenoot had verloren bij een bootongeluk en een paar maanden na het gebeuren was verhuisd uit de buurt.

Toen Karin door het park naar Sebastians bank liep, zag ze nog iemand die ze kende vanuit een andere kant in dezelfde richting lopen. Haar eerste opwelling was om terug te gaan, maar ze merkte dat ze al was gezien.

Verdomme, dat kan ik er net nog bij gebruiken vandaag, dacht ze, terwijl ze naar de koele, chic geklede blondine toe liep. De vrouw was ongeveer veertig, maar zag er goed uit voor haar leeftijd, dankzij haar elegante, koninklijke bottenstructuur. Helen Cavendish, Sebastians zus. Het was de zakenpartner van haar man, Matthew, die iedere augustus de *Zeus* huurde, dus Helen was ook te gast geweest op het jacht in de nacht van Sebastians dood.

Heel even stonden ze ongemakkelijk tegenover elkaar, toen glimlachte Karin flauwtjes. Ze had Helen in geen maanden gezien. Ze hadden elkaar nooit gemogen. Helen was de aanvoerder geweest bij de ruzie over de begrafenis, en Karin wist ook bijna zeker dat Helen verbitterd was omdat ze geen cent uit Sebastians nalatenschap had gekregen. Hoewel Karin er natuurlijk weinig aan kon doen dat er niet veel over was gebleven nadat Sebastians schulden waren afbetaald; zelf had ze nog van geluk mogen spreken dat het huis op haar naam had gestaan.

'Karin. Dat is lang geleden,' zei Helen kalm, met haar handtas als een schild voor zich.

'Het verbaast me dat ik je hier zie,' reageerde Karin, terwijl ze op de bank ging zitten. 'Per slot van rekening was je het niet eens met dit idee.'

'Tja, nou. Verder is er ook geen plek om hem te herdenken, hè?'

Karin haalde haar schouders op. 'Dat neemt niet weg dat we nog steeds aan hem kunnen denken.'

Helen kwam naast haar zitten, op het randje van de bank, alsof ze bang was dat haar jas vies zou worden.

'Dat is zo.' Haar woorden klonken afgemeten, haar gezicht stond nors.

'Is er soms iets, Helen?' vroeg Karin.

Helen keek haar aan en zei na een kort stilzwijgen. 'Matthew en ik gaan scheiden.'

'O, wat erg vind ik dat,' zei Karin.

Helen snoof even. 'Ja, vast. Hij heeft me verteld wat er in Turkije is gebeurd in de nacht dat Sebastian stierf.'

Helens opmerking sloeg in als een bom. Karin kreeg een flashback naar een moment dat ze lang probeerde te vergeten. Even overwoog ze om alles glashard te ontkennen, maar aan de kille blik op Helens gezicht zag ze dat ze de waarheid kende.

'Helen, ik weet niet wat Matthew je precies heeft...'

'Hij heeft me verteld dat je hem, nadat Seb met het motorbootje terug was naar het jacht, hebt proberen te versieren.' Haar stem klonk vlak, zonder beschuldigende toon.

'Matthew heeft mij versierd,' zei Karin zacht, 'maar dat doet er vast niet meer toe, hè?'

'Nee, dat doet er niet meer toe. Hij doet er niet meer toe. Jij doet er niet meer toe. Maar wat er wel toe doet, is wat er die nacht met mijn broer is gebeurd,' zei Helen, met haar blik in de verte gericht.

Karin wist waar ze op doelde; op precies hetzelfde als waarop de societyroddels hadden gedoeld.

'Helen, het was een vreselijk ongeluk,' zei ze. 'Niemand weet hoe of waarom, maar er zit niets anders op dan het te accepteren.'

Helen keek haar boos aan, met een beschuldigende blik in haar ogen. 'Jij en Matthew zijn later stiekem ook teruggegaan naar de boot. Waarom hebben jullie dat niet aan de politie verteld?'

Karin zuchtte. 'Omdat ik met jouw man was. Er was al genoeg verdriet om dat er ook nog eens bij te slepen.'

'Matthew heeft jou je alibi gegeven, hè?' vervolgde Helen. 'Hij zei dat hij je de hele avond had zien dansen op de dansvloer.' Ze snoof verachtelijk. 'Vuile leugenaar. In werkelijkheid hadden jullie seks in de hut.'

'Helen, alsjeblieft.'

Als door een wesp gestoken draaide Helen zich om, haar ogen donker van woede. 'Matthew kwam terug naar de club voordat iemand van ons hem ook maar had gemist. Maar jij bent op het jacht gebleven. Wat is er gebeurd, Karin? Wat is er met Sebastian gebeurd?'

Karin voelde haar frustratie en boosheid toenemen. 'Goed, luister. Dat klopt.' Haar stem klonk steeds harder. 'Maar toen ik terugkwam in onze hut, was er niemand!' Ze haalde diep adem om zichzelf onder controle te krijgen. 'Ik wist niet waar hij was.'

Een kleine witte hond kwam naar hen toe lopen en snuffelde om hun voeten. Een warme bries ruiste door de bomen.

'Maar voor jou heeft dit jaar heel goed uitgepakt, hè, Karin?' merkte Helen koeltjes op.

Karin keek naar haar handen. 'Ja, het afgelopen halfjaar wel, ja.'

'Je nieuwe vriend is erg rijk. Ik neem aan dat hij zelf een jacht heeft.'

Karin ging rechtop zitten. 'Wat wil je daarmee zeggen, Helen?'

Helen stond langzaam op en hing haar tas over haar schouder. 'Je weet precies wat ik daarmee wil zeggen, Karin. Ik houd je in de gaten.'

Helen bracht twee vingers naar haar lippen, kuste ze en legde ze toen op de leuning van de bank. 'Dag, Seb. Ik mis je,' fluisterde ze. Daarna liep ze het park in.

Karin sloeg haar armen over elkaar. Met haar blik volgde ze Helen, maar haar gedachten waren al heel ergens anders.

56

Wie heeft ook alweer beweerd dat modellenwerk glamoureus is, dacht Summer slaperig, met haar hoofd tegen het raam van de bus, terwijl ze de kust van Noord-Norfolk aan zich voorbij zag trekken, een waas van weilanden, cottages en grijze lucht. Het was halfzeven 's ochtends en ze was op weg naar haar volgende opdracht als model. Nou ja, model annex actrice. Eigenlijk wist ze zo goed als niets over de opdracht, behalve dat het om een videoclip ging voor de jongste hoop in bange dagen van DHP Records. De platenbaas die haar had geboekt, een cockney van middelbare leeftijd die Phil Harrison heette, was ongewoon vaag geweest over de details van de opnames, waardoor Summers verbeelding met haar op de loop was gegaan – stel je voor dat het om een echt grote naam ging, zoals Justin Timberlake? Nee, het was echt iets voor haar om opgescheept te worden met iemand als Cliff Richard.

De bus zette haar af aan de rand van een breed, donker zandstrand, en ze liep naar een groepje trailers bij het water.

'Ah, daar is ze, even mooi als altijd,' zei Phil Harrison glimlachend. Phil had zich duidelijk gekleed op het seizoen, en niet op het weer, en hij zag er nogal belachelijk uit in zijn lange jas van schapenvacht met daaronder slippers.

'Retekoud, hè?' zei hij, met een blik op een gigantisch horloge aan zijn mollige pols. 'Je zou niet denken dat het augustus is, toch?'

Summer glimlachte meelevend. 'Kan ik ook ergens koffie krijgen?' vroeg ze.

'Daaro, schat,' antwoordde hij, met zijn duim naar een trailer wijzend. 'Ons talent is er nog niet, maar dat geeft jou de gelegenheid om even met de regisseur te babbelen en mijn idee voor de clip door te nemen.'

Familiair legde hij een hand op haar schouder. 'Om je alvast een idee te geven, ik zie Helen Christensen voor me in die clip van Chris Isaak, "Wicked Game", weet je wel? Ik zie jou over het strand rennen, botergeil. Ik denk aan somber, naargeestig, sexy. Ik wil seks zien, Summer. Laat me seks zien.'

'Volgens mij bedoelt u Helena Christensen, Mr. Harrison,' zei ze ijzig. Toen ze naar de trailer liep, wist ze dat ze nog een lange dag voor de boeg had.

In het halfjaar dat was verstreken nadat Charlie McDonald Summer Sinclair voor het laatst had gezien, was hij de volgende grote naam in de platenindustrie geworden, en hij was doodongelukkig. Ogenschijnlijk was het de droom van iedere schooljongen die uitkwam: hij werd genoemd als de volgende rockzanger die het tot een platina plaat zou schoppen, maar Charlie had het gevoel alsof ze zijn identiteit hadden gekaapt, en dat hij werd meegenomen naar plaatsen waar hij niet wilde zijn. Oké, de aandacht en de limo's en de interviews waren te gek, maar was hij het nog wel?

Alles om hem heen was veranderd, dacht hij droevig, terwijl hij een glimp van zichzelf opving in de achteruitkijkspiegel van de Mercedes die hem naar de shoot bracht. Dat DHP Records erop had gestaan dat hij zijn band aan de kant zette, was al pijnlijk genoeg geweest, maar toen ze ook nog zijn haar hadden laten knippen en een styliste en een personal trainer hadden ingehuurd om zijn image op te pimpen, en ze zelfs zijn naam hadden veranderd in CJ, was hij zich gaan afvragen waarom ze hem überhaupt een contract hadden aangeboden.

Toen ze de rand van Brancaster Beach bereikten, ging de auto langzamer rijden, en Charlie kreeg vlinders in zijn buik. Toen zijn manager Rob het had gehad over een clip voor zijn debuutsingle 'Smile' met daarin een sexy meisje, had Charlie maar één meisje voor zich kunnen zien. Summer Sinclair. Na hun avond in de Monarch had hij nog maanden liefdesverdriet gehad. Het genezingsproces was gelukkig versneld door een hele trits groupies, pr-medewerksters uit de platenindustrie en popjournalistes die hem ineens onweerstaanbaar bleken te vinden. Maar hoewel hij niet als een monnik had geleefd, had hij, nadat hij de Karenza-advertentie had gezien waar heel Londen mee volgeplakt was, geweten dat hij haar weer moest zien.

Er stond een zachte, zoute bries, en een flauw ochtendzonnetje begon door de staalgrijze wolken te breken toen hij door het zand naar de trailer liep waar Summer een boek zat te lezen.

'Ah, Summer, mag ik je voorstellen aan CJ?' zei Sean Clarkson, de regisseur, bars. Hij had duidelijk haast om aan de opnames te beginnen. 'CJ, dit is Summer. Jullie zijn verliefd op elkaar. En kunnen we dan nu aan de slag?'

Summer hief haar hoofd, haar ogen samenknijpend tegen het ochtendzonnetje, en keek naar de aantrekkelijke man voor haar. Het duurde een fractie van een seconde voordat ze hem herkende. Zijn haar was korter, donkerder, hij had stoppeltjes op zijn kaken, en in zijn spijkerbroek en loshangende witte overhemd leek hij op-en-top een sexy Texaanse cowboy en helemaal in niets meer op een keurige bruidegom.

'Charlie? Charlie! Wat doe jij hier?' vroeg ze lachend, terwijl Sean zijn ogen ten hemel sloeg en de trailer in verdween.

Charlie glimlachte verlegen. 'Ik ben zogezegd de rijzende ster.'

'Ik had geen idee dat jij het was,' zei ze hoofdschuddend. 'Goed zeg! Ik wist zelfs niet dat je een platencontract had. Ik voel me zo stom.'

'Hoe zou je dat moeten weten? Mijn debuutsingle is nog niet eens uitgebracht en mijn manager wil dat ik me CJ noem. Niet te geloven toch?' Hij rilde even.

'De platenmaatschappij lijkt veel van je te verwachten. Goh. Fantastisch, zeg. En wat toevallig, hè?'

Hij keek een beetje gegeneerd. 'Nou, ik zou kunnen liegen en zeggen dat het vreselijk toevallig is, maar toen de platenmaatschappij zei dat ze een echt stuk voor de clip wilden nemen, heb ik gezegd dat ik precies wist wie.'

Ze sloeg hem speels op de arm. 'Dus je wilde me alleen maar weer in een grote tulen bruidsjurk zien.'

'Misschien wilde ik gewoon jou weer zien,' zei hij zacht.

Haar hart maakte een sprongetje, en ze voelde zich meteen schuldig. Ze had een relatie met Adam. Ze zou geen oog moeten hebben voor andere mannen. 'Je hebt me nooit gebeld,' zei ze zacht. 'En er is het een en ander veranderd inmiddels.'

Hij keek haar verbaasd aan. 'Nou nee, ik heb niet gebeld omdat ik je nummer kwijt was, maar ik ben wel bij je langs geweest.'

Met een verwarde blik vroeg ze: 'Sorry? Wanneer... Waar dan?'

'Ik ben bij je thuis langs geweest. Maar je moeder zei dat je weg was. Heeft ze je dat niet verteld?'

Ze fronste haar wenkbrauwen. 'Nee, dat heeft ze niet. Maar misschien kun jij het me nu beter maar even vertellen.'

'Schat, alles wat ik doe, is voor je eigen bestwil,' zei Molly, terwijl ze zich onderuit liet zakken op de bank en in het spiegeltje van haar zilveren poederdoos haar tanden bestudeerde. Summer was net terug van de opnames in Norfolk toen Molly binnen was komen waaien om haar het resultaat van haar tandenbleeksessie in Wimpole Street te laten zien. Summer had gewoonlijk een hekel aan ruzie – vooral met haar moeder – maar ze was zo kwaad om Molly's bemoeizucht dat ze zich deze keer niet kon beheersen.

Op de terugreis vanuit Norfolk had ze proberen te bedenken waarom Molly tegen Charlie McDonald had gelogen, maar er was gewoon geen logische, acceptabele verklaring voor, en Summers woede werd nog eens extra aangewakkerd door het feit dat haar moeder geen enkel berouw toonde.

'Je hebt tegen mij gelogen en je hebt tegen Charlie McDonald gelogen,' zei Summer geïrriteerd. 'Hoe kan liegen nou voor mijn bestwil zijn? Je had het recht niet om hem weg te sturen en hem te vertellen dat ik een vriend had. Hij is een hartstikke leuke jongen.' De kracht van haar gevoelens verbaasde haar zelf.

'Hoezo had ik het recht niet?' Koeltjes klapte Molly haar poederdoos dicht en keek Summer minachtend aan. 'Als een derderangs mannelijk model ineens op de stoep staat te koekeloeren, dan moet een moeder wel optreden. Ik bedoel, Summer, echt, hij zag er zo onverzorgd uit dat ik eerst dacht dat het een dakloze was.'

'Ja, jij kon toen ook niet weten dat hij op het punt stond om een miljoenencontract voor een plaat af te sluiten,' reageerde Summer sarcastisch.

'Hm, ja, dat was jammer, ja. Maar het heeft toch allemaal goed uitgepakt?' vond Molly. 'Als je toen een relatie had gekregen met die Charlie, dan was Adam Gold je door de vingers geglipt. Die platendeal van die jongen mag dan goed klinken, maar geloof me, nadat hij de platenmaatschappij alles heeft terugbetaald voor de tournees en de clips, is er niet veel van al dat geld over.'

Summer lachte ongelovig. 'Bij jou draait het altijd om geld, hè? Maar zoals gewoonlijk snap je weer eens niet wat ik bedoel, mama. Het gaat niet om wie er rijker is, zelfs niet om wie ik leuker vind.'

'Waar gaat het verdomme dan wel om?' viel Molly uit.

'Om het feit dat je tegen me hebt gelogen, mama. Om het feit dat je je continu met mijn leven bemoeit, dat je mijn keuzes en beslissingen probeert te manipuleren.'

Ineens moest ze denken aan de avond met Ricardo Lantis, maar ze probeerde die gedachte meteen weg te drukken. Het had geen zin om dit gesprek nog ingewikkelder te maken dan nodig was, maar het gaf haar wel de kracht om voet bij stuk te houden.

'Allemachtig, Summer. Ik probeer alleen maar te doen wat voor jou het beste is, dat is altijd zo geweest. Wat wil je nou van me?'

'Ik wil mijn leven terug, mama. Tot nu toe heb je me belemmerd om mijn eigen leven te leiden. Dat wil ik niet meer.'

Molly stond onverwacht op. Haar ogen spogen vuur. 'Hou je mond over belemmeren!' schreeuwde ze.

Verrast en geschrokken deinsde Summer achteruit.

'Jij bent degene die me in mijn leven heeft belemmerd sinds de dag dat je bent geboren. Zonder jou had ik alles kunnen hebben. Een briljante carrière, een rijke man; maar dat is me door de neus geboord omdat jij aan mijn rokken hing!'

Eerst was Summer te geschokt om te spreken. De onuitgesproken wrok die Summer haar hele leven al bij haar moeder had gevoeld, was er eindelijk uit gekomen, lag open en bloot tussen hen in.

'Mama, niet doen, alsjeblieft,' riep ze.

'En zelfs als ik iemand had gevonden, moest jij je er weer mee bemoeien en het voor me verpesten, hè?' zei Molly, met een wrange blik op haar dochter. 'Jij en die klootzak van een Graham Daniels hebben me mooi bij de neus genomen, hè, met jullie smerige seksspelletjes. Ik heb mijn hele leven aan je gewijd en wat krijg ik ervoor terug? Stank voor dank. Denk daar maar eens aan voordat je mij ervan beschuldigt dat ik je belemmer je eigen leven te leiden.'

'Hou op, hou op!' gilde Summer. Ze liet zich snikkend op de grond zakken. 'Hou op, hou op!' herhaalde ze steeds weer, met haar handen op haar oren en haar ogen stijf dicht. Zonder nog iets te zeggen liep Molly de flat uit.

57

Diana en Martin hadden de prachtige finca El Toreador op Ibiza voor drie weken in augustus gehuurd wat, vond Karin, een perfecte timing was. Augustus was een slappe maand in de mode-industrie, en bovendien viel haar tweeëndertigste verjaardag er precies in. Toen ze aan het eind van een vrijdagmorgen in de finca aan de oostkust van het eiland aankwam, wist ze meteen dat Adam het er fantastisch zou vinden. Hij zou pas later die avond komen, maar Diana had voor Karin een lift geregeld met een privévliegtuig van een van Martins vrienden, en het had Karin wel een goed idee geleken de eerste de beste gelegenheid aan te grijpen om naar La Toreador af te reizen. Bovendien, dacht ze glimlachend, gaven de extra uren bij de villa haar de kans om een prachtig bruin kleurtje te krijgen voor het etentje van die avond.

Nadat de huishoudster Karin haar kamer had gewezen, drentelde ze een paar minuten rond om de villa, alvorens zich bij de gasten te voegen die bij het zwembad zaten. Het was een enorme, witgepleisterde finca op een heuvel, met uitzicht op de oostelijke kustlijn. Het had onlangs nog in de Russische *Vogue* gestaan, en het was niet moeilijk te begrijpen waarom ze het de jongste uiting van boerenchic hadden genoemd. Het huis was duur ingericht: witte voile-gordijnen wapperden in de zachte bries, het kleurenschema was crème met chocoladebruin, en de meubels een mix van rotan en zwaarder, duurder eiken. Aan de plafonds hingen ventilatoren en de grote, zachte bedden waren opgemaakt met Portugees linnen; voor de ramen stonden potten lavendel en bougainville, en in de tuin groeiden sinaasappel-, perzik- en citroenbomen. In de jaren zestig was La Toreador vermaard geweest om zijn bacchantische feesten, en wat dat betreft was er weinig veranderd – een week eerder had er nog een supermodel gelogeerd, samen met haar popstervriendje dat berucht was om zijn drugsverslaving.

Karin nam een douche en verkleedde zich in een kleine slangenleren Karenzabikini met een diep decolleté en een laag heupbroekje. Ze smeerde zich in met een zonnebrandolie factor vier, die naar kokos en limoen rook, en knoopte toen een doorzichtige bruine sarong om haar smalle middel. Daarna begaf ze zich weer naar de achterkant van de villa, waar een groot, niervormig zwembad lag te glinsteren in de hete zon van de Balearen. Hoewel het bijna lunchtijd was, zaten een paar mensen nog van een erg laat ontbijt te genieten onder een vanillekleurige parasol, terwijl de rest van Diana's gasten rond het zwembad lag op een verzameling strandstoelen en witte ligbedden. Toen Diana Karins met edelsteentjes bestikte slippers over het terras hoorde kletteren, sprong ze op uit haar strandstoel. Haar wijde felroze kaftan bolde op in de bries.

'Onze jarige jet!' zei ze glimlachend, terwijl ze haar armen theatraal spreidde. 'Nu kan het feest pas echt beginnen!'

Karin omhelsde haar vriendin, waarbij ze Diana bijna haar oversized Guccizonnebril van de neus stootte met haar eigen reusachtige Pradabril toen ze elkaar ter begroeting luchtkusjes gaven.

Diana tikte een van de Spaans uitziende, in het wit gestoken obers op de arm. 'Een cocktail voor onze nieuwe gast graag!' zei ze, voordat ze Karin liet plaatsnemen op een strandstoel naast de hare. 'Hoe vind je de finca? Ongelooflijk, hè? Ik had het toch gezegd? Het blijkt dat de eigenares styliste was voordat ze haar man leerde kennen. Het enige wat ze nu nog doet, is voor zichzelf spullen kopen, nooit meer voor anderen. Fantastisch toch?'

'Wie zijn er allemaal?' vroeg Karin, nadat ze een slokje van haar drankje had genomen.

Diana gebaarde met een gemanicuurde hand om zich heen. 'Niet iedereen is al wakker,' fluisterde ze met een knipoog. 'We zijn gisteravond in Pacha geweest, wat een beetje uit de hand is gelopen. Maar de meeste mensen hier ken je denk ik wel.'

'Waar is Christina? Slaapt ze nog?'

'Verrassend genoeg niet,' antwoordde Diana. 'Er is een vriendin van haar in de stad met een jacht en ze zijn vandaag een dagje naar Formentera. Ze zei dat ze zin had om zo'n surftype te neuken.'

Karin probeerde de gezichten te zien die verborgen gingen onder breedgerande hoeden en achter kranten. Ze herkende nog net Sabrina Love, een society-juwelier van in de dertig, die haar Puccibikini rechttrok, naast haar echtgenoot, de Duitse hedgefondsbankier Frederick. Een bekend model gaf iets wat verdacht veel op een joint leek door aan een roemruchte muziekproducer. Melissa Craig, lid van de beau monde van Notting Hill, was er met haar echtgenoot, de projectontwikkelaar; blijkbaar hadden ze de baby achtergelaten in Londen bij een 'te gekke' Australische kinderjuf. Het was echt van alles wat, dacht Karin, van hip Holland Park tot rijk Belgravia – het enige wat ze allemaal gemeenschappelijk leken te hebben, was hun liefde voor fun, iets waarvoor Ibiza in augustus dubbel en dwars kon zorgen.

Terwijl Karin haar blik rond het zwembad liet glijden, blij dat haar lichaam in de kleine Karenzabikini er beter uitzag dan dat van wie dan ook, besloot ze dat ze het fijn vond om hier weer te zijn.

'Die daar herken ik niet,' zei ze. Ze keek over haar zonnebril naar de andere kant van het zwembad waar een kleine, slanke blondine lag, in een bikini in luipaardprint, met een bijpassende sjaal die ze als een soort Xena, de Warrior Princess, om haar hoofd had gebonden.

'Dat is Tracey,' zei Diana.

Karin ging rechtop zitten. 'Is Martins ex-vrouw hier?' siste ze.

'Met de kinderen,' zei Diana langzaam.

Karin staarde haar vriendin met open mond aan. 'Allemachtig, schat, daar moet je echt tegen optreden, hoor!' fluisterde ze. 'Dat is toch geen vakantie voor jou als zij hier een beetje rond loopt te banjeren...'

Diana keek haar gegeneerd aan en begon wat zachter te praten. 'Je weet toch dat we ruzie hebben gehad over wel of geen kinderen nemen?'

Karin knikte behoedzaam, want ze wist nu al dat het haar niet zou bevallen wat ze te horen zou krijgen. 'Nou, Martin zei dat ik meer mijn best moest doen voor zijn kinderen en Tracey. En toen dacht ik, als ik hem laat zien hoe goed ik met kinderen ben, verandert hij misschien wel van gedachten en wil hij toch een kind met mij.'

'Dat denk je toch niet echt, hè?' vroeg Karin kortaf.

'Ik kan het altijd hopen,' reageerde ze met een bedroefde blik. 'Bovendien zijn het mijn stiefkinderen. Het is toch goed als we elkaar een beetje beter leren kennen, vind je niet?'

Karin nam een slokje appelsap en wendde haar blik af. Ze wist dat ze Diana niet op andere gedachten kon brengen. Toen ze trouwden, had Martin geweten dat hij geluk had met Diana met haar elegantie en goede afkomst, maar inmiddels waren de rollen compleet omgedraaid. Het beviel Karin niets om haar vriendin in deze toestand van angstige onderworpenheid mee te maken, om te moeten zien dat ze zich in allerlei bochten wrong om haar man ter wille te zijn, terwijl ze in haar hart al wist dat het zinloos was.

Karin ging languit liggen en pakte haar roman van Sidney Sheldon, maar het werd voor haar al snel te warm in de zon om te lezen zonder zich uitgeput te voelen.

'Karin, ik zie dat je er bent. Mooi als altijd. Je hebt gisteravond echt iets gemist.'

Toen Karin opkeek, zag ze Martin op het voeteneinde van

haar stoel zitten, gekleed in een witte badjas van wafeldoek. Hij kneep zijn waterige ogen samen tegen de zon.

Toen boog hij zich voorover naar Diana op de stoel ernaast en tikte haar op haar dij. 'Ik verga van de honger. Kun je even naar de keuken gaan om te zeggen dat ze moeten opschieten met de lunch? Ik vind ze nogal traag.' Hij trok zijn badjas uit en rekte zich uit in zijn opzichtige zwembroek. 'Ik denk dat ik in de tussentijd even het water in duik.'

Terwijl hij het zwembad in sprong, renden er twee kleine meisjes, van ongeveer zes en acht, naar hem toe, gillend en zwaaiend met felgekleurde waterpistolen. 'Kijk eens hoe ver we kunnen schieten!' schreeuwden ze, terwijl ze hun pistolen op Tracey richtten die als door een wesp gestoken opsprong.

'Hier jullie!' gilde ze. De andere gasten keken op en mompelden afkeurend.

'Ik... eh... ik ga maar eens kijken of alles goed gaat in de keuken,' zei Diana, terwijl ze haar kaftan aantrok. 'Er zijn een paar Italiaanse koks uit Ibiza-Stad. Eentje heeft daar in het River Café gewerkt, je weet wel.'

'Ik ga met je mee,' zei Karin. 'Het wordt me hier iets te lawaaiig.'

'Dat zijn Chloe en Emma. Martins dochtertjes. Ze zijn nogal levendig.'

Karin en Diana liepen naar een grote houten koepel aan de rand van het zwembad. In de schaduw van de houten latten stond een lange tafel waaraan met gemak twintig mensen konden zitten. Twee obers in witte uniformen waren aan het dekken, met wit servies en grote glazen schalen vol eten; kommen vol pasta, bergen mozzarella, tomaten en avocado, en enorme, boers uitziende taarten. Diana begon de obers aanwijzingen te geven, terwijl Karin vanuit de schaduw keek naar Emma en Chloe die een ravage aanrichtten bij het zwembad. Ze schudde afkeurend haar hoofd.

'Kom in het water, liefjes,' schreeuwde Martin, 'dat kunnen jullie later ook nog wel doen.'

Aangemoedigd door hun vaders onwil om ze tot de orde te roepen en hun moeders onwil om op te staan van haar ligbed, raakten Chloe en Emma totaal bezeten van hun macht en renden op volle snelheid naar de koepel, met hun pistolen in de aanslag.

'Dit is echt ongehoord; je moet er iets van zeggen,' zei Karin. Diana versperde de meisjes de weg en stak haar hand op als een politieagente. De kinderen waren echter niet van plan op te houden, en Emma spreidde haar armen als vliegtuigvleugels, blijkbaar van plan een kamikazeaanval op de tafel uit te voeren, terwijl Chloe zich op Diana wierp, met haar lange waterpistool als een speer voor zich uitgestoken.

'Hou op!' krijste Diana. Ze probeerde Emma beet te pakken. Chloe, die een opening zag, sprong opzij en zwiepte met haar waterpistool over tafel, zodat borden, glazen en schalen met veel kabaal op de grond vielen.

'Brutaal kreng!' schreeuwde Diana. Ze pakte Chloe stevig bij de arm. 'Moet je nou eens kijken wat je hebt gedaan.'

Chloe begon te brullen en greep naar haar arm, terwijl Martin het zwembad uit sprong en Tracey kwam aanhollen, wankelend op de tien centimeter hoge sleehakken van haar touwschoenen.

'Mijn arm! Diana heeft mijn arm pijn gedaan!' gilde Chloe. Haar gezicht werd knalrood.

'Niet bewegen, lieverd, misschien is hij uit de kom geschoten!' zei Martin, terwijl hij een vuile blik op Diana wierp.

'Stom wijf!' gilde Tracey tegen Diana. Ze sloeg beschermend een arm om Chloe heen. 'Wat heb je met mijn kindje gedaan?'

'Het spijt me zo, schatje.' Diana knielde naast Chloe neer, in een poging haar te troosten, maar het kind deinsde krijsend achteruit.

'En dat noemt zich goed met kinderen!' snauwde Martin tegen Diana, terwijl hij Chloe en Tracey meenam, de koepel uit. Hij sloeg zijn arm om de schouders van Tracey die inmiddels hysterisch huilde. Alle gasten verzamelden zich om hen heen, en iemand belde de plaatselijke dokter. Karin raakte zacht Diana's arm aan.

'Maak je geen zorgen, het komt allemaal wel weer goed met haar,' fluisterde ze, maar Diana's ogen vulden zich met tranen.

Martin verklaarde dat hij Chloe naar het ziekenhuis in Ibiza-Stad zou brengen, terwijl de obers een wanhopige poging deden om wat er nog over was van hun lunch van de vloer op te rapen. Diana volgde Martin en zijn kinderen en ex gedwee naar Martins SUV, waar Chloe door haar redderende moeder op de achterbank werd geholpen. De auto reed weg, hulpeloos nagestaard door Diana. Toen de wagen de oprijlaan af reed, draaide Chloe zich om, met een zelfvoldaan glimlachje.

Summer voelde zich zo ontzettend goed dat ze dacht dat ze uit elkaar zou knappen van geluk. Ze was verliefd op een miljardair en nu zou ze ook nog filmster worden! Toen ze een dag eerder was gebeld door Luc Balzac die haar de rol van Marien had aangeboden in *Krakatoa*, had ze eerst gedacht dat ze in het ootje werd genomen. Luc had haar er echter van verzekerd dat hij doodernstig was. Ze was een van de laatste hoofdrollen die nog was gecast, en de repetities zouden al over zes weken beginnen; daarna waren er vier weken van opnames in de Pinewood Studio's, gevolgd door acht weken op locatie in Mexico.

'Stel me niet teleur,' had hij op zwoele toon gefluisterd met een stem die vol en warm als cognac klonk.

'Dat doe ik ook niet,' had ze ademloos uitgebracht. 'Echt niet.'

'Nou, ik hoop dat je nog met me wilt praten als je eenmaal een Oscar hebt gewonnen, mevrouw de filmster,' zei Adam glimlachend, terwijl hij zich in het brede hotelbed op zijn zij draaide om naar Summer te kijken. Haar haren lagen als een waaier op het kussen en op haar naakte lichaam glansde een dun laagje zweet.

Summer straalde, maar ze haalde bescheiden haar schouders op. 'Het is maar één rol,' zei ze. 'Je moet niet meteen zo hard van stapel lopen. Maar ik kan bijna niet geloven dat de opnames al zo snel beginnen. En dan nog twee maanden in Mexico ook. Wat zal ik lekker bruin worden.'

'Mexico?' vroeg hij verbaasd.

Ze glimlachte. 'Ik weet het. Krakatoa ligt in Indonesië, maar blijkbaar gaan ze altijd naar Mexico als de studio een warme en vochtige locatie zoekt.'

'Dat bedoelde ik niet.' Hij gleed met zijn vinger over haar voorhoofd. 'Ik wil niet dat je twee maanden weggaat.'

Haar hart maakte een sprongetje; de man van wie ze hield, wilde de hele tijd bij haar zijn. Haar geluksgevoel verdampte echter een paar seconden later alweer toen Adam op zijn horloge keek. Maar ja, wat had ze dan verwacht? Toen ze hem had gebeld om hem het nieuwtje over *Krakatoa* te vertellen, had hij voorgesteld om elkaar de volgende middag in een discreet, luxueus hotel in Knightsbridge te treffen. Zo was hun relatie. Clandestien, verboden. Soms zat ze dagen te wachten op zijn telefoontje om meteen op te komen draven als hij belde voor een afspraak. Dat was de prijs die je betaalde, vertelde ze zichzelf, voor een relatie met een drukbezette miljardair – een drukbezette miljardair die een relatie had met iemand anders. Toch kon ze geen nee zeggen. Twee uur in zijn gezelschap, twee uur waarin ze zijn volle aandacht had en hij haar overlaadde met zijn charme, waren als een verrukkelijke drug die haar het gevoel gaf dat ze mooier en sexyer was dan ze ooit voor mogelijk had gehouden.

'Moet je weg?' vroeg ze zacht, terwijl ze zijn gezicht streelde.

Hij knikte. 'Ik moet om drie uur op het vliegveld zijn, anders krijgen we geen toestemming meer voor ons vertrek naar Ibiza.'

'Dus je bent dit weekend weg?' vroeg ze. Hij vertelde haar nooit over zijn plannen en ze vroeg er zelden naar.

'Ik moet wel,' zei hij. 'Ze is jarig.'

Ze. Karin.

'Blijf jij maar zolang als je wilt in het hotel,' zei hij, terwijl hij uit bed stapte en zijn kleren pakte. 'Het hele weekend als je zin hebt. Ze hebben hier ook een sauna en zo. Laat ze de rekening maar naar mij toe sturen.'

Ze knikte langzaam, en hij zag aan haar gezicht dat ze zich gekwetst voelde. 'Ik heb nog iets voor je.' Hij pakte een verfijnde ketting uit zijn weekendtas en bevestigde hem om haar nek. Het was een antieke diamanten hanger in de vorm van een traan. 'Om je te feliciteren met je rol.'

Met een brok in haar keel liep ze snel naar de spiegel om de ketting te bewonderen. 'Prachtig,' zei ze. Maar ze zou hem zo hebben ingeruild voor nog een nacht met hem.

Het geluid van Adams weekendtas die over de leistenen vloer bonkte, deed Karin ontwaken uit haar vroege avondsiësta. Ze had alleen haar kleine bikinibroekje aangehad terwijl ze op het koele witte laken een dutje deed, en ze sloeg een handdoek om zich heen nadat ze uit bed was gestapt, bang dat de huishoudster binnen zou vallen. Toen ze om het hoekje van de deur tuurde, begon ze te grijnzen.

'Adam!' riep ze. 'Je bent er!'

Hij liep naar haar toe, trok de handdoek weg en liet hem op de grond vallen. 'Natuurlijk ben ik er, jarige jet,' mompelde hij, terwijl hij een warme kus op de zijkant van haar hals plantte. 'Moet je eens zien wat ik allemaal heb gemist.'

Ze gilde toen hij haar optilde en weer de slaapkamer in droeg; ze vielen samen op bed neer, en Karin sloeg haar benen als slangen om hem heen.

'Is het feest al begonnen?' vroeg ze giechelend, terwijl zijn lippen een spoor trokken naar haar harde tepel.

'Nu wel,' antwoordde hij. Hij trok zijn poloshirt uit.

Nadat ze de liefde hadden bedreven, namen ze samen een douche. Het badkamerraam stond op een kier om de stoomwolken te laten ontsnappen, en Karin kon nu al gelach en het gerinkel van glazen buiten horen. Toch haastten ze zich niet.

Tegen de tijd dat Adam en Karin eindelijk buitenkwamen, waren er minstens vijftig mensen op het terras. Het was algemeen bekend geraakt dat Diana vanavond een feestje zou geven op El Toreador, en iedereen die iets voorstelde, wilde erbij zijn: de mooie mensen, de discodellen, de trendy luitjes. Sommigen waren van plan de hele nacht te blijven om te eten, te drinken en te dansen; anderen gebruikten het feest als opwarmertje voor de nachtclubs die pas na twee uur 's nachts een beetje begonnen vol te lopen.

Karin en Adam pakten een cocktail van de bar bij het zwembad. Aan de andere kant van het bad zag Karin Christina staan, die er fantastisch uitzag in haar witte wijde broek en bijpassende bikinitopje zonder bandjes. Ze stond openlijk te flirten met een kleine, ronde man met een snor. In zijn verkreukelde linnen jasje, korte broek en slippers maakte het voorwerp van Christina's ademloze aandacht een nogal armoedige en saaie indruk.

'Is dat wie ik denk dat het is?' vroeg Adam met een half lachje.

'Kom, dan gaan we kijken.' Karin pakte zijn hand beet en nam hem mee naar de andere kant van het zwembad waar haar vriendin stond. Toen Christina Karin zag komen aanlopen, begon ze te gillen van blijdschap en ze omhelsde haar alsof ze haar in geen jaren had gezien.

'Schat, ik zal je meteen voorstellen aan mijn nieuwe vriend, Reggie Bryce. Reggie, dit zijn mijn allerbeste vrienden ter wereld, Karin en Adam.'

Adam stak de man behoedzaam een hand toe.

'We hebben elkaar wel eens ontmoet, toch?' vroeg Reggie met een Texaans accent, terwijl ze elkaar de hand schudden.

Adam knikte. Het miljardairswereldje was niet zo groot. Reggie Bryce was een supermarktmagnaat die inmiddels bijna op gelijke hoogte stond met de enorm rijke familie Walton van Wal-Mart. Ook Karin kende zijn naam. Hij was recentelijk gescheiden, en zijn ex- vrouw had een enorme alimentatie in de wacht weten te slepen. Maar Reggie kon het zich wel veroorloven om hier en daar een paar miljard dollar kwijt te raken. Hij had genoeg. En Christina had er blijkbaar ook een oogje op laten vallen.

'We hebben elkaar vanmiddag op Es Calo Beach leren kennen,' vertelde Christina enthousiast, 'en ik heb hem overgehaald om vanavond hiernaartoe te komen. Reggie lag met Nieuwjaar in Saint-Bart vijf ligplaatsen van de *Big Blue* vandaan. Wat een kleine wereld is het toch, hè?'

'Es Calo? Is dat niet dat nudistenstrand?' vroeg Karin, met een blik op Reggies bowlingbaluiterlijk. Ze onderdrukte een glimlach.

'Dat is heel bevrijdend, schat,' berispte Christina haar. 'Dat vindt Reggie ook, hè, schat?'

Reggie luisterde niet. Hij stond Christina aan te kijken alsof ze een lekkernij was waarvan het water hem in de mond liep.

'Mijn jacht de *Crusader* ligt in Ibiza-Stad,' zei hij tegen Karin en Adam zonder zijn ogen van Christina af te halen. 'Als jullie tijd hebben, zou ik het leuk vinden jullie daar te ontvangen.'

Karin knikte. 'Nou, ik ben morgen jarig, dus ik hoop dat je taart in huis hebt.'

Naarmate de avond vorderde, werd de muziek steeds harder gezet. Terwijl de maan het zwembad met glitter besproeide, stond bij het diepe een lenige, gebronsde man met zijn Vilebrequinzwembroek om zijn enkels als een Formule 1-rijder Cristal in het water te spuiten, en bij het ondiepe zaten twee Zweedse modellen elkaar te kussen. Overal om hen heen dreef in wolken de geur van seks en drugs.

'Zullen we ons tussen de mensen begeven?' Christina stak haar arm door die van Karin. Reggie tikte Christina even op haar kontje toen ze wegliepen en vervolgde toen zijn gesprek met Adam over de economische sancties in Soedan.

'Nou?' vroeg Christina giechelend aan Karin.

'Volgens mij vindt hij je erg leuk,' antwoordde Karin met een glimlach.

'Na de tragedie met Ariel heb ik mezelf gezworen dat mijn volgende man nog rijker moest zijn. Na alles wat er is gebeurd, heb ik dat wel verdiend.' Haar stem trilde licht. 'Even onder ons, Reggie heeft me gevraagd om na het weekend bij hem te blijven. Hij gaat twee weken over de Middellandse Zee varen. Vind je dat het te snel is?'

'Nou, je kent hem nauwelijks,' zei Karin, een beetje geschokt.

'We hebben zo veel gemeenschappelijke vrienden dat het gewoon niet normaal is.'

'Volgens mij heb je al een besluit genomen,' zei Karin ondeugend.

'Mm... misschien,' zei Christina met een grijns. 'Hoe dan ook, ik ben bekaf na al dat gebabbel. Heb je ook zin in een opkikkertje?'

Karin probeerde niet al te afkeurend te kijken. Wat drugs betreft, had ze twee soorten vrienden, de wel-gebruikers en de niet-gebruikers. Degenen die gebruikten, deden dat met overgave; het kwam voor dat alle bonussen die in de City waren verdiend, er in één zomer door werden gejaagd aan coke en opium. Degenen die niet gebruikten, waren meestal ex-gebruikers die de drugs hadden afgezworen. Voor Karin had het feit dat ze nauwelijks drugs gebruikte niets met moraal te maken, het was voor haar simpelweg een kwestie van controle willen houden. Op kostschool had ze af en toe een joint gerookt, maar het gevoel dat ze ervan kreeg, had ze gehaat – duizelig en misselijk en er niet helemaal bij met haar hoofd – dus had ze meestal de drugs vermeden die in de loop der jaren in haar scene in en uit de mode waren geraakt.

Christina tikte haar tegen haar middel. 'Doe niet altijd zo puriteins, Kay. We moeten het begin van mijn prachtige nieuwe relatie vieren.' Ze liepen naar Christina's kamer, en Karin ging op bed zitten, terwijl haar vriendin in een crèmekleurige beautycase rommelde. Ze keek op. 'Shit. Ik heb niks meer. Denk je dat Adam wat heeft?'

Karin haalde haar schouders op. Adam was geen zware gebruiker. Soms had hij een wikkeltje in zijn portefeuille. Ze wist niet of hij het wel prettig zou vinden als ze aan zijn spullen zat, maar sinds haar vondst van het mysterieuze luciferdoosje op Capri, zocht ze voortdurend naar een reden om te kunnen rondneuzen tussen zijn spullen.

Hun kamer lag naast die van Christina en ze gebruikte de tussendeur. Ze zag Adams linnen jasje van Brioni over de rug van een leren stoel hangen en pakte het. Toen ze haar hand in de binnenzak stak, voelde ze een sleutelbos en een geldclip met een stapeltje bankbiljetten. Ze trok zijn boterzachte leren portefeuille eruit en sloeg hem open. Zonder acht te slaan op de vele creditcards, stak ze een vinger tussen de zijden voering en pakte er een keurig opgevouwen papiertje uit.

'Tina. Ik heb…' Haar woorden stierven weg toen tot haar doordrong dat het geen wikkeltje coke was, maar een opgevouwen nota. Haar hart maakte een sprongetje toen ze zag dat hij van een juwelier op Bond Street was: 'een hanger van goud en diamant in de vorm van een traan', die vijftienhonderd pond had gekost. Vijftienhonderd. Haar vreugde maakte meteen plaats voor een steek van teleurstelling.

'Nou, heeft hij wat?' Christina verscheen in de deuropening.
'Nee,' antwoordde Karin snel. 'Ik moet even naar hem toe.'

Karin stond bij het zwembad, dat glinsterend felblauw afstak tegen de donkere nacht, en staarde de duisternis in.

Langzaam nipte ze van haar mojito, in gedachten verzonken, tot Adam achter haar opdook en haar tegen zich aan trok.

'Tenzij ik me vergis,' zei hij, terwijl hij haar zijn horloge liet zien, 'is het al middernacht geweest, en dat betekent...'

'Dat betekent dat ik weer negenentwintig ben.' Glimlachend leunde ze met haar hoofd tegen zijn schouder.

Hij knikte. Toen pakte hij haar hand en nam haar mee naar binnen. Het gelach van de menigte achter hen stierf weg. 'Misschien dat ik vandaag een beetje laat ben gekomen,' zei hij glimlachend, 'maar ik heb wel een cadeautje meegenomen. Je bent vast nieuwsgierig.'

Ze probeerde enthousiast te kijken. 'Ik ben van nature niet erg geduldig, nee.'

'Nou, kom dan maar eens mee...' Hij trok haar hun kamer in, en Karin schopte haar slippers uit en vlijde zichzelf elegant op bed, waar de plafondventilator een koele luchtstroom over haar lichaam blies.

Adam rommelde wat in zijn zwarte weekendtas en liep toen met zijn handen achter zijn rug naar haar toe. 'Ogen dicht en handen ophouden,' zei hij plagend.

Ze ging rechtop zitten en deed wat hij haar had opgedragen. 'Gefeliciteerd met je verjaardag, schat,' fluisterde hij, terwijl hij een warme kus op haar lippen drukte en een pakje in haar handen.

Toen ze haar ogen opendeed, zag ze een langwerpig wijnrood doosje met een goud lint eromheen. Ze trok het lint los en deed het deksel open, wat met een bevredigend klikje gepaard ging.

Op een kussentje van zwart fluweel lag een snoer van heldere, lichtgele traanvormige stenen te schitteren in het lamplicht. Ze hapte naar adem en haar hand vloog naar haar mond. Hij was prachtig. Adam pakte de armband op en maakte hem onhandig vast om haar pols.

'Gewone en gele diamanten,' zei hij grijnzend. 'Vind je hem mooi?'

Ze staarde verbaasd naar het verfijnde snoer om haar pols. 'Heel mooi...'

'Maar?' vroeg hij, toen hij de trilling in haar stem hoorde.

'Maar deze heeft geen vijftienhonderd pond gekost...' Er klonk iets van een lach door in haar stem.

'Ik begrijp het niet.' Hij ging op bed zitten en keek haar aan.

Ze kon zich wel voor de kop slaan dat ze zich die opmerking had laten ontvallen, want nu moest ze bekennen dat ze in zijn portefeuille had gekeken. 'Niets.'

'Nee, vertel het me,' drong hij aan.

'Nou, ik heb een bon gevonden in je portefeuille en ik dacht...'

Ze zag het meteen – een flakkering van wat dan ook in zijn ogen waarvan haar de rillingen over de rug liepen. Toen ze de bon had gevonden, was haar eerste reactie er een van teleurstelling geweest, van woede zelfs. Het leek goed te gaan met hun relatie – heel goed zelfs – en Adam had veel geld. Had ze de situatie zo verkeerd ingeschat? Was ze echt zo onbelangrijk voor hem? Maar nu viel het kwartje. Die ketting was niet voor haar geweest. Die was voor iemand anders.

'Voor wie?' vroeg ze zacht, onbewust frunnikend aan haar armband.

'Wat voor wie?'

'De ketting, de bon in je portefeuille.'

Hij stond op, ineens kwaad. 'Wat had je verdomme in mijn portefeuille te zoeken?' viel hij uit.

Niet van haar stuk gebracht zei ze kalm: 'Geef antwoord op mijn vraag, Adam. Voor wie is hij?'

'Voor Erin,' zei hij koeltjes. 'Ze is binnenkort jarig, dus wilde ik haar een kleinigheidje geven.'

'Erin is jarig? O ja?' vroeg ze sarcastisch. 'Je vergeet dat ze ook voor mij heeft gewerkt. Ze is helemaal niet in augustus jarig.'

Karin had geen flauw idee wanneer Erin jarig was, maar ze wist dat ze hem moest overbluffen.

Hun blikken boorden zich in elkaar en ze zag dat hij even

naar adem hapte. Toen wist ze dat Adam Gold, de zakenman, de meedogenloze onderhandelaar, gesnapt was.

'Adam, vertel me de waarheid.'

Haar stem klonk hoog, en ze voelde haar hart sneller gaan slaan. Ze betrapte zich erop dat ze zich bang en onzeker voelde, en ze haatte zichzelf erom. Het afgelopen halfjaar met Adam had zo aan haar zelfverzekerdheid geknaagd dat ze zichzelf bijna niet meer herkende. Ze keek hem woedend aan, hem met haar blik uitdagend om nog meer leugens op te dissen.

'Het is Claudia Falcon, hè?' zei ze kalm.

Hij was van haar weggelopen en stond voor het raam de nachtelijke duisternis in te turen. In de verte konden ze het zachte geroezemoes van het gelach op het feest horen.

'Het is Claudia niet,' zei hij zacht.

'Waarom zie je haar dan zo vaak?'

'Voor zaken misschien?' schreeuwde hij.

'Ja, vast,' reageerde ze sarcastisch.

'Hoor eens. We bereiden samen een financiële deal voor – een overnamebod voor de Astley Retailgroep. We moeten dat in het geheim doen.'

'O ja, geheim is precies het goede woord als je de bankier neukt.'

'Ik neuk Claudia niet.' Hij draaide zich even om en keek haar aan.

'Adam, ik ben niet gek. Ik zie hoe jullie je gedragen als jullie samen zijn, ik kan gewoon zien...'

'Claudia is lesbisch,' zei hij op een toon die geen tegenspraak duldde.

Karin was met stomheid geslagen. Lesbisch? Dat was nog eens een verrassing. Ze voelde haar woede weer oplaaien toen tot haar doordrong dat hij haar had weten af te leiden van waar het werkelijk om ging. De ketting en voor wie die was. Ze wist dat ze zichzelf had laten kennen, dat haar woede haar kwetsbaarheid en onzekerheid verraadde. Maar ze was nu al te ver gegaan om te kunnen doen alsof het haar niet kon schelen.

'Adam,' zei ze zacht, terwijl ze achter hem kwam staan. 'Het mooiste verjaardagscadeau dat je me kunt geven, is de waarheid.'

Ze zag hun gezichten weerspiegeld in het raam, allebei droevig en onzeker.

'Karin...' begon hij. Toen stopte hij en haalde diep adem.

'Er is inderdaad iemand,' zei hij na een tijdje. 'De ketting was voor iemand anders.'

'Mag ik ook vragen wie?' Haar stem was niet meer dan een hese fluistering.

Hij draaide zich naar haar om, en even bereidde ze zich op het ergste voor, maar hij pakte zacht haar hand beet en nam hem in de zijne. Ze wilde hem wegtrekken, maar had er de energie niet voor.

'De ketting was voor iemand die niet half zo belangrijk voor me is als jij,' zei hij, terwijl hij met zijn duim haar vingers streelde. 'Iemand die er niet eens bij in de buurt komt.'

Ze rukte haar hand los en deed een stap naar achteren. 'Hoe durf je?' viel ze uit. 'Hoe durf je me zo respectloos te behandelen? Je mag in je handen knijpen dat je me hebt. Dat weet je toch wel?' vroeg ze uitdagend.

Adam raakte haar arm aan. 'Kay. Het spijt me. Het spijt me zo. Het was een vergissing. Ik ben zwak geweest. Stom. Geef me de kans om het goed te maken.'

Ze pakte zijn arm beet en smeet hem toen weer van zich af. 'Er bestaat niet zoiets als een tweede kans, Adam. Ik ben niet zoals de andere vrouwen van wie je misbruik hebt gemaakt.'

Hij pakte haar hand weer beet en begon de armband los te maken van haar pols. Ze voelde warme tranen achter haar ogen branden en vroeg zich af of ze soms te ver was gegaan. Hij zou haar alles ontnemen. Alles.

'Dus dit was het?' vroeg ze zacht, terwijl ze op haar lip beet om haar stem onder controle te houden.

'Sst,' zei hij zacht. Hij bracht haar vingers naar zijn mond en kuste de vingertoppen.

Ze kon hem alleen maar aanstaren, terwijl de tranen haar over de wangen liepen. 'Wat doe... je...?' stamelde ze hees.

'Ik wil het goedmaken,' antwoordde hij kalm.

Hij hield haar linkerhand in de zijne en begon de armband om haar ringvinger te wikkelen. Haar hart sloeg over toen de koude diamanten tegen haar huid duwden.

'Ik zal helaas moeten improviseren,' fluisterde hij, terwijl hij de glinsterende armband op zijn plaats hield en op één knie ging zitten. 'Karin, wil je met me trouwen?'

Ze keek naar hem. Zijn ogen leken zo blauw in het lamplicht, en haar ringvinger was niet meer te zien door alle diamanten, en ineens begon ze zacht te lachen. Toen knikte ze. Adam trok haar naar beneden en legde haar hand op zijn gezicht.

'Schat, ik wil je. Ik hou van je. Ik heb je nodig.' Hij kuste een voor een haar vingers.

Ze rustte met haar hoofd tegen het zijne. 'Insgelijks,' mompelde ze, voordat de woorden verloren gingen in het crescendo van een hartstochtelijke kus.

58

'Hoe bedoel je, ze zijn verloofd?' sputterde Molly tegen Marcus, terwijl ze erg haar best deed haar gevoelens te verbergen nadat hij haar het nieuws had verteld. 'Ze kennen elkaar net! Ik heb flessen shampoo waar ik al langer mee doe dan dat die hele relatie van hen heeft geduurd.'

'Nou, ze zal toch iets goed hebben gedaan, want ik had nooit verwacht dat ik nog zou mogen beleven dat Adam ging trouwen,' zei Marcus glimlachend. 'Ze geven een feest zodra Karin iets kan organiseren wat bij hun status past. Waarschijnlijk in Adams palazzo aan het Comomeer.'

Dat laatste detail maakte het nog pijnlijker voor Molly. Ze wist niet eens dat hij een villa aan een van de Italiaanse meren bezat. Ze was wel eens in Versaces villa aan het Comomeer geweest en had zichzelf vaak voorgesteld in de rol van mooie *contessa*. Het was echt te erg voor woorden allemaal, vooral omdat het erop had geleken dat hij het zo goed met Summer kon vinden. Ze trok eens flink aan haar Sobraniesigaret en begon na te denken.

Verloofd. Summer was bijna gestikt in het woord toen ze het had herhaald voor Adam. Een paar seconden eerder nog had ze zich zo gelukkig gevoeld. Adam had haar in de auto meegenomen naar Bray, een klein dorpje in Berkshire, om te gaan eten in het restaurant Fat Duck, een van de weinige restaurants in het land met drie Michelinsterren. Ze was door het dolle heen geweest dat Adam haar meteen na zijn terugkeer uit Ibiza had willen zien en had zich verheugd op een volmaakte avond samen. Maar in plaats daarvan had hij, toen het voorgerecht op tafel werd gezet, die drie woorden gezegd: 'Ik ga trouwen.'

'Waarom heb je me meegenomen naar een speciale plek om me te vertellen dat je je hebt verloofd?' vroeg ze, zich bewust van een dikke traan die onder haar ooglid trilde.

Hij vouwde zijn servet op zijn schoot en keek om zich heen om te zien of er niemand meeluisterde. 'Schat, het is net gebeurd,' fluisterde hij. 'Ik wilde het je zo snel mogelijk vertellen en ik was toch al van plan om je hier een keertje mee naartoe te nemen.'

'Doe nou niet alsof je me hier een plezier mee doet, ongevoelige zak die je er bent,' siste ze.

Hij boog zich voorover om haar wang te strelen, en ze schoot naar achteren alsof ze was gestoken.

'Je hebt altijd geweten dat Karin er was,' zei hij. 'Dit hoeft niets te veranderen.'

'Natuurlijk verandert het alles. Je gaat trouwen.'

'Je hoeft niet ineens het heilige boontje uit te hangen, Summer,' zei hij op scherpe toon. 'Vanaf de allereerste keer dat we met elkaar hebben geslapen, wist je dat ik al een serieuze relatie had. Dus je hoeft nu niet ineens de fatsoensrakker uit te gaan hangen, verdomme.'

'Maar je hebt het nu officieel gemaakt met haar. En dàt verandert de boel.'

Zich ervan bewust dat een ober naar hen keek, boog Adam zich wat verder naar Summer toe. 'Maar wat niet is veranderd, is wat ik voor je voel. Ik geef veel om je.'

'Ja, zo veel dat je met Karin gaat trouwen,' zei ze, terwijl ze een grote slok chablis nam.

'Summer. Karin weet dat ik nog een relatie heb.'

Met een klap zette ze haar glas op tafel. 'O, ik snap het al,' zei ze sarcastisch. 'Je hebt haar een huwelijksaanzoek gedaan omdat je iets had goed te maken.'

Ze keken elkaar aan zonder te weten wat ze moesten zeggen.

Summer sloeg haar ogen neer, toen er een traan op het witte tafelkleed viel. 'Ik wil naar huis,' fluisterde ze.

'Doe niet zo raar,' zei hij. 'We zijn er net.'

'Ik ben misselijk.'

'Summer, hou op met dat dramatische gedoe.'

Hoofdschuddend schoof ze met veel kabaal haar stoel naar achteren en rende naar de wc om over te geven.

59

Begin september vond Erin altijd de mooiste tijd in Port Merryn. Het was dan nog steeds warm en zonnig, maar de meeste toeristen waren alweer vertrokken, zodat de straten en de haven hun kalme charme hadden teruggekregen. Omdat ze wist dat ze met haar Audi vast zou komen te zitten in de smalle dorpsstraatjes, parkeerde ze haar auto boven aan het stadje en liep door de kronkelende straten naar beneden, alles gulzig in zich opnemend. Zeemeeuwen krijsten, de lucht rook schoon en zoutig en er was ruimte om adem te halen. Een jaar geleden nog was het deze rust geweest die haar halfgek had gemaakt, maar nu was het een welkome opluchting om een beetje in de zon te kunnen drentelen en zich te ontspannen. De afgelopen paar weken was het in Londen allemaal een beetje te gestrest geworden, en de frisse lucht leek alle met elkaar verknoopte gedachten in haar hoofd weer te ontrafelen.

Ze had het nieuws van Adams verloving met gemengde gevoelens ontvangen. Ze had geprobeerd zichzelf voor te houden dat ze, als hij echt gelukkig was met Karin, blij was voor hem, maar het steekje van teleurstelling dat ze had gevoeld toen hij het haar had verteld, weigerde weg te gaan. Ook de verslechtering van haar relatie met Chris stemde haar droef. Na hun ruzie in Cliveden had hun enige contact bestaan uit wat ongemakkelijke begroetingen in de hal van Peony House. De laatste twee keer had ze hem gezien met een aantrekkelijke roodharige vrouw, maar hij had zelfs niet de moeite genomen om haar aan Erin voor te stellen, wat haar in hoge mate had geïrriteerd.

Ze schudde haar hoofd, terwijl ze Londen van zich af probeerde te zetten, en liep over het steile weggetje met de kinderkopjes het dorp in. Ze moest toegeven dat ze een beetje zenuwachtig was over haar thuiskomst, hoewel ze zelf niet goed snapte waarom. Per slot van rekening was het Jilly's zeventigste verjaardag – dat hoorde toch leuk te zijn? Iedereen zou komen, had Jilly door de telefoon verteld, alle vrienden uit het dorp; en Erins enige andere familielid – haar tante Louisa, die in Australië woonde, was er zelfs speciaal voor overgekomen.

Ze moest zichzelf bekennen dat veel van haar ongemakkelijkheid voortkwam uit schuldgevoel. Ze wilde dat ze er zelf aan had gedacht om een feest voor haar grootmoeder te organiseren, maar ze had het de afgelopen zomer ook zo druk gehad met Adams agenda en nu weer met zijn trouwplannen. Het was natuurlijk geen excuus, en ze was vastbesloten om het goed te maken. Ze was naar Gray's Antique Market geweest en had een prachtige gouden broche, ingelegd met topaas en parels, voor haar gekocht. Het had haar een weeksalaris gekost, maar ze hoopte dat haar grootmoeder hem net zo mooi zou vinden als zij.

De achterdeur van het huis stond open, waardoor het achtergrondgeluid van het feest, Sinatra en het zachte geroezemoes van vrolijke stemmen, werd doorboord door het scherpe gekrijs van zeemeeuwen.

Vanuit de deuropening bekeek Erin het tafereel: Jilly omringd door een hele stoet mensen die haar waren komen feliciteren, met een glas rode wijn in haar ene hand en een rond cakeje in haar andere. Ze droeg een rood-met-crèmekleurige gebloemde jurk en sandaaltjes met open tenen over bruine nylons, en ze had haar grijze haar boven op haar hoofd vastgezet met een schildpad haarkam.

Het was fijn om haar grootmoeder zo gelukkig te zien. En dan te bedenken dat ze bijna niet naar Londen was verhuisd omdat ze had gedacht dat Jilly het niet zou redden zonder haar. Nou, ze was blij dat ze zich daarin had vergist. Wat haar ook opviel, was dat het huis er opgeruimder uitzag dan vroeger. Geen stapel tijdschriften op de keukentafel, geen gymschoenen op de vloer, geen laptop op het bureau. Eigenlijk was helemaal nergens aan te zien dat ze hier ooit had gewoond, dacht Erin een beetje boos.

'Daar heb je Erin!' riep Jilly vrolijk boven de muziek en het gebabbel uit.

Een stuk of tien gezichten draaiden zich glimlachend naar haar om. Erin zag Janet staan met haar dikke zwangere buik, Eric MacIntosh, de plaatselijke kroegbaas; bijna alle gasten kenden haar en deelden een geschiedenis met haar, in sommige gevallen zelfs een heel leven. Ze voelde zich welkom. Ze voelde zich thuis. Ze nam een slokje witte wijn en pakte grijnzend een worstenbroodje. Ze was zo gewend geraakt aan Krug en exotische hapjes dat zoiets als een worstenbroodje gewoon een traktatie was.

'Waarom verberg je je helemaal daar achteraan?' vroeg een onbekende stem. Toen Erin zich omdraaide, zag ze haar tante Louisa staan, met gespreide armen. 'Ik ben hier degene die niemand kent,' zei Louisa nadat ze haar had omhelsd. 'Kom, dan gaan we samen rondlopen.'

Erin glimlachte haar warm toe. Louisa was het evenbeeld van Jilly, maar dan ongeveer vijfentwintig jaar jonger. Ze zag er iets ouder uit dan bij haar laatste bezoek vanuit Perth, drie jaar geleden. Haar rossige haar had wat grijze strepen bij de slapen en haar huid was wat gerimpelder en gebruind door de zon van West-Australië waar ze de afgelopen twintig jaar had gewoond. Maar Erin zag dat haar ogen niet waren veranderd: donkergroen en omlijst door lange wimpers. Dezelfde ogen waarin Erin als kind had gekeken; haar moeders ogen. Ze keek naar haar tante en vroeg zich af of haar moeder er ook zo zou hebben uitgezien als ze nog had geleefd.

'En wat heb jij allemaal uitgespookt?' vroeg Louisa, terwijl ze Erin een arm gaf. 'Het is zo lang geleden, je moet me alles vertellen.'

'Ik heb nu even vrij genomen,' zei Erin glimlachend. 'Ik ben vanochtend hiernaartoe komen rijden, dus ik ben behoorlijk kapot. Maar zo ver als jij hoefde ik ook weer niet te reizen, hè?'

Louisa lachte en pakte een fles chianti van de eetkamertafel. 'Nee. De jetlag heeft trouwens nog niet toegeslagen, dus je moet niet raar opkijken als ik straks ineens instort.'

Ze schonk Erins glas tot aan de rand toe vol. 'Over hiernaartoe komen rijden uit Londen gesproken, Jilly vertelde me dat je een chique nieuwe auto hebt en een of andere dure baan. Daar wil ik echt alles over horen.'

Erin schaamde zich een beetje als ze aan haar blauwe Audi dacht. Ze had zich ook expres zo simpel mogelijk gekleed voor vandaag. Niks geen standaardkantooruitrusting zoals schoenen van Jimmy Choo en pakjes van Gucci; vandaag droeg ze een spijkerbroek, een mooi lichtblauw topje van Gap en goudkleurige flatjes. Het laatste wat ze wilde, was dat ze haar 'helemaal stads' zouden vinden.

'Ach, zo chic is het allemaal ook weer niet,' zei ze schouderophalend. 'Ik ben gewoon persoonlijk assistent. Het betaalt behoorlijk goed, maar ik moet zo'n beetje vierentwintig uur per dag paraat zijn.'

'"Gewoon persoonlijk assistent"?' aapte Louisa haar na. 'Ja, van een of andere miljardair. Ik heb gehoord dat je de hele wereld afreist in privéjets en helikopters.'

Erin lachte bij het idee. 'Het is heus niet zo glamoureus als je denkt. Ik ben degene die na afloop van al die jetsetfeesten de champagneflessen moet opruimen. Het is niet voor mijn lol, hoor.'

'En hoe zit het met je boek?' Louisa dacht aan de gezellige brieven die ze altijd van haar nichtje had gekregen, waarin ze het steeds had gehad over haar droom om de grote Britse roman te schrijven.

Erin haalde ongemakkelijk haar schouders op en ontweek haar tantes blik. 'Ik heb een agent,' zei ze zo luchtig mogelijk.

'Dat is fantastisch. Dus dan heb je al iets geschreven?'

'Nou... ja,' antwoordde Erin langzaam. 'Maar ik moet opnieuw beginnen. Ik ben veel opgewondener over wat ik deze keer heb geschreven.'

Dat was in elk geval waar. Na Cliveden was ze begonnen aan een roman over een fictieve Londense beau monde, precies zoals Chris had geopperd. Ze wist niet goed of ze schreef uit enthousiasme over haar onderwerp of om Chris te laten zien dat ze zijn hulp niet nodig had, maar wat de reden ook mocht zijn, het was haar gelukt om in drie weken tijd meer dan vijftienduizend woorden op papier te zetten – en het was nog behoorlijk goed ook, vond ze. Ze hoefde het alleen maar een beetje op te poetsen en dan durfde ze het wel aan Ed Davies te laten zien.

Haar tante glimlachte. 'Nou, ik zal vooraan in de rij staan om een boek van je te kopen. Maar nu lijkt het me tijd om onze jarige jet te gaan zoeken en een familietoost uit te brengen.'

Ze wenkte Jilly, die midden in de kamer haar zoveelste cadeau stond uit te pakken. Jilly wendde zich tot een oudere blozende man in een gele trui en kuste hem op de wang voordat ze zich bij Louisa en Erin voegde.

'Ik kan wel wat frisse lucht gebruiken.' Jilly pakte Erins hand beet en nam de twee vrouwen mee naar buiten waar ze in het zonnetje gingen staan. Het dorp lag glinsterend voor hen, de zon weerkaatste van de witgepleisterde muren van de huizen en de druifgroene zee kabbelde in de haven.

'Wie was die man?' vroeg Erin met opgetrokken wenkbrauwen.

'Welke?' vroeg Jilly ondeugend.

'De man die je net op de wang hebt gekust,' zei ze.

'Ik bedankte hem alleen maar voor zijn cadeau. Pure beleefdheid.'

Het ontging Louisa en Erin niet dat ze licht bloosde.

'Hij heet Jim Latimer. Je kent hem niet, Erin,' vervolgde Jilly snel om de volgende vraag van haar kleindochter voor te zijn. 'Hij is ongeveer een halfjaar geleden in Port Gaverne komen wonen. Hij is gepensioneerd, weduwnaar. Ik heb hem leren kennen op het koor...'

De opgewonden aarzeling in haar grootmoeders stem riep bij Erin de vraag op of zingen wel het enige was wat Jilly en Jim deelden. Misschien was haar grootmoeder nog wel veel verder met haar leven gegaan dan ze had gedacht.

'O, dat wilde ik je nog vragen,' zei Jilly. 'Jim gaat komende zaterdag een dagje naar Londen. Een kleinzoon van hem woont daar. Ik dacht dat ik misschien...'

'O, ik ben er dit weekend niet,' zei Erin, overspoeld door schuldgevoel. 'Kun je niet het weekend erna komen? Dan ga ik je lekker verwennen.'

'Ach, het maakt niet uit, lieverd.' Jilly probeerde niet al te teleurgesteld te kijken. 'Waar moet je nu weer heen?'

'Naar het Comomeer.' Hoewel ze het zo terloops mogelijk had gezegd, zag ze dat Louisa haar wenkbrauwen optrok.

'Mijn baas, Adam, gaat trouwen met mijn voormalige bazin, Karin. Ze geven een groots verlovingsfeest in Adams villa in Italië.'

'Is dat de baas die je aardig vindt en de bazin die je nogal een trut vond?' vroeg Jilly. Haar intelligente ogen fonkelden. Misschien was ze dan zeventig, er ontging haar niets.

'Zoiets, ja,' zei Erin. 'Ik heb er echt zin in. Ik krijg het ongetwijfeld vreselijk druk – ze hebben geprobeerd om dit gigantische feest voor honderdvijftig mensen in drie weken tijd te organiseren – maar het palazzo moet heel mooi zijn.'

'Goh.' Louisa was dol op al deze roddelpraatjes over de jetset. 'Als ze het verlovingsfeest al in een Italiaanse villa geven, waar moeten ze de bruiloft dan wel niet houden?'

'Geen idee,' zei Erin. 'Ik heb Adam iets horen zeggen over dat ze het wilden houden op Nassau of op een of ander privé-eilandje in Griekenland, wat natuurlijk prachtig kan zijn. Maar waar het ook wordt gegeven, het zal megaglamoureus worden, hoewel ik me nu al kan verkneukelen over één ding.'

'Over wat dan?' vroeg Louisa toen ze de ondeugende grijns op het gezicht van haar nichtje zag.

'Over als ze hun jawoord moeten geven. Ik heb laatst ontdekt dat Karins echte naam niet "Karin Cavendish" is, maar gewoon "Karen Wenkle" – tenminste, zo staat het in haar paspoort. Al haar vluchten worden geboekt onder de naam

“Wenkle”. Dat klinkt niet echt glamoureus, hè, als de dominee die naam moet voorlezen?’

Jilly werd lijkbleek en ze kreeg een sombere blik in haar ogen. ‘Karin Cavendish heet eigenlijk Karen Wenkle?’ vroeg ze.

‘Ja.’ Erins glimlach stierf weg. ‘Hoezo? Wat is er?’

Jilly en Louisa keken elkaar even aan.

‘Hoe oud is Karin?’ vroeg Louisa, terwijl ze nerveus een slokje wijn nam.

‘Tweeëndertig. De dag na hun verloving was ze jarig.’

Jilly knikte, alsof ze iets aan het uitrekenen was. Weer ving Erin de blik op tussen de twee oudere vrouwen, een blik vol bezorgdheid.

‘Oma, wat is er? Louisa?’ Ze keek naar haar tante die naar de grond staarde. ‘Louisa, zeg het me!’

Jim Latimer kwam de tuin in lopen. Hij had een doelbewuste tred en lachende ogen. In zijn hand had hij een glas champagne. ‘Je kunt dit maar beter opdrinken, Jilly, voordat de bubbels verdwijnen.’

Hij keek eerst naar Jilly en toen naar Erin, alsof hij hoopte voorgesteld te worden. Jilly keek Jim aan en schudde licht haar hoofd. Jim snapte het meteen. ‘Het zal nog wel even goed blijven,’ zei hij, waarna hij weer naar binnen liep.

‘Oma, vertel me wat er is,’ drong Erin aan.

Jilly haalde diep adem, alsof ze op het punt stond iets te zeggen, maar ze bleef zwijgen, terwijl ze haar blik over de heuvel achter het huis liet glijden. Ze fixeerde haar blik op de streep waar de heuvel de lucht aanraakte en op het silhouet van een kudde schapen. Toen slaakte ze een diepe zucht.

‘Wat is dit allemaal?’ vroeg Erin ongeduldig. Ze had een akelig voorgevoel, maar begreep in de verste verte niet hoe Karin de aanleiding voor dit gesprek had kunnen zijn.

‘Je vaders dood, zijn zelfmoord…’ zei Jilly kalm. ‘Zoals je weet, kwam dat door financiële problemen.’

Erin knikte. Op haar veertiende was haar verteld hoe en waarom hij was gestorven. Ze was toen boos en gefrustreerd geweest, had zich bedrogen gevoeld, niet in staat om te verwerken hoe iets triviaals als geld iemand ertoe kon aanzetten om zijn gezin in de steek te laten, om een einde aan zijn leven te maken.

'Je vader deed veel zaken met een groothandel in spijkerbroeken uit Londen,' ging Jilly verder. 'Je vaders fabriek maakte spijkerbroeken voor heel veel verschillende bedrijven, maar toen de opdrachten van dat ene bedrijf groter werden, eiste de directeur van dat bedrijf – WD Fashion – dat je vader moest stoppen met het leveren aan andere klanten, anders zou hij WD Fashion als klant kwijtraken.'

'En toen?' vroeg Erin.

'Je vader deed wat hem was gevraagd, maar een jaar later verplaatste WD Fashion al zijn zaken naar ergens in het Verre Oosten; het kwam er dus in feite op neer dat ze je vader gewoon met de gebakken peren lieten zitten. Bovendien betaalden ze hem ook niet wat ze hem nog verschuldigd waren. Je kent de truc – ze lieten zich failliet verklaren om meteen daarna het bedrijf onder een andere naam voort te zetten.'

'Maar wat heeft dat allemaal met Karin te maken?' vroeg ze fronsend.

Jilly zweeg even. 'De eigenaar van WD Fashion was Terence Wenkle. Zo'n typische oplichter uit East End, misschien zelfs met criminele connecties. Toen je vader probeerde zijn geld terug te krijgen, werd hij bedreigd en geïntimideerd. Je vaders bedrijf was kapot, maar voor Wenkle liepen de zaken prima. Nog geen jaar later woonde hij in een of ander chic huis in Surrey, hij stuurde zijn dochter naar kostschool – je weet wel, de typische levensstijl van de nouveaux riches. Je vader vond het verschrikkelijk. Dat was het leven dat hij voor zijn gezin had gewild. Terwijl Terence Wenkle het goede leven leidde, nam de bank jullie huis in beslag. Je was toen pas vier, en jullie kwamen allemaal bij mij wonen. Het was vreselijk gewoon, Erin. Je vader was altijd zo'n sterke, zelfverzekerde man, maar die hele toestand nam ieder gevoel van eigenwaarde weg.'

Erin keek voorbij het dorp naar de ondergaande zon, die de hemel oranje kleurde achter de hoge heuvels.

'En Karin is Terence' dochter?' vroeg ze.

'Blijkbaar,' antwoordde Jilly bars. 'Karen was ongeveer zeven jaar ouder dan jij. Ik heb wel foto's van Karen – sorry, Karin – in de *Daily Mail* gezien, maar zonder die achternaam had ik nooit het verband gelegd.'

'Wat vreselijk toevallig dat je uitgerekend voor haar hebt gewerkt,' voegde Louisa eraan toe.

'Toevallig?' vroeg Erin, met een knoop van angst in haar maag. 'Ik ken Karin Cavendish, en dat mens laat echt nooit wat aan het toeval over.'

60

Voor de honderdvijftig gasten die naar het verlovingsfeest van Adam en Karin gingen, was het een lange, vermoeiende reis. Vroeg opstaan om op tijd op Heathrow te zijn, een vlucht van twee uur naar Linate Airport in Milaan in de speciaal gecharterde 737, de anderhalf uur durende rit naar de kust van het Comomeer in een stoet Mercedessen, en dan als laatste het korte vaartochtje per motorboot naar het palazzo zelf. Maar er was niemand die zou durven beweren dat het niet de moeite waard was geweest toen de boot eindelijk aanlegde aan de steiger. Adam Golds palazzo was magnifiek: een weelderige bruidstaart van een gebouw, neergeplant in een betoverende, tijdloze setting van glinsterend water. Er waren Dorische zuilen, beschilderde plafonds en hoge ramen met uitzicht op een grote tuin vol gele, rode en blauwe bloemen, een tuin die heuvelafwaarts doorliep tot aan het blauwgroene meer. Adam had het landgoed met alles erop en eraan gekocht van een verarmde graaf, en bij de inboedel hoorde een hele selectie van prachtige schilderijen en marmeren beelden, waarvan sommige van de hand van Canova en Bellini. Iedereen moest wel onder de indruk raken.

Karin gooide haar beautycase op het hemelbed in de grote slaapkamer en liet zich ernaast vallen. Het was net twaalf uur geweest en een schitterende septembermiddag strekte zich voor haar uit. De zon stroomde naar binnen door de ramen en bespikkelde de marmeren vloer met lichtvlekjes. Volmaakter kon gewoon niet. Hun verlovingsfeest was hét evenement voor de hele jetset van Miami tot Monaco. Wat voor sociale triomfen of zakelijke successen ze tot nu toe ook had gevierd, het waren slechts voorafjes geweest voor het hoofdgerecht. Vandaag was Karin Cavendish gearriveerd. Ze stond nu op gelijke hoogte met vrouwen als Lynn Wyatt, Lily Safras, de koningin van een nieuwe generatie megarijke societyvrouwen: glamoureuze, machtige vrouwen, die het succes van hun mannen verhoogden en die regeerden met charme, stijl en megarijkdom.

Adam kwam naast haar op bed zitten en streelde haar haren. 'Ik weet niet hoe het met jou zit, maar ik ben nu al moe,' zei hij met een loom lachje. 'Het liefst zou ik nu met jou tussen de lakens kruipen en pas maandag weer tevoorschijn komen.'

'Dan heb ik een nare mededeling voor je: we hebben honderdvijftig gasten die zich zo om het zwembad zullen verzamelen voor een cocktail en we zullen tegen iedereen charmant en gezellig moeten doen.'

Hij zuchtte. 'Wiens idee was het eigenlijk om een feest te geven?'

'Je hoeft mij niet aan te kijken,' zei ze. 'De hele wereld heeft zitten wachten op het moment dat Adam Gold zou trouwen. Je weet best dat je het niet in stilte voorbij wilde laten gaan.'

Karin nam een douche en trok een bikini en lange, doorschijnende zwarte kaftan, doorweven met gouddraad, aan. Ze werd altijd binnen de kortste keren bruin, dus hoefde ze weinig make-up op te doen, alleen een beetje vloeibare blusher en wat lipgloss. Toen ze de deuren opengooide die uitkeken op de tuin, zag ze dat obers in het wit al champagneglazen neerzetten op lange tafels met gesteven, ivoorkleurige tafelkleden erop. Er logeerden ongeveer vijfendertig gasten in het palazzo zelf; de rest verbleef in de grote vijfsterrenhotels aan het meer: het Villa d'Este en het Villa Serbelloni. Een vloot motorboten kon hen hier elk moment afzetten; het was één uur. Met een hand boven haar ogen keek ze met samengeknepen ogen naar het meer, dat als een glinsterende zilveren schaal voor haar lag.

Ze fronste haar wenkbrauwen. Niemand mocht te laat komen op haar verlovingsfeest. Niemand.

Erin had nog nooit zoiets gezien. Niet in films, niet in tijdschriften, niet in salontafelboeken. Ze wist niet dat ze de kleinste kamer in het Palazzo Verdi had, een zolderkamertje dat ooit voor bedienden was bedoeld, maar dat had haar anders ook niets kunnen schelen. Dat ze überhaupt in dit hotel zat, was voor haar iets hemels. Met het gevoel alsof ze een Griekse godin was, stopte ze even met uitpakken en zette het kleine raam open om een vlaag warme, zoet geurende lucht langs haar gezicht te laten waaien.

Ze was vastbesloten om te genieten van dit weekend, dacht ze, terwijl ze naar het meer met de steile rotsen en crèmekleurige en terracotta dorpjes keek. En hoe zou ze nou niet kunnen genieten? Ze bevond zich op een prachtige filmset, ze had vrij – Adam had per se gewild dat het voor zijn hardwerkende assistente dit weekend alleen maar genieten zou zijn en geen werken. Kortom, het had het volmaakste weekend van haar leven kunnen zijn. Volmaakt, op twee woorden na: Karin Cavendish. Ondanks haar gevoelens voor Adam had ze zijn verloving met een afstandelijke gelatenheid geaccepteerd. Ze kon zichzelf niet voor de gek houden. Adam zou nooit iemand als zij willen en hoewel Erin uit ervaring wist dat Karin hard, veeleisend en soms onverdraaglijk kon zijn, was ze wel uit hetzelfde hout gesneden als Adam: succesvol en glamoureus.

Maar Erin voelde zich nu bedrogen. Karin was een oplichtster. Ze verschilde niet eens zo veel van Erin – ze had alleen maar een beter verhaal in elkaar gedraaid, zich een wereld in gebluft die mijlenver verwijderd was van haar afkomst. Toen ze terugdacht aan Jilly's onthullingen op het verjaardagsfeest, trok ze een gezicht. Een en dezelfde gebeurtenis had Karins leven omhooggestoten naar het glanzende theater dat het was geworden, en dat van Erin doen instorten. Het kon vast geen toeval zijn dat ze voor Karin was komen te werken – er moest een plan achter zitten. Een plan om Erin een meer glamoureuze wereld binnen te trekken, om haar een voorproefje te geven van wat haar rechtmatig toekwam, maar omdat haar rol die van bediende was en niet van baas, kon ze er alleen maar aan ruiken en van genieten. Karin had niet alleen Adam ingepikt, ze had nog iets veel ergers van Erin gestolen. Haar leven, dat ze nu als een verboden vrucht onder haar neus liet bungelen. Een wirwar aan vragen schoot door Erin heen. Hoe kon ze? Waarom zou ze? En hoe kon Erin ooit wraak op haar nemen?

Nou, dit lijkt er al meer op, dacht Molly, toen ze in een kleine rode bikini haar privéterras op liep. Ze trok haar haren in een paardenstaart, keek om zich heen en kwam tot de conclusie dat ze, met uitzondering van de kamer naast de hunne, die een enorm balkon had – vermoedelijk Adams kamer – beslist de mooiste slaapkamer in het huis had.

'Waarom gaat Adam niet vaker hiernaartoe?' vroeg Molly aan Marcus die naast haar kwam staan in een crèmekleurige korte broek en een donkerrood poloshirt. 'Als hij er niet zo stiekem over had gedaan, hadden we hier de hele zomer kunnen doorbrengen.'

'Hij heeft het huis pas ongeveer een jaar,' vertelde Marcus, terwijl hij haar een gekoelde cocktail gaf. 'Misschien volgend jaar.'

'Waarom nemen wij niet ook zo'n soort huis?' vroeg ze pruilend. 'Iedereen die ik ken heeft een zomerhuis. Volgens mij is het tijd dat we eens serieus ons best gaan doen om niet langer bij iedereen achter te blijven. Ik wil best rond gaan kijken; als ik in Milaan ben voor de modeshows kan ik wel even bij een paar makelaars langsgaan.'

Marcus schoof ongemakkelijk heen en weer en ging aan het balkonhek staan. 'O, kijk, volgens mij is de boot van het Villa d'Este aangekomen. Zullen we naar beneden gaan om ze te begroeten?'

Molly liep naar hem toe en legde een hand op zijn schouder. 'Je weet best dat je het vreselijk vindt om als eerste op een feest aan te komen,' fluisterde ze in zijn oor. 'Laten we in de slaapkamer blijven en iets bedenken om de tijd mee te doden.'

Glimlachend pakte hij haar hand beet. Ze hoopte maar dat hij niet moeilijk ging doen over een huis in het buitenland. Een vrouw als zij had nu eenmaal een paar villa's nodig. Bovendien, dacht ze, kan ik erg overtuigend zijn.

Het landgoed van het palazzo was zo enorm groot dat het Summer niet veel moeite had gekost om een stil plekje, weg van de schetterende gasten, te vinden om na te denken. Dat ze in de villa logeerde, bracht de mogelijkheid met zich mee dat ze werd geconfronteerd met het gelukkige paar, Karin en Adam. Waarom ben je dan ook gegaan, vroeg ze zichzelf voor de zoveelste keer af. Alleen dat ze hier was, maakte haar al ziek, maar toen Karin haar had gebeld om haar persoonlijk uit te nodigen en had gezegd dat ze een weigering niet zou accepteren, had Summer geen geloofwaardige smoes kunnen bedenken. Molly had ook aangedrongen op haar komst, ervan overtuigd dat haar dochter haar relatie met Adam nog steeds kon ombuigen tot iets substantiëlers. 'Hoor eens, schat, met Adam neuken is één ding,' had ze gezegd, 'maar dit kon wel eens je enige echte kans zijn om zij aan zij met Karin te staan en hem te laten zien dat hij de verkeerde vrouw heeft gekozen.'

Het ergste was nog dat ook Adam erop had gestaan dat ze zou komen, vooral toen hij had ontdekt dat ze de maandag na het feest toch in Milaan moest zijn voor een opdracht.

'Het zal raar overkomen als je er niet bent,' had hij haar een week voor het Comofeest in bed verteld, toen Summer opnieuw schuldbewust had geaarzeld over haar komst. 'Je bent het gezicht van Karenzabadmode. Stel je voor dat ze argwaan krijgt. Je weet hoe ze is.'

Nadat hij haar over zijn verloving had verteld, had ze niets liever gewild dan een einde maken aan hun relatie, maar toen hij bij haar op de stoep had gestaan, een paar dagen na hun etentje bij de Fat Duck, had ze geen weerstand aan hem kunnen bieden. Het leven zonder Adam voelde zo ellendig, leeg en zinloos dat ze al snel tot de conclusie was gekomen dat ze bereid was om hun relatie op zijn voorwaarden te accepteren.

Toch gaf het haar geen goed gevoel. Ze ging op een bankje zitten dat ze tussen twee hoge cipressen had gevonden en trok haar benen op, zodat ze haar kin op haar knieën kon laten rusten. Ze plukte een felroze bloem en begon er langzaam de bloemblaadjes af te trekken die een voor een dwarrelend op de grond vielen. Molly had gelijk. Dit was waarschijnlijk haar laatste kans om Adam terug te winnen van zijn verloofde, voordat de trouwplannen zo ver gevorderd waren dat het te smoezelig en gênant werd om ze nog tegen te houden. En wat haar moeder niet wist, was dat ze een heel goede reden had om dat te proberen. Ze was twee weken over tijd. Een zwangerschapstest had bevestigd dat ze zwanger was.

Om acht uur 's avonds ging de zon onder en zette het meer in een roodgouden gloed, met de zwarte silhouetten van de cipressen die het landgoed omringden als wachters op de achtergrond. Erin was een wandelingetje gaan maken in de tuin die koel en zoet geurend in de schemering lag. Toen ze over het terras was gelopen, had ze Karin met een sigaret op het muurtje bij het zwembad zien zitten. Dit was haar kans, wist ze. Ze haalde een keer diep adem om zichzelf onder controle te krijgen en liep naar haar toe. Toen ze naast Karin ging zitten, voelden de stenen koud aan door de dunne stof van haar jurk.

'Ik wist niet dat je rookte,' zei ze, zich afvragend of ze niet raar, gemaakt, over zou komen. Zo voelde het wel.

Schouderophalend gooide Karin de peuk op de grond. Er klonk een zacht gesis toen hij in een plas water van het zwembad viel.

'Ik rook al tien jaar niet meer, maar nu moest het echt even,' zei ze glimlachend. 'Het was een belangrijke dag.'

Erin keek haar ex-baas aan, wier gezicht werd verlicht door het licht dat uit het palazzo kwam. Ze had één wenkbrauw licht opgetrokken en sperde één neusgat een beetje open; het was de arrogante, maar ietwat verbaasde blik van iemand die wist dat ze kon krijgen wat ze wilde, maar toch bijna niet kon geloven dat het haar ook echt was gelukt. Het was de reden dat Erin verderging.

'Ik ben vorige week bij mijn grootmoeder in Cornwall op bezoek geweest en toen vertelde ik haar waar ik naartoe zou gaan. Ze vroeg me hoe je dacht dit nog te overtreffen voor je bruiloft. Dan zul je echt je best moeten doen.'

Karin glimlachte flauwtjes, maar Erin had de indruk dat ze een beetje bloosde toen ze had verteld dat ze naar huis was geweest. 'Ja, ik hoorde dat je naar je grootmoeder was. Adam raakt namelijk vreselijk in paniek als jij weg bent, maar ik heb geprobeerd hem duidelijk te maken dat je je eigen leven hebt en dat je niet vierentwintig uur per dag tot zijn beschikking staat. Per slot van rekening ben je niet Julia Roberts in *Pretty Woman*.' Ze lachte een beetje wrang. 'Tenminste, dat hoop ik niet.'

Toen Karin opstond om weg te gaan, raakte Erin haar arm aan. 'Wat is er, schat?' vroeg ze geïrriteerd. 'Ik moet echt terug naar het feest.'

'Mijn grootmoeder heeft me iets over je verteld toen ik in Cornwall was.'

Karin fronste haar voorhoofd. Toen ze zich naar Erin omdraaide, schopte ze het glas rode wijn om dat Erin op de grond had gezet. 'O ja? Iets wat ze had gelezen in de roddelrubriek van de *Daily Mail*?'

Erin kreeg een vaag misselijk gevoel. Karin was een indrukwekkende aanwezigheid, niet alleen door haar koninklijke houding, maar ook doordat ze op haar tien centimeter hoge hakken van Manolo meer dan één meter tachtig lang was.

'Ik weet dat je eigenlijk Karen Wenkle heet.'

'O, schat, dat verbaast me niks. Je hebt voor me gewerkt. Waarschijnlijk heb je mijn paspoort gezien.'

'En ik weet dat je vader Terence Wenkle was. De man die mijn vaders zaak kapot heeft gemaakt. Mijn grootmoeder heeft me alles verteld.'

Karin haalde haar neus op en draaide Erin haar rug toe, terwijl ze nog een sigaret uit haar kleine tasje pakte en die meteen aanstak. 'Nou, het verbaast me dat je dat nog niet wist,' zei ze, terwijl ze over haar schouder een rookwolk naar Erin toe blies. 'Loop je soms rond met je ogen en oren potdicht?'

Erin keek naar haar ex-baas die haar sigaret in de lucht hield en de duisternis in staarde. Nu ze toch al zo ver was gekomen, durfde ze de rest ook wel te vragen. 'Wist je wie ik was toen je me in dienst nam?'

Karin knikte. Een windvlaag blies een lok ravenzwart haar voor haar gezicht.

'Waarom heb je dat dan gedaan?' viel Erin boos uit. 'Wilde je me soms inwrijven dat jij alles hebt en ik niets? Of was het uit medelijden?'

Ze was al zo lang zo boos geweest over de dood van haar vader, en nu had ze eindelijk iemand op wie ze al die rauwe, heftige emoties kon projecteren.

Karin veegde het haar uit haar gezicht en deed een stap in Erins richting, met een kille blik in haar ogen. 'Ik heb je die baan uit aardigheid gegeven,' zei ze met neergetrokken mondhoeken. 'Omdat ik dacht dat je hem nodig had, ondankbare trut.'

Ze draaide Erin weer haar rug toe, even van slag omdat ze zich zo had laten gaan. 'Dus het was toeval? Dat ik voor jou werkte?'

'Ja,' antwoordde Karin. 'Nou ja, in zoverre... Toen ik een assistente zocht, heb ik het uitzendbureau gevraagd om me wat meisjes te sturen. Jij was een van hen. Ik herkende je naam. Erin Devereux – die hoor je niet dagelijks. Ik was oud genoeg om te weten wat er toen met je vader is gebeurd. Ik vond dat vervelend. Dat vind ik nog steeds.'

'Dus je hebt me die baan gegeven als een soort goedmakertje?' vroeg Erin sarcastisch.

Het was inmiddels donker en de temperatuur was gedaald. Het zwembad was net een plaat zwart ijs, omringd door de grijsheid van het gazon. Karin sloeg haar armen om zich heen tegen de kou. 'Wil je de waarheid weten, Erin? De waarheid is dat het me inderdaad een goed gevoel gaf om jou die baan te geven na wat mijn vader had gedaan.'

Erin lachte verbitterd. 'Weet Adam eigenlijk wel dat hij met Moeder Teresa trouwt?'

'Ik heb je gered van je kutleventje in Cornwall.'

'Mijn leven was niet kut,' zei Erin, ineens vol van een beschermend gevoel van trots.

Karin sloeg haar ogen ten hemel en wilde weglopen, maar Erin ging voor haar staan. 'Je hebt me gebruikt om jezelf beter te voelen over het feit dat je zo'n meedogenloze oplichter van een vader had,' zei ze. 'Je bent alleen maar gekomen waar je nu bent omdat hij mensen heeft belazerd en vermoord, zodat hij geld kon verdienen en jou alle kansen geven.'

Karins gezichtsuitdrukking verhardde zich onmiddellijk. 'Erin, schat, ongeacht wat onze vaders vijfentwintig jaar geleden hebben gedaan, zou ik sowieso zijn gekomen waar ik nu ben, en jij zou ook nog steeds zijn waar je nu bent. Dat heeft niets te maken met onze achtergrond, maar met wie we zijn.'

'Nou, ik zou inderdaad niet graag jou zijn,' zei Erin zo kalm mogelijk, maar ze voelde zich zo vernederd dat ze knalrood werd.

'O, echt?' vroeg Karin glimlachend, terwijl ze een perfect gevormde wenkbrauw optrok. 'Ik heb heus wel gezien hoe je naar Adam kijkt, hoor. En dan wil je dat ik geloof dat je niet liever de succesvolle zakenvrouw zou zijn die op het punt staat om met Adam Gold te trouwen? Dat je liever een mislukte schrijfster bent die zijn telefoontjes mag beantwoorden? Daar geloof ik niks van, schat. En als je het niet erg vindt, ga ik nu terug naar het feest.'

Ze draaide zich nog een keer naar Erin om. 'O, Erin? Ik raad je aan om dit soort woedeaanvallen verder achterwege te laten; anders zou het wel eens het laatste feest kunnen zijn dat je ooit nog bezoekt.'

De roze champagne vloeide, de ijssculptuur smolt, en het was een bruisend festijn van geklets en gelach, terwijl iedereen zich opperbest vermaakte met grapjes ten koste van iedereen. In de balzaal werd gedanst, op het terras werden sigaren gerookt en in de plantenkas, die voor de avond was omgetoverd in een casino, stonden Molly en Summer bij de kaarttafel, zich afvragend wanneer ze eindelijk eens geluk zouden hebben.

'Nou? Heb je hem nog gesproken?' vroeg Molly, terwijl ze haar dochter van top tot teen opnam. Zelfs in dit glamoureuze gezelschap, omringd door de mooiste mensen uit New York en Londen, viel Summer Sinclair op met haar natuurlijke schoonheid. Haar gezicht had de botox of de facelifts of de andere cosmetische ingrepen die in het palazzo te zien waren, niet nodig. Haar lange, dunne zijden Versacejurk, van het allerlichtste oranje, deed haar huid gloeien; haar haar, opnieuw geverfd in haar natuurlijke lichtblonde kleur, gaf haar het uiterlijk van een parelende godin die net uit een oester was gestapt.

Summer legde een stapel blauwe fiches voor zich neer en keek naar de croupier die de kaarten deelde. Een koningin en een zeven.

'Zeventien, *signorina*?'

Summer beet op haar lip. 'Ik ga mee,' zei ze.

De croupier opende zijn kaarten. Een aas en een boer. Weer twintig weg.

'Ik heb zo te merken niet veel geluk vanavond,' zei Summer, terwijl ze deed alsof ze zich concentreerde op de croupier, die alle verliezende fiches bijeenharkte. Ze wilde het niet over Adam hebben. Ze wilde niet onder druk gezet worden door haar moeder. Ze voelde zich al misselijk genoeg bij het vooruitzicht hem vanavond te zien, laat staan dat ze ook nog met hem moest praten.

'Wij zorgen wel voor ons eigen geluk, schat,' zei Molly, terwijl ze Summer bij de arm pakte en van de tafel weg leidde. Ze nam haar mee naar een hoekje achter een pilaar en fixeerde haar met haar beste 'ontevreden'-blik.

'Waar ben je mee bezig, Summer?' viel ze uit. 'Voor zover ik heb gezien, heb je minstens vijf keer de kans gehad om hem even apart te nemen, maar dat heb je niet gedaan.'

Summer keek haar moeder aan, die de zelfverzekerde, blaaskakerige blik had van iemand die coke had gesnoven.

'Ik wil dat je hem nu gaat zoeken,' zei Molly, terwijl ze haar gezicht vlak voor dat van Summer bracht. 'Want als jij het niet doet, doe ik het.'

De grote halfronde marmeren trap die van de openslaande deuren van de balzaal naar de rand van het meer leidde, was net een set uit een Audrey Hepburnfilm, de volmaakte plek voor een heldin om eindelijk haar held te kussen bij de aanzwellende strijkmuziek en de tranen van een op popcorn kauwend publiek. Nou, dat zou vanavond niet gebeuren, dacht Erin, terwijl ze op de onderste tree ging zitten, zodat haar voeten bijna in het water bungelden. Mij niet tenminste. Ze steunde met haar ellebogen op haar knieën en luisterde naar het zachte gekabbel van het water. Als ze haar ogen halfdicht deed, was het alsof ze terug was in Cornwall, waar ze, als ze terugliep van de Golden Lionpub in het dorp, altijd even bij het havenmuurtje bleef staan om naar de golven te luisteren. Ze keek naar het palazzo achter haar, waarvan de ramen eigeel opgloeiden en de mannen verlichtten die er in hun smoking als pinguïns uitzagen. Ze trok een gezicht. Ze was niet meer in Cornwall en ze had zich nog nooit zo eenzaam gevoeld.

Toen ze een zacht geklikklak achter zich hoorde, keek ze op. Hoge hakken op het terras, en toen de gestalte van een vrouw die de trap af liep, haar kant uit. Heel even dacht Erin dat het Jilly was. Dezelfde bos grijs haar in een knotje gestoken op haar hoofd, hetzelfde slanke figuur met de lichte knoestigheid die haar leeftijd verried. Toen de vrouw dichterbij kwam, zag Erin dat ze een stuk eleganter was dan Jilly. Het zilveren haar was geborsteld en gekapt, en haar lange jurk van blauwe zijde die glansde in het duister, was onmiskenbaar een Oscar de la Renta. Ze had een krachtig gezicht, maar dezelfde intelligente, onderzoekende ogen als Erins grootmoeder.

Toen ze vlakbij was, zag Erin dat het Adams moeder was. Erin had haar slechts heel kort gesproken op het vliegveld, maar wist vrij veel over haar. Ze wist dat ze in Greenwich, Connecticut, woonde, dat ze op haar laatste verjaardag zevenenzestig was geworden en toen een walnotenhouten Steinwaypiano van haar enige zoon had gekregen. Dat wist ze allemaal, omdat ze hem zelf had gekocht en voor het vervoer had gezorgd, op Adams verzoek. Ze wist ook dat Julia met kerst een schilderij van Hockney zou krijgen, dat Adam onlangs bij Sotheby's had gekocht, en dat hij haar dat op twintig december zou geven, wanneer hij twee dagen in Connecticut zou doorbrengen alvorens door te vliegen naar Saint-Bart waar hij kerst met Karin zou vieren. Het was de belangrijkste vaardigheid van een persoonlijk assistente: je moest alles weten.

'Wat doe je hier helemaal in je eentje?' vroeg Julia Gold. 'Wist je niet dat achter ons op dit moment een van de meest glamoureuze evenementen van Europa plaatsvindt?' Ze glimlachte vriendelijk. 'Tenminste... dat heb ik in "Page Six" van de *New York Post* gelezen.'

'Volgens mij ben ik hier niet voor mijn lol,' zei Erin glimlachend. Ze mocht Julia meteen.

'Dat je voor Adam werkt, wil nog niet zeggen dat je geen lol mag hebben van hem. Zo erg is hij toch niet? Of heb ik een monster geschapen?'

'Nee, zo erg is hij niet,' zei Erin lachend, 'voor een wereldtycoon.'

'Gek, de meeste mensen verwachten dat wel van hem.'

'Ik ook. Ik kom uit Cornwall, waar niet al te veel superrijke industriëlen wonen. Ik keek altijd naar *Wall Street*, en ik dacht dat iedereen zo was. Afschuwelijk en meedogenloos.'

'Maar je hebt het overleefd zo te merken. Je bent niet opgeslokt en weer uitgekotst.'

Misschien niet door Adam, dacht Erin. Maar laten we het liever niet over zijn verloofde hebben.

Julia Gold was te deftig om ook op de grond te gaan zitten, naast Erin, van wie de zoom van haar lange nachtblauwe jurk al vies en stoffig was geworden. In plaats daarvan leunde ze tegen een pilaar en keek bedachtzaam naar het meer, dat inmiddels zwart was en werd omlijst door de dreigende schaduwen van de rotsen.

'Gek,' zei Julia na een korte pauze. 'Ik had nooit gedacht dat hij dit soort werk zou gaan doen. Ik weet niet hoeveel je precies over onze familie weet?'

Erin haalde haar schouders op. Ze wist het een en ander uit een artikel dat ze in *Forbes* had gelezen, maar haar baas vertelde zelf heel weinig over zijn achtergrond.

'Adams grootvader Aaron was een erg rijke man, maar Adams vader erfde geen cent omdat Aaron het niet eens was met ons huwelijk. Toch waren Adams vader en ik gelukkig. We konden ons goed redden en we hebben onze best gedaan voor Adam, hoewel we ons geen chique kostscholen en dure zomerkampen konden veroorloven.'

Ze zweeg en keek om naar het prachtige palazzo achter haar. 'Adam is altijd heel gedreven geweest, van jongs af aan al. Hij was overal goed in, daar zorgde hij wel voor. Hij zei altijd: "We zullen grootvader laten zien dat we hem heus niet nodig hebben." Ik weet niet of je het weet, maar Adam kan heel mooi tekenen. Hij was toegelaten op Parsons, op de grafische afdeling. Maar hij dacht dat dat werk hem niet genoeg geld zou opleveren. Niet het soort grote geld dat hij wilde in elk geval. Dus ging hij economie studeren aan Yale, maar daar stopte hij mee toen Wall Street in het vizier kwam.'

'Ik had Adam echt niet als een creatief type ingeschat,' zei Erin, oprecht verbaasd.

Julia haalde glimlachend haar schouders op. 'Tja, en nu koopt hij kunst in plaats van het zelf te maken. Ik heb nog steeds wat oude tekeningen van hem bij mij thuis hangen. Die zijn me meer waard dan welke Hockney dan ook.'

Erin dacht aan Julia's erg dure kerstcadeau en kromp ineen.

'En wat wil jij met je leven gaan doen, Erin?' vroeg Julia ineens.

'Waarom vraagt u dat?'

De oudere vrouw lachte vriendelijk; zelfs in het donker kon Erin zien dat ze lachrimpeltjes om haar ogen kreeg. 'Ik vind van mezelf dat ik behoorlijk wat mensenkennis heb, en ik vind jou niet echt thuishoren in de meedogenloze zakenwereld.'

'O jeetje,' zei Erin. 'Zeg dat maar niet tegen uw zoon.'

Julia keek gegeneerd. 'O, zo bedoelde ik het niet. Het was als compliment bedoeld. En trouwens, Adam vindt je fantastisch.'

Erins hart sloeg even over. 'Nou, ik zou niet zeggen dat ik echt in "de zakenwereld" zit, zoals u zegt,' zei ze. 'Ik ben alleen maar zijn assistente. Het is begonnen omdat ik geld moest verdienen terwijl ik aan mijn boek werkte, maar Adam zegt dat hij een toekomst voor me ziet binnen het bedrijf en dat ik misschien uiteindelijk door moet groeien in de richting van marketing of zoiets...'

'Ik wist het!' Julia keek opvallend tevreden. 'Ik wist dat je een creatieve ziel was.'

Erin wist weer niet of het een belediging of een compliment was.

'Nou, u moet zich er niet te veel van voorstellen, hoor,' zei ze. 'Volgens mij ben ik een beetje afgedwaald van mijn roeping.'

'Echt waar?' vroeg Julia bedachtzaam. 'Nou, dan zal ik je een vraag stellen. Wat zou je liever hebben: een bibliotheek vol eerste drukken of een boekenplank vol boeken die je zelf hebt geschreven?'

'O, het tweede, dat weet ik zeker,' reageerde Erin meteen. 'Dat heb ik altijd gewild. Een boek dat ik zelf heb geschreven in een boekwinkel zien liggen.'

'Waarom zit je dan je tijd te verdoen bij Adam?' vroeg Julia.

De woorden 'voor het geld' lagen Erin op het puntje van de tong, maar ze zei niets. Ze begreep dat Julia gelijk had. Waar haalde ze het recht vandaan om Molly Sinclair of zelfs Karin te bekritiseren om het feit dat ze zich omhoog probeerden te neuken in hun jacht op het grote geld, terwijl ze zelf ook haar eigen ambities in de ijskast zette in ruil voor een dik salaris?

'Ik heb iets geschreven waar ik behoorlijk tevreden over ben. Ik heb het een paar weken geleden naar mijn agent gestuurd, en ik zit nu op zijn reactie te wachten.'

'Mag ik het lezen?' vroeg Julia.

Erin aarzelde even, maar zag toen het enthousiasme in Julia's ogen. 'Ik heb mijn laptop wel bij me, maar u wilt het vast niet lezen op het feest.'

'Ik ben bijna zeventig,' zei Julia glimlachend. 'Het is me daar veel te rumoerig. Ik ga liever naar bed met een goed boek.'

'Weet u het zeker?'

'Ja, Erin. Kom, laat me eens wat moois zien.'

Karin stond op het terras van haar slaapkamer met een ongemakkelijk gevoel dat ze niet kon thuisbrengen. Ze was naar boven gekomen om een aspirientje te nemen, maar ze wist dat haar hoofdpijn niet de oorzaak van haar bezorgdheid was. Ze leunde tegen het balkon en keek naar het zwembad dat onder haar lag te glanzen in het streperige, zilveren maanlicht. Ze rilde toen ze terugdacht aan de scène met Erin Devereux en vroeg zich af of ze haar niet te hard had aangepakt. Het was nergens voor nodig geweest om haar te betichten van verbittering en jaloezie; Erin was gewoon een eenzaam, boos meisje dat net de akelige waarheid over haar vader had ontdekt. Nou, ik kan met haar meevoelen, dacht ze, terwijl ze haar schoenen uitschopte en op een van de balkonstoelen ging zitten. Karin wist donders goed dat haar vader, Terence Wenkle, de meedogenloze bullebak was geweest die Erin had beschreven. Ja, ze had hem aanbeden, omdat hij haar als een prinsesje had behandeld en haar had voorgehouden dat ze alles kon worden wat ze maar wilde in haar leven. Maar ze wist ook dat hij een boef was, een leugenaar, een hebberige oplichter die over lijken ging om te kunnen krijgen wat hij wilde. Ze herinnerde zich de eerste keer dat ze de naam Devereux had gehoord. Ze was tien geweest. De familie Wenkle was van hun vrijstaande huis in Essex verhuisd naar het landhuis in Surrey met stallen en zwembad omdat 'papa het zo goed deed'. Op een avond, nadat ze naar bed was gestuurd, sloop ze weer naar beneden voor haar nieuwe Sonywalkman en toen hoorde ze ineens de harde, dronken stemmen van haar ouders. Bang om zich nog te verroeren, was ze op de trap blijven staan luisteren naar haar moeder die tegen haar vader schreeuwde.

'Terry, dat had je niet moeten doen. Je had hem niet moeten zeggen al zijn klanten te laten vallen als je al wist dat jij hem toch zou laten vallen.'

'Zaken zijn zaken. Ik kan er niks aan doen dat hij zo stom was om me te vertrouwen.'

'Maar kan zijn vrouw je dan niks schelen, Terry? Zijn dochtertje Erin? Hij heeft zelfmoord gepleegd vanwege jou en nu heeft dat kleine meisje geen vader meer.'

'Dat is mijn probleem niet, verdomme.'

Daarna had Karin het onmiskenbare geluid van een klap met de hand gehoord, gevolgd door het gegil van haar moeder. Ze had haar handen voor haar oren gehouden om niks meer te hoeven horen en was teruggerend naar haar kamer, had zich onder het dekbed verscholen en gebeden dat ze zouden stoppen. Mensen zeiden dat Karins onbuigzame ambitie het gevolg was van het zelfvertrouwen dat Terence Wenkle zijn dochter had meegegeven, maar diep in haar hart wist Karin dat het wat anders was. Haar verlangen om te slagen was het verlangen naar een nieuwe ik; om alle sporen van Terence Wenkle uit haar leven te verwijderen, en te vergeten dat ze in feite niet meer was dan de dochter van een gangster uit Essex.

Ze nam een slok water om haar aspirientje mee weg te spoelen en overwoog weer naar beneden te gaan. Het was al na middernacht en op de oprijlaan zag ze gasten in de auto's stappen die hen zouden terugbrengen naar het Villa d'Este, maar het feest was nog in volle gang. Het geluid van de jazzband dreef naar boven, samen met het geroezemoes van vrolijke stemmen. Ze trok haar schoenen weer aan en wilde de kamer in lopen, maar toen ze haar handen op de koperen deurklink legde, zag ze twee gestalten achter het dunne voile gordijn. Nog steeds bang dat Adam haar bedroog, bevroor ze in haar bewegingen, zich meteen afvragend of hij echt het lef zou hebben om een vrouw mee te nemen naar hun slaapkamer. Het was inderdaad Adam, maar de andere stem was die van een man en hij klonk hard en boos. Uit nieuwsgierigheid bleef ze buiten in het donker staan luisteren.

'Hoor eens, je hoeft je echt nergens zorgen over te maken,' zei Adam. 'Mijn team is helemaal klaar voor de overname van Astley Stores. Marcus zegt dat de aandelen elk moment een dieptepunt kunnen bereiken, en dan kunnen we toeslaan. We moeten gewoon wachten.'

De andere stem leek weifelend, bezorgd. 'Maar de detailhandel is niet echt jouw pakkie-an, hè? Dus waarom zou ik je vertrouwen? Iedereen zegt dat Astley zo goed als bankroet is. Een hele serie winstwaarschuwingen achter elkaar. En er zullen er ongetwijfeld nog meer volgen.'

Karin hoorde Adam lachen. 'Ik zei toch dat je je geen zorgen hoeft te maken. De financieel adviseur van Astley wordt al anderhalf jaar door ons betaald; hij heeft ervoor gezorgd dat het zo slecht gaat. Juist omdat ze op het punt staan bankroet te gaan, willen ze wel verkopen. Met een sterk managementteam hebben we het bedrijf zo weer op gang.'

De andere stem klonk onder de indruk. 'Klootzak, dus jij hebt de financieel adviseur van Astley in je zak? Geniaal!'

'Dat is nog maar het halve verhaal,' vervolgde Adam. 'Het echte geld zit in hun vastgoed. De Astleygroep bezit een klein logistiek bedrijf dat vervallen pakhuizen bezit in Wandsworth, midden in een projectontwikkelingsgebied aan de rivier. Eenenvijftig procent van het bedrijf is in handen van de familie Astley, maar die willen geen toestemming geven voor de verkoop van de pakhuizen omdat ze er al jaren een hypotheek op hebben.'

'Wie heeft de rest ervan in handen?'

Adam lachte weer. 'Ik. Via verschillende bedrijven natuurlijk. We hebben het goedkoop kunnen krijgen omdat het grondstuk van Astley iedere ontwikkeling blokkeerde. Niemand wilde het hebben.'

Karin hoorde de andere stem nu ook lachen. Nieuwsgierig geworden keek ze snel wie de man was met wie Adam stond te praten. Ze herkende hem als Jonathan Parsons, het hoofd van Murray and Spink, een grote investeringsbank. Adam had haar eerder die avond aan hem voorgesteld.

'Zodra we Astley Retail in handen hebben en het grondstuk in Wandsworth overhevelen naar Midas, hebben we een stuk land van twintig hectare ter waarde van tweehonderdvijftig miljoen. Ik heb al een hele stoet investeerders klaarstaan om er het grootste winkelcentrum in Zuid-Londen te gaan bouwen.'

'En jouw aandelen worden dan nog meer waard...'

Adam lachte weer. 'Bel je beursman. Koop Astley. Koop Midas, mijn vriend. Je kunt gewoonweg niet verliezen. En wat heb je voor mij?'

'Wat dacht je van Ginsui, het elektronicabedrijf? Computech heeft er een oogje op. Deze week komen ze met een bekendmaking.'

Buiten kreeg Karin kippenvel. Ze had een plan en ze wist dat het geniaal was. Waar Adam het over had, was manipulatie van de aandelenmarkt en insiderdealing. Niet gewoon het schemergebied, het soort langs de randen van de wet scheren waarvan ze wist dat veel grote bedrijven het deden. Nee, op dit soort vals spel stond twee jaar gevangenisstraf. Ze hoorde Adam weer lachen. 'Ik zal mijn beursmannetje onmiddellijk bellen, dan kan hij maandag als de beurs opent, meteen aan de slag.'

Ze hoorde de deur klikken, alsof Jonathan de kamer verliet, en hoorde toen Adam met zijn beurshandelaar bellen; ze bleef buiten wachten tot ze er zeker van was dat Adam ook de kamer had verlaten. Heel even dacht ze aan haar vader, en ze rilde in de koele avondlucht. Maar toen keek ze om zich heen – de betoverende omgeving van Palazzo Verdi, de twaalfkaraats diamant aan haar vinger, het feest waar de belangrijkste mensen ter wereld aanwezig waren. En ze zette zich Terence Wenkle uit het hoofd. Ze was al te ver gekomen om zich nu nog te laten afleiden door zoiets als principes.

Summer zat bij de fontein op de binnenplaats van het palazzo, met haar hand in het koele water spelend, toen ze Adam de ronde trap van de slaapverdieping zag af komen. Hij stak een sigaar op en kwam haar kant uit lopen. Ze voelde vlinders in haar buik toen hij dichterbij kwam, maar werd meteen overspoeld door teleurstelling toen ze begreep dat hij haar niet eens had gezien.

'O, hoi. Ik heb je de hele avond nog niet gezien.' Hij schonk haar een flauw lachje, maar nam haar wel van top tot teen goedkeurend op.

'Kunnen we even ergens praten?' Haar stem brak toen ze de woorden uitsprak. Adam keek snel om zich heen en hij leek een beetje afwezig, alsof hij er geen zin in had. Hij nam een trekje van zijn sigaar.

'Hoor eens, ik heb Karin al ongeveer een halfuur niet gezien,' zei hij. 'Ik kan beter eens gaan kijken waar ze is, want sommige gasten vertrekken al.'

Ze zag aan hem dat hij geen zin had in een vluggertje in een bloemperk. Nou ja, dat was ook niet echt wat ze zelf in gedachten had gehad.

'Alsjeblieft Adam, ik moet je echt even onder vier ogen spreken.'

'Dat gaat moeilijk op mijn verlovingsfeest,' zei hij met een klein lachje. 'Maar goed, achter die bomen daar is een rozentuin. Ik zie je daar over een paar minuten.'

Het was vrijwel aardedonker op de afgesproken plek; slechts een vaag amberkleurig licht viel vanaf de achterkant van het huis op de cirkel van hoge, stakerige rozenstruiken. Summer ging op een houten bank zitten en voelde zich eenzaam en ongemakkelijk, tot ze voetstappen op het gras hoorde, en toen was Adam er, met een glas champagne in zijn hand. Eén glas. Geen twee. Hij kwam naast haar zitten en zei: 'Je ziet er prachtig uit.' Hij zei het bijna op verontschuldigende toon.

Ze haalde haar schouders op. Ze wist dat ze er goed uitzag. Ze had nieuwe highlights laten aanbrengen bij Aveda en had zich vier uur lang laten behandelen bij Bliss, zichzelf voorhoudend dat het ter voorbereiding was op de klus in Milaan, maar diep in haar hart wetend dat ze er voor dit feest op haar best wilde uitzien.

Sinds tot haar was doorgedrongen wat er met haar lichaam aan de hand was, had ze geoefend op wat ze Adam zou zeggen, maar nu ze in het halfdonker naast hem zat, met zijn knie tegen de hare, wist ze dat ze het er gewoon moest uit gooien.

'Adam, ik ben zwanger.'

Stilte. Ze keek naar zijn profiel in het donker en zag zijn adamsappel langzaam op en neer gaan. Hij bleef strak voor zich uit kijken. 'Weet je het zeker?' vroeg hij toen.

Ze moest bijna lachen. 'Ik ben niet meer ongesteld geworden, en ik ben altijd heel regelmatig.'

'Dat zegt nog niks, toch? Ik bedoel, je eet nauwelijks. Dat doet rare dingen met je lichaam.'

Ze had hem een paar weken geleden verteld dat ze als tiener boulimie had gehad, maar het verbaasde haar dat hij haar dat nu meteen voor de voeten wierp.

'Ik heb een zwangerschapstest gedaan.'

Hij stond op en wreef bezorgd over zijn mond. 'Jezus, Summer. Echt leuk om me dat op mijn verlovingsfeest te vertellen.'

'Wanneer had ik het je dan moeten vertellen? Over negen maanden?'

Hij begon te ijsberen en nam een grote slok champagne. Toen ging hij weer zitten en raakte zacht haar knie aan.

'Luister. Als je weer in Londen bent, moet je naar de dokter. Vraag om een bevestiging. Thuistests zijn niet altijd even accuraat. Bovendien, hoe moet dat met je filmrol? Dat valt niet te combineren met een kind krijgen.'

Summer had geen dokter nodig om haar te vertellen dat haar lichaam anders aanvoelde, dat haar borsten iets ronder waren. 'Adam, we krijgen een kind. Dat betekent meer voor me dan een rol in wat voor film dan ook, verdomme.'

Zijn kaken verstrakten, en hij keek haar aan. 'Summer, ik ga trouwen,' zei hij langzaam.

Ze wist wat hij haar wilde vertellen. Dat een baby met haar geen onderdeel was van de deal. Ze beet op haar lip om niet in tranen uit te barsten. 'Adam, het is nog niet te laat,' zei ze smekend. 'Je bent nog niet getrouwd.'

Hij keek steeds bozer. 'Haal je niks in je hoofd, Summer.' Zijn stem klonk laag, beheerst en onbuigzaam.

'Wat niet?'

Hij bleef haar aankijken, met een agressieve trek om zijn mond. Summer probeerde adem te halen, maar het lukte niet.

'Waarom kunnen we niet samen zijn?' vroeg ze met bevende stem.

'Omdat ik ga trouwen. Hoe vaak moet ik je dat nog zeggen?' Hij wreef over zijn voorhoofd. 'Je bent een fantastische meid, Summer, maar ik houd van Karin. Dit is de eerste keer in mijn leven dat ik me echt wil binden, en het laatste wat ik kan gebruiken, zijn complicaties.'

De tranen stroomden haar nu over het gezicht, en Adam legde onhandig een arm om haar schouders.

'Wat is er dan mis met me?' vroeg ze snikkend.

'Shit, Summer.' Hij zuchtte en streelde haar haren. 'Er is niks mis met je. We hebben het toch hartstikke leuk gehad samen? Als ik Karin niet had leren kennen, wie weet, maar ik ken haar wel en ik houd van haar en het spijt me als ik je de verkeerde indruk heb gegeven. Ik zou liegen als ik zei dat het anders was.'

Ze sprong op en keek hem woedend aan, terwijl ze woest de tranen van haar gezicht veegde. 'Egoïstische klootzak!' riep ze snikkend.

Hij stond ook op en dronk zijn glas leeg. Daarna gooide hij het in de rozenstruiken. 'Hoor eens. We praten morgen wel verder.'

'Morgen ga ik verdomme naar Milaan!' schreeuwde ze.

'Nou, dan praten we wel als je weer terug bent.' Na een ongemakkelijke stilte vervolgde hij: 'We vinden er wel wat op.'

'Nou, je wordt bedankt,' beet ze hem binnensmonds toe, terwijl hij de rozentuin uit liep. 'Je wordt bedankt voor niks!'

In de slaapkamer trok Karin de rits van haar glanzende rode Valentinojurk los en liet de jurk op de grond vallen, zodat ze nog slechts gekleed was in haar beha en string van La Perla en haar schoenen met de met briljantjes bezette tien centimeter hoge hakken. Adam trok zijn smokingjasje uit, gooide het op een stoel en liep naar haar toe, terwijl hij glimlachend zijn witte overhemd begon los te knopen.

'We kunnen wel stellen dat dit een succesvolle avond was, miss Cavendish,' zei hij. Hij pakte haar hand en nam haar mee naar het bed. Ze ging op het koele laken liggen en sloot haar ogen, terwijl Adam haar enkels kuste en zich toen met vederlichte aanrakingen van zijn lippen een weg langs haar lange, gebruinde benen naar boven baande.

'Mmm,' mompelde ze tevreden. 'Dat voelt goed. Maar je leek er vanavond niet helemaal bij met je gedachten. Is er iets?'

Hij trok zijn overhemd uit, terwijl Karin rechtop ging zitten, en knoopte toen zijn broek los. Schouderophalend antwoordde hij: 'Nee, niks. Het gaat juist heel goed met me.'

Hij trok haar naar zich toe om haar te kussen, en ze liet haar lippen over zijn harde buik dwalen, terwijl haar vingers zijn katoenen boxershort naar beneden schoven tot haar gezicht zijn harde pik streelde. Ze duwde hem op zijn rug en ging op hem zitten. Toen ze het topje van hem in haar mond nam, vielen haar lange haren over zijn dijen. Ze bewoog haar tong in kringetjes, steeds lager, totdat haar lippen over de gehele lengte van zijn pik gleden, snel, langzaam, hard, zacht. Ze wist hoe ze een man genot kon geven, terwijl ze volledig de touwtjes in handen hield; dat was haar levenswerk. Adam kreunde en greep haar hoofd beet om zichzelf steeds dieper in haar mond te duwen. Ze bracht haar mond zo ver naar beneden dat het topje van zijn pik haar keel raakte en zijn springerige haartjes haar lippen streelden. Toen, onverwacht, maakte ze zich van hem los en hief haar lichaam om hem aan te kijken.

'Shit, Karin, wat doe je nou? Ik was er bijna.'

Ze bleef op hem zitten, met haar hoge hakken in het bed geduwd, en legde haar handen op haar heupen, wetend dat ze er zo uitzag als een wulpse amazone die boven hem uittorende.

'Ik weet waarom je er vanavond niet helemaal bij was met je gedachten,' zei ze glimlachend.

'Waar heb je het over?'

'Ik heb je vanavond horen praten met Jonathan Parsons. In de slaapkamer,' vertelde ze. 'Ik stond op het terras.'

Doelbewust stapte ze uit bed, pakte een witte badjas van Frette en trok hem aan.

Adam bleef even liggen, naakt, met een nog steeds stijve pik, maar ineens trok er een kwetsbare blik over zijn gezicht en hij bedekte zichzelf gauw met het laken.

In de hoek van de kamer stond een vergulde Louis XV stoel en Karin liet zich op het zachte kussen vallen en sloeg haar benen over elkaar. De badjas viel even open, zodat haar dijen kort te zien waren.

'Ik weet niet precies wat je hebt gehoord, Karin, maar het ging over zaken,' zei hij kortaf. 'Mijn zaken. Zaken waar je geen verstand van hebt.'

Ze staarde hem aan, in de wetenschap dat ze het voorzichtig moest aanpakken. Zij had de troefkaart in handen. Ze kon dik winnen, of het hele kaartenhuis zou instorten.

'Adam, ik heb genoeg verstand van zaken om te weten dat waar jullie het over hadden, verboden is.'

'Alsjeblieft, schat. Bemoei je er niet mee.'

'Ik word je vrouw, Adam,' kirde ze. 'Het lijkt me dat ik het wel mag weten als mijn echtgenoot de kans loopt om volgend jaar om deze tijd de gevangenis in te draaien.'

'Hou op, Karin.'

'Nee, ik houd niet op. Ik ben er om je te ondersteunen. We zijn een team. Ik wil weten waar je je mee bezighoudt. Ik ben groot genoeg om de waarheid aan te kunnen.' Ze glimlachte een zelfvoldaan lachje.

Hij nam een slok water uit een kristallen glas dat op het nachtkastje stond en keek haar een poosje aan. 'Het lijkt me duidelijk dat je dit aan niemand vertelt.'

'Dat lijkt mij ook duidelijk.'

Hij glimlachte. Zijn lach had iets vaag arrogants, wat Karin niet erg beviel. 'Kom dan maar weer in bed,' zei hij, terwijl hij naast zich op het laken klopte.

'Ik wil er alleen maar voor zorgen dat ik niks te kort kom,' zei ze, hem strak aankijkend.

'En wat bedoel je daar precies mee?'

'Als ik je steun, dan wil ik me niet kwetsbaar voelen.'

'Waarom zou je je kwetsbaar voelen, verdomme?'

'Omdat je in de Verenigde Staten wilt trouwen.'

'Nou, ja,' zei hij. 'Mij leek het huis in Miami er perfect geschikt voor. Het is privé. Nobu kan voor de catering zorgen, maar eigenlijk wou ik de planning helemaal aan jou overlaten.'

'Ik ben niet gek, Adam,' viel ze uit, terwijl ze opstond. 'Je wilt het in de Verenigde Staten doen omdat je op huwelijkse voorwaarden wilt trouwen.'

Zo. Ze had het gezegd. De twee beladen woorden. Het grote taboe. Iedereen wist dat huwelijkse voorwaarden die in Groot-Brittannië waren opgesteld, niet veel voorstelden, maar als mensen in het buitenland trouwden, en een van de partners was Amerikaan, dan had je weer een heel ander verhaal.

Adam schoof ongemakkelijk heen en weer en trok het laken iets strakker om zijn lichaam. 'Toe, schat, moeten we het hier nou uitgerekend op ons verlovingsfeest over hebben?'

'We moeten het er toch een keertje over hebben, Adam. En dit lijkt me een heel goed moment.'

'Luister,' zei hij na een tijdje. 'En dit heeft niks te maken met mijn respect voor jou of met de verwachtingen die ik van ons huwelijk heb, maar ik moet mijn positie beschermen. Ik heb al te veel mannen meegemaakt die genaaid werden, te veel bedrijven over de kop zien gaan.'

'Een beetje raar dat uitgerekend jij het nu hebt over bedrijven die over de kop gaan, Adam, gezien jouw gesprekje met Jonathan van daarstraks. Als iemand de fiscale opsporingsdienst daarover zou inlichten, zit je volgens mij diep in de stront.'

Hij haalde zijn schouders op. Hij had met wel meedogenlozer onderhandelaars dan Karin te maken gehad, en hij was altijd als winnaar uit de strijd gekomen. 'Je hebt geen enkel bewijs,' zei hij.

'O, maar de fiscale opsporingsdienst kan een heel grondig onderzoek starten. Heb je niet net je beurshandelaar telefonisch opdracht gegeven om zevenentwintigduizend aandelen van Ginsui te kopen? Dat laat vast sporen na.'

Hij trok zijn wenkbrauwen op en knikte. 'Luister, zodra we weer thuis zijn, zal ik mijn notaris in New York bellen. Ik zal met Marcus praten en dan komen we wel met een oplossing, Karin. Ik wil per se huwelijkse voorwaarden. Die heb ik nodig, maar dat wil nog niet zeggen dat ik jou zal belazeren. Die huwelijkse voorwaarden kunnen twee kanten uit werken, en ik zal je meer dan tegemoetkomen.'

'Ik wil geen huwelijkse voorwaarden.'

'Wat wil je dan wel?' vroeg hij met opgetrokken wenkbrauwen.

'Ik wil een aandeel in het bedrijf.'

'Ik heb niet alle aandelen van het bedrijf in mijn bezit.'

'Nou en? Je kunt toch wat van je eigen aandelen aan mij geven? Allemachtig, je hebt er genoeg, lijkt me. Ik moet mijn positie ook beschermen. Vooral omdat wat ik weet, me in een erg moeilijke positie brengt.'

'Probeer je me soms te chanteren?'

Ze plantte haar handen op haar heupen, zodat de badjas openviel. 'Adam. Dit is geen chantage. Dit is zelfbescherming. Jij zou precies hetzelfde doen. Maar vergeet niet...' Ze trok de badjas uit, kwam aan het voeteneinde van het bed staan en begon langzaam haar beha en slipje uit te trekken.

'Wat moet ik niet vergeten?' vroeg hij, niet in staat om zijn ogen van haar lichaam te houden.

'Dat we, zolang we samen gelukkig zijn, aan dezelfde kant staan,' fluisterde ze, terwijl ze op bed kroop, naakt op haar schoenen na, klaar om af te maken waar ze een poosje geleden aan was begonnen.

61

Om acht uur 's ochtends, toen alle gasten nog sliepen in hun fantasiebarokke slaapkamers, was Summer al op, aangekleed, gepakt en klaar voor vertrek, gekleed in een spijkerbroek, wit T-shirt en de loafers van Tod's die ze altijd op reis droeg. De keuken had een paar bosbessenmuffins naar haar kamer laten brengen en twintig minuten later klopte Federico, Adams vriendelijke Italiaanse butler, op haar deur om te zeggen dat de auto die haar naar Milaan zou brengen, was gearriveerd.

Ze had voor die avond een kamer gereserveerd in het 3 Rooms, het kleine luxueuze hotel waar de modemensen graag kwamen, en ze had al gebeld om te vragen of ze wat vroeger kon inchecken. Officieel zou ze pas 's avonds in Milaan aankomen, maar ze wilde zo snel mogelijk weg uit het palazzo. Ze had de hele nacht geen oog dichtgedaan. Steeds als ze haar ogen had gesloten, had ze Adam voor zich gezien, zoals hij in de rozentuin had gestaan en haar zwangerschap had afgedaan als oud nieuws. Ze schreef een kort briefje aan Molly, schoof het onder haar kamerdeur door en wachtte ongeduldig op de stoep van het palazzo tot de chauffeur haar koffer in de kofferbak had gelegd. Net toen ze achter in de Mercedes wilde stappen, hoorde ze voetstappen in de hal. Met een somber voorgevoel draaide ze zich om. Ze zag Karin staan, met haar armen voor haar borst over elkaar geslagen, in een crèmekleurige ochtendjas die ze strak om zich heen had getrokken.

'Waarom sluip je zo stilletjes weg? Het is nog hartstikke vroeg,' zei ze glimlachend, met een achterdochtig rimpeltje tussen haar ogen.

Summer voelde dat ze bloosde en vervloekte zichzelf inwendig. 'Ik heb een klus in Milaan. Het leek me beter om weg te gaan voordat het feest weer op gang komt en ik geen zin meer heb.'

Karin reageerde niet, ze leek pal langs Summer heen te kijken. Summer frunnikte nerveus aan de mooie ketting die ze van Adam had gekregen. Ineens kwam de rare gedachte bij haar op dat Karin daarnaar stond te staren. Maar dat was gewoon paranoïde van haar, toch? Karin kon toch helemaal niet weten dat ze de kleine traan van Adam had gekregen?

Karin wierp haar een brede lach toe, maar Summer zag dat haar ogen een doodse blik hadden. Toen ze naar haar toe liep om afscheid van haar te nemen, voelde ze Karins magere vingers hard in haar schouders knijpen.

'Het was zo leuk dat je er was,' zei Karin. 'Echt heel aardig van je dat je de moeite hebt genomen om te komen, vooral omdat je Adam nauwelijks kent.'

Ze keken elkaar strak aan, en Karins blik was zo intens dat Summer haar ogen moest afwenden. Ze klauterde in de Mercedes en staarde recht voor zich uit, terwijl ze de chauffeur opdracht gaf om naar Milaan te rijden.

'Ongelooflijk dat Summer al weg is,' mopperde Molly, terwijl ze op het balkon het briefje las dat haar dochter onder de deur had door geschoven. Marcus keek op van zijn krant en pakte het glas versgeperst sinaasappelsap van het dienblad waarop zijn ontbijt stond.

'Ze had toch een opdracht in Milaan?'

'Morgen pas. Gek dat ze niet liever een beetje hier bij het huis wilde blijven rondhangen.'

Marcus trok een wenkbrauw op bij het horen van de terloopse manier waarop Molly 'huis' had gezegd, alsof ze het had over een twee-onder-een-kapwoning met drie slaapkamers in Londen en niet over een prachtig palazzo met twintig kamers.

'Ze is een grote meid,' zei hij glimlachend, terwijl hij zich afvroeg waarom zijn vriendin zich zo druk maakte. 'Bovendien gebeurt hier vandaag toch niet veel. Ik geloof dat er een boot naar Bellagio gaat. Misschien dat je zin hebt om mee te gaan.'

Molly schoof met een theatraal gebaar haar zonnebril voor haar ogen. 'Het is laat geworden gisteren, schat, ik weet niet of ik het wel aankan om vandaag een beetje op het water te dobberen. Ik denk dat ik maar gewoon bij het zwembad ga zitten.'

De waarheid was dat Molly tijd alleen nodig had om stoom

af te blazen. Hoe durfde Summer zomaar te vertrekken? Had ze haar niet gewaarschuwd dat dit haar laatste kans was om Adam voor zich te winnen? Na dit weekend had Karin hem helemaal in haar klauwen. Ze had haar al horen opscheppen dat ze, zodra ze weer in Londen waren, zo snel mogelijk bij Adam zou intrekken. Molly weigerde echter te geloven dat Adam niet meer op de markt was totdat hij voor het altaar stond, maar als Karin Cavendish eenmaal in zijn duplexappartement in Knightsbridge zat, werd alles wel een stuk lastiger. Ze wist dat ze beter zelf achter Adam aan had kunnen gaan in plaats van hem Summer op een dienblad aan te reiken. Summer ontbrak het aan het killersinstinct dat ervoor nodig was een man als Adam Gold in de wacht te slepen. Zij daarentegen...

Karin lag op een ligstoel bij het zwembad en pakte de Italiaanse *Vogue* van Christina, die genoeg had gekregen van het kijken naar de foto's en nu door een operakijker naar de Rivaboot van de villa keek die over het meer voer.

'Diana is soms zo asociaal,' zei ze, terwijl ze haar ogen samenkneep tegen het zonlicht dat in het water schitterde. 'Waarom is ze nou meegegaan op dat tochtje naar Bellagio in plaats van hier met ons gezellig trouwplannen te maken?'

Ze draaide zich op haar zij om naar Karin te kijken. 'Ik bedoel, er valt zo veel te bespreken. Wie gaat je trouwjurk maken? En ik vind echt dat je een uitzet moet nemen. Bijvoorbeeld tien of twaalf couturestukken van Lacroix.'

'Ik denk niet dat Diana in de stemming is om het over bruiloften te hebben,' zei Karin, terwijl ze het tijdschrift doorbladerde om te kijken of Karenza ergens werd genoemd. 'Ik heb gevraagd waarom Martin dit weekend niet is meegekomen, en toen barstte ze in tranen uit en zei dat ze hem niet had meegevraagd.'

'Nou, ze laat eindelijk eens zien dat ze niet over zich laat lopen,' zei Christina.

'Hoewel dat vast betekent dat hun huwelijk in gevaar is.'

Christina haalde haar schouders op. 'Misschien, maar ze kan nu toch niet bij hem weg. Ze zijn pas een jaar getrouwd, dus dan krijgt ze bij een scheiding zo goed als niks. Ze moet het minstens drie jaar uithouden, of een kind nemen.'

'Maar dat is juist het probleem,' zei Karin, terwijl ze van haar ijsthee met perzikensmaak nipte.

'Hoe dan ook, terug naar de gelukkige dag,' zei Christina, die genoeg kreeg van Diana's problemen. 'Mag ik ook vragen of jullie het al over huwelijkse voorwaarden hebben gehad? Als hij die per se wil, weet ik wel een fantastische advocaat voor je die jouw belangen kan verdedigen.'

Karin glimlachte. 'We hebben het er gisteren heel even over gehad. En hij werd er nogal chagrijnig van.'

Adam en zij hadden elkaar de hele dag nauwelijks gesproken. Ze hadden afgelopen nacht ongelooflijke seks gehad – een van Karins schoenen was door een bedlamp van Lalique gestoten toen het er even bijzonder heftig aan toe was gegaan, maar in het kille daglicht had ze gemerkt dat hij zat te broeden over haar eis om aandelen in het bedrijf te krijgen. Ze vond het belachelijk van hem. Ze hoefden alleen maar naar Diana en Christina te kijken om te weten hoe precair het instituut huwelijk kon zijn. Hij kon toch zeker wel begrijpen dat ze haar positie moest beschermen, vooral aangezien hij het niet zo nauw nam met de huwelijkse trouw.

Ze groef haar vingers in haar handpalm. Summer Sinclair. Het was een klap voor haar geweest om te ontdekken dat Summer degene was met wie Adam was vreemdgegaan, en ze had zich heilig voorgenomen om er iets aan te doen zodra het feest achter de rug was en ze terug waren in Londen. Het ergste was niet eens dat hij, heel voor de hand liggend, een mooie vrouw als Summer had uitgekozen, waar ze het meest van was geschrokken, was dat hij zo arrogant was om te denken dat ze er niet achter zou komen.

Ze zette haar zonnebril op en sloot haar ogen, want ze wilde nadenken. Er moest een manier zijn om dit goed aan te pakken, om Adam zo te manipuleren dat ze precies kreeg wat ze wilde; ze moest alleen nog bedenken wat die manier was. En als ze die had gevonden, dan zou Adam het betreuren dat hij Summer Sinclair ooit had leren kennen.

Molly was dronken. En high. Coke viel 's middags altijd slecht bij haar, maar ze had een opkikkertje nodig gehad om de dag door te komen.

Marcus was met nog een stuk of tien anderen naar Bellagio gegaan. Bij het zwembad waren masseurs die op verzoek gasten met hun vuisten bewerkten, en zonnebaden werd een beetje overbodig nu de zon langzaam onderging. Molly had in een romannetje van Jackie Collins zitten bladeren en haar nagels felroze gelakt, in gedachten verzonken. Ze besloot een eindje in het park te gaan wandelen en trok een korte, doorschijnende kaftan over haar bikini aan voordat ze op weg ging, zich afvragend hoe ze Marcus zover kon krijgen ook een landgoed als dit te kopen.

Het landgoed was groot, en Molly deed er een halfuur over om er helemaal overheen te lopen. In een verre uithoek, met uitzicht op het palazzo, stond een kleine marmeren tempel die bijna geheel verscholen ging achter een rij cipressen. Ze was hier helemaal alleen; op de een of andere manier klonken de vogels hier harder en leek de lucht zoeter door de geuren van jasmijn en lelies. Net toen ze zich weer wilde omdraaien om terug te gaan, zag ze een eenzame gestalte op een marmeren bankje zitten, verdiept in een boek. Het was Adam, gekleed in een korte broek, een dunne kasjmieren trui en bootschoenen. Naast hem stond een fles rode wijn die, zag Molly, bijna leeg was. De volmaaktheid van het moment deed haar bijna rillen.

'Dus je hebt mijn kleine schuilplaats gevonden.' Hij legde zijn boek neer en schonk het restant van de wijn in een glas dat op de grond stond.

'Ik had niet verwacht hier iemand te vinden.'

'Nou, als je het niet erg vindt om een glas te delen, dit is een prima wijn.' Molly las het etiket. Petrus.

'O, mijn lievelingswijn,' zei ze glimlachend, terwijl ze het glas van hem aanpakte en op het bankje tegenover hem ging zitten. Het koude marmer prikte tegen haar dijen.

'Voelde je je een beetje asociaal soms?' Ze bracht het glas naar haar lippen. Hij haalde zijn schouders op.

'Ik weet precies hoe je je voelt,' voegde ze eraan toe.

'Ik dacht dat jij je nooit asociaal zou voelen,' zei hij.

'Misschien moet je me wat beter leren kennen,' zei ze koket.

Tot haar opwinding zag ze dat hij dronken was, en zijn mond stond iets naar beneden alsof hij zich ergens zorgen om maakte.

'Feestjes die het hele weekend duren, lijken van tevoren altijd zo'n goed idee...' zei hij langzaam.

'Maar tegen de tijd dat het zondagmiddag is, wil je het liefst dat iedereen ophoepelt, hè?' merkte ze lachend op.

De tempel was klein en intiem. Ze zaten op nog geen meter afstand van elkaar, maar in de besloten ruimte leek het nog dichterbij. Als ze zwegen, kon ze het geluid van hun ademhaling horen.

Adam haalde weer zijn schouders op, zonder haar lach te beantwoorden. Hij pakte het glas van haar af en dronk de laatste wijn op. 'Hoor je niet bij Marcus te zijn?'

'We zijn geen Siamese tweeling, hoor,' zei ze.

Voor het eerst zag ze iets wat op een glimlach leek om zijn lippen verschijnen. Hij hield zijn glas op alsof hij het wilde bestuderen. 'Weet je wat ik zo leuk aan je vind, Molly? Je denkt als een man.'

'Moet dat een compliment voorstellen?'

Hij knikte. 'Wat je ziet, is wat je krijgt. Wij lijken op elkaar. We zijn ongecompliceerd. Misschien egoïstisch, maar in elk geval eerlijk. Waar ik helemaal niet tegen kan, zijn vrouwen die doen alsof ze zus of zo zijn, en je dan proberen te naaien.' Zijn mond was een strakke streep, zijn stem agressief, zijn strakke blik kil en hard.

Molly voelde een glimlach om haar lippen spelen. Hij had dus ruzie gehad met Karin. Ze werd duizelig van vreugde. Ze wist dat dit het moment was om toe te slaan. 'Misschien kies je alleen maar de verkeerde vrouwen uit.'

Hij sprak zo zacht dat ze hem bijna niet kon verstaan. 'Misschien.'

Ze ging naast hem zitten en pakte het lege glas uit zijn hand, vinger voor vinger, terwijl ze licht met haar tong langs haar lippen gleed.

'Kom, dan gaan we terug naar het feest,' fluisterde ze. Aan

de manier waarop hij naar haar keek, zag ze dat hij dat niet van plan was. 'Tenzij je liever hier wilt blijven,' voegde ze er zacht aan toe, terwijl ze haar vingers op de zoom van zijn korte broek legde. Met haar andere hand streelde ze de stoppeltjes op zijn wang, en hij pakte haar hand beet en nam haar vingertoppen in zijn mond.

'Adam, niet doen,' fluisterde ze, maar haar hele lichaam probeerde hem over te halen vooral door te gaan.

Hij trok haar naar zich toe, en haar voet schopte met een hol gekletter de fles om. Ze stonden tegelijkertijd op en begonnen verwoed aan elkaars kleren te rukken. Met één snelle beweging kwam Molly's kaftan over haar hoofd, en hij maakte haar bikinibovenstukje met één hand los, zodat haar kleine, bruine tepels in zijn gezicht sprongen. Hij zette haar klem tegen de tempelmuur, met haar armen boven haar hoofd, en haar huid deed pijn toen ze het ijskoude marmer raakte, terwijl hij met zijn andere hand haar bikinibroekje wegschoof. Ze zette haar voeten wat verder uit elkaar om hem ruimte te geven en kreunde toen zijn vingers in haar gleden. Adam bewoog zijn lippen naar beneden langs haar hals om een harde tepel in zijn mond te nemen. Ze zeiden niets, er klonk alleen gekreun en gehijg. Hij frunnikte aan zijn boxershort om hem uit te trekken en trok toen aan de koordjes van haar broekje, zodat beide kledingstukken op de grond vielen.

Zijn pik was stijf. Zijn vingers bewogen ruw in haar, voelden haar vochtigheid, terwijl hij zijn pik naar binnen leidde. Zijn lichaam drukte tegen het hare en duwde haar nog harder tegen de marmeren muur. Het voelde nu al wat minder koud aan. Molly sloeg haar armen om hem heen en begroef haar nagels in zijn billen totdat hij het uitschreeuwde.

Hij stootte met zo'n kracht in haar dat haar hoofd tegen het marmer sloeg. Ze keek naar zijn gezicht en zag dat hij zijn ogen dicht had en dat hij op zijn onderlip beet. Het was ruwe, dwingende seks en, voor Molly, teleurstellend snel voorbij. Hij trok zich terug vlak voordat hij klaarkwam en zijn hete sappen vloeiden over haar dij.

'Shit,' zei hij met opeengeklemde kaken. Geen emotie. Het was geen seks met een nieuwe minnares; het begin van iets, een belofte. Het was hard en wreed, het was een neukpartij tegen vrouwen. Het was een begin en een einde.

Hij haalde zijn hand door zijn haar en keek haar aan, met een glazige blik. Toen pakte hij zijn trui. 'Het lijkt me beter dat we dit geheimhouden,' mompelde hij.

Ze knikte. Haar maag draaide zich om van teleurstelling,

Ze verzamelden hun kleren en kleedden zich zwijgend aan, maar buiten had Karin Cavendish alles gehoord.

Laaiend van woede rende Karin weg van de tempel. Een affaire met Summer Sinclair was één ding; als Adam dan toch een ontrouwe man was, dan zouden onnozele, naïeve modelletjes in elk geval nooit een bedreiging op de lange termijn zijn. Maar om seks te hebben met Molly op hun verlovingsfeest? Het ging haar verstand te boven. Het complete gebrek aan respect van Adam buiten beschouwing gelaten – het was Molly! Molly Sinclair! En Molly was een veel gevaarlijker vooruitzicht, want zij wist hoe het spel gespeeld moest worden. Molly was geen schattig, verliefd ding dat aan Adams lippen hing en zo weliswaar zijn genegenheid won, maar niet zijn respect. Molly was een charmeuse. Karin had het afgelopen halfjaar met eigen ogen kunnen zien dat Molly heel goed mannen kon manipuleren. Maar zou Adam dat ook zien? Het was algemeen bekend dat mannen blind waren voor de gebreken die voor alle vrouwen duidelijk waren. Zag Adam in Molly een slet die bereid was tot een vluggertje in de zielige hoop dat hij verliefd op haar zou worden? Of zag hij in haar een voormalig topmodel, van ongeveer zijn eigen leeftijd, met een ijzeren, onafhankelijke kern? Karin wist dat hij op sterke vrouwen viel. Nou, ze zou geen enkel risico nemen. Het was tijd om terug te vechten.

Het feest van die avond was rustiger dan het grote feest van de avond ervoor. Er werd een barbecue gegeven in de tuin, bij het zwembad stonden lage stoelen en er lagen kussens, overal stonden theelichtjes, en de gasten waren wat minder formeel gekleed – lange, glitterende kaftans en met edelsteentjes bezette sandaaltjes in plaats van de couturejurken van de avond ervoor, zodat er een zwoele Marokkaanse sfeer hing. Karin liep naar Marcus toe die alleen op een leren poef bij het zwembad baklava zat te eten en naar de gasten keek die ronddrentelden. Omdat ze wist dat Adam aan de andere kant van het zwembad stond en hen kon zien, ging ze naast Marcus zitten en gooide er al haar charme tegenaan. Ze wist dat ze er sexy uitzag. Haar lange, chocoladebruine chiffon jurk was bijna doorschijnend, zodat haar kleine bronskleurige bikini en ontzettend gebruinde lichaam erdoorheen schemerden. Als accessoires had ze metallic Griekse sandaaltjes, een koperen armband en een smal gouden kettinkje gekozen, zodat ze er op-en-top uitzag als een moderne Talitha Getty. Heel toepasselijk, dacht ze glimlachend. Maar zonder de drugsverslaving natuurlijk.

'Waar is Molly?'

'Ergens,' antwoordde Marcus lachend, terwijl hij probeerde om niet naar Karins borsten te kijken die over de lage hals van haar jurk heen piepten. 'Ik geloof dat ze Summer aan het bellen is. Die is vanochtend vroeg naar Milaan vertrokken, dus ik denk dat Molly even wil horen of alles in orde is.'

'Ze is gek op Summer, hè?' vroeg Karin glimlachend, in de wetenschap dat Marcus niet gevoelig zou zijn voor de ironie van haar woorden. 'Ik weet dat ze echt alles voor haar overheeft. Ik ben gewoon jaloers op hun relatie. Nee, eigenlijk ben ik jaloers op Molly in het algemeen. Heerlijke dochter, heerlijke vriend.'

Adam keek vanaf de andere kant van het zwembad met onverholen woede naar Karin. Waar was ze mee bezig? Hij excuseerde zich bij Claudia Falcon en beende naar haar toe.

Marcus keek op. 'Ik wou net wat te drinken gaan halen,' zei hij. 'Wil je ook?'

Adam mompelde wat en ging op de vrijgekomen poef zitten.

'Waar ben je mee bezig?' vroeg hij meteen toen Marcus buiten gehoorsafstand was.

'Hoe bedoel je?' vroeg ze onschuldig, terwijl ze met haar kettinkje speelde.

'Een beetje met je tieten naar Marcus wapperen, dat bedoel ik.'

'Onzin,' snoof ze, opgetogen dat ze meteen een reactie bij hem had weten uit te lokken. 'Ik wist trouwens niet dat je zo'n jaloers type was.'

'Dat ben ik ook niet,' zei hij koeltjes, terwijl hij met zijn vingertoppen een theelichtje doofde dat bijna op was.

'Nou, gedraag je dan ook niet zo. Het is Marcus maar, dus wat is je probleem?'

'Mijn probleem,' gromde hij, terwijl hij naar Marcus keek die kwam aanlopen met drie cocktails in zijn handen, 'is dat je met hem zit te flirten, terwijl Molly daar aan het bellen is.'

'Natuurlijk,' reageerde Karin. 'Het gaat allemaal om Molly.'

Ze keek Adam strak aan, en heel even meende ze een vluchtige blik van paniek bij hem te zien. Even gas terugnemen, dacht ze.

'Volgens mij zit er meer munt dan rum in deze dingen.' Marcus zette de glazen op een laag tafeltje. 'Maar goed ook waarschijnlijk, want ik heb dit weekend al genoeg gedronken.'

'Een slechte arbeider geeft de schuld aan zijn mojito's,' zei Karin lachend, terwijl ze opstond om weg te gaan.

'Moet je ergens naartoe?' vroeg Adam sarcastisch.

'Zo te zien is Molly klaar met bellen,' zei ze met een zoetsappig lachje. Ze wees naar het prieel waar Molly haar mobieltje dichtklapte en in haar tasje stopte.

'Heren, ik moet jullie verlaten, want ik ga eens lekker met Molly roddelen.' Ze keek naar Adam, die zenuwachtig met zijn vinger langs het suikerrandje op zijn glas streek, en lachte toen breeduit naar Marcus. 'Tot later.'

Het prieel bevond zich iets buiten het grootste feestgewoel en het was er dan ook een stuk rustiger. Karin kon nog net klarinetklanken door de lucht horen zweven en het zachte geroezemoes van pratende mensen. Molly wilde net teruglopen naar het zwembad en zakte met haar hakjes weg in het gras. 'Waarom heb je niet vanuit het huis gebeld?' vroeg Karin, terwijl ze haar van top tot teen opnam. Ze zag er goed uit, moest ze met tegenzin toegeven. Molly's hemdjurkje in luipaardprint was zo kort dat het nauwelijks haar dijen bedekte; haar donkerblonde haar hing los op haar schouders, en zelfs op lage hakjes maakte ze een statige indruk.

'Dat was niet nodig,' zei Molly glimlachend. 'Ik had hier ook bereik.'

'En hoe gaat het met Summer? Het verbaast me dat ze vanochtend zo vroeg al is weggegaan.'

'Het gaat prima met haar.' Molly probeerde om Karin heen te lopen om haar weg naar het zwembad te vervolgen.

'Had ze nog iets te vertellen?'

'Hoe wist je dat ik met Summer belde?'

Karin haalde haar schouders op en nam een slokje. Ze liet de stilte expres even in de lucht hangen om Molly nerveus te maken. Heel even hoorden ze de krekels in de bomen en het zachte gekabbel van golven tegen de oever.

'Ze heeft wel wat gemist vanmiddag, hè?' zei Karin terloops. 'Ze had het vast wel boeiend gevonden als ze was gebleven.'

Molly gooide haar haren achter haar schouders en stopte haar tasje onder haar arm, het vastgrijpend met witte vingertoppen. 'Nou, Summer en ik kennen Bellagio al, en van dat gehang rond een zwembad krijgt een mens ook een keer genoeg,' zei ze luchtig, hoewel ze bezorgd keek.

'Ja, dat is waar ook,' ging Karin verder. 'Ik zag dat je vanmiddag genoeg kreeg van in de zon liggen, hoewel me dat eerlijk gezegd van je verbaasde.'

Ze waren nog geen tien meter verwijderd van de plek waar het feest in volle gang was. Marcus stak zijn hand op om te zwaaien. Molly's gezicht was als bevroren, alsof ze een overdosis botox had gehad.

'Hoor eens, Karin, ik moet terug. Kan ik iets voor je halen van de bar?'

Karin schudde beleefd haar hoofd en trok een onschuldig gezicht. 'Nee, ik wilde alleen maar even weten wat je van het park vond vanmiddag. Wist je dat het is ontworpen door Luigi Belmondo, de Italiaanse Capability Brown?'

'Het is prachtig,' zei Molly met een smal lachje. 'Hoewel ik niet echt goed heb gekeken.'

'Wat vond je van de tempel?'

Hoewel het donker was, zag Karin dat Molly bloosde en dat haar vingers het tasje nog steviger beetgrepen.

'Volgens mij heb ik die niet gezien.'

'O, wat raar, want ik had durven zweren dat ik jou daar hoorde. Of anders was het een gillend speenvarken.'

'Fuck,' mompelde Molly.

'Dat bedoel ik,' zei Karin koeltjes. Ze zweeg een poosje en nam Molly's gezicht met een scheef hoofd onderzoekend op. 'Hoe was het om seks te hebben met mijn verloofde? Of moet ik zeggen met je dochters minnaar?'

Molly was inmiddels zo rood als een kreeft. Karin haalde even adem, verbaasd dat ze, ondanks alles wat er was gebeurd, toch genoot van dit moment.

'Ik denk dat de gastvrouw vanmiddag een beetje dronken was,' zei Molly, terwijl ze eindelijk arrogant haar kin naar voren stak.

'Hoe durf je!' viel Karin uit. Ze stiet een wreed lachje uit.

'Nou, ik heb niemand hoeven dwingen,' zei Molly, die doorhad dat het geen zin had om nog langer te doen alsof. 'Jullie seksleven moet wel erg beroerd zijn als je verloofde zijn vertier bij mij moet zoeken. Bij ons, bedoel ik!'

'O, jij weet vast alles van een slecht seksleven, hè, Molly? Het moet behoorlijk lastig zijn een orgasme te faken, terwijl je met je gedachten bij je bankrekening bent.'

'Klets maar raak. Ik luister niet meer naar je.' Molly probeerde zich langs Karin te wurmen.

'O, dat doe je wel,' zei Karin, terwijl ze een stuk chiffon met luipaardprint beetgreep. 'Wat denk je dat er zal gebeuren, Molly? Dat Adam zijn verloving met mij zal verbreken en je dochtertje ten huwelijk zal vragen? Of jou?' vroeg ze spottend. 'Snap je het dan niet? Niemand trouwt er met een nul.'

Molly probeerde zich los te rukken. 'Ik luister echt niet meer naar je.'

'Je zult niet alleen naar me luisteren, ik zal ervoor zorgen dat Summer dat ook doet,' siste Karin. 'Ik vraag me af wat zij van dit alles zal vinden. Ze is zo'n vreselijk gevoelig jong meisje.'

Molly werd lijkbleek. Ze wist dat ze in het nauw was gedreven en probeerde wanhopig een uitweg te vinden. 'Karin, doe dat nou niet,' zei ze vriendelijk, in een poging een beroep te doen op Karins fatsoen waarvan ze niet eens wist of ze dat wel bezat.

Karin liet haar los, heel kort verrast door de smekende blik in Molly's ogen. Ze had nog nooit een spoortje kwetsbaarheid bij haar gezien. Dus liet ze haar uitpraten.

'Je mag me kleineren zoveel je wilt,' zei Molly. 'Je mag me haten om wat ik vanmiddag heb gedaan, maar vertel het alsjeblieft niet aan Summer. Alsjeblieft.'

'Als je zo graag wilt dat ik het niet aan Summer vertel, waarom heb je Adam dan geneukt?' vroeg Karin koeltjes. 'Dat was ook niet echt een actie van een liefhebbende moeder, hè?'

Molly sloeg haar blik neer. Ze bestudeerde ieder grassprietje, in de hoop dat, als ze weer opkeek, Karin was verdwenen en het hele gesprek als een nare lsd-trip was geweest. Per slot van rekening kon ze Karin moeilijk de waarheid vertellen, namelijk dat ze wilde dat Summer zich met Adam verloofde. Voor het geld, voor de status, voor de glorie die op haar zou afstralen. Maar dat ze, omdat al die weken van stiekeme middagseks tussen Adam en Summer niets hadden opgeleverd, behalve zijn verloving met Karin, had besloten zelf een gokje te wagen. Nee, dat kon ze haar echt niet vertellen.

'Het was alleen maar seks,' fluisterde ze. 'Hij was dronken, en ik ook. Het was in vijf minuten voorbij, het had helemaal niks te betekenen,' zei ze, met steeds luidere, krachtigere, wanhopigere stem. 'Het is nergens voor nodig dat Summer dat weet. Alsjeblieft. Ze houdt van Adam. Het zal haar kapotmaken.'

Karin zei niets. Haar gezicht was uitdrukkingsloos. Ze konden de krekels weer horen, en de spanning die net nog als een reusachtige ballon tussen hen was opgezwollen, ebde gewoon weg. Heel even dacht Molly dat Karin de zaak verder zou laten rusten. Maar toen opende ze haar mond, en met haar bovenlip tot een sneer vertrokken, zei ze: 'Ik ga het Summer vertellen zodra ze terug is in Londen. En ik zal haar echt alles vertellen.'

62

De terugvlucht op maandagochtend was rustig geweest, de stemming aan boord van de 737 tam en pafferig. Er waren champagne en croissants beschikbaar, maar de meeste mensen kozen ervoor om te gaan slapen. Erin had echter de hele vlucht uit het raampje zitten staren naar de wolkslierten onder haar, terwijl ze zich afvroeg of ze Julia Golds raad moest opvolgen en haar leven bij Adam gedag zeggen. Hoewel ze dol was op de opwinding, de gewichtigheid en – bij tijd en wijle – de pure luxe van haar baan, betekende een leven bij Adam een leven bij Karin. En op dit moment leek alleen al Karins bestaan een te pijnlijke herinnering aan wat er met haar vader was gebeurd. Ze dacht na over Julia's peptalk, zich afvragend of de oude dame gelijk had, of ze inderdaad zou moeten proberen om van haar schrijven te leven. Als ze nou maar wist of het echt wat kon worden – per slot van rekening was een agent hebben nog lang niet hetzelfde als haar boek verkopen – dan zou dat haar beslissing om weg te gaan bij de Midas Corporation een stuk gemakkelijker maken. Op Heathrow stond een Mercedes op Erin te wachten om haar naar kantoor te rijden; ze hoopte dat het een rustige dag zou worden. Adam was niet met de rest van de gasten mee teruggevlogen; zijn Learjet had in Milaan op hem staan wachten om hem naar Parijs te vliegen voor een afspraak, maar Erin had hem daarbij niet hoeven te vergezellen.

Om twaalf uur 's middags zat ze alweer achter haar bureau toen haar mobieltje ging. Ze aarzelde even voordat ze opnam. Hoewel ze het weekend officieel 'vrij' had gehad, was ze toch lastiggevallen door honderd en één vragen van de gasten die van haar verwachtten dat ze lekkende kranen verhielp, hun kleren streek of een helikopter voor ze bestelde. Ze keek naar haar toestel, in de hoop dat het niet een of andere ontevreden gaste was die wilde klagen omdat ze haar beautycase van Louis Vuitton in het palazzo had laten staan of haar holistische vliegtuigslippers in het vliegtuig was vergeten. Ze haalde diep adem en nam op.

'Ah, Erin, eindelijk! Ik heb een berichtje ingesproken op je telefoon thuis, maar ik neem aan dat je aan de boemel was.'

Het was Ed Davies, haar agent. Ze had hem niet meer gesproken nadat ze hem de eerste vijftienduizend woorden van haar nieuwe roman had gestuurd, en het uitblijven van een reactie had haar nogal ontmoedigd.

'Zoiets,' zei ze op haar hoede. 'Ik ben het weekend in Italië geweest.'

Ed grinnikte toegeeflijk. 'Nou, dan had ik je dit nieuws beter kunnen vertellen voordat je wegging, dan had je het kunnen vieren.'

Ze trok een gezicht. Ze betwijfelde of er ook maar iets was dat de sombere stemming waarin ze in Como had verkeerd, had kunnen verlichten.

'Wat dan?' Ze hoopte maar dat hij niet wilde dat ze alles nog eens ging herschrijven. Nog meer tegenslagen van de kant van Ed Davies zou haar zelfvertrouwen alleen maar verder ondermijnen.

'Nou, ik heb die vijftienduizend woorden van je gekregen. Sorry dat ik niet eerder contact heb opgenomen, maar ik heb de afgelopen weken in Toscane gezeten. Je weet dat de zomer een rustige tijd is voor uitgevers. Nou ja, hoe dan ook. Het begint weer te lopen. Redacteuren willen dingen afhandelen voor de Buchmesse in Frankfurt.'

Schiet nou maar op, dacht ze geërgerd.

'Dus heb ik je manuscript naar een redacteur bij Millennium Publishing gestuurd van wie ik dacht dat hij het wel goed zou vinden.'

'Heb je het naar een uitgever gestuurd?' vroeg ze met een bonkend hart. 'Maar ik, ik dacht, ik bedoel...'

'Ja, ja, ik weet dat je niet wilde dat ik het aan iemand zou laten lezen,' zei Ed. 'Maar ik vond het behoorlijk goed wat je had afgeleverd. Het is niet veel, maar wat er is, is fantastisch.'

Erin kreeg een droge mond van spanning. 'En... wat vonden zij ervan?'

Ed zweeg even om de spanning te laten oplopen. 'Ze vonden het fantastisch! Charles, de hoofdredacteur, zei dat het hem deed denken aan *Bonjour Tristesse*.'

Een glimlach verspreidde zich over Erins gezicht. Françoise Sagan, de Franse schrijfster uit de jaren zestig, was een van haar favorieten, en *Bonjour Tristesse*, het verhaal van een getroebleerd jong, rijk meisje was haar meesterwerk.

'Maar het beste nieuws is dat hij een voorlopig bod van veertigduizend pond heeft gedaan op de rechten, wat mijns inziens bijzonder goed is als we in aanmerking nemen dat het manuscript nog niet eens af is.'

'Jemig,' zei Erin. Haar hart maakte een sprongetje bij deze totaal onverwachte ontwikkelingen. 'Wat moeten we doen?'

Ed grinnikte weer. 'Jij bent nu aan zet, schat. Maar ik kan je wel zeggen dat Charles over zoiets als dit geen gras wil laten groeien. Hij zal het boek beslist volgend jaar zomer willen uitbrengen. Dus dat betekent dat het boek tegen kerst af zal moeten zijn.'

'Met kerst?' vroeg ze paniekerig. Ze had nog maar een paar hoofdstukken geschreven en hoewel het geen dik boek zou worden, wist ze dat ze onmiddellijk ontslag zou moeten nemen, wilde ze het op tijd afkrijgen.

'Tja, nou, normaal gesproken zou ik een schrijver niet aanmoedigen om zijn baan op te zeggen,' zei Ed, 'in elk geval niet totdat ze naam had gemaakt, maar tijd lijkt nu toch wel een rol te gaan spelen.'

'Ik... Nou, ik moet er nog even over nadenken,' zei ze.

'Oké, maar Charles heeft ons twee dagen de tijd gegeven om het bod te accepteren.'

Erin had het gevoel alsof haar hart in de hoogste stand was gezet. 'En dan?'

'Dan komt het te vervallen. Het kan natuurlijk dat we een andere uitgeverij vinden die belangstelling heeft, maar dat blijft eerlijk gezegd een gok. Slaap er maar eens een nachtje over en bel me morgen.'

Tegen acht uur 's avonds was Karin uitgeput. Na de terugvlucht was ze haar kantoor binnengewipt, had wat mailtjes beantwoord, haar pr-afdeling gebeld, die waren overspoeld door telefoontjes van journalisten die alles over het feest wilden weten, en was toen naar huis gegaan om een lang bad te nemen en zich onder te dompelen in de badolie van Jo Malone. Terwijl ze zich in het zijdezachte water wentelde, gleden haar gedachten weer af naar het feest. Ze had nog nooit twee zulke enerverende dagen meegemaakt, en ze voelde zich overspoeld door een stroom van allerlei verschillende gevoelens. Schuldgevoel en ongemak om Erins uitbarsting, woede en verdriet om de onthulling dat Summer Adams geheime minnares was. En wat Adam en Molly betreft... In de rust van haar eigen badkamer kon ze nog steeds het rauwe, uitzinnige gekreun horen van hun seks in die marmeren tempel. Ze voelde zich misselijk worden.

Ze pakte een spons en kneep hem uit boven haar gezicht. Ze moest de zaken in perspectief zien te krijgen, dacht ze, zich concentreren op het positieve. Want als ze dit slim aanpakte, kon het positieve wel eens heel erg positief zijn. Dat ze het wist van Summer en Molly gaf haar macht, en dat ze Adam en Jonathan Parsons zakelijke geheimen had horen delen – nou ja! Alles was veranderd met die ene wending van het lot. Ja, dacht ze, al met al had dit weekend haar positie versterkt. En dat kon op de lange termijn alleen maar goed zijn.

Bij zichzelf glimlachend, stapte ze uit bad, wreef zichzelf droog met een rulle witte handdoek en trok een dunne kamerjas van Sabbia Rose aan.

Ze liep naar beneden en zag dat de rozen in de grote vazen in de hal aan het verwelken waren. Ze mopperde een beetje; haar huishoudster Reya had een week vrij en was op familiebezoek naar Estland, dus ze nam aan dat ze het zelf zou moeten oplossen. Omdat ze niet in de stemming was voor een echte maaltijd, opende ze een pakje biologische rijstcrackers. Ze zat net op een cracker te knabbelen toen de telefoon ging. Ze ging op het randje van haar barkruk zitten om op te nemen en glimlachte toen ze de stem hoorde. 'Ah, Molly. Wat een verrassing dat je belt.'

Hij kon het niet helpen. De kranten stonden vol foto's van haar, vanwege het feest. Hij kon gewoonweg niet geloven dat ze verloofd was. De gedachte dat ze voor hem nu voor eeuwig verloren was, bezorgde hem een verschroeiende pijn. Hij moest gewoon nog een keer naar haar gaan kijken. Gewoon kijken. En doen alsof ze van hem was. Voor de laatste keer.

Het was een zwoele avond. Warm voor september. De hemel was donkerpaars gekleurd, maar in de achtertuin van Karin Cavendish was het bijna pikdonker. In het huis brandden weinig lampen. Twee boven, drie beneden. Het leek net een gezicht dat hem uitlachte.

Een van de keukenramen stond op een kiertje, de jaloezie slechts half neergelaten. Vanaf een afstandje kon hij alleen haar bovenlichaam zien, een borst die door koffiekleurige zijde heen schemerde. Hij moest dichterbij komen om haar gezicht en haren te kunnen zien. Ze zat te bellen. Hij hoorde haar stem op de bries zweven als de geur van kamperfoelie, zoet en zwaar. Hij sloot zijn ogen, met een dronken gevoel, alle gevoelens voor de laatste keer in zich opnemend. Hij hield van haar. Hij wilde bij haar zijn. Hij wist dat ze nooit de zijne zou zijn.

63

Erin ging ontslag nemen. Ze had een jurk aangetrokken waarin ze zich zowel chic als zakelijk voelde, een zwart crêpe jurkje van Donna Karan met driekwart mouwen, en de schoenen van Gucci die ze van haar eerste salaris had gekocht. Terwijl ze in de spiegel keek en haar rode haar in een strenge paardenstaart trok, vroeg ze zich af of het er niet een beetje te veel uitzag alsof ze naar een begrafenis moest, maar ze kwam tot de slotsom dat een formele, sombere look waarschijnlijk wel toepasselijk was. Het was het einde van iets – het einde van haar nieuwe leven. In acht maanden tijd was haar leven veranderd van een bestaan van treurige werkloosheid, inwonend bij haar grootmoeder in Port Merryn en ervan dromend om ooit schrijfster te worden, in dat van een assistente van een jetsetfiguur, met een snelle auto, een nog snellere levensstijl en een chic appartement. Ze zou het allemaal gaan missen, maar het telefoontje van Ed Davies had alles veranderd. Acht maanden geleden had ze nul komma nul keuzes gehad; nu had ze er te veel. Ze bezat de macht om positieve beslissingen over haar leven te nemen, maar ze wist eigenlijk niet honderd procent zeker of ze dat wel zo veel fijner vond dan de beperkte keuzes die ze in Cornwall had gehad.

Ze had de hele nacht liggen woelen, in de wetenschap dat de beslissing die ze zou nemen, haar leven voorgoed zou veranderen. Het was een bijna verlegen makende keus eigenlijk. Assistente blijven van Adam Gold, de sexy miljardair, of eindelijk de kans hebben om haar dromen waar te maken en schrijfster te worden. Ze wist dat ze vorig jaar om deze tijd geen seconde zou hebben geaarzeld over haar keuze: dat boek schrijven, het laten uitgeven en in de boekhandel zien liggen. Dat zou de vervulling van een levenslange ambitie zijn geweest. Maar ergens onderweg was haar droom, die haar ooit zo helder voor ogen had gestaan, troebel en ondoorzichtig geworden. Een schrijversleven was een eenzaam leven, en van veertigduizend pond kon ze niet reizen per privévliegtuig, en evenmin de blauwe Audi betalen die voor haar prachtige flat stond geparkeerd. En dan was er nog Belvedere Road, waar ze nauwelijks aan durfde te denken. Er was nog steeds geen bouwvergunning afgegeven, en als ze het pand niet binnen een paar maanden kon laten renoveren en verhuren, zou ze het moeten verkopen; de hypotheeklasten hadden haar bijna aan de bedelstaf gebracht. In veel opzichten zou bij Adam blijven de gemakkelijke, veilige keuze zijn. Maar ze moest een besluit nemen, en het besluit dat ze had genomen, was het besluit waarvan ze wist dat haar moeder, haar vader en Jilly erachter zouden staan. Ze zou kiezen voor haar eigen leven. Niet voor dat van een ander. Ze pakte haar tasje en liep naar de deur. Het was tijd dat ze op eigen benen ging staan.

Acht uur later had ze het nog steeds niet tegen Adam gezegd. Het was een drukke dag geweest; hij had de hele ochtend vergaderingen gehad, er was een lunch met investeerders geweest, gevolgd door zijn uurtje bij de Bath & Racquet Club en voordat ze het wist, was het al vijf uur. En de waarheid was dat ze er vreselijk tegen opzag om ontslag te nemen. Ze was maar één keer 'gestopt' met werken, als studente in Exeter toen ze een baantje als serveerster had gehad; ze was toen zo bang geweest voor de slijmerige manager, Keith, dat ze had besloten dat het de simpelste oplossing was om gewoon niet meer naar haar werk te gaan. In de rest van de tijd dat ze nog in Exeter had gewoond, had ze het restaurant gemeden, en Keith had twee berichtjes ingesproken op haar antwoordapparaat waarin hij haar ervan beschuldigde dat ze haar uniform had gestolen. Ze had heel even overwogen om dezelfde tactiek toe te passen bij Midas, maar had al snel besloten dat het volwassener was om persoonlijk ontslag te nemen. Toch werd ze misselijk bij het vooruitzicht alleen al.

'Erin, kun je even komen?' riep Adam vanuit zijn kamer. 'En wil je meteen iets te drinken voor me meenemen?'

Oké. Het was zover. Ze was vastbesloten om het te doen. Het was natuurlijk verleidelijk om tot het eind van de week te wachten – op vrijdagmiddag leek aan alles altijd toch al een eind te komen, dus dat zou een goed moment zijn om ontslag te nemen – maar Ed Davies had al drie keer gebeld om haar te vragen wat hij tegen Millennium Publishing moest zeggen. En bij Midas had ze een opzegtermijn van een maand, dus ze moest opschieten. Ze pakte een kop zwarte koffie en liep Adams kamer in. De hemel achter zijn raam was dof staalgrijs.

'Ga zitten, Erin,' zei Adam. 'En neem zelf ook een kop koffie.'

Ze keek hem verbaasd aan. Dit was voor het eerst dat hij haar voorstelde om samen met hem iets te drinken.

'Nee, dank je. Ik heb net gehad.'

Adam leunde met zijn ellebogen op het bureau. De mouwen van zijn witte overhemd had hij opgerold, en zijn stevige, gebruinde onderarmen werden zichtbaar toen hij een slok koffie nam. 'Heb je een beetje genoten van het feest?'

Ze hadden nog niet eerder de kans gehad om het erover te hebben. Erin kon hem moeilijk de waarheid over Karin en haar vader vertellen en hoe ongelukkig haar dat had gemaakt, dus hield ze het een beetje vaag. 'Het was een fantastisch feest,' zei ze glimlachend.

'Nou, ik vind dat je heel goed werk hebt verricht door ons te helpen het in zo'n korte tijd te organiseren.'

'Dat is mijn werk,' zei ze, terwijl ze zich afvroeg of ze 'het' misschien toch niet beter morgenvroeg kon vertellen.

'Ja, daar wilde ik het eigenlijk met je over hebben,' zei hij.

Meteen was ze weer een en al oor.

'Op de terugweg van het vliegveld ben ik even bij mijn moeder in het Lanesborough langsgegaan.'

Snel wendde ze haar blik af. Verdomme, verdomme, verdomme, dacht ze, ineens beseffend dat het stom was geweest om Julia Gold alles te vertellen, haar dromen, de bijzonderheden over haar boek en, dat was nog het allerergste, dat ze een agent had. Hoe aardig en bemoedigend Julia ook had geleken, haar loyaliteit lag natuurlijk bij haar zoon. Het was waar dat Erin weg wilde bij de Midas Corporation, maar het laatste wat ze wilde, was ontslagen worden.

'Nou, ik wilde eigenlijk ook met jou praten.'

Hij stak gebiedend een vinger op. 'Laat me uitspreken, Erin. Mijn moeder vertelde me dat ze met jou had gepraat – ze was eerlijk gezegd nogal onder de indruk van je – en ze zei dat je weer was begonnen met schrijven. Blijkbaar heeft ze je manuscript gelezen. Ze zei dat het fantastisch was.'

'Adam, je moet het niet verkeerd begrijpen. Ik heb het niet onder werktijd geschreven, maar het gaat inderdaad lekker en...'

Weer ging de vinger omhoog. 'Je hoeft je niet te verontschuldigen omdat je jezelf doelen stelt. Hoe denk je dat ik zo rijk ben geworden? Ik verveel me met het een en dan ga ik weer verder met het volgende, enzovoort. Dat je weer aan je boek bent gaan werken, herinnert me aan wat ik dacht toen ik je leerde kennen.'

'Adam, ik...'

'Dat je gemaakt bent voor grotere en mooiere dingen dan alleen maar mijn assistente zijn.'

Ze wilde hem dolgraag de mond snoeren, maar was intussen ook nieuwsgierig naar wat hij wilde zeggen.

'Goed, ik zal er verder geen doekjes om winden; in Moskou ligt een fantastische kans voor je. We hebben het dan over een veel grotere verantwoordelijkheid, ik wil gebruikmaken van je ondernemingslust, en, dat lijkt me logisch, we hebben het dan ook over een veel hoger salaris, je eigen flat, een auto naar keuze enzovoort. Maar als je per se in Londen wilt blijven in verband met dat pand van je in Crystal Palace, dan denk ik dat we ook wel een andere functie voor je kunnen vinden op de marketingafdeling. In elk geval vind ik dat het tijd is dat je doorstroomt.' Adam Gold had een manier van met mensen praten alsof alles wat hij zei volkomen logisch was.

'Maar Adam, ik wilde je juist vertellen...'

'Erin,' onderbrak hij haar. 'Ik verwacht echt niet meteen een antwoord van je. Ik hoop dat je genoten hebt van je tijd als mijn assistente en als het je te veel bevalt en je vindt dat ik iets te voorbarig ben, zeg het me dan gewoon. Maar slaap er in elk geval een nachtje over en vertel me morgen wat je wilt.'

Ze zat hem alleen maar met open mond aan te staren. Ze kon geen woord uitbrengen. Adam Gold was te vasthoudend, te overtuigend om nee tegen te zeggen, op dat moment tenminste.

'Goed dan,' vervolgde hij autoritair. 'Ik wil dat je iets voor me doet.'

'Eh, goed, wat?' vroeg ze, terwijl ze in gedachten druk bezig was een manier te bedenken waarmee ze Ed Davies en Millennium Publishing nog even aan het lijntje kon houden.

'Ik wil dat je even bij Karin gaat kijken.'

Ze kreunde inwendig. Als ze nu haar ontslag zou indienen, zou ze die trut tenminste nooit meer hoeven zien.

Adam ging verder. 'Ik heb haar sinds maandagochtend toen we allemaal nog in de villa waren, niet meer gesproken.' Hij keek op, met iets van een wrang lachje om zijn mond. 'Ik weet dat dat niet lang lijkt, maar meestal belt ze. Ik heb haar een paar keer gebeld, maar ze neemt noch haar mobieltje noch bij haar thuis op.'

'Wil je dat ik naar haar huis ga?' vroeg ze. Hij knikte en pakte een bruin sleuteletui van krokodillenleer uit zijn zak en haalde er een kleine gouden sleutel af.

'Ik weet zeker dat er niks is,' zei hij, terwijl hij haar de sleutel gaf. 'We hebben een beetje...' Hij stopte, want hij wist niet goed hoeveel hij moest vertellen. 'We hebben in het weekend een kleine woordenwisseling gehad, dus waarschijnlijk is ze gewoon in een slechte bui. Maar zou je alsjeblieft even langs willen gaan om te kijken of alles in orde is en haar vragen of ze me wil bellen? Dat zou fijn zijn, Erin. Ik zou echt niet weten wat ik zonder je moest.'

Ze stond op en knikte. Was dat maar waar, dacht ze.

Tik, tik, tik. Summer draaide zich om, niet goed wetend of ze droomde of wakker was. Ze opende haar ogen en keek op haar wekker. Tussen de middag. Tik, tik, tik. Ze hoorde het weer. Ze schoof het dekbed opzij en steunde op haar ellebogen. Het kwam van de voordeur – een scherp aanhoudend gerammel met de klep van de brievenbus. Molly. Dat kon haast niet anders.

'Waar heb jij in vredesnaam uitgehangen?' vroeg Molly, terwijl ze naar binnen stormde. Summer moest in haar ogen wrijven en nog een keer kijken. Molly had geen make-up op, haar huid zag er vermoeid en gerimpeld uit, ze droeg een ultrastrakke marineblauwe yogabroek en een wit T-shirt, en ze had haar haren in een paardenstaart. Ze kon zich niet herinneren dat ze haar moeder ooit anders dan smetteloos opgemaakt en aangekleed had meegemaakt.

'Summer, luister je wel?' viel ze uit. 'Ik heb me vreselijke zorgen over je gemaakt.'

'Ik was in Milaan,' zei Summer. 'Dat wist je donders goed.'

'Maar ik dacht dat je gisteren terug zou komen. Ik was zo bezorgd.'

Summer trok een wenkbrauw op. 'Ik ben gisteren ook teruggekomen, maar het was al laat. Het is niks voor jou om meteen in paniek te raken.'

Molly probeerde gekwetst te kijken. 'Ik dacht dat je toestel om zeven uur landde. Ik heb een paar keer aangeklopt, maar er werd niet opengedaan. Ik wist gewoon niet wat ik ervan moest denken,' zei ze. Er viel een stilte. 'Er is toch niks?' De zon die naar binnen stroomde door de tuindeuren van de flat, weerkaatste van de lichtbeige muren en gaf de kamer de lichtheid van de kust. Niet echt flatterend voor Molly, dacht Summer. Haar moeder zag eruit alsof ze geen oog had dichtgedaan. Misschien had ze zich echt zorgen gemaakt.

'Nee, nee, er is niks. Het toestel had vertraging, meer niet,' zei ze gapend.

'Maar het was een leuk feest, hè?' zei Molly enthousiast. 'Ik zal Karin eens bellen om haar te bedanken. Heb jij haar al gesproken?'

Ze praatte snel en op de een of andere manier klonk het gemaakt, en Summer vroeg zich even af of haar moeder soms high was. 'Nee, ik heb Karin niet meer gesproken daarna.'

Molly pakte een paar druiven van de fruitschaal op de salontafel. 'Nou, ik dacht dat je Adam misschien had gezien in Milaan. Of ging hij daar niet heen na het feest?'

'Hij was in Parijs,' zei Summer, terwijl ze haar ogen neersloeg.

'Heb je nog wel met hem gepraat op het feest?'

Er viel weer een stilte. Beladen, als stilte voor de storm. Summer liep de kamer uit, naar de keuken, waar ze een fles mineraalwater uit de ijskast pakte. Molly was opgestaan om haar te volgen, maar Summer was alweer terug in de kamer en gooide de tuindeuren open. Ze voelde de warme ochtendzon op haar gezicht.

'Wat is dit? Een quiz of zo? Ja, ik heb met hem gepraat.' Ze stond nog steeds met haar rug naar Molly toe en keek strak naar een appelboompje in de tuin, waarvan de takken vol onvolgroeide vruchten zaten.

'Nou, hoe ging het? Je zag er beeldschoon uit zaterdag. Ik kon het bijna niet geloven dat je zondag gewoon bent vertrokken, terwijl je 's middags een eindje met hem had kunnen gaan varen, wat tijd doorbrengen samen en...'

'Mam, ik ben zwanger.'

Ze sloot de tuindeuren weer en liep de kamer in. Molly had een blik in haar ogen die aarzelde tussen afschuw en vreugde.

'Van Adam?' vroeg ze.

Summer knikte, en de tranen begonnen over haar gezicht te stromen.

'En, heb je het hem al verteld?' Molly liep naar haar toe en sloeg een arm om haar schouders. 'Je moet het hem vertellen, schat. Dit zal alles veranderen. Een kind zal alles veranderen.'

'Voor hem niet,' zei Summer mat. 'Hij zegt dat hij van Karin houdt. Hij zegt dat hij niet bij haar zal weggaan.'

'Karin doet er nu niet toe, schat,' zei Molly, terwijl ze Summers haar streelde. 'Dingen veranderen. Dit verandert de zaak. Je bent mooi. Hij zal je heus wel willen. En nu krijg je een kind.'

'Ja, een kind. Iets wat in me groeit, een klein mens. Geen chantagemiddel.'

Toen Molly haar dochter aankeek, zag ze dat ze holle ogen had en een strakke, verslagen trek om haar mond.

'Zo bedoelde ik het ook niet,' riep ze boos uit. 'Maar je moet het praktisch bekijken, schat. Jullie horen bij elkaar. En als dit kind jullie bij elkaar kan brengen, dan is dat prachtig, en als het dat niet kan, dan nemen we een advocaat in de arm om er zo veel mogelijk voor je uit te slepen.'

Summer maakte zich kwaad van Molly los. 'Waarom gaat het bij jou verdomme altijd over geld?' schreeuwde ze. 'Is dat echt het enige wat belangrijk voor je is? Kan het je ook maar ene moer schelen of ik misschien van Adam houd? Kan het je wat schelen dat ik wil dat hij bij me is omdat hij van me houdt en niet omdat ik een pil ben vergeten en zwanger ben geraakt en het niet kwijt wil?'

'Ik wil alleen maar wat het beste voor jou is, Summer,' zei Molly met schorre en onvaste stem.

'Nee, je wilt wat het beste is voor jou!' zei Summer met een voor haar doen ongewone kracht. 'Je zit altijd achter geld aan, je hunkert ernaar. Je denkt dat geld de oplossing voor al je problemen zal zijn, maar dat is niet zo. Kijk maar eens waar het ons heeft gebracht.'

'Wat wil je daarmee zeggen: "kijk maar waar het ons heeft gebracht"?'

Summer stiet een hol lachje uit. 'Ik ben zwanger van een man die niet van me houdt. Jij bent drieënveertig en alleen, met een kutreputatie, terwijl je ook getrouwd en gelukkig had kunnen zijn, in plaats van te parasiteren op rijke mannen en al je geld uit te geven aan drugs en feesten!'

Ze ging op de rand van de bank zitten, te moe om verder te gaan. Ze dacht aan de nare ruzie die zij en Molly hadden gehad toen ze was teruggekomen uit Norfolk en vroeg zich af of het iets had uitgehaald. Molly's opvattingen of gedrag waren er beslist niet door veranderd – dus wat had het voor zin om het allemaal nog een keer op te rakelen?

Buiten kwetterde een merel. De zon was achter een wolk verdwenen en even werd het iets killer. Ze keek naar haar moeder, die haar mond had samengetrokken. Haar kaken stonden strak en haar ogen verbitterd en afstandelijk.

'Het lijkt me beter om het hier niet meer over te hebben,' fluisterde Molly, terwijl ze haar hoofd liet hangen. Eerst klonk er gesnif, dat harder en harder werd. Toen ze weer opkeek, waren haar ogen roodomrand en haar wangen klam van de tranen. 'Ik heb jou uit liefde gekregen, en kijk eens waar me dat heeft gebracht,' zei ze, over haar wangen vegend.

Summer wist niet wat haar meer verbaasde; het feit dat Molly huilde – Molly huilde echt nooit – of wat haar moeder net had gezegd. Summer kende het verhaal over haar vader, Jeff Bryant. Molly had hem in het clubcircuit in New York leren kennen, aan het begin van de jaren tachtig, voordat de schaduw van aids een einde had gemaakt aan het ongeremde van bed naar bed hopsen, en het leven één groot feest was geweest tussen de modellenopdrachten door. Bryant kwam uit een New Yorkse familie van oud geld, die voor de lol een beetje in de reclame werkte. Toen Molly hem van haar zwangerschap had verteld, had hij haar als een baksteen laten vallen, en hij had geweigerd om haar nog te zien of zelfs maar haar telefoontjes te beantwoorden. Molly was weer naar Londen verhuisd en ze had nooit meer iets van Jeff vernomen. Summer had geen seconde gedacht dat Molly zo veel om hem had gegeven.

'Je hebt me nooit verteld dat je van Jeff hield,' zei ze zacht. 'Je hebt altijd gezegd dat het gewoon een feestbeest was die je in het clubcircuit had leren kennen.'

Molly haalde diep adem en keek Summer bedroefd aan. 'Jeff Bryant is je vader niet.'

'Wat?' Summer zette haar glas water op de salontafel, stomverbaasd.

Het duurde even voordat Molly reageerde.

'De zomer voordat ik Jeff ontmoette, had ik bij een opening een Engelse kunstenaar leren kennen die James Bailey heette.

Een kunstenaar! Ik was diep onder de indruk. Ik ging ervan uit dat hij een nieuwe Basquiat was, een Keith Haring, een van die opwindende nieuwe namen die in die tijd veel furore maakten in het New Yorkse societycircuit. Dat was hij niet.' Ze lachte wrang.

'Hij woonde in een flatje zonder lift in Hell's Kitchen, en zat niet bij een of andere hippe galerie. Hij was gewoon een hardwerkende kunstenaar die aan de bak probeerde te komen, die deed wat hij het liefste deed in een stad die het centrum van de kunstwereld was.'

'Is hij mijn vader?' Het kostte Summer moeite om die woorden uit te spreken.

'Hij was zo knap,' zei Molly, glimlachend bij de herinnering. 'Op straat keken de vrouwen hem gewoon na. En hij was ook een aardige man. Een heel aardige man.'

'Hield je van hem?'

Molly knikte bijna onzichtbaar.

'Dus je raakte zwanger en je hield van hem. Wat is er in godsnaam gebeurd?'

'We gingen ongeveer drie maanden met elkaar toen ik ontdekte dat ik zwanger was. Ik herinner me de avond nog dat ik naar James toe ging om het hem te vertellen. Het was een snikhete avond. Zijn kleine, smerige flatje had geen airconditioning. Ik had die middag een opdracht gedaan voor het tijdschrift *Mademoiselle* en een ander model bij de shoot liet me de verlovingsring zien die ze net van een of andere Wall Streetbankier had gekregen.' Molly keek haar dochter met glinsterende ogen aan. 'O, het was zo'n mooie ring, Summer. Ik zie hem nog voor me. Een diamant zo groot als een nagel, die fonkelde onder de studiolampen.'

Summer begon haar hoofd te schudden, maar Molly vervolgde haar verhaal. 'Ik keek om me heen in dat kleine appartementje, bezaaid met verf en penselen, en dacht alleen maar, wat doe ik hier in vredesnaam? Heel kort had het zo romantisch geleken. Een lange, hete zomerromance met die lieve schat van een kunstenaar, maar...'

'Maar wat?' vroeg Summer scherp.

'Maar als je dit lichaam hebt meegekregen, dit gezicht,' zei

Molly, terwijl ze op zichzelf wees. 'Ik wist dat ik beter kon krijgen voor mezelf. Ik wist dat ik beter kon krijgen voor jou!'

'Dus maakte je het uit met James?'

Molly knikte, haar gezicht een masker van verzet. 'Een week daarna leerde ik Jeff Bryant kennen in The Limelight. Hij was rijk, Summer, echt rijk. Zijn vader bezat half Boston. Hij was de rebel van de familie, maar wel de erfgenaam. Een paar weken later vertelde ik hem dat ik zwanger van hem was.'

Summer haalde haar neus op. 'Je dacht dat je hem daarmee kon strikken, maar dat pakte averechts uit. Hij liet je barsten en toen ben je teruggegaan naar Londen?' vulde Summer het verhaal voor haar aan. 'En heb je James ooit over me verteld?'

'Nee,' zei Molly, 'er zat niks anders op, schat. James was een fatsoenlijke man. Hij had dan vast gewild dat we bij elkaar zouden blijven om een gezinnetje te vormen. Nou, ik had geen zin om als moeder en muze van de kunstenaar van de bedeling te moeten leven, verdomme.'

'Maar je verdiende zelf toch!' riep Summer.

Molly lachte. 'Zo veel ook weer niet. Ik was model vlak voordat het grote geld zijn intrede deed in de modewereld; toen Linda en Christie en Naomi ten tonele verschenen, kon je zo een nul aan je gage toevoegen. Oké, ik had succes, maar echt rijk werd je er toen niet van. In die tijd had je een rijke man nodig, schat, om een beetje een leuk leven te kunnen leiden.'

'En mijn vader weet nog steeds niets van mijn bestaan?' vroeg Summer.

'Nee, dat was beter,' zei Molly, met iets smekends in haar stem. 'Ik wilde je een beter leven geven. Als ik ooit al druk op je heb uitgeoefend wat betreft Adam, dan was dat omdat je niet zoals ik wilt eindigen.'

'Maar James is mijn vader. Ik heb het recht om hem te leren kennen.'

'Dat kan niet. Niet nu.'

'Waarom niet?' viel Summer uit.

'Omdat het verdomme te lang geleden is!' schreeuwde Molly.

'Voor jou misschien, maar niet voor mij,' zei Summer. 'Weet je waar hij woont?'

'Summer, alsjeblieft. Laat het rusten.'

Summer keek naar haar moeder, verfomfaaid in haar vrijetijdskleren, met slordige haren, rimpels in haar gezicht en opgezette ogen van het huilen. Ze leek nog meer een vreemde dan anders.

'Ga weg,' zei Summer.

'Summer, alsjeblieft. We moeten het over Adam hebben, over de baby.'

'Alsjeblieft, Molly, ga nou maar gewoon weg. Ik wil alleen zijn.'

En nadat Molly de deur zacht achter zich had dichtgetrokken, liet Summer zich op de grond zakken en begon te snikken, terwijl ze zich afvroeg hoe het kon dat alles in haar leven binnen zo korte tijd uit elkaar was gevallen.

64

In Karins huis brandden maar een paar lampen die zachtroze gloeiden achter de gordijnen, terwijl de schemering viel. Erin bleef even in haar auto zitten, met de motor uit, en luisterde naar de achtergrondgeluiden: een auto in de verte, op een drukkere weg, een bries die bladeren over het trottoir blies. Ze stapte pas uit toen ze zich kalm voelde, want ze wist dat een nieuwe ruzie met Karin niets zou opleveren.

Het was een groots huis, dacht ze, terwijl ze de paar treden op liep, maar het was te mooi en netjes om intimiderend te zijn. Het was een hoog, smal, wit gebouw, iets van de weg gelegen, met een glanzende zwarte voordeur en Georgian ramen met plantenbakken vol bloemen ervoor. Ze liet de grote bronzen klopper een paar keer ratelend neerkomen. Geen reactie. Hoe graag ze Karin ook wilde mijden, ze had ook weinig zin om zichzelf binnen te laten met Adams sleutel. Dat voelde te opdringerig en vrijmoedig. Karin kon wel van alles aan het doen zijn – met wie dan ook, dacht ze cynisch. Ze liep naar de zijkant van het huis, waar een keukenraam op een kier stond. Ze tuurde erdoor en riep Karins naam. Het bleef stil in huis.

Nadat ze nog een keer Karins mobieltje en gewone telefoon had geprobeerd, legde ze zich erbij neer dat ze zichzelf zou moeten binnenlaten. De deur ging krakend open. Het enige geluid was het getik van Erins hakken op de houten vloer. Voor haar bevond zich een brede trap met dikke crèmekleurige vloerbedekking erop; links van de ingang was de woonkamer. Het was volkomen stil. Geen televisiegeluiden, geen kookgeluiden, slechts de stilte van een leeg huis. Ze liep door naar de keuken, een prachtige ruimte met witgelakte kastjes en een granieten aanrecht. Het was een showkeuken, een keuken om naar te kijken, niet om in te koken, dacht ze, terwijl ze om het kookeiland heen liep; een eenzame fles wijn stond op het werkblad.

'Karin? Ben je thuis?'

Er steeds meer van overtuigd dat ze alleen was, liep ze verder naar de grote open eetruimte aan de achterkant van het huis. Ze legde haar autosleutels op de glazen tafel; het gekletter waarmee ze op het glas vielen, maakte haar aan het schrikken. Op tafel lagen de krant van gisteren, een paar Italiaanse tijdschriften en een pakje kauwgom. Ze zag dat het eetgedeelte overging in de woonkamer. Toen ze ernaartoe liep, kreeg ze ineens een naar gevoel. En toen zag ze haar. Ze klemde haar lippen op elkaar toen ze gal naar boven voelde komen. Karin lag op de grond, met haar donkere haren als een waaier om haar heen. Uit haar hoofd stroomden riviertjes van bloed als de slangen van Medusa. O, het bloed. Er was zo veel bloed.

Ze liep voorzichtig naar Karin toe, zichzelf dwingend om te kijken of ze nog een teken van leven zag. Ze kokhalsde weer. Haar knieën begaven het. Over de vloer kruipend, pakte ze haar mobieltje uit haar tas en toetste met trillende vingers Adams nummer in.

'Erin.' Adam klonk geïrriteerd. 'Ik zit te eten, kan ik jou of Karin over een halfuurtje terugbellen?'

'Kom alsjeblieft snel hierheen,' fluisterde ze, nauwelijks bij machte om de woorden hardop uit te spreken. 'Ik ben bij haar thuis. Karin ligt hier. Volgens mij is ze dood.'

De politie was er eerder dan Adam. Voordat Erin tijd had om te verwerken wat er was gebeurd, was het huis al met linten afgezet; rode en blauwe lichten zwaaiden door de straat en er liepen agenten rond met aantekenboekjes en portofoons. Ze blaften bevelen en deden expres vaag over wat ze aan het doen waren.

Hoofdinspecteur Michael Wright van het moordteam van Scotland Yard zag eruit alsof hij niet in de woonkamer van Karin Cavendish thuishoorde. Hij zag eruit alsof hij in geen enkele huiskamer thuishoorde. Michael Wright was het cliché van een rechercheur, op zijn gemak in kroegen en wedkantoren, een man die twintig jaar van zijn leven had gegeven aan de baan die hem zijn huwelijk en zijn gezondheid had gekost. Hij rookte veertig Lambert & Butlers per dag, en zijn drankprobleem was alleen maar groter geworden nadat zijn vrouw Lynn hem drie jaar geleden het huis uit had geschopt.

Terwijl hij in de elegant ingerichte kamer afwezig naar het behang van Colefax & Fowler zat te staren, vroeg hoofdinspecteur Wright zich af waarom het hem niet was gelukt om deze levensstandaard te bereiken. Wat een keuze had hij gemaakt. Hij wierp een blik op Adam Gold, in gedachten hun netto-inkomens vergelijkend, en moest een proestlach onderdrukken. Hij had gefaald in de ratrace en hij had ook gefaald in zijn levensroeping, dacht hij bars, terwijl hij naar Karins lichaam keek dat het huis werd uit gereden. Hij was er niet in geslaagd om de straten schoon te vegen en deze vrouw te redden. Maar verdomme nog aan toe, hij zou de dader te pakken krijgen, dacht hij. Het monster dat iemands leven had genomen. Hij haalde een hand door zijn haar en nam het tafereel in ogenschouw. Er stonden al een paar feiten vast. De patholoog schatte dat het tijdstip van overlijden ergens lag tussen acht en tien uur gisteravond. De doodsoorzaak was het doorsnijden van de halsslagader. Ze was op haar hoofd geslagen met een glazen voorwerp dat in scherven op het tapijt lag.

'Kunnen we nog een keer op een rijtje zetten wat u allemaal weet, Mr. Gold?' vroeg hoofdinspecteur Michael Wright, terwijl hij naar de chic geklede man tegenover hem keek.

Adam knikte met gebogen hoofd. Michael mocht de baas

van de Midas Corporation niet; er hing iets fouts om hem heen. Bovendien gaven zijn ervaring en de politiestatistieken hem gegronde redenen om de partner van het slachtoffer te verdenken; en niemand kon zo veel geld verdienen als Adam Gold zonder een meedogenloze klootzak te zijn. Maar daar zou hij het nu niet over hebben. Mannen als Gold hadden overal connecties, en als hij iets verkeerds zei, kon die vent hem heel wat problemen bezorgen.

'We waren net terug van ons verlovingsfeest in Italië,' zei Adam mat. Zijn ogen keken uitdrukkingsloos. 'Ik ben naar Parijs gevlogen voor zaken en ben maandagavond teruggekomen. 's Avonds heb ik een hapje gegeten met mijn vicepresident. Karin en ik waren niet elke avond samen – we zijn allebei zeer drukbezette zakenmensen – hoewel we elkaar meestal wel even spreken. Toen ik vanochtend nog niks van haar had gehoord, begon ik me dan ook een beetje ongerust te maken, dus heb ik mijn assistente naar Karins huis gestuurd. En die heeft haar gevonden.'

Op het eerste gezicht leek het erop dat Adams jonge assistente een indringer had gestoord. In de keuken stond zowel een raam aan de zijkant als aan de achterkant op een kier, hoewel niets wees op een gevecht.

'En met wie was u tussen acht uur en middernacht gisteravond, sir? Ik wil graag weten waar u was. Dat is pure formaliteit,' zei hoofdinspecteur Wright, met zijn pen in de aanslag.

'Met mijn collega Marcus Blackwell. Mijn assistente kan u zijn nummer geven, dan kan hij het bevestigen.' Adam pakte een visitekaartje uit zijn zak en gaf het aan Michael. 'Dit is mijn privénummer. Het nummer van Erin, mijn assistente, staat er ook op.' Hij wreef over zijn ogen en zuchtte diep.

'Ik begrijp dat dit erg moeilijk voor u is, Mr. Gold,' zei Wright met aangeleerd medeleven. 'Ik wil nog een paar dingen vaststellen over gisteravond, en dan zal ik u verder met rust laten. Want daar zult u wel behoefte aan hebben.'

'Heb ik u nog niet genoeg verteld dan?' viel Adam uit.

'Helaas zal het onderzoek een behoorlijke inbreuk maken op uw privéleven,' vervolgde Wright. 'We zullen zo veel mogelijk over Karins leven te weten moeten komen om een zo volledig mogelijk beeld te krijgen. Vrienden. Vijanden. Weet u zeker dat miss Cavendish geen vijanden had?'

'Vijanden, nee,' antwoordde Adam hoofdschuddend. 'Maar ik neem aan dat u achter die gek aan gaat die haar de hele zomer al heeft lastiggevallen?'

Michael Wright keek snel op. 'Een gek? Wie dan?'

'Een of ander joch dat Evan Harris heet. Zijn ouders wonen in het huis dat op de achterkant van dat van Karin uitkijkt. In de zomer is hij een paar keer betrapt toen hij haar volgde en bespiedde. We hebben uiteindelijk een straatverbod laten uitvaardigen.'

'En heeft hij haar daarna nog lastiggevallen?'

Adam haalde zijn schouders op. 'Nee, maar hij is wel een kleine mafkees. Als u niet grondig onderzoek naar hem doet, dan zal ik andere mensen inhuren om dat te doen.'

Wright sloeg zijn aantekenboekje dicht. 'Nergens voor nodig om met geld te gaan smijten, Mr. Gold. Ik kan u verzekeren dat we ons werk naar behoren zullen doen.'

Hij keek even de hal in. Hij zag dat dat meisje, Erin Devereux, dat het lichaam had gevonden, nog steeds stond te wachten. Terwijl hij keek, haastte zijn brigadier Jim Beswick zich langs haar heen.

'Wat gevonden, Beswick?' vroeg Wright.

'Evan Harris. Een jongen die in de buurt woont.'

Adam en Wright wierpen elkaar een snelle blik toe.

'Hij heeft miss Cavendish afgelopen zomer lastiggevallen,' vervolgde Beswick wat zachter, want hij wilde niet dat mogelijke verdachten het zouden horen. 'We hebben zijn vingerafdrukken al in ons bestand en die komen overeen met vingerafdrukken die we hebben aangetroffen op de vensterbank van het keukenraam.

'Waar wacht je dan nog op?' snauwde Michael Wright. 'Laat hem oppakken.'

Erin kwam net voor het donker thuis. Ze was nog nooit zo blij geweest om haar appartement te zien. Ze was veertig minuten lang ondervraagd door de norse hoofdinspecteur en had zich elke minuut ervan schuldig gevoeld. Ze wist zeker dat ze er ook zo had uitgezien.

Net toen ze haar sleutel in het slot stak, hoorde ze een deur opengaan. Ze draaide zich om.

'Hoi, Erin,' zei Chris met een bezorgde blik.

'Hoi,' zei ze zacht, terwijl ze hem in stilte smeekte om aardig te doen. Wat ze nu nodig had, was een vriend, geen herinnering aan hun mislukte vriendschap.

'Ik wilde net naar je toe gaan om te kijken of alles in orde was. Ik hoorde op mijn werk van de nieuwsredactie wat er is gebeurd met Karin.'

Ze knikte en voelde een traan over haar wang biggelen. De last van alles wat er de afgelopen maand was gebeurd, was ineens niet meer te dragen.

Hij kwam naar haar toe en sloeg zijn armen om haar heen. Ze bleef doodstil staan, en terwijl ze de geur van zijn trui opsnoof, voelde ze zich heel even beschermd.

'Laten we naar binnen gaan,' zei hij. Hij duwde haar voordeur open en bracht haar naar de bank.

Ze nestelde zich erop, met haar armen om haar knieën geslagen, terwijl Chris meteen water ging opzetten.

'Wist je ook dat ik haar heb gevonden?' vroeg ze zacht, toen hij weer terug was en tegenover haar was gaan zitten.

Hij schudde zijn hoofd en gaf haar een kop koffie. 'Wil je erover praten?'

Ze wilde Chris vertrouwen. Ze moest hem vertrouwen. Ze was te bang, te eenzaam en te bezorgd om deze last alleen te kunnen dragen. Chris ging ook op de bank zitten, en ze draaide zich om en schoof haar voeten onder hem.

'Ik ben zo bang dat de politie zal denken dat ik het heb gedaan,' fluisterde ze.

'Doe niet zo maf. Dat je het lichaam hebt gevonden, wil nog niet zeggen dat ze je als verdachte zullen beschouwen,' zei hij op montere en geruststellende toon.

Ze keek hem aarzelend aan. 'Als ik je iets vertel, beloof je me dan dat je niet zult denken dat ik haar heb vermoord?'

'Natuurlijk niet,' zei hij kalm, hoewel zijn nieuwsgierigheid meteen was geprikkeld.

'Ik heb ruziegemaakt met Karin, in Como,' zei ze, en toen vertelde ze hem het verhaal dat Jilly haar een paar dagen eerder had verteld, en ze beschreef hoe Karin had gereageerd toen ze haar ermee had geconfronteerd. Onder het praten begon ze steeds meer te beseffen dat ze een heel schuldige indruk maakte, en ze werd bang.

'Chris, als de politie het ontdekt van onze families, dan ben ik erbij, hè?' zei ze, terwijl een gevoel van angst haar maag samenkneep. 'Als ze ontdekken dat mijn vader zelfmoord heeft gepleegd omdat Karins vader zijn bedrijf om zeep heeft geholpen – nou, dan ziet het er niet best uit, hè? Dat zou best een motief voor moord kunnen lijken, het zou lijken alsof ik wraak wilde nemen.'

Chris zei niets, en Erin kreeg het koud. 'Ik heb het echt niet gedaan,' fluisterde ze.

'Dat weet ik wel,' zei hij, terwijl hij naar haar toe schoof en haar haren streelde. Hij keek er ongemakkelijk bij en stopte weer. Het verbaasde haar dat ze wilde dat hij ermee doorging.

'Maar je hebt gelijk, het ziet er niet best uit. Als je weer wordt ondervraagd, moet je de politie vertellen wat je mij net hebt verteld. Je kunt het ze beter zelf vertellen dan dat ze het later ontdekken.'

'Nou, laten we hopen dat ze de dader gauw vinden. Heb jij vrienden bij de krant die weten of ze misschien al een verdachte hebben?'

'Ik kan een vriend van me, Mark, van de misdaadverslaggeving, wel even bellen. Hij zal er vast een artikel over schrijven.'

Ze voelde een sprankje hoop. 'O, zou je dat willen doen? Alsjeblieft?'

Hij knikte en pakte de telefoon.

65

Als Summer Sinclair naar het journaal van zes uur had gekeken, zou ze hebben gezien dat de dood van Karin Cavendish het belangrijkste nieuws van die dag was. Summer had echter haar bad laten vollopen en haar mobieltje uitgezet, en toen ze zich in het warme water liet zakken, wist ze totaal niet wat er in de wereld buiten haar badkamer gebeurde. Niets weten had op dat moment iets heel aantrekkelijks voor haar; een klein stemmetje in haar achterhoofd vertelde haar dat ze zich onder het schuim moest laten zakken en nooit meer bovenkomen. Maar terwijl ze in het afkoelende water lag, dwong ze zichzelf haar situatie in een wat optimistischer licht te bekijken. Er moest ook een goeie kant aan zitten, dacht ze, terwijl ze schuimbelletjes kapot kneep tussen haar vingers. Ze was nog maar zo kort zwanger dat ze waarschijnlijk best die rol in *Krakatoa* kon spelen. En wat belangrijker was, de situatie met Adam had nog veel beroerder kunnen zijn. Hoewel hij wat betreft haar zwangerschap in een ontkenningsfase leek te verkeren, was het gevreesde woord 'abortus' niet over zijn lippen gekomen – dat gaf toch nog een sprankje hoop. Een kind betekende dat ze hem altijd in haar leven zou houden, zelfs als hun kind na verloop van tijd alleen nog maar een herinnering zou zijn aan hun tijd samen. En er bestond ook nog steeds de kans dat Adam, naarmate haar zwangerschap vorderde, van gedachten zou veranderen en hun kind samen zou willen grootbrengen. De kans daarop was niet groot, maar ze kon altijd blijven hopen.

Ineens welde er woede in haar op, omdat James Bailey, haar vader, die kans was ontzegd. Hoewel Summer na hun laatste ruzie wat afstand tussen haar en Molly wilde bewaren, wilde ze ook dolgraag meer over James te weten komen – wie hij was, waar hij woonde. Het gekke was dat ze, in al die jaren dat ze had gemeend dat Jeff Bryant haar natuurlijke vader was, nooit echt de behoefte had gevoeld om hem te leren kennen; ze had hem koppig afgewezen omdat hij Molly en haar in de kou had laten staan. Maar James Bailey had nooit geweten van haar bestaan. Hij was ook een slachtoffer, en ze verdienden allebei de kans om elkaar te leren kennen. Als hij dat wilde natuurlijk. Als hij nog leefde.

Ze klom uit bad met een wat positiever gevoel, maar ook met hoofdpijn, die ze weet aan de vochtige lucht in de badkamer. Een uur later echter had het doffe gebonk in haar hoofd zich naar beneden verspreid en had ze stekende buikkrampen. Ze wreef zacht over haar buik, in de hoop dat het over zou gaan, maar toen de minuten wegtikten en de krampen frequenter werden, begon ze bang te worden. Alle zwangere vrouwen liepen de eerste drie maanden rond met het spookbeeld van een miskraam, en Summer was daarop geen uitzondering. Met een bonkend hart kroop ze in bed en ging in de foetushouding liggen. Het lukte haar om in een lichte slaap te dommelen. Maar toen ze wakker werd, net toen het licht door de gordijnen naar binnen begon te sijpelen, voelde ze zich zweterig en misselijk, en haar paniek nam toe toen tot haar doordrong dat de krampen heviger waren geworden. Ze liep wankelend naar de keuken om ontbijt klaar te maken, maar ze kon het niet; bovendien kwamen de krampen nu om de paar minuten. Adam had erop gestaan dat ze een afspraak zou maken met een beroemde verloskundige in Harley Street en die was gepland voor aanstaande maandag, maar ze wist dat ze niet zo lang kon wachten. Ondanks hun ruzie had ze Molly's hulp nu meer dan ooit nodig. Ze liep duizelig de trap op en klopte aan. Toen tot haar doordrong dat er niemand thuis was, zonk de moed haar in de schoenen. De krampen kwamen nu in een steeds hoger tempo, als een rotsblok dat van een steile helling af rolt en onderweg stof en scherpe kiezelsteentjes verzamelt. Ze had ook een zeurderig gevoel in haar schouder, alsof ze een spier had verrekt. Omdat ze wist dat haar huisarts ook wel patiënten behandelde die zonder afspraak op de praktijk kwamen, trok ze een joggingbroek en een trui aan. Ze stond nog maar net buiten toen een verschroeiende pijn door haar onderbuik trok, zo scherp en hevig dat het was alsof ze in tweeën werd gezaagd. Ze vroeg zich af of het haar zou lukken weer naar binnen te gaan, maar haar benen voelden te verzwakt. Ze greep zich vast aan het tuinmuurtje en kotste op de stoep. Ze probeerde adem te halen, maar het was alsof er geen zuurstof in haar longen kwam; ze was zo duizelig dat het was alsof kogellagertjes als gekken door haar hoofd draaiden. De pijn was nu bijna onverdraaglijk, en haar zicht werd steeds waziger, tot de huizen en bomen in de straat niet meer dan een reeks gedempte kleuren en vormen voor haar ogen waren. Ze probeerde haar mobieltje te pakken, maar alle kracht leek uit haar lichaam verdwenen. Het laatste wat ze voelde, was een zachte bonk tegen de zijkant van haar hoofd.

'Kun je ons ook vertellen wat er is gebeurd?' vroeg een zachte vrouwenstem toen Summer haar ogen iets opende. Ze voelde zich gedesoriënteerd en bang, maar begreep wel dat ze in een ambulance lag. Ambulancepersoneel – een man en een vrouw – keek haar bezorgd aan. De geluiden om haar heen klonken ver weg en vervormd, alsof ze er onder water naar luisterde.

'Een buurman heeft je op de stoep gevonden, maar hij kon ons verder weinig vertellen. Lijd je aan een bepaalde ziekte?' vroeg de vrouw, terwijl de sirene op de achtergrond loeide. Een traan biggelde over Summers wang. 'Ik ben zwanger,' fluisterde ze, terwijl ze weer buiten bewustzijn raakte. 'Ik ben zwanger.'

Summer deed haar ogen open en kneep ze meteen weer samen tegen het felle tl-licht. Ze zag de vieze, afbladderende verf op een plafond en gezichten die naar haar keken, minstens vijf of zes. Artsen in witte jassen, en verpleegsters.

'Waar ben ik? Wat is er?' vroeg ze hees.

Een vrouwelijke arts nam het woord. 'Ik ben dokter Shaw, Summer. Je zwangerschap is ectopisch, wat inhoudt dat de foetus buiten de baarmoeder groeit.'

'Mijn baby. Is daar alles goed mee?' fluisterde ze.

'Je eileider is gesprongen. We hebben je morfine gegeven om de pijn wat te verzachten, maar je moet onmiddellijk geopereerd worden.'

Summer was weer genoeg bij bewustzijn om te weten dat dit geen goed nieuws was. En ze had ook nog steeds pijn, die haar hele lichaam leek te verteren, als een brand. Een verpleegster had haar hand beetgepakt en nam haar pols op. Summer ontging de urgente, bezorgde blik die ze op de arts wierp niet.

'Ze heeft een erg lage polsslag,' zei de verpleegster.

Dokter Shaw wees naar de deur en beval iedereen in actie te komen. 'Ze moet nu meteen naar de ok,' zei ze op dringende toon. 'Is er al iemand gebeld, is er iemand bij je?' vroeg de arts, terwijl Summer voelde dat haar bed door de gang werd geduwd. Ze was bang, doodsbang, ze voelde het leven uit haar lichaam wegvloeien.

'Ga ik dood?' fluisterde ze, terwijl ze haar hand van het bed probeerde te tillen.

Dokter Shaw legde haar hand op die van Summer. Hij voelde warm en krachtig aan. 'Wie moeten we bellen?' vroeg ze vriendelijk. Summer kon de blik op het gezicht van de oudere vrouw lezen. Een flits van medelijden, bezorgdheid en droefheid die de arts niet kon verhullen.

'Mijn mobieltje,' fluisterde Summer. 'Mijn mobieltje zit in mijn tas. Molly Sinclair.' Hun ruzies waren ineens onbelangrijk geworden. Ze wilde dat haar moeder er was.

Het bed werd steeds sneller voortgeduwd, door klapdeuren heen, en het felle ziekenhuislicht verblindde haar bijna. Haar handen trilden. Als ze zou sterven, dan wilde ze niet alleen zijn. Het werd te moeilijk, te uitputtend om te praten. Ze tilde haar hand van het bed om de arts te wenken, maar verloor toen weer haar bewustzijn.

Hoofdinspecteur Michael Wright zat in het halfduister van zijn tweekamerflat in Putney. Het was een krappe ruimte, aan hem verkocht als 'een juweeltje van een appartement in het mooiste gedeelte van Londen'. Hij haalde schamper zijn neus op, terwijl hij een koud biertje uit de ijskast pakte en dacht aan Karin Cavendish' vorstelijke huis. Niet dat al dat geld haar veel goeds had gebracht, dacht hij, terwijl hij het bier aan zijn mond zette. Hij wreef over zijn slapen en kreunde. Wat een dag. Hoewel hij Evan Harris drie uur lang had ondervraagd, had hij hem niet in staat van beschuldiging kunnen stellen. Zijn advocaat was bijzonder scherp en agressief geweest; blijkbaar hadden de ouders van de jongen geld en hadden ze een of andere dure hotshot ingehuurd om hun zoon bij te staan. Michael wist dat hij eigenlijk op het bureau zou moeten zijn, maar hij was zo moe dat hij niet helder meer kon denken, en het koude bier dat door zijn droge keel gleed, was de enige aangename ervaring die hij sinds dagen had gehad.

Hij ging in een versleten leunstoel zitten zonder de moeite te nemen de lampen aan te doen. De gloed van straat wierp een gedempt schijnsel naar binnen dat goed bij zijn stemming paste. Op dit soort momenten kon hij het beste denken, was zijn ervaring, als zijn geest ontspannen was door de alcohol en hij alleen was, zonder afleidingen, en de stukjes van zijn zaak aan elkaar kon passen, als een legpuzzel, tot hem alles duidelijk werd en het hele plaatje zichtbaar werd. Terwijl hij de stukjes in zijn hoofd ronddraaide, kreeg hij een ongemakkelijk gevoel; iets aan het onderzoek leek niet te kloppen. Alles wees naar Harris, de slaapkamer van de jongen had vol gehangen met knipsels over Cavendish, er was een straatverbod tegen hem uitgevaardigd, en wat het belangrijkste was: toen de vingerafdrukken op de vensterbank van Karin overeen bleken te komen met die in het politiebestand, had Harris toegegeven dat hij op de avond van haar dood in Karins tuin was geweest. Hij was een bezeten, achttienjarige eenling die blijkbaar aan verlatingsangst leed. Hoewel hij nog bij zijn ouders woonde, was het duidelijk dat hij hen nauwelijks zag; uit wat Martin had kunnen opmaken, was het een jongen die niet alleen dolgraag van iemand wilde houden, maar ook wilde dat er van hem werd gehouden. Dat maakte echter nog geen moordenaar van hem.

Wat Wright het meest dwarszat, was het gebrek aan forensisch bewijs. Michael betwijfelde of Karin zich had verzet. Hij had aan ontelbare geweldplegings- en moordzaken gewerkt waarin het slachtoffer verzet had geboden. Er was altijd wat te vinden: onthullende bloedsporen, vezels uit de kleding van de moordenaar, huid of haar onder de nagels van het slachtoffer. Maar in Karins geval wees het voorlopige autopsierapport uit dat er niets was. Ze had zich niet verzet. De klap was onverwacht gekomen voor haar. En dat betekende dat ze de dader waarschijnlijk had gekend.

Het journaal van gisteravond had veel aandacht aan de dood van Karin Cavendish besteed, en daarna was er langzaam meer informatie naar buiten gesijpeld. Twee van haar buren verklaarden dat ze tussen ongeveer acht uur en halfnegen een sportwagen voor haar huis hadden zien staan. Michael wist niet precies hoe belangrijk dat detail was. Dat er een sportwagen stond geparkeerd in een straat in Kensington, was niet echt ongewoon, maar toch had hij dat gegeven opgeslagen in zijn mentale database.

Hij strekte zijn benen en hield het bierflesje tegen zijn voorhoofd. Wat had Evan ook alweer gezegd over een telefoongesprek? De jongen beweerde dat Karin, toen hij bij haar raam had gestaan, gebeld was door ene Maggie. Natuurlijk had hij bij het telefoonbedrijf meteen een lijst opgevraagd van inkomende en uitgaande telefoontjes, maar dat ging allemaal niet zo snel. Ineens sprong hij op en liep naar een kale boekenplank. Michael was geen groot lezer; hij had er de tijd niet voor. Er lagen een paar golfbladen en er stonden een doe-hetzelfboek, wat fotoboeken over de Tweede Wereldoorlog en een handjevol thrillers. Hij pakte het boek dat aan het einde van de plank stond: *Het Grote Babynamen Boek*. Hij had zich altijd afgevraagd waarom dat boek op zijn plank stond. Toen hij drie jaar geleden bij zijn vrouw was weggegaan, moest het er bij het haastige inpakken van zijn bezittingen tussendoor zijn geglipt. Glimlachend herinnerde hij zich dat hij en zijn exvrouw Lynn dat boek hadden verslonden, Lynn met haar opgezwollen zwangere buik, en allebei duizelig van opwinding over het komende ouderschap. Hij had het boek gewoon niet weg kunnen gooien; het vormde nog een laatste band met gelukkiger tijden. Voordat hij een drankprobleem had gekregen, voordat het werk zijn leven had opgeslokt. Voordat Lynn hem was gaan haten omdat hij nooit thuis was.

Hij bladerde de vergeelde bladzijden door tot hij bij de meisjesnamen was aanbeland. Hij keek onder de M. Hij zette zijn bril op en begon de namen hardop voor te lezen: 'Maggie... Mandy... Molly.'

Hij pakte een vel papier en schreef ze allemaal op.

66

Om halfnegen 's ochtends liep hoofdinspecteur Michael Wright het gebouw van de Midas Corporation in voor zijn afspraak met Adam Gold, met slechts een lichte kater. Veel mensen zouden het raar hebben gevonden dat een man in de rouw gewoon op zijn werk was, maar zijn vele jaren bij de politie hadden de rechercheur geleerd dat iedereen anders op verdriet reageerde; voor sommigen was zo normaal mogelijk verder gaan met het leven de beste manier. Nadat hij naar Golds kantoor was gebracht, ging hij in een stoel tegenover Adams bureau zitten en keek hem onderzoekend aan. God, hij ziet er nog beroerder uit dan ik, dacht hij. Adam had wallen onder zijn ogen en een permanente rimpel tussen zijn wenkbrauwen.

'Kunt u me ook zeggen of de naam Maggie u iets zegt, Mr. Gold?' begon hij.

Adam haalde alleen zijn schouders op en schudde toen zijn hoofd.

Michael drong aan. 'Of Mandy? Molly?'

'Molly? Ja.' Adam keek geschrokken op. 'Molly Sinclair behoort tot onze vriendenkring.'

'Molly Sinclair, het model?' vroeg Michael. 'Was zij een vriendin van miss Cavendish?'

Adam knikte. 'Hoewel ik moet zeggen dat ze niet echt dikke vriendinnen waren.'

Wright maakte een aantekening en keek toen nieuwsgierig op. 'Hoe bedoelt u dat? Hebben ze onenigheid gehad?'

'Nee, niet dat ik weet.' Hij zweeg even. 'Ik neem aan dat ze elkaar gewoon als concurrentes beschouwden.'

'Genoeg om er een moord voor te plegen?' vroeg Wright snel.

Adam lachte spottend. 'Molly Sinclair mag dan van alles zijn, maar ze is beslist geen moordenares.'

Wat is ze dan wel, vroeg Michael zich af, terwijl hij terugdacht aan twintig jaar geleden, toen hij op de politieacademie een foto van Molly Sinclair op de binnenkant van zijn kastje had geplakt. Benen zo lang als Afrika. Die beroemde waterval van geelbruine manen. Ze bezat veel meer sexappeal dan al die magere naaktmodellen, was natuurlijker en aardser dan de modellen op de middenpagina van *Playboy*. Ze moest ongeveer van zijn leeftijd zijn. Midden veertig. Was ze getrouwd? Rijk? Wat als ze dat niet was? Misschien had Gold gelijk, dacht hij, misschien speelde er iets van jaloezie mee. Het was vast niet gemakkelijk om jongere vrouwen als Karin Cavendish de aantrekkelijke, rijke mannen te zien inpikken die vroeger op haar zouden zijn gevallen.

'Maar hoe zit het met Harris?' vroeg Adam. 'Ik dacht dat jullie hem hadden gearresteerd. Is er een bepaalde reden dat jullie het onderzoek uitbreiden?'

Michael Wright glimlachte bij zichzelf. Hoe vaak maakte de politie niet de fout om al hun tijd te besteden aan de belangrijkste verdachte, terwijl de echte moordenaar vrij rondliep, de krant las en de politie uitlachte? Michael Wright was niet een van hen. Tot hij er absoluut zeker van was dat Harris de dader was, zou hij alle mogelijkheden openhouden, en als dat betekende dat hij nog dieper moest graven, dan moest dat maar.

'Nog één ding,' zei hij, terwijl hij zijn aantekenboekje in zijn jaszak stopte. 'Weet u ook wie Ginsui kan zijn?'

'Het spijt me, nee. Waarom wilt u dat weten?'

'Zomaar, Mr. Gold.' Wright stond op. 'Bedankt voor uw tijd. U hoort binnenkort weer van me.'

Summer had geluk gehad, veel geluk. Nadat haar eileider was gesprongen, had ze een grote inwendige bloeding gekregen en haar hartslag was scherp gedaald, zodat haar met spoed een bloedtransfusie was toegediend. De chirurgen waren echter net op tijd geweest, en toen Summer bijkwam, kreeg ze te horen dat ze op het randje van de dood had gezweefd. Ze kreeg ook te horen dat ze de baby was verloren; de vrucht was in haar linkereileider gegroeid en was dus nooit echt levensvatbaar geweest. Het nieuws vervulde haar met een gevoel van wanhoop.

Molly had in de tussentijd Adam gebeld, die erop had gestaan dat ze werd overgebracht naar een privékamer in het ziekenhuis. Hoewel Molly teleurgesteld was dat hij niet van plan leek meteen bij Summer op bezoek te komen, accepteerde ze zijn aanbod en hoopte ze dat de ziekenhuisrekening torenhoog zou zijn.

Molly zat drie dagen aan het bed van haar dochter en hield haar hand vast. Summer was wit als de binnenkant van een eierschaal. Haar blonde haar, uitgespreid op het kussen, leek al zijn glans en schittering te hebben verloren. Haar ogen waren gesloten, slechts twee donkere sikkels in haar volmaakt ovalen gezicht. Ze zag er nietig en gebroken uit, een mager, teer lichaam onder het laken. Molly kreeg tranen in haar ogen toen ze aan haar dochter dacht, alleen en met pijn. Ze was wel thuis geweest toen Summer had geprobeerd om haar wakker te maken. Na haar ruzie met Summer was ze cocktails gaan drinken met een vriendin, en ze was niet in staat geweest om terug te rijden naar Marcus' huis, dus was ze naar huis gegaan waar ze zich in bed had laten vallen, te ver heen om Summers panische geklop te horen.

Voor het eerst in lange tijd had Molly een hekel aan zichzelf; Summers toestand – god, ze was bijna doodgegaan – was een klap in haar gezicht geweest. Molly was wakker geschud en had ineens beseft wat voor soort moeder ze de afgelopen jaren was geweest. Terwijl ze aan Summers bed zat, had ze zich afgevraagd hoe ze het ooit goed kon maken, en ze had maar één ding kunnen bedenken.

Ze hoorde de deur krakend opengaan en daarna zachte voetstappen over de vloer. Ze keek op, in de veronderstelling dat het een van de verpleegsters was die om de zoveel tijd bij Summer kwamen kijken. Het was echter geen verpleegster, maar een man van achter in de veertig, lang en stevig, gekleed in een marineblauw pak met das. Hij zag eruit alsof hij ooit aantrekkelijk was geweest, maar hij had inmiddels een onderkin, en zijn donkerbruine ogen keken ernstig.

'Molly Sinclair?'

'Ja,' antwoordde ze verbaasd.

'U bent heel moeilijk te vinden,' zei hij bars.

'En u bent?' Ze kreeg een licht ongemakkelijk gevoel en legde beschermend een hand op Summers arm.

Hij pakte zijn portefeuille uit zijn zak. 'Sorry, ik ben hoofdinspecteur Michael Wright,' zei hij, terwijl hij de portefeuille opensloeg om zijn politiepenning te laten zien. 'Ik ben belast met het Karin Cavendishonderzoek.'

Zijn ogen gleden naar Summer en zijn schouders leken iets te verstijven. 'Alles goed met haar?'

'Het komt allemaal weer goed,' zei Molly, terwijl ze in Summers vingers kneep. 'Echt.'

'Miskraam?'

'Buitenbaarmoederlijke zwangerschap,' zei ze zacht.

Er viel een spookachtige stilte in de kamer, terwijl Molly probeerde te gissen wat de inspecteur precies wist.

'Ik weet dat dit een slecht moment is, maar ik moet het met u hebben over de dood van Karin Cavendish,' zei Wright.

'Ik weet het, ik heb het gehoord. Het is afschuwelijk.'

'Dus als ik een paar vragen zou mogen stellen? Het duurt niet lang. Misschien kunnen we ergens gaan zitten waar we alleen zijn.'

'Volgens die vriend van me, Mark, is de politie er niet van overtuigd dat ze de juiste man te pakken hebben,' zei Chris, terwijl hij in Erins huiskamer een stapel kranten van die dag doorbladerde, op zoek naar meer nieuws over de zaak.

'Dus ze denken dat het niet de stalker is?' vroeg Erin, opkijkend uit een tijdschrift.

Hij haalde zijn schouders op. 'Mark zegt dat ze vinden dat ze niet genoeg hebben om hem te dagvaarden. Jouw vriend Adam Gold wordt blijkbaar ook onder de loep genomen, maar hij heeft een alibi. Molly Sinclair is ook meegenomen voor ondervraging.'

'Molly?' vroeg ze. Al maanden geleden had ze het vermoeden gekregen dat Molly ook achter Adam aan zat, maar na het zomerfeest op The Standlings was ze ervan overtuigd geraakt dat Summer Adams geheime liefje was. Wie van hen tweeën was het, en zou een van hen in staat zijn om een moord te plegen? Summer toch zeker niet?

Erin voelde zich een beetje schuldig. Al was het maar uit egoïstische overwegingen, ze wilde dat Karins moordenaar werd gevonden, en ze wist dat het feit dat Adam een minnares had gehad, ongetwijfeld interessant zou zijn voor de politie. Maar ze vond het een akelig idee om de politie op Summers spoor te zetten. Ze was zo lief. Een goed mens. Ze hadden zo'n lol gehad in Monaco en op The Standlings. Het was gewoon onmogelijk dat zij Karin had vermoord... Toch?

'Wil je iets drinken?' vroeg Chris, met een blik op haar wijnrek.

'Eh, nou, volgens mij word ik nog een alcoholiste.'

'Tja, we hebben veel stress,' zei hij glimlachend, terwijl hij een fles rode wijn pakte en hem met een ervaren gebaar opende. Terwijl Erin keek naar Chris die de wijn inschonk, kreeg ze plotseling een déjà vu. Een vaag gevoel waarmee ze had rondgelopen, werd ineens zonneklaar, en ze kon zichzelf wel voor de kop slaan dat ze het niet eerder had gesnapt.

'Weet je, er zat me steeds iets dwars,' zei ze, terwijl ze naar voren leunde. 'En ik weet ineens wat het is.'

'Wat dan?' vroeg hij.

'Karin is een pietje-precies. Een controlfreak die er niet tegen kan als er ook maar een haartje verkeerd zit.'

'Ja, en?'

'Nou, toen ik die avond bij haar thuis was, heb ik een fles wijn op het kookeiland zien staan.'

Chris keek haar weifelend aan. 'Erin, het stikt van de mensen die drank in de keuken hebben staan.'

'Karin niet,' zei ze. 'Ze is echt heel precies – alles heeft zijn vaste plek. Dat heeft ze er bij me ingehamerd toen ik voor haar werkte. Ze zou haar wijn vast en zeker in de kelder hebben gelegd. En die avond stond er verder niks op het werkblad, helemaal niks. Ik herinner me nog dat ik dacht dat het net een showkeuken was.'

'Misschien had ze die fles net die middag gekocht of uit de kelder gehaald. Wie lust er nou geen glas wijn als hij thuiskomt van zijn werk?'

Ze fronste haar voorhoofd. 'Het was een fles rode wijn die in de keuken stond. Karin haat rode wijn. Ik heb haar een keer horen zeggen dat ze dacht dat ze er allergisch voor was, omdat ze er altijd zo'n koppijn van kreeg.'

Chris keek haar niet-begrijpend aan. 'En wat betekent dat dan allemaal?'

'Ik denk dat Karin bezoek heeft gehad die avond. Er was iemand bij haar.'

Chris begon warm te lopen voor haar theorie. 'Nou, het kan dan geen vriendin zijn geweest die zomaar even aanwipte. Iemand als je moeder of je beste vriendin zouden nooit een fles wijn meenemen, toch?'

'En als je er wat langer bij stilstaat – wie zou er nou een fles rode wijn meenemen?' vroeg Erin. 'Niet een vriendin als Diana of Christina – die weten dat ze liever een kop groene thee drinkt.'

Ze keken elkaar aan, allebei met het gevoel dat ze iets op het spoor waren.

'Een minnaar?'

'Misschien', zei Erin, hardop denkend. 'Maar zouden ze de fles niet hebben gecontroleerd op vingerafdrukken?'

'Die kan de moordenaar voordat hij of zij wegging, best hebben afgeveegd, als hij of zij tenminste degene was die de fles had meegenomen.'

Ze knikte bedachtzaam.

'Hoe dan ook, wat voor wijn was het?' vroeg Chris.

Ze lachte. 'Ik herinner me nu pas weer dat die fles er stond, hoe kan ik nou weten wat voor soort het was? Bovendien, wat doet het ertoe?'

'O, heel veel,' zei hij, terwijl hij weer naar haar wijnrek liep. 'Je beweert dat degene die de fles wijn heeft meegebracht, Karins moordenaar is. Nou, de wijn die iemand voor een ander meeneemt, zegt veel. Bijvoorbeeld, als je naar een vriendin gaat om eens gezellig te roddelen...' Hij pakte een fles uit het rek en hield hem op. '... dan neem je vast zoiets mee als deze pinot: goedkoop, vrolijk. De wijn kan je niks schelen. Het is alleen maar een rekwisiet.'

'Dus u durft te beweren dat ik goedkoop ben, Mr. Scanlan!' zei ze lachend, terwijl ze de kurk naar hem gooide.

Grinnikend bukte hij zich, maar hij maakte gewoon zijn gedachtegang af. 'Maar stel dat ik bij jou langskwam met de bedoeling je te versieren...'

'O, ga vooral door,' zei ze lachend, voordat ze zich kon beheersen.

'Nou, stel je voor dat ik rijk was en veel verstand had van wijn en indruk op je wilde maken – wat natuurlijk zo zou zijn,' voegde hij er grijnzend aan toe, 'dan zou ik een heel erg dure fles wijn uit een goed jaar kiezen. Een avondwijn. Een romantische wijn, een wijn die iets zou zeggen over mijn status en smaak, zoals bijvoorbeeld een Petrus of een Château Margaux. Een wijn die het verdient om gedronken te worden met iemand die speciaal voor je is.' Hij knikte bedachtzaam. 'Je moet echt proberen uit te vinden wat voor wijn het was, Erin.'

'Ze hebben het huis vast verzegeld.'

'Waarschijnlijk wel. Maar het was Karins huis. Ik durf te wedden dat Adam wel binnen zou kunnen komen, en jij ook. Je moet alleen een goede smoes verzinnen.'

67

De verhoorruimte was kil, had geen ramen en rook naar sigaretten. Molly had het gevoel alsof ze in de val zat. Ze rilde, zich afvragend of dit een of andere lugubere straf was omdat ze niet naar haar vaders begrafenis was geweest. Omdat ze seks had gehad met Adam. Omdat ze Donna Delemere als callgirl had ontmaskerd. Ze riep zichzelf een halt toe. Dit was niet het moment voor bijgeloof. Voor alles wat ze in haar leven deed, had ze zo haar redenen. Ze verdiende geen straf.

'Wat moet ik hier nou van denken, Molly?' vroeg Michael Wright kalm. 'Je hebt geen alibi voor die avond. Evan Harris stond bij het raam en hoorde Karin bellen met ene Molly. Hij hoorde haar zeggen: "Tot later." Dat wijst er al met al toch op dat je van plan was om later bij haar langs te gaan.'

'Ik geef toe dat ik Karin die avond heb gebeld,' verdedigde Molly zich. 'Maar als ze "tot later" heeft gezegd, dan was dat gewoon bij wijze van spreken.'

'Waarover belde je Karin?' vroeg Michael, terwijl hij wat lauwe thee ronddraaide over de bodem van zijn papieren bekertje.

'Ik wilde haar alleen maar even bedanken voor het fantastische feest,' antwoordde ze ondoorgrondelijk.

Wright knipperde met zijn ogen. 'En hoe zit dat met die grijze auto die voor Karins huis is gezien, zo'n uur na het telefoongesprek, rond halfnegen? Jij hebt ook zo'n auto. Dus ik herhaal, wat moet ik hiervan denken, Molly? Je bent die avond naar haar toe gegaan, hè?'

'Niet waar!' viel ze uit. Ze had het ineens zo warm dat ze nog een knoopje van haar blouse open moest maken. Ze begreep dat het beslist tijd werd voor een advocaat.

'Mag ik je ook vragen wie de vader van Summers kind was?'

Sinds hij het ziekenhuis had verlaten, was hij daar al nieuwsgierig naar. Hij had aan de meisjes op het bureau, die allemaal verslaafd leken aan roddelbladen, gevraagd of ze ook wisten wie de vriend van Summer Sinclair was. Hij was zich ervan bewust dat Summer Sinclair een beroemdheid was, en als ze een of ander glamoureus vriendje had, dan zou dat algemeen bekend zijn. Maar iedereen leek het erover eens dat Summer single was, en dat had Michaels nieuwsgierigheid doen omslaan in achterdocht. Tenzij het een onbevlekte ontvangenis was geweest, zo redeneerde hij, moest toch iemand haar zwanger hebben gemaakt. Sloeg zijn verbeelding op hol als hij dacht dat het Adam Gold was? Summer was beslist mooi genoeg om zo'n soort minnaar aan te trekken. En als Adam de vader van Summers kind was, dan had Molly het sterkste motief ter wereld: moederliefde. Zodra Karin uit de weg was geruimd, zouden Summer en Adam samen nog lang en gelukkig kunnen leven.

Molly had haar handen in elkaar geslagen op tafel. Met een strakke mond zei ze: 'Het is irrelevant om te vragen wie de vader van Summers kind is en op dit moment bovendien behoorlijk ongepast. Als je in deze trant doorgaat, zal ik toch om een advocaat moeten verzoeken.'

Michael zette de cassetterecorder uit en dronk zijn laatste slokje thee op. Het zou weer een lange dag worden.

Het bleek voor Erin verrassend eenvoudig te zijn om Karins huis nog een keer binnen te komen. Boven aan de stoep stonden twee agenten op wacht om de pers en nieuwsgierige buren op afstand te houden, maar ze had hoofdinspecteur Wright buiten in zijn auto zien zitten. Ze had hem uitgelegd dat ze haar sleutels van kantoor binnen had laten liggen. Ze wist niet goed of hij haar geloofde. Hij leek achterdochtig, maar desondanks nam hij haar wel mee naar binnen. De sleutels werden natuurlijk niet gevonden, maar ze had genoeg tijd om even een blik te werpen op de fles wijn die nog steeds op Karins zwarte granieten werkblad stond.

'Dat meen je niet,' zei Chris, toen hij de naam las die Erin had opgeschreven. Ze hadden afgesproken om te gaan lunchen in een als Amerikaanse *diner* ingerichte zaak vlak bij Kensington High Street.

'Een Château Henri Jacques uit 1947, weet je dat zeker?'

'Dat stond erop. Wat is er dan?' vroeg ze, terwijl ze een slokje cola light nam.

'Nou, dat is inderdaad een rode wijn,' zei hij met een ongelovige blik. 'Maar het is ook een van de beste wijnen ter wereld. Heel zeldzaam, en waarschijnlijk gekocht op een veiling bij Christie's of zo, of bij een heel dure wijnhandelaar.'

'Als hij zo zeldzaam is, denk je dan dat we erachter kunnen komen van wie hij was?'

Glimlachend propte hij een handvol Franse frietjes in zijn mond. 'Goed bedacht. En volgens mij ken ik precies de man die ons kan helpen. Ik moet je wel waarschuwen dat hij heel excentriek is, maar wat hij niet van wijn weet, past op een postzegel.'

Montague Cruickshank, bij zijn vrienden bekend als Monty, was de directeur van een van de meest prestigieuze wijnimporteurs in Mayfair. Het familiebedrijf bestond al sinds 1765, en zijn voorvaderen hadden alle wijnliefhebbers, van Churchill tot Mountbatten, geadviseerd over en voorzien van de allerbeste wijnen die te koop waren, zowel als investering als voor het genot. Op weg naar Cruickshanks zaak iets ten zuiden van Piccadilly had Chris Erin een snelcursus gegeven over het wijnwereldje. Het was een wereld die erom bekendstond conventioneel en exclusief te zijn, maar Monty was een van de aardigste en meest enthousiaste wijnhandelaars. Hij kende ook meer roddels dan de meeste journalisten omdat hij toegang had tot de kelders van enkele van de duurste en exclusiefste huizen ter wereld. Staatshoofden, koningen en miljardairs vroegen hem om raad bij de samenstelling van hun wijnkelders, serieuze verzamelaars vroegen hem naar de beste investeringen, Hollywoodsterren kochten bij hem om indruk te maken op hun vrienden.

Cruickshank and Sons was gevestigd in een rustige zijstraat in St James. Het pand zag er behoorlijk dickensiaans uit met zijn elegante kastanjebruine pui, de verduisterde ramen en de lantaarns bij de voordeur. De winkeldeur ging tingelend open.

'Hoe ken je deze zaak?' Erin voelde zich genoodzaakt te fluisteren.

Chris lachte. 'Dat is net zoiets als aan een kunstliefhebber vragen hoe hij het Louvre kent. Deze zaak is wereldberoemd. Ik kom hier minstens één keer per maand om iets aan Monty te vragen voor een artikel dat ik aan het schrijven ben. Er ligt hier letterlijk voor miljoenen aan wijn en iedere week wordt hier wel voor honderdduizend pond verhandeld tussen klanten van Monty.'

De winkel was ingericht met rekken langs de muren, die van vloer tot plafond vol met flessen wijn lagen, en een ouderwetse toonbank van geboend hout. Erachter stond een heer van middelbare leeftijd in een rood vest.

'Is Monty er ook?' vroeg Chris.

Hij had het nog niet gezegd of uit een achterkamer klonk een bulderende stem op. 'Christopher, ben jij dat?'

Een reus van een man in een driedelig donkerblauw pak doemde op in de deuropening. Monty Cruickshank, bijna twee meter lang en ruim honderd kilo zwaar, had een rond, blozend gezicht, intelligente groene ogen en een zwierige bos grijs haar boven een hoog voorhoofd.

'Ik vond het wel weer eens tijd worden om je met een bezoekje te vereren,' zei Chris glimlachend, terwijl hij Monty's enorme hand schudde.

Monty lachte. 'Hij moet blijkbaar wat van me,' zei Monty tegen Erin, overdreven fluisterend. 'Maar voordat we een goed gesprek gaan voeren, moet ik je iets vragen, jongedame. Houd je van wijn?'

'Ik ben geen kenner, maar wel een enthousiaste drinker,' antwoordde ze grinnikend. Ze mocht hem meteen.

'Dat zijn de besten, jongedame, dat zijn de besten.' Hij gaf haar een klopje op de arm. 'Nou, zullen we dan maar meteen de kelder in gaan?' bulderde hij, terwijl hij hen meenam door de winkel. 'We hebben een paar uur geleden een wijnproeverij gehad voor een stelletje derderangs journalisten. Je kent ze waarschijnlijk wel, Christopher. Ontzettend saaie lui, maar ik heb wel een halve fles prachtige Latour '82 over. Die moet je echt proeven,' hij kuste zijn vingers, 'hemels gewoon'.

Erin voelde zich net Alice in Wonderland toen ze een zware houten deur doorstapte en afdaalde in de kelders van Cruickshank. De stenen trap was heel smal, maar toen ze eenmaal beneden waren, was het lang niet zo koud of stoffig als ze had verwacht. Met de gestuukte bakstenen muren en het hoge boogplafond dat werd gedragen door roodbruine houten balken, leek het net een mooie kerk. Om de zoveel meter, tussen donkere rekken met duizenden flessen wijn erop, hingen met goud omlijste portretten van oude, gerenommeerde wijnhandelaars. Links van hen was een deur met een rond raampje erin waarachter het geluid van gelach en rinkelende glazen opklonk. Erin tuurde naar binnen. Het was alsof ze terugkeek in de tijd. Een zes meter lange tafel stond vol eten en wijn, een feestmaal dat Hendrik de Achtste waardig zou zijn. Ze was nog verbaasder toen ze de glamoureuze, beroemde gezichten zag die aan tafel zaten. Twee supermodellen, een popster, een handjevol bekende societynamen.

'Serena Balcon, de filmster, viert hier haar verjaardag,' legde Monty uit. 'We krijgen veel beroemde namen in onze privékelder.' Hij glimlachte toen hij Erins verwarde blik zag. 'Er is geen betere plek om te eten, te drinken en heel erg vrolijk te zijn. En er zijn natuurlijk geen vervelende paparazzi.'

Monty gaf Erin een glas, schonk er een robijnrode vloeistof in en gebaarde dat ze het moest drinken. De wijn was warm en geurig, als een lint van rijpe zomervruchten, en gleed soepel door haar keel.

'Wat proef je?' vroeg Monty. Hij schonk ook voor zichzelf een beetje in en hield zijn hoofd iets achterover om het op te drinken.

'Iets fruitigs en bloemigs.'

Monty had zijn ogen dicht en zijn neusgaten iets opengesperd. 'Geef je eraan over, lieverd. Concentreer je op elke sensatie, elke smaak op je tong.'

Erin sloot ook haar ogen en liet de smaken door haar mond wervelen. 'Hij is heel vol en fruitig. Misschien zwarte bessen en kersen. En hij heeft een soort houtachtige, leerachtige nasmaak. Hij smaakt een beetje naar de herfst. Ik vind hem lekker!'

'Ah, in de diepten van de fles zong de ziel van de wijn, zoals onze vriend Baudelaire het uitdrukte. Heel goed gedaan, lieverd,' zei Monty warm. 'Ik ben blij dat je waardering kunt opbrengen voor zo'n goede wijn.'

Erin keek Chris stralend aan en hij glimlachte terug. 'Daar wilden we het ook met je over hebben, Monty,' zei hij. 'Over een erg goede wijn.'

'Ik wil het graag horen,' zei Monty glimlachend, terwijl hij hen weer mee naar de stenen trap nam. 'Kom, dan gaan we in het kantoor zitten.'

Ze begaven zich naar een ruim, met hout gelambriseerd kantoor boven de winkel. Het was als een studeerkamer van een heer op stand, vol in leer gebonden boeken en schilderijen van mannen die wijn dronken. Monty nam plaats in zijn stoel achter een bureau met een flessengroen leren blad, en Erin en Chris gingen tegenover hem zitten.

'Ik wil graag van je horen wat je weet van de Château Henri Jacques uit '47,' zei Chris, terwijl hij naar voren leunde.

Monty's wenkbrauwen schoten op een bijna komische manier omhoog. 'Tjonge, dat is nog eens een schoonheid. Is het voor een artikel van je?'

Erin zag dat zijn ogen glansden van hartstocht en belangstelling.

'Een soort onderzoek voor iets,' zei Chris zacht. 'Wat weet je ervan?'

Monty pakte een sigaar uit de bovenste la en knipte het puntje af.

'Het is een van de zeldzaamste wijnen ter wereld,' zei Monty, terwijl hij zijn sigaar ophield naar Erin alsof hij haar toestemming vroeg om te roken. 'Bijna nooit in de handel. Er waren sowieso altijd maar weinig flessen van. De wijngaard was buitengewoon goed, maar erg klein, en de eigenaars wilden het meeste voor eigen consumptie houden, wat ik volledig kan begrijpen. Ik heb hem nooit geproefd,' vervolgde hij, met een bijna verontschuldigende blik. 'Maar mijn vader wel. Blijkbaar was het de meest volmaakt uitgebalanceerde wijn die hij ooit had geproefd.'

'Hoeveel flessen zijn er nog van? Weet je dat?' Chris kreeg ineens beroepsmatige belangstelling.

Monty haalde zijn schouders op. 'Onmogelijk te zeggen. Er zullen er een paar in privékelders liggen. Bijna een jaar geleden dook er echter wel een fles op bij Christie's in New York. Hij maakte deel uit van een verzameling van een vlak daarvoor gestorven Zwitserse graaf en had blijkbaar dertig jaar in zijn kelder gelegen. De familie wilde van de hele verzameling af,' verzuchtte hij. 'Ik kon er wel om huilen.'

Chris voelde dat Monty iets wist wat van wezenlijk belang was. 'Zijn de flessen per stuk geveild?'

De oudere man knikte. 'De hele kelder samen was miljoenen waard, maar er zou best een koper voor gevonden zijn. Maar inderdaad, ze hebben de verzameling niet intact gelaten. Waarschijnlijk heb ik de catalogus nog wel ergens, want ik ben zelf op de veiling geweest.'

'En heb je toevallig ook op de Henri Jacques geboden?'

'Natuurlijk,' zei Monty lachend. 'Maar de prijzen braken alle records. Er zat die dag groot geld in de zaal. Zoals je weet, mijn vriend, is wijn de nieuwe kunst.'

'En wie heeft de Henri Jacques gekocht, weet je dat nog?' vroeg Erin. Haar hart ging zo woest tekeer dat haar borstkas bijna uit elkaar leek te barsten.

'Het was een telefonisch bod,' zei Monty, terwijl hij eindelijk zijn sigaar opstak en de nootachtige geur door het kantoor liet kringelen. 'Maar ik ben altijd nieuwsgierig, ik houd de belangrijkste en interessantste aankopen steeds bij, omdat ik vaak bemiddel bij de handel tussen mijn klanten. Hoe dan ook, een Amerikaanse vriend van me, ook wijnhandelaar, heeft ontdekt wie de koper was – een New Yorkse vastgoedmagnaat, Adam Gold. Jullie kennen zijn naam waarschijnlijk wel, hij is de afgelopen dagen steeds in het nieuws geweest. Zijn verloofde is vermoord.'

De hele nacht lag Erin te woelen onder haar dekbed. Ze was doodop, maar in haar hoofd was ze veel te wakker om te kunnen slapen, geplaagd als ze werd door twijfels en bezorgdheid. Ze wist dat ze hoofdinspecteur Wright had moeten bellen om hem te vertellen wat ze van Cruickshank te weten waren gekomen, en Chris had al gedreigd dat hij het anders zou doen, maar iets hield haar tegen. Was het angst? Ze voelde zich er steeds ongemakkelijker onder en wou dat Chris bij haar was. Dat ze was gewapend met informatie die de verdenking laadde op een rijk en machtig man gaf haar een onverklaarbaar kwetsbaar gevoel. Ze keek op de klok. Eén uur. Te laat om hem nog te bellen?

Ze pakte haar mobieltje dat matgroen lag te gloeien in het donker en toetste Chris' nummer in.

'Ik weet niet precies waarom, maar ik ben bang,' fluisterde ze.

'Ik kom er meteen aan.'

Hij bleef tot de ochtend bij haar en sliep op de bank onder het dekbed dat hij van huis had meegenomen. Toen om halfzeven haar wekker ging en ze slaapdronken de kamer in kwam, zag ze dat hij al wakker was en bacon stond te bakken. Om ruimte voor haar te maken, schoof hij een stapel kranten en tijdschriften op de keukentafel opzij, waarbij er een paar op de grond vielen. Toen hij ze opraapte, vond hij een groot vel wasachtig papier.

'Wat is dat?' Hij vouwde het open en zag dat het een grote bouwtekening was.

Ze griste het papier uit zijn handen, vouwde het weer op en legde het onder de salontafel. 'Niks, gewoon iets van werk,' zei ze kordaat.

Hij nam haar nieuwsgierig op, maar drong niet aan en richtte zijn aandacht weer op het fornuis. 'Hoor eens, op het gevaar af dat ik als een kapotte plaat klink,' zei hij, terwijl hij een broodje bacon voor haar neerzette, 'maar ik vind echt dat je die rechercheur zou moeten bellen. En ik weet niet of je vandaag wel naar je werk moet gaan met wat je over je baas weet.'

'Ik ga wel naar mijn werk, Chris,' zei ze opstandig. 'Ik bel Michael wel tijdens mijn lunchpauze, echt.'

Haar stem klonk zelfverzekerd, maar zo voelde ze zich niet. Ze zag ertegen op om Adam te zien, maar wilde wel graag naar kantoor. Bovendien zou Michael Wright haar waarschijnlijk toch niet serieus nemen met haar vergezochte ideeën over zeldzame flessen wijn op Karins aanrecht. Ze had meer bewijzen nodig en ze wist dat het kantoor de enige plek was waar ze de kans had die te vinden.

'Erin, ik meen het,' zei hij, terwijl hij haar arm aanraakte en probeerde haar aan te kijken. 'Dit begint gevaarlijk te worden. We kunnen ons er beter niet mee bemoeien. Ik wil niet dat je iets overkomt,' voegde hij er zacht aan toe.

'Er zal echt niks gebeuren,' fluisterde ze. 'Ik ga gewoon aan het werk.'

'Nou, als je Wright vanavond nog niet hebt gebeld, dan doe ik het zelf.'

'Maar wat als Adam onschuldig is?' zei ze. 'Wat als die wijntheorie gewoon klinkklare nonsens is? We hebben het hier wel over het leven van mensen, hoor. Als hij ineens een verdachte is, dan komt dat in de krant; zijn reputatie zal daar altijd onder blijven lijden.'

'Maar wat als hij schuldig is, Erin? Wat dan?'

68

Bij de Midas Corporation was het begrijpelijkerwijs heel somber en rustig geweest na Karins dood. Adam leek zich in zichzelf te hebben teruggetrokken en zat de hele tijd in zijn kantoor, met de deur gesloten.

Collega's liepen gejaagd rond, maar er werd niet gekletst in de keuken of gangen; iedereen zette zijn schouders eronder en ging gewoon aan het werk.

Erin zat nog nauwelijks achter haar bureau toen haar telefoon ging.

'Kun je even bij me komen?' vroeg Adam met zachte, vlakke stem. Ze had de afgelopen paar dagen weinig met hem te maken gehad en haar maag draaide zich om van de zenuwen. Maar waarom? Dacht ze echt dat hij een moordenaar was? Terwijl ze naar zijn kamer liep, schoten er allerlei vragen door haar heen. De politie zei dat Adam op de avond van de moord samen was geweest met Marcus. Maar waar dan? En hoe lang? Toch moest zijn alibi overtuigend zijn geweest, anders zou hoofdinspecteur Wright hem toch al wel hebben gearresteerd? De vragen speelden haar nog steeds door het hoofd toen ze tegenover hem ging zitten.

'Gaat het een beetje?' vroeg Adam, die blijkbaar haar stemming opmerkte.

Ze knikte.

'Nou, ik vind het fijn dat je er gewoon bent,' zei hij. Ze wendde haar blik af. Zijn ooit zo sexy chocoladebruine ogen voelden ineens doordringend, koud en verontrustend aan.

'Ik vind het rot dat jij degene was die Karin heeft gevonden,' vervolgde hij. 'Ik vind het vreselijk dat ik jou daarnaartoe heb gestuurd.'

'Je kon het toch niet weten?' Ze voelde dat ze bloosde. Het was voor het eerst dat ze praatten over wat er was gebeurd. Adam klemde zijn lippen strak op elkaar.

'Nou, de politie zegt dat het lichaam een van de komende dagen zal worden vrijgegeven,' zei hij somber. 'En ik weet dat Karin een gepast afscheid zou hebben gewild. Zou jij een hotelzaal kunnen zoeken voor een receptie na de begrafenis? Iets chics. Ze hield van bloemen. Laten we voor heel veel bloemen zorgen.'

'Lelies? Rozen? Ze was gek op rozen. Of had je iets speciaals in gedachten?'

'Eleanor, mijn vorige assistente, had voor een evenement van begin dit jaar een fantastische bloemist gevonden. Bel hem en zeg hem wat we willen. Ik wil dat het heel mooi wordt.'

Ze keken elkaar aan, en Erin voelde een rilling van angst over haar rug lopen. Ze knipperde met haar ogen om zichzelf niet te verraden.

'Weet je zeker dat het gaat?' vroeg hij. 'Ik kan mijn lunch wel afzeggen, zodat we even kunnen praten.'

Ze schudde iets te fanatiek haar hoofd. 'Ik heb al plannen. Sorry.'

'Nou, wat dacht je dan van later op de avond? Vanmiddag moet ik een bouwterrein bekijken en daarna ga ik naar het feest van Mikhail, maar daar hoef ik niet lang te blijven. Dat zullen ze sowieso niet van me verwachten.'

Ze voelde haar hart sneller gaan kloppen en de adrenaline door haar bloed jagen. Hij had nog nooit zo veel bezorgdheid om haar gevoelens en emoties aan de dag gelegd. Zij was hier alleen maar om te dienen en zijn leven gemakkelijker te maken. En nu wilde hij ineens alleen met haar zijn.

Ze stond snel op en streek nerveus haar rok glad. 'Nee, het gaat prima, Adam, echt,' stamelde ze. 'Ik kan beter meteen het nummer van die bloemist gaan zoeken. Wil je het me zeggen als je een datum voor de begrafenis hebt?'

Zwijgend liep ze terug naar haar bureau en ze bleef doodstil op haar stoel zitten, met gebogen hoofd en haar handen samengevouwen op haar schoot, terwijl ze probeerde haar kalmte te hervinden. Ze moest normaal blijven doen, ze wilde niet dat hij iets zou vermoeden. Gewoon doorwerken, hem niet laten merken dat je van slag bent, hield ze zichzelf voor. Ze haalde een keer diep adem en zette toen haar computer aan om Eleanors wonderbloemist op te zoeken. Gelukkig was Eleanor erg georganiseerd geweest en had ze een bestand op Erins bureaublad gezet met al haar contacten, adressen, aantekeningen en haar hele agenda erin. Het was de toegangsweg naar Adams leven: waar hij heen ging, wat hij deed, zijn voorkeuren en zijn afkeren.

Erin klikte op het bestand 'feesten en etentjes' en vond er de bijzonderheden van verschillende bloemisten. Eén naam was echter vetgedrukt en ze schreef de naam en het telefoonnummer op. Net toen ze het bestand wilde sluiten, viel haar oog op een file die 'kerstcadeaus' heette. Nieuwsgierig klikte ze hem open en begon de lange lijst van cadeaus te lezen die Adam vorig jaar kerst aan familie en vrienden had gegeven, allemaal keurig genoteerd door zijn voormalige assistente. Tja, je kon je moeder natuurlijk niet twee keer achter elkaar een Hockney geven, hè, dacht ze. Maar het was een indrukwekkende lijst. Kunstwerken, designerkleren, tassen, weekendjes in een kuuroord; dat was wat zijn familie, assistenten, peetkinderen en vrienden hadden gekregen. Om maar te zwijgen van de sigaren, de wijn en de kerstpakketten die aan klanten en andere relaties waren uitgedeeld. Ze was pas halverwege de bladzijde toen ze iets zag waarvan haar hart oversloeg. Ze keek bezorgd om zich heen en sloot toen gauw de file.

Vorig jaar kerst had Marcus Blackwell een fles Château Henri Jacques uit '47 gekregen.

Chris gebruikte vrij laat de lunch aan zijn bureau, een rustig plekje achter het redactielokaal. Het was een rommelig hokje, vol kranten, tijdschriften, persberichten en een hele berg chocolaatjes, sausjes, exotische drankjes en gloednieuwe frisdranken die hij allemaal had gekregen van fabrikanten en drankhandelaars die hoopten op een paar regels in zijn columns. Hij had zijn artikelen voor deze week af en gebruikte de tijd die hij overhad om het nieuws van de afgelopen dagen te lezen, terwijl zijn gedachten heen en weer dwaalden tussen de wereldgebeurtenissen en zijn eigen betrokkenheid bij één speciaal nieuwsbericht. Het verhaal over Karin Cavendish was in elk geval niet meer zo prominent aanwezig, zag hij, terwijl hij door de bladen en kranten bladerde. Alleen een klein stuk in de *Mail*, niets nieuws. Toen hij de *Financial Times* doornam, viel zijn oog echter op een kop op pagina negen: 'Computergigant Ginsui betrokken bij overname'.

Hij sperde zijn ogen wat wijder open, terwijl hij zich het gesprek met Erin van een paar dagen eerder probeerde te herinneren. Toen Michael Wright Erin had ondervraagd op de dag dat ze Karins lichaam had gevonden, had hij gevraagd of ze wist wie Ginsui was. Blijkbaar had Karin die naam in haar agenda geschreven voor de dag waarop ze was vermoord.

Wright was er blijkbaar van uitgegaan dat Ginsui de naam van een persoon was, dacht Chris, kauwend op zijn balpen. Maar het was de naam van een bedrijf, een grote Japanse computerfirma. Hij probeerde het belang ervan af te wegen, maar het was net alsof zijn denkproces werd geblokkeerd.

Ginsui, Ginsui. Ginsui. Waarom zou Karin een afspraak met Ginsui hebben?

Over de wand van zijn hokje heen zag hij een paar collega's door het redactielokaal lopen, om koffie te pakken, of naar een andere afdeling te gaan; de gebruikelijke semi-jachtige activiteit bij het naderen van de deadlines voor de eerste editie van de krant van morgen. Uit een ooghoek zag hij financieel redacteur Alistair Crompton naar zijn kantoor in een hoek van het lokaal lopen.

'Heb je het druk?' vroeg Chris, terwijl hij zijn hoofd om de hoek van de deur stak.

Alistair keek op en glimlachte. 'Ik heb over vijf minuten een telefonisch interview, maar ga even zitten.'

Nadat Chris een plastic bekertje met water uit de waterkoeler had gepakt, nam hij plaats tegenover Alistair, een kalende man van in de vijftig met rode wangen en een joviale manier van doen.

Hij wachtte even voordat hij van wal stak. Hij wist dat hij Alistair de feiten moest geven zoals hij ze kende. 'Wat zou je me kunnen vertellen over een vriendin van me die het woord Ginsui in haar agenda heeft staan?'

'Investeert die vriendin in aandelen en effecten?'

'Laten we zeggen van wel,' zei Chris, terwijl hij een slokje water nam.

'En heeft die vriendin connecties? Vrienden, contacten, adviseurs die in de City werken?' vervolgde Alistair, die zichzelf een kop thee inschonk uit een pot die voor hem stond.

'Deze vriendin is heel rijk en heeft erg goede connecties. Haar vriend bezit een aantal investeringsmaatschappijen.'

'Dan zou ik zeggen dat het een beetje dubieus klonk,' zei Alistair glimlachend.

'Waarom?' vroeg Chris, terwijl het hart hem in de keel klopte.

'Het zou natuurlijk volkomen onschuldig kunnen zijn. Misschien wilde je vriendin zichzelf er alleen maar aan herinneren dat ze een Ginsuicomputer wilde kopen,' zei Alistair met een cynisch lachje. 'Aan de andere kant zou je vriendin ook kunnen zijn getipt om aandelen te kopen waarvan de waarde zeker zou stijgen. Misschien had ze de naam in haar agenda gezet om zichzelf eraan te herinneren die te kopen.'

'Handel met voorkennis?' vroeg Chris.

'Komt heel veel voor,' zei Alistair, van zijn thee nippend. 'Meer dan de fiscale opsporingsdienst wil toegeven.'

'Hoe zou iemand die helemaal niets met de elektronica-industrie te maken heeft aan zo'n tip over Ginsui komen?'

'Er kunnen wel honderden mensen zijn die marktgevoelige informatie bezitten, voorafgaand aan een overname. Een bankier, een beurshandelaar, een advocaat, een pr-figuur van een financiële afdeling. Legio mensen kunnen haar die tip hebben gegeven. Misschien zelfs wel die vriend van haar, als hij echt zo belangrijk is in de City, kan hij best wat hebben gehoord.'

Chris voelde ineens een koude rilling over zijn rug lopen. Had Adam Karin aandelentips gegeven? Kon dat iets met de moord op haar te maken hebben? Geld was altijd een sterk motief.

Hij bedankte Alistair en ging snel terug naar zijn bureau. Hij moest Erin zo snel mogelijk te spreken zien te krijgen. Als zij nog geen contact had opgenomen met hoofdinspecteur Wright, dan zou hij dat zelf doen. Dit werd serieus.

Terwijl Michael Wright in zijn donkerblauwe Ford door Knightsbridge reed, sloeg hij van frustratie met zijn hand op het stuur. Twaalf uur geleden hadden ze zich genoodzaakt gezien om Evan Harris te laten gaan, en hij had gewoonweg onvoldoende bewijs om Molly te arresteren. Het forensische team dat Karins huis had uitgekamd, had geen sterke aanwijzingen gevonden, behalve dat het moordwapen een glazen kandelaar was die tegen Karins nek kapot was geslagen. Slechts de helft van de kandelaar had in scherven om Karins lichaam op de vloer gelegen. De andere helft moest de moordenaar hebben meegenomen.

Het was alsof hij met deze zaak tegen een blinde muur op liep. Het was een moordzaak die veel stof had doen opwaaien; een rijke, mooie vrouw uit de high society die in haar eigen huis was doodgeslagen. De kranten hadden er dagenlang bol van gestaan. De gezagsdragers wilden natuurlijk een succesvolle veroordeling, maar Michael wist dat ze geen sterke zaak hadden tegen de twee hoofdverdachten. Over een paar uur zou hij in het ziekenhuis met Summer Sinclair gaan praten; hij wilde per se te weten komen wie de vader van haar kind was en waar zij op maandagavond was geweest, want dat zou een heel ander licht op de zaak kunnen werpen. In de tussentijd zou hij nog eens een kijkje gaan nemen in Karins huis. Uit jarenlange ervaring wist hij dat er altijd nog iets was, iets wat over het hoofd was gezien. Hij moest en zou het vinden. Hij kreeg een vastbesloten trek om zijn lippen en trapte het gaspedaal in.

Erin had de afgelopen twee uur naar haar computerscherm zitten staren, terwijl ze zich afvroeg wat ze moest doen. Ze had het telefoonnummer geprobeerd dat Michael Wright haar had gegeven, maar ze had toen alleen maar de meldkamer van Scotland Yard gekregen, en een onbekende stem had haar verteld dat hoofdinspecteur Wright pas later weer aanwezig zou zijn. Toen haar werd gevraagd of een van de andere agenten haar te woord kon staan, had ze dat snel van de hand gewezen. Ze wist dat haar wijnflesinformatie pure theorie was, en ze had het gevoel dat alleen iemand als inspecteur Wright haar serieus zou nemen.

Adam was meteen na hun gesprek vertrokken en had ongewoon vaag gedaan over waar hij naartoe ging. Ze wist dat hij was uitgenodigd voor de cocktailparty van Mikhail Lebokov van die avond, maar die zou pas over twee uur beginnen. Ineens kreeg ze een idee, en ze liep door de gang naar Marcus' kantoor. Zoals ze al had gedacht, was er niemand, maar zijn assistente Candy zat achter haar bureau voor zijn kantoor en maakte van de afwezigheid van haar baas gebruik om een laatste laklaagje aan te brengen over haar pas gelakte scharlakenrode nagels.

'Hoi, schat,' zei Candy lachend, 'hoor eens, ik smacht naar een sigaret. Zou je tien minuutjes de telefoon in de gaten willen houden?'

'Tuurlijk. Waar is Marcus?' vroeg Erin terloops.

'Hij is vanmiddag niet op kantoor. Het is hier verdomme net een spookstad.'

Erin wachtte tot de liftdeuren sissend dicht waren geschoven, liep toen Marcus' kantoor in en trok de deur achter zich dicht. Zodra ze de kamer binnenliep, kreeg ze klamme handen, maar ze dwong zichzelf verder te gaan, zonder precies te weten wat ze zocht, maar in de zekerheid dat het antwoord hier te vinden was. Marcus' kantoor leek op dat van Adam, maar dan kleiner. Op dure walnotenhouten schappen stonden dossiermappen en boeken over eigendomsrecht, grote glanzende salontafelboeken over grote architecten als Gehry, Rogers en Foster, verder lagen er oude nummers van *Fortune*, en iets opzij stond, in een zilveren lijstje, een foto van Marcus en Adam op een of andere warme, zonnige plek. Ze waren een stuk jonger, en Adam had zijn arm om de schouders van zijn vriend geslagen. Ze pakte het lijstje en gleed met haar vinger nadenkend langs de rand van het glas. Marcus had Adam een alibi gegeven, en daarmee tegelijkertijd zichzelf ook; wat als geen van hen beiden was geweest waar ze zeiden te zijn geweest? Ze kreeg wat meer moed en liep naar het bureau. Ze keek alleen maar, ze raakte niets aan. Het was een erg net bureau. Papieren op nette stapels. Een zwarte vulpen lag in een rechte hoek naast een glazen presse-papier. Ze wierp een blik op de deur, met gespitste oren. Niets. Ze trok de smalle bovenste lade open. Nog meer papieren. Brieven, rekeningen en taxibonnen. En toen zag ze iets. Iets kleurigs tussen witte vellen. Ze pakte het er met duim en wijsvinger tussenuit en hapte naar adem. Het was een foto van Marcus en Karin samen. Karin zat naast Marcus bij het zwembad in Como, met haar hoofd achterovergegooid, lachend. Haar hand lag op zijn knie, en hij keek trots en blij. Erin herinnerde zich nog dat ze toen had gedacht dat het zo ongepast van Karin was om met Marcus te flirten.

Wat als hij het verkeerd had opgevat?

Op dat moment kwam de zon tevoorschijn en strijklicht viel over het glanzende fotopapier. Erin zag dat de foto onder de vingerafdrukken zat, alsof iemand hem wel honderd keer in de hand had genomen. Wat als het Marcus was geweest die naar Karins huis was gegaan met zijn indrukwekkende, dure fles rode wijn? Hadden getuigen niet verklaard dat ze een grijze sportwagen voor Karins deur hadden zien staan rond het tijdstip waarop ze was vermoord? De politie was ervan uitgegaan dat het Molly was geweest, maar Erin herinnerde zich de twee auto's nog die bij het zomerfeest op The Standlings naast elkaar op het grind hadden gestaan. Molly's dolfijngrijze Maserati en Marcus' zilverkleurige Jaguar. Voor iemand die niet al te goed keek, kon het dezelfde auto zijn. Ze liep het kantoor uit, sloot de deur en haastte zich weg met de foto.

69

Wanneer Mikhail Lebokov in Londen was, gaf hij altijd een feest, en wanneer een van de rijkste mannen ter wereld een feest gaf, liet iedereen vallen waar hij mee bezig was en ging ernaartoe.

Erin stapte in Chelsea uit de taxi en keek naar het exclusieve appartementencomplex dat zich aan de waterkant verhief in de lucht. Hoewel de meeste megarijke Russen huizen bewoonden in Belgravia, Kensington en Mayfair, was Mikhail tegen deze trend ingegaan door in Londen het meest luxueuze penthouse aan de Theems te kopen. Er werd beweerd dat het vijftig miljoen had gekost, waarmee het meteen het duurste appartement in Londen was. Ze keek op haar horloge, zich afvragend of ze tijd had om Michael Wright nog een keer te bellen. Twintig minuten geleden had ze het ook weer geprobeerd, en de agent aan de balie had haar verteld dat hij elk moment kon terugkomen en haar dan meteen zou bellen. Ze wist dat ze in de tussentijd met Adam moest praten.

De lobby van Mikhails appartementencomplex was zo groot

als een tennisbaan, bekleed met walnotenhouten wanden, en begon al vol te lopen met mooie jonge vrouwen en smetteloos geklede oudere mannen.

Twee goedgebouwde mannen in zwarte pakken, die met oortelefoontjes in en met klemborden in hun hand bij de chromen liftdeuren stonden, leken meer op bodyguards van de KGB dan op portiers. Misschien waren ze dat ook wel, dacht Erin zenuwachtig.

Gelukkig hadden Adam en Karin ieder een uitnodiging ontvangen, die allebei bij de Midas Corporation waren afgeleverd in een zwart lakdoosje, zodat Erin Karins uitnodiging van kantoor had kunnen meenemen. Ze wapperde ermee naar de bewaker, terwijl ze het trillen van haar hand probeerde te onderdrukken. Blijkbaar had de man nog nooit van Karin Cavendish gehoord, want hij liet haar met een knikje door. Verbaasd keek ze naar het verdwijnende Londen onder haar toen de lift aan de buitenkant van het gebouw haar in sneltreinvaart naar het penthouse op de zestiende verdieping bracht.

Het appartement was ongelooflijk. De grote hal werd gedomineerd door een enorm bronzen beeld waarin ze een Henry Moore herkende. Het interieur was mannelijk, uitgevoerd in donkergrijs en tabaksbruin, met een paar kleuraccenten in de vorm van werken van de beroemdste schilders van de moderne tijd. Erin was geen kenner, maar zelfs zij was onder de indruk toen ze een Francis Bacon en een rij van Andy Warhols 'car crash'-zeefdrukken zag hangen.

Ze liep verder naar een reusachtige lounge, spaarzaam gemeubileerd met een grote zwartgelakte tafel, een grijze bank ter grootte van een bus en een plasmascherm van bijna twee meter. Vanavond werden de ruimtes echter gevuld door de mooie en machtige mensen uit Londen, die lachten, dronken en kletsten. Ze liet haar blik ronddwalen, op zoek naar Adam, maar ze zag alleen onbekende gezichten. Dit was niet een of ander feest waar beroemdheden zich konden laten zien, dit was exclusief bedoeld voor Mikhails beste vrienden en relaties.

Nadat ze van een ober een cocktail had gekregen, liep ze een trap van chroom en glas op, waarbij ze de ebbenhouten leuning stevig vasthield. Het was minder druk op de tussenverdieping die uitkwam op een dakterras, dat net als de tuin van Mikhails datsja buiten Moskou Japans was ingericht. Bomen als sculpturen ontnamen het zicht op de Londense skyline, in een zwarte marmeren vijver zwommen koikarpers en er stonden ligstoelen van kersenhout met crèmekleurige linnen kussens. Maar het was te kil om lang buiten te blijven, en Erin zag al snel dat ze hier alleen was. Mopperend ging ze op het randje van een ligstoel zitten, opende haar mobieltje en belde Adams nummer. Na twee keer overgaan nam hij op.

'Met Erin,' zei ze op scherpe toon. 'Ik moet je zo snel mogelijk spreken. Ik ben op Mikhails feest – ik dacht dat je hier ook zou zijn.'

'Ik ben onderweg.' Adam klonk verbaasd. 'Wat is er? Wat doe je daar?'

Ze zweeg even en besloot toen dat het te laat was om haar theorieën nog langer voor zich te houden. 'Ik denk dat ik weet wie Karin heeft vermoord, maar ik moet je eerst een vraag stellen en je moet me eerlijk antwoord geven.'

'Oké,' zei hij behoedzaam.

'Waar was je echt maandagavond?'

Het duurde heel even voordat hij antwoord gaf. 'Ik wilde naar Summer. Maar toen ik bij haar thuis aankwam, werd er niet opengedaan, dus ben ik naar huis gegaan, waar ik alleen was. Omdat ik geen alibi had, heb ik Marcus gevraagd om me te helpen, want ik had geen zin in moeilijkheden met de politie.'

'Dus je hebt Marcus die avond niet gezien?'

'Summer, wat wil je daarmee zeggen? Dat Marcus het heeft gedaan?' vroeg hij ongelovig. 'Waarom denk je dat in vredesnaam?'

'Dat zal ik je later wel uitleggen, maar ik denk inderdaad dat Marcus het heeft gedaan. Wil jij proberen om hoofdinspecteur Wright te bellen? Mij lukt het niet.'

Ze klapte haar mobieltje dicht, stond op en nam een grote slok van haar cocktail om haar zenuwen in bedwang te krijgen.

'Ik dacht dat we vrienden waren, Erin. Dat is toch geen manier om over vrienden te praten?' zei een stem achter haar.

Als door een wesp gestoken draaide ze zich om. Marcus stond vlak achter haar, met een flauw lachje om zijn mond.

'Marcus, wat een verrassing, ik wist niet dat jij hier ook zou zijn...' stamelde ze.

'Dat is duidelijk,' zei hij met een wrede grijns. 'Ik ben hier als gast van Mikhails architect. En het is maar goed ook dat ik ben gekomen, hè? Nu kunnen wij even fijn babbelen over de leugentjes die je over me verspreidt.'

'Het was niets, Marcus, echt niet,' zei ze, terwijl ze zich afvroeg of hij het hele gesprek had gehoord. Hij pakte haar bij de arm en nam haar verder het dakterras op, een langwerpig zitgedeelte in, afgeschermd van het appartement door gesnoeide heggen.

Hij duwde haar ruw tegen een laag muurtje aan de rand van het dak en bracht zijn gezicht vlak voor het hare. 'Vertel eens, waarom denk je dat ik zoiets idioots zou hebben gedaan als Karin vermoorden?'

Ze stond stokstijf voor hem, met een van angst bonkend hart. 'Zeg het me!' siste hij, terwijl hij haar arm bijna fijnkneep.

'Jij hebt die dure wijn meegenomen, hè?' fluisterde ze, want ze wist niet wat ze anders kon zeggen dan de waarheid. 'En het was jouw auto die die avond voor Karins huis stond,' vervolgde ze zo zacht dat ze bijna niet te verstaan was.

'Ze was een flirt, zoals alle vrouwen,' gromde hij. Zijn gezicht vertrok toen hij nog dichter bij haar kwam staan.

'Maar Molly dan?' vroeg ze, in een poging iets te zeggen wat hem zou afleiden. 'Je bent toch verliefd op Molly?'

Hij haalde luidruchtig zijn neus op. 'O ja, Molly. Die lieve, hebzuchtige Molly. Ik dacht dat ik op haar wel verliefd zou kunnen worden, tot ik ontdekte dat ze precies zo is als alle andere geldbeluste hoeren met wie ik wel eens uit ben geweest. Dus zij gebruikt mij en ik gebruik haar. Ze kan heel goed neuken,' fluisterde hij, met smalle, wrede ogen, terwijl hij met zijn andere hand haar gezicht begon te strelen.

'Laat me los!' riep ze. Ze probeerde zich los te wurmen uit zijn greep, maar hij was te sterk. Ze was volkomen hulpeloos toen hij haar wegrukte bij het muurtje en met haar naar een smeedijzeren trap liep die naar een hoger gelegen uitbouw van het appartement leidde.

'Waar breng je me naartoe?' gilde ze, inmiddels doodsbang.

'We gaan even babbelen,' antwoordde hij op vlakke toon, terwijl hij haar de trap op duwde.

'Marcus, alsjeblieft,' smeekte ze. 'Als het een ongeluk was, moet je dat de politie vertellen. We kunnen er vast wel wat op vinden.'

'Denk maar niet dat ik in de gevangenis ga zitten rotten, terwijl het eigenlijk Adam is die dat zou moeten doen. Maar daar weet je natuurlijk ook alles van?' snauwde hij. Hij duwde haar het platte dak op. 'De handel met voorkennis, de illegale handel? Ja, natuurlijk weet je dat, jij bent zijn assistente. Je zit er zelf ook tot aan je nek in.'

Ze schudde haar hoofd. 'Nee! Ik weet nergens wat van, Marcus. Laat me gaan, ik zal echt niks zeggen.'

Hij schudde woest aan haar arm en trok haar toen naar zich toe. 'Jij weet nergens van? Nou, dan zal ik je eens op de hoogte brengen, jongedame,' zei hij spottend. 'Adam Gold zit zo goed als aan de grond. Hij heeft zo veel geld geleend tegen zijn eigen aandelen dat het binnenkort – en dat zal echt heel binnenkort zijn, want de onroerendgoedmarkt kan niet altijd zo blijven floreren – allemaal als een kaartenhuis zal instorten. Karin zou dan niet bij hem zijn gebleven. Ze zou nooit bij een pauper, een zwerver, willen blijven.'

De allerhoogste verdieping van het gebouw was vlak en leeg, op een airconditioninginstallatie, een grote satellietschotel en een laag muurtje langs de rand na. Het muurtje was het enige wat Erin scheidde van een val van honderd meter. Door de wind sloegen de haren haar in het gezicht, en ze voelde warme tranen over haar gezicht stromen.

'Marcus, alsjeblieft. Het is hier gevaarlijk.'

'Niemand zal je geloven, Erin. Niemand zal luisteren naar het geraaskal van Adams verliefde assistentje. Want je was verliefd op hem, hè, Erin? Iedereen op de verdieping moest lachen om de manier waarop je aan zijn lippen hing. En als ze je vinden, zullen ze zeggen dat je kapot was van verdriet omdat Adam van Karin hield – dat je daarom bent gesprongen.'

'Marcus! Nee!'

De schreeuw kwam van achter hen, vanaf de ijzeren trap. Toen Marcus zich razendsnel omdraaide, zag hij Adam naar hen toe komen lopen. Erin rukte zich van hem los; Marcus struikelde over een kabel en kwam op een knie terecht, wat Erin de kans gaf om hem te passeren en naar Adam toe te rennen. Hij duwde haar naar achteren.

'Erin, ga Mikhail vertellen wat hier aan de hand is. Zeg hem dat hij zijn mannen naar boven moet sturen,' fluisterde hij snel.

'Waag het niet weg te gaan, Erin,' zei Marcus, die langzame, weloverwogen stappen deed in de richting van het muurtje. 'Anders spring ik!' schreeuwde hij. Zijn stem werd meegevoerd op de wind terwijl hij op het muurtje klom.

'Kom daar alsjeblieft af, Marcus,' zei Adam zo rustig mogelijk. Hij stak een arm naar hem uit. Even was het enige wat ze konden horen, het gefluit van de wind, honderd meter boven de Theems, maar toen slaakte Marcus een snikkend geluid, en Erin zag zijn gezicht verschrompelen.

'Ik bedoelde het niet zo!' schreeuwde hij. 'Ik bedoelde het niet zo, want ik hield van haar! En zij hield van mij!'

'Het was een ongeluk, Marcus, dat weet ik wel,' zei Adam koeltjes, terwijl hij voetje voor voetje naar zijn vriend toe schuifelde.

'Ze speelde met me, Adam, zoals ze met iedereen speelde. In Como flirtte ze met me, maar toen ik bij haar langsging, deed ze alsof ik een vreemde was. Ze zei dat ik een verkeerde indruk had gekregen,' schreeuwde hij met bevende baritonstem. 'Hoe kon ze dat nou zeggen na alle blikken, na alle signalen die ze me steeds had gegeven? Maar ze zei dat ze van jou hield. Van jou! Er stond een glazen kandelaar op tafel. Ik pakte hem op...'

Hij snikte nu, een diep gesnik dat uit zijn keel opwelde als een auto die niet wilde starten.

'Ik wilde haar niet vermoorden. De kandelaar ging kapot. Het uiteinde ervan sneed in haar hals. Er was zo veel bloed,' zei hij tussen een paar snikken door. Hij schuifelde wat dichter naar de rand.

Erin balde haar vuisten. 'Nee!' gilde ze.

Adam dook naar voren en greep Marcus' pols beet, net toen zijn voeten van het muurtje gleden. Adam werd meegesleurd. Hij zette zijn voeten schrap tegen de muur en hield Marcus vast die over de rand van het gebouw hing. Erin rende ernaartoe om hem te helpen, en ze zag dat Marcus' waterige ogen vol haat en angst stonden.

'Jij kreeg altijd alles wat ik wilde,' zei hij zacht, terwijl hij Adam recht in de ogen keek.

'Ik laat je niet los,' snauwde Adam met opeengeklemde kaken, terwijl hij zijn andere arm uitstak om Marcus' lichaam wat steviger beet te pakken. Met Erins hulp begon hij hem langzaam weer het dak op te hijsen.

De twee mannen vielen achterover op het beton. Toen Erin zich omdraaide, zag ze hoofdinspecteur Wright en Chris de smeedijzeren trap op komen stuiven.

'Chris!' riep ze. Ze rende naar hem toe en wierp zich in zijn armen.

'Het is al goed,' fluisterde hij, terwijl hij haar dicht tegen zich aan trok. 'Het is voorbij.'

70

Marcus' arrestatie was de volgende ochtend het nieuws van de dag. Summer zat in haar ziekenhuisbed naar het journaal van tussen de middag te kijken op de kleine tv en had nog steeds moeite het allemaal te begrijpen. Molly had haar de avond ervoor gebeld, hysterisch snikkend, nog niet bereid om te geloven dat Marcus Karin had vermoord. En hoewel Summer haar moeders verdriet niet kon afdoen als aanstellerij – wie zou niet schrikken als ze ontdekte dat haar partner verliefd was op een ander en die vrouw ook nog had vermoord? – wist ze dat Molly ook verdriet had omdat er een einde was gekomen aan haar leventje op The Standlings. Het leek erop dat haar oude rivale Karin eindelijk had gewonnen, al was het dan vanuit haar graf.

'Volgens mij kun je vanmiddag wel naar huis,' zei een verpleegster glimlachend, terwijl ze een dienblad met eten op Summers nachtkastje zette. 'We moeten alleen nog even wachten tot de dokter zijn ronde heeft gedaan.' Ze bleef aarzelend in de deuropening staan, met haar blik op de tv, in de hoop dat Summer haar iets zou vertellen over de zaak. Op de afdeling was het geen geheim dat Summer in zekere zin betrokken was bij de moord op Karin Cavendish. Ze hadden telefoontjes en bezoekjes van opdringerige journalisten moeten afweren, die allemaal Summers commentaar wilden horen. Maar ze was een aardige meid, dacht de verpleegster, terwijl ze de deur sloot om haar in alle rust naar het nieuws te laten kijken. Na de levensbedreigende beproeving die ze net had doorstaan, verdiende ze het niet om lastig te worden gevallen.

Toen Summer weer alleen was, trok ze haar pyjamajasje omhoog en streelde het litteken op haar buik. Het was voorbij met Adam, dat begreep ze nu wel. Hij wist van de baby, hij wist van haar spoedopname – hij had de kamer betaald – maar hij had haar niet opgezocht in het ziekenhuis. Ze kon proberen om dat op duizenden manieren te rechtvaardigen – per slot van rekening was zijn vriendin net gestorven – maar als hij echt om haar had gegeven, zou hij zijn gekomen. Summer wist dat ze blij mocht zijn dat ze nog leefde. Ze zou hier wel doorheen komen. Ze zou zich niet meer als slachtoffer opstellen. Het was tijd voor een frisse start. De repetities voor de film begonnen over zes weken; de opnames zouden in het nieuwe jaar beginnen. Er begon een heel nieuw hoofdstuk van haar leven en ze was van plan ervan te genieten.

Toen ze de deur hoorde opengaan, keek ze op, in de verwachting dat het de dokter was. Het was Molly. Haar ogen waren rood, ze zag er afgetobd en gekweld uit, maar ze probeerde toch te glimlachen.

'Mag ik zeggen dat je er wel eens beter hebt uitgezien?' vroeg Summer lachend.

'Dat zou ik ook van jou kunnen zeggen,' diende Molly haar van repliek, en ze moesten allebei lachen. Summer leunde naar achteren, verwachtend dat Molly zou gaan zeveren over dat ze werd lastiggevallen door journalisten, maar tot Summers verbazing zei ze niets en maakte ze een nerveuze indruk.

'Mam? Wat is er? Is er iets?'

Molly kwam op de rand van het bed zitten. Er waren zo veel dingen die ze haar dochter wilde vertellen. Sommige dingen, zoals haar vrijpartij met Adam, zou ze nooit opbiechten, hoe graag ze ook de waarheid wilde vertellen. Andere dingen, zoals de dood van Kenneth Sinclair – een grootvader die Summer nooit had gekend – zou ze tot later bewaren. Maar er was iets wat ze meteen had willen doen. Iets wat ze kwijt moest.

'Hoor eens, liefje, ik wil voor één keer in mijn leven eens iets goed doen,' zei ze met hese stem.

'Hoe bedoel je?' vroeg Summer stomverbaasd.

'Ik heb hem gevonden. Ik heb je vader gevonden,' zei Molly zacht.

Ze maakte haar tas open en pakte er een briefje uit waarop ze James Baileys adres en telefoonnummer had geschreven.

De tranen stroomden haar inmiddels over haar gezicht, en het gevoel van spijt dat ze zo lang had onderdrukt, overweldigde haar toen ze het stukje papier aan Summer gaf.

'Ik hoop dat je het me ooit zult vergeven. Ik hoop dat jullie het me allebei zullen vergeven.'

Summer kwam overeind met haar tengere lichaam en stak haar armen uit naar haar moeder. Molly trok het hoofd van haar dochter tegen haar schouder en hield haar alleen maar vast.

'Natuurlijk vergeef ik het je,' fluisterde Summer.

Het was een lange avond geweest. Nog meer verklaringen op het politiebureau. Erin was uitgeput, maar op een rare manier ook vol energie. Het was voorbij. Het was maf geweest om Marcus in handboeien te zien, huilend, met zijn koele, intelligente façade doorbroken.

Adam, Chris en Erin liepen het gebouw van Scotland Yard uit naar Adams zwarte Maybach die op hen stond te wachten. Het had geregend, de nachtelijke lucht was inktzwart en een onaangename bries kwam over de Theems aanzetten. Adams chauffeur stapte snel uit en opende het portier aan de stoepkant.

Adam wachtte tot Erin zou instappen. 'Ik neem aan dat je meteen door wilt naar huis?' vroeg hij glimlachend. Hij zag er afgepeigerd uit. Voor het eerst sinds ze hem kende, leek hij oud. Ze keek even naar Chris die een eindje verderop stond te wachten. Adam knikte naar hem. 'Jij ook.'

Chris wierp een blik op Adam en haalde toen zijn schouders op. 'Ik ben op de fiets. Die kan ik beter niet de hele nacht hier laten staan.'

Hij wendde zich tot Erin. 'Dan zie ik jou over een halfuurtje thuis. Weet je zeker dat je het redt?'

'Om naar huis gereden te worden in een Maybach? Natuurlijk red ik dat,' zei ze grijnzend. 'Nee, echt, het gaat prima. Nog steeds een beetje trillerig, maar ik ben blij dat het voorbij is.'

Ze liep naar hem toe om hem te omhelzen. 'Zonder jou hadden we hem nooit te pakken gekregen,' fluisterde ze in zijn oor.

Het autoportier viel met een zware bons dicht, terwijl Erin zich in het leer liet vallen en naar Chris keek die zijn fiets losmaakte van het hek tegenover het politiebureau. De auto reed Whitehall op en ze strekte haar hals om naar de wijzerplaat van de Big Ben te kijken, die glansde als de maan. De architectuur in Londen was spectaculair als je maar de moeite nam om ernaar te kijken, dacht ze.

'Dit is vast geen handig moment om mijn ontslag in te dienen,' zei ze, terwijl ze naar Adam keek, die net een karaf cognac pakte die voor hem stond. Even keek hij haar stomverbaasd aan, toen haalde hij zijn schouders op en lachte zacht.

'Ik heb altijd geweten dat deze dag vroeg of laat zou komen,' zei hij. 'Mijn moeder zei dat je boek te goed was om niks mee te doen.'

Ze lachte bij zichzelf. 'Maar het is niet alleen het boek,' zei ze. 'Dat gebouw in Zuid-Londen. Je weet wel, dat ik had gekocht? Ik heb vanochtend te horen gekregen dat de bouwvergunning is afgegeven, en ik moet meteen met de werkzaamheden beginnen.'

'Over een magnaat in de dop gesproken,' zei hij glimlachend, terwijl hij een slokje van de donkeroranje drank nam.

Een magnaat, dacht ze. Ineens voelde ze zich bang en kwetsbaar. Ze had geen baan, een leeg gebouw en bovendien moest ze nog driekwart boek schrijven voor de kerst. Nog maar een paar weken geleden had de toekomst vol beloften geleken; nu leek alles zo onzeker.

'O god, Adam, wat moet ik nou doen?' vroeg ze.

Hij lachte. 'Je redt je wel.' Hij hield zijn glas op om te toosten. 'Geloof me, je zult je prima redden. Maar als ik je één verzoek zou mogen doen, als ex-baas,' zei hij, terwijl hij uit het raampje keek toen de auto stopte voor het kruispunt op Trafalgar Square. 'Er komt een erg leuke man aanfietsen, en volgens mij zou hij het wel gezellig vinden om onderweg naar huis gezelschap te hebben.'

Toen Erin zich omdraaide, zag ze dat Chris naast de Maybach kwam staan, aan de stoeprand.

'Je kent me beter dan ik mezelf ken,' zei ze grinnikend, terwijl het autoraampje omlaag zoefde.

'Stop!' schreeuwde ze naar Chris boven het verkeerslawaai uit. 'Ik trakteer je op een etentje!'

Erin stapte uit, terwijl Chris met zijn fiets op de stoep ging staan. De Maybach toeterde een keer en reed toen over Trafalgar Square weg.

'Een etentje? Je kunt je mij niet veroorloven,' zei hij glimlachend, toen ze samen onder de knipperende lampen van een theater stonden. Was Chris altijd al zo aantrekkelijk geweest, vroeg ze zich af, terwijl ze ineens vlinders in haar buik voelde. Ze voelde zich tevreden en op haar gemak bij hem en het drong tot haar door dat het, gedurende het afgelopen halfjaar, op momenten als deze was geweest, wanneer ze met zijn tweetjes waren, dat ze zich het gelukkigst had gevoeld.

'Die auto paste bij je,' zei hij zacht.

'Neu. Niet mijn stijl.' Glimlachend streelde ze zijn vingers.

'Wat is dan wel je stijl?' vroeg hij, terwijl hij zo dicht bij haar kwam staan dat hun gezichten elkaar bijna raakten.

'Iemand als jij,' zei ze. Hij wilde haar kussen, maar ze legde een hand op zijn borstkas.

'Niet zo snel,' zei ze. 'Hoe zit het met die roodharige vriendin?'

'Welke roodharige vriendin?' vroeg hij, terwijl hij zich van haar losmaakte.

'Dat mooie roodharige meisje dat ik uit je huis zag komen.'

'O, je bedoelt Jenny,' zei hij een beetje in verlegenheid gebracht. 'Dat arme kind heeft al een paar weken niks van me gehoord.'

'Mooie vriend ben jij,' zei ze plagend. 'En waarom dan wel niet?'

Hij haalde zijn schouders op. 'Het was niet eerlijk om iets met haar te beginnen, terwijl ik verliefd was op jou.'

Hij gaf haar een vederlichte kus, die zoet en teer aanvoelde als een bloemblaadje. Toen ze zich eindelijk van elkaar losmaakten, pakte Chris zijn fiets en begon hem met één hand te sturen, terwijl hij zijn andere hand verstrengelde met de hare. Trafalgar Square was verlicht als een kermis, dacht Erin. De verlichte pui van de National Gallery wierp een boterzacht licht in de plassen. Ze wilde niet naar huis; ze wilde dit moment voor altijd koesteren.

'Ik heb mijn ontslag ingediend bij Adam.'

Hij stiet een ongelovig lachje uit. 'Nou, dit is echt een heel rare dag, zeg.'

'En ik moet je nog wat opbiechten. Herinner je je die bouwtekeningen nog die je laatst bij mij thuis zag? Die waren niet van mijn werk, ze zijn van mij. Ik heb een paar maanden geleden een ruïne van een huis gekocht om het tot appartementen te laten verbouwen. De hypotheeklasten zijn bijna mijn dood geworden, maar ik heb eindelijk een bouwvergunning gekregen en ik begin meteen. Ik hoop maar dat de bank me nog een lening wil geven nu ik geen baan meer heb; anders zal ik het pand moeten verkopen.'

'Je wilt appartementen laten bouwen?' vroeg Chris, die bijna zijn fiets liet vallen. 'En je boek dan?'

'Ik wil allebei doen,' zei ze vastbesloten. 'Ik weet dat ik dat kan.'

'Daar twijfel ik geen moment aan,' zei hij eerlijk. 'Maar waarom heb je me niks verteld over je pand?'

'Ik denk dat ik niet wilde toegeven – niet aan jou en niet aan mezelf – hoe maf ik bezig was. Ik bedoel, wat weet ik nou van bouwprojecten? Ik denk dat ik me heb laten meeslepen door het leven bij Midas; ik dacht dat ik dat ook wel kon.'

Hij bleef staan om een lok haar die voor haar gezicht was gevallen, naar achteren te strijken. 'Je bent niet maf. Je bent gewoon moedig en slim. Dat is wat ik zo leuk aan je vind.'

Ze bloosde. 'Nou, het is een angstaanjagend vooruitzicht. Ik heb al een aannemer die zo kan beginnen, en ik denk dat ik zelf maar voor opzichter zal moeten spelen.'

'Als je hulp nodig hebt, dan roep je me maar,' zei hij.

'Nou, ik zal vast wel eens gillend bij je aanbellen. Zorg er maar voor dat je elke dag een flinke voorraad cognac voor me hebt klaarstaan.'

'Dat soort hulp bedoelde ik niet. Ik heb een beetje ervaring in bouwprojecten. Ik liefhebber zelf ook een beetje in vastgoed.'

Nu was het haar beurt om verbaasd te kijken. 'Je liefhebbert in vastgoed? Op wat voor manier dan?' vroeg ze brutaal. 'Leg me eens uit wat je precies met "liefhebberen" bedoelt.' Hun hoofden bevonden zich vlak bij elkaar, en ze voelde zijn warme adem op haar lippen.

'Peony House is van mij,' verklaarde hij kalm.

Ze deinsde achteruit. 'Ben jij mijn huisbaas? In mijn huurcontract staat dat de eigenaar JuniorCon of zo is.'

Hij knikte. 'Nou, ik schaam me bijna om te moeten bekennen dat ik dat ben. Peony House is ooit gekocht en verbouwd door mijn vaders bedrijf. Hij heeft het een paar jaar geleden op mijn naam laten zetten toen ik hem vertelde dat ik journalist wilde worden en niet voor het familiebedrijf zou gaan werken. Ik heb toen een NV opgericht om het pand te managen. Het is mijn appeltje voor de dorst.'

'Ik dacht dat je had gezegd dat je vader aannemer was?'

'Dat is hij ook. Hij heeft een aannemingsbedrijf. De Scanlan Group.'

Ze schudde ongelovig haar hoofd. Scanlan was een van de grootste bouwbedrijven van Ierland. George Scanlan – waarschijnlijk Chris' vader – was een aristocratische industrieel van de oude stempel, die van het geld dat hij overhad scholen en ziekenhuizen liet bouwen. Nog steeds hoofdschuddend, deinsde ze weer achteruit.

'Erin. Wat is er?' vroeg hij, terwijl hij zijn fiets tegen een lantaarnpaal zette.

'Ik dacht dat ik het gehad had met rijke mannen,' fluisterde ze met een flauw lachje.

'Heb alsjeblieft geen hekel aan me omdat ik stinkend rijk ben,' zei hij lachend. Hij nam haar in zijn armen en kuste haar, terwijl de Big Ben middernacht luidde. Er begon een nieuwe dag. Een nieuwe start. Een nieuw leven samen.

EPILOOG

De opnames voor *Krakatoa* waren nog niet achter de rug, of iedereen riep dat Summer Sinclair zo'n opwindend nieuw talent was, en ze werd overspoeld door aanbiedingen voor andere rollen. Met geld op de bank en de belofte van nog veel meer, verhuisde ze naar een licht en luchtig appartement in Chelsea, met uitzicht op de Albert Bridge, die prachtig fonkelde en haar iedere avond weer een kerstgevoel gaf. Ze leerde ook James Bailey steeds beter kennen. Hij was tekenleraar in Dorset en had een warme, vriendelijke vrouw die Summer ontving met een grootmoedigheid die ze nog nooit had meegemaakt, terwijl James' tienerdochters Katie en Alice hun geluk niet op konden, omdat dé Summer Sinclair hun halfzus bleek te zijn. Het zou veel tijd kosten om de verloren jaren in te halen, maar daar had ze nog de rest van haar leven voor. Ze was jarenlang op zoek geweest naar een vaderfiguur, maar nu ze een vader had, vroeg ze zich af hoe ze de veertigplussers in het Cipriani en Chinawhitecircuit ooit aantrekkelijk had kunnen vinden.

Tijdens de première van *Krakatoa* in Londen, met paparazzi die haar naam schreeuwden en geestdriftige recensies in de vakbladen, vond ze het moeilijk te geloven dat ze in een jaar tijd zo ver was gekomen. Na haar buitenbaarmoederlijke zwangerschap en het einde van haar relatie met Adam, had ze het gevoel gehad dat ze nooit meer gelukkig kon worden. Ze glimlachte bij zichzelf en draaide zich toen om naar Charlie McDonald, die handtekeningen uitdeelde aan de gillende meisjes achter de dranghekken. In zijn nachtblauwe pak, met zijn lichtbruine haar slordig in zijn gezicht vallend, zag hij er fantastisch uit.

Charlie keek op en grijnsde. En toen hun ogen elkaar vonden, leken het lawaai en de mensen weg te ebben tot alleen zij twee nog over waren.

Minnaars. Vrienden.

Hij liep naar haar toe en fluisterde in haar oor: 'Kom, liefje. Het is tijd om naar binnen te gaan.'

Hij kneep even in haar hand, en ze voelde zich veilig. Het leven werd steeds beter.

De fiscale opsporingsdienst deed onderzoek naar Adam Gold. Hij ontkende uit alle macht dat hij tips had gekregen over de Ginsui-aandelen, en omdat er weinig tot geen bewijzen voor het tegendeel werden gevonden, werd er geen aanklacht wegens handel met voorkennis tegen hem ingediend. Zijn verschijning ten burele van de opsporingsdienst aan Canary Wharf bleef echter niet onopgemerkt, en de aandelenkoers van de Midas Corporation schommelde behoorlijk. Een halfjaar lang leek het er zelfs op dat het bedrijf wel eens over de kop zou kunnen gaan. Maar toen Midas plotseling aankondigde dat het een winkel- annex woon- annex sportcomplex van twaalf hectare groot aan de Theems zou bouwen, lachte het geluk Adam weer toe. Hij steeg vijfentwintig plaatsen op de lijst van rijkste mensen van *The Sunday Times*. Hij ging zich nog meer bezighouden met filantropische activiteiten. De Karin Cavendishbeurs voor talentvolle studenten aan het St Martin's College of Art was een van zijn donaties. Adam Gold is nog steeds vrijgezel. Bij liefdadigheidsevenementen wordt veel geld betaald om naast hem te kunnen zitten.

Christina Levy staat op het punt om te verhuizen naar Reggie Bryce' huis met twintig slaapkamers in Bel-Air, dat over een bowlingbaan, een voetbalveld en de rest van de hele rataplan beschikt. Zelf beschouwt ze het als naar huis gaan. Reggies huis ligt maar vijfentwintig kilometer verwijderd van de plek waar ze is opgegroeid, in een woonwagen in de Valley.

Diana Birtwell ging uiteindelijk weg bij Martin, die meteen terugrende naar Tracey en hun kinderen. Zijn internetbedrijf zakte onmiddellijk in. Diana is zwanger van een IJslandse sportkledingmiljonair die vierhonderd plaatsen boven Martin staat op de rijkeluislijst van *The Sunday Times*.

Donna Delemeres imperium van biologisch voedsel behaalt het ene succes na het andere. Na verloop van tijd hebben Donna en Daniel het Alexander vergeven. Alex op zijn beurt kreeg steeds meer respect voor Donna's energieke zakelijke talenten en voor haar vergevingsgezindheid.

Molly zou Marcus best hebben willen steunen tijdens zijn gevangenisstraf; ze was erg gesteld geraakt op The Standlings. Marcus dacht er echter anders over en stond erop dat ze na zijn arrestatie uit het huis vertrok. 'Het was allemaal bedrog,' zei hij tegen haar na het proces. 'Ik hou niet van je. Ik hou van Karin.'

Molly poseerde naakt voor een Amerikaans mannenblad en leeft op dit moment van de opbrengsten daarvan. Na zich te hebben beklaagd over het gebrek aan fatsoenlijke mannen in Londen – het was behoorlijk zielig, ze zei tegen iedereen die maar wilde luisteren, dat mannen alleen maar belangstelling hadden voor meisjes van tweeëntwintig in strakke spijkerbroeken – besloot ze dat het nog het beste was om zich te verzoenen met Harry Levin. Hij wilde haar telefoontjes niet beantwoorden.

Marcus moet een straf van tien jaar uitzitten in de Risleygevangenis wegens doodslag. Bij goed gedrag zal hij volgens verwachting na zes jaar worden vrijgelaten.

Adam smeekte Erin om een opzegtermijn van twee maanden in acht te nemen in ruil voor een grote bonus. 'Dit is het laatste wat je voor me doet. Want je moet een boek afmaken en een pand verbouwen,' zei hij, waarna hij haar die grote bonus beloofde voor de rest van haar tijd bij Midas. Erins laatste taak voor hem bestond uit het opruimen en leeghalen van Karins huis.

'Ik zal hem best missen,' zei ze tegen Chris, toen ze samen zilveren fotolijstjes uit duur uitziende kasten pakten en in bubbeltjesplastic wikkelden.

Chris keek bezeerd. 'Je voelt toch niet nog steeds wat voor hem, hè?' vroeg hij, terwijl hij haar handen vastgreep en haar naar zich toe trok.

Ze schudde zacht haar hoofd. Ze nam het zichzelf niet kwalijk dat ze voor Adam was gevallen. Ieder meisje had recht op een ongepaste verliefdheid, een onbeantwoorde liefde. Maar echte liefde was heel wat anders, dacht ze, terwijl ze naar Chris keek. Liefde was iets wat je langzaam besloop. Ze had geen chique restaurants of een privévliegtuig nodig om lol te hebben met Chris. Hij hoefde er alleen maar te zijn. En hij was nog nooit zo aantrekkelijk geweest als nu, in Karins gang, en ze was ook nog nooit zo zeker geweest over haar gevoelens voor hem als nu.

'Er is maar één man van wie ik hou, en die staat hier voor me.'

'In dat geval gooien we volgens mij geld over de balk,' zei hij glimlachend.

'Hoe bedoel je?'

'Twee appartementen. Wat dacht je ervan om, als we hier klaar zijn, naar huis te gaan en jouw spullen naar mijn appartement te verhuizen? Ik heb het idee dat de huisbaas je niet aan die maand opzegtermijn zal houden.'

Hij grinnikte, en ze legde haar hoofd op zijn schouder. 'Heel fijn om te horen,' zei ze lachend. 'Maar waarom trek je niet bij mij in?'

Ineens voelde het raar te staan lachen en kussen in Karins huis, en ze maakten zich van elkaar los en probeerden nog wat sneller in te pakken.

De vloerverwarming was uit. Het was half november en in de lucht hing al de scherpe kou van de winter. Het was er rustig, stil en spookachtig.

'Wie krijgt het huis eigenlijk?' vroeg Chris om de stilte te verbreken.

Ze haalde haar schouders op. 'Karin heeft geen familie, maar er was wel een testament. Adam krijgt het huis en de meeste aandelen in haar bedrijf. Ongelooflijk, hè, dat ze Diana twintig procent van haar aandelen heeft nagelaten?'

'Misschien was ze toch zo slecht nog niet.'

Erin wilde geen kwaad spreken over de doden en zei niets. 'Adam wil dat we alle persoonlijke spullen in dozen pakken, zodat hij ze later kan komen ophalen.'

'Laten we ons splitsen. Dan gaat het sneller. Ik kan bijna niet wachten om weer met je naar huis te gaan,' zei hij grijnzend.

Terwijl Chris beneden bleef om Karins boeken in dozen te pakken, liep Erin de trap op naar Karins slaapkamer. Wat een mooie kamer, dacht ze, terwijl ze aarzelend in de deuropening bleef staan. Koud, helder zonlicht stroomde naar binnen door de hoge ramen waarvoor zware crèmekleurige met zijde doorweven gordijnen hingen. In de badkamer stond het nog stikvol dure schoonheidsproducten en crèmes die nooit meer zouden worden gebruikt. Op een donzige witte handdoek zat een veeg zwarte mascara. Ze rilde even en liep toen naar de inloopkast waar ze een rij mooie kleren zag hangen, meters zijde en chiffon en tule in alle kleuren van de regenboog.

Ze vouwde ze voorzichtig in laagjes plastic en zijdepapier en vulde er theekisten mee tot de kast leeg was.

Het laatste wat ze nog moest leegruimen, was Karins kaptafel die voor het hoge raam stond dat uitkeek op de slaperige straat in Kensington. Het was een prachtig meubelstuk van Venetiaans glas met gebeeldhouwde pootjes van rozenhout en een hoge harmonica van spiegels in de vorm van de ramen van het dogepaleis, prachtig geëtst met bloemen. Ze liet haar vingers eroverheen glijden en glimlachte. Als er iets was waar ze geen spijt van had, dan was het dat ze in dit jaar had geleerd om mooie spullen te herkennen en waarderen. Dat was een geschenk waar ze nog haar hele leven van zou kunnen genieten. Gezeten op het krukje stopte ze de parfumflesjes in een schoenendoos en de sieraden in een leren buideltje dat ze in de inloopkast had gevonden. Spullen ter waarde van honderdduizenden ponden, opgevouwen en opgeborgen in dozen. Wat zou het lot zijn van al deze mooie spullen, vroeg ze zich af. Als laatste trok ze de lade open. Hij was leeg op een paar flesjes nagellak, een zijden sjaal en een houten doosje na.

Ze hoorde voetstappen op de trap en draaide zich om. Het was Chris.

'Ben je al bijna klaar? Het is vast heel druk in het verkeer, dus het zal tijden duren voordat we thuis zijn.'

'Bijna klaar,' zei ze afwezig, met het doosje in de palm van haar hand. Ze maakte het open. Op de roodfluwelen voering van het doosje lag een klein, glanzend zilveren voorwerp.

'Wow, wat mooi,' zei Chris. Hij pakte het en voelde de bevredigende zwaarte tussen zijn vingers.

'Wat is het?' vroeg ze.

Hij hield het tussen zijn duim en wijsvinger om het haar te laten zien. 'Een sigarenknipper. Echt heel mooi.' Hij floot even. 'Puur zilver. Van Asprey,' vervolgde hij met een blik op het waarmerkje.

Ze pakte het van hem aan. Haar vinger maakte een vettige afdruk op het zilver.

'Kijk, er staat iets op. "Lieve Seb. Met al mijn liefde. K." Ik vraag me af waarom ze dit in een doosje heeft bewaard.'

'Weet ik veel. Wie is Seb trouwens?'

'Karins man. Hij is vorig jaar overleden. Hij is in Turkije van een jacht gevallen en verdronken. Het was allemaal nogal duister. Een tijdlang wisten ze niet of hij was gevallen of geduwd. Ik heb gehoord dat ze een tijdje hebben gedacht dat Karin het misschien had gedaan, maar de politie kwam tot de conclusie dat het een ongeluk was.'

'Eigenlijk heeft ze een behoorlijk tragisch leven gehad, hè?' vroeg Chris, terwijl hij zijn jas aantrok en wachtte tot Erin ook klaar was.

Ze sloot haar vingers om de sigarenknipper. 'Ja, dat is eigenlijk wel waar.'

WOORD VAN DANK

Al mijn dank gaat uit naar mijn man John, omdat hij me aan het lachen heeft gemaakt, ervoor heeft gezorgd dat ik het boek afmaakte en mijn werk heeft geredigeerd om het nog beter te maken.

Naar mijn vader en moeder, omdat ze me van jongs af hebben omringd met boeken en me steeds hebben aangemoedigd om creatief te zijn. Naar mijn broers en zus, omdat ze me hebben gesteund, en naar mijn zoon Fin, omdat hij me toch aan het glimlachen wist te maken als er een deadline naderde.

Ik had me geen betere uitgever kunnen wensen dan HarperCollins. Enorm veel dank gaat uit naar mijn fantastische redacteur Wayne Brookes, die niet alleen een goede uitgever is, maar ook een goed eetmaatje. Naar Amanda Ridout, voor haar grote steun en aanstekelijke enthousiasme. Naar de fantastische teams bij de verkoop-, marketing- en pr-afdeling, en naar de fenomenale ontwerper Lee Motley – ik heb zo veel waardering voor jullie werk.

Verder gaat mijn dank uit naar Sheila Crowley, Judy-Meg Kennedy, Linda Shaughnessy, Teresa Nichols en Valentina Zanca van het literaire agentschap AP Watt (sorry dat ik zo ongeorganiseerd ben).

Verder dank ik al mijn vrienden die me dingen hebben verteld die ik wilde weten: Tamasin, Sam, Louise, Niki, Heids, Scott, Jenny – jullie krijgen allemaal nog een cocktail van me.

En als laatste dank ik alle vrouwen en vriendinnen van rijke mannen, die me hun geheimen hebben verteld – dank jullie wel voor de verhalen. Feiten zijn soms ongelooflijker dan fictie.